Maxime Chattam

Né en 1976 à Herblay, dans le Val-d'Oise, Maxime Chattam fait au cours de son enfance de fréquents séjours aux États-Unis, à New York et surtout à Portland (Oregon), qui devient le cadre de *L'Âme du mal*. Après avoir écrit deux ouvrages (qu'il ne soumet à aucun éditeur), il s'inscrit à 23 ans aux cours de criminologie dispensés par l'université de Saint-Denis. Son premier thriller, *Le 5e Règne*, publié sous le pseudonyme Maxime Williams, paraît en 2003 aux Éditions du Masque. Cet ouvrage a reçu le Prix du Roman fantastique du festival de Gérardmer.

Maxime Chattam se consacre aujourd'hui entièrement à l'écriture. Après une trilogie composée de *L'Âme du mal*, *In tenebris* et *Maléfices*, il écrit *Le Sang du temps* (Michel Lafon, 2005) puis *Le Cycle de l'Homme et de la Vérité* en quatre volumes – *Les Arcanes du chaos* (2006), *Prédateurs* (2007), *La Théorie Gaïa* (2008) et *La Promesse des ténèbres* (2009) – aux éditions Albin Michel.

Sa série *Autre Monde* a paru chez le même éditeur, ainsi que *Léviatemps* (2010), *Le Requiem des abysses* (2011), *La Conjuration primitive* (2013), *La Patience du diable* (2014), *Que ta volonté soit faite* (2015), *Le Coma des mortels* (2016), *L'Appel du néant* (2017), *Le Signal* (2018), *Un(e)secte* (2019) et *L'Illusion* (2020). Son nouveau roman, *La Chasse éternelle*, paraît en 2022.

Retrouvez toute l'actualité de l'auteur sur :
www.maximechattam.com

L'ÂME DU MAL

ÉGALEMENT CHEZ POCKET

LE 5e RÈGNE
LE SANG DU TEMPS
CARNAGES
QUE TA VOLONTÉ SOIT FAITE
LE COMA DES MORTELS
LE SIGNAL
UN(E)SECTE
L'ILLUSION

LA TRILOGIE DU MAL

L'ÂME DU MAL
IN TENEBRIS
MALÉFICES

LE CYCLE DE L'HOMME ET DE LA VÉRITÉ

LES ARCANES DU CHAOS
PRÉDATEURS

LA THÉORIE GAÏA
LA PROMESSE DES TÉNÈBRES

LES ABYSSES DU TEMPS

LÉVIATEMPS
LE REQUIEM DES ABYSSES

SÉRIE LUDIVINE VANCKER

LA CONJURATION PRIMITIVE
LA PATIENCE DU DIABLE
L'APPEL DU NÉANT

MAXIME CHATTAM

L'ÂME DU MAL

MICHEL LAFON

ISBN 978-2-266-31908-9

La réalité dépasse la fiction.

C'est une maxime qui m'est apparue dans toute sa véracité au cours des deux années de recherche qui m'ont été nécessaires pour l'écriture de ce roman. Deux années d'étude des sciences forensiques – médecine légale, police technique et scientifique, psychiatrie criminelle… – et plus particulièrement des tueurs en série. J'ai lu, vu et entendu des choses que même le plus habile des écrivains n'oserait pas mettre dans ses romans, quand bien même la force lénifiante de son style pourrait adoucir les faits. Des actes que j'aurais trouvés grotesques d'horreur si je les avais lus dans un bon livre tant ils auraient semblé impossibles, et pourtant…

Mais par-dessus tout, après ces deux années j'ai découvert que mes parents et que tous les parents du monde avaient menti à leurs enfants : les monstres existent.

Sans faire l'apologie de l'horreur, j'ai tenté d'écrire ce roman en étant le plus près possible de la réalité.

C'est sans doute cela le plus effrayant.

Maxime CHATTAM,
Edgecombe, le 2 avril 2000.

« Ce qui commence dans le mal s'affermit par le mal. »

SHAKESPEARE, *Macbeth*

Prologue

Banlieue de Miami, 1980

Kate Phillips ouvrit la porte du véhicule et laissa Josh descendre. Il tenait à la main une poupée en plastique représentant Captain Futur qu'il serrait contre lui comme s'il s'agissait d'un trésor fabuleux. L'air suffocant du parking les assaillit aussitôt. À n'en pas douter l'été serait de plus en plus torride.

— Viens mon ange, dit Kate en glissant ses lunettes de soleil sur ses cheveux.

Josh sortit en observant la façade du centre commercial. Il aimait beaucoup venir ici, c'était synonyme de plaisir, de rêve tant il y avait de choses agréables à voir. Des jouets par centaines, toutes les gammes représentées sur des mètres et des mètres, du palpable, pas de l'image à la télé ou dans des catalogues. Plus tôt dans la matinée, en entendant sa mère dire qu'elle partait au centre commercial, Josh avait bondi sur l'occasion et s'était imposé à force de gentillesse. À présent que l'établissement se dressait devant lui il sentait l'excitation monter. Peut-être pourrait-il repartir avec un jouet ? Le camion-citerne Majorette qui lui manquait, ou peut-être même une panoplie de Captain Futur ! La journée s'annonçait bien, très bien même. Un nouveau jouet. Ça c'était une idée séduisante ! Encore fallait-il que Kate accepte. Il se tourna vers sa mère pour le lui demander et constata qu'elle vérifiait ses bons de réduction soigneusement découpés dans les journaux et publicités.

— Tu m'achètes un jouet, maman ? demanda-t-il de sa voix fluette de garçon de presque quatre ans.

— Ne commence pas, Josh, et dépêche-toi un peu sinon je ne t'emmène plus avec moi.

Le petit garçon mit sa main en visière comme il avait souvent vu son père le faire et traversa ainsi le parking.

— Quelle chaleur ! lança Kate en se ventilant tant bien que mal de la main. Ne traîne pas, chéri, on va se liquéfier si on tarde trop en plein soleil !

Josh, qui ne voyait pas bien ce que sa mère voulait dire, pressa tout de même le pas et ils entrèrent dans le vaste complexe de boutiques. Des présentoirs à journaux jalonnaient l'allée, partout la nouvelle du boycott américain pour les Jeux olympiques de Moscou faisait la une. On ne parlait plus que de ça. Certains voyaient déjà une crise semblable à celle des missiles cubains se profiler à l'horizon. Mais pour Kate, ce n'étaient là qu'histoires de politiciens. Des *magouilles* comme disait Stephen, son mari. Mieux valait se tenir à l'écart de tout ça, disait-il, vivre tranquillement dans son coin, faire son boulot à la station-service, s'acharner sur l'écriture d'une pièce de théâtre pendant cinq ans et fumer quelques joints occasionnellement. Mais ne pas faire de politique. Kate approuvait. Elle approuvait beaucoup de choses que disait Stephen, c'était en grande partie la raison pour laquelle elle en était tombée amoureuse.

Elle jeta un dernier coup d'œil vers les journaux et poursuivit son chemin sans tarder, contraignant Josh à courir à ses côtés pour suivre.

Ils passèrent devant de nombreux rayonnages de produits de plage, qui annonçaient déjà l'arrivée imminente de l'été et de ses cohortes de touristes. Un brouhaha permanent résonnait à travers le vaste hall, les voix de centaines de consommateurs se mêlaient sans discernement.

Kate poussait un Caddie auquel Josh essayait de s'agripper comme l'un de ces gangsters qu'il avait vus à la télé monter sur le marchepied d'une antique voiture. En passant devant la longue allée de jouets, l'enfant tira sur la jupe de sa mère.

— Dis, je voudrais regarder les jouets, maman, je peux, hein, dis, je peux ?

Kate soupira. Les courses étaient toujours pour elle une corvée, déambuler sans fin entre des rayonnages immenses, tout ça pour choisir un article parmi cent autres quasi identiques… Elle repensa à Stephen qui lui demandait de ne pas oublier de prendre de la glace et la perspective du barbecue de ce midi lui mit du baume au cœur. Les Salinger venaient déjeuner, Dayton et Molly qu'elle n'avait pas revus depuis près de deux ans étaient enfin de retour dans la région. Revigorée à cette idée, humant déjà le parfum des hamburgers en train de cuire et le plaisir de revoir ses amis d'adolescence, Kate se sentit de bonne humeur.

Josh tira de nouveau sur sa jupe dans l'attente d'une réponse. Elle allait lui reprocher d'insister quand il fit sa moue de petit enfant suppliant.

— S'il te plaît maman, promis, je regarde seulement, je reste ici…

De part et d'autre de l'allée, des chariots défilaient au ralenti comme sur une autoroute saturée aux heures de pointe.

Josh fixait sa mère de son regard implorant.

« Je ne supporte pas quand il me fait cette tête », pensa-t-elle.

N'ayant aucune envie de s'embarquer dans de quelconques réprimandes ou jérémiades qui se solderaient de toute manière par un Josh boudeur pour le reste des courses, Kate haussa les épaules. Elle avait surtout hâte d'être de retour chez elle, de s'installer tranquillement dans le petit jardin, de retrouver ses amis.

« Je pourrais filer entre les rayons plus rapidement et finir la corvée des courses plus vite si je le laisse ici », pensa-t-elle.

— OK, tu peux m'attendre ici, mais je te préviens, tu ne fais pas de bêtises et tu ne bouges pas du rayon jouets. Et je ne t'achète rien, que les choses soient claires.

Josh hocha la tête avec joie sans s'alarmer sur cette dernière phrase. C'était toujours comme ça, mais au final il pourrait peut-être avoir un petit quelque chose, en insistant bien, quand Kate reviendrait avec un Caddie chargé et l'envie de rentrer le plus vite possible. Il commençait déjà à partir vers les figurines en plastique quand sa mère l'appela :

— Hey, super-bonhomme, tu ne fais pas un petit bisou à ta maman ?

Josh revint sur ses pas, un rictus espiègle au coin de la bouche, et embrassa Kate rapidement sur la joue, puis il s'en retourna vers les effigies de ses héros. Kate Phillips, jeune mère d'à peine vingt-trois ans, regarda son fils s'éloigner en souriant.

Elle ne le revit jamais.

Portland, Oregon,
de nos jours

PREMIÈRE PARTIE

« Promenons-nous dans les bois, pendant que le loup n'y est pas, si le loup y était, il nous mangerait… »

Comptine pour enfants

1

Les mots s'inscrivirent sur l'écran de l'ordinateur dans un feulement de silicium.

« [OBERON] les chat-rooms sont déprimants ce soir. Je me sens seul. Et toi, comment vas-tu ? »

Juliette Lafayette fronça les sourcils devant son écran. Elle tourna la tête pour voir où en était son autre ordinateur dans sa tâche d'acquisition d'un nouveau logiciel via Internet. Le défilement des données se poursuivait avec une rigueur toute synthétique. Son bureau était vaste, elle l'avait aménagé en L afin d'y disposer d'un plan de travail – perpétuellement encombré de livres – et de place pour ses deux ordinateurs. Juliette revint à la conversation qu'elle avait commencée avec Oberon.

« [ISHTAR] Je me sens comme tous les soirs. Vide. »

Son pseudonyme luisait en lettres noires sur le tube cathodique. Elle aimait ce nom de déesse. Des centaines de milliers de personnes utilisaient quotidiennement Internet pour se parler, sans rien savoir de leur interlocuteur, le pseudo était la seule représentation qu'on pouvait se faire de lui. C'était tout ce qui représentait les Autres sur Internet.

De nouveau son partenaire de solitude lui répondit :

« [OBERON] Je comprends ce que tu ressens. C'est pareil ici. Le vide, le noir, et la nuit qui absorbe le monde. »

« [ISHTAR] Ce que j'aime sur Internet c'est cette facilité qu'ont les gens à s'exprimer. Je peux te raconter ma vie et ça ne me coûtera rien car tu n'es pas là et on ne se verra jamais. Je n'ai pas le poids de ton regard.

« [OBERON] À se partager nos soirées de célibataires, on va finir par se manquer l'un à l'autre. »

Juliette secoua la tête gentiment.

« [ISHTAR] Manquerait plus que ça. Et puis nous ne sommes pas complètement seuls. Toi tu as la nuit comme tu me le répètes si souvent et moi j'ai mes études je te rappelle !

« [OBERON] C'est vrai j'oubliais. Tu étais à l'université aujourd'hui ? »

Juliette sourit, et réfléchit un instant avant de taper sa réponse sur le clavier :

« [ISHTAR] Pourquoi ? Tu es un de mes profs ? Tu me surveilles ? »

Juliette attrapa le reste de nouilles chinoises qui refroidissaient dans un bol. Elle baissa l'halogène et plongea sa chambre dans une semi-pénombre plus reposante. Dehors le chien des voisins aboya dans la nuit.

« [OBERON] Non. Mais je m'intéresse à toi. Tu ne me parles pas beaucoup de ce que tu es. J'aimerais bien te connaître mieux. »

Juliette lut attentivement les mots de son interlocuteur avant de formuler sa réponse.

« [ISHTAR] Depuis le temps qu'on échange des pensées ensemble, cher Oberon, tu devrais commencer à me cerner davantage. Non ? »

Elle replia ses jambes sous elle et pesta en faisant tomber quelques nouilles sur la moquette.

« [OBERON] Deux mois exactement. Nous échangeons des pensées sur Internet depuis deux mois et tout ce que je sais de toi c'est que tu es une jeune femme de vingt-trois ans, que tu aimes l'histoire et les mythologies d'où le surnom de Ishtar, déesse de l'amour et de la guerre, et que tu es une inconditionnelle des nouilles chinoises, d'ailleurs je parierais que tu es en train d'en manger. »

Juliette cessa de mâcher. Comment pouvait-il le savoir à moins d'être en train de l'observer en ce moment même ? Elle déglutit lentement et posa le bol sur le bureau. Son cœur reprit presque aussitôt un rythme régulier. « Tu es idiote ma pauvre fille ! » pensa-t-elle. Comment veux-tu qu'il sache ce que tu fais ? Il sait ce que tu manges parce que tu manges presque tout le temps la même chose ! À force de le lire, il l'a retenu !

« [OBERON] Alors ? »

Les doigts de Juliette glissèrent habilement sur le clavier, à la manière de ceux qui passent des journées entières à pianoter :

« [ISHTAR] Dans le mille ! Tu vois, tu en sais déjà beaucoup sur mes habitudes culinaires… Que demander de plus ? »

« [OBERON] De savoir qui tu es vraiment. Qui se cache derrière Ishtar. »

« [ISHTAR] Une étudiante en quatrième année de psycho. Ça te va ? »

La réponse du mystérieux Oberon ne tarda pas à apparaître.

« [OBERON] C'est un bon début. J'accepte de jouer à un petit jeu avec toi. Plus tu m'en dis sur qui tu es vraiment plus je me dévoile. Qu'en dis-tu ? Laissons-nous fondre l'un vers l'autre. »

Juliette reposa le bol à présent vide.

— Dommage Oberon, mais là ça va un peu trop loin à mon goût.

Elle rédigea son verdict rapidement.

« [ISHTAR] J'ai bien peur que ça ne soit pas possible. Il est tard, je m'en vais. Bonne nuit, et à bientôt, peut-être sur Internet… »

Elle se leva, s'étira en grognant et allait éteindre l'ordinateur quand les mots fusèrent sur l'écran :

« [OBERON] Ne te déconnecte pas ! Ne fais pas ça ! »

— Désolée roi des elfes, mais je suis fatiguée.

Elle pressa le bouton d'arrêt et dans un dernier souffle de la ventilation l'ordinateur s'en retourna au silence. L'autre machine avait à présent assimilé le programme complet dont elle avait besoin pour augmenter sa capacité de mémoire, aussi Juliette l'éteignit. La jeune femme passa devant l'armoire et s'immobilisa devant le grand miroir. Elle observa Je reflet de sa silhouette. Grande et mince, « Peut-être trop, se dit-elle, je devrais faire du sport, beaucoup plus de sport. » Elle tâta ses fesses encore fermes malgré les heures passées assise devant l'ordinateur ou le nez plongé dans les livres. Son regard se porta sur son visage. Des lèvres larges, un nez que sa mère disait en trompette et de longs cheveux qu'elle teignait en noir depuis deux ans pour faire ressortir le bleu de ses yeux, par souci d'esthétisme d'abord, et puis elle avait songé que ça lui correspondait mieux, les cheveux noirs reflétaient plus son caractère indépendant. Et parfois un peu trop morose. Apercevant une grande silhouette élancée aux cheveux d'ébène, la plupart des garçons se retournaient sur son passage, jusqu'à ce que son regard les pénètre. Combien de fois avait-elle ressenti l'effet que ses yeux d'un bleu limpide avaient sur les hommes ! Les plus sûrs d'entre eux se trouvaient déstabilisés, c'en devenait presque comique de les voir ainsi bouche bée. En fait, ça devenait plutôt lassant. Peu osaient l'approcher, s'imaginant sûrement qu'une aussi surprenante créature était déjà comblée d'amour, et les rares qui franchissaient le pas n'avaient en général que leur narcissisme à séduire et rien à échanger. Juliette étant d'une nature timide, elle passait donc ses soirées seule, coincée entre ses deux disques durs et leurs écrans, loin de ces soirées romantiques que les jeunes femmes de son âge prisaient par-dessus tout.

Mais d'une certaine manière c'était ne prendre aucun risque, et cela lui convenait. Sur Internet, les gens que l'on croisait se réduisaient à de simples sobriquets qui à eux seuls en disaient parfois long sur la personne. On pouvait discuter avec le premier venu sans s'exposer à quoi que ce soit, sitôt que la conversation prenait une tournure désagréable il suffisait de se déconnecter et l'on n'entendait plus jamais parler de lui. Avec cet Oberon, rencontré sur un forum de discussion, ils avaient tissé une certaine forme d'amitié, se retrouvant parfois le soir pour converser sans jamais savoir à qui ils avaient réellement affaire l'un et l'autre. Internet représentait un moyen de communication sans danger, le *safe communication*. Mais évidemment, cela manquait de chaleur.

Le chien des voisins se remit à aboyer de plus belle.

— Tais-toi Roosevelt ! lança Juliette par la fenêtre ouverte de sa chambre.

« Quelle idée d'appeler son chien Roosevelt ! Au moins, je n'aurai pas à me torturer l'esprit pour trouver un nom à mon chien si j'en prends un un jour ! Je finirai comme une vieille sorcière, seule dans sa tanière ! » pensa-t-elle.

Cette image amena un sourire sur ses lèvres et elle décida de se mettre au lit.

La lumière s'éteignit dans sa chambre vers minuit et demi.

⁂

Quelques jours plus tard, la pluie cognait sur la vitre de l'amphithéâtre. Le professeur Thompson dictait son cours d'une voix monocorde qui avait déjà plongé la moitié de son auditoire dans une profonde léthargie. Au milieu de tous ces visages, Juliette Lafayette écoutait d'une oreille distraite, observant le paysage gris et humide qui s'étendait de l'autre côté de la fenêtre. Son esprit divaguait vers la Californie où ses parents étaient partis vivre deux mois plus tôt. Ted Lafayette avait été promu et par la même occasion muté à San Diego, sa femme Alice prévoyait de changer d'employeur pour redonner à sa carrière le piment que la routine lui avait retiré et donc elle avait suivi son mari vers des terres plus ensoleillées. Juliette avait grandi ici, à Portland, ses rares amis s'y trouvaient ainsi que tous ses repères, par conséquent elle n'avait pas voulu suivre ses parents. Elle était en quelque sorte la gardienne de la maison. Ça n'était pas toujours très facile de vivre seule dans une si grande villa, mais la solitude était dans son caractère, elle aimait l'indépendance, à tel point que cela lui avait souvent coûté de rompre avec ses petits amis, si rares fussent-ils. Le plus dur n'était pas tant de se sentir seule – quoique la nuit il lui arrivât de se faire de belles frayeurs pour pas grand-chose – que de se fixer une hygiène de vie. Ne pas se lever à n'importe quelle heure, entretenir la maison et surtout s'alimenter correctement. Juliette était incapable de se mitonner de petits plats sans raison, elle mangeait en général peu et n'importe quoi du moment que c'était simple à préparer.

— On pourra parler des trois phases du syndrome de Stockholm…

La voix du professeur Thompson avait surgi tout à coup comme celle d'un fantôme.

« J'ai intérêt à me concentrer un peu si je ne veux pas être larguée dès le début d'année », se dit Juliette en clignant les yeux pour sortir de ses songes. Des éclats de rire provenaient du couloir, Thompson lança un rapide coup d'œil contrarié vers la porte avant de poursuivre :

— La première phase avec la capture des otages est le développement du stress, aigu pour la plupart. Puis vient la phase de séquestration, où se met en place le chantage des preneurs d'otages : une phase de déshumanisation, les otages n'étant que de la marchandise. C'est d'ailleurs à ce moment que se produit l'identification avec l'agresseur, où l'otage surmonte petit à petit la crainte de la mort et sympathise avec le bandit. Et enfin la phase séquellaire où apparaissent le stress post-traumatique ou la dépression.

Juliette se laissa captiver par l'étrangeté de cette attitude. Comment des individus capturés et retenus contre leur gré pouvaient-ils se mettre à éprouver de la sympathie pour leurs tortionnaires ? Lorsque le professeur Thompson aborda le cas d'une femme qui était tombée amoureuse de son kidnappeur et avait fini par l'épouser, Juliette ne put s'empêcher de sourire. « On se croirait dans une production hollywoodienne, se dit-elle. Il ne manque plus que Kevin Costner dans le rôle du malfaiteur et il n'y a qu'à filmer le tout ! La réalité dépasse souvent la fiction. »

Les dix dernières minutes du cours passèrent rapidement.

Juliette rejoignit le parking étudiant et se glissa dans sa petite Coccinelle. La pluie avait cessé quelques minutes auparavant. Elle prit la direction du sud de la ville, et s'arrêta en cours de route au Seven-Eleven pour y acheter quelques bières. Elle devait se rendre chez sa meilleure amie, comme tous les mecredis soir. Juliette et Camelia ne se ressemblaient en rien, du moins selon les critères communs. Juliette avait vingt-trois ans et Camelia trente-deux. Si Juliette se sentait plus à l'aise seule chez elle, Camelia se plaisait à sortir régulièrement, et elle avait été mariée pendant cinq ans. Mais sitôt qu'elles se mettaient à parler, une connivence sincère les animait. Quel que fût le sujet, leurs discours se trouvaient des points communs et les soirées s'étiraient souvent jusque tard dans la nuit.

La Coccinelle finit par s'immobiliser devant une maison à la peinture décatie.

Camelia ouvrit la porte. C'était une grande femme avec de longues mèches blondes qui n'avaient de naturel que leur mouvement torsadé. Un large sourire illumina son visage à l'arrivée de son amie.

— Bonsoir ma belle !

— Salut, octobre approche et le froid aussi, fit Juliette en s'empressant d'entrer dans le vestibule.

— Je vais allumer un bon feu dans la cheminée, installe-toi.

Juliette fronça les sourcils en observant la peau bronzée de Camelia.

— Je croyais que tu arrêtais les UV, dit-elle. Que ça n'était pas sain pour ta peau !

— Disons que c'est un dernier caprice après l'été. J'ai préparé une salade de gésiers, de la haute *cuisine française* ! Ça te rappellera tes origines.

— Mmh-mmh. Il n'y a plus que mon père dans la famille pour nous le rappeler. Je crois qu'il en fait une sorte de snobisme, d'avoir un grand-parent français. Comme si c'était une sorte de privilège, du sang royal en quelque sorte.

Juliette posa les bières sur la table de la cuisine. Une télé restée allumée quelque part dans la maison continuait de diffuser un bulletin d'informations.

— Et comment vont tes parents ? demanda Camelia.

— Ils ont appelé hier soir, ma mère se plaît beaucoup là-bas, un peu de mal à s'habituer à la chaleur mais ça va. Et mon père travaille beaucoup, il ne rentre pas tôt et prolonge assez souvent sa semaine pendant le week-end. Le plus surprenant, m'a dit ma mère, ce sont les Californiens, ils ont une mentalité bien à part.

— Tu n'es jamais descendue en Californie ? s'étonna Camelia en disposant les assiettes sur un plateau.

— Non, tu sais, moi et les voyages… On ne peut pas dire que je sois beaucoup sortie de l'Oregon.

Camelia posa ses mains sur ses reins, se déhanchant fortement.

— Alors achète-toi un nouveau maillot de bain, je t'emmène en week-end à L.A. et sur ses plages bondées d'hommes musclés.

— Bondées fin septembre ?

— Hey, ma petite, c'est ça la mentalité californienne, un bon Californien est au-dessus des saisons. D'ailleurs il est tout le temps au-dessus, si tu vois ce que je veux dire…

Juliette ignora la remarque graveleuse et se contenta d'un laconique :

— Tu sais, les plages c'est pas trop mon truc.

Camelia fixa Juliette dans les yeux.

— Juliette, il va bien falloir qu'un jour tu te décides à aimer ce que le commun des mortels fait, ou attends-toi à finir ta vie recluse et oubliée de tous !

— Je ne vais tout de même pas me forcer ! Je trouve ça stupide de passer sa journée à moitié nue, à mourir de chaleur, à se faire mater par tous ces mecs en manque de sexe, et avec la peau qui tire à cause du sel de la mer. C'est peut-être pas à la mode de penser comme ça mais excuse-moi, je n'y peux rien.

Camelia lui adressa un regard bienveillant en secouant la tête.

— On ne te changera pas, décidément. Allez, aide-moi à emporter tout ça dans le salon.

Elles disposèrent les assiettes sur une magnifique table en verre fumé. La maison de Camelia était non seulement grande mais également meublée avec soin. La pension alimentaire que lui versait son ex-mari lui fournissait un complément financier qui lui permettait quelques caprices de luxe.

Elles dînèrent avec appétit et le vin coula généreusement. Vers dix heures, elles se sentaient toutes les deux un peu parties et s'installèrent devant la télé. Juliette riait pour un rien pendant que Camelia prenait un malin plaisir à commenter la niaiserie des personnages d'un sitcom.

Les deux amies passèrent plus d'une heure à rire, ne s'interrompant que pour se resservir un verre ou changer de chaîne. Camelia, qui aimait à répéter qu'elle était le produit d'une mal fonction de la société puisque conçue par ses parents lors du grand black-out newyorkais de 1965, ne cessait de critiquer le rôle bêtifiant de la télé moderne, ce qui faisait s'esclaffer Juliette.

— Tu n'arrêtes pas de maudire la télé depuis une heure, remarqua-t-elle, mais tu passes ton temps à la regarder !

— C'est parce que je refuse de croire ce que je vois, je continue de chercher une émission intelligente…

Les éclats de rire fusèrent de plus belle.

Peu avant minuit, Juliette décida qu'il était temps de rentrer. Camelia insista pour qu'elle ne prenne pas le volant et qu'elle dorme dans une des chambres d'amis mais elle refusa. Juliette promit de conduire lentement et d'être prudente, même si la distance à parcourir était dérisoire, elle vivait à moins d'un kilomètre sur la colline.

Sur le perron, Camelia lui fit un grand signe d'au revoir et rentra se coucher. Juliette descendit la volée de marches jusqu'à la rue, profitant de la fraîcheur de la nuit pour se remettre les idées en place. Elle se sentait un peu grisée mais les vapeurs de l'alcool s'étaient suffisamment estompées pour qu'elle se sache capable de conduire. Se rendant compte qu'elle traînait des pieds, elle souffla un grand coup pour se dynamiser. Elle posa les mains sur la rambarde de l'escalier et admira le dénivelé de maisons et jardins qu'elle surplombait. Au loin, la Willamette River fendait le centre-ville comme un ruban de ténèbres. Le contraste était saisissant, des hauteurs où elle se trouvait, Juliette dominait tout le Portland de lumière, tous ces immeubles et ces rues bourdonnantes. Pourtant elle n'y voyait aucune vie, juste un amas de clarté anonyme.

« C'est bien le moment d'avoir de pareilles pensées ! songea-t-elle. Minuit passé et tu déprimes en admirant la vue, c'est de plus en plus pathétique ! »

Renonçant au spectacle qu'elle connaissait par cœur, Juliette traversa la rue, longea un pick-up qui stationnait là et s'approcha de sa Coccinelle en cherchant ses clés dans la poche de son jean. Elle fouillait ses deux poches quand elle remarqua le pneu arrière tout plat. Il s'affaissait mollement sur l'asphalte à la manière d'un vieux chewing-gum.

— Oh merde ! Pas ce soir !

Elle s'appuya sur sa Coccinelle afin de s'éclaircir les idées quand une voix la fit sursauter.

— Un problème, mademoiselle ?

Juliette fit brusquement volte-face et se trouva nez à nez avec un homme d'une bonne vingtaine d'années. Visiblement surpris de sa réaction, il s'empressa aussitôt de reculer en s'excusant.

— Je suis désolé, balbutia-t-il, je ne voulais pas vous effrayer.

Il semblait presque aussi troublé qu'elle, et Juliette lui fit signe que ce n'était pas grave.

— C'est moi, je suis très froussarde, souffla-t-elle en se posant la main sur le cœur.

— Je vois ça. On dirait que vous avez un problème, fit-il en montrant le pneu crevé.

— Oui, mais ça ira, j'habite tout près d'ici.

— Vous voulez que je vous dépose ? Je suis garé juste là.

Il lui montra un gros pick-up bleu stationné quelques mètres plus haut.

Le regard de l'inconnu était fuyant, il ne fixait pas Juliette, observant tout autour de lui, sans se poser un seul instant. Un physique banal, cheveux châtains mi-longs, assez costaud, mais quelque chose dans son attitude semblait en porte-à-faux avec le reste. Juliette le dévisagea quelques secondes avant de répondre, un peu mal à l'aise :

— Oh non, c'est gentil mais je n'en ai que pour cinq minutes.

— Je vous assure que ça ne me dérange pas, insista-t-il en souriant.

« C'est un charmeur, pensa-t-elle, un type au physique modeste mais qui sait faire le beau. »

Pendant un court instant elle s'était imaginé que c'était peut-être une rencontre qui pourrait se transformer en une belle histoire, comme en racontent certains couples âgés. Mais à présent, elle se sentait plutôt gênée par la présence de cet homme. Derrière son large sourire, elle pressentait qu'il y avait autre chose, d'indiscernable.

« Ses yeux. Ses yeux ne reflètent pas ce qu'il montre sur son visage », se dit-elle.

En effet une lueur froide scintillait dans son regard. Son visage se voulait engageant, il faisait tout pour cela, mais son regard n'était pas plus animé que celui d'un poisson mort.

— Alors ? pressa-t-il.

— Je vais marcher, ça va me faire du bien, merci tout de même, répondit Juliette en esquissant un bref sourire. Bonsoir.

Elle commença à s'éloigner et l'entendit agiter dans son dos un récipient plein de liquide, comme une bouteille de whisky que l'on secoue.

Et avant qu'elle n'ait le temps de comprendre ce qui se passait, un nuage de coton s'abattit sur son visage.

Des flammes nébuleuses jaillirent dans sa gorge.

Elle tenta de se débattre mais une pression trop forte la maintenait.

Son esprit se perdait dans un torrent d'images incompréhensibles.

Ses poumons la brûlaient terriblement.

Puis le noir tomba en quelques secondes.

2

Le couloir était sombre. Des gouttes d'eau tombaient quelque part dans les sous-sols. Mais le plus gênant était sans conteste l'obscurité, on n'y voyait pas à deux mètres. Et puis la chose surgit tout d'un coup, comme un diable hors de sa boîte. Énorme et hideuse, elle fut la plus rapide et décapita l'homme qui la regardait médusé sans lui laisser le temps de brandir son arme.

— Merde ! s'exclama Joshua Brolin en bondissant de son fauteuil pour éteindre la console de jeux vidéo.

Le bureau dans lequel il se trouvait était au cinquième étage du Département de police de Portland, lumineux grâce à ses grandes fenêtres et surtout – chose rare dans la police – vaste.

La porte s'ouvrit soudain et un homme en uniforme s'avança. Bien charpenté, les cheveux grisonnants et les yeux noirs de cernes, Larry Salhindro était d'une humeur de chien.

— Déjà deux ans que tu es inspecteur et ça n'est toujours pas marqué sur la porte, dit-il en entrant comme s'il s'agissait de son propre bureau.

Remarquant aussitôt la télé portative et la console il ajouta :

— Alors Josh, encore accro à ce truc de gosse ?

— Crois-moi, j'essaye d'arrêter mais c'est pire que la cigarette ! C'est le seul truc qui arrive à me faire penser à autre chose qu'au boulot. C'est mon déstresseur personnel.

— Ouais, tu parles d'un antistress. Bon, voilà le rapport du légiste concernant notre jolie demoiselle repêchée avant-hier matin, lança Salhindro en posant un dossier sur le bureau encombré. Les examens microscopiques ont été effectués hier mais ils ont pas eu le temps de tout rédiger, on aura ça dans la journée.

Il s'assit en tirant sur sa lourde ceinture pour donner du lest à son ventre bedonnant. Cinquante ans dans un mois et de nombreux kilos en trop, Larry Salhindro travaillait dans la police de Portland depuis vingt-sept ans. De longues années de ronde à se nourrir de sucreries en tout genre pour tenir le coup physiquement.

Brolin se saisit du dossier et sortit ses lunettes de leur étui pour les glisser sur son nez. Avec ses mèches châtains tombant sur le front, ses grands yeux noisette, sa bouche naturellement souriante et son large menton carré, les lunettes lui conféraient une sévérité assez inhabituelle. À presque trente et un ans, Brolin était le plus jeune inspecteur de la Division d'enquêtes criminelles. On lui reprochait souvent de ressembler davantage à une star du football – d'où son surnom de QB [1] – qu'à un inspecteur de terrain. Une manière comme une autre de lui faire comprendre qu'il ne devait pas la ramener sur ses origines professionnelles.

1. QB : Quaterback, le capitaine et souvent la star de l'équipe au football américain.

Joshua Brolin avait eu un parcours inverse de ce qui se faisait habituellement, passant du FBI à la police plutôt que le contraire. Son diplôme de psychologie en poche et nanti d'un véritable don pour l'étude des pathologies mentales, Brolin voulait entrer au FBI pour y travailler à l'Unité de Science du Comportement et être ainsi plongé au cœur des enquêtes à longueur de temps. Commença alors la série de tests pour entrer à Quantico, l'académie du FBI, puis la fastidieuse étape de formation. Il passa les concours d'admission préliminaire avec succès, se classant parmi les meilleurs ce qui lui permit de connaître des membres de l'USC et donc de nouer des liens. Outre ces relations, sa volonté d'apprendre dans les domaines de la criminologie et ses notes excellentes lui permirent d'obtenir rapidement un passe-droit inhabituel pour les formations spécifique de l'USC. Là encore il s'illustra par sa capacité à intégrer les informations pour les confronter aux éléments d'enquêtes et en tirer des profils de criminels tout à fait justes.

C'est là que les choses commencèrent à se gâter. Brolin savait bien qu'on ne devenait pas profileur à l'USC juste après la formation, il fallait en général justifier de plusieurs années dans un autre service pour être admis à postuler : seule l'expérience du terrain pouvait conférer à un agent les capacités nécessaires pour devenir un bon profileur. Pourtant Brolin avait naïvement pensé que ses mentions « très bien » à la plupart de ses examens et les excellents contacts qu'il entretenait avec plusieurs cadres lui obtiendraient un billet direct pour l'USC au moins comme stagiaire. Il n'en fut rien. Il ne devait réussir son entrée au FBI qu'après deux ans d'entraînement et d'apprentissage criminalistique.

Sous son aspect froid et intransigeant, l'USC était en fait une grande famille où chacun n'hésitait pas à aider et conseiller son collègue. Cela venait essentiellement du fait qu'ils travaillaient tous sur des cas de mutilations atroces, de sévices sexuels cauchemardesques et autres monstruosités. Ils se serraient les coudes parce qu'ils n'avaient pas le choix, nombreux étaient les agents qui faisaient un passage de quelques années à l'USC avant de demander un changement de service, ici on ne faisait pas de vieux os si l'on voulait garder une santé mentale socialement viable. Le quotidien d'un agent consistait en l'analyse des pires crimes commis dans le pays à grand renfort de clichés photographiques, voire de films et de rapports de légiste ou de police. En fait, chaque journée était une plongée dans les tréfonds les plus noirs de l'âme humaine.

Curieusement, ce n'est pas ce qui gêna le plus Brolin au cours de ses nombreuses heures passées dans le service durant sa formation. Il réussissait parfaitement à se plonger dans une enquête, à s'imprégner des éléments et à recréer le comportement du tueur puis à s'extraire progressivement de son rôle pour redevenir Joshua Brolin.

Un soir, après une longue journée de cours, Robert Douglas, le directeur de l'USC, lui avait confié qu'il voyait en lui un profileur né à cause de cette faculté de cloisonner vie privée et boulot. La plus grande difficulté pour un profileur est qu'il doit s'immerger complètement dans la psychologie du tueur, il doit arriver à comprendre parfaitement son fonctionnement afin de l'adopter pour enfin réussir à le cerner, pour savoir ce qu'il va faire. Y parvenir représente un travail de longue haleine, le profileur vit avec toute la connaissance qu'il a de l'enquête et des victimes ; il se concentre sur ce qui a été infligé au cadavre, jour et nuit, jusqu'à pouvoir sentir qu'il « tient » la personnalité du tueur.

Puis il *devient* le tueur.

Du moins il comprend ses actes, et surtout ses motivations, ses fantasmes et le désir qui l'anime au moment des faits. C'est alors qu'il peut dresser le profil de l'assassin, car il sait ce qu'il est, il a perçu ses besoins et peut établir sa dangerosité à venir.

D'après Douglas, la force de caractère de Brolin lui permettait de faire tout cela sans en garder de trop grande lésion psychologique une fois le rôle de tueur raccroché au clou, ce qui est la principale qualité d'un profileur. En fait, Brolin faisait preuve d'une incroyable empathie et non d'un simple ressenti, c'était là toute sa force. Il ne cherchait pas à se l'expliquer, c'était ainsi chez lui, il ne voulait pas tenter de disséquer le phénomène plus avant, ça ne l'intéressait pas. Ce qu'il voulait, c'était traquer ces malades avant qu'ils ne commettent un nouveau crime. À Quantico, on murmurait souvent dans les couloirs des unités mitoyennes avec l'USC que tous ces profileurs étaient certes au FBI, mais qu'il aurait suffi de pas grand-chose dans leur enfance pour que leurs visages rejoignent un jour ceux des plus grands tueurs en série du pays qui étaient punaisés au mur des bureaux.

Démêler les indices, relever les preuves, établir les profils psychologiques et faire progresser la traque du tueur, telles étaient donc les motivations essentielles de Brolin lorsqu'il était entré au FBI. Lorsqu'il obtint son badge, il avait vingt-huit ans passés, et Robert Douglas le convoqua dans son bureau.

— Je sais que tu veux rentrer dans mon unité maintenant que tu fais pleinement partie de la maison, lui dit-il. Mais tu vas devoir patienter. Tu seras certainement un très bon profileur, je te l'ai déjà dit.

— Mais ? avait demandé Brolin, le goût amer de la déception dans la bouche.

— Mais je ne ferai pas d'exception. Il faut l'expérience du terrain qui s'ajoute à l'intuition et malgré toute ta connaissance des dossiers, je veux que tu te fasses la main. C'est l'affaire de quatre, cinq ans, six tout au plus. Je ne te demande pas grand-chose, juste d'engranger un vécu d'agent pendant tout ce temps, crois-moi, il y a des centaines de choses que tu n'apprendras que là-bas, dans la jungle urbaine. Ensuite, tu auras ta place ici. Avec nous.

Devant la moue plus que renfrognée de Brolin, Robert Douglas ajouta :

— Qu'est-ce que tu imagines, hein ? Tu es peut-être fait pour ce boulot mais je ne vais pas prendre un agent qui risque de se planter sur un dossier parce qu'il n'aura pas l'expérience et la maturité suffisantes. Tu as déjà regardé les types qui bossent ici ? Ils ont tous la trentaine bien tapée, au moins. Je vais m'arranger pour que tu aies un poste qui te convienne et dans quelques années, tu seras dans l'équipe.

Brolin savait que Douglas mâchait ses mots mais la vérité était toute simple : l'USC avait réussi à acquérir une bonne réputation à force de travail et ne voulait engager que des agents ayant fait leurs preuves à maintes reprises pour ne pas risquer sa réputation sur une erreur. L'USC ne prendrait aucun risque.

Il reçut quelques jours plus tard son attribution de poste, à l'antenne locale de Boston. Nombre de camarades de promotion lui envièrent son affectation mais pour Brolin, cela signifiait vivre encore six ans sans être confronté à ce qui le passionnait depuis déjà huit longues années. C'était tout simplement hors de question.

Pendant son instruction, Brolin avait sympathisé avec un profileur qui enseignait la psychiatrie criminelle, John Rissel. Celui-ci s'était montré très chaleureux et disponible. Rissel fut le déclencheur de son départ. Il lui répéta qu'il avait un véritable don pour cerner la personnalité des criminels, qu'il devait patienter. Mais devant le refus obstiné de Brolin, il capitula. C'est alors qu'il lui conseilla de démissionner et de rejoindre les forces de police. Là-bas, ils avaient besoin d'éléments comme lui, on l'enverrait probablement sur le terrain pour faire ses preuves, mais s'il rejoignait une agglomération de taille moyenne, il finirait rapidement par hériter des dossiers criminels et donc du profilage, certainement plus vite qu'au FBI. Rissel avait cerné sa personnalité, son besoin de travailler sur des bases fixes, dans un environnement stable duquel il pourrait tirer avantage grâce à sa volonté de toujours en savoir plus sur ce qui l'entourait. Rissel l'avait encouragé à se sédentariser dans une grande ville plutôt que de choisir la vie des affectations fantaisistes de tout agent spécial du FBI. S'il se sentait incapable de persévérer quelques années ici, autant qu'il aille là où il serait le plus utile et le plus épanoui.

C'est donc avec un diplôme de psychologie et une formation en criminalistique au FBI que Brolin avait rejoint Portland, sa ville natale, et obtenu en seulement six mois un poste titulaire d'inspecteur. Il écopa pendant encore onze mois des affaires branlantes et, vu sa capacité à cerner la nature criminelle, il obtint rapidement la considération de ses supérieurs qui lui confièrent enfin les dossiers les plus intéressants.

Dès lors, il s'était gardé d'évoquer son passé au Bureau, qu'il considérait comme un enrichissement professionnel bien que ce fût le plus gros échec personnel de sa vie.

Dans une ville telle que Portland, un passé de *Fed*[1] suffisait à établir une mauvaise réputation, comme si c'était le gage d'une prétention suprême. Les flics voyaient en Brolin un jeune loup aux dents longues, ce qui était loin d'être le cas, mais encore fallait-il s'attacher à le connaître, ce que peu, hormis Salhindro, avaient tenté.

— Les gars du labo ne l'ont pas encore identifiée, je présume ? demanda Brolin sans lever la tête de son bureau.

— Oh ! non, et compte tenu de son état, ça va pas être simple ! Elle est toute déformée par les gaz et la couleur de sa peau est…

Bien que de presque vingt ans son cadet, Brolin fit taire son collègue d'un geste de la main.

— Larry, j'étais là quand ils l'ont retrouvée. De quoi est-elle morte alors ?

— De suffocation.

— Elle s'est noyée, tu veux dire, corrigea Brolin.

1. Fed : pour agent fédéral (du FBI).

— Non, je veux dire qu'elle est morte parce qu'elle n'arrivait plus à respirer assez d'air. Des sangsues l'ont étouffée.

Cette fois Brolin leva les yeux et fixa Salhindro pardessus la monture de ses lunettes.

— Quoi ?

— Je sais que c'est bizarre mais c'est ce qui est écrit.

Salhindro prit le dossier et tourna les photos et les pages jusqu'à celle qu'il cherchait.

— Tiens, je cite : « … la présence inexpliquée de six sangsues dans les voies aériennes ayant entraîné une surcharge ventriculaire droite précédant l'arrêt cardiaque. Les six corps étrangers ont été retrouvés à plusieurs niveaux, dans l'œsophage, au niveau des parois pharyngées et de l'épiglotte. Les spécimens ont été confiés à un hirudiniculteur pour plus de détails. Des lésions – que les examens anatomopathologiques ont confirmées comme étant *ante mortem* – de la bouche, des dents et de la langue indiquent qu'on a introduit les corps étrangers au niveau du pharynx de la victime avant sa mort. Il est à penser que les sangsues sont descendues vers le larynx pour se gorger de sang. Bien que la putréfaction du corps masque certaines choses, des hématomes, ecchymoses et autres signes cutanéo-muqueux de défense sont clairement décelables. Les marques externes et internes à la base de la mâchoire ainsi que les différentes lésions buccales permettent de supposer qu'on a contraint la victime à ouvrir la bouche pour y déposer les créatures. Les examens anatomopathologiques révéleront les conséquences de la présence d'eau dans les poumons, et préciseront si la victime a également été noyée, ou s'il s'agit uniquement d'eau entrée *post mortem* lors du séjour dans la rivière. » Les bestioles gorgées de sang ont grossi de plus en plus et l'ont empêchée de respirer, jusqu'à la suffocation. Voilà, tout est dans le rapport.

Le dossier claqua quand Salhindro le laissa tomber sur le sous-main.

— D'accord, on a affaire à un dingue qui prend du plaisir à enfoncer des sangsues dans la gorge des gens, mais ce qui m'intéresse, c'est de savoir si c'est bien l'individu que nous recherchons qui a fait ça ! lança Brolin que l'énervement commençait à gagner. Alors qu'est-ce que tu as à me dire à propos de cette marque sur son front ? On a des nouvelles ?

Assis en face du jeune inspecteur, Salhindro croisait les mains devant son visage en observant le ciel par la fenêtre.

— Justement, venons-en à cet élément, répliqua-t-il, ça va t'intéresser.

L'avant-veille, Brolin avait été appelé sur les berges de la Tualatin River où un cadavre de femme avait été repêché. Très vite, le légiste sur place avait remarqué une étrange marque sur son front. Les gaz de putréfaction et son séjour dans l'eau ne permettaient pas de dire avec précision de quoi il s'agissait mais l'inspecteur sur place avait aussitôt fait venir Joshua Brolin.

Deux autres cadavres de femme avaient été ainsi retrouvés, horriblement mutilés, en deux mois.

La première victime avait vingt-deux ans ; serveuse, elle rentrait chez elle quand elle avait été enlevée. Des pêcheurs l'avaient découverte par hasard, flottant sur le dos dans un étang de la région. On lui avait coupé les mains au niveau de l'avant-bras.

Vivante.

Ele tait [illegible] quand ça s'était produit. Pour une raison indéterminée on lui avait également brûlé le front, laissant une largemarque en forme d'étoile. La blessure, bien que peu profonde, avait fait des dégâts conséquents, faisant exploser tout le front comme un cratère de volcan. Cette fois déjà le mauvais état du corps n'avait pas permis d'établir avec certitude l'agent causal. « Probablement un acide », s'était contenté d'écrire l'expert légiste. Le cadavre avait séjourné trop longuement dans l'eau pour qu'on puisse en dire plus.

La deuxième victime était une étudiante en arts plastiques de vingt-trois ans. Enlevée sur le parking d'une boîte de nuit, et retrouvée sur la Tualatin River. La jeune femme avait également été dépossédée de ses mains, et portait la même marque de brûlure sur le front. Plus profonde cette fois-ci, elle avait dissous une majeure partie du haut du visage. Dans les deux cas, il fut établi que les corps avaient subi de nombreuses mutilations et bien que le séjour dans l'eau ne permît pas de l'assurer, on parlait également de sévices sexuels. La mort avait été entraînée par les nombreux coups et hémorragies qu'on pouvait constater sur les deux cadavres.

Il était évident que la série de crimes ne s'arrêterait pas là. La détermination qu'il avait fallu ainsi que la cruauté nécessaire pour couper ainsi des mains et tuer comme il l'avait fait laissaient présager que ce tueur était un dangereux psychopathe dans l'attente d'une nouvelle victime.

Brolin avait étudié des affaires similaires au FBI, il savait dresser un profil psychologique grâce aux éléments de l'enquête, et surtout nul dans la police de Portland ne connaissait mieux que lui les tueurs en série. Le détective Ashley était présent lorsqu'on avait repêché, deux jours plus tôt, une jeune femme avec une marque sur le front, et bien qu'elle n'eût pas les mains tranchées, il avait fait venir aussitôt Brolin, qui était officiellement chargé de l'enquête.

Avec les tueurs en série, il se trouve toujours un petit malin pour donner un surnom au meurtrier. Cette fois l'idée vint d'un collègue de Brolin. Compte tenu des mutilations et des tortures que le tueur se plaisait à infliger à ses victimes, il fut baptisé le Bourreau de Portland. L'information ayant filtré, la presse s'était fait un plaisir de reprendre le sobriquet à son compte.

À présent, Brolin n'attendait plus que la confirmation de ce qu'il savait déjà en son for intérieur, que la marque sur le front de cette femme avait été causée par de l'acide.

Salhindro reprit de sa voix grave :

— C'est la même marque que pour les deux autres filles. L'autopsie a révélé le même acharnement à répandre une bonne quantité de produit caustique sur le haut du visage. Une fois de plus, le séjour dans l'eau ne permet pas de dire ce qui a fait ça, mais il semble probable que ce soit de l'acide. Il y a donc la même ritualisation que pour les deux victimes précédentes.

Contrairement à son collègue et ami Josh Brolin, Salhindro n'avait jamais suivi la formation des profileurs à Quantico. Mais les années passées à côtoyer les psychologues de la police ou les criminels et à lire des rapports lui en avaient appris assez pour qu'il se fasse sa propre idée quand il était confronté à une scène de crime.

Brolin confirma en hochant la tête.

— C'est [illegible]omme qui a fait ça, murmura-t-il av[illegible] gravité. Le mode opératoire est différent mais la signature est similaire. Le besoin de faire souffrir, la nécessité de monter dans l'horreur, de faire toujours plus. Et de brûler à l'acide le front de ses victimes, ajouta-t-il plus bas encore.

Le jeune inspecteur soupira longuement, comme écrasé par un trop gros poids, et retira ses lunettes. Il y avait forcément un point où tout se recoupait. Pourquoi le tueur avait-il prélevé les mains de ses deux premières victimes et pas celles de la troisième ? Et l'acide sur le front ?

Brolin se massa les tempes et entama le processus de compréhension. Il mêlait habilement l'empathie et les rapports factuels qui lui avaient été donnés.

Rien dans ce que fait un tueur en série n'est là par hasard, le plus dur étant de trouver quelle place prend ce geste dans son fantasme, songea le jeune inspecteur. Il prélève peut-être les mains par fétichisme, comme une sorte de trophée, mais pourquoi les mains ? Et les victimes, comment les choisit-il, par hasard ou en fonction de critères précis ?

Toutes les victimes étaient de jeunes femmes dites « à bas risque » car elles étaient relativement sportives et donc à même de se défendre, et ne fréquentaient pas de personnes ou de lieux douteux. Le meurtrier avait donc fait preuve d'une grande audace en les enlevant. Il plaçait la barre haut, comme une sorte de défi. Pour chaque agression, il aurait pu y avoir des témoins, la victime aurait pu se défendre et alerter d'éventuels passants. Pourtant il n'en était rien, tout avait été exécuté rapidement.

On était là en présence d'un homme rusé, d'un tueur organisé et sadique.

Brolin l'imagina sans difficulté en train de converser avec ses proies, puis de les terroriser avant de les violer lentement. « C'est peut-être même un bel homme, charismatique tout comme l'avait été Ted Bundy », se prit à imaginer Brolin. Mais, quand ses pulsions meurtrières prennent le dessus, il devient un monstre assoiffé de domination, qu'un besoin de pouvoir entraîne vers l'horreur. Ça le prend tout doucement, une envie sexuelle qui le tiraille. Puis il voit une jeune femme dans la rue ou à la télé et elle lui inspire ce sentiment de violence qui fait naître en lui l'excitation. Il se met alors en chasse. Peut-être ne trouve-t-il rien qui l'enivre, pas de victime potentielle, alors il poursuit ses recherches pendant quelques jours. Parfois le désir se dissipe et il s'en retourne à son existence plus calme, mais il arrive que l'envie reste et se décuple à mesure qu'il voit toutes ces femmes inaccessibles. Du coup, sa frustration s'en ressent et la haine qu'elles lui inspirent s'en accroît d'autant plus. Il le leur fera payer cher. Toutes ces femmes qu'il voit partout, dans la rue, dans les magazines ou à la télé, il leur est indifférent, il ne peut en faire ce qu'il veut. Alors, plus il attend et plus sa haine se développe. Et puis l'occasion surgit, une femme qu'il surveillait depuis un bon moment – à moins que ça ne soit le lieu qu'il observait ? – se présente dans de bonnes dispositions. L'excitation est à son comble, il va pouvoir s'en emparer et après… après elle sera à lui. Il l'enlève et l'emmène loin pour être tranquille, peut-être a-t-il une tanière où il commet ses atrocités. Au début il s'amuse avec sa victime terrorisée, il retient les pulsions de haine qui l'assaillent. Il joue à faire peur et se gorge de la terreur qu'il inspire quand il la viole, peut-être en riant ou en la frappant. Puis, progressivement les flots de haine qu'il a accumulés se déversent et il entre dans une phase de violence extrême. Les coups s'abattent, ce sont toutes ces marques qu'on retrouve sur les corps.

Elle en meurt.

Et il en jouit.

— Bon je retourne à mes affaires avant que le capitaine Chamberlin ne me tombe sur le dos, lança Salhindro en se levant.

Brutalement extrait de ses pensées, Brolin hocha distraitement la tête.

— Je te tiens au courant.

Salhindro rajusta sa lourde ceinture avant de sortir.

Une fois seul, Brolin contempla les buildings du centre-ville pendant quelques secondes puis ouvrit le rapport d'autopsie.

3

Juliette déglutit péniblement, sa gorge et sa tête lui faisaient terriblement mal. Elle avait peu à peu repris conscience quelques minutes plus tôt. Une panique sourde l'avait gagnée. Dans un premier temps, elle s'était mise à trembler de peur et des larmes lui avaient inondé les yeux. Puis à mesure qu'elle prenait mieux connaissance de son environnement, son caractère lui avait dicté de se calmer. Elle ne pouvait rien faire ; de solides et douloureux liens lui entravaient les mains dans le dos et les chevilles. Au moins, son agresseur ne voulait pas la tuer sinon il l'aurait déjà fait. Pourquoi attendre ? Mais une voix lui intima de ne pas trop se faire d'illusions et de vite penser à autre chose. C'était plus facile à dire qu'à faire. Allongée sur un sol froid et humide, immobilisée par une lourde corde et dans une forte pénombre, elle se sentait à la lisière de la folie.

Elle tourna la tête pour inspecter de nouveau les lieux du regard et vérifier si aucun détail ne lui avait échappé précédemment. Une lueur ambrée projetait des ombres menaçantes sur les murs. La pièce ne faisait pas plus de trois mètres sur quatre. Le sol était en terre, irrégulier par endroits, comme si on avait essayé de le creuser avec un objet peu adapté à ce type de travail.

Comme si je creusais avec mes pieds ! pensa-t-elle. Oh non ! Faites que ça ne soit pas ça !

Mais déjà l'image d'une autre prisonnière s'immisçait en elle, elle la voyait tremblante de terreur, s'efforçant de percer un trou sous le mur en bois à l'aide de ses pieds, s'agitant frénétiquement. Juliette secoua violemment la tête pour se sortir cette idée de l'esprit et une explosion de vertiges l'envahit alors que les vapeurs du chloroforme refaisaient surface. Elle souffla lentement pour retrouver son calme et pour apaiser la douleur.

« Reprends plutôt ton inspection, allez, cherche à voir tout ce que tu peux. »

Les murs étaient noirs, en rondins de bois montés les uns sur les autres comme dans un chalet ou une cabane. La pièce ne comportait aucun meuble, et seule une petite bougie installée dans un coin permettait d'y voir un peu clair.

Juliette frissonna. Il faisait frais. Elle ne savait pas quelle heure il pouvait être, toute notion de temps l'avait abandonnée. Était-ce encore la nuit ? Probable, aucune lumière ne filtrait à travers les rondins. Soudain, une pensée encore plus inquiétante l'envahit. Elle roula sur elle-même afin d'avoir un aperçu complet des lieux et son doute se mua tout à coup en terreur sourde.

Il n'y avait pas de porte.

Ni de fenêtre, ni aucune autre forme de passage où que ce soit. La pièce semblait hermétiquement close, comme un vaste cercueil.

Ne pas crier, surtout ne pas crier, se répétait Juliette intérieurement, mais la voix de sa volonté frisait elle-même l'hystérie. Si son agresseur n'avait pas pris la peine de la bâillonner, c'est qu'il était sûr de ne rien craindre de ce côté-là. Elle se trouvait certainement dans un endroit isolé, sinon en plus des entraves aux poignets elle aurait été muselée d'une manière ou d'une autre. Elle sentait sa respiration saccadée sous l'effet de l'angoisse et luttait pour ne pas se laisser submerger par la panique. Quelques heures plus tôt, elle était tranquillement assise en compagnie de Camelia, à boire du vin et à rire, et voilà qu'à présent elle était enfermée loin du monde, à la merci d'un inconnu. Un sentiment de détresse monta en elle.

Personne ne savait où elle était, pas même elle. Inexplicablement, elle se retrouvait ici, sans la moindre chance de se défendre. Elle se revit marchant insouciante et la seconde d'après, étouffer puis se réveiller prisonnière. C'était comme si sa vie avait subitement basculé dans un cauchemar. Sans raison, elle avait été arrachée à son existence pour être projetée dans ce cercueil. La peur se mêlait à présent à un profond ressenti d'injustice. Personne n'est à l'abri, cela peut arriver à n'importe qui, on sort du boulot, et sans même savoir que l'on a croisé la route d'un malade, on plonge dans l'horreur.

Juliette sentit ses traits se crisper et les larmes affluer. Elle s'abandonna longuement à ses pleurs.

Puis, dans un subit accès de rage, elle se redressa en hurlant et réussit à se tenir assise. Lorsque la colère et les sanglots diminuèrent, elle observa attentivement autour d'elle. À trois mètres sur sa droite, se trouvait un trou dans la terre, juste à la jonction du mur et du sol. Elle réprima un sanglot et commença à ramper vers l'anfractuosité. La bougie éclairait mal cette partie de la pièce et elle dut se coucher et pencher la tête pour scruter le trou. Un peu plus grand qu'un ballon de basket, il s'enfonçait sous le mur à la manière d'une chatière. Les longs sillons parallèles qui marquaient le sol la firent frissonner. Elle chassa aussitôt l'image d'une femme paniquée grattant le sol jusqu'à s'en arracher les ongles.

Peut-être qu'en passant la tête de l'autre côté, elle pourrait voir l'extérieur ? Au moins savoir où elle était, ce qui l'entourait. Mais avec les mains entravées dans le dos et les chevilles liées, si elle glissait ou tout simplement si elle n'arrivait pas à s'assurer de prise pour remonter, elle resterait coincée la tête enfoncée jusqu'aux épaules sous le mur, dans ce trou béant. C'était un risque à prendre.

Juliette entreprit sa reptation comme une chenille, s'enfonçant dans l'obscurité sous le mur. Elle se trémoussa pour réussir à se mettre sur le dos et tenta de relever la tête de l'autre côté du mur. Son crâne heurta la pierre.

Il n'y avait rien de l'autre côté.

Elle se mit à trembler alors qu'une évidence sourdait en elle : son cachot n'avait ni porte ni fenêtre et les murs dissimulaient des tonnes de pierres ! Elle était détenue sous terre, dans un monde sans issue, un univers de mort.

De nouveau la frayeur l'envahit.

Puis un bref grincement emplit la pièce. Quelque part au-dessus une trappe venait de s'ouvrir.

« Mais oui ! Le plafond ! » s'écria Juliette intérieurement. La pénombre masquait cette partie des lieux et elle n'avait pu en distinguer les détails. L'idée qu'il puisse exister une issue la soulagea, elle n'était pas complètement isolée du monde, il existait un contact, une *possibilité* de fuite. Mais la satisfaction fut de courte durée. Un froissement de tissu, sans doute un mouvement de jambe ou de bras se fit entendre dans son dos, et la panique s'accrut aussitôt. Elle était bloquée la tête la première dans une chatière étroite, aveugle à tout ce qui se passait au-dessous de ses épaules, et son ravisseur était juste là, à ses côtés, probablement à la regarder avec satisfaction se trémousser.

Sonnant comme un glas funeste, la voix surgit du plafond, mielleuse et pleine d'une cruauté sans nom.

— C'est l'heure pour nous deux, ma chérie.

Juliette se mit à se tordre pour s'extraire du trou, la panique monta en elle en même temps que les larmes et un voile de terreur s'abattit sur ses yeux comme un ouragan dévastateur.

⁂

Joshua Brolin s'était mis à boire du thé pour arrêter de fumer.

C'était un peu plus sournois que ça, mais c'est ainsi qu'il présentait la chose quand on s'alarmait de le voir ingurgiter autant d'eau chaude parfumée. Au cours de l'été – deux mois plus tôt – il avait jeté son dernier paquet de Winston en se jurant de ne jamais reprendre. Les premiers jours avaient été douloureux, au sens littéral du terme, et Brolin s'était demandé s'il n'était pas finalement moins nocif de fumer que de sentir ses poumons le brûler sous l'effet du sevrage. Ensuite, il avait vite découvert que pour un fumeur de longue date, ça n'est pas la cigarette en soi qui manque le plus mais de faire les gestes de tous les jours sans sa tige de nicotine entre les doigts. Il fallait réapprendre les habitudes quotidiennes avec une main libre. Une main à la disponibilité inhabituelle, pesant des tonnes et des tonnes au bout du bras. Le simple souvenir du café qu'il prenait, une cigarette à la main, alternant bouffée d'asphyxie et brûlure de caféine, lui avait causé de violentes crises de stress. Brolin avait attendu d'avoir trente ans pour découvrir qu'il ne supportait le goût du café qu'à condition de le noyer dans la nicotine. Et pour se passer de sa dose de fumée, il avait remplacé son cappuccino par du thé. Très aromatisé de préférence, aux fruits des bois si possible bien que cela fût difficile à trouver en fruits séchés.

Il but une gorgée chaude et posa le *mug* sur la couverture cartonnée du rapport d'autopsie.

Son regard se posa sur l'une des photos, prise avant la levée de corps. Il était difficile d'imaginer qu'il s'agissait d'une jeune femme, tant elle était déformée par les gaz de putréfaction et par les multiples dégâts causés lors de son séjour dans l'eau. Le visage boursouflé, la peau tirant vers le brun et le vert, les paupières aussi grosses que des noix du Texas et les lèvres tuméfiées et figées comme si elles avaient cherché à offrir un ultime baiser. Les nombreux prédateurs marins s'étaient largement servis sur le corps, marquant sa peau gondolée de multiples sillons rouges. Le cadavre était sorti de l'eau depuis plus de deux heures mais aucun champignon de mousse brunâtre n'était apparu aux orifices du nez et de la bouche. C'était un signe caractéristique que Brolin connaissait pour l'avoir déjà vu sur d'autres affaires au FBI. La mousse est en fait un mélange d'air, d'eau et de mucus bronchique qui se constitue pendant que la victime inspire dans l'eau, ce qui indique clairement qu'elle est morte par noyade.

Pourtant ce champignon n'apparaissait pas sur cette victime.

Des sangsues.

Cette fois, elle n'était pas morte des suites de ses blessures. Pas directement. Le tueur changeait de méthode.

Mais ce qui intriguait le plus Brolin était ce dessin chaotique que l'acide avait formé sur son front. De l'acide ou autre chose de très virulent comme de la soude ou de la chaux.

« Pourquoi diable fait-il ça ? s'interrogea le jeune inspecteur. Pourquoi brûle-t-il le front de ses victimes ? Cela fait-il partie du rituel ? Il prélève les mains probablement pour se constituer un trophée, pour jouir plus tard de ses actes en les regardant, peut-être même en les touchant ou en se caressant le corps avec elles, s'en servant comme d'un substitut, manipulant *l'autre* tout en se faisant caresser par *l'autre*. C'est fort probable, mais pourquoi n'a-t-il pas aussi prélevé les mains de la dernière victime ? Qu'a-t-elle de différent par rapport aux deux autres ? »

Cette dernière victime lui était apparue autrement. Il ne l'avait pas torturée à mort mais l'avait fait s'étouffer lentement, ce qui n'était guère plus enviable.

Brolin soupesa sa tasse pour vérifier s'il y restait du thé. Elle était vide. « Comme ma tête en ce moment », se dit-il en cherchant du regard où il avait posé la théière.

L'enquête mobilisait une dizaine de personnes, entre les techniciens de laboratoire, le légiste qui travaillait sur les corps, cherchant à faire parler le moindre détail, et les quatre inspecteurs de police chargés de collecter le maximum d'informations sur les victimes. Et pourtant ils n'avaient pas l'ombre d'un suspect. Brolin avait fait contrôler tous les hôpitaux psychiatriques de la région, aucun des patients qui y avaient séjourné dans les douze derniers mois ne correspondait au profil du tueur qu'ils recherchaient. C'était de toute manière une mesure illusoire, plus destinée à rassurer ses supérieurs qu'à appréhender un éventuel suspect.

Ayant prélevé une infime quantité de sperme sur la première victime, les enquêteurs disposaient du patrimoine génétique du meurtrier. Mais la comparaison avec le fichier des empreintes génétiques n'avait donné aucun résultat, leur homme n'était pas fiché de ce côté-là.

Brolin repéra la théière sur une étagère jonchée de dossiers et se leva pour se resservir du thé qu'il but à petites gorgées.

Lors de ses deux années au FBI, il avait appris à dresser le profil psychologique du meurtrier en analysant les données du crime. Mais s'il y avait bien une difficulté majeure dans cet « art » c'était lorsque le cadavre était retrouvé après un long séjour dans l'eau. On ne pouvait tirer aucune conclusion de la position du corps, et surtout il devenait impossible d'examiner le lieu que le meurtrier avait foulé avant de s'en débarrasser. Un cadavre flottant pouvait être retrouvé à des kilomètres de l'endroit où il avait été mis à l'eau. Et son séjour effaçait quasiment toute empreinte, toute trace de sperme, de sang, de cheveux appartenant au criminel… Au moins cette façon de procéder traduisait un certain degré de malice, celui qui faisait ça savait qu'on utiliserait le moindre détail pour l'arrêter. Il était organisé et réfléchi.

Brolin s'approcha du tableau noir couvert des notes qu'il avait prises au sujet du tueur. Il entreprit de faire rapidement la synthèse de tous les points importants qu'il avait notés sur cette affaire de triple homicide.

À voix haute, il commença à énumérer ce qu'il savait par déduction :

— Le meurtrier est un homme blanc, un tueur en série s'en prend presque sans exception à des personnes de la même race que lui. La violence témoigne d'un fantasme longuement élaboré et relativement bien maîtrisé, l'homme prend des risques sans se faire remarquer. De plus, il a suffisamment de maîtrise de la victime et de lui-même pour aller jusqu'à la pénétration. Pire, les nombreux hématomes et lésions de défense sur le haut des bras sont les témoins de son acharnement, et je pencherais vers des actes de torture pendant le viol, ça collerait bien à ce type de personnalité. Cet homme est donc d'un âge assez mûr pour dominer ses pulsions jusqu'à un certain stade. Mais la violence qu'il emploie est caractéristique d'une rage et d'une haine qu'il n'a pu contenir pendant des années. Or, on ne trouve pas de précédent dans les fichiers informatiques.

Dès qu'il avait été chargé de l'enquête, Brolin avait transmis les données des deux homicides au programme VICAP [1] du FBI. Ce programme était chargé de collecter tous les éléments de crimes violents sur le territoire américain et ainsi de fournir à toutes les polices du pays une base de données permettant les recoupements. De cette manière, si un tueur avait sévi

1. Le VICAP (Violent Criminal Appréhension Program) est un programme d'aide aux enquêtes créé par le FBI et rattaché au NCAVC (National Center for the Analysis of Violent Crime).

en Illinois deux ans auparavant en tranchant les mains de ses victimes, le programme VICAP aurait permis à Brolin d'en être aussitôt informé et ainsi de suivre le parcours d'un meurtrier en série d'un État à l'autre. Mais les données concernant un éventuel « trancheur de mains » étaient absentes dans le programme.

Brolin entoura la fourchette d'âge qu'il avait inscrite sur le tableau. Vingt-trois-vingt-huit ans.

« Plus proche des vingt-trois, vingt-cinq je dirais. Il a eu le temps de longuement répéter ses crimes dans sa tête, mais il n'aurait pas pu se contenir pendant de nombreuses années. Il a une bonne constitution car il a maîtrisé des femmes qui étaient relativement sportives. Ce sont des victimes à bas risque – leur personnalité, leur profession et leur entourage ne sont pas susceptibles d'être source de danger, contrairement à une prostituée par exemple. Et toujours d'après ce qu'on sait, elles ont été enlevées dans des lieux à bas risque également, une rue relativement fréquentée d'un quartier bourgeois pour l'une et le parking d'une boîte de nuit chic et bondée pour l'autre. Et pourtant pas de témoin. Le type prend des risques, il joue. Il est vraisemblablement très sûr de lui, organisé, il a dû planifier l'enlèvement longtemps à l'avance. En proie à un grand stress mais tellement confiant qu'il se pense intouchable. Avec le temps, il prendra de plus en plus de risques et commettra des erreurs. Mais après combien de victimes ? Victime à bas risque dans un environnement à bas risque : cela aussi est très évocateur d'une certaine maturité. Il n'agit pas sur impulsion, il doit tirer une très grande excitation de la situation, et garde son sang-froid. L'approche de sa victime est essentielle pour lui, la phase de séduction est source de grande satisfaction.

Il doit lui parler, la séduire peut-être tout en imaginant déjà ce qu'il va lui faire. C'est là qu'il commence à exercer son emprise sur elle. »

L'inspecteur inscrivit « 25 ans + ou – » au Veleda.

Tous ces éléments avaient déjà soulevé des pistes de travail, et sur les conseils de Brolin, on avait passé énormément de temps à interroger le personnel de la boîte de nuit ainsi que les habitués. Mais rien n'en était ressorti.

Au loin, dans une autre pièce, un type s'indignait d'être accusé et criait qu'il était innocent. Brolin finit son thé et retourna s'asseoir à son bureau.

« Ce salopard prend un plaisir immense à séduire ses victimes ou au moins à parler avec elles, j'en mettrais ma main à couper. À cela s'ajoute le fait qu'il ne tue pas en fonction d'un cycle précis, cinq semaines entre les deux premières et deux semaines plus tard il recommence. Il a accéléré, moins de délai entre deux crimes. »

À cette évocation Brolin sentit le malaise s'emparer de lui. Il savait que ça ne voulait rien dire, les tueurs en série pouvant perpétrer plusieurs crimes sur une courte période et entrer ensuite dans une phase de « repos ». Mais d'autres se mettaient à tuer de plus en plus fréquemment, pénétrés d'un désir insatiable qui ne prenait fin qu'avec leur arrestation ou leur mort. Tout ce qu'il espérait, c'était de bénéficier d'un maximum de temps pour tout ordonner, tout essayer. Il lui fallait du temps pour exploiter les moindres détails et coincer ce malade avant qu'il ne commette de nouveau l'irréparable.

Et puis, il y avait cette façon de toujours se débarrasser du corps dans l'eau…

« Ce salaud sait qu'il est traqué, il le sait très bien, et il ne veut pas qu'on l'arrête, car il veut recommencer, encore et encore, il frappera de nouveau, car il en a *besoin.* »

Brolin hocha lentement la tête, en proie à une colère sourde.

Il regardait les photos de la dernière victime quand le téléphone sonna.

— Inspecteur Brolin, dit-il en décrochant.

— Joshua, c'est Carl. J'ai du nouveau, ça concerne les examens anatomopathologiques.

Carl DiMestro travaillait au laboratoire de police scientifique, assurant provisoirement dans l'imposant bâtiment la direction de la section biologique en collaboration avec l'équipe de médecins légistes.

— On a identifié la victime ? demanda Brolin, impatient.

— Non, mais on y travaille à partir de son fichier dentaire. En revanche j'ai quelque chose pour toi, j'ai retrouvé des diatomées dans ses tissus.

— Des quoi ? fit Brolin en essayant de se remémorer ses cours de criminalistique à Quantico.

— Des diatomées. C'est une algue siliceuse microscopique que l'on trouve dans tous les cours et étendues d'eau, douce ou salée. Elle avait de l'eau dans les poumons mais ça n'apportait pas grand-chose, par contre à l'examen microscopique on a détecté des diatomées dans les tissus mêmes des poumons, du foie et du cœur. C'est donc qu'elle a *respiré* de l'eau avant de mourir. Le diagnostic de noyade vient s'ajouter à la suffocation, elle est bien morte étouffée par les sangsues, mais le tueur a accéléré les choses sur la fin en lui plongeant la tête dans l'eau. En tout cas, une chose est sûre : ça n'est pas de l'eau du robinet, mais bien celle d'un site naturel avec une flore et une faune.

Brolin s'attendait à une révélation conséquente, quelque chose de probant lui offrant au moins une piste. Ça n'était que la confirmation d'une torture *ante mortem*, un acte de barbarie caractéristique du Bourreau de Portland. Un peu déçu, il se contenta d'approuver silencieusement.

— Mais ça n'est pas tout, poursuivit le Dr DiMestro, ces algues peuvent nous fournir d'autres informations très intéressantes.

Brolin se méfiait de Carl DiMestro, qui était capable de se réjouir du moindre détail microscopique, même si celui-ci n'aboutissait pas à faire progresser l'enquête.

— Il faut savoir que les diatomées ont une structure originale et parfaitement différente en fonction du lieu où elles sont prélevées.

— Attends un peu, l'interrompit Brolin, ça veut dire que tu peux savoir si l'eau où on a retrouvé le corps est celle que la victime a inhalée ?

— Tout à fait, en analysant les diatomées. Or dans notre cas, les diatomées observées dans les tissus ne sont pas les mêmes que celles prélevées lors de la levée de corps. Je peux t'assurer que la victime n'a pas été noyée à proximité de l'endroit où on l'a trouvée. Mieux encore je peux t'affirmer à 70 % que ça n'est pas l'eau de la Tualatin River, les diatomées dans ses tissus ont une structure trop éloignée de celles qu'on trouve dans la rivière.

Carl DiMestro parlait d'une voix appliquée dans laquelle transparaissait une grande fatigue.

— Dis-moi, si on prélevait un peu d'eau dans la plupart des cours d'eau et lacs aux alentours de la

Tualatin River, par comparaison tu pourrais retrouver le lieu précis où on l'a noyée ?

Sans aucune hésitation le docteur répondit par l'affirmative. Le ton de sa voix avait changé, il prit un accent plus grave.

— Avec Peter, mon assistant, nous avons été au sud de Portland pour prélever un maximum d'échantillons d'eau de tous les lacs, étangs et rivières qui passent à moins de trente kilomètres de la Tualatin. La comparaison des diatomées a fini par payer. J'ai trouvé l'eau qu'elle a inhalée. C'est celle d'un tout petit étang au sud-est de Stafford.

Brolin resta sans voix. Déçu dans un premier temps, il était à présent stupéfait. Le travail de fourmis qu'avaient effectué les deux hommes du labo en si peu de temps était conséquent.

— Mais… c'est sûr ? balbutia-t-il.

— Fiable à 95 %.

— C'est génial, Carl, du bon boulot, vraiment. Essaie de prendre un peu de repos à présent, c'est bien mérité.

— En fait, je n'ai pas dormi de la nuit. On a fait nos prélèvements hier toute la journée et en soirée puis l'analyse dans la foulée jusqu'à cet après-midi. On a eu beaucoup de chance de tomber sur cet étang. C'est un endroit paumé dans les bois, une tache minuscule sur les cartes de la région. Je te prépare un dossier complet avec mes conclusions.

— Va dormir quelques heures, le dossier pourra attendre demain. Par contre, donne-moi le nom de l'étang, je voudrais y jeter un coup d'œil en vitesse.

Brolin raccrocha après avoir de nouveau félicité Carl DiMestro pour son travail. Il réfléchissait à toute vitesse, associant ses compétences en criminalistique à ce qu'il savait de l'affaire en cours.

Le corps avait été emmené d'un site à un autre, ce qui expliquait l'absence de champignons de mousse sur les lèvres, l'eau de la rivière l'avait lavé.

On ne déplace pas un cadavre par hasard. Un tueur ne le ferait pas sans une bonne raison. S'il avait noyé la jeune femme dans l'étang, loin de tous les regards, pourquoi le meurtrier avait-il pris le risque de transporter le corps sur plusieurs kilomètres pour le jeter dans un autre cours d'eau, s'exposant ainsi encore davantage ? Pourquoi ne pas avoir laissé le cadavre dans ce même étang, en plein milieu des bois, là où personne ne le verrait avant longtemps ?

Parce qu'il y a un rapport entre cet étang et le meurtrier ! Parce qu'on pourrait associer l'un à l'autre.

C'était une piste à ne pas négliger.

Joshua Brolin se leva, prit sa veste et composa les quatre chiffres du standard de la Division d'enquêtes criminelles. Une femme répondit.

— Cathy, c'est l'inspecteur Brolin. Prévenez le shérif du comté de Clackamas que je viens les voir, demandez-lui qu'une voiture m'attende à l'entrée de Stafford. Merci Cathy.

Il venait de trouver une piste. Une piste le menant sur le terrain, exactement ce qui lui aurait manqué au FBI. Peut-être qu'un jour ou l'autre, il verrait son échec au Bureau comme ce qui avait pu lui arriver de mieux.

L'enquête progressait, et l'excitation s'empara de Brolin tandis qu'il sortait de son bureau. Le sentiment qu'il était sur la bonne piste, qu'il allait se passer quelque chose le stimulait.

Il était bien loin de se douter des événements qui allaient survenir.

De l'horreur qui sourdait lentement.

⁂

En proie à la panique, Juliette s'agita frénétiquement, se cambra puis entreprit des reptations saccadées pour s'extraire le plus rapidement possible du trou dans lequel elle était bloquée. On se déplaçait dans son dos.

En quelques secondes, elle retrouva une position allongée, la tête hors de la cavité sombre. Elle se tourna aussitôt pour découvrir une imposante silhouette qui la dominait en l'observant. Le manque de lumière ne lui permettait pas de discerner les traits exacts de l'individu mais elle sentait son regard posé sur elle.

— D'habitude, je ne les choisis jamais comme ça, fit une voix lente et assurée.

Juliette demeurait sans bouger, envahie par la peur, elle ne songeait même pas à s'enfuir.

— Mais la dernière *amie* que j'ai eue ici n'était pas pure.

Il avait insisté sur le mot « amie », comme s'il revêtait une importance capitale.

— Oh, c'est ma faute, je le sais bien. Je ne devrais pas draguer les femmes n'importe où. Quand on séduit sur un parking de boîte de nuit, il ne faut pas s'attendre à une fille bien. C'est couru d'avance.

Pour la première fois depuis qu'il était dans la pièce avec elle, Juliette se risqua à le quitter des yeux pour regarder ce qu'était la forme longiligne derrière lui. Une échelle. Une échelle tombant de la trappe, deux bons mètres plus haut.

— Avec toi, je savais que ça ne serait pas pareil. On se connaît, je sais que tu es une fille bien.

Juliette sentait une boule dans sa gorge, mais elle tenta tout de même de parler. Elle devait gagner du temps, ce type était complètement dingue, elle avait l'intime conviction qu'il ne fallait pas le laisser parler tout seul. Les mots sortirent lentement, prononcés avec difficulté d'une voix enrouée :

— Qu'est-ce… que… vous… voulez ?

La silhouette se redressa légèrement mais vivement, comme si l'homme était surpris d'avoir affaire à un être doué de parole.

— Mais tu le sais bien, répondit-il après quelques secondes, comme je te l'ai déjà dit sur Internet, je veux *te découvrir*.

Juliette tressaillit. La confusion s'empara de son esprit, faisant tournoyer des dizaines d'idées, d'images et d'associations. Puis un nom se figea en elle.

Oberon.

— Tu n'as pas toujours été très gentille avec moi, lui lança-t-il de sa voix pontifiante, mais nous allons pouvoir corriger ça.

Il s'approcha doucement. Juliette se recroquevilla en s'écrasant contre le mur.

— Non, non, non, fit-il en secouant solennellement la tête. Il faut être bien sage pour que je sois gentil. Sinon je devrai te punir.

Sa voix était la même que celle de l'homme qui lui avait proposé de la déposer quand elle sortait de chez Camelia. Mais à ce moment-là, il se voulait séducteur, à présent son ton se situait entre la menace et la folie. Il ne faisait aucun doute qu'il s'agissait du même individu.

Silhouette athlétique identique et timbre de voix similaire.

Il se pencha et la saisit par les épaules. Juliette sentit le parfum de son after-shave lui envahir les narines.

— Laisse-toi faire, je ne te ferai aucun mal.

En un instant il la souleva et l'entraîna vers l'échelle. Juliette faillit se débattre mais quelque chose dans le ton de son ravisseur l'en dissuadait. La promesse de souffrances assurées si elle n'obtempérait pas se percevait dans sa voix. Ça n'était pas une plaisanterie, et l'homme qu'elle avait en face d'elle ne ressemblait en rien à un kidnappeur qui cherche à gagner de l'argent. C'était autre chose, de plus sournois, une volonté latente de faire du mal. Juliette essayait de ne pas se laisser submerger par des idées sinistres, elle devait impérativement trouver quelque chose à dire ou à faire, encore une fois elle sentait qu'il lui fallait gagner du temps.

L'homme la posa au pied de l'échelle.

— Ne bouge pas.

Il remonta et commença à faire descendre un crochet au bout d'une poulie. Un crochet de métal luisant à la flamme de la bougie.

— Qu'est-ce que vous allez faire de moi ? demanda doucement Juliette sans parvenir à masquer la peur qui faisait vriller sa voix.

Il ne répondit pas tout de suite, s'activant à diriger la corde. Puis il redescendit pour arrimer le crochet aux liens de Juliette. Toute l'installation était bien huilée, parfaitement réglée, Juliette se sentait prise dans un engrenage d'usine. Comme si tout était la répétition d'une scène déjà mille fois reproduite. L'aisance de son tortionnaire dans ses gestes, la pièce souterraine bien aménagée, la poulie et le crochet fonctionnels.

Comme s'il faisait ça *en série*, se dit Juliette tandis qu'une vague de terreur gonflait en elle. Sa respiration s'accéléra. Alors qu'il finissait de fixer le crochet dans son dos, Juliette sentit son haleine chaude se poser sur son cou quand il lui répondit :

— Je vais te montrer comme je t'aime…

Tout prit alors la consistance d'un cauchemar improbable. Elle sut qu'elle ne ressortirait jamais vivante de cet endroit.

Cette oubliette sinistre n'était rien de moins qu'un abattoir.

⁂

Le shérif du comté de Clackamas s'était déplacé en personne avec l'un de ses adjoints. Joshua Brolin avait présenté le but de sa visite hors de sa juridiction légale, et ils étaient partis ensemble vers le sud-est jusqu'à la forêt de Stafford. De là, ils avaient quitté la route pour emprunter un chemin sinueux, où la vieille Mustang de Brolin avait eu beaucoup de mal à passer, pour finalement atteindre un petit étang au milieu des bois. C'était un plan d'eau peu profond, d'une centaine de mètres de long, entièrement bordé d'herbe et de quelques roseaux en bouquets évasés.

En arrivant sur les lieux, Brolin fut frappé par la quiétude et l'isolement du site. Idéal pour commettre un crime en toute impunité, avait-il pensé.

Alors pourquoi avoir déplacé le corps jusqu'à la Tualatin River ?!! Ça n'avait pas de sens. Tout dans les actes du tueur dénotait une maîtrise et une intelligence certaines, alors pourquoi prendre le risque de se faire surprendre avec le corps alors qu'il n'avait qu'à le laisser là ?

— Est-ce un endroit fréquenté ? demanda-t-il au shérif qui jetait un coup d'œil aux fourrés.

— Oh ça non, peut-être quelques pêcheurs qui n'y connaissent rien, c'est pas un étang à poissons ici. Sinon je ne vois pas. À la rigueur des jeunes qui viennent de temps en temps batifoler ici le soir mais c'est tout. Le Washington Park est plus prisé des promeneurs de la région.

Brolin acquiesça. L'étang aurait été parfait pour y laisser le corps. Ça ne collait pas avec le profil. « Il doit y avoir une explication, se dit Brolin, un élément qui explique pourquoi le tueur a couru le risque de déplacer le cadavre. »

— Vous m'avez dit que c'était rapport aux meurtres commis récemment, déclara le shérif, le Bourreau de Portland. Dites, vous pensez qu'il est venu ici ?

— Quelque chose dans ce goût-là, marmonna l'inspecteur.

Peu satisfait de la réponse, le shérif s'éloigna en scrutant la surface de l'eau comme s'il guettait l'arrivée imminente d'un navire. Son adjoint restait en retrait, il n'avait pas pipé mot depuis qu'ils étaient là.

Brolin s'écarta de l'étang pour faire un tour rapide de la clairière. De temps à autre, il jetait un bref coup d'œil vers l'intérieur de la forêt et il finit par remarquer une piste mal entretenue. Le shérif était de l'autre côté, à une centaine de mètres, et Brolin cria à son attention :

— Il y a un chemin ici ! Vous le connaissez ?

Le shérif fit signe qu'il n'entendait pas bien et entreprit de le rejoindre sans accélérer le pas. Comme il était relativement jeune et bien portant, Brolin supposa qu'il faisait la sourde oreille mais il préféra ne pas s'attarder là-dessus. Lorsque le shérif fut à son niveau, il réitéra sa question.

— Oh, c'est juste un sentier, peut-être pour les chasseurs.

— La chasse est autorisée ici ?

— Disons plutôt qu'elle est tolérée. Il y a pas de garde-chasse si vous voyez ce que je veux dire. Et j'ai autre chose à faire que de surveiller les bois comme celui-ci !

— Personne ne vit aux abords ? demanda Brolin.

— Non, c'est un coin plutôt paumé, et si vous voulez mon avis personne n'a envie de vivre dans un tel endroit. C'est pas entretenu, assura le shérif en repositionnant son chapeau correctement sur son crâne.

Brolin examina l'orée, suivant le sentier du regard sur quelques mètres. La forêt était dense, peuplée d'une abondance de variétés différentes. Les arbres se confondaient aux parterres de fougères, aux murs de ronces et aux innombrables troncs avachis dans l'attente de leur lente décomposition.

Le cri perçant d'un rapace jaillit au-dessus de la frondaison des arbres. Les deux hommes levèrent la tête en même temps.

En voyant la silhouette d'un faucon les survoler, le shérif se passa la main sur le menton en remarquant :

— Maintenant que j'y pense, y a bien un type qui vit dans les bois, pas très loin d'ici.

Brolin se tourna vers lui.

— Ça pourrait m'être utile de le rencontrer, je voudrais lui poser quelques questions, expliqua-t-il. Comment s'appelle-t-il ?

— Leland. Leland Beaumont. J'y ai pas pensé parce que c'est un garçon très discret. Sauf qu'en voyant le faucon je m'en suis souvenu. Il adore les faucons. Toutes sortes de rapaces en fait, je crois bien qu'il en dresse, il utilise ces sifflets, des… des appeaux pour les faire venir.

— Des réclames, corrigea l'adjoint du shérif qui les avait rejoints sans se faire remarquer. Pour le dressage des rapaces, on utilise un sifflet qui s'appelle réclame.

— Vous m'avez l'air d'en savoir long sur le sujet. Vous connaissez Leland Beaumont ? interrogea Brolin.

— Pas plus que ça. Je l'ai vu plusieurs fois dans les champs alentour avec ses rapaces, c'est moi qui dois le faire sortir de là quand les fermiers s'en plaignent.

— Et ce Leland, il fait quoi dans la vie ? demanda Brolin.

— Plein de petits boulots. Mais sa passion, c'est le dressage de rapaces et la sculpture.

Interloqué, Brolin insista :

— La sculpture ? Il sculpte quoi au juste ?

L'adjoint haussa les épaules.

— Je sais pas trop, il paraît que c'est glauque, je crois qu'il est passionné par les mains.

Brolin se figea. Le shérif et son adjoint le dévisagèrent comme s'ils étaient face à une apparition.

— Eh bien, ça va pas, inspecteur ? s'enquit le shérif.

— Conduisez-moi chez ce Leland Beaumont, et faites venir une voiture de plus. Je crois qu'on tient quelque chose.

Le faucon lança un long cri strident au-dessus des arbres et disparut en un instant.

⁂

La poulie couina une dernière fois et un bras musclé saisit Juliette par la ceinture de son jean. Elle tremblait. L'homme qui allait détacher le crochet de ses liens interrompit son geste. Il percevait les tressaillements de la peau à travers la chemise. D'un geste lent il approcha sa main et la posa doucement sur les reins de Juliette. Celle-ci sursauta et ne put réprimer un gémissement de surprise. La peau tremblait toujours. Il remonta sa main toujours très lentement, le long de la colonne vertébrale et s'arrêta entre les omoplates. Il entendit la jeune fille déglutir péniblement. Ishtar, elle s'appelait. Elle le lui avait dit. Toutes ces conversations sur Internet qu'ils avaient eues n'avaient été qu'un préambule à cet instant, à leur rencontre. Et maintenant, ils allaient pouvoir se découvrir vraiment. L'un et l'autre. L'un dans l'autre. À ce trait d'esprit il sentit une forte montée d'adrénaline et son sexe commença à durcir. Les tremblements étaient moins forts, mais toujours perceptibles.

— Tu as peur ? lui demanda-t-il calmement.

Elle mit quelques secondes avant de répondre.

— Oui… Je ne vous ai rien fait… dit-elle dans un murmure.

Un sourire apparut sur le visage de l'homme.

— Mais si.

Sa voix était douce, très posée. Mais Juliette ne s'y méprenait pas. Il était capable du pire, sa voix n'était pas naturelle, il en jouait.

— Tu m'as séduit, objecta-t-il. Avec tous tes mots, toutes ces phrases qui s'affichaient sur l'écran de mon ordinateur. C'est toi qui m'as demandé de venir t'enlever. Je suis ton prince.

Cette fois, il n'y avait plus aucun doute à avoir. « Cet homme est complètement dingue, se dit Juliette, c'est un malade. »

Il retira sa main de son dos et Juliette s'étala sur le sol de la pièce. C'était une longue salle sombre, avec des établis couverts d'outils. Un pick-up était garé quelques mètres plus loin. La lumière provenait de deux lampes de garage accrochées à une poutre métallique et venait faire briller les étranges décorations qui abondaient un peu partout dans l'atelier. Des mains. Il y en avait une bonne trentaine, on aurait dit des moulages bien que certains modèles fussent trop grossiers pour en être. Toutes ces mains semblaient sculptées dans l'argile, figées dans des positions toutes aussi différentes que possible.

— Tu sais, je nous ai préparé un vrai repas. Avec un peu de vin.

Juliette tourna la tête afin de voir clairement son ravisseur.

C'était bien lui, l'homme qui lui avait proposé son aide. Sauf qu'elle ne lui trouvait plus rien de séduisant à présent. Il n'était pas coiffé, ses cheveux se dressaient sur son crâne en de nombreux épis récalcitrants. Pas rasé non plus et habillé d'une simple combinaison de mécanicien avec une longue fermeture à glissière sur le devant.

Voyant que Juliette l'observait, il s'excusa de sa petite voix douce :

— Oui je sais, je ne suis pas très présentable mais je vais tout arranger pour ce soir. Pour la tenue je suis désolé mais c'est ce qu'il y a de plus pratique pour… pour… enfin tu vois quoi…

Il lui fit un grand sourire et Juliette sentit son sang se glacer d'effroi. Et ce fut pire encore quand elle remarqua qu'il se caressait l'entrejambe à travers sa combinaison. Son regard était froid et cruel et à cet instant Juliette sut qu'il s'amusait avec elle. Il prenait du plaisir à faire monter la tension peu à peu, à lui parler d'une voix susurrante. Il jouait avec elle comme un chat avec une souris.

— C'est fou ce qu'on peut faire sur Internet de nos jours. Avec quelques manuels, on peut tout trouver, même le vrai nom d'une déesse, fit-il en dévoilant ses dents parfaitement rangées, presque trop carrées.

Il inclina la tête et planta son regard dans celui de la jeune femme.

— Mais avant toute chose, laisse-moi un souvenir, dit-il en la tirant vers le centre de la pièce.

Il prit une chaîne qui passait dans des anses fixées à même le sol et commença à l'enrouler autour des membres de sa prisonnière. Pour cela, il défit ses liens et Juliette nourrit aussitôt l'envie de se débattre et de s'enfuir. Mais la douleur qui traversa ses bras l'ébranla avec force. Malgré tout, elle parvint à dégager sa cuisse de la chaîne et d'un prompt mouvement du bassin elle tenta de se redresser. Un puissant coup de poing dans les reins lui arracha un cri et elle s'effondra sur le ciment froid. Quelques secondes plus tard, elle était sur le ventre, de nouveau enchaînée, au sol cette fois, bras et jambes écartés.

— Maintenant je fais attention aux filles avec qui je sors, dit-il comme s'ils étaient de bons amis discutant paisiblement. Figure-toi que la dernière était une petite tapineuse, une pute amateur.

Il parut hésiter à se confier davantage.

— Elle m'a dit qu'elle pouvait me… *sucer* pour pas cher. Tu trouves ça normal, toi ?

Allongée sur le sol glacé, Juliette essaya de suivre son tortionnaire du regard. Mais il disparut hors de son champ de vision. Il était toujours dans la pièce, elle percevait son souffle régulier à peu de distance et le raclement d'un objet métallique.

Il devait s'affairer au bout du long atelier. Passé quelques secondes il réapparut à droite de Juliette, en se frottant les mains.

— Évidemment je n'en ai pas voulu. Je veux dire de cette… *pute*. (Il s'arrêta un instant pour admirer les nombreuses mains en argile qui trônaient sur l'établi.) Pas même pour ma collection. Oh, j'allais oublier !

Il se pencha vers une étagère et mit en marche le vieux poste à cassette qui prenait la poussière. Un air de musique baroque s'éleva dans l'atelier. Puis l'homme se tourna et repartit dans l'ombre. Quand il revint face à Juliette, il portait deux fers à repasser qui fumaient abondamment.

— Ça c'est pour cautériser. Sinon tu vas t'évanouir et ne plus jamais te réveiller. Et comme je te l'ai dit tout à l'heure, nous devons dîner ensemble.

Juliette vit les deux fers se poser à côté de ses mains. Puis l'homme se saisit d'un objet métallique qui tinta en glissant sur le plan de travail.

C'était un long scalpel scintillant, semblable à un coupe-coupe de décapitation.

— Ensuite, tu resteras avec moi longtemps. Très longtemps…

⁂

La Ford Mustang et deux véhicules de police étaient arrêtés au milieu du chemin, au cœur des bois.

— Je peux me planter mais ce type pourrait être notre homme, avertit Brolin. Alors pas d'impair. Vous restez en retrait sans vous montrer, je veux juste lui parler dans un premier temps. Si cela se montre concluant j'aurai un mandat dans l'heure. Mais s'il s'agit bien du tueur, il est possible qu'il flaire quelque chose. Si les événements dégénèrent, je crie « police » et vous intervenez.

— Vous êtes sûr de vouloir y aller seul ? demanda le shérif, qui n'appréciait guère ce genre de situation.

— Certain. Si c'est lui, il ne faut pas l'alarmer. La présence d'un uniforme de police chez lui pourrait le rendre nerveux. Je ne veux pas risquer quoi que ce soit. Je lui pose quelques questions de façon anodine, principalement sur l'étang, s'il n'a rien entendu, et voilà. Je veux simplement le voir, le jauger.

Le shérif approuva à contrecœur.

— En place, lança l'inspecteur, et surtout n'intervenez que si c'est moi qui vous le demande.

Les quatre hommes en uniforme se séparèrent dans les bois afin de cerner la maison. Brolin patienta quelques instants puis se mit en route. Il atteignit son but en moins de cinq minutes. Le bâtiment principal était assez petit, sur un seul niveau, avec de multiples fenêtres voilées par d'épais rideaux d'une couleur indéfinissable que la saleté avait transformée en gris. Un atelier mitoyen s'enfonçait dans un mur de ronces et de fougères. Peu large mais probablement profond, il ne possédait aucune fenêtre, seulement une porte à double battant légèrement entrouverte d'où provenait une musique lancinante. Sur le flanc droit de la bâtisse se trouvait une grande volière artisanale dans laquelle un couple de faucons au plumage brun observait attentivement le jeune inspecteur. Celui-ci passa en vitesse devant les rapaces et contourna la cage. Il jeta un rapide coup d'œil autour de la maison mais ne repéra aucun véhicule. Il hésita un instant puis se dirigea vers la porte entrebâillée de l'atelier.

⁂

Juliette sentait son cœur s'accélérer mais elle était incapable de proférer le moindre son. L'homme s'approcha d'elle, un large sourire plaqué sur le visage.

— T'inquiète pas, ça fait très mal au début mais après je saurai m'occuper de toi…

Elle sentit sa grosse main lui caresser les fesses à travers le jean. La fermeture Éclair de sa combinaison descendit de moitié, révélant un torse puissant.

Il glissa une planche en bois sous les poignets de la jeune femme que les tremblements avaient reprise de plus belle.

— Voilà, c'est pour ne pas abîmer le tranchant sur le sol, tu comprends ?

Juliette avait la tête qui tournait, sous l'emprise de la peur elle sentait la frénésie s'emparer de son esprit.

— Quelle lame ! lança l'homme avec une admiration enfantine.

Et il souleva le long scalpel dans les airs. Ses yeux saillaient de leurs orbites, ils brillaient de mille feux, illuminés d'une colère et d'une folie terrifiantes.

Juliette hurla de toutes ses forces et la lame fendit l'air.

Le coup fut instantané.

Mortel.

Elle était allongée sur le sol de cet atelier lugubre et un liquide chaud lui coula sur le bras. Ce ne fut même pas douloureux.

Après coup, Juliette ne se rappela jamais avoir entendu distinctement la détonation. Seul l'écho d'un puissant coup de tonnerre lui restait en mémoire.

Elle se risqua à ouvrir les yeux et vit l'homme s'effondrer de tout son long à côté de son arme. Une partie de son crâne était manquante, c'était son sang *à lui* qui coulait sur son bras. Elle bougea la main : intacte.

Juliette ne comprenait plus rien de ce qui l'entourait. Le bruit d'un pas précipité lui parvint, puis une exclamation très vite suivie par des cris et un affolement général provenant d'assez loin.

La seule chose dont elle se souvint fut cette voix grave et rassurante qui lui réchauffa le cœur :

— Vous ne craignez plus rien, je suis de la police…

Le reste fut noyé dans les larmes puis l'inconscient.

DEUXIÈME PARTIE

« N'est pas mort ce qui à jamais dort,
Et au long des ères peut mourir même la mort. »

H. P. Lovecraft

Un an plus tard

4

Le soleil tombait lentement derrière la haute colline de West Hills, alternant plaques d'ombre et reflets irisés sur les buildings de la ville. Des franges imprécises se disputaient silencieusement le droit de chatoyer un instant tandis qu'un peu plus loin, des quartiers rubigineux se teintaient progressivement d'ocre pour tourner dans l'ombre de la nuit. C'était le ballet quotidien du soleil, spectacle que Joshua Brolin aimait admirer régulièrement à travers la baie vitrée de son bureau. La « petite mort du jour » comme il se plaisait à l'appeler. À chaque fois un sentiment de désespoir s'emparait de lui pendant plusieurs minutes, et une fois la nuit tombée, son bon moral revenait au galop.

Le mois de septembre touchait à sa fin et, la température demeurant estivale, beaucoup de gens en profitaient pour sortir. Les rues du quartier des pubs, particulièrement ceux où l'on sert la bière de la région, ne désemplissaient pas, gorgées d'étudiants mais aussi de citoyens lambda en quête d'un peu de plaisir et même d'une poignée de touristes venus apprécier la chaleur des brasseries de « Beervana [1] ». Pourtant Brolin ne se sentait pas d'humeur à vider quelques chopes. À mesure que l'été défilait son moral s'était peu à peu effiloché, la gaieté laissant place à une certaine morosité qui poignait essentiellement au réveil et à la tombée de la nuit. Des instants clés de la solitude.

Il s'était interrogé sur les raisons de pareil changement, n'étant pas d'un naturel pessimiste – loin de là –, mais aucune réponse ne venait. Par moments, il se demandait si ça n'était pas l'effet de l'écart entre sa profession et la vie dans ses apparences les plus banales. Cette difficulté à réaliser qu'une journée magnifique, au soleil radieux, aux cieux d'azur, pouvait être également synonyme de cauchemar pour certains. Au mois d'août, il avait été appelé dans le quartier nord, dans un immeuble proche de l'autoroute 5. Il se souvenait parfaitement du contraste qui lui avait paru si flagrant ce jour-là. Le matin même il avait fait le trajet jusqu'au central de police à bord de sa Mustang en écoutant la radio, chantonnant au gré des notes de U2 sous un soleil magnifique. Une belle journée qui commençait. À peine deux heures plus tard, dans le quartier nord, il franchissait le seuil du bâtiment en sifflotant pour découvrir un véritable carnage. Elle n'avait qu'une vingtaine d'années, Afro-Américaine qui avait dû être très jolie avec ses longues tresses. À présent, elle n'était qu'un paquet de viande et de jus qu'on avait massacré et ouvert au grand jour. Une haine enivrante qui avait

1. Beervana : jeu de mots avec « beer » qui désigne la bière. Surnom de Portland, capitale de la fabrication de cette boisson aux États-Unis, qui représente 10 % de la bière vendue dans le pays.

suscité le désir d'exhiber les entrailles de cette jeune femme. Tout ça à cause de la jalousie d'un petit ami.

Des homicides conjugaux aux crimes violents en passant par les agressions sexuelles, les trois mois estivaux n'avaient pas été de tout repos. Sordides même.

Brolin aimait son boulot mais parfois il lui pesait de ne pouvoir se décharger de cette tension d'une manière ou d'une autre. Le sport reposait le corps mais l'esprit avait besoin d'autre chose. Une histoire sans lendemain avec une chargée de communication à la mairie pendant quatre mois l'hiver précédent, c'était là sa dernière expérience sentimentale.

À presque trente-deux ans, et malgré un physique de jeune premier, Brolin était toujours embourbé dans l'inextirpable puits du célibat. Il vivotait entre de longues périodes de solitude et une petite liaison de temps à autre. Jamais rien de sérieux en fait. Brolin avait grandi à Logan, petite bourgade à une trentaine de kilomètres de Portland, et n'en gardait pas un souvenir désagréable. Tout le monde se connaissait, les espaces verts, champs, forêts et collines ne manquaient pas et la grande ville n'était qu'à une demi-heure de voiture. Il avait passé presque vingt ans dans la région, bercé par la silhouette massive du mont Hood avant de partir pour le campus de Portland où il avait découvert l'autonomie et les joies des lessives et du repassage. Mais la fac lui avait surtout apporté son cortège d'aventures et de déceptions amoureuses. Des flirts mornes à une liaison de deux ans avec une jeune femme qui l'avait quitté pour finir ses études à Washington, rien de bien extraordinaire. Plus tard son dévouement pour le FBI ne lui avait pas laissé beaucoup de temps libre pour entretenir une relation digne de ce nom et chaque tentative s'était soldée par un échec. Avec le temps il avait fini par accepter l'idée que peut-être il n'était tout simplement pas fait pour vivre avec quelqu'un.

Au loin le soleil embrasait la surface lisse d'un building, qui étincelait comme une immense flamme olympique.

« Si je sortais un peu… » fit Brolin avec une teinte de sarcasme. La voix de sa mère trouva écho en lui : « Personne ne viendra sonner à ta porte si tu n'y aides pas, on n'est pas à la télé, tout ne finit pas bien ! »

Et les méchants ne perdent pas toujours à la fin !

Ça lui était venu comme ça, du tréfonds de son esprit. Il travaillait depuis peu sur une affaire de corps retrouvé calciné dans un entrepôt des quartiers sud. Quelques pistes intéressantes mais le sentiment que cette affaire allait lui prendre du temps.

Il regarda l'horloge murale au-dessus de la porte. 20 h 02. L'heure de rentrer à la maison, et de se détendre en oubliant tout ça jusqu'au lendemain. À cette pensée, le souvenir d'une partie de Resident Evil 3 commencée la veille sur sa console vidéo lui arracha un sourire. Décidément, Salhindro avait raison, il ne décrocherait jamais de cet engin. L'idée de sortir prendre un verre et de peut-être faire une rencontre venait de se faire balayer en un instant.

Brolin prit sa veste et quitta les lieux sans se donner la peine de mettre un peu d'ordre sur son bureau.

Il vivait sur Alder Street de l'autre côté de la Willamette River et il ne lui fallut pas plus de vingt minutes pour rentrer à son appartement. Deux pièces meublées avec simplicité et minimalisme, les restes du repas de la veille encore dans la cuisine, une lithographie d'*Othello* mis en scène par Orson Welles au-dessus du sofa et une

nappe de poussière pour lier le tout. Un
célibataire.

Brolin mit son ordinateur portable e
vérifia ses mails. Rien. Pas de nouvelle, ni
de la famille. Sa mère avait tendance à préférer le téléphone à l'ordinateur, elle n'était pas vraiment « nouvelles technologies », et détestait par-dessus tout les jeux vidéo, ce qui ne laissait pas d'amuser Brolin. Son père était décédé depuis plus de six ans maintenant, emporté prématurément par un infarctus, laissant Ruth Brolin se débrouiller toute seule dans leur petite maison de Logan. Elle vivait d'une confortable pension grâce à l'assurance que son mari avait contractée quelques années avant son décès et apprenait à peindre de longues heures durant, fixant sur la toile le paysage forestier et montagnard que l'on apercevait de sa véranda.

Joshua se servit un grand verre de lait avec du sirop de fraise, et s'installa dans le sofa. Nombre de ses amis avaient trouvé risible son goût prononcé pour le lait-fraise, surtout à l'académie de Quantico où il faisait mauvais genre pour un membre du FBI d'être adepte de cette boisson, mais l'ère de John Edgar Hoover était révolue et les libertés des agents restaurées. Nul doute que sous l'empire du Grand Patron, à l'époque où l'on parlait d'une grande « mafia mormone du FBI », pareil penchant n'aurait pas été accepté…

« J'ai le choix entre Wagner, Rickie Lee Jones, ou Chris Isaak et une bonne partie de console ! » pensa Joshua en regardant alternativement la chaîne hi-fi et la télévision.

Ses deux grands plaisirs. Le premier le détendait sans lui ôter la faculté de réfléchir tandis que le deuxième ce qu'il avait trouvé de mieux pour oublier le stress de la journée, les jeux l'avalant entièrement dans leur univers, ne lui octroyant pas le droit à la pensée, et ne laissant passer aucune image des atrocités qu'il côtoyait. Au point qu'il avait acheté deux consoles, et installé l'une chez lui et l'autre au bureau pour pouvoir fuir la réalité quand celle-ci se faisait trop pesante et qu'une pause lui était nécessaire. Certains auraient pensé que ce besoin de pareil substitut prouvait que peut-être il n'était pas fait pour ce métier, mais Brolin se sentait vraiment une âme de flic, il avait seulement besoin de déconnecter de temps à autre.

Il finit par opter pour la partie de Resident Evil 3 qu'il avait laissée en suspens. Trente minutes plus tard, il s'acharnait sur sa manette comme un forçat sur la chaîne de ses entraves. À force d'insistance, il franchissait les paliers de difficultés se rapprochant peu à peu du dénouement. La sonnerie réaliste du téléphone le sortit brutalement du monde virtuel où il évoluait.

Grognon, il décrocha avec la ferme volonté d'expédier la conversation au plus vite.

— Josh Brolin, j'écoute.

Une voix de femme douce et hésitante tinta dans l'écouteur.

— Bonsoir, c'est Juliette. Juliette Lafayette. J'espère que tu ne m'as pas oubl…

La surprise balaya toute velléité d'agressivité et Joshua posa la manette sur la moquette pour mieux se caler dans le fond du sofa.

— Juliette ! la coupa Brolin ne sachant pas quoi dire. Quelle surprise ! Comment ça va ?

Juliette fut prise de court par cet accueil chaleureux.

— Heum… oui, ça va.

Le ton de sa voix ne confirmait pas ses propos, trop tremblant, trop grave, se dit Brolin en l'écoutant. En décrochant, il avait pensé entendre la voix d'un ami, voire de sa mère, mais en aucun cas il n'avait pensé à Juliette.

— Ça fait longtemps, commença-t-elle.

— Oui… Écoute, je suis sincèrement désolé de ne pas m'être manifesté plus souvent ces derniers temps, j'ai… je ne suis pas excusable. *Mea culpa*.

— Non, non, c'est moi, enfin je veux dire que tu n'as pas à t'excuser, je n'ai pas donné signe de vie non plus. Match nul.

Le silence retomba dans l'écouteur.

— Je… Je sais que c'est bizarre, mais j'avais envie de t'entendre, confia-t-elle sur un ton hésitant alors qu'elle s'y était préparée pendant de longues minutes.

Toujours aussi étonné, Brolin resta muet.

— Peut-être que je te dérange ? demanda-t-elle.

— Non, pas le moins du monde.

Brolin se saisit de la télécommande et éteignit la télé qui captait son attention. Le souvenir de Juliette ramenait de sa mémoire de douloureuses émotions.

— Je dois bien avouer que je ne m'attendais pas à avoir de tes nouvelles, lui dit-il en dépliant ses jambes sur le sofa.

— Oui. En fait… je… je voulais entendre ta voix… Depuis l'année dernière on n'a pas vraiment eu l'occasion de discuter… enfin entre nous, sans aborder nécessairement *l'accident*. Tu vois ce que je veux dire ?

Elle avançait maladroitement, cherchant ses mots pour expliquer ce sentiment entre nostalgie et peur qu'elle-même ne comprenait pas très bien.

— En fait, reprit-elle, je n'ai jamais pu te remercier. Pas avec le recul nécessaire, la tête froide, sereine à propos de ce qui s'était passé. Quand j'ai commencé à aller mieux, nous nous sommes perdus de vue... Oh, ne vois pas là de reproche surtout, d'accord ? Je veux dire que tu m'as essentiellement connue avec le poids du drame sur l'esprit et maintenant que ça va mieux, je voulais te dire merci. Sincèrement... Ou lucidement comme tu veux.

Soudain Brolin se frappa le front du plat de la main. Ses yeux accrochèrent le calendrier sur la porte de la cuisine tout en sachant déjà qu'il n'avait pas besoin de confirmation. On était le mardi 29 septembre. Toute la semaine, son cœur s'était resserré à l'approche de cette date et le jour même il l'avait enfouie si loin en lui qu'il l'avait effacée. Cela faisait un an, jour pour jour, que Juliette avait été enlevée, Brolin s'en voulut aussitôt d'avoir oublié. C'était là une curieuse leçon de l'esprit, ce jour avait été un tournant dans sa vie, une date qu'on ne sort pas de sa mémoire, sauf si l'inconscient y travaille. Toute la semaine, il s'était promis de téléphoner à Juliette ce jour anniversaire, voire de l'inviter à déjeuner et à force de chasser cette sinistre journée de son esprit, il avait fini par complètement l'occulter derrière ses problèmes actuels.

Juliette et lui ne s'étaient pas parlé depuis plus de six mois mais il savait qu'il aurait dû la contacter. Au moins pour elle, pour la rassurer.

— Non, ne me remercie pas, c'est plutôt moi qui devrais m'excuser de ne pas avoir appelé. Comment vas-tu ?

Silence.

— Pas la grande forme on dirait, reprit-il. Je peux faire quelque chose ?

— Je voulais simplement entendre ta voix. Ça fait un an maintenant et ça me semble si loin dans ma tête et pourtant si proche en moi, autour de moi.

Brolin posa la tête sur le haut du sofa et ferma les yeux.

Tout ce petit bla-bla sur le remerciement lucide sonnait un peu comme un discours préparé à l'avance, un prétexte pour appeler. Mais quand elle disait avoir envie d'entendre sa voix, Brolin retrouvait la Juliette spontanée qu'il avait connue, avec ses doutes et ses peurs.

— Si je peux me permettre, tu devrais sortir avec des amis, lui fit-il remarquer. J'ai connu une femme qui avait subi une agression et qui tous les ans allait au restaurant le jour de cet « anniversaire » pour faire la fête plutôt que de déprimer.

Juliette émit un vague murmure en guise d'acquiescement.

— Tu es en famille ? lui demanda-t-il.

— Non, mes parents m'ont appelée toute la journée, ils sont toujours en Californie. Ma mère voulait venir passer quelques jours mais j'ai réussi à la convaincre que ça n'était pas la peine, que je vais bien.

— Et c'est vrai ?

Elle hésita avant de répondre.

— À peu près.

— Comment s'appelle ton amie déjà ? Celle qui vit près de chez toi.

— Camelia.

— Tu ferais bien de passer la nuit chez Camelia, ça te ferait du bien de ne pas être seule.

— Oui, peut-être.

Juliette ne savait pas comment expliquer ce qu'elle ressentait. Comment lui dire qu'elle ne voulait pas être avec sa famille ou ses amis mais plutôt entendre celui qui lui avait sauvé la vie. Elle se sentait honteuse de ne pas avoir gardé le contact maintenant qu'elle l'écoutait parler. Sa voix était apaisante, lui qui avait vu ce qu'elle avait enduré, et qui l'avait sortie de là. Ça lui était venu tout d'un coup, en fin de journée. Un étrange malaise tandis qu'elle feuilletait son *DSM-IV*[1], comme un poids s'abattant sur sa poitrine. Toute la semaine, elle s'était rabâché que ça se passerait bien, que la date fatidique allait s'écouler comme n'importe quelle journée, c'était stupide de s'en faire pour ça, ne cessait-elle de se répéter. Pourtant, elle ne se sentait pas bien, ce n'était pas le besoin d'être en sécurité qui la taraudait, mais plutôt le fait de ne pouvoir en reparler à quiconque. Ni sa mère ni Camelia ne pourraient comprendre ce qu'elle voulait dire, elles ne seraient pas en mesure d'acquiescer ou de répondre en toute connaissance de cause, car elles ne *savaient* pas. Et le visage de Joshua Brolin qui avait été si sympathique ne cessa de flotter dans son esprit. Jusqu'à ce qu'elle ne puisse plus faire autrement que de passer outre sa timidité pour décrocher son téléphone où le numéro de l'inspecteur était mémorisé depuis presque un an.

— Au fait, comment as-tu eu mon numéro ? s'étonna-t-il d'un coup, je suis sur liste rouge.

1. *DSM-IV (Diagnostic and Statistical Manual of Mental Disorders)* : manuel de référence en psychanalyse pour la description de toutes les pathologies.

Le subit changement d'intonation et le fait qu'elle pensait à la même chose amusèrent Juliette.

— C'est... c'est toi qui me l'as donné l'année dernière, au cas où..., lui fit-elle remarquer avec une pointe d'ironie dont elle se serait crue incapable ce soir.

Il se maudit aussitôt de ne pas s'en être souvenu, s'interrogeant sur la nuance qu'il avait mise à l'époque dans le « au cas où... ». Juliette était une jolie fille, très belle même, corrigea Brolin. Mais il s'était toujours employé à nettement cloisonner travail et vie privée, ne souffrant aucune exception. L'une des règles fondamentales qui lui restaient du FBI. Si charmante fût-elle, il s'était toujours efforcé de regarder la jeune femme autrement qu'en homme sensiblement attiré par sa beauté et son charme.

— Exact, je m'en souviens maintenant, mentit-il. Encore une fois, suis mon conseil, ne reste pas seule dans ces moments-là, sors, distrais-toi, je doute qu'il soit utile de ressasser cette histoire toute la nuit, tu vas retomber dans la déprime. Je ne cherche pas à dédramatiser mais à t'empêcher de focaliser sur cet... événement.

Dans les mois qui avaient suivi l'agression, Brolin s'était intéressé à la thérapie de Juliette, elle fréquentait le service de victimologie de la police de Portland. On lui avait appris à accepter ce qui s'était passé, un peu comme l'on accepte la mort d'un proche, à faire son deuil définitivement pour éviter de vivre à jamais hantée par l'événement. On lui avait montré comment pleurer une bonne fois pour toutes en quelque sorte, plutôt que d'enterrer le traumatisme au plus profond d'elle en attendant qu'il pourrisse lentement. Josh savait qu'elle s'en était bien sortie, faisant preuve d'une volonté de battante, mais la rechute est un phénomène récurrent, principalement à la date anniversaire de pareil drame.

Elle soupira dans le combiné.

— Je suis idiote, je n'aurais pas dû t'appeler, je suis désolée.

— Ne dis pas ça. Ça me fait plaisir, avoua-t-il du bout des lèvres. En fait, je voulais le faire, mais... le boulot m'a un peu accaparé. Tu sais, pour moi aussi ça été important ce qui s'est passé ce jour-là.

Il sentait Juliette tendue, égarée dans ses pensées.

— Tu veux qu'on en parle ? la sonda-t-il.

Elle saisit la balle au vol.

— Je n'osais pas te le demander. J'avais peur que tu le prennes comme une invitation mal placée. Ça ne te dérangerait pas trop de venir ?

Brolin rouvrit les yeux, sa proposition avait dépassé le cadre de ses pensées. Il avait songé à une conversation téléphonique, pas à devoir traverser la ville entière. Le silence de Juliette découragea toute tentative de refus, il pouvait bien faire ça pour elle. Au fond, et malgré lui, il y avait quelque chose en elle qu'il aimait bien, quelque chose qui dépassait de loin le simple cadre professionnel. Dans sa personnalité, sa façon d'être.

Juste une heure ou deux, se dit-il, pour elle, pour lui filer un coup de main, et après je reviens me coucher.

— OK, j'arrive. Sors les verres et chauffe le divan, je serai là dans quarante minutes si je retrouve mon téléporteur.

Il devina un sourire à l'autre bout du fil. Elle était rassurée.

⁂

La Mustang blanche s'engagea dans Shenandoah Terrace, quartier aisé de Portland, passant devant les grandes habitations qui surplombent la ville. Elle poursuivit son chemin jusqu'au bout de Shenandoah où deux vastes maisons se faisaient face pour clore la rue avant la forêt. La route n'allait pas plus loin. Quelques secondes plus tard, Brolin se tenait sur le perron de la plus petite des deux villas.

« Sympa comme cadre », se dit-il en tournant sur lui-même. Pas beaucoup de voisins, de grands espaces et la forêt pour le jogging au pied de la maison, que demander de plus ?

La porte s'ouvrit.

Juliette se tenait dans l'ouverture, arborant un sourire de bienvenue qu'elle n'avait pas besoin de forcer.

— Merci d'être venu, fit-elle en l'invitant à entrer.

Brolin lui rendit son sourire, un peu penaud, il ne savait pas comment réagir. Plusieurs mois sans la voir lui avaient fait oublier le charme de la jeune femme. Il entra dans le hall, les mains dans les poches.

Juliette fit un signe vers une porte ouverte.

— J'apporte le café, installe-toi, lança-t-elle en disparaissant dans ce qui devait être la cuisine.

Brolin pénétra le cœur de la maison, un impressionnant salon, avec plusieurs banquettes, fauteuils, tables basses et une cheminée assez grande pour y entrer sans se pencher. Au-dessus de lui la longue rambarde de la mezzanine dominait la pièce et la baie vitrée. Josh s'amusa de sa présence en ces lieux. Lui qui portait des baskets, un jean usé et une vieille veste en cuir se trouvait en complète inadéquation avec le bon goût des lieux.

— Tu l'aimes bien corsé, j'espère ? fit Juliette de la cuisine.

Joshua ne prit pas la peine d'expliquer qu'il n'en buvait plus depuis qu'il avait arrêté de fumer, il ferait une exception ce soir. Il se tourna et découvrit un magnifique Bösendorfer à queue laqué de noir, entouré de plantes vertes. Il s'en approcha et souleva le couvercle pour passer ses doigts doucement sur les touches.

— Tu en joues ? demanda Juliette dans son dos.

Brolin stoppa aussitôt son geste en s'excusant d'un sourire.

— Non. On en avait un chez mes parents, mais mon père ne voulait pas que j'y touche.

— C'est idiot. À quoi bon avoir un piano alors ?

— Je crois qu'il voulait le garder en souvenir de ses parents, mais peut-être qu'il ne souhaitait pas que quelqu'un en joue. Je ne sais pas. Et toi ?

Juliette haussa les sourcils.

— Depuis l'âge de huit ans. Je crois que ça devrait faire de moi une virtuose mais au grand désespoir de mes parents je ne suis qu'une piètre musicienne.

Une fossette apparut au creux de ses joues. Brolin l'observa, curieux de son attitude un peu badine. Il avait décidément oublié à quel point elle était belle avec ses cheveux d'ébène tombant en cascade sur ses épaules et ses yeux d'un bleu de saphir. D'un bleu si intense qu'à trop y plonger le regard, on pouvait y perdre la raison. Finalement, il s'aperçut qu'il n'avait jamais réussi à définir sa position par rapport à Juliette. Il lui avait sauvé la vie, et ils avaient passé du temps ensemble après le drame, mais c'était un climat particulier, elle n'était pas tout à fait elle-même et lui s'était toujours présenté à elle avec toutes ses barrières de flic, pas comme un ami. À bien y réfléchir, il était presque étonnant qu'il se retrouve ici, un an plus tard. Ils étaient liés par un vécu commun très fort, une confiance réciproque instaurée par les événements, mais nullement par la connaissance l'un de l'autre. Lorsqu'elle avait commencé à aller de mieux en mieux, il s'était écarté, happé par son boulot et, d'une certaine manière, désireux de ne pas rester trop au contact de cette si jolie jeune femme.

L'espace d'un instant, Brolin fut saisi du désir de toucher ces lèvres délicates et volontaires, son regard tomba sur le pull moulant la forme de ses seins. Sentant qu'il dérapait, il montra les trois canapés qui formaient un U et demanda :

— Lequel est réservé aux agents de police ?

— Celui qui te plaît le plus.

Brolin s'installa confortablement.

— Je suis content de voir que tu ne perds pas le sourire, confia-t-il. C'est l'essentiel.

— Je fais de mon mieux.

Elle se sentait bien incapable de lui avouer qu'elle avait retrouvé le sourire moins d'une heure auparavant, quand il avait annoncé qu'il viendrait. Il se dégageait quelque chose de rassurant de cet homme, une force tranquille. Juliette servit deux tasses d'un café bien noir.

— Alors qu'est-ce que tu deviens ? demanda-t-il.

— Je marche sur tes traces, répondit-elle du tac au tac. Tu as fait des études de psycho, non ?

Une fois encore, elle le surprit par sa mémoire. Après l'affaire Leland Beaumont – le Bourreau de Portland –, Brolin avait voulu l'aider à se remettre du cauchemar qu'elle avait enduré. C'était également une façon de s'aider lui-même car il ressortait de cette affaire profondément marqué. Pour la première fois de son existence il avait ôté la vie à un homme. Il ne l'avait jamais avoué à Juliette, et il pensait même ne pas lui avoir raconté trop de choses sur lui-même, et près d'un an plus tard, la jeune femme n'avait rien oublié du peu qui s'était dit. L'idée qu'elle puisse conserver tous ces détails en mémoire à cause d'une sorte d'attirance lui vint à l'esprit, mais son attitude n'allait pas dans ce sens. Elle se montrait agréable mais pas proche, non plus que familière.

— Quelle mémoire ! remarqua Brolin. Je suis impressionné.

— Pour répondre à ta question, je suis en dernière année de psychologie, encore un peu de courage et j'aurai mon diplôme.

— Pour faire quoi ensuite ? Tu as une petite idée ?

— Pas tout à fait. Disons que ce qui m'est arrivé l'année dernière m'a ouvert de nouvelles perspectives. J'aime assez l'idée de travailler à la traque de pareil monstre. Peut-être au FBI. Je marche vraiment dans tes traces !

— Fais attention ou tu finiras dans la police de Portland, plaisanta-t-il en retour.

Brolin but une gorgée de café, il était encore brûlant et aussitôt un effluve de nicotine lui picota le palais. Ses poumons prirent consistance dans sa poitrine, il avait envie d'une cigarette. Le silence tomba dans l'immense salon. Au loin, la trotteuse d'une pendule martelait les secondes sans repos. Se focalisant sur Juliette, Joshua s'efforça de ne pas penser au manque qu'il n'avait plus éprouvé depuis longtemps.

— Ça n'a pas été facile ces derniers temps, n'est-ce pas ? interrogea-t-il.

— Ça va. Depuis plusieurs mois, je sors le soir toute seule, je rentre parfois à pied de chez Camelia. Disons que j'ai évité l'agoraphobie. Mais je n'étais pas une fêtarde auparavant et ça n'a pas changé ! lança-t-elle dans un sourire sincère.

— Et Internet ? Tu y consacres toujours autant de temps ?

— Beaucoup moins ! déclara-t-elle en haussant les sourcils, beaucoup moins.

Elle plongea le regard dans sa tasse de café.

— Je suis contente de te voir, Brolin, s'entendit-elle dire.

— Josh. Je pense qu'on peut se le permettre.

Elle acquiesça avant d'ajouter :

— Je sais que ça peut paraître idiot mais j'avais besoin de te voir. C'est comme un exercice mental que je m'impose, te voir pour me rappeler que ça a bien eu lieu.

L'idée de constituer l'élément d'un exercice mental fit tiquer Brolin et il ne put s'empêcher d'afficher sa déception. Non qu'il imaginât être beaucoup plus, mais il espérait au moins avoir le titre de relation à défaut de celui d'ami.

— Je m'exprime mal, rectifia Juliette, je veux dire que c'est parce que tu sais comment ça s'est passé que je voulais que tu sois là. Te voir parce que tu es la seule personne qui a vécu ça, et avec qui je ne me sens pas obligée de parler vraiment de ce jour-là, tu le sais, tu peux me comprendre si j'en ai envie mais je n'ai pas à essayer de tout décrire. Tu vois ce que je veux dire ?

La déception avait laissé place à de la tendresse sur le visage de Brolin. Il hocha la tête.

— Tu sais ce qui serait génial ? dit-il, ça serait d'allumer un feu dans la cheminée, ça fait des années que je n'en ai pas vu. Ensuite on pourra parler longuement, comme quand j'étais gosse.

Les deux silhouettes étaient allongées sous une couverture, chacune sur un sofa. Les ombres disputaient la place aux torsades ambrées dans le salon pendant que les crépitements du feu jouaient avec le silence. De temps en temps, Brolin ou Juliette chuchotait une phrase qui suscitait la réponse de l'autre. La maison était calme, la nuit bien avancée, et après deux heures et demie de conversation avec Juliette, Brolin avait renoncé à rentrer se coucher chez lui. Elle avait besoin de lui, d'une oreille compréhensive, et lui d'une présence proche, d'un peu de chaleur même s'il semblait évident que cette chaleur resterait celle de l'amitié, et c'était nettement mieux ainsi.

Lentement leurs phrases devinrent de simples mots égarés par la fatigue avant que le creux de la nuit ne vienne les bercer jusqu'au petit jour.

5

Larry Salhindro poussa la porte du bureau du capitaine Chamberlin. Il portait une boîte en carton pleine de donuts achetés quelques minutes plus tôt sur le chemin du poste central de police.

— Bonjour Larry, fit le capitaine Chamberlin que l'heure matinale ne troublait pas.

— B'jour cap'tain. Donuts ? proposa Salhindro en tendant la boîte ouverte.

— Ces saloperies te feront crever avec cinq ans d'avance, Larry, tu ferais mieux de surveiller ta ligne. Bon, où en sommes-nous avec cette histoire de trafic de voitures volées ?

— Ça avance, Kiewtz et Balenger sont dessus.

— Et ce cadavre dans l'entrepôt, ça donne quoi ?

Salhindro déglutit péniblement avant de répondre :

— Brolin s'en occupe, je lui file un coup de main occasionnellement. Le corps n'a pas encore été identifié, on travaille sur les radios chez le légiste.

Chamberlin hocha la tête.

— Larry, ne perds pas de vue que tu es là pour faire le lien entre nos agents en tenue et la brigade criminelle, pas pour seconder l'inspecteur Brolin. Ne fais pas de votre collaboration une habitude, même si elle se montre fructueuse, ça n'est pas ta mission principale.

Salhindro grogna un vague acquiescement. Cela faisait deux ans qu'il servait d'intermédiaire entre les agents en tenue et la brigade criminelle, et un an et demi qu'il rendait service à Brolin à l'occasion. Tout d'abord par l'acquisition de petits renseignements jusqu'à aboutir à une véritable entraide pendant certaines enquêtes. À cinquante ans, Salhindro était lieutenant, mais un fort lumbago et une santé fragile l'avaient dispensé des patrouilles et rondes en voiture. Relégué au rôle de médiateur qu'il considérait trop éloigné du terrain, il ne manquait pas une occasion d'aider ses collègues de la Division des enquêtes criminelles.

— Il est arrivé, ce matin ? s'enquit le capitaine en lissant sa fine moustache noire.

— Je ne crois pas.

— Si tu le vois, dis-lui que je l'attends dans mon bureau pour faire le point sur son enquête. Et préviens Kiewtz et Balenger qu'on se fait un briefing ensemble à onze heures.

Salhindro approuva avant de se lever. Il allait franchir la porte lorsque le capitaine tendit la main vers lui en l'interpellant.

— Finalement donne-moi l'une de tes saloperies.

L'horloge au-dessus du hall de la Division des enquêtes criminelles affichait 9 h 50 lorsque Brolin fit son apparition. Pas rasé ni même changé, il se faufila jusqu'à son bureau le plus discrètement possible.

— Tiens tiens, fit une voix qu'il identifia aussitôt, on dirait qu'il a découché notre jeune inspecteur !

Brolin soupira avant de se retourner vers la silhouette bedonnante aux cheveux gris de Salhindro.

— Non ! N'essaie même pas de me mentir, poursuivit celui-ci, toi tu as passé la nuit avec une femme.

— C'est pas ce que tu crois.

— Ouais... Quelqu'un qui commence à se défendre avant même d'être accusé, c'est pas innocent ça ! répondit Salhindro en léchant ses doigts couverts de sucre glacé.

Brolin chassa l'air d'une main en signe d'abandon.

— Je vois pas pourquoi j'essaie d'argumenter avec toi, remarqua-t-il. C'est juste une amie.

Le regard dont Salhindro le gratifia le fit capituler et il entra dans son bureau.

La voix du lieutenant, mielleuse au possible, le suivit :

— Le capitaine veut te voir, dom Juan !

La matinée fila rapidement, entre le rapport à Chamberlin et les coups de téléphone au légiste et au labo, l'heure du déjeuner se présenta sans s'annoncer. Bien évidemment, Salhindro avait joué son rôle de diffuseur d'informations et plusieurs inspecteurs se firent un plaisir de plaisanter sur le passage de Brolin, l'affublant de diminutifs tous plus ridicules les uns que les autres.

Savourant deux tranches de pain et un morceau de salami qui se voulaient sandwich, Brolin repensa à la nuit précédente. Il n'avait pas parlé avec autant de sincérité depuis longtemps. En dehors de quelques soirées en compagnie de Salhindro, il n'avait pas eu souvent l'occasion de dialoguer longuement et franchement, et c'était ce qui s'était passé cette nuit avec Juliette. D'anecdotes personnelles à l'expression d'opinions plus générales, chacun écoutant l'avis de l'autre, ils étaient finalement arrivés à un véritable échange. Ils avaient passé plusieurs heures ainsi, en se découvrant. Bien qu'ils fussent liés par la tragédie du Bourreau de Portland, Joshua s'était étonné de la facilité qu'ils avaient eue tous deux à se confier. Comme deux amis se retrouvant après une longue absence. Le matin, Juliette dormait, emmitouflée dans ses couvertures, quand il avait quitté la villa, laissant un mot pour la remercier de la soirée.

À présent, il se sentait maladroit. L'envie de l'appeler pour lui proposer de réitérer pareille soirée le taraudait, mais la peur de ce qu'elle pourrait penser l'en empêchait. Il ne voulait pas passer pour une âme esseulée cherchant à tout prix à combler sa solitude avec la première amitié venue.

Dix minutes s'écoulèrent avant qu'il ne finisse par se promettre de l'appeler en fin de journée.

Après tout c'était son droit, et tant pis si elle devait le trouver idiot.

6

Rusty McGeary fit déraper son vélo sur le chemin de terre et redonna un bon coup de pédale pour monter le talus. Washington Park était idéal pour les balades à VTT. Juchée sur une succession de collines, la forêt dominait les quartiers ouest de la ville ; elle s'étendait sur plusieurs kilomètres, sillonnée par de nombreux sentiers étroits et anfractueux.

Du haut de ses douze ans, Rusty venait souvent rouler à l'ombre des arbres, il connaissait la plupart des chemins et des cuvettes, et les raccourcis pour atteindre un point précis en un temps minime.

Mais pour l'heure, il luttait pour sa vie.

Haletant, il regarda attentivement derrière lui pour s'assurer qu'on ne le suivait pas et se laissa rouler jusqu'en bas de la pente où il accéléra tant qu'il put, s'engouffrant comme un bolide entre les branches. Sa faculté à se concentrer sur le choix du meilleur chemin était son unique chance de survie. S'il se trompait de sentier, c'en était fini de lui. S'il trébuchait sur un parterre de feuilles mortes, plus de Rusty McGeary. Aucun droit à l'erreur.

Cette pensée fit naître en lui une détermination encore plus farouche, il se leva sur ses pédales et donna tout ce qu'il put.

Il fonçait. Autour de lui la végétation défilait comme un long tapis flou de couleur verte et brune.

Devant lui, surgit au détour d'un virage la petite clairière avec les constructions de bois du parcours de santé destiné aux joggers. Rusty pila et souleva un nuage de poussière dans l'air sec de cette fin de journée. Il essaya de retenir son souffle pour mieux entendre. Rien. Le plus stressant, le plus difficile à surmonter était de ne rien savoir de ses ennemis. Où étaient-ils ? Proches de lui ? Se rapprochant ou s'éloignant ? Il devait sans cesse être en mouvement pour ne pas se faire rattraper, car si cela se produisait, il pourrait dire adieu à tous ses rêves de victoire.

Soudain une silhouette entra dans son champ de vision, quelqu'un descendait la pente du côté nord, il serait dans la clairière dans moins d'une minute. Rusty ne prit pas le temps d'évaluer la situation, il jeta son vélo dans les fourrés les plus proches et s'enfuit en courant dans les bois. Il contourna un imposant massif de ronces et se cacha derrière un tronc pour reprendre son souffle.

Au loin la voix de *l'autre* perça le silence de la forêt :

— Rusty ! On n'a pas le droit de quitter les sentiers ! Tu triches !

Il s'en fichait. S'il respectait les règles il perdrait encore. Ils étaient trois contre lui dans cette chasse à l'homme et il n'entendait pas être le perdant du jour.

— Rusty ! Je sais que t'es là ! cria l'autre adolescent. J'ai ton vélo !

Puis le silence pendant quelques longues secondes où Rusty entendait son cœur résonner dans tout son corps. Flairant le mauvais coup, il se pencha et quitta sa cachette pour distinguer ce que faisait son ennemi, il vit que Kevin Baines s'était enfoncé à sa poursuite dans les bois. Rusty se remit en marche, il ne fallait pas rester immobile ou il serait déclaré mort. Il se fraya un chemin dans un champ de fougère mais constata très vite qu'il était impossible de se déplacer dans les bois – encore moins en cette saison – sans faire un bruit terrible. Il se demandait comment résoudre ce problème quand il aperçut les murs d'un vieux bâtiment.

La planque idéale, se dit-il. Avec un peu de chance, Kevin passerait sans même remarquer la ruine.

Il s'en approcha en prenant d'infimes précautions pour ne pas marcher sur des branches ou des feuilles mortes. La maison ressemblait à l'une de ces anciennes constructions où les bûcherons du siècle dernier venaient s'installer plusieurs semaines pour travailler avant de rejoindre leurs logis respectifs. Rusty contourna le mur de pierre sans fenêtre dans l'espoir de trouver une porte ou un accès quelconque. Un bourdonnement sourd provenait de l'intérieur. Visiblement la bâtisse avait été réhabilitée par le service des eaux ou quelque chose du même acabit, une pompe devait fonctionner lentement dedans. Tant mieux, cela lui ferait une bonne cachette. Rusty découvrit finalement sur l'autre façade une ouverture suffisamment grande pour qu'il puisse s'y glisser.

Il fouilla dans sa poche pour en extraire le briquet Zippo que son frère lui avait offert et l'alluma.

Le bourdonnement s'amplifia.

Kevin Baines se faufilait entre les troncs et les massifs de végétaux en prêtant le maximum d'attention aux bruits qui l'entouraient. Rusty était tout proche, il en aurait mis sa main à couper. Mais ça ne se passerait pas ainsi. Il allait le débusquer et il serait sacré « Traqueur-vétéran », lui et personne d'autre.

Une branche craqua au loin sur sa gauche et Kevin s'accroupit aussitôt.

Puis un hurlement effroyable déchira l'air.

C'était Rusty McGeary.

Il hurla pendant plusieurs secondes sans s'arrêter.

7

Le Dr Sydney Folstom était une femme d'une quarantaine d'années, grande et au regard dur, elle impressionnait bon nombre d'hommes, à commencer par ceux de la police avec qui elle travaillait. Directrice du bureau du légiste de Portland, elle était appréciée par ses collègues bien qu'auréolée d'une réputation de tatillonne excessive. Elle aimait le travail bien fait, et ne supportait pas la facilité. Quand elle vit qu'il était déjà 17 h 15 et que l'inspecteur Brolin n'était toujours pas là elle grommela et se promit de ne pas lui rendre la tâche aisée. Le retard était ce qu'elle détestait par-dessus tout.

L'institut médico-légal de Portland se dressait un peu à l'écart du centre-ville, c'était un long bâtiment de brique rouge avec de hautes fenêtres noires par où apparaissaient de rares silhouettes fugitives. Il évoquait l'une de ces universités ancestrales d'Angleterre qu'on aurait dit tout droit sortie d'un film de la Hammer. L'entrée principale était réservée aux familles qui venaient voir le corps d'un proche dans l'une des salles d'exposition, comme on les appelait ici. Mais le personnel avait pour habitude de passer par-derrière, par la cour intérieure et le sous-sol, cette même voie qu'empruntaient les corps lorsqu'ils arrivaient pour être ouverts. C'est par là que Brolin passa, traversant un long couloir au linoléum vert pomme, passant à proximité des salles d'autopsie. Devant l'une d'elles, il entendit clairement le contact de la scie vibrante avec la boîte crânienne.

Il accéléra l'allure.

Personne ne semblait vivre ici-bas, comme si le sous-sol était réservé aux ombres et aux fantômes. Parfois Brolin percevait le froissement d'une blouse de travail ou un raclement de gorge, mais personne n'était visible, chacun se terrant derrière les portes entrouvertes des salles d'autopsie. Il régnait ici une odeur étouffante d'antiseptique et Brolin réalisa soudain qu'on était sous terre et qu'il n'y avait aucune fenêtre nulle part, et qu'à défaut d'une grosse ventilation, l'antiseptique était peut-être la seule parade efficace au parfum âpre de la mort. Un frisson glissa le long de son échine. Il longea une rangée de brancards roulants et gravit les marches d'un pas rapide pour atteindre le rez-de-chaussée.

En plus de l'accueil des familles et les chambres funéraires, c'était à ce niveau que se trouvaient les laboratoires d'analyses.

Brolin franchit la porte privée du couloir central en direction de l'escalier. De part et d'autre, d'immenses baies vitrées donnaient sur les laboratoires où s'activait une foule d'hommes et de femmes en blouses blanches. D'impressionnantes machines scintillaient de leurs diodes colorées tandis qu'un groupe de techniciens contrôlaient et enregistraient des données informatiques, plus loin un mannequin recouvert d'une chemise ensanglantée servait à calculer la trajectoire d'un projectile. Puis Brolin passa devant une suite de portes étanches sans ouverture, simplement barrées d'un panneau « Défense d'entrer quand la lampe rouge est allumée » et surmontées de lampes témoins rouges dont certaines brillaient. C'était le terrain particulier des laboratoires d'analyse spectrométrique, de photographie, de balistique et aussi la pièce des appareillages complexes comme le *nit-yag*, l'Opti-Scan ou le chromatographe à gaz couplé à un ordinateur surpuissant et à un spectromètre de masse. Tout l'arsenal nécessaire à la traque des plus minuscules indices, une batterie d'ordinateurs capables de faire parler un grain de sable à propos de son origine et même de ses différents voyages à travers le pays. C'était le royaume de Carl DiMestro et Lynn Song, responsables des laboratoires du rez-de-chaussée. Pour l'heure, Brolin avait rendez-vous avec le Dr Folstom dont le bureau se trouvait à l'étage. Étant en retard, il ne prit pas la peine de chercher Carl pour le saluer, se doutant qu'il serait plongé dans quelques obscurs travaux, et monta l'escalier. L'étage était plus tranquille, abritant les laboratoires de toxicologie, le service de recherche génétique et les bureaux des cadres. Brolin ne tarda pas à trouver ce qu'il cherchait et entra après avoir frappé.

Sydney Folstom se leva pour le saluer. Ses cheveux étaient parfaitement permanentés, et ses yeux verts traversèrent Brolin comme un couteau. Son visage fermé ne permettait pas de dire si elle était de mauvaise humeur ou si c'était là son expression de tous les jours. Il émanait d'elle une beauté froide et presque cruelle.

Déformation professionnelle, songea Brolin en lui souriant. À toujours ouvrir des êtres humains comme de simples morceaux de viande, on finit par en être marqué. Ce sont les stigmates de la mort. Cette analogie lui parut bien trouvée pour une fois, et il se promit de la noter aussitôt qu'il le pourrait.

— Contente de vous voir, inspecteur Brolin, même si c'est avec du retard, lui lança-t-elle en guise de préambule. C'est moi ou j'ai l'impression que vous vous plaisez ici ? Je vous y ai souvent vu ces derniers mois.

Elle parlait avec cette application tout académique des personnes qui ont suivi un très long cursus universitaire. Presque trente ans d'attention à l'agencement des mots et des pensées pour correspondre aux schémas scolaires : l'assurance que lui conféraient ses longues et intenses années de médecine marquait le moindre de ses propos et de ses gestes.

— Je m'en passerais bien si je pouvais, ne le prenez pas mal mais cet environnement de mort ne me met pas vraiment à l'aise, répondit Brolin.

Elle esquissa un sourire froid.

— Vous travaillez pourtant à la Division des enquêtes criminelles, c'est aussi ce que j'appelle un environnement de mort.

— Le contexte est celui des vivants, répliqua-t-il dans la foulée en gardant un ton qui se voulait agréable.

À peine entamée, la conversation prenait la tournure d'une explication à la limite du défi oral. Brolin regretta immédiatement de s'être pris au jeu plutôt que de rester docile, ce qui est la meilleure attitude pour faire progresser les choses face à une personne opiniâtre ou décidée à vous en faire découdre.

Le Dr Folstom lissa la jupe de son tailleur et tendit un sachet de pastilles à la menthe vers son interlocuteur.

— Quand vous, vous travaillez à comprendre la vie d'un mort pour en appréhender le tueur, moi je fais la même chose, mais au lieu de fouiller sa vie, je fouille son corps.

Brolin hocha la tête en suçant une pastille et son sourire s'élargit.

— Vu sous cet angle... J'ai cru comprendre que vous aviez du nouveau concernant mon corps calciné.

Il était temps d'esquiver l'affrontement, Sydney Folstom n'était pas commode et pour préserver la qualité de leurs rapports professionnels, Brolin voulait apaiser l'atmosphère. La directrice du service et le jeune inspecteur ne se connaissaient pas très bien, Brolin travaillant habituellement avec des médecins légistes moins haut placés, mais depuis le printemps précédent – où l'apport de l'autopsie s'était révélé déterminant pour l'issue d'une enquête – il avait entrepris de mieux cerner Sydney Folstom et d'améliorer leur collaboration. Il était venu une dizaine de fois en cinq mois pour s'entretenir de divers points techniques avec elle et même s'ils ne se voyaient guère plus de quelques minutes à chaque fois, Brolin commençait à se faire une opinion du personnage. Sévère, revêche de prime abord mais pas mauvaise, juste un peu trop cassante s'était-il dit, une manière comme une autre d'asseoir son autorité dans un monde aussi macho que celui de la police.

Comme si elle lisait dans ses pensées, Sydney Folstom se passa la main dans les cheveux en prenant un air décontracté, tranchant avec son habituelle austérité.

— Tout à fait, l'autopsie a confirmé l'homicide. Mais avant tout, je vais vous montrer quelques clichés que j'ai faits du corps, vous allez voir c'est particulièrement explicite.

Alors qu'elle se levait pour prendre une chemise cartonnée sur une étagère, Brolin comprit que c'était sa façon à elle de prendre l'ascendant. Lui qui avait témoigné d'un certain dégoût pour ce milieu sinistre allait se retrouver devant les photos – couleur et en gros plan – de l'un de ces corps ouverts. Elle ne manquerait pas de souligner les points les plus sensibles, jouant avec les descriptions de blessures, art qu'elle maîtrisait parfaitement, se conférant une supériorité incontestable sur son interlocuteur. Bien qu'il fût habitué à voir les pires atrocités, Brolin n'en détestait pas moins cela. Il savait qu'après trente ans de carrière il continuerait d'être mal à l'aise en présence d'un cadavre, tout comme ses collègues. Il n'y a guère que dans les films qu'on entend les vieux briscards de la police ne pas s'émouvoir à la vue d'un corps mutilé. Le temps et l'expérience permettent de prendre plus facilement du recul, mais jamais, au grand jamais, on ne s'habitue à ce genre de vision. Ne serait-ce que parce que chaque être humain est différent, et aussi parce que chacun meurt à sa manière, fixé pour toujours par la mort dans l'aspect grotesque que celle-ci donne à nos corps dans cet instant. On a souvent dit que vieillir c'est perdre sa dignité et mourir la retrouver ; c'est probablement vrai mais à condition que quelqu'un passe par là pour remettre le corps dans une attitude un peu plus digne, car la mort a ceci d'étrange qu'elle se plaît à frapper aux instants les plus inattendus.

— Vous allez comprendre, dit le Dr Folstom, sortant Brolin de ses pensées.

Le téléphone portable de Brolin se mit à vibrer dans sa poche.

— Je vous prie de bien vouloir m'excuser, balbutia-t-il en l'extrayant de sa veste en cuir.

Il sentit le regard contrarié de Sydney Folstom se poser sur lui.

— Brolin, j'écoute.

— Joshua, c'est Salhindro. Faut que tu viennes, on a trouvé un corps dans les bois près du zoo.

Salhindro paraissait tendu, comme s'il venait d'apprendre une très mauvaise nouvelle.

— Pourquoi moi ? Je suis sur une enquête, Larry.

— Si je te le demande, c'est que j'ai mes raisons.

— Écoute, je suis occupé pour le moment, et puis c'est le commissariat de South-West qui doit s'en occuper, c'est sous leur juridiction. C'est si important que ça ?

— Ce sont les gars de South-West qui nous ont appelés pour te prévenir. Quand ils ont vu le corps ils ont su que ça te concernait.

— Que ça *me* concernait ? s'étonna Brolin que l'impatience commençait à gagner. Ça veut dire quoi ça ?

— Discute pas et retrouve-moi à l'entrée de Kingston Drive près du zoo. C'est important. Vraiment.

La voix de Salhindro trahissait une anxiété assez rare chez lui, ce qui n'avait rien de rassurant. Brolin capitula. Il raccrocha et observa le Dr Folstom qui semblait agacée par cette interruption intempestive.

— Je suis navré, mais nous allons devoir remettre ça à plus tard, j'ai une urgence, s'expliqua-t-il en se levant non sans un certain soulagement.

Sydney Folstom ne l'avait pas quitté du regard et soupira profondément. Brolin lui fit un petit signe de la main en guise d'excuse.

Un pressentiment désagréable se diffusa subitement en lui, comme la rumeur d'une tragédie à venir.

8

Brolin gara sa Mustang sur le bas-côté. Une voiture pie [1] – qui n'en était plus vraiment une puisque fraîchement repeinte en blanc et bleu – attendait, Salhindro assis sur le capot avec un autre homme en uniforme. Deux autres véhicules de police étaient immobiles un peu plus loin, dont le van des techniciens de scène de crime.

— Qu'est-ce que c'est ? s'enquit Brolin en arrivant à hauteur de Salhindro.

Celui-ci fit une grimace de dégoût.

— Une jeune femme. C'est un gosse qui l'a trouvée, il y a deux heures, en jouant avec ses amis. Deux gars du district de South-West sont venus vérifier qu'il ne s'agissait pas d'une plaisanterie d'adolescent. Il paraît qu'ils sont revenus blancs comme des lys.

— Le médecin est venu au moins ? interrogea Brolin.

1. Voiture pie : voiture de police, ainsi surnommée à cause de sa couleur noir et blanc.

— Ouais, il a vérifié qu'elle était morte mais il n'a touché à rien. On a bouclé le coin et attendu que tu viennes.

— Mais pourquoi moi ? Le capitaine est au courant ?

— Oui, quand les gars de South-West ont téléphoné chez nous, c'est lui qui m'a dit de te faire venir.

Brolin ne comprenait pas où son collègue voulait en venir. Il était déjà sur une enquête et on lui demandait de se rendre sur les lieux d'un crime, au-delà de sa juridiction habituelle de surcroît.

— Si tu m'expliquais exactement pourquoi je suis là, remarqua Brolin.

Salhindro eut un bref regard vers l'autre agent en uniforme avant de répondre :

— Faut que tu le voies de tes propres yeux, sinon tu ne me croiras jamais.

Après une centaine de mètres dans les bois, un cordon de sécurité avait été tendu entre les arbres pour protéger l'accès à la ruine. Quelques policiers allaient çà et là, en observant attentivement le sol et en prenant des notes. Deux hommes arborant les blouses grises des techniciens de scène de crime portaient chacun une lourde valise. Ils inspectaient minutieusement le sol autour de la maison. L'un d'entre eux appliquait une poudre jaune sur un film transparent de cinquante centimètres de long, prélevant ce qui ressemblait à une empreinte de pas sur une pierre.

— Les techniciens attendent ton feu vert pour entrer, prévint Salhindro.

Brolin hocha la tête bien qu'il ne comprît toujours pas ce qui l'amenait là. Ni son grade ni sa réputation ne pouvait en être la cause. Il ne disposait pas d'appuis particuliers dans les hautes sphères pour qu'on l'envoie sur une enquête sensible. Certes, il était l'un des rares flics, voire le seul, capable de dresser le profil psychologique d'un tueur grâce aux éléments d'une scène de crime, mais pourquoi faire autant de mystère dans ce cas ? Il ne voyait décidément aucune bonne raison d'être là. Pourtant tous l'observaient comme si sa présence était déterminante. Un officier en tenue s'approcha de lui.

— On vous attendait, inspecteur Brolin, je suis le lieutenant Horner du district South-West. On allait mettre l'une de nos équipes sur le coup quand le sergent Faulings nous a décrit la victime.

Soudain Brolin pensa à Juliette. Son cœur s'accéléra à l'image de son visage baignant dans le sang. C'était impossible, personne ne savait qu'ils se voyaient Juliette et lui, encore moins les flics de South-West.

— Eh bien quoi ? s'impatienta Brolin. Qu'est-ce qui a bien pu vous faire penser à moi ?

L'officier et Salhindro échangèrent un regard entendu.

— La victime, monsieur…

Salhindro balaya les explications d'un geste large.

— Viens voir, Josh.

Et il l'entraîna sur le côté de la maison croulante. Salhindro sortit sa Mag-Lite et l'alluma.

Brolin percevait comme une sorte de bourdonnement. Les deux hommes s'immobilisèrent devant un trou béant dans le mur. Le lierre grimpait sur la pierre, dispersant ses ramifications en de longs tentacules, si bien que l'unique entrée de la maison était en partie dissimulée. En l'apercevant de là où il se tenait, Brolin eut le sentiment désagréable d'être sur le seuil d'une bouche béante qui attendait patiemment qu'on enfourne son repas entre ses mèches de lierre.

Une odeur aigre envahit leurs narines. Une émanation qui ne trompa pas Brolin sur ce qui l'attendait à l'intérieur. Il se souvint de cette mauvaise analogie qu'il avait faite la première fois qu'il avait respiré les gaz d'un mort, il les avait comparés aux relents d'un vieux pet de malade. Mais jamais cela n'avait réussi à le faire rire, bien au contraire.

Salhindro se pencha et disparut dans le trou, bientôt suivi de près par Brolin. Ils quittèrent la lumière pour s'enfoncer dans l'obscurité de cette bouche noire. La puanteur devint encore plus forte comme si les émanations pestilentielles étaient enfermées depuis trop longtemps entre ces murs sans aération. Brolin toussa de dégoût, aussitôt imité par son collègue.

Le faisceau lumineux sondait le sol afin d'éviter les débris. Ils marchaient sur un antique parquet aux lattes gondolées et vermoulues sur lequel s'étaient développées une faune et une flore de parasites en tout genre. L'air était lourd, chargé de mort, pensa Brolin. En partie masqué par la végétation, le trou par lequel ils étaient entrés ne laissait pas passer assez de lumière pour qu'on pût y voir quoi que ce fût. La porte et les fenêtres avaient toutes été obstruées par des pierres comme si on avait cherché à fermer hermétiquement la maison, à la manière d'une sépulture.

Après quelques mètres, les deux hommes furent cernés par les ténèbres, avec pour seul guide la Mag-Lite de Salhindro. Ils progressaient lentement. Par moments la lampe balayait les murs et Brolin vit qu'ils étaient couverts d'une pellicule d'humidité, accompagnée de mousse et de champignons bulbeux. Le sol était jonché de pierres, de cadavres de bouteilles de bière abandonnés depuis longtemps et de poutrelles en bois rongées par les termites.

Le bourdonnement s'amplifia, semblable au ronronnement d'un transformateur électrique de quartier.

Les yeux de Brolin commençaient à s'habituer à l'obscurité et le maigre faisceau que Salhindro promenait devant eux lui suffisait à présent. Mais tout était néant autour, le noir absolu couvrait la maison d'un voile épais, et seul le rayonnement de la lampe torche ouvrait une brèche de réalité dans le vide. Ils avançaient avec précaution dans cet environnement trouble, dans une dimension plane, définie par le noir et n'existant que par le trait vaporeux de la lampe. C'était comme s'ils étaient loin de tout, perdus au fond d'un gouffre de ténèbres, isolés du monde. Pas un son ne filtrait hormis le bourdonnement incessant vers lequel ils s'approchaient irrémédiablement. Et cette exhalaison de putréfaction qui les enserrait de plus en plus, enroulant ses bras nauséeux autour de leurs sens dégoûtés. Brolin entendait le souffle de son collègue dans l'air vicié et se concentra sur ce qu'il voyait devant lui.

Un craquement mou monta des profondeurs de la maison à l'instant même ou le pied de Brolin s'enfonça sous les vieilles lattes du parquet, s'immisçant dans un nid de végétation aveugle. Un clou rouillé traversa son pantalon et perça les chairs de sa cheville.

Brolin tendit les bras pour se rattraper et sa main saisit la conduite d'un vieux poêle. Il perçut aussitôt le grouillement des cloportes sur sa main.

— Ça va ? demanda Salhindro en l'éclairant.

— Oui, sauf que je déteste ces bestioles, gronda Brolin en secouant la main pour chasser les importuns.

Il dégagea doucement son pied du trou et tâta sa cheville qui le lançait.

— Merde, je me suis coupé.

Un liquide tiède lui coula entre les doigts.

— On y est presque, c'est derrière le mur du fond qu'elle se trouve.

En écoutant Salhindro, Brolin réalisa qu'ils parlaient à voix basse comme si les lieux leur inspiraient une crainte ou un respect particuliers.

C'est vraiment une sépulture, remarqua-t-il.

Ils se remirent à marcher d'un pas précautionneux, faisant crisser les lattes de bois. Les araignées avaient envahi la maison par colonies entières. Brolin ne se souvenait pas en avoir jamais vu autant dans un espace si réduit. Les murs étaient couverts d'une toile de brume légère, vibrant selon le vent et sur laquelle couraient de petites silhouettes noires à huit pattes. Il y en avait peut-être une centaine. De la plus minuscule aux plus énormes, larges comme des soucoupes. Elles couraient sur leurs nappes de soie, à l'affût tel un prédateur affamé. De plus en plus, Brolin se sentait oppressé, envahi par la moiteur des ténèbres, il lui semblait sentir des milliers d'insectes frôler son corps, il s'attendait presque à percevoir leur contact sur sa peau. Plus il avançait plus il admirait le garçon qui avait découvert le corps. Il lui avait fallu une sacrée dose de courage pour pénétrer dans cette tombe sinistre. Même s'il savait que les enfants peuvent se montrer parfois bien moins impressionnables qu'on ne l'imagine. Seule la curiosité, liée à une peur fascinante, pouvait avoir conduit ce garçon à progresser ainsi dans l'obscurité.

La lampe s'arrêta un instant sur un paquet épais d'une substance orange dont la texture faisait penser à de la gelée. Une mousse sécrétée par un champignon roux.

Partout les éléments s'enchaînaient pour donner une impression de capharnaüm grouillant, et l'odeur de pourriture *humaine* qui n'en finissait plus d'agresser leur odorat.

Quand ils eurent dépassé un mur infesté d'insectes, Salhindro s'arrêta pour poser une main sur le bras de Brolin.

— C'est pas joli comme spectacle, prévint-il d'une voix blanche.

Le faisceau de la lampe fouetta l'air poussiéreux et se braqua devant eux, sur le sol.

Elle gisait là.

Abandonnée aux mouches bourdonnantes et tourbillonnantes.

Un mince filet de soleil s'immisçait entre deux pierres du mur et venait se poser sur sa cuisse nue pour souligner la pâleur de cette peau froide. Quelques poils blonds se dressaient sur le marbre durci de sa jambe, parfaitement immobiles, fixés dans le temps.

La lampe remonta sur le corps.

Elle était entièrement nue, auréolée d'une large marque sombre sur le sol. Des dizaines de mouches se posaient autour des orifices, naturels ou non, pour y rester quelques secondes le temps d'y pondre leurs œufs.

Quand les yeux de Brolin remontèrent sur ses cuisses il ne put réprimer un haut-le-cœur.

Le manche d'un couteau dépassait de son intimité, laissant une fine coulée séchée sous les lèvres. Un corps gras et tout noir apparut subitement sous le manche du couteau, dépliant ses pattes pour parvenir à s'extraire de cette immense carcasse dont il festoyait avec ses centaines d'acolytes.

— Oh mon Dieu ! dit Brolin en posant une main sur sa bouche.

La lampe glissa sur le corps et Josh Brolin comprit pourquoi il était là.

La jeune femme qui gisait dans cette nuée d'insectes la dévorant par l'intérieur n'avait plus d'avant-bras. Tranchés au niveau des coudes.

Mais pire encore, son front n'était plus qu'un amas de chairs visqueuses, comme s'il avait été baigné dans de l'acide.

C'était la signature du Bourreau de Portland.

Un mort.

9

Juliette déverrouilla la porte de la maison et entra. Elle tapa le code de l'alarme pour l'éteindre et déposa ses affaires sur un des sofas. La journée à l'université avait été longue et harassante, elle avait couru d'une salle de cours à une autre pour finalement s'enfermer cinq heures d'affilée à la bibliothèque afin de prendre des notes en vue de son mémoire de fin d'année. Elle n'aspirait plus qu'à une soirée bien calme devant la télé avec un plateau-repas.

Le courrier du jour révéla une lettre de ses parents. Sa mère racontait qu'ils projetaient d'acheter une maison plutôt que de louer, laissant sous-entendre qu'ils ne rentreraient pas dans un avenir proche. La lettre était chargée de bonne humeur, du soleil de San Diego, pensa Juliette en imaginant sa mère éclatante de santé. Alice Lafayette essayait de rentrer un week-end par mois à Portland pour voir sa fille, parfois Ted l'accompagnait quand la société pour laquelle il travaillait daignait lui accorder son samedi. Mais d'une manière générale Juliette ne se sentait pas trop seule. Elle avait même pris un certain plaisir à gérer sa vie comme elle l'entendait, à vingt-quatre ans elle pouvait s'assumer sans difficultés. Elle avait sa mère au téléphone deux fois par semaine et sa meilleure amie Camelia vivait non loin d'elle.

Non, tout bien pesé, elle n'éprouvait aucune envie de retrouver une vie familiale « normale ». Son enlèvement, un an auparavant, l'avait rendue plus méfiante mais n'avait pas transformé sa façon de vivre. L'essentiel du travail qu'elle avait accompli en séances de soutien avait consisté à apprendre à accepter ce qui s'était passé. Ne surtout pas se renfermer comme une huître avec le drame en soi, au contraire, il fallait s'ouvrir et comprendre qu'on avait été agressé et abîmé mais que cela n'empêcherait pas de vivre bien, et de façon équilibrée. Ce qu'elle avait fait. Juliette avait longuement pleuré, vidant sa peur dans ses larmes et se reconstruisant une confiance sur la joie d'être en vie. Ce salaud était mort et il n'aurait pas le plaisir d'avoir détruit sa vie à elle. Dans les premières semaines qui avaient suivi le drame, elle avait revécu la scène de mise à mort à de nombreuses reprises, ne trouvant que très difficilement le sommeil, elle avait souffert sans parvenir à se maîtriser. La cellule de soutien psychologique avait insisté sur son état de stress post-traumatique aigu, lui expliquant les symptômes, qui étaient notamment de revivre la scène ou de souffrir d'insomnies, et ensemble ils avaient travaillé à faire lentement descendre ce stress traumatique. Toutes les phases lui avaient été expliquées, et elle savait qu'elle avait retrouvé son équilibre à présent. Mais la possibilité d'un stress « avec survenue différée », comme ils disaient, était toujours présente, aussi elle restait vigilante, et ne se laissait jamais aller à trop de facilité ou d'abattement. Brolin l'avait aidée au début, pendant les premiers mois il était souvent venu lui rendre visite, apportant toujours un petit cadeau, c'était mignon. Puis, peu à peu, Brolin s'était fait happer par une enquête, et ils s'étaient vus un peu moins. Puis de manière encore plus sporadique à mesure que les mois passaient, jusqu'à se perdre de vue, involontairement. Comme lorsqu'on voudrait sans cesse donner des nouvelles à d'anciens camarades de classe et qu'on repousse toujours le moment, jusqu'à perdre leur trace.

Soutenue par Camelia et par ses parents qui avaient passé plusieurs semaines à Portland après le drame, Juliette s'était remise et était finalement redevenue ce personnage solitaire qu'elle avait toujours été. Elle avait même dû insister pour que ses parents acceptent de repartir à San Diego après plus d'un mois et demi passé à l'accompagner dans sa thérapie. Elle aimait sa tranquillité, cette maison pour elle seule, des horaires qui n'étaient sujets à aucune contrainte ou justification.

Mais ce tournant essentiel de sa vie avait tout de même laissé une séquelle dans son comportement. Elle hésitait moins. Jamais auparavant elle n'aurait pu appeler Joshua Brolin comme elle l'avait fait pour lui demander de passer un moment avec elle. Elle avait compris qu'il lui faudrait vaincre sa timidité, que la vie tenait à pas grand-chose et qu'il était parfois impératif de forcer son caractère. Ce soir-là, un sentiment de tristesse l'avait submergée et Brolin lui avait prodigué un véritable réconfort. En y repensant elle avait compris que ça n'était pas seulement parce qu'il avait été là ce jour-là, mais aussi parce qu'il apportait quelque chose dans la maison, une présence masculine à laquelle elle ne se serait jamais crue sensible. Avec ses pointes d'humour et sa voix grave, il était agréable et Juliette gardait une nostalgie éthérée de cette soirée.

Soudain elle s'aperçut qu'elle pensait à lui avec plaisir, nouant le désir de le revoir, de goûter sa présence rassurante et de dormir d'un sommeil paisible comme la dernière fois.

« Je deviens guillerette moi, se dit-elle. Si je raconte ça à Camelia elle va encore me seriner que je glisse sur les pentes de l'amour. »

À bien y penser, Juliette n'y croyait pas. Elle n'était pas en train de tomber amoureuse de Joshua Brolin, c'était juste une forme de rattachement d'après-coup. Ils ne s'étaient pas vus depuis plusieurs mois et se retrouver soudain après ce qu'ils avaient vécu créait des liens, c'était évident. Et de toute façon leur différence d'âge était trop importante, il avait bien la trentaine, cela la dérangeait. Une fois de plus la voix de Camelia résonna dans son esprit : « C'est dans les vieilles marmites qu'on fait les meilleures tambouilles. » Juliette secoua la tête pour chasser ces pensées, elle ne voulait plus y songer.

Elle attrapa la télécommande et mit la télé pour créer une présence. Le type de présence froide qui meublait le silence sans pour autant se montrer envahissante, ce qu'elle aimait.

Sans même regarder ce que diffusait la chaîne, Juliette se rendit dans la cuisine pour rassembler sur un plateau de quoi grignoter.

Elle passa le début de soirée dans le sofa en mangeant devant une vidéo pas très passionnante. Absorbée dans la contemplation passive du tube cathodique elle sursauta quand le carillon de la porte d'entrée déchira l'air.

Il était presque neuf heures du soir.

Juliette se leva précipitamment et sa tête se mit à tourner. Se tenant aux murs le temps que ce trouble se dissipe, elle s'approcha de la porte. L'imposte ne laissait filtrer que le noir de la nuit. La lumière du perron était éteinte, elle avait oublié de changer l'ampoule.

— Qui est-ce ? s'enquit Juliette d'une voix qu'elle aurait souhaitée plus ferme.

— C'est moi, Camelia.

Rassurée, Juliette défit les verrous et ouvrit la porte. Camelia se tenait sur le paillasson, le regard dur et le visage tendu. Remarquant immédiatement que quelque chose n'allait pas, Juliette demanda :

— Quoi ? Qu'y a-t-il ?

— Je peux entrer ?

Juliette s'excusa et laissa son amie pénétrer dans le hall.

— Apparemment tu n'as pas écouté les infos, commença Camelia. Dès que je l'ai entendu j'ai foncé, je ne voulais pas te laisser seule.

— Mais de quoi parles-tu ? Qu'est-ce qu'il y a ? demanda Juliette qui sentait une peur indéfinissable sourdre du néant pour l'envahir.

— Viens.

Camelia précéda Juliette dans le salon et mit la chaîne régionale. Un bulletin d'information transmettait l'image d'un de leurs reporters à l'orée d'une forêt, malgré l'éclairage-caméra on percevait nettement la nuit autour de lui.

« … C'est en fin d'après-midi que le corps a été retrouvé par un adolescent et la police est encore sur les lieux au moment où je vous parle. On fait état de mutilation horrible ici et une source encore non confirmée par la police parlerait d'une ressemblance troublante avec les crimes commis dans la région il y a un peu plus d'un an par le Bourreau de Portland. »

Juliette se sentit tressaillir, ses mains se mirent à trembler.

« En effet il semblerait que la victime ait été amputée de ses avant-bras bien que ces informations n'aient pas été confirmées par la police. Rappelons que Leland Beaumont, le Bourreau de Portland, avait tué… »

Camelia éteignit la télé et s'approcha de Juliette. Elle lui passa la main dans le dos.

— Je ne voulais pas que tu entendes cette histoire toute seule, même si tout ça c'est loin maintenant, je te connais…

Un long soupir monta dans la poitrine de Juliette et elle expira calmement.

— C'est un dingue en mal d'inspiration, Leland Beaumont est mort d'une balle en pleine tête, souffla-t-elle.

— Oui… Je voulais m'assurer que ça irait, c'est le genre de nouvelle qui…

— Ça va aller, la rassura Juliette.

Camelia scruta le bleu des yeux de son amie, cherchant à y déceler la vérité. Puis elle proposa :

— Je nous fais un peu de thé ?

Juliette esquissa un faible sourire et acquiesça.

10

— Je comprends, capitaine. Bien.

Brolin raccrocha et enfouit son téléphone portable dans sa veste. Salhindro se tenait derrière lui dans sa position favorite : assis sur le capot de la voiture pie.

— Alors, qu'est-ce qu'il dit le capitaine ? demanda Salhindro.

— Que je laisse tomber l'enquête du corps calciné pour prendre en main celle-ci.

Brolin fronçait les sourcils, passablement irrité.

— Je présume qu'il a demandé que je rentre.

Brolin secoua la tête.

— Je crois qu'il a à cœur de boucler cette histoire sordide au plus vite avant que la presse ne se déchaîne. Mais il n'a rien dit à ton propos. Tu peux rentrer si tu veux, je vais m'en occuper.

Salhindro se redressa.

— Rentrer pour embrasser qui ? Les souris du grenier et les rats de la cave ? Laisse tomber, on a du pain sur la planche.

Le jour avait brûlé ses dernières lueurs depuis deux heures. Au loin deux brancardiers transportaient une civière à travers les arbres, zigzaguant entre les projecteurs montés sur trépied. Les techniciens finissaient d'organiser leurs notes et schémas avant de remonter dans leur van. Brolin contemplait cette scène surréaliste : des projecteurs surpuissants au milieu de la forêt et la clairière baignée dans la nitescence rouge des gyrophares, les derniers flashs du photographe de la police et le crépitement de la radio dans la voiture pie.

Il avait un goût rance de poussière dans la bouche. Les longues minutes passées dans cette ruine en compagnie du cadavre pour l'examiner. La première chose qu'il avait faite après l'avoir découvert avait été de dater approximativement le moment de la mort. La rigidité cadavérique était totale. Brolin savait que ce phénomène (résultat de la contraction musculaire *post mortem* due à un processus chimique) était en général complet douze heures après le décès pour disparaître après deux jours, impliquant dans le cas présent que la jeune femme était morte au moins douze heures et au plus quarante-huit heures plus tôt. La piste était donc encore fraîche.

Après leur macabre visite, Brolin avait fait venir les deux techniciens de scène de crime, Scott Scacci et Craig Nova. Dans un premier temps les deux hommes avaient apporté un groupe électrogène aux abords de la ruine pour pouvoir y installer de puissantes lampes halogènes. Puis ils avaient passé au peigne fin l'intérieur de la maison délabrée. Tout l'arsenal avait servi : lampe Polilight pour déceler toute trace biologique, imprimante électrostatique pour les traces de pas, ninhydrine, nitrate d'argent, noir amido et violet cristallisé pour les empreintes… Mais la scène de crime était largement contaminée, d'abord par l'adolescent qui avait trouvé le corps puis par les deux flics et le médecin avant même que Brolin et Salhindro n'y pénètrent. À cela venaient s'ajouter les différents squatteurs qui s'étaient succédé si l'on en croyait les déchets en tout genre et de toutes époques qui s'étaient entassés là. Craig et Scott avaient prélevé de nombreux échantillons dans de petits sachets en plastique, cheveux, poils et différentes substances organiques encore non identifiées, et avaient mitraillé la scène sous tous ses angles avec un appareil Polaroid CU-5 qui crépitait en une centaine d'étincelles après chaque utilisation. Des carottes de terre avaient aussi été emportées pour les analyses de l'entomologiste qui confirmerait le moment de la mort grâce à l'étude des insectes présents sur le cadavre. Brolin était resté en retrait mais déjà il avait commencé à plancher. Il était impossible avec toute cette agitation de s'imprégner de l'atmosphère de l'endroit comme il l'aurait voulu, il lui faudrait revenir plus tard, mais il avait demandé qu'on prenne le maximum de clichés de la maison et surtout du corps avant même de le bouger. La plupart du temps, au FBI, il étudiait à partir des rapports de la police ou du légiste et de photographies. Il était très rare qu'il puisse se déplacer sur les lieux, ç'avait été une de ses principales frustrations. Mais Brolin savait que la possibilité de suivre pas à pas l'enquête, et surtout d'être présent là où la victime avait été mise à mort, était un atout majeur pour établir le profil psychologique du meurtrier. Car plus tard, il lui faudrait se mettre à penser comme le tueur, à se sentir comme le tueur pour pouvoir le comprendre, et pour cela, rien ne valait mieux que de le suivre là même où il avait frappé.

À présent Brolin regardait les brancardiers emporter le corps dans un sac noir, cernés de lumière au sein de la forêt. Craig Nova, l'un des techniciens de scène de crime, s'approcha de lui. C'était un petit homme d'une quarantaine d'années dont les cheveux formaient une couronne sur son crâne luisant et qui arborait un air jovial malgré la situation.

— On a fait ce qu'on pouvait, mais les résultats risquent d'être longs à venir, il y avait toutes sortes de merde là-dedans, fit-il en s'épongeant le front d'un mouchoir. On va tout analyser mais n'attends pas de miracle, on a trouvé suffisamment de traces de pas et de cheveux pour t'occuper quelques jours à lire les rapports. C'était un vrai squat cette ruine !

Brolin soupira. Le début d'une enquête semblait toujours confus, il y avait tout à ordonner sans qu'on dispose du moindre élément précis. Dès les premiers rapports, des pistes se dégageraient, du moins l'espérait-il.

— Cependant je peux déjà te donner une fourchette pour la datation de la mort, reprit Craig.

Il sortit d'une des grandes poches de sa combinaison un calepin et un livret plein de schémas et de diagrammes complexes.

— Voilà… voilà. Bon, on a vérifié qu'elle n'a pas subi de lésion au niveau de la marge anale avant de prendre sa température par thermocouple. Je ne suis pas légiste mais je peux au moins te dire qu'elle n'a pas été sodomisée. Je viens d'avoir la station météorologique de Portland, ils m'ont donné la moyenne de température dans le coin, ça donne 22 °C au cours des quarante-huit dernières heures avec peu de variation.

Brolin connaissait la procédure par cœur, une association de différentes données concernant les amplitudes thermiques et le poids du corps : en les ajustant selon de complexes facteurs correctifs on pouvait obtenir une estimation approximative de l'heure du décès.

Contrairement à ce que l'on voit souvent dans les films, déterminer le moment de la mort n'a rien d'aisé, bien au contraire et c'est un art sujet à des erreurs fréquentes.

Craig Nova poursuivait :

— On estime le poids de la victime à 55 kg et sa température rectale est de 26 °C. Compte tenu de sa nudité, de l'humidité des lieux…

Craig Nova ouvrit son carnet et chercha la courbe normographique et les barèmes de corrections. Il traça trois traits au crayon à papier et hocha la tête en regardant sa montre qui affichait 22 heures passées.

— Ça donne 20 heures. Avec la marge d'erreur, on peut estimer qu'elle est morte la nuit dernière entre minuit et 4 heures du mat. Ce qui colle avec l'état de rigidité cadavérique.

La fille avait donc disparu la nuit précédente, ce point aiderait l'identification, à moins qu'elle n'ait été séquestrée pendant plusieurs jours, ce que l'absence de liens ou de marques aux chevilles ne laissait pas supposer. Craig fit claquer ses doigts.

— J'allais oublier.

Il sortit un jeu de Polaroid de bonne qualité représentant le visage de la victime.

— Pour l'identification préliminaire, dit-il.

Brolin saisit les clichés et les enfourna dans sa poche.

— OK, merci Craig, tiens-moi au courant le plus vite possible.

— C'est Carl DiMestro qui s'en chargera.

Craig leur fit un petit signe et ajouta avec une certaine ironie :

— Bonne nuit !

Puis il disparut dans son van où un assistant terminait de ranger les grosses valises contenant leur matériel.

Brolin se tourna pour voir Salhindro en pleine conversation avec l'officier Horner. Sans doute lui expliquait-il qu'en raison des circonstances l'enquête ne leur échéait pas et que c'était l'inspecteur Brolin qui allait s'en charger. Vaste programme. Cela ne faisait pas trois heures qu'il était présent que déjà il sentait mal ce coup-là. Brolin avait pris le temps de faire le tour du corps, l'observant attentivement, et la similitude avec les victimes du Bourreau était évidente. Mais Leland Beaumont reposait six pieds sous terre depuis douze mois. Il servait de nourriture aux vers. Pourtant il avait fait un émule, c'était à n'en pas douter une manifestation d'admiration. Celui qui avait fait cela avait voulu montrer à tous qu'il avait apprécié « l'œuvre » de Leland Beaumont. C'était ce qu'on appelle dans le jargon un *copycat* – littéralement un « copieur » –, type de tueur en série rarissime mais généralement très dangereux. Des hommes d'autant plus redoutables que leurs motivations prennent souvent racine dans une fascination-jalousie pour un tueur célèbre, qui entraîne le besoin de tuer d'une manière similaire avec la volonté de dépasser le « maître » en nombre de victimes. Et le Bourreau de Portland s'était arrêté à trois par la force des choses.

Brolin secoua la tête, il était beaucoup trop tôt pour tirer la moindre conclusion. Il lui fallait étudier minutieusement le rapport du légiste en parallèle avec les photos de la victime sur son lieu de mort.

Comme s'il sentait qu'on attendait beaucoup de ses compétences, le légiste qui avait procédé aux premières constatations s'approcha. Ce médecin travaillait pour le Dr Folstom comme tous les légistes de la ville. À cette idée Brolin ne put s'empêcher de sourire intérieurement, il revoyait la tête du légiste chef lorsqu'il avait annoncé qu'il devait partir précipitamment.

— Craig a dû vous le dire, nous avons fait une estimation du moment de la mort. Évidemment on en saura plus après l'autopsie.

Le légiste hésita comme s'il voulait s'assurer que personne ne les espionnait et ajouta :

— Vous avez vu ce qu'elle avait d'enfoncé entre les jambes ?

Brolin acquiesça silencieusement, le regard fixe.

— Quel genre de dingue peut faire pareille chose ? s'étonna le légiste.

— Un putain de taré ! lança Salhindro en se rapprochant des deux hommes. Un putain de taré !

Au loin des portières claquèrent et plusieurs véhicules commencèrent à quitter les lieux.

— Bon on va l'ouvrir demain, probablement dans l'après-midi, c'est vous qui assisterez à l'autopsie ? demanda le médecin.

Salhindro gloussa :

— Comme si ce qu'on avait déjà vu ne suffisait pas !

— Je viendrai. Dites au légiste qui s'en occupera de m'attendre, je passerai en début d'après-midi, prévint Brolin d'une voix blanche.

Sa présence pendant l'autopsie ne pouvait que lui être bénéfique pour comprendre les mécanismes du tueur. Mieux que la lecture d'un rapport, il allait suivre la reconstitution des événements *de visu*, attribuant chaque blessure à un mouvement du tueur, et plus tard à une émotion. Ça ne l'enchantait guère, il savait pour en avoir vu déjà un certain nombre que les autopsies laissaient une désagréable impression sur la rétine, un malaise morbide qui se fixait dans l'esprit et venait hanter les nuits suivantes. « C'est un juste retour de flamme », songea-t-il en se remémorant la manière dont il avait esquivé le rapport du Dr Folstom plus tôt dans la journée.

Salhindro le fixait, les yeux écarquillés.

— De toute façon si le chef apprend que je te suis là-bas il va me muter au tri postal, remarqua-t-il. Désolé mais t'iras tout seul, mon ami.

Le légiste montra l'ambulance qui attendait plus loin.

— Je dois ramener la mariée au frais, on vous tient au courant pour l'autopsie, dit-il avant de s'éloigner vers son véhicule.

Salhindro avait toujours les yeux posés sur Brolin. Celui-ci ne cillait pas, visiblement concentré sur ses pensées.

— Qu'est-ce qui te trotte dans la tête ? demanda Salhindro en tirant sur la ceinture qui serrait son gros ventre.

Un léger vent venait de se lever, la nuit drapait lentement la forêt de sa cape de fraîcheur. Les derniers gyrophares s'éloignaient, plongeant les deux hommes dans l'obscurité à peine percée par le plafonnier de la Mustang. Le contraste était saisissant entre la quiétude qui revenait progressivement et l'agitation qui avait soulevé la forêt durant les dernières heures. Les gros projecteurs avaient disparu, et avec eux la clarté sans pudeur de la scène de crime. Désormais, la nature reprenait prudemment ses droits, étendant peu à peu son voile d'obscurité et de secret.

Brolin mit quelques secondes avant de répondre :

— Le type qui a fait ça. Je me demandais ce qu'il peut bien être en train de faire en ce moment même…

11

La peau des joues fraîchement rasée l'irritait à cause de l'eau de Cologne qu'il s'était appliquée. Après seulement cinq heures de sommeil, Brolin arriva au central de police à sept heures et demie, bien propre sur lui mais encore mal éveillé. Il évita de traîner au rez-de-chaussée et entra le plus vite possible dans l'ascenseur pour fuir les hurlements des arrestations nocturnes. Au cinquième étage, à la Division des enquêtes criminelles, l'ambiance était plus calme – en apparence du moins. Sans prendre le temps de passer par son bureau, Brolin se dirigea vers le service d'identification. Il y était passé quelques heures plus tôt avant de rentrer chez lui pour déposer les Polaroid de la victime afin qu'ils soient comparés avec les fiches de personnes disparues.

Max Leirner était de permanence, c'était lui déjà qui avait réceptionné les photos au milieu de la nuit. Quand il vit entrer Brolin, une grimace de déception se peignit sur son visage, largement accentuée par la fatigue.

— Désolé mais ça n'a rien donné. J'ai comparé ça avec tous nos fichiers et même avec ceux de la brigade des mineurs mais je n'ai rien obtenu, exposa-t-il avant que Brolin ne dise quoi que ce soit.

— Tu as lancé une comparaison avec le fichier national ? s'enquit Brolin.

— Oui mais je n'ai rien pour l'instant.

Brolin se mordit la lèvre. Si la femme s'avérait être de Californie ou de l'Idaho, à coup sûr le FBI s'emparerait de l'affaire sous couvert du passage des frontières fédérales.

— Appelle-moi dès que tu as quelque chose et laisse le mot à l'équipe qui va prendre la relève.

Max Leirner acquiesça et Brolin prit la direction de son bureau. Il était tendu, avait mal dormi et savait que la journée serait longue et fastidieuse. Aujourd'hui tomberaient les premières conclusions, du légiste, de l'identification, de la recherche des témoins potentiels et, Brolin l'appréhendait, c'était souvent dans les vingt-quatre premières heures que l'on savait quelle tournure prendrait l'enquête, entre un vrai boulot d'investigation ou un merdier sans fond.

En arrivant dans son bureau il eut la surprise de découvrir une boîte de donuts. Sans hésiter une seconde il sut qui l'avait apportée. Salhindro ne dormait donc jamais ? Il devait déjà faire le point des patrouilles nocturnes avec les différents sergents du poste. Sur la boîte se trouvait un mot écrit à la va-vite où Brolin reconnut l'écriture de son ami ; « RV 8 h dans bureau cptn pour briefing ».

Quelques minutes plus tard il poussait la porte sur laquelle la sérigraphie « Cptn Chamberlin » annonçait dans quel domaine il pénétrait. Le capitaine était un homme d'une cinquantaine d'années. Grand et maigre, c'était l'archétype du nerveux, au corps noueux et tendu comme une corde de piano, le visage strié de rides tremblantes et la lèvre supérieure mangée par une moustache noire. Mais il savait diriger son service avec une poigne de fer et l'once de sollicitude suffisante pour se faire apprécier de ses hommes. À peine arrivé dans cette division, Brolin avait su qu'ils s'entendraient tous les deux, et bien qu'il ne se soit jamais tissé d'important lien d'amitié entre eux, les deux années passées ici avaient confirmé cette impression.

Plusieurs personnes se trouvaient déjà dans la pièce et malgré l'heure matinale une forte odeur de tabac stagnait au-dessus des têtes. Le capitaine Chamberlin, qui dirigeait la Division des enquêtes criminelles, était entouré de son second Lloyd Meats, de Salhindro, coordinateur entre les inspecteurs et les agents en tenue, et deux autres hommes en costume trois-pièces que Brolin n'avait jamais vus. Brolin les salua tous d'un signe de tête et prit place autour du large bureau.

— Inspecteur Brolin, voici le district attorney [1] Gleith et Bentley Cotland…

Le capitaine Chamberlin chercha ses mots un instant et se reprit aussitôt :

— Qui va être nommé assistant de l'attorney dans un avenir proche.

Brolin tiqua. La présence de l'attorney Gleith pouvait s'expliquer, il était après tout au cœur de l'organe judiciaire de la ville, mais un assistant à peine nommé n'avait rien à faire ici, encore moins lors d'une réunion d'enquête. Cela n'augurait rien de bon. Comme pour le confirmer le capitaine Chamberlin se tourna vers Brolin :

1. *District attorney* : élu, il est à la fois juge d'instruction et procureur. Il dirige l'enquête pour l'État, conduit l'accusation et requiert à l'audience. C'est lui qui nomme les assistants ou *deputy* (substituts) dont il s'entoure. Enfin il est le chef de la police et de la justice juste après l'*attorney general* qui siège au sommet du système fédéral.

— Ces messieurs sont là pour superviser nos méthodes et surtout pour permettre au substitut Cotland de se familiariser avec nos manières d'agir avant de prendre ses fonctions.

Brolin pesta *in petto*. Qu'est-ce que ces bureaucrates venaient fourrer leur nez dans son boulot. Il avait bien assez à faire comme ça.

Chamberlin perçut l'énervement de Brolin et l'invita à se taire d'un regard bien pesé.

Le district attorney Gleith prit la parole. Politicien avant tout, il parlait d'un ton mielleux, ferme mais pas agressif, et derrière son visage de quarantenaire bien portant, Brolin perçut l'avidité du pouvoir, cette lueur cynique qui brille dans l'œil des hommes ambitieux.

— Notre volonté n'est pas de vous importuner mais simplement de pourvoir à la formation de mon assistant. Je veux qu'il puisse prendre ses fonctions avec une pleine connaissance du système de notre police, tant théorique que pratique. C'est pourquoi il va se joindre à vous, inspecteur Brolin, pendant toute la durée de cette enquête. Durée qui, je l'espère, ne sera pas trop longue, n'est-ce pas ?

Brolin sentit la colère lui monter au nez. Mais sachant pertinemment qui il avait en face de lui, il la refréna.

— Attorney Gleith, je ne peux pas vous donner plus de précision pour le moment, vous savez une enquête ça n'est pas comme un plan politique, ça ne se construit pas dans les moindres détails à l'avance. Nous allons progresser à la vitesse des indices que nous découvrirons.

Il sentit l'attorney se crisper à ces mots mais un sourire très *politiquement correct* se dessina sur son visage.

— Je dois aussi ajouter, continua Brolin, que ça peut être dangereux et nous ne pouvons garantir la sécurité d'une personne lorsque…

D'un geste de la main l'attorney Gleith le coupa.

— Bentley ne vous suivra pas sur le terrain, pas en tout cas lorsqu'il s'agira d'appréhender le coupable. Il suivra l'enquête avec recul, je vous demande seulement d'accepter sa présence parmi vous, à titre d'observateur, ou d'apprenti, comme vous préférez.

Il ne s'agissait pas d'une demande mais d'un ordre, personne n'était dupe. Mais surtout, Brolin avait relevé la familiarité employée par l'attorney, qui avait appelé son assistant par son prénom et sur un ton paternaliste. Pendant quelques secondes il se demanda quelles relations liaient les deux hommes que vingt bonnes années séparaient. Étaient-ils parents ou… Brolin fut extrait de ses pensées par la voix de son supérieur.

— Bien, cela étant revenons-en à ce qui nous intéresse, intervint le capitaine Chamberlin qui ne souhaitait pas que la discussion s'envenime. Les faits sont les suivants. Hier peu après dix-sept heures, un adolescent a trouvé le corps mutilé d'une femme dont l'identité est encore inconnue pour le moment. Après examen superficiel il est apparu que les mutilations étaient les mêmes que celles que Leland Beaumont, surnommé le Bourreau de Portland, infligeait à ses victimes l'année dernière. Compte tenu du fait que cette enquête avait été menée à son terme par les soins de l'inspecteur Brolin, nos collègues de South-West ont préféré nous avertir.

Chamberlin se tourna vers Brolin.

— Si je ne me trompe, vous avez confirmé qu'il s'agissait bien des mêmes mutilations.

Brolin approuva.

— J'attends encore l'autopsie pour le certifier mais ça ressemblait vraiment à ce que Leland faisait. Une découpe très propre juste au niveau du coude mais surtout la brûlure à l'acide sur le front. C'est ça le plus préoccupant pour l'instant.

Bentley Cotland qui était resté silencieux jusqu'ici s'arracha à son mutisme :

— Pourquoi cela ?

Brolin le fixa aussitôt. Il ne le connaissait pas mais déjà il savait qu'il ne l'aimerait pas. Il était trop sûr de lui, engoncé dans son trois-pièces taillé sur mesure, avec ses cheveux parfaitement séparés en deux par une raie impeccable. Il semblait si jeune, à peine sorti de l'université. Bien que lui-même peu âgé, Brolin n'affichait pas autant d'arrogance.

Décidément bien jeune pour être nommé assistant de l'attorney.

— Parce que personne ne sait que le Bourreau de Portland versait de l'acide sur le front de ses victimes, intervint Salhindro. Nous nous sommes toujours évertués à cacher ce fait à la presse pendant l'enquête et une fois l'affaire bouclée nous n'allions pas revenir sur ce genre de détail macabre.

Bentley Cotland ne parut pas étonné.

— J'imagine que c'est pour faciliter les rapprochements. Si personne d'autre que vous et le meurtrier n'est au courant pour l'acide, lorsque vous trouvez un corps où il y a cette marque caractéristique vous êtes donc sûrs que c'est lui qui l'a faite. Ça veut donc dire que… Mais je croyais que Leland Beaumont avait été abattu ?

Brolin soupira intérieurement. « C'est pas vrai ! se dit-il. Ils nous ont collé un as de la déduction. Un vrai con qui connaît son droit sur le bout des doigts mais qui n'a pas inventé l'eau tiède ! »

— C'est le cas, confirma Salhindro, Leland Beaumont est mort et enterré.

— Alors qui peut savoir pour l'acide ? Un policier ? demanda Bentley Cotland, assez fier de pouvoir participer aux prémices de l'enquête.

Brolin commençait à comprendre pourquoi Bentley Cotland leur était confié. « Encore un fils à papa parachuté par piston dans un milieu où il n'y connaît rien et qui va provoquer des désastres », pensa-t-il.

— Bon, pour le moment nous n'allons tirer aucune conclusion hâtive, lança Chamberlin en embrassant le groupe du regard. Brolin, vous faites le boulot, Meats va se joindre à vous pour vous filer un coup de main et Salhindro se tient à votre disposition si vous avez besoin des agents en patrouille pour ratisser du terrain. Messieurs, j'aimerais qu'on boucle cette affaire dans les délais les plus courts et surtout qu'on ne commette pas d'impair, avec un coup comme celui-ci soyez certains que la presse ne va pas nous lâcher d'une semelle. Alors pas de connerie.

Il fixa le district attorney.

— Attorney Gleith, vous voulez ajouter quelque chose ?

Celui-ci se leva.

— Simplement vous remercier de votre coopération à tous, et vous souhaiter bonne chance.

Son regard s'attarda plus longuement sur Brolin. Puis il salua tout le monde et sortit de la pièce. Les autres commençaient à faire de même quand le capitaine Chamberlin héla Brolin.

— Oui capitaine ?

— Restez un instant, j'ai à vous parler personnellement.

Brolin attendit que tout le monde soit sorti puis ferma la porte.

— Je sais que vous ne voulez pas de ce Bentley avec vous…

Brolin acquiesça et voulut parler mais Chamberlin le fit taire en haussant légèrement le ton.

— … mais vous n'avez pas le choix car moi je ne l'ai pas. Bentley Cotland est le neveu de l'attorney Gleith, c'est pour ça qu'il est nommé à ce poste malgré son âge.

Évidemment, d'où cette familiarité entre l'attorney et le jeune substitut. Brolin secoua la tête de dépit et le capitaine Chamberlin poursuivit :

— Gleith fait la pluie et le beau temps sur la ville, on dit qu'il tient le maire par les couilles pour une soi-disant histoire de pot-de-vin payé pendant la campagne municipale. Et le maire c'est aussi notre patron à tous.

Chamberlin fit le tour de son bureau pour venir se poster à côté de Brolin. Il lui posa la main sur l'épaule.

— Tout ce que je vous demande c'est de le supporter quelques jours, vous le traînez avec vous et quand il n'aura pas passé une nuit correcte en une semaine parce qu'il aura assisté à des autopsies ou à des reconstitutions de meurtres, il demandera à son oncle de le renvoyer à son bureau.

Brolin avala sa salive sans rien dire.

— On n'a pas vraiment le choix, alors je compte sur vous, Brolin.

Chamberlin lui tapa amicalement sur l'épaule.

— Et je vous en supplie, pas de vagues.

12

Le professeur Thompson tapota le tableau noir de son stylo.

— Le syndrome de Stockholm est un comportement paradoxal pourrait-on dire, expliqua-t-il en indiquant le schéma dessiné à la craie. C'est un renversement de situation au cours duquel la ou les victimes prennent parti pour leurs agresseurs. Il tire son nom d'une prise d'otages qui eut lieu en Suède en 1973 lors de laquelle les otages finirent par manifester de la sympathie et même une pleine confiance envers leurs kidnappeurs. Ils allèrent jusqu'à s'interposer entre les forces de l'ordre et les ravisseurs lors de leur libération et refusèrent de porter plainte et de témoigner. Enfin, et c'est là un exemple particulièrement démonstratif, l'une des victimes épousa son ravisseur quelques années plus tard.

Toute la classe était captivée par cette incroyable histoire qui aurait paru improbable et ridicule si elle avait été racontée dans un film.

Juliette fixait le tableau mais elle n'écoutait plus. Elle avait déjà suivi ce cours un an plus tôt, et les mots du professeur Thompson n'avaient pas beaucoup changé depuis. Le regard de la jeune femme se dilua dans l'absolu du songe, les émotions prenant le contrôle de l'esprit. Elle n'écoutait plus rien, n'entendait plus rien. Elle était de nouveau plongée dans l'angoisse qu'avait fait naître la nouvelle d'un crime similaire à ceux du Bourreau de Portland.

Leland Beaumont.

Il était mort, Juliette se souvenait parfaitement avoir vu son corps s'affaisser, une large portion du crâne disloquée par la balle de Joshua Brolin. Une fois de plus c'était la presse qui s'emparait d'un drame pour en tirer tout le sensationnel possible, quitte à déformer la vérité. À coup sûr on apprendrait dans les jours à venir que finalement ça n'était pas aussi similaire qu'on avait bien voulu le dire. Puis aussitôt l'attention se porterait vers l'arrestation du meurtrier, un pauvre type à mille lieues de ressembler à Leland Beaumont. « C'est tout à fait dans leurs habitudes », se dit-elle.

Camelia avait passé la nuit avec elle, la rassurant bien que Juliette se fût longuement défendue d'être touchée par cette nouvelle. Était-ce vrai ? Se sentait-elle distante au point d'en être peu ou pas affectée ?

Bien sûr que non. Ton sang s'est glacé simplement à l'évocation du nom de Leland Beaumont. Avoue-le, tu es terrifiée, oui !

Elle perçut les tremblements de sa main qui la reprenaient, comme au milieu de la nuit lorsqu'un craquement dans la maison l'avait réveillée pendant que Camelia dormait. Le vent contre la façade ouest, rien de plus.

Le professeur Thompson s'agitait, Juliette ne perçut que vaguement les termes de « victimisation directe et indirecte » sans chercher à se souvenir de leur définition exacte.

« Je n'aurais pas dû venir, se dit-elle. Je ne suis qu'une gourde ! Je veux obtenir ma licence d'exercer en psycho-socio et je ne suis pas fichue de me diagnostiquer ! J'aurais dû rester à la maison ce matin comme Camelia me l'a recommandé. »

Mais la première règle fondamentale en analyse, elle la connaissait parfaitement : on ne peut analyser ni ses proches ni soi-même, car dans ce cas l'objectivité n'existe plus.

« Je vais rentrer, et me faire un bon thé bien chaud, ensuite je me collerai devant mes bouquins de cours pour rattraper mon absence et ce soir un somnifère pour bien dormir. Demain tout ira mieux. »

Quelque chose sonnait creux dans le discours qu'elle se tenait à elle-même, mais elle ne savait quoi précisément.

Tout le monde se leva autour d'elle, Juliette n'avait même pas entendu la fin du cours. Un élève qu'elle connaissait, un dénommé Thomas Bloch ou Brock, elle ne savait plus très bien, s'approcha tout sourire.

— Je t'ai regardée pendant le cours, on dirait que Thompson ne te passionne pas beaucoup ! déclara-t-il.

Juliette rangea son bloc-notes vierge dans son sac et décrocha un vague sourire au garçon.

— J'ai l'impression que tu n'as pas pris ce que Thompson disait, remarqua-t-il, si tu veux on peut aller à la cafétéria, je te passerai mes notes.

Il semblait sincère derrière son apparence de surfeur aux cheveux longs et décolorés. Il avait le teint mat et la peau mordorée de ceux qui ont passé tout l'été sur les plages de Californie. Son regard était franc, son sourire naturel et il émanait de lui une certaine douceur. En d'autres circonstances Juliette aurait peut-être accepté la proposition.

— Non, c'est gentil, ça va aller, répondit-elle en passant la lanière de son sac sur son épaule. J'ai déjà assisté à ce cours l'année dernière, c'était juste… une redite.

Elle se dirigea vers la sortie où des élèves se bousculaient en plaisantant.

— OK, je comprends. Je prépare un mémo sur le paradoxe du syndrome de Stockholm, si tu veux je peux t'aider à en saisir toutes les nuances…

Juliette s'arrêta et lui fit face.

— Écoute… Thomas. Je suis sincèrement touchée par ta gentillesse mais ça n'est pas le moment, alors si tu pouvais me laisser en paix… merci.

Elle allait lui tourner le dos pour disparaître lorsqu'il la poignarda d'une remarque qu'elle n'attendait pas :

— C'est à cause du meurtre horrible d'hier soir, hein ? Je sais ce qui t'est arrivé l'année dernière, on m'a raconté et je…

Bouche bée un instant, Juliette se reprit aussitôt.

— Non, tu ne sais rien ! lui lança-t-elle avec colère. Alors laisse-moi tranquille.

Elle tourna les talons et traversa le plus vite possible le couloir mal éclairé. Elle sentit les larmes affluer et serra les poings jusqu'à s'enfoncer les ongles dans la paume des mains. Ne pouvait-on pas la laisser en paix ? Le harcèlement médiatique dont elle avait été victime après son enlèvement avait fait connaître son visage à beaucoup de gens à l'université, heureusement l'intérêt était retombé aussi vite qu'il était apparu. Mais s'il fallait qu'elle en subisse les conséquences toute sa vie, elle ne s'en sentait pas le courage. Tout ce qu'elle voulait c'était être tranquille. Qu'on l'oublie.

Elle retrouva l'air frais et inspira profondément pour se calmer. Le ciel était gris, chargé de nuages opaques, octobre arrivait avec son cortège d'orages et de pluies, comme chaque année. Elle commençait à s'en vouloir d'avoir été si brutale avec ce pauvre garçon. Il n'avait sûrement pas voulu la heurter, c'est elle qui l'avait mal pris. Peut-être voulait-il tout simplement l'aider.

« Décidément tu n'en rates pas une », se reprocha-t-elle.

Une jeune étudiante éclata de rire dans une cabine téléphonique à côté d'elle et Juliette sursauta.

« Bon sang, il faut vraiment que je rentre et que je me détende. »

Mais l'idée de retrouver la solitude de sa grande maison ne l'enchantait guère, dès les premières ombres du crépuscule, elle le savait, elle s'effrayerait du moindre bruit. Elle n'allait pas fermer l'œil de la nuit.

Pour la première fois depuis longtemps elle se prit à regretter l'absence de ses parents dans la maison et cette vie qu'ils y insufflaient. Mais sa mère la harcèlerait de questions pour s'assurer qu'elle allait bien tout en la bichonnant. Ça n'était pas ce qu'elle voulait.

L'image de Joshua Brolin apparut dans son esprit, le souvenir du réconfort qu'il lui avait apporté par sa présence, de l'humour dont il avait fait preuve, la rassurant et lui faisant retrouver le sourire. Pas besoin de parler de ce qu'elle avait vécu, il savait tout cela, et c'est ce qu'elle aimait chez lui. Une fois de plus elle revenait à lui.

Sans se poser plus de questions, Juliette traversa la pelouse du campus jusqu'à la première cabine de téléphone libre qu'elle trouva. Là elle demanda aux renseignements le numéro de la Division criminelle de Portland, au poste central de police, puis se fit transférer directement sur la ligne.

— Division-des-enquêtes-criminelles-j'écoute, fit une voix féminine sans chaleur aucune.

— Je voudrais parler à l'inspecteur Brolin s'il vous plaît, demanda Juliette.

— De la part de ?

— Juliette Lafayette.

— Ne-quittez-pas-un-instant-je-vous-prie.

Juliette s'appuya contre la vitre et patienta. La standardiste la reprit quelques secondes plus tard :

— Il n'est pas là pour le moment, je peux prendre un message ?

— Euh… non, ce n'est pas grave, merci.

Elle raccrocha et tenta de l'appeler chez lui mais seul le répondeur décrocha. Elle résista à l'envie d'écouter le message jusqu'au bout et capitula. Déçue, elle pencha la tête jusqu'à reposer son menton sur sa poitrine.

« Je ne peux pas le harceler comme ça de toute façon. Il faut se reprendre en main et ne pas flancher. Tout cela n'est que passé, c'est mort et je ne dois pas perdre les pédales au premier crime venu. Je dois me montrer forte. J'ai assez pleuré comme ça, c'est le moment de lever la tête et de passer à autre chose, une nouvelle vie. »

Elle souffla longuement.

« C'est comme une épreuve, un test à passer pour guérir définitivement, se répéta-t-elle. Si je passe cette épreuve toute seule, je pourrai tirer un trait définitif sur cette histoire et ne plus jamais m'en faire pour ça. »

Elle réajusta la lanière de son sac sur son épaule et sortit vers sa voiture.

La Coccinelle bleue déboucha sur Shenandoah Terrace, la musique emplissant l'habitacle. Juliette chantonnait sur un air des Beatles lorsqu'elle remarqua le van stationné devant chez elle. Elle ralentit.

Un bouquet d'antennes et de paraboles giclait du toit comme un pissenlit métallique. Le van était flanqué du logo de KFL Portland, une chaîne de télé locale.

Les journalistes étaient là pour elle. À coup sûr ils attendaient patiemment dans leur van qu'elle arrive pour lui sauter dessus et la harceler de questions. Ils voudraient surtout savoir ce que ça lui faisait d'apprendre qu'un type se prenait pour le Bourreau de Portland. Ils espéreraient probablement une petite larme ou quelques réactions bien poignantes, quelque chose qui ferait sensation à l'antenne.

Juliette observa le van attentivement, son moteur tournait au ralenti. De la fumée sortait du côté conducteur et elle vit un bras jeter un mégot de cigarette au milieu de la rue.

— Ils n'auront rien de moi, lâcha-t-elle entre ses dents.

La Coccinelle fit marche arrière jusqu'à Cumberland road et prit la direction de North-West District. À peine quelques minutes plus tard, la voiture s'immobilisa au sommet de la colline d'où l'on voyait toute la ville. Cinq cents mètres à droite se trouvait un bras de forêt qui cachait la villa de Juliette, mais à n'en pas douter le van blanc attendait encore. La jeune femme se tourna et monta la volée de marches conduisant chez Camelia.

Si les journalistes voulaient la faire parler, ils devraient s'armer de patience et passer une bonne nuit au frais.

13

Brolin entra dans son bureau et y découvrit Bentley Cotland qui attendait docilement devant la baie vitrée. Le soleil faisait briller les reflets de son costume trois-pièces et Brolin ne put s'empêcher d'esquisser une grimace en voyant l'assistant de l'attorney qui patientait les bras croisés en observant son reflet dans la vitre.

— Bien, comment dois-je vous appeler ? Substitut Cotland ?

— Oh non, pas de cela entre nous. Appelez-moi Bentley. Je tiens à ce que mon passage parmi vous soit le plus discret possible.

« *Pas de cela entre nous.* Il va bientôt me parler en utilisant toutes les figures de rhétorique qu'il connaît bien, pour me faire comprendre qu'il est le costard et moi la paire de baskets qui s'enfonce dans la merde ! » se dit Brolin qui n'arrivait pas à se faire à l'idée de supporter Bentley sur l'enquête.

— Très bien, Bentley. Moi c'est Joshua.

« *Bentley.* Mais d'où il le sort ce nom ? » Brolin détailla le jeune homme qui se tenait en face de lui. Trente ans tout au plus, condescendant et pédant au possible, tout droit sorti d'une grande université avec au moins un Master de droit. Ses cheveux noirs surchargés de brillantine faisaient penser à des tiges métalliques et son double menton naissant le rendait encore plus grotesque. « C'est le premier prototype d'homme transgénique ? » railla intérieurement Brolin.

— Par où commençons-nous ? demanda ledit Bentley.

Brolin se sentit aussitôt honteux. Bentley était peut-être le type même du fiston-à-papa-archi-pistonné qu'il est difficile de supporter mais il avait mis le doigt sur l'essentiel au moins. Lui ne s'arrêtait pas à des considérations bassement relationnelles. Il fallait se pencher sur l'enquête sans plus attendre.

— On va faire un premier point avec les personnes concernées.

Brolin alla jusqu'au téléphone et demanda à Lloyd Meats de les rejoindre. Il appela aussi Salhindro.

— Le lieutenant Salhindro fait partie de la cellule constituée pour enquêter ? s'étonna Cotland.

Brolin hésita une seconde avant d'opter pour la franchise.

— Larry Salhindro est certainement plus fin que la plupart des inspecteurs de cet étage et sa présence peut nous apporter beaucoup. Et puis il connaît la ville mieux que quiconque ici, ça peut servir.

Cotland hocha lentement la tête pour faire signe qu'il comprenait mais Brolin ne se méprit pas sur son regard : il désapprouvait qu'on ne respecte pas le protocole.

Lloyd Meats les rejoignit, bientôt suivi de Salhindro, le seul des quatre hommes présents à porter l'uniforme. Tous s'installèrent autour de la grande table de réunion. Le bureau de Brolin était spacieux, avec des étagères encombrées de dossiers, un coin repos avec sofa pour les nuits longues, et des murs couverts de papier Veleda. C'était en quelque sorte le système nerveux des enquêtes que Brolin menait. Son poste de commandement personnel.

Lloyd Meats et sa barbe noire prirent place en bout de table au côté de Bentley Cotland pendant que Salhindro faisait coulisser les lattes des stores pour plonger la pièce dans une pénombre plus reposante.

— Bien, que savons-nous pour le moment de cette affaire ? demanda Brolin en ouvrant un mince dossier.

Salhindro rentra son ventre sous son uniforme et prit la parole sans consulter ni notes ni mémo.

— On a une victime, femme d'une vingtaine d'années, encore non identifiée, qui s'est fait tuer par un inconnu dans la nuit de mercredi à jeudi. Il est à noter que son corps a été mutilé selon la même ritualisation qu'employait Leland Beaumont – dit le Bourreau de Portland. Méthode que je qualifierais de plutôt individualisante.

— Tant que nous n'aurons pas le rapport du légiste il ne faut pas trop nous emballer, d'accord ? prévint Meats. On ne sait pas de quoi elle est morte, ni quelles sont les mutilations exactes que le tueur lui a causées.

— Lloyd, je l'ai vue et je peux t'assurer qu'elle avait les mains et les avant-bras parfaitement sectionnés à partir du coude. Et il y avait l'acide sur son front, rectifia Brolin, l'air sombre. C'était la signature de Leland.

Meats se passa la main sur la barbe qui lui mangeait les joues.

— Tout le monde savait pour le fétichisme des avant-bras, les médias en ont longuement fait leurs choux gras. Mais pour l'acide sur le front ? Qui était au courant hormis nous ? interrogea-t-il.

— Pas grand monde. Ceux qui ont enquêté sur l'affaire l'année dernière, ça représente environ une vingtaine de personnes, Brolin et moi compris, fit Salhindro.

Brolin hocha la tête et ajouta :

— Il est possible qu'il y ait eu des fuites, on n'est jamais à l'abri d'un garçon de morgue qui parle trop ou d'un flic qui veut se faire un petit billet discrètement, mais si les médias n'en ont jamais parlé c'est qu'ils n'ont jamais eu l'info. C'est pas le genre de cadeaux qu'ils font habituellement.

— À défaut de mieux ça nous fait une piste, annonça Meats en griffonnant des notes sur un carnet. Il faut commencer par répertorier tous ceux qui ont eu accès à cette information, de là on essayera de voir s'il y a eu des fuites, continua-t-il peu convaincu.

— C'est un boulot de fourmis, sans compter que l'affaire date d'il y a douze mois, un certain nombre d'agents qui étaient au courant ont forcément dû en parler au moins avec des proches, objecta Brolin. Non, je crois que c'est du domaine de l'impossible.

— Que proposes-tu alors ?

Meats le fixait dans l'attente d'une réponse.

— Je veux d'abord avoir le rapport du légiste, ensuite on verra à quel point le tueur s'est amusé à copier le mode opératoire du Bourreau de Portland. S'il y a vraiment des similitudes on ressort le dossier de Leland Beaumont et on l'épluche. (Brolin se tourna vers Salhindro.) Larry, je voudrais que des hommes en tenue patrouillent dans le secteur de Washington Park et qu'ils posent quelques questions, surtout s'ils trouvent des habitués. Des joggers qui viennent à heures régulières, ou des mères qui viennent promener leurs chérubins. Que nos hommes demandent si personne n'a rien vu de suspect en fin de journée mercredi soir, voire jeudi matin très tôt. Il y a bien quelques intoxiqués du jogging qui sont passés alentour avant d'aller bosser. Fais aussi en sorte qu'une voiture passe souvent à proximité de la scène de crime. C'est un meurtre à forte connotation sexuelle, il n'est pas impossible que notre homme repasse sur les lieux pour revivre son fantasme. Au premier type louche, je veux qu'on lui tombe dessus et qu'on l'assomme de questions. S'il en ressort tout aussi louche, on prend son identité.

Salhindro approuva d'un hochement de tête.

— D'autre part, il faudrait parler avec le gosse qui a trouvé le cadavre. Où est-il à présent ?

Lloyd Meats venait de s'allumer une cigarette dont les volutes parvenaient jusqu'aux narines de Brolin. Non-fumeur depuis près d'un an et demi, celui-ci supportait assez mal que la nicotine vienne le narguer.

— Je crois qu'il n'est pas à l'école aujourd'hui, intervint Meats en soufflant sa fumée, il doit être avec un des nôtres du service psychologique, paraît qu'il est sacrément secoué.

— On le serait à moins, commenta Brolin. Bien. Que quelqu'un essaye de prendre sa déposition, il a peut-être vu quelque chose en arrivant qui nous est passé sous le nez, un élément encore intact de la scène. Prenez plutôt une femme, ça l'impressionnera sûrement moins.

— Leslie Taudam de la brigade des mineurs, proposa Meats, elle est parfaite pour ça.

— Très bien, confirma Brolin. Je vais aller à l'institut médico-légal, on se retrouve ici en fin de journée pour faire le point.

Meats et Salhindro se levèrent. Bentley, qui n'avait encore rien dit depuis le début du briefing, observa tout le monde s'activer et demanda d'une voix incertaine :

— Et moi ? Je fais quoi ?

Brolin et Salhindro se regardèrent.

— Vous venez avec moi, fit le jeune inspecteur, ça vous sera utile d'avoir assisté à une autopsie.

Bentley Cotland se décomposa comme un glaçon en plein soleil.

14

Les deux hommes filaient sur le linoléum vert du sous-sol de la morgue. Bentley n'était pas rassuré, il avait l'impression que l'écho de leurs pas se répercutait très loin, donnant aux sous-sols une dimension gigantesque, presque fantastique. Il n'aimait pas non plus les murs de briques rouges et les longs tuyaux du chauffage qui s'agrippaient au plafond et fusaient derrière chaque paroi. De fait, il n'aimait pas non plus les petits plafonniers blancs qui diffusaient une lumière blafarde, ils n'éclairaient pas assez fort à son goût. Certes l'endroit était propre mais il y régnait une atmosphère étouffante, une atmosphère de… oui, de *mort*. Brolin le précédait de quelques pas et Bentley accéléra lentement, il ne voulait surtout pas faire étalage de son malaise.

Sans prévenir, Brolin s'arrêta et bifurqua sur la gauche. Il semblait maîtriser l'architecture complexe des lieux, remarqua Bentley. À leur arrivée, l'inspecteur avait simplement demandé où serait autopsié le colis de la nuit dernière. Apparemment le vigile le connaissait et comprit sans plus de précision de qui on parlait, il se contenta de passer un coup de téléphone pour obtenir le renseignement. Il avait ajouté que c'était le Dr Folstom en personne qui procéderait à l'autopsie, ce qui avait plongé l'inspecteur Brolin dans un profond mutisme. Bentley en conclut que cela n'était pas pour lui plaire mais ne se risqua pas à poser de question. Il voulait éviter les problèmes, il sentait bien que sa présence au sein de la Division des enquêtes criminelles n'était pas perçue comme une bonne chose, et tout ce qui l'intéressait à présent était d'en apprendre le plus possible sur le fonctionnement de la Criminelle et ne pas s'attirer d'ennuis. C'était là les clés de sa réussite en tant qu'assistant de l'attorney. S'il s'en tirait bien pendant son mandat il avait toutes les chances de se présenter aux prochaines élections. À long terme, Bentley Cotland se plaisait à imaginer une carrière fulgurante dans le système juridique tout d'abord puis, pourquoi pas, un poste de maire voire de sénateur.

Dans des morgues plus modernes les portes s'ouvraient automatiquement dans un souffle mécanique lorsqu'on appuyait sur un énorme bouton-pressoir, faisant ressembler les couloirs à un décor de *Star Trek*. Mais à Portland on en était encore à l'ère des simples portes battantes, comme des vestiges à peine plus récents des battants de saloon.

Lorsque Brolin pénétra dans une vaste salle, Bentley était tellement plongé dans ses plans de carrière qu'il faillit prendre la porte en pleine figure quand elle revint vers lui.

Le linoléum disparut aussitôt pour laisser place à un carrelage brun. La pièce était parfaitement fonctionnelle, avec un petit vestiaire à l'entrée, un meuble en inox avec deux larges bacs de décantation et de désinfection, un puissant éclairage et surtout une table de dissection en son milieu. Bentley s'immobilisa en l'observant comme s'il s'agissait d'un autel de sacrifice aztèque encore dégoulinant de sang.

— Bienvenue, fit une voix de femme devant lui.

Sydney Folstom s'avança vers les deux hommes en leur tendant la main. Le regard perçant du médecin légiste s'attarda un instant sur Bentley Cotland. Celui-ci remarqua l'œil vif et tranchant qui le scrutait et y reconnut le regard des rapaces qu'il identifiait parfaitement depuis son séjour à Berkeley.

— Votre supérieur m'a prévenue de la présence de monsieur Cotland, fit-elle, c'est une surprise pour moi, nous n'avons pas souvent l'honneur de participer à la formation de quelqu'un du bureau de l'attorney.

Tout l'aplomb de l'homme politique refit surface et Bentley serra avec vigueur la main qui lui était tendue, sans toutefois manquer de pressentir de l'ironie dans le ton du médecin.

— C'est une nécessité pour nous, hommes de loi, que de connaître tout ce qui sert à l'appareil judiciaire, expliqua Bentley Cotland en articulant chacun de ses mots avec excès.

— Bien, dans ce cas j'essaierai d'être explicite durant l'autopsie, lui lança-t-elle en retour avec au moins autant d'assurance.

Cela suffit à le faire pâlir encore un peu plus.

Se tournant vers Brolin, Sydney Folstom ajouta :

— C'est la première fois que nous allons travailler de concert, inspecteur, depuis le temps !

Brolin perçut dans son intonation un soupçon de sarcasme, il tenait à présent pour sûr qu'elle n'avait pas aimé la manière dont il l'avait plantée là lors de leur dernière entrevue. Il préféra ne rien dire.

— Bon, nous allons commencer, si vous voulez bien vous préparer, annonça-t-elle en montrant le vestiaire. Vous y trouverez des gants jetables anticoupures, une blouse cirée et n'oubliez pas le masque.

Les deux hommes s'équipèrent et rejoignirent le Dr Folstom qui préparait ses instruments. Brolin en connaissait l'essentiel : bistouri à longue lame à usage unique, pinces Kocher, ciseaux courbes, couteau de Farabeuf, ciseaux à coronaires et encore tout un arsenal qui aurait fait mourir de jalousie Jack l'Éventreur.

Puis le légiste ouvrit un dossier de police dans lequel se trouvait la copie du rapport préliminaire ainsi que toutes les photos prises sur les lieux, rapport qu'elle avait déjà largement parcouru quelques minutes auparavant.

— Vous m'excuserez mais j'ai déjà fait les premières opérations, dit-elle en allumant l'applique à radio contre le mur.

Une série de radiographies s'illuminèrent devant eux pendant que Sydney Folstom mettait en marche un petit Dictaphone suspendu au plafond par un câble adapté.

— Les radios mettent en évidence l'absence de projectile dans le corps. Le sujet est une femme d'environ vingt-cinq ans, de race caucasienne. Elle pèse 59 kg pour 1,76 m.

Elle coupa le Dictaphone et appuya sur un Interphone.

— José, apportez-nous le corps s'il vous plaît.

Deux minutes plus tard un homme en blouse blanche entra en poussant devant lui un chariot bâché. Il fit descendre méticuleusement le drap le long du corps comme si cela était très important pour ne pas gêner le cadavre en dessous.

Elle était presque dans la même position que lorsque Brolin l'avait trouvée la veille au soir : nue, les bras sectionnés au niveau des coudes mais surtout les jambes entrouvertes, laissant dépasser un tube noir de son sexe. Ses pieds étaient enfermés dans des poches en plastique tout comme ses mains auraient dû l'être si elles avaient été présentes. De nombreux cratères rouges et des trous ressemblant à des yeux maléfiques sillonnaient son corps nu.

Bentley se détourna aussitôt, portant la main instinctivement à sa bouche en oubliant qu'il portait un masque chirurgical.

« Elle est si *humaine* ! » songea-t-il.

Réalisant qu'il donnait une mauvaise image de lui-même, il se maudit et tenta de reprendre contenance.

Bon sang, à quoi s'attendait-il ? Évidemment qu'elle est humaine, cria une petite voix dans son esprit.

Mais il ne pensait pas qu'elle serait si *réelle*, si proche. Sa peau n'était même pas blanche comme de la craie comme il s'y était attendu, elle était rosée. Heureusement ses yeux étaient fermés, c'était déjà ça de moins à affronter.

Sydney Folstom et son assistant soulevèrent le corps comme un simple sac de voyage et le déposèrent sur l'inox froid de la table de dissection.

— Je n'ai toujours pas ces tables de dissection à roulettes. C'est un peu archaïque, vous le verrez par vous-mêmes, mais ici se côtoient le dernier cri en technologie et le bon vieux matériel qui aurait bien besoin d'être changé. Je désespère d'obtenir les crédits nécessaires. Peut-être pourrez-vous en toucher deux mots aux intéressés ? lança-t-elle en regardant Cotland par-dessus son masque.

Celui-ci restait bloqué devant le cadavre.

Ils l'avaient transvasée du chariot à la table avec tellement de nonchalance ! C'était comme s'ils répétaient un geste quotidien, sans la moindre attention particulière. Bentley n'en revenait pas, il avait le sentiment qu'on venait de déplacer un vulgaire morceau de viande devant ses yeux.

— Oh ! J'allais oublier, s'écria le légiste.

Elle sortit un flacon de baume Vicks d'une poche de sa blouse.

— Je vous recommande de vous mettre ça sous le nez. Quand nous allons ouvrir le corps les odeurs de décomposition seront assez fortes…

Bentley ne se le fit pas dire deux fois et jeta ses gants pour se badigeonner la lèvre supérieure de baume.

— Vous n'en mettez pas ? s'étonna-t-il.

Le légiste le fixa de son regard froid et méthodique.

— Je pense que si un médecin légiste n'est pas capable de supporter cette odeur à travers son masque, il ferait mieux de passer à autre chose et de s'occuper des vivants, fit-elle sèchement.

Bentley Cotland hocha la tête mais n'en pensait pas moins. Le légiste saisit une petite seringue intramusculaire et ouvrit l'œil du cadavre qui reposait froidement sur l'inox.

— Qu'est-ce que vous faites ? demanda calmement Brolin qui n'avait encore jamais vu ça.

— J'effectue une ponction de l'humeur vitrée, à peine 0,5 ml de vitré suffiront à nous indiquer précisément l'heure de sa mort. C'est actuellement la méthode la plus fiable et la plus précise. Lors de leur décomposition, les globules rouges libèrent à vitesse lente et constante du potassium qui vient se ficher dans l'humeur de l'œil. En étudiant cette quantité on remonte sans problème au moment de la mort.

L'aiguille intramusculaire était maintenant plantée dans le blanc de l'œil livide. Un liquide épais monta dans le petit tube en verre puis le docteur ôta la minuscule tige d'acier pour poser la seringue dans un bac qui attendait sur le bord de l'évier.

Le cadavre ne bougea pas, pas un frisson, pas un mouvement de recul, rien, ce qui continuait d'étonner Bentley Cotland. Il s'attendait presque à ce qu'on jette les gants, qu'on tombe les masques, que la « morte » se redresse et que tout le monde sorte de derrière les meubles pour applaudir et rire de sa naïveté. Pourtant rien de tout cela n'arriva, c'était bien vrai, la mort caressait leur peau à tous trois de sa présence en ce sous-sol humide et aseptisé.

— Pour gagner du temps j'ai déjà pris les photos préliminaires et les mensurations du corps, expliqua le Dr Folstom.

Elle vérifia rapidement qu'elle disposait des bocaux suffisants pour les prélèvements qui auraient lieu pendant l'autopsie et remit le Dictaphone en marche. Puis elle s'approcha du corps qu'elle commença à examiner minutieusement.

— La première constatation est l'amputation des deux avant-bras au niveau de la tête du radius et de l'olécrâne, de ce fait les veines et artères ont été sectionnées, ce qui a dû entraîner une importante perte de sang.

Sydney Folstom se tourna vers Brolin et demanda :

« Il y avait beaucoup de sang autour du cadavre quand vous l'avez trouvé ?

— En grande quantité non, mais il y en avait, il était séché mais ça peut en effet coïncider. Il semblerait que le lieu où a été commis le crime est celui où nous avons découvert le corps.

L'inspecteur savait quelle importance ce détail pouvait revêtir. D'abord pour les traces que le labo pourrait mettre au jour et ensuite pour établir le profil. Brolin aurait tout lieu de retourner là-bas en sachant que c'était précisément là que le tueur avait accompli son acte, qu'il avait vu et ressenti cette ambiance-là. Le choix de ce lieu plutôt qu'un autre aurait également son importance lors du profil.

Sydney Folstom poursuivit en tâtant la cuisse droite du corps puis en lui pliant doucement la jambe.

— La rigidité cadavérique – *rigor mortis* – a quasiment disparu. Les lividités cadavériques sont tout à fait correspondantes avec la position du corps lorsqu'il a été retrouvé, on ne l'a donc pas déplacé. La scène de crime est bien le lieu du crime.

Bentley fronça les sourcils.

— Lividités cadavériques, scène de crime et lieu de crime ? demanda-t-il.

Lui qui connaissait son droit par cœur n'avait par contre aucune connaissance en médecine légale.

— La rigidité cadavérique c'est lorsqu'un cadavre passe de son état vivant acide à un état alcalin, les muscles se tendent si vous préférez et rendent le cadavre difficile à manœuvrer, il faut « casser » ces rigidités si vous voulez lui faire prendre une autre position. Cet état dure à peu près entre douze et quarante-huit heures avant que des modifications chimiques nouvelles rendent à l'organisme son état acide, donc souple.

Elle souleva un peu plus le corps pour exposer son dos et posa sa main gantée sur des taches rouges au niveau des reins.

— Les *livor mortis* ou lividités cadavériques sont ces taches rouges que vous voyez ici et là, dit-elle. C'est le résultat de l'arrêt de circulation systémique. Autrement dit, lorsque votre sang cesse de circuler, la gravité fait son travail et l'entraîne vers les parties inférieures de votre corps, dans le dos par exemple si vous êtes couché ou dans les jambes si vous êtes pendu. Les zones où votre corps est en appui sur le sol – les épaules et les fesses dans l'exemple de quelqu'un reposant sur le dos – ne marquent pas, elles restent blanches puisque le sang ne peut s'y déposer du fait de la pression du sol sur la peau. L'avantage pour nous c'est que ces lividités se « fixent » de quinze à vingt minutes après la mort. C'est pour ça que, si un corps est déplacé une fois ces lividités fixées, nous constaterons que les marques blanches et les lividités rouges ne correspondent pas aux nouvelles zones d'appui.

— Et la différence entre scène et lieu de crime est énorme, intervint Brolin. La première est l'endroit où est découvert le corps tandis que la seconde est le lieu où a été commis le crime. Il est courant de découvrir un corps à un autre endroit que le lieu où il a été tué.

— Je comprends. C'est ingénieux ces lividités comme vous dites ! s'exclama le substitut.

— Quoique je vous en aie dressé un portrait grossier et que les exceptions soient légion. Rien n'est aisé en médecine légale, ne l'oubliez jamais. Poursuivons.

Bentley Cotland recula en voyant le médecin prendre un bistouri à lame longue.

— Le corps est marqué de quelques ecchymoses, leur couleur rouge vif impliquant qu'elles ont été causées peu de temps avant la mort, elle a probablement été battue. Il y a de multiples plaies, dues à une arme blanche tranchante, sûrement un couteau et…

Le Dr Folstom se pencha au-dessus du corps pour mieux observer plusieurs cratères rouges au niveau des hanches.

— On dirait bien des traces de morsure, toutes petites, certainement des rongeurs, des renards par exemple.

— Ça n'a rien d'étonnant, intervint Brolin, on a retrouvé son corps au milieu d'un bois, elle a dû y séjourner presque vingt-quatre heures.

— Oui, répondit le légiste. Mais il y a aussi des cratères de chair gros comme le poing, ça n'est pas dû à un animal et l'absence de trace de saignement abondant laisse à penser qu'elles sont *post mortem*. Il est fort possible que votre tueur ait découpé des morceaux de chair dans sa victime. Ici et là au niveau de la ceinture abdominale, sur les flancs, à deux reprises une fois qu'elle était morte.

Elle fixa Brolin.

— Je suis désolée messieurs, mais ce qui va suivre risque d'être un peu long. Je vais devoir mesurer précisément la taille de chaque plaie par arme blanche, sa profondeur et en faire une description minutieuse pour mon rapport. Il y a… disons au moins une vingtaine d'orifices, j'en ai pour quelques minutes.

Le Dr Folstom passa le quart d'heure suivant à examiner méticuleusement chaque plaie avec une échelle centimétrique non réfléchissante pour le flash des photos qu'elle prenait. Elle décrivait à voix haute devant le Dictaphone tout ce qu'elle constatait. Bentley ne saisissait pas tout, une partie de son vocabulaire lui étant totalement inconnu.

— Plaie profonde dans la région de l'hypochondre, ayant transpercé le côlon transverse.

» 3 cm sur 0,5 cm. Trace significative du talon de la garde sur la peau avec une profondeur de blessure d'environ 14 cm, examen plus approfondi une fois le corps ouvert.

» Bords lisses et réguliers, blessures ovoïdales d'une lame à double tranchant.

Bentley entendait tout cela sans vraiment savoir ce que cela impliquait. Il patienta et remarqua que Brolin était très concentré sur ce que faisait le médecin, comme si ce langage ne lui était pas complètement fermé, il hochait lentement la tête par moments, engrangeant des informations capitales. Puis Sydney Folstom releva la tête pour faire un premier point.

— Nous avons donc vingt-deux plaies d'arme blanche, causées par le même couteau, je pense. Un couteau à double tranchant d'une lame de 14 ou 15 cm de long et de 3 cm de large. Certaines de ces blessures ont pu être mortelles, je vous le confirmerai une fois le corps ouvert. Nous allons y venir. Il y a également de multiples traces de rongeurs qui ne nous intéressent que peu, par contre ces deux trous au-dessus des hanches sont plus troublants. Les deux ne sont pas symétriques, et l'ablation est peu profonde, on dirait que le tueur a voulu prendre cette partie pour lui.

— Peut-être avait-elle un tatouage de chaque côté qu'il a découpé grossièrement, hasarda Bentley.

— Je pencherais plutôt pour des traces de morsures, affirma Brolin l'air sévère. Notre homme l'a mordue à deux reprises, il l'a mordue comme un forcené dans le vif de l'action. C'était plus fort que lui. Après coup il a réalisé qu'il nous laissait de quoi l'identifier, et il a découpé la trace que ses dents avaient laissée dans la chair. C'est typique d'un crime sexuel comme celui-ci.

Le docteur appuya sur un interrupteur et un puissant système de ventilation se mit en marche dans un feulement à peine perceptible.

— En effet, ça peut correspondre, fit-elle.

Cette fois, elle inspectait le visage lorsque quelque chose attira son attention. Elle se courba jusqu'à effleurer de son nez la bouche de la morte. Ses doigts ouvrirent la mâchoire dans un bruit de succion et, à l'aide d'une pince à épiler, elle préleva un fil blanc sur le coin de la lèvre.

— Qu'est-ce que c'est ? interrogea Brolin.

— Une fibre, du coton peut-être.

Le filament soyeux disparut dans un récipient en plastique étiqueté, il serait ensuite minutieusement analysé afin qu'on puisse comprendre son origine et la raison de sa présence à cet endroit.

Le légiste reprit le bistouri à lame longue et le positionna au-dessus de la cuisse de la morte. Puis d'un coup sec et déterminé elle fendit la peau en deux. À la manière d'un fruit mûr la chair s'écarta dans un silence quasi religieux, laissant apparaître des muscles rouges et une très fine pellicule de graisse jaune. Sydney Folstom reproduisit la même opération sur l'autre cuisse puis sur les bras au niveau des biceps. Là elle s'arrêta, approcha et écarta sans ménagement les deux bords de peau et de chair pour mieux distinguer la pulpe du bras.

— Voilà, regardez cette couleur rouge foncé. C'est une ecchymose interne qui n'avait pas marqué en surface.

Elle se tourna vers Bentley Cotland et ajouta :

— Le bras est une zone que l'on appelle « zone de prise ». Le tueur a sûrement malmené sa victime, la prenant par le bras pour la tirer ou la traîner, cette lésion a été laissée par la compression de ses doigts. C'est pour voir ce genre de marques invisibles sur la peau que l'on pratique ces crevées dans la chair. Celle-ci conserve bien plus facilement et longuement toute trace de violence.

— Et à quoi ça nous sert de savoir ça ? interrogea-t-il.

— Si elle avait été morte au moment des faits son corps n'aurait pas imprimé ces marques, expliqua Brolin. Nous savons maintenant qu'il l'a maltraitée, la frappant et la tirant ou la saisissant violemment par le bras alors qu'elle était vivante, très certainement consciente sans quoi il ne l'aurait probablement pas attrapée à cet endroit. Elle s'est sûrement débattue mais pour le savoir, il nous faudrait examiner ses mains et ses ongles.

— À ce propos, intervint le Dr Folstom qui examinait attentivement les coudes sectionnés, je peux vous affirmer que votre homme a certaines notions de biologie. Son travail de découpe est très propre, il a utilisé un scalpel ou un bistouri et a remarquablement bien découpé la peau avant de désencastrer l'ulna et le radius. Il s'est moins attardé sur la découpe des ligaments collatéraux et des biceps brachiaux.

— Ce qui veut dire ? s'enquit Brolin qui se doutait de la réponse.

— Qu'il a fait attention à ne pas abîmer la peau et les os mais que le reste l'intéressait moins.

Brolin ferma les yeux.

Leland Beaumont avait tué trois jeunes femmes l'année précédente, leur brûlant le front à l'acide et leur amputant les avant-bras au niveau des coudes. À chaque fois le légiste avait fait remarquer que c'était du très bon travail, l'œuvre de quelqu'un ayant des rudiments de biologie et sachant se servir d'un bistouri ou d'un scalpel. Mais, plus étrange encore, Leland avait à chaque fois apporté une grande attention en découpant la peau et en extrayant les os mais avait volontairement bâclé le travail avec les muscles et les ligaments. L'histoire se répétait malgré l'absence de son protagoniste principal.

Sydney Folstom ôta ses gants, s'épongea le front et fit claquer de nouveaux gants sur ses mains.

— Bon, la trace de brûlure à l'acide sur le front est trop profonde pour nous apprendre quoi que ce soit à l'analyse macroscopique, je l'étudierai au microscope plus tard et je vous tiendrai au courant. Passons à la blessure génitale.

Elle se pencha, écarta un peu plus les cuisses qui bougèrent avec un horrible gargouillis, et après avoir effectué quelques prélèvements elle commença à extraire le manche noir qui dépassait entre les deux lèvres du sexe. Une fine coulée de sang noir et aqueux se répandit en même temps sur l'inox de la table de dissection. Le Dr Folstom sortit lentement du vagin un couteau à double tranchant d'une vingtaine de centimètres de long, poisseux de substances biologiques diverses, essentiellement du sang.

Un cri étouffé s'éleva dans la pièce quand Bentley sentit monter dans sa gorge son petit déjeuner. Sydney Folstom soupira en le voyant courir vers l'évier de décantation et vomir. Il bafouilla quelques excuses en se rinçant la bouche mais refusa de sortir, prétextant qu'il devait assister à l'autopsie jusqu'au bout. Il savait surtout qu'il ne pourrait plus rien vomir, ayant à présent l'estomac vide.

— Je pense que nous avons trouvé l'arme utilisée sur le reste du corps, annonça le Dr Folstom sans grande surprise. Vous parliez de crime sexuel tout à l'heure, inspecteur Brolin ?

— Oui. Y a-t-il eu viol ? Des traces de sperme ?

Brolin se prit à espérer une réponse positive pour la présence de sperme, ce qui permettrait une identification éventuelle du tueur grâce à l'ADN. Il réalisa aussitôt quel espoir c'était, il *espérait* qu'elle avait été violée pour pouvoir attraper le tueur ! « Mon Dieu mais quel monstre je suis ? » pensa-t-il. La déformation professionnelle de ses émotions tronquait son appréhension de la situation. Il se fabriquait un tel détachement vis-à-vis de la victime pour ne pas souffrir qu'il en oubliait la compassion.

— Je ne crois pas, répondit le médecin légiste. Je vous en dirai plus dans quelques minutes.

Elle s'empara de son bistouri et fit courir la lame de la base du menton jusqu'au pubis en évitant de croiser les blessures. Bentley Cotland ne put s'empêcher de tourner le dos à la scène lorsqu'elle découpa le plastron sterno-costal à l'aide d'un costotome semblable à un gros sécateur. Le bruit des côtes qui cédaient sous la morsure de l'acier lui fit penser à une carcasse de poulet qu'on écrase d'un coup de pied. Puis il assista, blême, à l'éviscération complète du corps, le Dr Folstom s'attardant avec minutie sur toutes les blessures occasionnées par le couteau pour en examiner la létalité.

L'odeur qui émanait du cadavre filtrait malgré le masque chirurgical et le Vicks qui piquait les lèvres de Bentley ne suffisait pas à la masquer. Une odeur de viande morte, un vieux relent âcre qui s'immisçait partout, imprégnant ses vêtements. Mais le plus terrible fut cette sensation instinctive de mort, il lui parut que tout son corps percevait l'odeur de la mort *humaine*, tout son être vibrait car il sentait qu'il s'agissait d'un individu de sa race. Jamais il n'oublierait cette impression, et il sut qu'étaient inscrites en lui, dans ses gènes, l'odeur et la reconnaissance de la mort, celle-ci était en chaque homme et en chaque femme, et se réveillait à l'appel du néant.

Sydney Folstom lui tendit une visière de protection en plastique ainsi qu'à Brolin et s'empara d'un curieux objet semblable à une scie à plâtre. La scie oscillante projeta des esquilles d'os un peu partout alentour comme elle fendait la boîte crânienne pour mettre le cerveau à nu. Le docteur fit plusieurs commentaires obscurs concernant notamment l'importance de prélever la dure-mère. Elle fit également quelques prélèvements buccaux puis retourna vers les tréfonds du torse.

Quand Sydney Folstom retourna le vagin comme un simple gant Bentley manqua de s'évanouir, pour finalement reprendre conscience de ce qui se passait autour de lui au moment où elle finissait de vider à la louche le sang qui emplissait le trou béant qu'était le torse.

Bentley considéra les deux personnes à ses côtés. Il ne transparaissait rien de leur attitude, pas la moindre émotion. Pourtant, à bien y regarder, la victime avait dû être une très belle jeune femme, grande et élancée, avec un visage très mignon, aux traits fins. Il ne put contenir son étonnement plus longuement et demanda un peu écœuré :

— Mais ça ne vous fait rien de voir un spectacle pareil ?

Sydney Folstom se tourna vers lui, toujours parée de son regard froid.

— Dans ce métier on ne peut pas se permettre de souffrir pour toutes les victimes que l'on ouvre. Je fais preuve à l'égard de toutes d'un maximum de respect mais ma profession m'autorise à leur faire des choses que les familles préfèrent ignorer. Il faut être *technique* monsieur Cotland, ne pas songer à cette femme qui devait être très belle et avoir beaucoup de succès avec les hommes, mais uniquement rester technique.

Bentley se demanda si elle-même était capable de la moindre émotion dans sa vie privée mais ne chercha pas à en savoir plus, il n'aimait pas la façon qu'elle avait de plonger son regard méthodique dans ses yeux et de le sonder. Brolin, quant à lui, lui parut plus réservé, probablement plus sensible à ce qui venait de se passer mais sa profession lui interdisait de faiblir. Pour la première fois depuis qu'il connaissait le jeune inspecteur – depuis le jour même – il se mit à éprouver une certaine sympathie pour lui. Finalement il n'était pas désagréable, c'était juste une déformation professionnelle.

— Bon, je peux à présent faire une synthèse des éléments et de la chronologie. Évidemment les analyses histologique et histo-immunologique vont me permettre d'affiner mes conclusions mais ce type de techniques, fibronectine ou polynucléaires neutrophiles, sont fastidieuses et surtout demandent du temps. Ce que je peux vous dire pour l'instant c'est qu'elle a été battue avant de recevoir vingt-deux coups de couteau essentiellement au niveau du torse, dont au moins quatre ont été mortels. Pour la suite des événements je ne vais pas trop m'avancer avant les examens d'anatomopathologie. Mais je pense qu'il s'est déchaîné sur son corps, les éventuelles morsures ou la mutilation de l'appareil génital en dernier, avant d'abandonner le cadavre. Enfin pour ce qui est de la trace de brûlure à l'acide sur son front, je vais faire mes prélèvements et analyser tout ça, j'essaierai d'être le plus précise possible mais n'attendez pas de miracle, j'ai bien peur qu'il soit difficile d'en tirer des conclusions profitables.

Bentley Cotland se tourna vers le corps. Une partie du moins ressemblait encore à un corps humain, le reste n'était qu'un amas béant de chairs vermillon. Le crâne vide, les membres fendus en deux et le torse découpé du pubis jusqu'au menton ôtaient tout vestige de vie à cette silhouette. Deux pans de peau, où la graisse luisait faiblement sous la lumière vicieuse des scialytiques, pendaient mollement de part et d'autre de la table, faisant ressembler le torse à un long sac ouvert.

Le Dr Folstom jeta ses gants dans une poubelle biologique, ce qui sortit Bentley de son hébétude.

— Je vous envoie mes conclusions par fax et e-mail aussi vite que possible, inspecteur Brolin.

Celui-ci approuva et se tourna vers le corps.

Il y avait quelque chose d'étrange dans le rituel du tueur. La folie des mutilations, les nombreuses lacérations trouvées au niveau du vagin, et pourtant l'intelligence de ne laisser aucune trace, ni sperme, ni salive, ni empreinte. Si sa théorie de morsure concernant les deux cratères de chair s'avérait juste, le tueur était en plus capable de reprendre conscience de son état après coup. Il répondait à une folle pulsion.

Une pulsion incontrôlable de mutilation, de haine et de mort. Mais il était intelligent et savait reprendre le contrôle une fois qu'il était passé à l'acte.

— Merci docteur, le plus vite sera le mieux, balbutia Brolin. J'ai le curieux sentiment que le temps nous est compté.

Il allait recommencer.

Et il serait redoutable avec sa victime, ne lui laissant aucune chance de survie.

15

Juliette ne cessait de changer de place dans le lit de la chambre d'amis. Après avoir fui les journalistes, elle s'était réfugiée chez Camelia pour y passer la nuit. Elle ne savait pas exactement ce qu'elle ferait ensuite, il était évident qu'elle ne pourrait pas éviter la presse indéfiniment, il faudrait bien qu'elle rentre chez elle tôt ou tard, mais elle ne s'en sentait pas le courage à présent. Pas tant pour la furie médiatique que ça impliquait mais plutôt à cause des questions qui lui seraient posées, elle avait peur que la douleur ne se réveille et craignait de tomber dans une sorte d'agoraphobie exacerbée qui la cloisonnerait chez elle. Elle avait eu son lot de souffrances et d'angoisses, et avait longuement lutté pour se reconstruire une santé mentale et une confiance envers les autres, il était impensable de tout faire éclater maintenant.

Comme à son habitude, Camelia l'avait accueillie à bras ouverts, se montrant attentionnée, lui offrant un soutien important. Et, comme à son habitude, elle avait su être sérieuse et réconfortante dans un premier temps puis avait habilement joué avec son humour pour détendre Juliette. Les deux jeunes femmes avaient finalement beaucoup ri et Juliette, qui n'avait pas cours à l'université le lendemain, avait accepté les cocktails que Camelia lui avait proposés. De fous rires en daïquiris la soirée s'évapora rapidement sous la fatigue des deux femmes.

Un peu grisée par l'alcool, Juliette avait pensé s'endormir aussitôt couchée mais ça ne fut pas le cas. Elle se sentait fourbue, épuisée par les derniers événements mais n'arrivait pas à laisser divaguer son esprit pour qu'il rejoigne la contrée des rêves. La tête sur l'oreiller, elle repensait à ce dénommé Thomas quelque chose qu'elle avait envoyé paître dans l'après-midi. Il ne lui avait voulu aucun mal, au contraire, elle percevait de la gentillesse dans son comportement, tout ce qu'il avait souhaité c'était l'aider. Et elle l'avait envoyé promener. Il fallait vraiment qu'elle parvienne à se contrôler, à ne surtout pas laisser l'émotion, la peur et la paranoïa prendre les rênes de son esprit. Après tout, de quoi s'agissait-il ? D'un dingue qui s'amusait à tuer des femmes de la même manière que l'avait fait Leland Beaumont ? Un dingue, un *copycat* pour adopter le terme exact. Mais *ça n'était pas* Leland Beaumont, lui était mort et enterré depuis plus d'un an maintenant.

Juliette ouvrit les yeux. La pièce était noire, le silence flottait sur toute la maison et Camelia devait dormir depuis une demi-heure au moins.

Elle s'assit dans son lit et alluma la lampe de chevet. Sachant qu'elle ne pourrait pas trouver le sommeil dans l'immédiat elle prit dans son sac le roman qui y traînait. Un livre de David Lodge. Elle ne savait pas d'où lui venait cette attirance pour les romanciers anglais mais c'est ce qu'elle dévorait le plus, David Lodge, Nick Hornby ou Ken Follet… Elle y trouvait une intelligence d'écriture loin de toute prétention, ces romans parlaient de la vie avec parfois des assertions dignes des plus grands aphorismes mais sans nombrilisme ni prétention. Elle se plongea dans cette histoire de professeur anglais perdu au milieu de la révolution sexuelle à la fin des années 1960 aux États-Unis mais ne retrouva pas le sourire pour autant.

Passé quelques pages, elle se rendit compte que ses yeux filaient sur les mots mais que son cerveau ne les voyait pas. Elle était ailleurs.

Elle repensait à ce qui s'était passé la nuit précédente, à cette femme que l'on avait retrouvée assassinée dans les bois. Elle ne cessait de bouger dans son lit, elle n'était pas à l'aise. Elle voulait savoir si, comme les médias l'avaient annoncé, la jeune femme avait subi les mêmes mutilations que les victimes du Bourreau de Portland. Cette question la tracassait, pire, l'obnubilait.

Juliette voulait en avoir le cœur net.

S'agissait-il vraiment d'un *copycat* qui singeait les actes de Leland Beaumont ou étaient-ce là les spéculations inventives des journalistes ?

Mais la seule personne qui aurait pu répondre à cette question ou au moins se renseigner était Joshua Brolin. Elle ne pouvait indéfiniment le harceler, il avait une vie privée qu'elle devait respecter. Pourtant il avait accepté de venir la voir sur un simple coup de téléphone, ils avaient parlé une partie de la nuit et s'étaient endormis dans la même pièce. Cela lui semblait suffisant pour l'appeler, une sorte de droit d'amitié, si ténue fût-elle. À peine avait-elle commencé à y songer que Juliette savait pertinemment qu'elle appellerait Brolin dès le lendemain.

Elle n'aurait pas grand-chose à lui demander, il fallait juste qu'elle sache.

Leland Beaumont était mort.

Mais peut-être pas son fantôme.

16

Le repos du samedi n'avait pas sa place au poste central de la police de Portland. Le crime ne souffrait aucune vacance, aucune trêve du week-end. La matinée touchait à sa fin et les radiateurs qu'on venait de rallumer faisaient craquer les murs. Le jour s'était levé avec plus de fraîcheur que les semaines précédentes, des cieux gris et un vent frais d'ouest mordant dans les façades avaient surpris les habitants de la ville à leur réveil.

C'était le samedi 2 octobre, l'automne prenait enfin sa place en chassant violemment l'été indien qui s'était attardé. Les enfants se réjouissaient déjà de voir quelques beaux orages éclater peu de temps avant Halloween et les viticulteurs de l'Oregon s'estimaient heureux d'avoir eu une si belle fin d'été pour les vendanges.

Salhindro, lui, grommelait derrière la fenêtre du bureau, de mauvaise humeur et peu enchanté à l'idée d'entrer dans l'hiver. Il trouvait son bureau trop froid, et le café trop chaud. La journée serait merdique, il en était sûr. À vrai dire, toute la semaine l'avait été, il était donc normal que le week-end ne soit guère mieux. À cela venait s'ajouter la réunion de ce matin à propos du meurtre dans les bois, réunion à laquelle il était convié. Il savait que Brolin avait souhaité sa présence mais le capitaine Chamberlin ne voyait pas d'un bon œil qu'il travaille directement sur une enquête. Chamberlin le lui répétait tout le temps : « Salhindro, tu fais de la coordination générale, pas de l'investigation ponctuelle ! »

Salhindro le savait pertinemment, il avait échoué à ce poste de bureau à cause de sa surcharge pondérale. On préférait le savoir ici à superviser les patrouilles plutôt que de bouger difficilement sa graisse dans la rue. Afin de le protéger ou de soigner l'image de marque de la police de Portland ? C'était ça qui le dérangeait. Il se savait un bon investigateur et Brolin aimait s'assurer sa présence pour un petit coup de main alors pourquoi ne le laissait-on pas faire ce qu'il voulait, bon sang ! Gradé, respecté et ayant fait ses preuves, Salhindro ne supportait pas d'être relégué ici à moisir derrière son écran en attendant la retraite.

Ce qui l'irritait encore plus c'était de savoir que « tête d'huître » faisait partie de la réunion. Bentley Cotland, le futur assistant de l'attorney Gleith, n'était qu'un crétin qui se pensait au-dessus de tous puisque bardé de diplômes. Mais que savait-il de la vie d'un flic ? Il ne connaissait que les longues heures de boulot le cul rivé à son fauteuil à 600 dollars pour exprimer de la plus lyrique des manières comment on pouvait lancer une OPA – ce que Salhindro se savait incapable de comprendre, mais au moins lui ne venait pas avec ses grands airs narguer tout le monde. Bentley Cotland avait passé ses trente années de vie à engranger de la théorie et de l'assurance mais n'avait pas la moindre idée du fossé entre celles-ci et la pratique, du moins dans le monde plus que pragmatique de la criminalité. Au fond c'était un peu l'image que Brolin avait donnée en arrivant ici, fraîchement débarqué du FBI trois ans auparavant. Mais Brolin avait aussitôt cherché à casser son apparence de génie de la théorie pour prouver qu'il en faisait au moins autant sur le terrain.

Salhindro se passa la main dans les cheveux clairsemés qui jaillissaient de sa tête.

Et puis qu'on le veuille ou non, ce Bentley Cotland avait une tête qui ne lui revenait pas. Une « tête d'huître », oui, avec ses grands yeux globuleux, ses oreilles légèrement décollées et sa coupe de cheveux finement ciselée devant le miroir des toilettes aussi souvent que possible.

Salhindro réalisa soudain qu'il condamnait Cotland sans vraiment le connaître. Il éprouvait de l'antipathie envers lui sur une simple question de physique et d'attitude alors qu'il ne l'avait vu que pendant une heure. Que pourrait-on penser de lui-même s'il venait à débarquer dans un service lointain ? Avec ses kilos débordants, son mauvais caractère et sa trop grande confiance en soi ? On le détesterait tout simplement, et pourtant Salhindro pensait ne pas être un mauvais bougre.

Et ce Cotland, tout le monde s'était indigné de sa présence imposée par l'attorney Gleith mais finalement ils l'avaient un peu jugé à l'emporte-pièce, sous le coup de la colère. Ce pauvre type ne demandait peut-être qu'à se fondre dans le groupe, pour apprendre et changer, perdre de sa suffisance. Après tout, ils l'avaient tous cloué au pilori d'emblée mais il fallait lui donner une chance de s'améliorer.

Salhindro approuva en hochant la tête.

Il en parlerait à Joshua dans l'après-midi, il fallait se montrer moins sévère avec ce Bentley Cotland, et ils verraient bien quel serait le résultat.

Il tapota son ventre avec satisfaction.

Mais la priorité n'était pas là. Il avait du nouveau pour leur enquête, ça c'était important.

Il prit son bloc-notes et quitta son bureau.

17

Brolin avait pris pour habitude depuis qu'il était inspecteur à Portland d'organiser ses réunions dans son propre bureau. À son arrivée dans la Division des enquêtes criminelles, le capitaine Chamberlin faisait un briefing en début de semaine avec ses principaux adjoints pour faire le point sur les investigations en cours et leurs progrès et ensuite pour affecter aux enquêtes ses hommes disponibles. Mais il était assez rare de voir un inspecteur demander spontanément une réunion en semaine pour faire une synthèse de son enquête, sauf cas extrême. Brolin avait progressivement instauré ce principe qu'il apportait du FBI, ce qui l'avait conduit à passer pour un petit merdeux aux dents longues auprès de certains de ses collègues. Son idée n'avait pourtant rien à voir avec une ambition dévorante, il adoptait le principe usuel de brainstorming qui permettait de faire marcher plusieurs cerveaux sur une même affaire afin d'en tirer un maximum d'informations. Mais cela coûtait du temps que la Division n'avait pas souvent. Les personnes présentes ce jour-là dans le bureau de Brolin avaient toutes passé la semaine entière à travailler sur différentes enquêtes en cours, parfois jusque tard le soir. Tous aspiraient à prendre un peu de repos et à consacrer du temps à leurs familles respectives, mais tous avaient pourtant répondu présent à l'appel de Brolin.

Le capitaine Chamberlin et son second Lloyd Meats, le responsable du laboratoire de police technique et scientifique Carl DiMestro, l'assistant de l'attorney Bentley Cotland et bien sûr Larry Salhindro se retrouvèrent donc dans son bureau.

Brolin se leva pour fermer la porte.

— Bien, nous avons du nouveau, commença-t-il. Mais avant de vous expliquer ce que je pense, je voudrais qu'on fasse le point sur ce qui a été entrepris et les résultats éventuels. Où en est-on avec l'enfant qui a trouvé le cadavre ?

Meats prit la parole en caressant sa barbe, comme si cela l'aidait à assumer.

— Leslie Taudam de la brigade des mineurs s'est occupée de lui. Il est sous le choc et malgré tous les efforts de Leslie on n'a rien appris de plus de ce côté-là. Le corps n'a toujours pas été identifié ?

— Je vais y venir, informa Brolin. Carl ? Tu as quelque chose pour nous ?

Carl DiMestro inspira si fort que ses narines émirent un léger sifflement. Il était vêtu d'un costume impeccable et arborait des lunettes à double foyer.

— C'est mal engagé. La ruine où a été trouvé le cadavre est un véritable dépotoir, c'est un squat pour tous les jeunes, les marginaux, les toxicomanes et les sans-logis. J'ai des prélèvements en quantité astronomique, de quoi incriminer un quart de la ville ! Plus sérieusement, j'ai beaucoup de fibres en tout genre, il est impossible de savoir ce qui a pu être laissé par le tueur ou par un squatteur quelques jours plus tôt. J'ai bien peur d'être dans l'impasse. Nous allons répertorier tout ce que nous avons en matière biologique et l'inventorier. C'est tout ce que je peux faire pour l'instant. En revanche j'ai un élément qui pourrait vous intéresser. On a retrouvé des gouttelettes d'un mélange chimique que j'ai analysé. C'est du Mercaptan, autrement dit une substance chimique le plus souvent utilisée pour la protection des domiciles. C'est dissuasif, à la moindre alarme ça gicle sur l'intrus et celui-ci pue comme un putois dix mètres à la ronde.

Brolin prit quelques notes sans savoir quoi en penser. Qu'est-ce que du Mercaptan venait faire au milieu de nulle part ?

Salhindro remua sur sa chaise :

— Attendez une minute, j'ai quelque chose qui pourrait coller avec ça ! dit-il avec excitation. Comme convenu j'ai envoyé plusieurs patrouilles dans le quartier de Washington Park où a été retrouvé le corps. Pas de témoin, personne ne semble avoir vu quoi que ce soit dans la nuit de mercredi à jeudi. Faut dire qu'il n'y a pas grand monde qui traîne dans ce coin la nuit tombée. Mais l'un de nos hommes a posé des questions à un groupe de sans-logis qui vagabonde assez souvent dans cette zone. Ils disent qu'en début de semaine ils ont voulu aller à cette ruine pour y passer la nuit mais qu'ils n'ont pas pu.

Un tic nerveux fit tressaillir la joue de Brolin, son attention venait d'être piquée au vif.

Salhindro continua.

— Ils disent être arrivés lundi soir vers 23 heures à la maison abandonnée. L'entrée était obstruée par un panneau de bois, ce qui n'est pas le cas habituellement, ont-ils confié. Ils ont dégagé le passage et une odeur nauséabonde les a interpellés. Une odeur, je cite, « terrible, un peu comme ces boules puantes qu'ont les gosses et qui sentent un mélange d'œuf pourri et de vomi », fin de citation. Les trois types sont partis et n'ont donc pas passé la nuit là-bas à cause de la puanteur.

— Qu'est-ce que ça vient faire dans l'enquête ? protesta Bentley. Je veux dire que c'est probablement des gosses qui se sont amusés.

— Les gosses jouent parfois des tours, mais d'abord ils utilisent des farces et attrapes dans le genre boule puante, pas du Mercaptan. De plus quand ils font ce genre de connerie ils le font là où il y a du passage, une école ou un supermarché, rarement dans une ruine perdue dans les bois où presque personne ne le remarquera, expliqua Lloyd Meats. Par contre, si je me donnais la peine de me procurer du Mercaptan pour en asperger une ruine paumée, c'est que j'aurais une sacrée idée derrière la tête. Celui qui a mis cette substance pourrait tout à fait être notre tueur.

— Vous n'avez pas l'impression d'y aller un peu fort ! fit Bentley en haussant les sourcils jusqu'à ressembler à une caricature de dessin animé. Un type laisse du Mercaptan et obstrue la sortie d'une maison abandonnée et vous en faites un dangereux psychopathe !

— Au contraire. Je ne vois qu'une seule raison de se procurer ce genre de produit. Le tueur savait que des gens venaient de temps en temps, il a déposé du Mercaptan dans la ruine et a bien obstrué l'entrée pour que l'odeur soit forte afin de décourager d'éventuels squatteurs de s'y installer. Il voulait être sûr que l'endroit serait désert quand il reviendrait avec sa victime. Ça veut dire qu'il avait préparé son coup dans les moindres détails, plusieurs jours à l'avance, il est peut-être venu quelques heures avant de passer à l'acte pour aérer, qui sait ? Ça, c'est un dangereux psychopathe !

Bentley Cotland regardait Meats comme s'il lui parlait tibétain.

— Vous y croyez, vous, à cette histoire ? demanda-t-il à Brolin.

— C'est une explication envisageable. Dis-moi Carl, le Mercaptan on peut facilement s'en procurer ?

— Hélas oui. Il y a de nombreux points de vente, à commencer par toutes les boutiques spécialisées dans la sécurité, ce qui nous fait une liste longue comme un tanker, et si notre homme est aussi malin qu'il le laisse présager, il aura de toute manière payé en liquide. Plus les centaines de ventes par correspondance dans tout le pays. Si vous comptez faire tous leurs clients je vous souhaite bon courage !

Brolin secoua la tête en murmurant une négation du bout des lèvres.

— Et pour le tueur, vous avez commencé à établir un profil, Joshua ? demanda le capitaine Chamberlin à l'attention de Brolin.

— Pas encore. Je rassemble un maximum de données pour le moment, ensuite quand j'estimerai en avoir assez pour travailler dessus je m'y attellerai. Je ne veux pas m'embarquer dans une mauvaise voie simplement parce que je n'avais pas tous les éléments pour juger correctement de la situation.

Meats, Salhindro et DiMestro approuvèrent.

— Mais j'ai bien peur d'avoir plus grave comme nouvelle, poursuivit le jeune inspecteur. Tout d'abord, nous n'avons toujours pas identifié la victime. Compte tenu du très mauvais état du haut de son visage on ne peut pas faire passer sa photo dans les journaux. D'autre part le fichier des personnes disparues ne donne rien qui pourrait correspondre, on continue d'éplucher. On va donc devoir faire une comparaison de son fichier dentaire avec ceux de tous les dentistes de la région, ce qui va prendre du temps en espérant que ça donne un résultat positif. Mais plus problématique encore, l'autopsie a révélé des points communs troublants avec le mode opératoire de Leland Beaumont.

— À ce point-là ? s'étonna Meats.

— Pour être franc, il ne manquait plus que la signature « le Bourreau de Portland » pour parachever le tableau. (Brolin marqua une pause.) Le type qui a fait ça savait pour la marque à l'acide sur le front, or c'est quelque chose que nous avons toujours tenu secret, on en a déjà parlé. Mais pire encore, il a sectionné les avant-bras exactement de la même manière, en prenant un grand soin à ne pas abîmer peau et os et en délaissant complètement les muscles et ligaments. Notre tueur des bois a des notions de biologie, tout comme en avait Leland Beaumont, il a le même *modus operandi*.

Voyant que Bentley allait poser la question, Salhindro le devança :

— Le *modus operandi* ou mode opératoire est la façon de procéder du tueur. C'est l'ensemble des actes et des moyens qu'il utilise pour tuer sa victime. À ne pas confondre avec sa signature qui correspond à la matérialisation de son fantasme, la signature d'un tueur est souvent similaire d'un crime à l'autre car c'est la raison pour laquelle il tue, il ne peut donc pas tricher avec elle, c'est le ou les éléments qui vont avoir leur importance dans le déroulement de son fantasme. Un criminel peut changer de mode opératoire pour améliorer le déroulement de son fantasme mais pas de signature car celle-ci est plus forte que sa raison, c'est la source même de sa motivation à tuer, il ne la contrôle pas.

Bentley approuva d'un hochement de tête pour faire signe qu'il comprenait.

— Or nous avons ici le même mode opératoire, expliqua Brolin, cette façon de tuer en coupant les avant-bras et l'acide sur le front de ses victimes ; mais la signature me paraît différente.

Tous les yeux se braquèrent sur Brolin.

— Explique-toi, demanda Meats.

— Eh bien, c'est encore trop tôt pour tirer des conclusions, mais il me semble que notre tueur n'a pas contrôlé pleinement la situation, je crois qu'il s'est laissé emporter dans son élan, chose que jamais Leland Beaumont n'aurait pu faire car il tirait justement son plaisir de ce parfait contrôle qu'il avait de la situation, de sa victime aussi. Mais je ne veux pas me lancer là-dessus, pas encore du moins, je dois d'abord travailler sur le profil.

— Bien, dans ce cas, il faut que nous fassions une synthèse de ce que nous savons de Leland Beaumont, si le tueur de mercredi soir veut l'imiter et qu'il en sait autant à son sujet nous devons, nous aussi, travailler dans ce sens, proposa le capitaine Chamberlin.

Brolin se leva et fila vers une armoire métallique d'où il sortit un gros dossier avec l'inscription « Bourreau de Portland, Leland Beaumont » tracée au marqueur.

— Faisons un point général dans un premier temps. Que sait-on de lui ?

Salhindro commença en se servant uniquement de sa mémoire :

— Mâle d'une vingtaine d'années, Leland Beaumont est le fils unique d'une famille d'excentriques. Son père est artisan en menuiserie aluminium, il vit de troc essentiellement, son métier ne rapportant pas grand-chose. Après la mort de Leland, nous l'avons fait venir pour lui poser des questions sur son fils, il s'est montré très poli mais complètement à côté de la plaque, c'est un pauvre type au QI pas très élevé. La mère de Leland était par contre un personnage vénéré par toute la famille nous a dit le père, très aimé de Leland, qui passait beaucoup de temps avec elle. Elle a été tuée en 1994 lors d'une violente querelle avec une voisine tout aussi excentrique, les deux femmes se sont battues et l'autre lui a tranché la main avant de lui planter le hachoir dans la gorge. Le genre d'« accident » qui se produit de temps à autre dans les coins paumés où les mariages consanguins ont rendu la plupart des habitants un peu tarés.

— Nous pensons que c'est de cet accident que provient le facteur déclencheur de Leland Beaumont, intervint Brolin. La mort de sa mère a été traumatisante, et nous pensons qu'il coupait les avant-bras de ses victimes pour idéaliser sa vengeance, il faisait aux autres femmes ce qu'on avait fait à sa mère. Du fétichisme meurtrier puisqu'il conservait ensuite les avant-bras comme trophée. Il est intéressant de savoir que la famille Beaumont a passé une grande partie de son existence à voyager à travers tout le pays, restant rarement plus d'un an ou deux au même endroit jusqu'à se sédentariser dans la région de Portland. Leland était un garçon solitaire, il n'a sûrement jamais eu l'occasion de dépasser sa timidité, il vivait toujours dans des endroits isolés et il n'a pas dû avoir beaucoup l'occasion de se faire des amis étant enfant. Et lorsque cela arrivait, il devait tout recommencer ailleurs puisque la famille Beaumont déménageait une fois de plus à cause du travail du père. Celui-ci nous est apparu comme étant sympa bien que « limité », il nous a affirmé que ni lui ni sa femme n'avait battu ou maltraité Leland, ce sur quoi j'ai des doutes, mais nous ne le saurons jamais. Le père était souvent absent, peut-être était-il celui qui le frappait, voire le violait. Leland s'est tourné vers sa mère qui était tout le temps présente et aimante. Reclus, il a développé un amour essentiellement tourné vers le personnage de la mère puisqu'il n'avait pas dans son entourage de femme sur qui fantasmer lors de l'adolescence.

— Vous voulez dire qu'il n'a pas eu la moindre petite histoire d'amour étant adolescent ? s'étonna Bentley Cotland.

— Probablement pas, la famille Beaumont avait le goût de s'installer à l'écart, pour être tranquille, nous a confié le père. Ce qui n'a sûrement pas permis à Leland de se développer comme tous les adolescents de son âge, lui qui était très solitaire et qui vivait dans un climat familial très particulier. Au risque de vous paraître réducteur, je n'hésiterais pas à comparer la famille Beaumont à ce qu'on fait de pire dans le fin fond des campagnes américaines, où certains suivent des préceptes complètement différents des nôtres.

» Qui plus est, les Beaumont voyageaient sans cesse, vivant essentiellement dans une grande caravane qu'ils transportaient derrière eux. En 94, quand Abigail Beaumont a été tuée pour une sombre affaire de terrain,

Leland avait dix-huit ans. C'était dans l'Oregon, à l'ouest dans la forêt du Mont-Hood. Perdant le personnage principal de sa vie, Leland a perdu tous ses repères. Il s'est trouvé un petit boulot dans une casse automobile un peu plus loin et a quitté la maison que son père avait bâtie autour de leur vieille caravane. Là, il a appris la vie sociale, et pendant plusieurs années il s'est plus ou moins inséré dans le système. Étant un dur avec un physique plutôt agréable, et ayant vu du pays, il a dû se rendre compte qu'il pouvait manipuler les gens les plus crédules. Je pense qu'il a appris progressivement à manipuler, à dominer, il a dû en tirer un certain plaisir, voire séduire des filles de la campagne, ce qui lui a donné confiance en lui. Car contrairement à son père, Leland n'était pas un pauvre type mais plutôt un homme assez intelligent. Il a progressivement dû se sentir invulnérable et il a troqué son passé de garçon effrayé et instable contre une apparence de séducteur et d'homme plein d'assurance. Ce qui m'a frappé chez Leland Beaumont c'est l'allure qu'il avait malgré son âge. On lui donnait aisément plus de vingt-cinq ans alors qu'il n'en avait que vingt-trois au moment… de sa mort.

Brolin avait hésité un instant. Il n'aimait pas se souvenir de ce jour, il ressentait à chaque fois la pression de son index sur la gâchette et revoyait la tête de Leland voler en éclats.

— Mais après être devenu aussi sûr de lui, pourquoi s'est-il mis à tuer puisqu'il pouvait séduire des femmes ? demanda Carl DiMestro qui s'intéressait toujours à cette facette de l'enquête qu'il n'abordait pas lui-même, limitant son champ d'expérience à des détails gros comme des grains de poussière.

— Parce qu'il était déjà sur la voie du meurtre depuis longtemps, répondit Brolin plus fort qu'il ne l'aurait voulu. Sa personnalité a été façonnée et malmenée pendant toute son enfance et une grande partie de son adolescence, quand il a subi le traumatisme de la mort maternelle il était peut-être déjà trop tard. Certains journalistes ont même affirmé, l'année dernière, que Leland avait eu des rapports sexuels avec sa mère, ce qui n'est peut-être pas dénué de tout fondement ! Quand Leland est parti vivre seul, il en a bavé mais s'en est sorti et lui, l'enfant qui avait tout le temps été seul, repoussé par les autres parce qu'il était nomade et peut-être un peu trop violent, a réussi à se faire accepter. Il a d'ailleurs eu plusieurs conquêtes féminines ! Mais il a surtout découvert le pouvoir de domination, et ça lui a plu. Vous dire pourquoi il est passé à l'acte, j'en suis incapable, il aurait fallu pouvoir en parler avec lui. Mais sa première victime ressemblait énormément à sa mère, je pense que c'est déjà une explication en soi.

— Mais n'est-ce pas par Internet qu'il a choisi sa dernière victime ? demanda Bentley.

— Juliette ? précisa Brolin. Ne dites pas victime s'il vous plaît, elle se porte bien. Pour ce qui est des autres… Leland choisissait ses victimes selon ses fantasmes au gré de ses errances, un visage, un corps, une attitude… Pour Juliette, il semblerait qu'il entretenait avec elle des conversations sur Internet, mais elle l'a fui, elle s'est refusée à lui, ce qui a engendré sa rage. Vous connaissez la suite de l'histoire. En fait, Leland a fait montre d'une très grande faculté d'apprentissage, dès lors qu'il n'était plus enfermé dans sa famille glauque il s'est ouvert au monde et a appris énormément. Ainsi l'enfant qu'il était, qui n'aurait pas su mettre en marche une platine laser, est devenu suffisamment compétent pour pouvoir surfer sur le Web. Nous avons découvert chez lui de nombreux livres, dont une bonne partie concernant Internet et l'informatique. C'est triste à dire mais je pense que s'il avait vécu dans une autre famille, Leland serait devenu quelqu'un de bien, avec une bonne situation.

Quelle était la part de responsabilité de la famille Beaumont dans ce qui s'était passé ? Tous se gardèrent bien de soulever cet épineux débat.

Le silence tomba dans la pièce. Puis une rafale de vent vint s'écraser contre la baie vitrée en sifflant comme pour crier quelque chose.

— Et la biologie ? interrogea DiMestro, tout à l'heure tu as dit qu'il avait des notions de biologie, comment les a-t-il acquises ?

— Eh bien, ça fait partie des secrets que Leland a emportés dans la tombe, fit Brolin un peu embarrassé. Nous ne savons pas, il n'y avait aucun livre sur le sujet chez lui et son père n'a pas su nous répondre autrement qu'en supposant que c'était la pêche qui lui avait appris ce qu'il savait…

— La pêche ? répéta Bentley.

— Oui, le père est un peu con, insista Salhindro.

— Il avait une bonne maîtrise du scalpel et cette pratique il n'a pu l'apprendre dans des livres, mais vous dire sur quoi il s'est entraîné auparavant me reste impossible. Probablement sur des animaux.

— Il y a tout de même une différence entre les biologies animale et humaine, répliqua DiMestro.

Brolin haussa les épaules.

— Comme je l'ai dit, je n'ai pas d'explication.

— Et les avant-bras qu'il prélevait sur ses victimes, il en faisait quoi ? demanda Bentley Cotland.

— On a finalement découvert qu'il en s'en était servi pour faire des moules pour ses sculptures. Il a tenté plusieurs méthodes pour les conserver, avec une injection de produits chimiques ou dans du plâtre mais ses petites expériences n'ont pas été concluantes.

De nouveau le vent vint frapper fortement contre la longue fenêtre.

— Mais vous auriez été étonnés de visiter la maison qu'il habitait. Elle était presque vide, avec le strict minimum. C'était sans vie, sans personnalité, tout juste fonctionnel. C'en était anormal. À tel point que plusieurs personnes après l'enquête ont supposé qu'il avait un autre chez-lui, un lieu plus personnel où il entreposait ses secrets, sa véritable tanière en quelque sorte, mais personne n'a jamais trouvé la moindre trace permettant d'affirmer avec certitude que pareil lieu existait bel et bien.

Lloyd Meats frotta sa barbe noire et brisa en premier le silence :

— Bon, sur quoi on concentre nos efforts ? L'entourage de Leland ?

— Celui qui a tué mercredi soir en sait beaucoup sur Leland, remarqua Salhindro, il fait des choses que seuls nous et Leland ont pu connaître. C'est donc soit quelqu'un qui le connaissait bien, un ami ou un collègue de boulot, soit quelqu'un qui a accès à nos dossiers.

— Tu penses à un flic ? lâcha le capitaine Chamberlin.

— Pourquoi pas ? Il y a des dingues partout, approuva Salhindro.

Meats s'indigna.

— Tout de même ! De là à penser que c'est l'un d'entre nous qui…

— Je n'ai pas dit que…

— Messieurs ! les coupa le capitaine Chamberlin. (Il tourna la tête vers Brolin.) Joshua, c'est votre enquête, qu'en pensez-vous ?

L'intéressé se passa la main sur le bas du visage en réfléchissant.

— Je voudrais qu'on continue les patrouilles aux alentours de la ruine où on a retrouvé le cadavre, notre homme pourrait bien y retourner pour revivre son fantasme. D'autre part il faut éplucher les archives, notez toutes les personnes qui ont eu accès aux rapports des légistes l'année dernière, il y a peu de monde qui a dû les lire, ça réduit le champ d'investigation. Mais je ne pense pas qu'on trouvera quelque chose de ce côté-là. Celui qui fait ça ne connaît pas Leland Beaumont à travers nos rapports, il le connaissait personnellement, j'en suis sûr. Je vais attendre les conclusions définitives du Dr Folstom et je m'occuperai du profil psychologique du meurtrier. Ensuite j'irai voir les anciens collègues de travail de Leland.

— Je peux mettre deux de mes inspecteurs sur les archives, fit Meats.

— Et moi je m'assure qu'une patrouille passe jeter un coup d'œil à la scène de crime aussi souvent que possible, affirma Salhindro.

Bentley Cotland regardait tout le monde s'agiter autour de lui sans vraiment savoir ce qu'il devait faire ou dire, une fois de plus il se sentait comme la cinquième roue du carrosse.

Le capitaine Chamberlin se pencha vers lui.

— Vous assisterez l'inspecteur Brolin dès lundi, mais en attendant vous allez faire comme tout le monde, vous allez prendre un peu de repos.

Bentley hocha la tête, il n'aimait pas trop le ton autoritaire qu'avait pris le capitaine pour lui parler, mais l'annonce d'une journée de repos lui fit aussitôt oublier toute velléité conflictuelle. Ça faisait une éternité qu'il n'avait pas fait une journée de *farniente*.

Tout le monde se leva sauf Brolin. Il songeait à ce nouveau tueur qui sévissait, ce *copycat* qui en savait beaucoup sur les méthodes de Leland. Même si des points divergeaient dans leurs façons d'agir, il s'agissait de détails et pendant une seconde, Brolin fut secoué par un frisson auquel le froid n'était pour rien. Il venait tout juste de penser que si Leland Beaumont n'avait pas été tué mais emprisonné, il aurait immédiatement pris son téléphone pour qu'on vérifie la cellule du Bourreau de Portland.

Le vent s'écrasa violemment sur la vitre comme pour lui hurler une énigmatique menace.

18

Fatiguée par une nuit agitée et peu de sommeil, Juliette passa son début de matinée du samedi à somnoler chez Camelia. Celle-ci faisait montre d'une grande vitalité – comme à son habitude – et tourna autour de Juliette sans lui laisser le moindre répit. Elle choisit avec une grande attention parmi sa garde-robe ce qui conviendrait le mieux à sa jeune amie et prit un grand soin à lui trouver une tenue qui mettrait en valeur ses formes. Camelia se sentait le devoir de s'occuper d'elle, « on ne peut être aussi jolie et bien foutue et ne pas s'en servir ! » répétait-elle tout le temps. Et ce jour-là, Camelia décida que le moment était venu pour sortir entre femmes et pour contraindre Juliette à se sentir ce qu'elle était : une femme magnifique dont le charme n'avait rien à envier à la beauté. Restait le plus difficile à entreprendre : motiver Juliette.

Camelia s'activa comme une abeille débordée, courant d'une armoire à une autre, faisant couler un bain chaud aux huiles parfumées, disposant la panoplie d'embellissement sur la coiffeuse – maquillage, vernis et un armement complet de rouge à lèvres – et préparant des jus de fruits naturels pressés du matin même. Le planning était simple mais efficace : toute la matinée pour se préparer, l'après-midi pour faire du shopping et la soirée pour sortir.

Juliette protesta pour la forme au début mais n'avait pas le courage de soutenir une argumentation avec Camelia, elle se sentait bien trop fatiguée pour ça. Elle passa donc une heure dans la baignoire, l'eau bien chaude caressant sa peau et la protégeant de la fraîcheur de la salle de bains. Elle s'endormit lentement dans les vapeurs d'huile fruitée et fut tirée de son sommeil par Camelia qui demandait à travers la porte si elle comptait se transformer en crustacé. Le pantalon que Camelia lui avait choisi ne lui plaisait pas. Il lui moulait les fesses et tombait large sur ses jambes, ce que Camelia trouvait exquis puisqu'il lui faisait « un cul d'enfer ». Heureusement le pull était à son goût, bien qu'un peu trop décolleté. Enfin, Juliette réussit à écourter la séance de maquillage car elle en mettait très peu, tout juste un trait d'eye-liner pour souligner le bleu de ses yeux et à la rigueur un rouge à lèvres discret. Camelia se contenta cette fois-ci d'essayer toute une batterie de fards avant d'opter pour une crème qui donnait à sa peau un teint hâlé et resplendissant.

Dans toute cette agitation, Juliette hésita à plusieurs reprises, en voyant le téléphone, à appeler Joshua Brolin, mais chaque fois, Camelia surgissait en lui proposant quelque chose à faire.

Une fois dans le centre-ville, elles se laissèrent guider par le tramway jusqu'au centre commercial très à la mode de Pionneer Place. Là, Camelia ne se lassa pas d'examiner les plus sexy des vêtements tout autant que les hommes qui passaient dans l'allée centrale. Plusieurs fois, Juliette lui fit remarquer qu'elle déshabillait du regard des hommes qui marchaient avec leurs petites amies, mais Camelia se contenta de hausser les épaules en lâchant un vague « tant pis ! ». Puis, à force de voir Camelia essayer des hauts moulants ou des robes de soirée, Juliette finit par se laisser prendre au jeu et repartit avec plusieurs paquets sous les bras.

Il fallut ensuite toute la persuasion de Camelia pour parvenir à l'entraîner vers le haut de Waterfront Park. La journée touchait à sa fin et la Willamette River faisait miroiter le crépuscule comme une longue traînée de feu liquide. Les yachts dansaient lentement dans le port de plaisance et les immeubles s'illuminaient les uns après les autres comme d'immenses cierges par-dessus les arbres du parc. Juliette et Camelia atteignirent l'entrée du « Marché du Samedi », véritable attraction célèbre dans tout le pays. Outre les centaines de produits, tous plus variés les uns que les autres, le Marché du Samedi offrait des dizaines de spectacles de rue, des denrées alimentaires originales et des bars à l'ambiance exaltée. Les deux jeunes femmes s'installèrent dans l'un d'entre eux, un bar semblable aux pubs anglais avec du lambris partout et des reproductions de lampes à gaz pour éclairer les box. Une télé retransmettait un match de football, sport encore peu connu dans le pays mais qui réunissait tout de même un groupe d'hommes autour du bar qui hurlaient à chaque occasion manquée comme s'ils pensaient qu'ils auraient eux-mêmes fait mieux. La soirée s'écoula entre les cris du groupe de supporters et la musique irlandaise qui donnait son cachet au pub. Plus vite que Juliette ne l'aurait cru, les verres s'entassèrent sur leur table, et bientôt elle réalisa qu'elle était soûle. Camelia s'esclaffait dès qu'elle le pouvait et Juliette se prit aussi de quelques fous rires. En d'autres circonstances, Camelia aurait cherché la compagnie d'un mâle, d'un bellâtre solitaire, peut-être pour passer la nuit avec lui, c'était dans son tempérament. Mais ce soir elle comprenait que son amie avait plus que jamais besoin de se divertir et elle la connaissait trop bien pour ignorer que cela n'impliquait pas nécessairement pour elle la présence d'un homme. Elle était trop farouche pour ça, elle ne supporterait pas une simple drague dans un bar, il lui fallait quelque chose de plus romantique, de plus idéalisé, même si la finalité était la même. C'était son tempérament à elle.

Elles finirent par prendre un taxi, un sourire extatique collé au visage. Cette nuit-là, Juliette n'eut pas le temps de s'angoisser, elle s'endormit sans même se rendre compte qu'elle était chez Camelia.

Le lendemain midi, elle se décida enfin à appeler Joshua Brolin. Après y avoir pensé toute la matinée en soignant son mal de tête, elle avait fini par composer son numéro personnel au moment où elle en venait à se dire qu'elle arriverait à tenir sans l'appeler.

Brolin se montra très sympathique et très amical. Ils échangèrent quelques banalités sans vraiment oser se lancer, puis Juliette lui proposa de passer l'après-midi ensemble, ce que Brolin accepta aussitôt. Il parut très emballé à cette perspective et Juliette n'en fut que plus soulagée. Elle avait peur de passer pour une sangsue, peur que Brolin trouve un prétexte idiot pour ne pas la voir. Mais il lui avoua qu'il avait besoin de se changer les idées et ils se fixèrent rendez-vous en début d'après-midi au Jardin international des Roses.

Situé dans Washington Park, le Jardin international des Roses jouit d'une réputation mondiale de par la multiplicité et la magnificence de ses roses. Plus de cinq cents espèces enluminent le parc de mai à septembre, faisant jaillir leurs reflets chatoyants entre les allées calmes. Posé au milieu des bois, on dirait un vestige de l'Éden.

Juliette et Brolin marchaient côte à côte entre ces bouquets éclatants que le début d'octobre n'avait pas encore entamés. Le temps estival avait définitivement laissé sa place à l'automne, le ciel était gris, tellement uniforme qu'il était impossible d'y voir le moindre relief, de savoir où il commençait ni où il s'achevait. Un vent frais soufflait, faisant froisser les milliers de pétales comme des draps de soie.

— Il n'y a pas grand monde, c'est étonnant pour un dimanche, fit Brolin, engoncé dans sa veste en cuir.

— C'est parce que octobre a commencé, tout le monde pense que le jardin est fané.

Le vent fit se soulever les mèches noires qui sortaient du béret de Juliette. Au loin, un nuage de pétales décolla et s'envola en spirale.

— Comme c'est beau ! s'exclama-t-elle. On dirait une tempête de roses.

Brolin approuva en regardant la jeune femme dont les yeux bleus brillaient comme ceux d'une enfant.

— Et comment va le moral ? demanda-t-il.

— Ça va. Je passe tout mon temps chez Camelia pour fuir les journalistes qui font le pied de grue devant chez moi. Je n'arrive pas à me concentrer sur mes cours et j'ai l'impression que je vais rater ma dernière année de psycho ! Mais à part ça, je vais bien.

— Ils vont se lasser. Les journalistes. Ils finiront par passer à autre chose. D'ici quelques jours, ils t'auront oubliée.

— J'espère.

Juliette se souvenait avec quel acharnement ils s'étaient jetés sur elle l'année précédente, la pressant de questions indiscrètes, décortiquant sa vie pour finalement l'oublier quelques semaines plus tard.

— Joshua… Je voudrais savoir quelque chose.

Ils s'arrêtèrent dans l'allée jonchée de pétales multicolores.

— Je voudrais que tu me dises ce que tu penses de l'homme qui a tué cette femme l'autre jour. Est-ce qu'il a vraiment copié Leland Beaumont ?

Plusieurs longues secondes s'écoulèrent avant que Brolin ne réponde :

— Oui, on peut dire ça. Il a opéré de la même manière.

— Exactement le même mode opératoire ? lança Juliette pour qui le vocabulaire de ce type n'était pas inconnu du fait de ses études.

Brolin hocha la tête. Ils se remirent à marcher.

— J'ai parlé avec mon supérieur hier après-midi. Je lui ai suggéré que l'on mette quelqu'un pour te protéger.

Juliette écarquilla les yeux.

— Me protéger ? Pourquoi ? On pense qu'il pourrait me vouloir du mal ?

Brolin hésita avant d'expliquer :

— Pas vraiment. Ça serait à titre préventif, pour te sécuriser. Le capitaine Chamberlin est d'accord.

— Vous pensez que si ce dingue se prend pour Leland Beaumont, il pourrait décider de finir ce que le

Bourreau de Portland avait commencé ? supposa-t-elle en frissonnant.

Brolin se passa la langue sur les lèvres. Cette éventualité ne lui avait pas échappé, c'était même en pensant à cela qu'il avait proposé une surveillance pour Juliette.

— Je ne le crois pas, mentit-il. Il n'agit pas exactement de la même manière, mais ça serait plus prudent de ne prendre aucun risque.

Il était difficile de dire ce qui pouvait passer dans la tête d'un tueur de ce type, mais il était extrêmement rare, voire improbable, qu'il puisse s'approprier les désirs et les envies de mort du tueur qu'il copiait. Juliette avait été une victime de Leland Beaumont. Pourtant il était envisageable que le tueur décide de finir ce qui avait été entrepris par son modèle. Comme un acte de dévotion, une preuve de respect.

Joshua laissa s'écouler un temps avant d'ajouter :

— En fait, une voiture banalisée est devant chez toi depuis hier après-midi.

Juliette s'immobilisa.

— Alors c'est sérieux ?

C'était plus une affirmation qu'une réelle question.

— Disons que c'est pour plus de sûreté. Mais tant que tu seras avec quelqu'un tu ne craindras rien. Peut-être que tu pourrais rester chez Camelia quelque temps ?

Juliette secoua la tête avec énergie.

— Alors ça, pas question ! Je ne vais pas laisser un dingue me gâcher la vie, j'ai déjà donné.

La déception se lut sur le visage de Brolin.

— Ça ne serait l'affaire que de quelques jours, une ou deux semaines tout au plus, fit-il en espérant l'apaiser.

— Tu penses qu'il sera derrière les barreaux d'ici deux semaines ? demanda-t-elle plus par ironie que par curiosité.

— Je ne sais pas. C'est simplement pour te mettre à l'abri.

— Non merci. Leland Beaumont a foutu en l'air une partie de ma vie, et ça n'est pas maintenant que je remonte la pente qu'un salopard de meurtrier va me faire replonger. Je vais rentrer chez moi dès ce soir et je continuerai à y vivre !

Son ton était monté plus qu'elle ne l'aurait voulu, elle s'en voulut aussitôt de s'être énervée sur Brolin. Après tout, il ne voulait que l'aider.

— Je suis désolée, s'excusa-t-elle au bout d'un moment.

— Je comprends. Accepte au moins que nos hommes surveillent ta maison.

Elle hocha la tête lentement.

Le vent poussa une longue plainte en leur fouettant le visage. Une nuée de pétales de roses tournoya tout autour d'eux avant de s'envoler.

— Quel temps ! s'exclama Juliette en posant sa main sur son béret pour éviter qu'il ne s'envole.

— C'est Portland au mois d'octobre !

— C'est Portland tout court ! corrigea-t-elle, ce qui le fit sourire.

Brolin se pencha vers Juliette pour ne pas avoir à élever la voix dans le vent.

— Je t'invite au cinéma ? Il paraît qu'il se joue une très bonne comédie en ce moment...

Brolin ne souhaitait pas rentrer chez lui. Il y avait passé toute la matinée à relire le dossier complet de

Leland Beaumont et avait besoin de souffler quelques heures avant de replonger dans l'enfer du sang.

Un long sourire lissa les lèvres de Juliette.

— C'est exactement ce dont j'ai besoin !

Elle passa son bras sous celui de Brolin et ils firent demi-tour dans un soulèvement impressionnant de végétation.

L'orage approchait.

19

Le lundi 4 octobre commençait mal.

Un violent orage venait de sévir toute la nuit sur la ville, et Brolin n'avait pas bien dormi. Pourtant il s'était couché avec un rare sentiment de douceur et d'apaisement. Sa journée avec Juliette avait été des plus réussies. Le cinéma avait été un moment de détente agréable, et les deux heures qu'ils avaient passées ensuite chez le glacier Ben & Jerry's les avaient vus parler et rire avec une complicité naissante. Joshua aimait bien Juliette. En fait, il l'aimait même beaucoup trop à son goût. Il se sentait de plus en plus attiré par sa beauté éthérée et sa personnalité singulière. Elle n'était pas comme nombre de ces filles de son âge, qui ne pensent qu'à sortir et à s'amuser par tous les moyens. Il aimait son côté mystérieux, et ce romantisme désuet qu'elle tentait vainement de dissimuler. Elle avait vingt-quatre ans et lui allait sur ses trente-deux, mais à bien la connaître, il savait que ça n'était pas un problème. Ce qui l'ennuyait davantage était le passé qu'ils avaient en commun. Il était l'homme qui lui avait sauvé la vie et c'était pour elle qu'il avait tué quelqu'un pour la première fois de son existence. Il craignait que ça ne soit pas les bases d'une relation saine. Peut-être était-elle attirée par lui à cause de cet événement, elle avait sacralisé sa présence, le plaçant sur un piédestal qu'il ne méritait pas, encore moins à son goût du fait qu'il avait abattu un homme – meurtrier ou pas. Mais peut-être se trompait-il, Juliette n'éprouvait pas d'attirance envers lui autre que celle de l'amitié ? Elle était si jolie, et sa présence lui donnait envie de l'attraper pour la serrer dans ses bras. En se réveillant ce matin-là, il savait qu'il avait rêvé d'elle. Un goût amer de déception lui restait, dans ses songes ils étaient très proches, leurs corps se frôlant, son cœur s'accélérant pour elle. Mais au réveil, il n'y avait rien que de la pluie martelant les fenêtres.

La journée n'était commencée que depuis quelques heures et déjà il comprit que Juliette lui manquait.

La porte de son bureau s'ouvrit et Lee Fletcher apparut. C'était un inspecteur de la criminelle comme lui, mais d'une quarantaine d'années, avec un ventre bedonnant, une calvitie naissante et une grosse moustache pour dissimuler ses déceptions professionnelles et sentimentales.

— Hey QB, voilà le rapport du légiste.

Il entra et posa plusieurs pages de fax sur le bureau encombré.

— Il semblerait que le Bourreau de Portland soit revenu ! Moi à ta place je me méfierais d'un type à qui j'ai troué la tête avec du 9 mm !

Fletcher se mit à rire. Il n'aimait pas Brolin, il le trouvait trop jeune pour bosser à la criminelle, surtout pas tout seul. Il trouvait qu'un ancien fédéral n'avait pas à lui piquer son boulot, encore moins s'il avait une tête de superstar du football. C'était Fletcher qui avait trouvé le surnom de QB, il trouvait que ça lui allait bien avec son physique de jeune sportif vedette. « Belle gueule, belle musculature mais zéro pointé en *feeling* », tonnait souvent Fletcher en parlant de Brolin. À bien y penser Fletcher était sûr que si le jeune inspecteur n'était pas venu à la criminelle, ç'aurait été lui qui aurait mené l'enquête du Bourreau de Portland et pas ce petit merdeux. C'est sa tronche à lui qu'on aurait dû voir au journal du soir les jours suivant la mort de Leland Beaumont. Et qui sait ? Ça aurait peut-être arrangé ses affaires avec Liz et évité le divorce.

— Gare au fantôme, QB !

— J'y songerai, merci Fletcher.

Celui-ci lui fit un clin d'œil et ponctua sa sortie d'un « Bouh ! » qui se voulait comique avant de rire de nouveau et de disparaître.

— Abruti… murmura Brolin en s'emparant du dossier du légiste.

Le Dr Sydney Folstom avait procédé aux analyses anatomopathologiques et en observant grâce à de puissants microscopes et diverses techniques de pointe, elle avait retracé la succession des événements. Dès qu'il y a une lésion sur le corps humain, de nombreux éléments cellulaires s'accumulent dans un ordre déterminé et avec une fonction très précise, il suffit ensuite à l'anatomopathologiste d'étudier minutieusement les données recueillies pour chaque blessure. Il constate alors la présence de certains éléments et l'absence d'autres, ce qui lui indique clairement quelles plaies sont plus anciennes que les autres. Puis, par comparaison, il peut dresser la chronologie des faits.

Brolin tourna rapidement les premières pages d'explications et de conclusions de l'autopsie puisqu'il y avait assisté et s'arrêta sur la suite.

« La cytologie *post mortem*, notamment l'étude du potassium dans l'humeur vitrée, confirme la datation de la mort fixée à la nuit du mercredi 29 sept. au jeudi 30 sept. entre minuit et 4 heures du matin. »

Il sauta quelques lignes descriptives. Les noms et explications des techniques employées y figuraient, avec des termes aussi étranges que *fibronectine, phosphatase acide puis alcaline* ou encore *complément C3a*, tout un vocabulaire précis de médecine légale, du charabia même pour un jeune inspecteur qui avait été formé au FBI.

L'analyse du sang de la victime mettait en évidence la présence de méthane et par déduction de chloroforme. Les hématomes internes décelés au niveau du bras et les fibres de coton retrouvées dans la bouche laissaient à penser que l'agresseur avait surgi par-derrière sa victime pour lui coller un tampon de chloroforme sur la bouche afin de l'endormir.

Aucun signe clinique ne laissait supposer qu'elle était revenue à elle ensuite. Le tueur l'avait certainement transportée jusque dans la ruine avant de la tuer. Les coups de couteau avaient été portés en premier, avec de plus en plus de violence comme si le tueur n'arrivait plus à se contrôler. Puis, l'importance des saignements vaginaux indiquait qu'il avait ensuite rapidement porté son attention au sexe de sa victime alors qu'elle venait de mourir. Malgré la présence d'artères et de veines essentielles dans le bras, les écoulements sanguins peu importants corroborés par les analyses microscopiques indiquaient que le tueur avait effectué l'amputation des deux avant-bras en dernier, tout comme les deux plaies béantes au niveau des hanches. Il était ici difficile de préciser laquelle de ces mutilations avait eu lieu avant l'autre.

Enfin l'analyse microscopique de la brûlure du front à l'acide ne permettait pas d'en dire plus pour le moment. Rien ne transparaissait, il semblait cependant peu probable qu'elle ait été infligée alors que la victime était encore vivante bien que rien encore ne pût le confirmer. Le chromatographe à gaz du laboratoire était en ce moment même en train de déterminer la nature de l'acide employé.

Brolin posa le rapport du légiste à côté de son propre dossier sur l'affaire, lequel était agrémenté de nombreuses photos éparpillées sur le bureau. Il disposait des premiers éléments nécessaires à l'ébauche du profil. La victimologie, l'étude de la victime, de sa vie et ses mœurs était également prédominante mais elle n'était pour le moment qu'un cadavre X comme le disait le jargon. Il lui faudrait tirer ses premières conclusions avec des données incomplètes.

Il avait déjà des idées précises, des facteurs particuliers qu'il avait relevés au cours de l'enquête, mais il devait à présent faire table rase et reprendre tout le dossier à zéro pour préparer le profil psychologique du tueur.

Il versa de l'eau dans sa bouilloire de bureau et se fit un peu de thé. Le temps maussade donnait à la luminosité une teinte gris-bleu pour le moins peu chaleureuse. La plupart des immeubles en face étaient illuminés bien que l'on fût en plein milieu de la matinée.

« On dirait que le monde ne veut pas sortir de la nuit », se dit Brolin en observant le paysage par la fenêtre.

Il avait vue sur toute la ville et celle-ci lui semblait couverte d'un ciel et d'une lumière fuligineux. C'était un peu comme si tout était auréolé de mysticisme. Et pendant quelques secondes, Brolin repensa aux soirées de son enfance où il s'amusait à se raconter des histoires de sorcières et de magie noire.

— On se croirait dans un film fantastique, murmura-t-il.

Quand le thé fut prêt, Brolin s'installa à son bureau, alluma la lampe sur le côté et posa sa tasse fumante. Un long travail, fastidieux et éprouvant pour les nerfs, l'attendait.

20

Quand Salhindro et Bentley Cotland entrèrent dans la pièce, il y flottait un doux parfum de fruit des bois. Salhindro avait emmené le futur deputy attorney visiter les locaux, et avait passé la journée à lui faire découvrir les procédures et le fonctionnement du poste central de la police de Portland. C'était avant tout un moyen de l'écarter de Brolin, pour que celui-ci puisse travailler seul, et se concentrer.

Les deux hommes observèrent l'oasis de clarté qu'était le bureau de Brolin au milieu de la pièce sombre.

— C'est sinistre comme tout ici ! fit Salhindro en s'approchant. C'est du thé que je sens ?

Sans lever la tête de ses notes, Brolin montra du stylo la bouilloire.

— Sers-toi.

Salhindro ne se le fit pas dire deux fois et en proposa à Bentley qui refusa poliment.

— Tu en es où ? demanda Salhindro.

— Je remets mes notes plus au clair.

Brolin se redressa et les deux hommes se regardèrent un instant.

— J'ai esquissé une première ébauche de profil.

— Et ça nous donne quoi ?

— Je vais essayer de vous résumer ça assez clairement.

Brolin avait cette longue ride qui lui barrait le front quand il était concentré, et Salhindro se garda de lui faire remarquer qu'il avait une sale gueule et besoin de repos.

Dans les années 1970, le FBI lança une campagne de recherche sur le comportement des tueurs en série alors que le phénomène prenait de plus en plus d'ampleur. Pendant de longues années, des centaines de tueurs furent interviewés en prison afin de mieux comprendre leurs motivations, leurs comportements furent étudiés et disséqués sous tous les angles. C'est ainsi que naquirent le NCAVC [1] et le VICAP [2] qui font office de référence à l'heure actuelle dans la lutte contre les crimes à connotation sexuelle, mais on élabora aussi la technique du *profiling*. Cette science consiste à étudier tous les éléments d'un crime – scène de crime, état du cadavre, biographie de la victime… – pour en tirer un maximum d'enseignements sur le tueur. S'affinant avec les années, cette science permit l'arrestation de très nombreux criminels au cours des deux dernières décennies.

— Étant en charge de l'enquête, n'est-il pas anormal que ce soit vous-même qui procédiez au profil du

1. *National Center for the Analysis of Violent Crime* : le centre national d'analyse des crimes violents.

2. *Violent Criminal Apprehension Program* : le programme d'appréhension des criminels violents.

tueur ? demanda Bentley qui une fois de plus cherchait à clarifier les procédures.

Brolin chassa l'air devant lui avec le bras en signe de protestation.

— Tout d'abord, laissez-moi vous dire que le profil n'est qu'une aide à l'enquête, il ne s'agit nullement de montrer du doigt tel ou tel suspect mais d'orienter les recherches, en ce sens je pense être le plus concerné pour le faire. Ensuite, j'ajouterai que la police de Portland ne s'est pas encore dotée d'une cellule d'aide aux investigations avec des profileurs et je n'ai pas envie de faire appel au FBI. Vous ne vous êtes pas demandé pourquoi malgré mon jeune âge pour un inspecteur, c'est à moi que ce type d'affaire échouait alors qu'elle devrait être confiée à des gens d'expérience comme Lee Fletcher par exemple ? Simplement parce qu'elle nécessite un apport psychologique dans son traitement et que je suis le seul ici à avoir cette formation prodiguée par le FBI.

Bentley haussa les sourcils.

— Vous avez été formé à Quantico ? s'étonna-t-il.

Brolin se passa la main sur le bas du visage en soupirant.

Il ne souhaitait pas aborder cette partie de sa vie avec l'assistant attorney. Salhindro perçut le malaise et intervint très à propos :

— Bon, tu nous présentes tes conclusions ?

Brolin hocha la tête et les invita à s'asseoir. Salhindro opta pour le rebord du bureau.

— Bien. J'ai étudié les photos, le rapport d'autopsie et, ayant eu la possibilité d'être sur le lieu du crime, j'ai pu synthétiser tout cela pour en tirer des informations intéressantes. Reconstituons la chronologie d'après ce que nous savons. La victime est une femme, très jolie, que l'on appellera A en attendant l'identification. Elle est plutôt du type athlétique bien qu'un peu maigre, on pourrait penser à un mannequin. D'après le contenu gastrique et intestinal de la victime, on peut supposer qu'elle avait pris son dernier repas quelques heures avant d'être tuée, c'est-à-dire mercredi soir. Son agresseur l'a donc attaquée entre le coucher du soleil et minuit, heure présumée de sa mort. Je ne m'attarderai pas sur les conditions de son agression tant que nous n'en saurons pas plus sur elle. Disons simplement qu'elle a été assaillie par-derrière et endormie par un coton de chloroforme qu'on lui a pressé sur la bouche. Elle a essayé de se débattre d'où les ecchymoses internes au niveau des bras. Il est improbable qu'elle se soit rendue de sa propre volonté dans Washington Park en pleine nuit, en tout cas pas dans la ruine où elle a été tuée. Le soin de son corps, ainsi que l'absence de carence dans son analyse sanguine, démontre qu'elle n'était pas marginale, plutôt d'un niveau de vie très correct. C'est donc notre homme X qui l'a transportée jusque-là. L'absence de fibre textile dans les plaies induit qu'elle était déjà nue quand il l'a tuée au couteau. Il l'a donc déposée au fond de la vieille maison, il était entre minuit et quatre heures du matin. Je vous rappelle qu'il avait au préalable déposé du Mercaptan en quantité dans la maison pendant quelques jours et qu'il avait obstrué l'entrée, certainement afin de s'assurer que personne ne viendrait plus. Il a probablement aéré juste avant de venir, je le vois mal passer un long moment avec le corps si l'odeur des lieux était insupportable. Il a besoin que tout soit parfait pour mettre son fantasme à exécution.

Salhindro écoutait attentivement en hochant la tête par moments pendant que Bentley plissait les yeux à mesure que le récit devenait morbide.

— Notre homme est donc avec cette femme qui est inconsciente. Ils sont au milieu des bois, il fait nuit noire, et le seul bruit est probablement celui des rapaces nocturnes. Il a pris la peine de la transporter jusque-là, ce qui implique un véhicule mais aussi de marcher avec le corps sur les épaules pendant plus de trois cents mètres à travers les bois ! Il a forcément une idée derrière la tête pour se donner autant de mal.

— Peut-être parce qu'il ne connaissait que cet endroit pour être tranquille, proposa Bentley.

Brolin secoua la tête.

— Non, il l'a certainement transportée en voiture pour atteindre Kingston Drive, dans ce cas-là, il pouvait tout autant rouler plus au sud ou à l'est vers de grandes forêts inhabitées où le corps serait resté caché longtemps voire à jamais. S'il a pris la peine de l'amener ici, c'est dans un but bien précis. Il voulait qu'on la découvre.

Le malaise s'empara des deux hommes qui écoutaient. Brolin poursuivit.

— Il a choisi un site suffisamment isolé pour pouvoir passer à l'acte en toute quiétude, mais puisque la ruine est un squat, il savait que tôt ou tard, on finirait par trouver le cadavre. D'autres éléments coïncident avec cette hypothèse mais j'y reviendrai plus tard. Il est donc dans cette ruine avec elle, et il la déshabille pour admirer son corps. À ce moment, elle est simplement endormie. Le chloroforme doit commencer à ne plus faire effet, lentement elle revient à elle, assommée par le mal de tête qui la terrasse. Notre homme l'a déshabillée, il n'ose certainement pas la toucher car elle gémit ou bouge un peu, il doit se contenter de fantasmer sur elle. Elle est à sa merci, il peut en faire ce qu'il veut, pourtant il ne va pas abuser d'elle vivante. Elle n'est qu'un objet de satisfaction pour lui, elle a cessé d'être une femme à l'instant où il l'a repérée, au moment où il a su qu'elle serait sienne. (Brolin marqua un temps d'arrêt avant de poursuivre.) Il est là à regarder son corps nu, elle lui appartient, elle est sa chose. Pourtant quelque chose va le faire enrager, peut-être ouvre-t-elle les yeux, ou simplement essaye-t-elle de se relever ou de parler, quoi qu'il en soit elle manifeste de la vie, elle fait quelque chose qu'il ne contrôle pas, et il se jette sur elle et lui plante son couteau dans le corps à une vingtaine de reprises. Il s'acharne jusqu'à ce qu'elle soit immobile. Cette fois, elle est cet objet de plaisir qu'il voulait, il l'a dépersonnalisée pour la chosifier en instrument de son plaisir. En enfonçant son couteau en elle il se l'approprie, c'est comme une transe, il ne peut plus s'arrêter, il plante et replante son couteau à la manière d'un pénis, son sang gicle comme autant de liquides séminaux, et il s'oublie dans son délire et la mord furieusement aux hanches à deux reprises. Il n'abuse pas d'elle physiquement comme en témoigne l'absence de lésion ou de sperme dans les orifices, mais il jouit de ce pouvoir qu'il exerce sur elle. Quand il réalise ce qu'il a fait, il lui plante le couteau dans le vagin afin de bien montrer ce dont il est capable. Il tourne la lame à l'intérieur car c'est le prolongement de son sexe, et par là il nous montre qu'il est apte à la prendre. Pendant tout cet acte, cette mise à mort bestiale, il a dû avoir une érection et peut-être même éjaculer dans son pantalon, satisfaisant son désir sexuel.

Nous n'avons retrouvé aucune trace de sperme, nulle part, pourtant il y a une énorme connotation sexuelle ici, et je pense qu'il s'est laissé aller. Ensuite, la tension accumulée pendant de nombreuses années vient de se libérer, il réalise lentement ce qu'il vient de faire, il doit au moins passer de longues minutes à se calmer. Puis une fois maître de son esprit, il lui a découpé les avant-bras, pour avoir un trophée, et aussi pour imiter son modèle, Leland Beaumont.

— Mais Leland Beau… commença Bentley.

Brolin l'interrompit d'un geste.

— C'est là qu'intervient un autre élément déterminant. Il brûle le front de sa victime à l'acide, comme le faisait Leland Beaumont. Lorsque j'ai dressé le profil de Leland l'année dernière j'avais supposé qu'il brûlait le haut du visage de ses victimes parce qu'il les connaissait, au moins de vue, que c'était une façon de se déculpabiliser en leur ôtant leur visage humain. Mais il est apparu que rien ne reliait Leland à ses victimes, il les choisissait au gré de ses désirs, dans la rue ou par Internet dans le cas de Juliette. Les deux premières ressemblaient à sa mère, j'en ai conclu qu'il cherchait à s'approprier la sexualité de sa mère ou qu'il cherchait à la revivre dans l'hypothèse où il l'aurait vécue. Ensuite il devait juger les filles indignes, et pour cause, elles ne lui avaient pas procuré l'extase sur laquelle il fantasmait, et il les dépersonnalisait en leur brûlant le visage à l'acide.

— Mais Juliette ne ressemblait pas aux autres filles, remarqua Salhindro qui n'avait jamais vu l'enquête sous ce jour.

— D'après le témoignage de Juliette, Leland Beaumont et elle communiquaient depuis quelque temps sur

Internet. Lorsqu'il a commencé à se faire trop pressant pour la rencontrer, elle l'a rejeté. Lui qui avait déjà tué trois femmes et qui se sentait grandi pour ne pas dire au-dessus de tous, n'a pas supporté ce rejet, il a décidé de prendre Juliette, de la faire sienne comme les autres auparavant. C'est la seule explication logique que je vois et je pense ne pas être loin de la vérité.

— Et qu'en est-il pour le tueur des bois ? s'enquit Bentley.

— C'est plus difficile à dire. D'abord je n'ai aucune certitude sur le moment où il a versé l'acide, mais il semble que c'était bien *post mortem*, et probablement parmi les derniers gestes qu'il ait accomplis. Il est possible que ce soit en hommage à Leland, une sorte de dévotion, car d'une manière ou d'une autre, il a directement connu Leland Beaumont puisque personne ne savait pour l'acide à part nous. La victime était nue, les jambes écartées, sans aucun vêtement sur elle quand on l'a retrouvée, signe que le tueur a cherché à l'humilier ; s'il l'avait connue, il aurait probablement disposé le corps autrement, essayant de lui rendre un minimum de dignité, ou il aurait caché la face avec un vêtement pour ne pas avoir à contempler son visage. Il accepte donc son crime en laissant volontairement notre victime A dans une attitude dégradante, et en nous signifiant clairement ce qu'il lui a fait avec son couteau planté dans les organes génitaux : il se l'est accaparée, il l'a possédée et nous montre qu'il l'a sexuellement pénétrée. Même si ça n'est que son couteau pour nous, donc une substitution, à ce moment-là, l'arme est pour lui un prolongement de son corps, et en laissant sa petite mise en scène, il nous démontre à son insu tout le contraire de ce qu'il veut : c'est un incompétent sexuellement, incapable de pénétrer sa victime, ce qui renvoie à un célibataire. Je pense que l'on peut tabler entre vingt et vingt-cinq ans.

Brolin marqua une pause afin de boire une gorgée de thé. Ses yeux brillaient et Bentley se demanda si c'était de douleur et de compassion pour la victime ou à cause de l'excitation que lui procurait le récit qu'il faisait. Depuis quelques minutes, il percevait un subtil changement dans le jeune inspecteur, celui-ci fermait les yeux un court instant quand il parlait de l'ambiance de la scène de crime et il souriait presque en décrivant le massacre et les émotions du tueur ; en fait Bentley se demanda si Brolin n'était pas tout simplement en train de se mettre dans la peau du tueur.

— Mais ce qui est surtout essentiel c'est de dégager la typologie du meurtrier. Il en existe deux catégories : tueur organisé dit psychopathe, et tueur désorganisé, dit psychotique. Or, parmi les éléments que nous avons recueillis, un peu des deux catégories s'y retrouve.

— Ils pourraient être deux à avoir fait ça ? hasarda Salhindro.

— Non, je ne crois pas. Nous avons plutôt affaire à un tueur novice qui prend un peu des deux. Il a minutieusement choisi le lieu du crime, il avait avec lui un couteau d'une taille importante : cela implique la préméditation, ce qui est extrêmement rare, voire impossible chez les tueurs désorganisés-psychotiques. Il avait aussi prévu du chloroforme. Tout laisse à penser qu'il a soigneusement préparé son acte. Pourtant son incapacité à pénétrer lui-même sa victime porte à croire qu'il est immature sur le plan sexuel, tout comme le démontrent les mutilations de l'appareil génital. De plus, il a été pris d'une frénésie lorsqu'il l'a tuée, ne pouvant plus s'empêcher de planter et replanter sa lame dans le corps, je pense même qu'il l'a mordue dans son délire. Rien que le fait de la surprendre par-derrière avec du chloroforme dénote une forte connotation psychotique, il ne prend pas le temps de lui parler, de jouer avec elle, de se sentir supérieur avant le passage à l'acte. Peut-être s'en sent-il incapable. Pourtant il fait preuve de sang-froid en découpant les deux traces de morsures sur les hanches une fois l'acte commis, et d'intelligence en commettant son crime sur un lieu où les traces des squatteurs successifs brouilleront toute possibilité de prélèvement de cheveux, poils et autres.

— Ça serait donc un tueur de type mixte… fit Salhindro en résumé.

— Je crois en effet. Il prémédite et prépare attentivement son crime, mais au moment de l'acte il perd les pédales pour se reprendre ensuite. Pas ou peu de violence *ante mortem*, une attaque éclair et une incapacité à violenter lui-même sexuellement sa victime le désignent comme un psychotique inorganisé. Pourtant il prépare, peut-être même choisit précisément quelle sera sa victime et il est pleinement lucide après l'acte.

— Et qu'est-ce que ça nous apporte précisément sur le point de vue de l'enquête ? demanda Bentley.

— Ça nous aide à savoir de nombreuses choses, monsieur l'attorney.

Bentley tiqua sur l'emploi de son titre à venir.

— Tout d'abord nous pouvons en dégager un profil général. Il doit donc avoir entre vingt et vingt-cinq ans, Blanc et d'un physique athlétique bien qu'un peu asthénique, par exemple une disharmonie entre le corps et le visage, et un torse étroit et long bien que relativement musclé.

— Comment pouvez-vous savoir à quoi ressemble un tueur rien qu'en étudiant ce qu'il a fait ? s'exclama Bentley, visiblement peu enclin à accepter ces méthodes.

— Parce qu'il existe de très complexes travaux qui ont prouvé le lien probant entre le physique d'un individu et ses troubles mentaux et que les statistiques établies par le FBI ces vingt dernières années ont démontré que l'on pouvait plus ou moins associer certains types de tueurs psychotiques avec certains traits physiques, souvent liés à leur hygiène de vie.

— De toute façon, il lui a fallu une certaine condition physique pour parvenir à maintenir sa victime alors qu'il lui faisait respirer du chloroforme, intervint Salhindro.

Bentley acquiesça, assez peu convaincu.

— Je disais donc que notre homme doit avoir entre vingt et vingt-cinq ans, c'est la période type de passage à l'acte chez ce genre de meurtrier, d'autant que la victime semble avoir dans les vingt-cinq ans. Souvent les tueurs en série choisissent des victimes de la même tranche d'âge et du même groupe ethnique qu'eux-mêmes, sauf si un élément précis indique le contraire, ce qui n'est pas le cas ici. Il est donc blanc. Il lui aura fallu du temps pour décompresser ensuite, sa violence témoigne d'une rage très forte, je pense qu'il est resté un moment après son acte pour reprendre ses esprits puis pour se livrer aux mutilations. Ces mutilations témoignent du plaisir qu'il a pris, il emporte avec lui une partie de sa victime. Or on sait que les tueurs qui conservent avec eux une partie de leur victime vivent seuls, souvent dans des lieux relativement isolés, essentiellement à cause de l'odeur que dégagera leur *trophée* humain. Ils ont tendance à pratiquer des actes de nécrophilie, je ne serais pas étonné qu'il se masturbe avec les avant-bras de sa victime.

» D'autre part, il a choisi de commettre son crime dans les bois. Il y a des centaines d'endroits à Portland où il aurait pu agir et laisser le cadavre mais il a choisi les bois de Washington Park. Je pense qu'il lui fallait un élément sécurisant autour de lui, quelque chose qu'il connaît pour le rassurer, l'aider à passer à l'acte. Il est donc fort possible que notre homme vive dans une maison isolée dans les bois. La plupart des tueurs en série tuent des femmes plus ou moins du même rang social qu'eux, et choisissent un lieu qui leur est familier ou un endroit similaire pour se rassurer, se mettre en confiance au moment de passer à l'acte, au moins pour la première fois.

Salhindro hocha la tête et se resservit du thé.

— Pour le rang social, ici c'est différent, le vernis sur les ongles des pieds de la victime, sa peau soignée et l'absence de poils aux aisselles ainsi que le pubis taillé indiquent clairement un certain degré de sophistication que n'a pas le tueur. Mais du fait qu'il est sexuellement immature, c'est au contraire cette sophistication qui l'a attiré, qui lui a plu, c'est quelque chose qu'il ne doit pas avoir autour de lui. Il est donc probablement issu d'un milieu rural, ou de niveau social faible. Peut-être fils de paysan, ou quelque chose comme ça. Je pense qu'il n'est pas très bien intégré socialement. Il est enfin évident que c'est la phase *post mortem* qui a le plus requis son attention, c'est après la mort qu'il a le plus sévi, il est donc logique de croire qu'il ne s'est que très peu intéressé à la victime avant sa mort. Il ne lui a sûrement pas parlé, la considérant d'emblée comme un objet de satisfaction, il l'a immédiatement dépersonnalisée, ce qui en fait un être très dangereux, il ne voit pas le côté humain de sa victime, elle n'est qu'un instrument de plaisir, et compte tenu de la rage qu'il a démontrée sur le corps, je peux vous assurer qu'il va recommencer encore et encore jusqu'à ce qu'on lui mette la main dessus.

On n'entendit bientôt plus que l'écho des voix et des téléphones derrière la porte du bureau et le vent contre la baie vitrée.

— Résumons-nous, dit finalement Salhindro. Nous cherchons un jeune Blanc de vingt-vingt-cinq ans, relativement asocial, vivant probablement dans un milieu rural, plutôt asymétrique ou disproportionné physiquement mais d'une certaine force tout de même, et ayant un véhicule.

Brolin hocha la tête.

— J'ajouterai, dit-il, qu'il a probablement un casier judiciaire, c'est le profil type du jeune délinquant asocial qui aime défier l'autorité. Il n'a pas flanché pendant le passage à l'acte, et je ne pense pas qu'il était intoxiqué à l'alcool ou à la drogue, il maîtrise trop la situation avant et après le passage à l'acte. Mais il a certainement un passé en matière d'atteinte aux mœurs, il a déchargé tellement de colère en la poignardant à plus de vingt reprises qu'il a forcément accumulé sa rage pendant longtemps, il est donc instable depuis un bon moment. Tant de rage ne pouvait pas être contenue éternellement, d'où son âge relativement jeune, mais tuer est très difficile, et il a gardé son sang-froid après l'acte, c'est donc qu'il a un peu de vécu derrière lui. Il faut éplucher les casiers de tous les jeunes de la région qui ont été fichés pour atteinte aux mœurs, principalement pour exhibitionnisme, il n'a pas la maturité et l'assurance nécessaires pour violer.

Salhindro fixa le jeune inspecteur.

— Il y a quelque chose d'autre ? demanda-t-il.

Brolin semblait soucieux, il venait subitement de perdre ce regard trouble qu'il avait après une journée entière à établir un profil.

— Eh bien, je crois, hésita-t-il, je crois que nous avons affaire à un psychopathe redoutable. Finalement il a tout du tueur organisé, c'est simplement qu'il s'agissait de son premier crime, il n'a pas maîtrisé pleinement la situation, il n'a pas pu accomplir son fantasme, et j'ai peur qu'il ne recommence rapidement afin d'être plus proche de ce qu'il voulait. Je pense qu'il va essayer de s'améliorer avec le temps et l'expérience.

Brolin laissa s'écouler une poignée de secondes pour réfléchir.

— Et il a voulu que l'on retrouve le corps, reprit-il. Il l'a volontairement mis là-bas pour que l'on sache ce qu'il fait, afin que tous connaissent son existence, que l'on parle de lui et qu'on le craigne. C'est un criminel narcisso-sexuel de la pire espèce, un enfant qui a énormément souffert jusqu'à en devenir un homme empli de rage et de haine envers les autres. Et il ne va pas s'arrêter là, il va faire d'autres victimes.

— N'y a-t-il aucune chance pour qu'il s'arrête de lui-même ? s'inquiéta l'assistant attorney.

— C'est improbable. Il tue parce qu'il cherche à se venger de ce qu'il a vécu, mais surtout parce qu'il a développé en lui un fantasme de libération où la violence, la totale maîtrise de l'autre et la mort sont prédominantes. Or ce qu'il veut, c'est atteindre ce plaisir sur lequel il fantasme depuis longtemps. Mais vous et moi savons pertinemment qu'on ne peut jamais atteindre la concrétisation parfaite de nos fantasmes, lui ne le sait pas ou ne l'accepte pas. Et il essaiera encore et encore, développant sa rage avec la frustration de ne pas y parvenir, se montrant de plus en plus cruel, de plus en plus inhumain.

La pluie se mit à cogner lentement sur les carreaux.

— Et les victimes risquent de s'accumuler, fit Brolin d'une voix sans timbre.

Bentley Cotland ne put réprimer un frisson de dégoût au souvenir du corps nu de cette femme, posé sur l'inox froid d'une table de dissection.

21

La voiture filait sur le bandeau noir de la route, serpentant dans le paysage forestier, longeant par intermittence la Columbia River. C'était une région de profondes gorges, de falaises impressionnantes et d'étendues de conifères à perte de vue sur le relief agressif des collines. Tout en conduisant, Brolin pensait à ce film qu'il avait vu étant adolescent, *Phenomena*, de Dario Argento. L'ambiance oppressante de ces vallées et de ces gorges oubliées en Suisse lui avait à l'époque causé quelques nuits blanches. S'il avait su qu'à quelques kilomètres de chez lui régnait un paysage tout aussi effrayant, il n'en aurait plus jamais fermé l'œil !

Il avait quitté l'Interstate 84 depuis dix kilomètres, après une heure au volant, pour s'éloigner de Portland vers l'est. C'était ce qu'il adorait dans l'Oregon. Portland avait tout d'une grande agglomération, on y trouvait tout ce qu'on voulait, tout en jouissant de la mer et de la montagne à moins de cent kilomètres de part et d'autre. On prenait le volant et une heure plus tard le paysage sauvage semblait tout droit sorti d'un récit de voyage de Lewis et Clark [1]. Ici la nature s'affirmait avec toute sa suprématie antédiluvienne, exhibant fièrement ses crêtes, ses gouffres, ses cascades et ses forêts impénétrables. Si difficile à croire que cela puisse être, il est encore des lieux que nul homme n'a foulés en ce pays.

Brolin savait que la piste du tueur passait par Leland Beaumont, il ne pouvait en être autrement. D'une certaine manière, le meurtrier avait développé un fantasme propre mais empli des actes de Leland. Ils s'étaient connus, ils s'étaient fréquentés suffisamment pour que Leland lui confie sa méthode, et peut-être même lui enseigne certaines pratiques. Il était étonnant de constater que les deux hommes avaient tous deux des connaissances en chirurgie, et qu'ils procédaient de la même manière pour découper les avant-bras de leurs victimes.

La Mustang blanche rugit quand Brolin rétrograda pour s'arrêter à la station essence de la bourgade de Odell. Là, il demanda son chemin, fit le plein et repartit aussitôt. La journée du mardi débutait lentement, peinant à se mettre en branle, laissant flotter une nappe grise au-dessus des toits. La veille, Brolin avait passé sa journée à dresser le profil du tueur, cherchant le détail qui ferait la différence, apprenant du labo qu'ils confirmaient n'avoir aucune piste exploitable parmi la multitude de débris recueillis sur la scène de crime. Puis la soirée s'était perdue dans la relecture des anciens dossiers concernant Leland Beaumont. Brolin voulait retourner dans son cadre de vie, parler aux gens qu'il avait fréquentés, et peut-être même interroger son père,

1. Célèbres explorateurs qui traversèrent les États-Unis d'est en ouest au tout début du XIXe siècle.

cette espèce d'ermite taciturne et revêche qui avait élevé Leland.

Une dizaine de kilomètres plus loin il pénétra dans le comté de Wasco, il était rendu. La route était sinueuse, bordée de hauts cônes d'aiguilles, elle traversait les hameaux anonymes sans plus d'attention. Brolin guettait les pancartes qui lui indiqueraient l'entrée de la casse automobile qu'il cherchait mais ne vit aucune indication avant d'avoir le nez dessus. Un chemin plus qu'une route quittait le goudron de la civilisation pour s'enfoncer dans la forêt. La Mustang cahota au rythme des nids-de-poule jusqu'à la clairière de la « Casse Wilbur » comme l'indiquait l'immense écriteau devant la clôture. Des montagnes de cadavres en tôle s'entassaient par-delà le grillage, entassés, évidés et désossés, tous les véhicules pourrissaient à l'air de la forêt. La Mustang dépassa la clôture pour aller se garer près du bâtiment préfabriqué qui siégeait à l'entrée.

Un homme en salopette et T-shirt à l'effigie des Patriots s'approcha en s'essuyant les mains dans un chiffon. La fraîcheur d'octobre semblait n'avoir aucune prise sur son corps robuste.

— B'jour. Qu'est-ce qu'on peut faire pour vous m'sieur ? fit-il avec un accent prononcé.

Brolin tiqua. L'homme venait du Texas, de l'Arkansas ou de cette région où les mots glissaient hors de la bouche sans que les lèvres esquissent le moindre mouvement.

Joshua Brolin exhiba son insigne :

— Police de Portland. J'aurais besoin de votre aide.

Il savait qu'avec ce type d'homme mieux valait se présenter comme demandeur plutôt qu'exigeant, il en aurait parié sa paye du mois, cet individu-là n'aimait pas les flics, encore moins ceux de la ville.

Le grand costaud en salopette fit la moue et claqua sa langue contre son palais en regardant autour de lui. Brolin perçut un mouvement dans son dos, quelqu'un s'éloignait. Il décida de ne pas y prêter attention.

— Mes gars sont clean, z'ont rien à s'reprocher.

— Je ne viens pas pour ça, mais pour solliciter votre mémoire concernant un de vos anciens employés, Leland Beaumont.

L'homme à la salopette resta à le fixer intensément comme pour jauger ses propos. Brolin eut soudainement l'intuition qu'il se passait des choses louches dans cette casse, un quelconque trafic illégal. Le type qui lui faisait face cherchait à percer la vérité, il voulait s'assurer que le flic n'était là que pour Leland Beaumont et pas pour autre chose, Brolin en était sûr. Il se promit d'envoyer un mémo au shérif du comté de Wasco dès qu'il aurait deux minutes.

— Et qu'est-ce que vous voulez savoir sur Leland ? Il est mort.

Brolin opina du chef et lança un sourire amical, espérant détendre l'atmosphère.

— Je sais, je me demandais si vous le connaissiez un peu.

L'homme-salopette nia de la tête en donnant à sa bouche une expression de tristesse accentuée.

— Peut-être qu'il y a un de vos gars ici qui le connaissait, qui pourrait me parler de lui ? demanda le jeune inspecteur.

Cette fois-ci la tête hocha avec lenteur.

— Allez voir Parker-Jeff, le type avec une casquette rouge. Y bossait pas mal avec Leland.

Il pointa son bras musclé en direction d'une allée de tôle froissée. Brolin le remercia et prit la direction indiquée au moment où quelques gouttes de pluie se mettaient à tomber.

Le grand costaud en salopette l'interpella :

— Pourquoi les flics s'intéressent à un mort ?

— Enquête de routine, fut tout ce que Brolin trouva à répondre.

Il longea les amas de voitures, pick-up, camions et tracteurs, dépassa une grue qui déversait une épave dans un immense compresseur et parvint devant une longue machine qui traitait les débris de taille réduite pour les fondre. Un homme en jean, sweat-shirt et casquette rouge y travaillait. C'était un grand blond avec les cheveux trop longs qui jaillissaient de sous la casquette comme des centaines de piques. Il portait également une longue moustache claire, dont les bords tombaient sur son menton. Il ressemblait à une représentation d'art postmoderne de Thor. La pluie s'accentua, rebondissant sur la casquette en provoquant un son mat.

— Parker-Jeff ? fit Brolin.

L'individu se tourna complètement pour dévisager l'inspecteur.

— Ouais, qu'est-ce que je peux faire pour vous ?

Brolin montra son insigne.

— Inspecteur Brolin. Je voudrais vous poser quelques questions sur Leland Beaumont, il paraît que vous le connaissiez ? Vous vous souvenez de lui ?

Parker-Jeff cracha sur le sol.

— Pour sûr ! On n'oublie pas un mec pareil !

— Qu'avait-il de si particulier ?

— Tout. Il était bizarre. D'où est-ce que vous v'nez ?

— Portland, répondit Brolin.

Il allait ajouter qu'il était là simplement pour une enquête de routine, il voulait mettre ce Parker-Jeff en confiance, mais ce dernier semblait content de trouver à qui parler et ne se fit pas prier davantage.

— De vous à moi, ça ne m'étonne pas qu'il ait mal fini Leland, fit-il. C'était un dingue.

— Qu'est-ce qui vous fait dire ça ?

Parker-Jeff retira sa casquette et se passa la main sur le front. Profitant de la pluie il rabattit ses cheveux en arrière.

— Il était malsain. Il changeait d'humeur tout le temps. Parfois il était tellement différent qu'on aurait cru qu'il avait un doublon de personnalité, enfin vous voyez ce que je veux dire ?

— Un dédoublement de la personnalité.

— Ouais. Et puis fallait pas l'emmerder sinon il vous rentrait dedans aussitôt.

— Il avait des amis, des gens avec qui il passait du temps ? interrogea Brolin.

— Non. Leland vivait seul, je crois que son père était encore en vie, il allait le voir de temps en temps, mais il n'avait pas d'amis.

Parker-Jeff ricana.

— Il faisait trop flipper pour ça !

Brolin soupira. Leland avait un confident, quelqu'un avec qui il avait passé du temps, c'était la seule explication. Il fallait trouver la connexion.

— Vous êtes sûr qu'il ne traînait pas avec quelqu'un en particulier ?

Parker-Jeff se racla la gorge et cracha de nouveau.

— Puisque je vous le dis. C'est moi qui passais le plus clair de mon temps en sa compagnie, on bossait ensemble si vous voulez tout savoir. Mais moi je vous le dis : Leland Beaumont était un cinglé et il me foutait la pétoche avec ses idées noires et ses conneries de sorcellerie !

Brolin fronça les sourcils.

— Sorcellerie ?

Parker-Jeff soupira longuement, et comme s'il lui en coûtait beaucoup de parler de ça il baissa la voix et prit un ton contrit.

— Ouais… La sorcellerie c'était son truc. À force de bosser ensemble il a commencé à me faire confiance et me parler de trucs bizarres. Il parlait de magie noire et de toutes ces conneries. Mais dans sa bouche, je peux vous assurer que ça faisait flipper. Leland était lunatique de la pire espèce, il lui est arrivé de venir et de ne pas décrocher un mot de toute la journée, et le lendemain d'être un joyeux luron. Mais quand il vous prenait à part pour vous causer de son vieux grimoire et de ses pouvoirs je peux vous assurer qu'il n'était pas drôle du tout. Il était si convaincant que je me suis souvent attendu à le voir cracher des flammes !

Brolin hocha la tête. Il savait que nombre de tueurs en série faisaient preuve de cette dichotomie du caractère, souvent aux abords du passage à l'acte, dans les jours précédant le crime et après.

— C'était presque du fanatisme, lança Parker-Jeff. Un peu avant qu'on apprenne que c'était lui qui tuait toutes ces filles et qu'il se fasse tuer, il m'a confié un truc qui m'a foutu la chair de poule, je vous assure ! Quand j'ai tout appris à la télé, j'y ai repensé et ça m'a tellement foutu la trouille que j'en ai pas dormi de la nuit !

Brolin s'impatienta, il détestait qu'on le fasse languir.

— Peu de temps avant de se faire trouer le crâne, il m'a confié qu'il ne craignait personne parce qu'il ne craignait pas la mort. Il a dit : « Mon p'tit Parker, même si tu m'plantais une pioche dans le cœur et m'expédiais six pieds sous terre, je viendrais t'arracher les couilles dans la nuit et te les faire bouffer ! Et tu sais pourquoi ? Parce que la magie noire me protège ! Personne y peut rien ! » Il me parlait comme ça Leland, il était complètement givré avec ses petits yeux ronds qui tournaient dans leurs orbites.

Rien que l'évocation de ses souvenirs produisait une vague de chair de poule sur les avant-bras de Parker-Jeff. Il avait eu peur de Leland.

Brolin l'observa attentivement. Il avait une trentaine d'années et était assez bien bâti. Bien qu'il fût plus âgé que celui qu'il recherchait, Brolin n'écartait pas la possibilité de s'être trompé dans le profil psychologique, cela arrivait parfois, surtout en ne se basant que sur un seul crime. Plus le meurtrier sévissait, plus on en apprenait sur lui.

Parker-Jeff paraissait sincèrement impressionné par les propos de Leland.

— Dites-moi, commença Brolin, vous pensez vraiment qu'il y croyait à cette histoire de sorcellerie ?

— S'il y croyait ? s'étonna Parker-Jeff. Non il n'y croyait pas, il en était sûr ! La nuit, il égorgeait des chiens et des chats ce dingue !

— Pourquoi n'avoir jamais prévenu la police dans ce cas ?

— Et pour leur dire quoi ? Mon collègue sacrifie des animaux ? C'est moi que Leland aurait égorgé la nuit suivante !

Brolin acquiesça pour lui montrer qu'il comprenait, il avait voulu le pousser un peu pour voir comment il réagirait. Il semblait sincère mais c'était la première des qualités d'un tueur, l'art du caméléon, de s'adapter sans faire de vagues. De retour au bureau, Brolin lancerait une recherche complète sur Parker-Jeff pour ne prendre aucun risque.

— Pas d'amis au boulot, mais peut-être en avait-il par ailleurs, ne vous a-t-il jamais parlé de ce qu'il faisait le soir ? demanda Brolin.

— Non. En dehors de ses accès de confidence par moments, il ne causait pas beaucoup de lui. Je crois pas qu'il avait d'amis, il était pas du genre à sortir le soir, il préférait rester tapi chez lui à s'occuper de ses oiseaux.

Brolin se souvint des rapaces qu'il conservait dans une volière.

Il était déçu. En venant ici il pensait soulever une piste, un nom ou une connaissance de Leland qui aurait pu se révéler intéressant. Le passé de Leland était fait de solitude, de mystère et de douleur. Mais aucun témoin si ce n'était un père un peu simplet qui n'avait rien eu à dire lors de son interrogatoire l'année dernière, c'était là aussi une piste sans issue.

La déception dut se lire sur son visage car Parker-Jeff s'excusa :

— Désolé inspecteur, mais je ne vois pas ce que je pourrais vous dire de plus. Leland était un type cinglé, encore plus maintenant que je sais ce qu'il faisait.

Brolin le remercia et lui laissa sa carte au cas où d'autres informations rejailliraient à son esprit. Il allait partir quand Parker-Jeff lui posa la main sur le bras.

— Pourquoi vous vous intéressez à Leland Beaumont plus d'un an après sa mort ?

— Pour compléter nos dossiers, mentit Brolin.

Parker-Jeff parut rassuré. Il remit sa casquette sur ses cheveux désormais mouillés.

— Tant mieux, fit-il. Parce qu'un instant j'ai cru que vous supposiez qu'il soit revenu.

— Leland ? s'étonna Brolin.

— Oui, comme si vous aviez des preuves qu'il ne soit plus mort finalement.

Parker-Jeff employait un ton grave. Ses yeux restaient à fixer le flou lointain, fuyant la réalité.

Quelque part dans la plaine, le métal d'une épave que l'on broyait déchira l'air.

— Parce que si c'était le cas, on serait tous condamnés, ajouta Parker-Jeff d'une voix atone. On ne peut pas lutter contre ce qui ne meurt pas.

Brolin le fixa un moment et esquissa un sourire peu naturel, trop forcé. Le malaise de Parker-Jeff venait de se glisser en lui.

22

L'inspecteur Brolin remontait le long d'une allée boueuse. La pluie qui devenait intense avait rendu la casse quelque peu marécageuse. Il était trempé, l'eau froide lui coulait dans le cou et ses cheveux collaient à son front, il jura intérieurement. De part et d'autre de son chemin, les carcasses de véhicules en tout genre gémissaient sous les efforts conjugués du vent et de la corrosion. Des grincements d'acier, des craquements de verre, des sifflements de caoutchouc, toute la casse expirait un immense râle funeste. Brolin progressait dans ce cimetière d'un autre genre en mettant ses idées au clair.

Après la mort de Leland Beaumont, une enquête avait évidemment été diligentée pour s'assurer qu'il était bien l'auteur des trois meurtres imputés au Bourreau de Portland. Elle avait été bouclée en un rien de temps puisque les preuves abondaient, sans parler du témoignage de Juliette. Pourtant on avait assez peu mis l'accent sur la vie même de Leland Beaumont, son père avait été interrogé mais on n'avait pas pu en tirer grand-chose compte tenu de sa simplicité d'esprit. On avait dressé une biographie assez sommaire de Leland pour essayer de comprendre ses crimes et puis les différents services gouvernementaux étaient passés à autre chose. D'habitude c'est à ce moment que les médias prennent le relais. Il se trouve toujours un journaliste qui décide de faire un reportage ou un livre sur cette affaire. Mais la récurrence des tueurs en série dans le monde entier avait émoussé l'appétit des journalistes dans ce domaine et l'on ne s'intéressait plus guère à un tueur n'ayant fait « que » trois victimes, il y avait pire ailleurs.

En réfléchissant Brolin se rendit compte qu'il n'était pas étonnant que les informations qu'il venait de recueillir sortent de l'anonymat seulement maintenant. Qui aurait pris la peine d'interroger tous les collègues de travail de Leland une fois les preuves de sa culpabilité établies ? Son propre père s'était à peine montré surpris en apprenant les actes dont s'était rendu coupable son fils, il avait demandé qu'on les laisse ensemble une heure, le temps qu'il corrige son fiston pour ça. Il avait fallu un après-midi entier pour lui faire comprendre que son fils était mort. La piste du père n'était pas non plus à privilégier, ça ne serait que divagations perpétuelles.

Brolin tournait et retournait son trousseau de clés dans sa poche tout en poursuivant son chemin lorsque son téléphone cellulaire vibra.

— Brolin j'écoute.

— Josh, faut que tu rappliques tout de suite.

Brolin reconnut la voix de Larry Salhindro. Il était surexcité.

— Qu'est-ce qu'il y a, Larry ?

— On a reçu une lettre. Une lettre du tueur.

Un silence électrique s'installa quelques secondes entre les deux hommes.

— Vous êtes sûrs que c'est lui ? demanda Brolin.

Un nuage étendit son ombre au-dessus de l'inspecteur.

— La lettre est arrivée hier en fait, il y avait des gouttes de sang séché dessus et Meats l'a aussitôt fait analyser avant de nous en parler. Il ne voulait pas nous disperser sur une fausse piste s'il ne s'agissait que d'un canular. Le labo vient de donner son résultat : c'est le sang de la victime des bois. Expertise génétique fiable à 100 %, mon vieux.

— Gardez-la au frais, je serai là dans une bonne heure.

Brolin raccrocha.

Il perçut l'ombre au-dessus de lui et entendit le déclic en même temps.

Mû par un instinct de survie développé par sa profession, il leva la tête, tous les muscles bandés à l'extrême. La masse gigantesque d'une voiture s'affaissait sur lui. Deux tonnes de métal tordu tombèrent à la vitesse du galop depuis la grue qui le surplombait. Le choc fut instantané.

23

Juliette se resservit un peu de thé. Elle en buvait des litres et des litres en période de travail intense, c'était un excitant qui la maintenait vive d'esprit et volontaire pour la masse de travail qui l'attendait. Le thé fruité fleurait doux dans la pièce. Le bourdonnement synthétique de l'ordinateur commençait à lui donner la migraine. Elle se leva et décida de s'octroyer une pause.

Comme l'avait prévu Joshua Brolin, les journalistes s'étaient lassés d'attendre et elle n'avait trouvé personne en rentrant chez elle le dimanche soir. Personne hormis cette voiture avec deux hommes à l'intérieur, deux policiers. Heureusement, ils ne portaient pas la tenue réglementaire et ainsi n'attiraient pas trop l'attention du voisinage. Avec un peu de chance, elle pourrait continuer à vivre sans que quiconque ne remarque ses deux gardes du corps. Le lundi, elle était allée suivre les cours à l'université où elle avait dû prendre la sortie de secours pour éviter un reporter d'une chaîne d'info locale qui l'attendait. Et aujourd'hui, elle profitait de sa journée sans classe pour rattraper le retard accumulé ces derniers jours.

Le midi, elle se prépara un repas léger et hésita à en apporter une partie aux deux occupants de la voiture. Après tout, c'était le genre de choses qui se faisait dans les films, pourquoi pas dans la réalité ? Elle disposa toutes sortes de vivres sur un plateau et y ajouta deux bières fraîches – sans alcool ainsi il n'y aurait pas de « jamais pendant le service ». Les deux hommes en question qui déballaient de maigres sandwichs de leurs emballages de cellophane furent plus que ravis et la remercièrent vivement.

Elle profita de sa sortie pour prendre le courrier et adresser quelques caresses à Roosevelt, le labrador des voisins.

Une fois de retour dans son salon elle entreprit de faire une belle flambée dans la cheminée pour réchauffer la maison. Puis elle grignota en zappant d'une chaîne à l'autre, les programmes télé étant tous plus déprimants les uns que les autres.

Elle s'apprêtait à remonter travailler lorsqu'elle aperçut le courrier qui traînait sur la table de la cuisine, elle avait oublié de l'ouvrir.

Factures, publicités pour vous annoncer que vous êtes l'heureuse gagnante de un million de dollars et une lettre sans aucune mention, professionnelle pourrait-on dire. Elle l'ouvrit et découvrit une simple page tapée à l'ordinateur et mouchetée d'une multitude de gouttelettes d'encre rouge.

« Laisse-moi chanter le premier :
car d'un guide tu as besoin,
pour t'initier à mon chemin,
et ne pas t'écarter du sentier.

Je me trouvai dans une forêt sombre :
Dont le seul souvenir réveille la terreur !
Le jour tombait et le ciel embruni
J'entrai dans le sentier sauvage et périlleux.
Il faut ici déposer toute crainte,
Il faut qu'ici toute lâcheté meure.
Les choses s'éclairciront pour toi
Lorsque, bientôt, s'arrêteront nos pas
Sur Achéron, la rivière funeste. »

Juliette lut à deux reprises le texte avant d'avoir un curieux et désagréable pressentiment.

Les gouttelettes n'étaient peut-être pas de l'encre rouge…

24

Les muscles tendus à l'extrême, Brolin vit la masse du véhicule lui tomber dessus.

Le choc fut instantané.

Brolin, le visage dans la boue, tourna lentement la tête et vit l'aile de la voiture à cinq centimètres de son visage. Il avait à peine eu le temps de se jeter sur le côté que l'acier mortel se fracassait sur le sol. Sans plus attendre, il roula dans la boue pour s'écarter vers le couvert des épaves et se mit aussitôt à genoux en dégainant son Glock. La pluie battait la tôle écrasée de la voiture.

Le long bras de la grue était immobile.

Brolin sentait la tension monter en lui, l'adrénaline se propager dans tous ses membres. Il se redressa d'un bond et courut d'épave en épave pour se dissimuler au mieux vers le bout de l'allée. Il finit par percevoir ce qu'il cherchait : le compresseur et la grue à ses côtés. Un homme venait d'en descendre, il était petit avec un bouc et des favoris qui se terminaient en pointe sur ses joues mordues par les cicatrices d'acné.

L'œil vif, il remarqua aussitôt Brolin.

Rapide comme un prédateur des savanes, l'homme se projeta en avant et se mit à courir comme un fou puis pivota sur la gauche, en direction de la sortie. Brolin lui emboîta le pas et sans desserrer son étreinte sur le Glock il se mit à accélérer aussi fort que possible. L'individu qu'il pourchassait était alerte et dynamique, il filait bien plus vite que lui et il ne faisait aucun doute qu'il allait le distancer.

Brolin hurla entre deux inspirations :

— POLICE ! NE-BOUGEZ-PLUS !

Mais l'homme continua à courir, il avait presque atteint une rangée de voitures abandonnées quand Brolin décida de presser la détente. Il se savait bon tireur surtout avec un Glock dont l'absence de recul permettait même aux débutants de faire mouche, mais la tension d'une situation comme celle-ci changeait toute la donne. Il haletait, il était surexcité et la cible courait. Il risquait de faire plus de dégâts qu'il ne le voulait, de toucher la colonne vertébrale en visant les jambes par exemple.

Il pressa la détente et le coup de feu jaillit en direction des nuages.

L'homme ne réagit même pas et disparut derrière la rangée d'épaves.

Brolin pesta et se remit à sa poursuite. L'arme au poing, il courait rageusement. La pluie frappant l'acier de la casse et tintant dans les flaques d'eau ne permettait pas d'entendre les pas s'éloigner. Brolin se colla à un camion-citerne qui attendait son heure et s'approcha précautionneusement de l'angle où sa cible venait de disparaître.

Il vit la barre d'acier surgir de l'angle mort et n'eut que le temps de se pencher pour ne pas la prendre en plein visage. Il voulut bondir dans la foulée pour menacer son adversaire de son arme mais l'autre avait déjà anticipé. Le Glock n'était pas encore en ligne de tir qu'un coup de pied puissant vint le percuter. Brolin cria en lâchant son arme sous l'effet de la douleur.

La barre de fer vola de nouveau dans les airs.

Brolin ne put cette fois l'éviter, son esquive ne fut pas assez rapide. Il sentit son épaule craquer alors qu'un éclair de douleur le foudroyait dans le même temps. Rompu aux « arts » du combat de rue, son adversaire enchaîna directement avec un coup de coude rapide et précis qui cueillit Brolin à la mâchoire, lui arrachant un autre cri.

L'inspecteur vit la barre de fer se lever de nouveau. Cette fois, il visait la tête.

Il visait pour tuer.

Brolin voulut bondir en avant, empoigner son adversaire et le rouer de coups, mais il sentait son corps l'abandonner. Il était complètement groggy sous l'effet de la douleur, il aperçut son arme à un mètre, gisant dans la boue, mais sut aussitôt qu'il ne pourrait pas l'atteindre.

Il y eut un sifflement de métal et le choc effroyable de l'acier contre les chairs, les os et contre la vie.

L'homme au bouc et aux favoris s'effondra dans une large flaque d'eau.

Parker-Jeff laissa tomber le pied-de-biche qu'il tenait et aida Brolin à se redresser.

— Ça va inspecteur ? demanda-t-il, inquiet.

Brolin ne put que cligner les yeux à de nombreuses reprises pour essayer de comprendre ce qui venait de se produire.

Il n'était pas mort.

Pas encore.

25

— Tu peux lui faire livrer une caisse de champagne à ce Parker ! déclara Salhindro.

Brolin se contenta d'un vague sourire et reposa le sac de glace sur sa joue gonflée. Le médecin remit ses lunettes dans leur étui et se tournant vers Brolin le prévint :

— Pas de geste inconsidéré sinon votre épaule se redéboîtera aussitôt. Et puisque vous *n'avez pas le temps aujourd'hui* (il insista sur les mots comme pour montrer son mécontentement), ayez l'intelligence de faire des radios dès demain matin. Je ne suis pas très optimiste pour votre clavicule. Prenez du Tylénol pour prévenir l'inflammation en attendant demain. Messieurs.

Il leur adressa un signe de la main et sortit.

Salhindro, Lloyd Meats, le deputy attorney Cotland et Brolin étaient tous dans le bureau du shérif du comté de Wasco. Brolin grimaça de douleur en enfilant une chemise neuve que Salhindro lui avait achetée en chemin.

— Le shérif Hemsey est en ce moment même au chevet de ton agresseur, il est déjà identifié, déclara Meats en prenant un fax sur la table. C'est Henry Palernos, un évadé du Nord-Dakota. Les marshals étaient à sa recherche depuis quatre mois. Autant te le dire tout de suite, j'ai bien peur que ça ne soit pas le tueur que nous poursuivons.

— On est en train de vérifier son casier mais il ne correspond pas au profil, affirma Salhindro. J'ai eu le marshal Simons au téléphone, Palernos était en prison depuis deux ans pour braquage, prise d'otage et meurtre. Ça n'est pas un agneau mais il ne correspond pas au type même du tueur en série.

Brolin acquiesça.

— En effet, admit-il. Mais vérifiez s'il a un alibi pour mercredi soir dernier. On ne néglige rien. Au fait, il est dans quel état ?

— Traumatisme crânien, répondit Meats en caressant sa courte barbe. Mais ses jours ne sont pas en danger. Il est même tout à fait conscient, juste une… « grosse migraine ».

Bentley Cotland ricana.

— Je pense qu'il m'a vu montrer ma plaque et a pensé que je venais pour lui, expliqua Brolin. Il a frappé avant de parler, tout en finesse…

— Dis-toi que sans ce malheureux geste, il serait toujours en liberté, le consola Salhindro. Sinon pour ce qui est de Parker-Jeff, on a vérifié, il a bien un casier judiciaire mais rien de grave, un peu de marijuana et il a été interpellé avec un gros couteau de chasse sur lui lors d'une bagarre mais pas de quoi en faire un psychopathe. Tu veux qu'on creuse la piste ?

— On garde son dossier sous le coude au cas où, mais il ne correspond pas. Qu'on vérifie tout de même s'il a un alibi pour mercredi soir. Qu'on cuisine aussi le patron de la casse, il est louche, je pense qu'il cachait sciemment Palernos.

Lloyd Meats écrasa son mégot dans une canette de Pepsi et se ralluma une cigarette dans la foulée.

— Bon, qu'en est-il de cette lettre ? demanda Brolin. Vous l'avez apportée ?

Meats se leva et sortit d'une sacoche en cuir un sachet plastique dans lequel reposait une feuille. Brolin s'en saisit. Elle était constellée d'une myriade de taches rouges. Le sang de sa victime. Brolin entreprit de lire le texte :

« Laisse-moi chanter le premier :
car d'un guide tu as besoin,
pour t'initier à mon chemin,
et ne pas t'écarter du sentier.

Je me trouvai dans une forêt sombre ;
Dont le seul souvenir réveille la terreur !
Le jour tombait et le ciel embruni
J'entrai dans le sentier sauvage et périlleux.
Il faut ici déposer toute crainte,
Il faut qu'ici toute lâcheté meure.
Les choses s'éclairciront pour toi
Lorsque, bientôt, s'arrêteront nos pas
Sur Achéron, la rivière funeste. »

Sans lâcher l'inquiétant document du regard, Brolin interrogea :

— Le labo est catégorique, il s'agit bien du sang de notre victime des bois ?

— Aucun doute ! confirma Meats. La génétique est formelle. Ça n'est donc pas une plaisanterie. Notre tueur a décidé d'entretenir une relation privilégiée avec nous.

— Vous comprenez ce charabia ? demanda Cotland.

Brolin resta sans rien dire, réfléchissant et relisant la lettre.

— Eh bien… j'avoue qu'elle me déroute un peu.

Meats et Salhindro échangèrent un regard entendu, ils avaient espéré que Brolin verrait dans ce texte un message qu'ils n'avaient pas déchiffré.

Brolin s'expliqua :

— Il nous a écrit pour nous signifier quelque chose, pour nous permettre de comprendre son acte. D'habitude les tueurs de ce registre préfèrent écrire à la presse, or ici c'est à nous qu'il envoie cette lettre.

De nouveau Meats et Salhindro échangèrent un regard de connivence, comme éclairé par une information dont eux seuls disposaient.

— Je pense qu'il nous écrit car nous sommes ceux qui avons vu ce qu'il a fait. Ça n'est donc pas un hasard s'il veut nous parler. Nous sommes les témoins de ses actes et je ne serais pas étonné qu'il cherche à se justifier, à déculpabiliser. Reste que son message n'est pas des plus limpides.

Brolin reprit la lettre. « Je me trouvai dans une forêt sombre, dont le seul souvenir réveille la terreur ! »

— Il nous parle de son crime, de l'acte qu'il a commis et qui suscite en lui une forme de repentir, tu ne crois pas ? formula Meats.

— Ça y ressemble.

— Il fait une distinction entre les deux parties de sa lettre, fit remarquer Salhindro, on n'a pas l'impression qu'il l'a écrite à la sauvette, il a réfléchi minutieusement à chaque détail. L'italique a donc une certaine importance.

Brolin secoua violemment la tête et se leva d'un bond, tirant sur son épaule ce qui le fit grimacer.

— Bordel ! Ça ne colle pas avec l'idée qu'on s'en est faite ! C'est trop structuré, trop précis et élaboré ! Regardez ces vers, regardez ces mots, comme tu l'as dit Larry, le tueur a pris le temps, c'est important pour lui, l'italique est là pour une raison précise et…

— Ça pourrait être une citation, proposa Meats. Tirée d'un livre. Faut reconnaître que c'est plutôt bien tourné, j'ai peine à croire qu'un pauvre type comme celui que nous recherchons puisse pondre un texte pareil !

— C'est bien ça qui me pose problème, répliqua Brolin. Avec ce que nous savons du meurtre dans les bois, le tueur est un homme instable, immature sexuellement, tout ça ne se fait pas en cinq minutes, et ça n'est pas non plus une mise en scène pour nous amener à croire à un pauvre type. Il y avait une véritable connotation sexuelle à ce crime, mais la pulsion sexuelle n'est pas dominée, tout comme la victime n'est pas personnifiée, il s'en est servi comme d'un Kleenex. On aurait pu simuler la folie, mais la signature aurait été différente, il y aurait des traces de violence sexuelle différente, plus aboutie.

— Pourtant le mec qui nous a envoyé cette lettre est bien le tueur, les gouttelettes sont identifiées, c'est le sang de la victime, rapporta Salhindro. C'est probablement un texte qu'il a recopié.

Brolin hocha la tête et brandit un index invitant à plus de nuance.

— En effet, il n'empêche que si c'est une citation, il a l'intelligence de la comprendre pour nous l'envoyer, et ça, ça ne colle pas avec notre profil ! Le tueur est un pauvre type paumé, asocial et peut-être même paranoïaque. C'est peut-être même un analphabète si l'on pousse à l'extrême ! Les deux parties ont probablement leur importance, tout comme le choix de l'italique, ce qui dénote une certaine finesse d'esprit ! Ça ne coïncide pas avec l'image qu'on s'est faite du tueur.

— Alors peut-être que votre profil est erroné, fit remarquer Cotland non sans une certaine malice.

— Non, je suis sûr que non.

Brolin laissa passer quelques secondes avant d'ajouter :

— C'est un autre homme qui nous a écrit. Un complice ou un témoin. Son message est clair : il veut nous « guider sur un sentier », mais nous guider vers quoi ou vers qui ? Peut-être n'est-il pas complice mais il sait qui est le meurtrier et il veut nous narguer avant de nous le livrer.

— Comment aurait-il pu se procurer le sang de la victime dans ce cas ? questionna Meats.

— Je n'en sais rien, avoua Brolin. Il est possible qu'il ait été dans les parages pendant le crime et qu'il ait pénétré dans le bâtiment une fois le meurtrier parti, ou peut-être est-ce un partenaire de jeu macabre, je n'en sais rien. Mais je suis certain qu'il s'agit d'un autre homme.

Nouvel échange de regards entre Meats et Salhindro.

Ce dernier hésita puis posa une main sur le bras de Brolin.

— Dans ce cas, cet autre homme connaît l'existence de Juliette Lafayette.

Brolin leva brusquement la tête vers son ami bedonnant.

— Elle a reçu exactement la même lettre ce matin, fit Salhindro comme en s'excusant.

26

Le groupe d'hommes s'était transféré jusqu'au bureau de Brolin à Portland. Juliette venait de les rejoindre. La lettre qu'elle avait reçue était en tout point conforme à celle que Brolin tenait entre ses doigts. Elle avait aussi été postée de la gare centrale de Portland à une journée d'intervalle.

— Vous avez bien fait de nous appeler, fit Salhindro à l'attention de la jeune femme. Votre aide nous est précieuse.

Juliette ne répondit rien. Elle était encore sous le choc. Abasourdie d'apprendre que le tueur qui avait sévi la semaine précédente lui avait écrit. Elle ne ressentait ni peur, ni inquiétude, juste de l'incompréhension. Pourquoi à elle ? Pourquoi ne pouvait-on pas la laisser oublier toute cette histoire dont elle avait été la victime ?

— Je suis navré mais vous allez devoir cesser vos cours à l'université, avertit Meats.

Juliette leva vers lui ses yeux de saphir. Ils avaient la beauté et l'éclat de la pierre cristallisée mais la froideur également.

— Jamais, fut sa seule réponse.

— Écoutez mademoiselle Lafayette, c'est dangereux pour vous, nous ne savons pas dans quelle mesure le tueur ne vous a pas prise comme cible, vous comprenez ?

Brolin en voulut aussitôt à Meats pour son manque de tact, il était toujours trop direct, tellement habitué à mener l'interrogatoire qu'il en oubliait souvent qu'il n'avait pas forcément affaire à des criminels. Et beaucoup pensaient que cette attitude l'empêcherait un jour d'occuper le fauteuil de capitaine de la Division des enquêtes criminelles.

Les deux iris de la jeune femme scintillaient comme deux étoiles majestueuses et Meats n'eut pas besoin de réponse.

— Deux hommes vous suivront et assureront votre protection, expliqua Salhindro, y compris à l'université.

Juliette soupira de colère.

— Pendant combien de temps ? Et si vous n'attrapez pas ce type, vais-je devoir vivre avec deux gardes du corps toute ma vie ?

— Non évidemment, dit Meats embarrassé, nous…

Elle le coupa d'un geste de la main.

— Laissez tomber. Je… Je ne ferai que les déplacements nécessaires.

Meats hocha la tête en signe de reconnaissance et Juliette se leva. Elle regarda Brolin qui avait une belle ecchymose sur la joue. Elle voulait lui parler, seule. Pourquoi seule ? Elle ne le savait pas, par envie, par nécessité. Elle pourrait se confier, exploser sans retenue, vider son sac jusqu'à épuisement, ou tout simplement chercher du réconfort dans le silence de ses bras. Mais le jeune inspecteur se contenta de l'observer sans rien dire. Rien ne transparaissait de ses émotions.

Elle ouvrit la bouche pour lui parler mais buta sur les mots, aucun ne convenait à ce qu'elle aurait voulu exprimer. En guise de salut, elle faillit lui demander comment allait sa mâchoire – heureusement on l'avait prévenue que Brolin était touché au visage mais on l'avait également rassurée sur la bénignité de la blessure – mais se ravisa. Elle abandonna sans même avoir essayé et quitta la pièce dans le silence. Finalement, elle se sentait trop fatiguée pour parler longuement avec lui, elle aurait voulu qu'il la prenne dans ses bras et la serre fort, sans poser plus de question, sans rien dire, simplement rester ainsi toute la journée et la nuit. Mais elle savait que c'était impossible. Elle quitta le poste central de police, raccompagnée par une voiture pour retrouver sa demeure. Elle devait faire attention à ce que rien ne se sache, elle ne voulait surtout pas affoler ses parents.

⁂

Brolin reposa le sac de glace sur sa joue, il fixait la lettre.

Je me trouvai dans une forêt sombre : dont le seul souvenir réveille la terreur !

La pluie n'avait pas cessé de toute la journée et frappait contre la baie vitrée comme un concert de percussions sibyllines.

« La forêt lui inspire de la terreur, il est donc possible qu'il ait assisté au meurtre, fit Brolin en réfléchissant intérieurement. Il parle aussi de la nuit tombante, le moment présumé de l'enlèvement, il sait donc à quel moment le tueur a amené sa victime *vivante* dans les bois. »

Se remémorant le sentier qu'ils avaient emprunté avec Salhindro pour atteindre la maison abandonnée, Brolin hocha la tête lentement. « Un sentier *"sauvage et périlleux"* comme il le dit lui-même, un sentier où il faut abandonner ses *craintes* et la *lâcheté*. Il a vu le crime, il a assisté à ce qui s'est passé. Il connaît le lieu du crime puisqu'il parle de forêt, de sentier et de la nuit tombante, tout le décor du meurtre. Mais, plus effrayant, il nous indique clairement que nous ne comprendrons pas avant d'atteindre l'Achéron. »

— Quelqu'un sait-il ce qu'est l'Achéron, la rivière funeste ?

Bentley répondit comme si c'était là une banalité, tirant une certaine satisfaction à se sentir enfin utile :

— C'est un fleuve souterrain que les morts franchissent pour atteindre l'Enfer. À en croire la mythologie grecque du moins.

Cela n'augurait rien de bon.

Salhindro but une gorgé de café brûlant.

— Pourquoi a-t-il envoyé une lettre ici et une autre à Juliette ?

Sans se départir de son calme olympien, Brolin répondit avec une assurance qui étonna toute la petite assemblée :

— Il faut d'abord bien faire la part des choses. Nous avons d'un côté un tueur psychotique ou pour le moins désorganisé-mixte et de l'autre un auteur de lettre anonyme, un corbeau si vous préférez qui semble en savoir long sur notre affaire. Le tueur marche dans les pas de Leland Beaumont, et Juliette aurait dû être une de ses victimes, elle est en quelque sorte le symbole de la chute de Leland.

» Le tueur que nous recherchons dépersonnifie ses victimes, elles ne sont pas des femmes mais des objets de plaisir ou peut-être un moyen pour atteindre un autre état, il ne leur accorde aucun crédit, aucune vie propre. Si vous tombez entre ses mains, vous n'avez aucune chance qu'il fasse preuve de pitié car vous n'êtes dans son esprit qu'un instrument dont il a besoin. Alors qu'avec cette lettre nous sommes face à un individu qui désire s'amuser, un sadique qui cherche à se faire plaisir en jouant avec nous. C'est un sadique, donc il a conscience des autres et du mal qu'on peut leur faire, ce qui n'est pas le cas de notre tueur. Ce dernier mutile après la mort, il joue avec sa victime morte, car elle devient un outil à sa merci, tandis qu'un sadique comme le corbeau aurait tendance à mutiler sa victime *avant* de la tuer, pour la voir souffrir, pour ressentir une pleine maîtrise sur sa personne, se plaisant à l'entendre hurler, supplier.

— Tu es sûr que le tueur et l'auteur de la lettre sont deux personnes distinctes ? insista Meats qui craignait de ne pouvoir aboutir à des résultats probants avec une méthode trop empirique.

Brolin hocha la tête avec certitude.

— Le tueur est un pauvre type qui nourrit des fantasmes de mort et de haine enchâssés avec ses pulsions sexuelles. C'est certainement un homme à l'enfance trouble, pleine de souffrance, un homme abandonné, peut-être rejeté. L'auteur de la lettre, le Corbeau comme nous pouvons l'appeler, est plus réfléchi, il est intelligent et en nous envoyant cette lettre énigmatique, je pense qu'il veut s'affranchir d'un mal qu'il a en lui. Peut-être d'avoir été témoin du meurtre ou au moins d'en connaître l'auteur. Pourtant, il ne nous livre aucune information claire, il reste au contraire très nébuleux. Il est aussi possible qu'il se contente de jouer, en grand sadique qu'il est, il n'a aucune envie de nous livrer le tueur, mais seulement de s'amuser avec nous, de nous confronter à sa malignité et à sa ruse. La qualité littéraire du message démontre son intelligence, ça n'est pas un pauvre hère perdu.

— Ça n'est peut-être qu'une citation qu'il a repiquée dans un livre, objecta Bentley Cotland.

— Même dans cette éventualité, il l'a choisie sciemment, il la comprend donc, répliqua Brolin. Le message n'est pas découpé par hasard en deux parties, et je pense en effet qu'une des deux parties est une citation. Probablement la seconde, la plus longue, la plus poétique et la plus chargée de sens. Trouvons d'où elle est extraite et nous trouverons ce qu'il a voulu nous dire.

— Qu'est-ce qui vous en rend aussi sûr ? sonda le futur district attorney.

— J'ai étudié des centaines de cas de tueurs en série, d'assassins, de meurtriers ou de poseurs de bombe. Croyez-moi, je peux vous dire avec certitude deux choses : le tueur des bois a peut-être commis son premier crime mercredi soir mais il ne s'arrêtera pas là, il continuera. Et la deuxième, c'est que l'auteur de cette lettre n'est pas ce tueur mais une autre personne qui en sait assurément long sur notre homme, et qu'il ne nous mâchera pas le travail, il va chercher à nous démontrer sa puissance, l'étendue de ses connaissances ou de sa force. Pour quelle raison, je ne le sais pas, pas encore du moins. Ne le sous-estimons pas, il a posté les lettres à une journée d'intervalle car il a judicieusement pensé qu'il nous faudrait vingt-quatre heures pour identifier le sang sur le papier et donc le prendre au sérieux, or il voulait que Juliette et nous prenions conscience de son existence le même jour, probablement pour plus d'effet, un peu comme au cinéma où tout vous tombe dessus d'un coup, un peu avant la fin.

— Et pourquoi est-ce un sadique comme vous l'avez dit puisqu'il cherche à nous guider vers la piste du tueur ?

Brolin posa son sac de glace sur le bureau avant de répondre :

— Parce qu'il reste volontairement nébuleux, il veut jouer, il veut nous tester et voir qui de nous ou de lui est le plus malin. Et surtout parce qu'il a envoyé la même lettre à Juliette. Demandez-vous pourquoi à elle, c'est un acte purement gratuit. Il veut lui faire peur, l'effrayer car il sait ce qu'elle a vécu avec Leland. Le tueur est un *copycat* de Leland et le Corbeau le sait. Je suppose que le tueur voue une forme de respect à Juliette, respect que le Corbeau n'a pas. J'espère une seule chose : que les deux hommes ne se connaissent pas très bien, sans quoi l'auteur de la lettre pourrait bien influencer le tueur pour qu'il s'en prenne à Juliette. Ça pourrait être un rituel pour tester sa puissance, pour dépasser le maître…

Les quatre hommes se regardèrent longuement.

— Je vais faire venir des hommes en plus pour surveiller la maison de Juliette, finit par annoncer Meats en lissant sa barbe d'un geste qui trahissait sa nervosité.

Brolin approuva.

— Je n'en attendais pas moins de ta part.

— Attendez, intervint Bentley, vous ne trouvez pas qu'il y a là une certaine dynamique ? Je veux dire, il y a d'un côté un tueur qui copie Leland Beaumont et de l'autre un Corbeau qui veut faire peur à celle que l'on pourrait considérer comme le symbole de la chute de ce même Leland. Deux personnes qui prolongent les actes de Leland au-delà de sa mort.

— Où voulez-vous en venir ? demanda Meats.

Exalté par ses propres déductions, Bentley Cotland se mordit la lèvre avant de poursuivre :

— Eh bien, qui est le plus susceptible de vouer à Leland Beaumont un culte ou au moins une admiration à ce point forte ? Sa famille bon sang ! C'est de ce côté que nous devons prospecter !

Salhindro secoua vivement la tête.

— Non, sa mère est décédée il y a longtemps, Leland était fils unique et son père n'a pas un QI supérieur à celui d'un pigeon mort. Pour la famille, faudra repasser.

— Pas d'oncle, ou de proches ? s'étonna Bentley.

— Pas le moindre, les Beaumont vivaient renfermés sur eux-mêmes, loin de tous et du monde en particulier. C'est même un exploit que Leland ait réussi à s'en sortir tout seul quand il a quitté la maison paternelle, et encore plus surprenant qu'il ait appris à se servir d'un ordinateur et d'Internet à l'aide de manuels. Le psychiatre l'a dit, si Leland n'avait pas été le monstre que l'on sait il aurait tout à fait pu devenir quelqu'un de brillant.

Bentley pinça les lèvres, déçu.

Brolin posa la lettre sur son bureau et se leva.

— Il faut envoyer une copie de la lettre au Smithsonian Institute, que la Bibliothèque du Congrès nous trouve les références exactes qui ont servi à l'écrire, fit-il. Salhindro, appelle le labo pour qu'ils se dépêchent d'identifier notre victime, fais ce que tu peux pour accélérer les procédures. Et que l'on s'assure que Henry Palernos a un alibi pour la nuit de mercredi à jeudi, il n'est sûrement pas notre homme mais ne prenons aucun risque. Et pareil pour Parker-Jeff.

— OK, on s'en charge. En ce qui concerne les lettres, elles ont été postées de la gare centrale de Portland, autant dire qu'avec tout le passage qu'il y a là-bas, c'est une voie sans issue pour nous, commenta sombrement Meats. Qu'est-ce que tu vas faire ?

— Je vais retourner dans cette maison abandonnée. Il y a peut-être un détail que nous n'avons pas vu, quelque chose, n'importe quoi qui nous donne une piste à suivre.

Quelques minutes plus tard, la batterie de téléphones, fax, e-mails s'égrenait en une foire de bips électriques à mesure que les informations crépitaient en toutes directions.

27

Les flashes blancs continuaient de briller en surimpression sur les rétines d'Elizabeth Stinger. La séance de shoot venait de s'achever et comme d'habitude, il lui faudrait une bonne heure avant de se sentir de nouveau elle-même. Concentrée dans la pose, assujettie sur l'instant précis et la fixité de chaque photo, Elizabeth avait du mal à retrouver son naturel, des gestes fluides et sans calcul. Elle se démaquilla devant le miroir portatif que le maquilleur avait disposé dans la mallette prévue à cet effet. Derrière elle, on remballait le matériel en se congratulant et en plaisantant à mesure que le stress retombait et que les nerfs se déliaient.

Elizabeth s'activa et se dépêcha de se changer pour pouvoir sortir au plus vite. Avec un peu de chance, elle pourrait passer un moment avec Sally avant qu'elle n'aille se coucher. Sally n'avait que huit ans mais démontrait déjà de réelles aptitudes et une motivation certaine à l'école, et elle représentait tout ce qu'Elizabeth avait de plus cher au monde. Elle aurait donné n'importe quoi pour sa fille. Aux pires périodes de sa vie, Liz avait même envisagé de se prostituer pour assurer à son enfant un avenir décent. Elle avait longtemps embrassé le rêve fou de devenir une actrice célèbre, elle avait même décroché quelques rôles de seconde classe dans des soaps destinés aux insomniaques et aux dépressifs. Mais le rêve s'était arrêté là, le goût d'Hollywood n'avait eu dans sa bouche que celui amer des files interminables des castings minables. Pourtant, c'est en touchant le fond qu'elle avait rencontré le père de Sally, un jeune photographe à la mode qui avait décelé en elle une photogénie remarquable. Là encore, sa carrière de mannequin ne gravit pas les marches de la gloire mais lui permit de vivre et, lorsque Sally arriva, de nourrir une nouvelle bouche. Le succès la fuyant comme la peste, il fut presque logique que le père de Sally la quitte quand lui-même devint l'un des photographes de mode les plus en vue du showbiz. Il trébucha sur les marches de la gloire, avec une pipe de freebase dans une main et une call-girl dans l'autre, à seulement trente et un ans. Les années de vache maigre suivirent pour Liz et Sally avant qu'elles ne partent pour Portland afin de se donner une nouvelle chance. À trente-deux ans, Liz retrouva un boulot de mannequin, dans un genre tout particulier. C'était une compagnie qui faisait de la vente par correspondance, des produits ménagers mais aussi des vêtements, essentiellement pour les femmes, une sorte de « club Tupperware » par VPC à l'offre plus large. La société employait pour réaliser ses catalogues presque uniquement des femmes d'âge mûr et pas nécessairement à la ligne svelte et idéale, préférant le réalisme pour favoriser l'identification de sa clientèle. Et Elizabeth redevint mannequin après plusieurs années de petits boulots. Cela faisait maintenant quatre ans qu'elle travaillait pour cette compagnie, elle disposait de contrats à l'année et d'un salaire correct assorti de quelques « extras », suffisants pour économiser en vue d'offrir à Sally des études universitaires le jour venu.

Liz sortit du studio vers dix-huit heures passées et se hâta de rejoindre le parking. Elle prit son téléphone portable et composa le numéro d'Amy, la nourrice. Le bourdonnement de la sonnerie se prolongea. Peut-être qu'Amy faisait un tour avec Sally dans le parc, bien que cela ne fût pas dans ses habitudes. Liz raccrocha, inutile d'insister, elle serait de toute façon auprès de sa fille dans moins d'une demi-heure.

Sa douce Sally.

Elle se tourna vers son véhicule et allait se pencher pour introduire la clé dans la serrure quand la douleur la terrassa avec une violence inouïe.

Son nez éclata dans un horrible craquement d'os.

Son sang lui parut bouillonnant quand il dégoulina sur sa lèvre.

Elle étouffait.

La pression de la matière filandreuse qui lui bouchait le nez et la bouche était intenable. L'odeur anesthésia aussitôt la douleur du coup. Quand elle comprit ce qui venait de se passer, il était déjà trop tard pour se débattre.

Trop tard pour crier.

Sally devrait vivre le reste de ses jours toute seule.

Le hurlement d'Elizabeth Stinger résonna dans son esprit quelques secondes et disparut avec tous ses espoirs.

Personne ne le sut jamais.

28

Il n'avait pas eu le moindre geste de réconfort à son attention. Pas un mot ni un sourire ou un clin d'œil. Juliette était furieuse. Elle avait quitté le bureau de Brolin sans que celui-ci témoigne une once de compassion ou de sympathie à son égard.

Juliette frappait les touches du clavier avec rage. Bercé de colère et d'un manque de concentration flagrant, son devoir n'avait pas la moindre chance d'obtenir mieux qu'un « C » indulgent.

Elle s'arrêta au beau milieu d'une phrase et se prit la tête entre les mains.

Brolin avait de gros soucis ces derniers temps, cette enquête sordide qui l'accaparait mais était-ce une raison pour l'ignorer de la sorte ? Il avait peut-être l'esprit ailleurs du fait de sa blessure. À peine entrée dans le bureau, Juliette avait remarqué la joue gonflée de Joshua. Salhindro l'avait rassurée en lui expliquant que Brolin n'avait rien de grave, qu'il s'était fait mal en s'entraînant à la boxe avec ses collègues, mais Juliette supputait quelque chose d'autre. Salhindro avait été trop prévenant, il mentait certainement. Brolin s'était probablement battu lors d'une intervention musclée. Mais était-ce une raison pour faire comme si elle n'était pas là ? Elle aurait voulu lui parler, elle ne demandait que ça, et même le panser. S'il en avait besoin. Elle ne demandait pas grand-chose, un peu d'attention et…

Juliette réalisa soudain dans quel état elle se trouvait.

« Mais tu es complètement stupide ma pauvre fille », se dit-elle en secouant la tête. Qu'est-ce qui lui prenait de réagir de la sorte ? On aurait dit une femme mariée faisant une scène à son mari. Brolin n'était qu'un… « proche ». Le terme ne convenait pas vraiment, c'était plutôt un ami, bien qu'ils ne se connussent pas beaucoup, ils se découvraient progressivement même s'ils éprouvaient déjà une grande confiance mutuelle. Et puis ils avaient en commun un passé marquant. Juliette avait appris dans les semaines suivant l'épisode Leland Beaumont que Brolin venait de tuer pour la première fois. Elle n'y avait jamais pensé auparavant mais ce devait être une expérience traumatisante, devoir prendre la décision d'ôter la vie à un être humain. Brolin ne la connaissait pas mais il avait fait feu, tuant Leland pour lui sauver la vie. Elle y avait souvent réfléchi et avait longuement hésité à en parler avec le jeune inspecteur mais son ami au gros ventre, Larry Salhindro, l'en avait dissuadée. Brolin n'aimait pas qu'on débatte sur ce sujet, il était le seul responsable et ne souffrait aucune critique ni aucun réconfort. De l'avis de Juliette, cette blessure se cicatriserait avec le temps comme toutes les autres, mais elle aurait voulu pouvoir l'aider à oublier.

Elle parlait et pensait à Brolin comme s'il était le seul homme de sa vie… et pour être honnête avec elle-même elle dut s'avouer que c'était bien le cas. L'idée qu'elle puisse en être amoureuse la fit subitement frissonner.

Non ! Pas d'un homme comme lui, c'est… c'est plutôt le type d'homme qui devient un grand frère, un confident.

Pourtant elle en était déjà à songer de quelle manière elle pourrait capter son attention. La lettre lui revint en mémoire.

« Je me trouvai dans une forêt sombre. »

« Sur Achéron, la rivière funeste. »

Elle l'avait tant lue et relue qu'elle en avait mémorisé la moindre virgule. Quelque chose dans son contenu la titillait. Elle était sûre d'en connaître le substrat, au moins les références. Pourtant en se remémorant les différentes histoires, contes, récits et analogies qu'elle avait appris ces dernières années, rien ne lui revenait. Une histoire ou une légende avec une forêt sinistre et le fleuve des morts. Rien dans ce qu'elle connaissait des mythes grecs ne regroupait les deux directement.

Pourtant elle était certaine d'y être sensible, quelque part elle avait lu ou entendu une histoire similaire.

Juliette vérifia l'heure sur son réveil et comme il n'était que seize heures elle prit ses affaires et quitta la maison. Elle prévint les occupants du véhicule qui patientait devant chez elle qu'elle devait se rendre à la bibliothèque de l'université pour travailler et ils se mirent en route. Il avait été convenu qu'elle serait libre de ses déplacements, mais qu'une voiture banalisée de la police la suivrait pour assurer sa sécurité.

Quarante minutes plus tard, Juliette sillonnait les rayonnages de la bibliothèque. Celle-ci venait d'être refaite à neuf et elle jouissait d'une clarté saisissante. De longues étagères pas très hautes formaient des avenues dans un gigantesque hall en terrasse. La jeune femme se déplaçait entre les panneaux avec une aisance et une vitesse qui témoignaient de son habitude à y travailler. Ses deux « chaperons » étaient restés à l'entrée, à la demande de Juliette qui ne désirait pas se faire remarquer en ayant deux hommes toujours collés à elle. Ils patientaient à la cafétéria en plaisantant sur leurs années de fac respectives et en se morfondant devant les jolies étudiantes qui défilaient sous leurs yeux.

Avant toute chose, Juliette retranscrivit de mémoire la lettre en respectant les italiques. Puis elle utilisa l'un des ordinateurs de la bibliothèque pour procéder à une recherche thématique. Ses critères de recherche furent « guide », « forêt », « Achéron » et « enfer ». Le logiciel fit vrombir ses connexions et lui proposa une liste d'une quinzaine d'ouvrages qu'elle imprima. Prenant comme référence l'Achéron et sa forte connotation grecque et mythologique, elle commença ses recherches avec l'*Odyssée* d'Homère puis passa à l'*Iliade* sans résultat. Il y avait dans les vers une formule qui pouvait passer pour biblique bien que cela ne lui rappelât aucun des livres de la Bible ou de ses dérivés. À cette déduction, elle hocha la tête. Si, il y avait bien quelques ouvrages en rapport avec les écrits religieux qui pouvaient convenir dans la liste thématique. Elle fusa entre les rayons et s'empara des livres en question. Elle remplit une fiche d'emprunt et rentra chez elle, la journée touchait déjà à sa fin.

Elle passa la soirée et tout son jeudi à feuilleter les livres de la bibliothèque. Elle pensait toucher au but en parcourant le *Paradis perdu* cher à Milton mais aucune référence ne correspondait. Il y était bien question à un moment ou à un autre de sombre forêt mais les métaphores et analogies poétiques ne laissaient rien entendre qui puisse aller dans le sens du Corbeau. Et surtout on n'y retrouvait aucun des autres éléments de la lettre.

Très tard le jeudi soir, Juliette voyait les lignes se superposer les unes aux autres, l'obligeant à un effort de concentration pour lire, quand quelques mots jaillirent ensemble d'une page comme un feu d'artifice, la sortant de sa torpeur.

Les mêmes mots, absolument identiques à la lettre s'imprimaient sur sa rétine de page en page. Aucun doute possible, c'étaient exactement les mêmes phrases, simplement prises chacune au gré du Corbeau dans des chapitres différents. De toute la lettre, ce furent deux vers en particulier qui retinrent son attention. À cause de ce qu'ils impliquaient.

« Il faut déposer toute crainte,
Il faut qu'ici toute lâcheté meure. »

Ces vers correspondaient à quelque chose de bien précis, ils incarnaient une attitude à avoir face à ce que le Corbeau n'avait pas voulu mentionner directement.

Juliette venait de percer le mystère. Un mystère dont elle s'empressa de recopier l'essentiel :

« Par moi l'on va dans la cité dolente,
Par moi l'on va dans le deuil éternel,
Par moi l'on va parmi la gent perdu.
Il n'a été créé, avant moi, que les choses
Éternelles, et moi, éternelle je dure.
Vous qui entrez, laissez toute espérance. »

Elle relut les vers rapidement et le malaise se fit plus pesant.

C'étaient les mots inscrits sur la porte de l'Enfer.

29

Deux jours s'étaient écoulés sans que la moindre piste ne ressorte. Aucun témoin capital dans les environs du crime, aucune trace exploitable, et pas le moindre indice sur la lettre, ni empreinte, ni fibre ou marque significative. Meats avait épluché les dossiers de tous les criminels de la région qui avaient été condamnés pour atteinte aux mœurs et libérés dans les dix-huit derniers mois. Plusieurs d'entre eux correspondaient plus ou moins au profil et leur dossier atterrissait dans une bannette « à interroger ». De son côté, Salhindro avait pris sur son travail de coordinateur pour assister le laboratoire de Carl DiMestro et une équipe d'anthropologues judiciaires rattachée au service de médecine légale du Dr Folstom. Leur tâche consistait à travailler sur le visage de la victime – dont la partie supérieure était rongée par l'acide – pour reconstituer un masque de sa tête telle qu'elle devait être avant l'agression. C'était un travail lent et fastidieux, qui demandait une précision extraordinaire pour modeler un masque à l'élastomère de silicone. Un dermoplasticien de l'université de Portland se joignit à l'équipe pour parachever l'ouvrage. Mais il ne fallait pas attendre de résultat probant avant quelques jours. La recherche par fichier dentaire n'avait encore rien donné mais il suffisait que la jeune femme se soit fait soigner par un dentiste d'un comté éloigné pour que l'on n'obtienne jamais de réponse. L'identification de la victime n'avait donc pas encore livré tous ses secrets.

Brolin avait passé sa journée du mercredi à examiner les lieux du crime, puis à sillonner la forêt alentour dans l'espoir qu'un détail lui saute aux yeux, mais surtout pour s'imprégner au mieux de l'atmosphère. Il savait qu'ils ne disposaient pas d'assez d'éléments pour mettre la main sur ce tueur. Pire encore, Brolin était sûr qu'une autre victime allait succomber sous les coups de ce malade, mais il ne pouvait rien faire. Le Fantôme de Leland – il lui avait donné ce nom à force de le comparer à Leland Beaumont – allait frapper de nouveau, encore et encore, pris dans son élan macabre, englouti dans ses pulsions de mort et ses violentes poussées sexuelles. C'était inscrit dans ses actes, Brolin l'avait lu en voyant le carnage.

Le Fantôme de Leland allait tuer jusqu'à ce qu'on l'arrête. Une course contre la montre s'était engagée et chaque jour qui s'écoulait signifiait peut-être l'agonie puis la mort d'une femme. Brolin ne pouvait supporter cette idée, bien qu'elle fût inéluctable. D'une certaine manière, il se sentait responsable de ne pas aller assez vite, il aurait voulu d'autres indices, d'autres preuves immédiatement. Il faudrait donc jouer à se mettre dans la peau du tueur, apprendre à le comprendre avec le temps pour, peu à peu, pouvoir anticiper sur ses actes.

Brolin et Meats passèrent leur journée du jeudi à interroger Henry Palernos en compagnie des marshals de Bismarck et du shérif du comté de Wasco et de ses hommes. Ils vérifièrent tout d'abord l'alibi de Parker-Jeff pour la nuit du meurtre, et Salhindro eut toutes les peines du monde à lui faire admettre qu'il n'était pas suspecté mais que c'était la routine de l'enquête. Parker ne comprenait pas qu'après avoir sauvé la vie de l'inspecteur Brolin, il pût être suspecté de quoi que ce fût.

Heureusement, cela fut plus simple avec Henry Palernos avec lequel il fut inutile de prendre des pincettes. L'agresseur de Brolin était plus surveillé que Fort Knox ! Au fil des heures, l'alibi de Palernos pour la nuit du meurtre se vérifia et les divers témoins furent aussi interrogés. Palernos ne pouvait avoir fait le coup. C'était une malencontreuse coïncidence, le fuyard avait réagi violemment en voyant un flic qui n'était pas de la région poser des questions à la casse, persuadé qu'on l'avait retrouvé. Pas sincèrement étonnés, Meats et Brolin rentrèrent à Portland dans la soirée, toujours sans aucune piste.

Ce soir-là, la nuit leur parut bien moins apaisante qu'à l'accoutumée. Le disque lunaire ne brillait plus comme le phare des dormeurs mais comme une menace sibylline clignant dans d'immenses battements de nuage.

Le vendredi matin, Brolin reçut un appel de Juliette. Elle était survoltée, elle voulait le voir toute affaire cessante. C'était important.

Une demi-heure plus tard, elle frappait à la porte du bureau de Joshua.

Deux choses surprirent Juliette à son arrivée. La forte odeur de thé fruité et le sourire de Brolin pour l'accueillir. Elle pensait être un des rares spécimens de buveur de thé fruité dans tout Portland et voilà qu'elle découvrait chez Brolin un nouveau point commun. Son attitude désagréable du mardi avait disparu, laissant place à un homme aux traits tendus mais au sourire enjoué.

— Que me vaut ta visite si matinale ? s'enquit-il en se levant.

— Je… J'ai quelque chose à te montrer, balbutia-t-elle.

— À t'entendre au téléphone ça semblait extrêmement vital, remarqua Brolin. Tu veux du café ?

Juliette lui montra la théière.

— Je préfère du thé, fruit des bois, c'est mon préféré, fit-elle.

— Moi qui croyais être le seul acheteur de Portland chez Whittard of Chelsea, s'étonna Brolin. C'est grâce à nous que la boutique survit !

— Peut-être nous y sommes-nous croisés autrefois avant de nous connaître, fit-elle remarquer.

Brolin ne releva pas, se contentant de servir de l'eau bouillante dans deux *mugs* aux effigies des Trail Blazers [1].

— Comment va ta joue ? demanda Juliette en constatant que l'ecchymose avait viré du rouge au bleu-vert.

— C'est un peu douloureux quand je fais des grimaces aux passants mais ça va. Et mon épaule ne me fait presque plus mal. Assieds-toi et explique-moi tout.

Ils s'installèrent au bureau de Brolin et Juliette ouvrit la chemise en carton qu'elle tenait sous le bras.

— J'ai trouvé d'où proviennent les références de la lettre, je sais de quel livre elles sont tirées, dit-elle en guise de préambule.

1. Célèbre équipe de basket de Portland.

Brolin reçut la nouvelle comme un coup de massue. La demande d'aide qu'il avait adressée à la Bibliothèque du Congrès devait s'entasser dans un bac en attente, et il ne s'attendait pas à avoir de réponse avant plusieurs jours. À tel point qu'il avait déjà prévu de passer son week-end à la bibliothèque municipale. Mais plus déconcertant encore était d'obtenir l'information de Juliette.

— Tu es sûre de toi ? sonda-t-il tout en sachant que c'était le cas.

Il ne connaissait pas Juliette parfaitement mais il savait qu'elle n'était pas femme à faire les choses à moitié.

— Le doute n'est pas permis. Regarde.

Elle étala sur le sous-main la copie de la lettre du Corbeau et un livre ouvert dont Brolin ne put lire le titre. Un extrait y était entouré.

« Il faut déposer toute crainte,
Il faut qu'ici toute lâcheté meure. »

C'étaient les mots exacts de la lettre.

— C'est tiré de la *Divine Comédie* de Dante Alighieri. Plus précisément de la première partie, « L'Enfer », expliqua Juliette.

— « L'Enfer » ? répéta Brolin dont le visage se voila d'inquiétude.

— Oui, la *Divine Comédie* est une œuvre poétique du XIVe siècle découpée en trois parties : « L'Enfer », « Le Purgatoire » et…

— … « Le Paradis », intervint Brolin en hochant la tête. Je connais l'œuvre, bien que je ne l'aie jamais lue. Mon grand-père avait une reproduction de Botticelli dans son salon illustrant une scène du Purgatoire, ça m'a donné des cauchemars pendant toute ma jeunesse.

— Je l'ai lue cette nuit, chaque partie est découpée en trente-trois Chants. Et je crois que j'ai compris le message du tueur.

— Du Corbeau, corrigea Brolin. Nous avons acquis la quasi-certitude que le tueur et l'auteur de la lettre sont deux personnes distinctes, un meurtrier entre le psychotique et le psychopathe et un Corbeau à qui on pourrait coller l'étiquette de sociopathe, expliqua le jeune inspecteur sans se soucier de dévoiler à une « civile » des éléments confidentiels de l'enquête.

Juliette se réjouit de cette marque de confiance et hocha la tête pour montrer qu'elle comprenait.

— C'est encore plus logique, fit-elle pour elle-même. Dans ce cas, le Corbeau connaît les desseins du tueur, ils doivent être proches tous les deux. Compte tenu de l'intelligence du Corbeau, il est même envisageable qu'il soit la tête pensante du duo, l'autre exécutant les basses œuvres.

— C'est une possibilité envisagée, avoua Brolin que la perspicacité de Juliette surprenait non sans un plaisir certain.

— La première partie de la lettre est de sa création, expliqua Juliette. C'est ce que je pense, car il ne s'agit pas d'extrait de la *Divine Comédie*.

Elle lut les quatre rimes :

> « Laisse-moi chanter le premier :
> car d'un guide tu as besoin,
> pour t'initier à mon chemin,
> et ne pas t'écarter du sentier. »

Le téléphone sonna et Brolin d'un geste rapide transféra directement l'appel sur sa messagerie.

— Il se présente à nous comme un guide, reprit la jeune femme. Je crois qu'il ne va pas chercher à nous bluffer, il tient à ce qu'on puisse marcher dans ses pas, il veut que l'on sache ce qu'il prépare. Il précise bien « et ne pas t'écarter du sentier », sentier qui mène à le comprendre, j'imagine. Il cherche sa reconnaissance, il prépare de grands actes et veut que nous en soyons les témoins.

Brolin acquiesça, elle était de plus en plus surprenante. Juliette poursuivit :

— La *Divine Comédie* raconte comment Dante traversa l'Enfer en compagnie du poète Virgile et comment il gravit la montagne du Purgatoire pour retrouver Béatrice sa bien-aimée qui le conduisit jusqu'au Paradis. Une longue quête à travers l'outre-tombe pour rejaillir dans l'apaisement infini.

» Or, si j'ai bien suivi les infos, la victime a été tuée mercredi soir de la semaine dernière, dans les bois et peut-être à la tombée du jour. Ce qui correspond exactement aux vers de la *Divine Comédie* qu'il a choisis, « Je me trouvais dans une forêt sombre, dont le seul souvenir réveille la terreur ! Le jour tombait et le ciel embruni j'entrai dans le sentier sauvage et périlleux ». Ce sont des vers des Chants un et deux de « L'Enfer ». Et les vers suivants sont ceux du troisième Chant, les portes de l'Enfer. Je crois qu'il cherche à nous dire qu'il va pénétrer en enfer et nous y emmener avec lui. « L'Enfer » de Dante comporte neuf cercles, chacun étant une étape vers la Damnation et vers Dité, l'ange du Mal. Autrement dit Satan.

— Et d'après toi il veut nous conduire jusqu'à ce Dité, de cercle en cercle ?

L'excitation de Juliette était à son comble, elle ne savait pas comment traduire toutes ses idées en mots tant elles s'aggloméraient les unes aux autres comme des électrons fous dans un accélérateur de particules.

— Vers Dité ou vers autre chose, je ne sais pas. Mais il stipule que tout « s'éclaircira » quand nous aurons atteint l'Achéron. Et l'Achéron est une rivière qui charrie les âmes des morts vers le tréfonds de l'enfer. Il m'est venu une idée particulièrement désagréable cette nuit. Et s'il voulait pénétrer le cœur de l'enfer symboliquement, comment s'y prendrait-il ?

Brolin haussa les épaules.

— Je n'en sais rien, je suppose qu'il pourrait se livrer à des pratiques sataniques, hasarda-t-il, cueilli à froid.

— Ou bien il lui suffirait de remonter l'Achéron vers le centre de l'Enfer, vers Dité. Je crois qu'il tue pour pouvoir suivre l'âme de sa victime vers l'Achéron.

— De victime en victime, il pense pouvoir remonter le fleuve des morts, passer les neuf cercles pour pouvoir atteindre Dité ? s'exclama Brolin l'air soucieux.

— Une victime dans les bois car c'est là que commence le périple de Dante, il lui en faudra une autre pour le premier cercle et ainsi de suite jusqu'à Dité. Je sais que c'est tiré par les cheveux mais pourtant ça concorde !

— Ça se tient et ça se tient même très bien, approuva Brolin. Il tue pour franchir un palier, l'âme de sa victime part vers l'Achéron pour atteindre le centre de l'Enfer. Peut-être croit-il pouvoir la suivre, ou peut-être veut-il payer un droit de passage comme celui que l'on paye pour aller vers l'au-delà.

Nouveau coup de téléphone. Brolin répéta le même geste que précédemment et conduisit l'appel vers sa messagerie.

— Ce que j'aimerais savoir c'est pourquoi il veut rejoindre Dité, l'ange du Mal ? avoua Juliette. Quel genre de fantasme un tueur peut-il avoir pour jouir à l'idée d'atteindre l'incarnation du Mal ?

— Peut-être se sent-il lui-même être le mal ? hasarda Brolin. En tout cas félicitations, c'est du bon boulot. Étudiante en psychologie, hein ?

Juliette sentit ses joues s'empourprer.

— Je prépare une spécialisation en psychiatrie criminelle, expliqua-t-elle. Il faut bien que ça puisse me servir…

Sachant qu'il s'était montré inamical quelques jours plus tôt, Brolin s'en voulut et se mordit la lèvre. C'était plus fort que lui, il pouvait se fermer au monde en quelques minutes pour se plonger dans l'univers sinistre de sa profession et dès lors, le reste disparaissait. Elle avait dû se donner beaucoup de mal pour trouver la référence de la lettre et parvenir à ces conclusions. De plus, elle l'avait fait par altruisme, sachant qu'elle n'en tirerait aucun avantage direct. Brolin se leva et lui prit la main.

— Je suis désolé si je t'ai paru distant mardi dernier, je sais qu'avec toute cette histoire tu as besoin de soutien et je n'ai pas été à la hauteur cette semaine. Promis, je vais me rattraper, je ferais tout mon poss…

La porte du bureau s'ouvrit d'un coup, comme sous l'effet d'une explosion. Larry Salhindro surgit dans la pièce.

— Qu'est-ce que tu foutais, j'ai essayé de t'appel...

Il s'interrompit en voyant Juliette et Brolin qui lui tenait la main.

— Désolé de vous déranger tous les deux, mais c'est le branle-bas de combat dans le bureau du capitaine...

Salhindro hésita à parler devant Juliette puis se lança, jugeant qu'étant impliquée, elle avait le droit de savoir :

— On a reçu une nouvelle lettre du Corbeau.

30

Des émotions contradictoires se bousculaient dans l'esprit et le corps de Brolin. Un mélange d'euphorie qui le rendait léger et d'angoisse qui le tirait vers le bas. Comprenant qu'elle ne pourrait assister à la réunion, Juliette avait donné toutes ses notes à Brolin pour qu'il les présente au groupe d'investigation et lui avait demandé de la tenir au courant dès que possible. Elle avait hésité, comme suspendue dans l'air, et avait déposé un baiser sur la joue de Brolin avant de disparaître vers les ascenseurs. Ça n'était finalement rien, un geste tendre, un geste qu'une amie fait à quelqu'un qu'elle apprécie ; mais ce baiser avait fait naître en Brolin une chaleur intense. Chaleur qui se noya aussitôt dans la sueur froide et la bouffée d'angoisse qu'impliquait une nouvelle lettre du Corbeau.

— Le Corbeau, comme il est *convenu* de l'appeler désormais, nous a fait parvenir une autre lettre, fit le capitaine Chamberlin en guise de préambule.

Son second, l'officier Llyod Meats, Bentley Cotland et même Salhindro étaient présents dans le bureau du capitaine. Brolin refusa le café que lui tendait Salhindro.

— Elle est arrivée ce matin même, poursuivit le capitaine Chamberlin. Comme la première, celle-ci a été tapée sur ordinateur en caractères Times New Roman sur du papier tout ce qu'il y a de plus anodin. Aucune fibre décelée, seulement des taches rouges séchées sur le papier. Comme la précédente, elle était adressée au chef de la section des enquêtes criminelles, c'est donc moi qui l'ai ouverte à mon arrivée ce matin. Dès que je l'ai entr'aperçue, j'ai fait venir Craig Nova qui était dans le bureau d'à côté pour qu'il l'inspecte. J'ai recopié le texte et il est parti au labo pour analyser les traces rouges et passer l'original aux vapeurs d'iode. Craig vient d'appeler, il confirme qu'il s'agit bien de sang séché, une première estimation indiquerait qu'il s'agit de sang du groupe A négatif. Notre victime des bois était B négatif.

Un malaise insidieux s'empara des cinq hommes, la différence de groupe sanguin impliquait une évidence des plus lugubres.

— Pour ce qui est des empreintes, reprit-il, il n'y en avait pas sur la première lettre, il y a donc peu de chances qu'il en ait laissé cette fois-ci.

— Que dit le texte ? demanda Brolin.

Il savait que cette lettre pouvait tout à fait confirmer l'hypothèse de Juliette comme elle pouvait l'infirmer. Il avait le souffle court à l'idée qu'elle puisse avoir vu juste.

— Eh bien, voici ce qu'il nous dit, je cite :

« Au travers de moi se trouve la voie,
sous mes mots se cache la porte,
qui guide les aveugles vers la foi,
et les témoins du guide vers la morte.

Abîme obscur, profond et nébuleux,
Descendons là-bas, dans cet aveugle monde,
Je serai le premier tu seras le second.
Dans le cercle premier qui entoure l'abîme.
Il n'était pas de cris, mais rien que des soupirs. »

Le capitaine Chamberlin retint son souffle comme pour ne pas respirer l'air méphitique qu'insufflaient ces mots à ses narines. Tous le fixaient, mal à l'aise. Tous sauf Brolin qui feuilletait ardemment un livre posé sur ses genoux.

— Encore plus nébuleux que la première lettre ! s'exclama Salhindro. Mais que veut-il à la fin ? Nous narguer ?

— Non.

Tous les visages se tournèrent vers Brolin.

— Il veut nous faire partager son périple. Il ne sera rien sans témoin, alors il nous guide dans ses pas, il veut qu'on le suive le long de sa quête. Juliette Lafayette a trouvé la clé de la lettre. C'est la *Divine Comédie* de Dante.

Meats, Salhindro, Chamberlin et même Bentley Cotland écarquillèrent les yeux.

Brolin frappa de l'index une page de son livre.

— « Abîme obscur, profond et nébuleux », lut-il. C'est le Chant quatre de « L'Enfer », le premier cercle.

— Expliquez-vous, commanda Chamberlin.

— Le Corbeau n'est peut-être pas le tueur mais c'est lui qui le commandite. Il est le cerveau et dispose d'un homme pour tuer. Le Corbeau nous cite un passage différent de « L'Enfer » de Dante à chaque fois, Juliette pense que c'est parce que les deux hommes essaient de remonter le fleuve des morts pour atteindre le centre du Mal.

— Quoi ? s'écria Salhindro.

— Ils tuent pour suivre l'âme de leur victime le long de l'Achéron, le fleuve des morts, celui qui mène vers Dité, l'ange du Mal.

— Mais qu'est-ce que c'est que ces conneries ? s'étonna Chamberlin.

— Je crois que Juliette a vu juste, le tueur et le Corbeau vont tuer à chaque palier, pour chacun des neuf cercles de l'Enfer. Ils payent leur dû, et se laissent guider par l'âme de leur victime, s'approchant chaque fois un peu plus de ce qu'ils recherchent.

— C'est absurde ! s'emporta Cotland. Depuis quand est-ce que les profileurs de la police écoutent les divagations d'étudiante en mal de publicité ?

— Vous ne connaissez pas Juliette, alors fermez-la ! répliqua Brolin sans ménagement.

Bentley Cotland le fixa avec colère, cherchant une repartie bien sentie qui ne vint pas.

— Joshua, c'est vous notre expert en psychiatrie criminelle, déclara le capitaine Chamberlin. Qu'en pensez-vous ?

Brolin montra les notes de Juliette qu'il tenait à la main.

— La réponse est dans le texte et Juliette l'a senti. C'est peut-être une étudiante mais elle a côtoyé la folie, qu'on le veuille ou non, elle ressent ce que ce genre de type peut vivre.

Il hocha la tête.

— Elle a raison, continua-t-il. On peut s'attendre à ce qu'ils commettent un crime pour chacun des neuf cercles, comme la métaphore d'un passage, l'ouverture d'une porte par le sacrifice d'une vie. Ils remontent le cours de l'Achéron.

— Mais pour atteindre quoi ? demanda Meats qui n'était pas encore intervenu. Il n'y a rien à atteindre en tuant des femmes comme ça ! Il n'y a aucune porte réelle, ni ange du mal au bout du chemin !

— Pas *réellement*, expliqua Brolin, mais dans le fantasme qu'ils se sont créé, c'est le cas. Ils doivent procéder selon une sorte de rituel, peut-être sont-ils satanistes ou autre, ils *s'imaginent* remonter l'Achéron d'âme en âme, tuant toujours et encore. Le risque est qu'ils s'emballent et que, n'ayant aucun résultat *réel* comme vous dites, ils dégénèrent.

— C'est-à-dire ? interrogea Cotland.

— Je ne sais pas encore, tout est possible, ils pourraient stopper leurs crimes mais aussi s'embraser dans une folie meurtrière, devenir des *mass-murderers*, massacrant tout ce qui passe à leur portée en un laps de temps très court.

— Et c'est déjà arrivé ce genre d'acte ? insista Cotland qui ne voulait pas croire que, hormis dans les films, pareilles choses puissent être vraies.

Brolin soupira longuement avant d'ajouter d'une voix sans timbre :

— Un tireur fou qui abat seize personnes au fusil depuis une tour ; un dépressif qui entre dans un restaurant et mitraille toute l'assemblée incrédule, massacrant des familles entières ; ou un pauvre type qui fait sauter une bombe dans un cinéma le samedi après-midi. Ces drames arrivent tout le temps, et c'est en général Monsieur Tout-le-monde qui bascule dans la folie. Mais imaginez si c'est l'association de deux hommes, deux psychopathes frustrés à l'extrême, imaginez ce qu'ils pourraient faire !

Chamberlin renchérit :

— Nous n'avons pas affaire à des individus vivant et pensant comme vous et moi mais à deux hommes dont le champ de conscience est totalement différent, tout comme les valeurs morales.

Brolin confirma.

— Ce genre de tueur est incapable d'éprouver la moindre pitié quand il enfonce lentement sa lame dans la gorge de sa victime et pourtant il est tout à fait capable de pleurer si l'on faisait du mal à son chat. Leurs perceptions et leurs émotions ne sont pas comme les nôtres.

Cotland leva les bras en signe de capitulation.

— D'accord, d'accord… j'ai compris. Et qu'est-ce qu'on fait alors ?

— Cette fois encore, il a nécessairement un message à nous faire passer, fit remarquer Brolin.

Se tournant vers le capitaine Chamberlin, il demanda :

— Vous pouvez nous relire la lettre ?

— OK… « Au travers de moi se trouve la voie, sous mes mots se cache la porte, qui guide les aveugles vers la foi, et les témoins du guide vers la morte. » Puis en italique : *« Abîme obscur, profond et nébuleux, descendons là-bas, dans cet… »*

— Attendez, s'exclama Salhindro. Relisez le début.

Chamberlin chaussa ses verres en demi-lune pour mieux voir avant que ses yeux ne se fatiguent trop.

— « Au travers de moi se trouve la voie, sous mes mots se cache la porte, qui guide les aveugles vers la foi, et les témoins du guide vers la morte. »

Sans prévenir, Salhindro bondit sur le téléphone et s'empressa de composer un des numéros préenregistrés.

— Craig ? Ah Carl. Craig est dans le coin ? demanda-t-il. Oui, je sais qu'il s'occupe de la lettre, dis-lui que l'on recherche une encre invisible. Qu'il cherche un message qui n'apparaît pas à l'œil nu, quelque chose qui soit dissimulé sous le texte.

Brolin comprit aussitôt et se frappa le front devant sa naïveté. « Au travers de moi se trouve la voie, sous mes mots se cache la porte… » Le message était clair, le Corbeau avait dissimulé une partie de son texte avec de l'encre invisible.

— Mais ça n'a aucun sens ! gronda Meats qui ne comprenait pas le mécanisme du Corbeau. Je croyais qu'il voulait que l'on soit les témoins de ses actes ! Pourquoi dans ce cas-là dissimuler la moitié du texte ?

— Parce qu'il ne veut pas être observé par des idiots, il veut que l'on soit digne, il nous teste, il veut savoir si nous en valons la peine ! répondit Brolin. Si on se trompe, il nous oubliera et c'en sera fini des petits mots, on se contentera de découvrir – par hasard – des cadavres six mois après.

De longues minutes s'écoulèrent pendant qu'ils faisaient le point.

⁂

Au rez-de-chaussée du laboratoire de la police scientifique de Portland, Craig Nova – expert criminalistique – raccrocha le téléphone. Il posa son regard sur le rectangle de papier qui attendait sous une cloche en Plexiglas. Il adorait ce genre de défi. Les objets étaient nettement plus intéressants que les êtres humains, on pouvait les explorer dans tous les domaines, les analyser encore et encore jusqu'à percer toutes leurs énigmes, ils ne pouvaient rester mystérieux. Il existait toujours une méthode, un procédé scientifique pour obtenir ce que l'on voulait, au final tout objet dévoilait ses secrets. Au pire, on pouvait y passer des nuits blanches et s'entourer des éléments et des effectifs les plus compétents, quitte à inventer un nouveau procédé, on finissait toujours par faire dire aux objets la vérité, ce qu'ils avaient au fond d'eux. Ce qui n'était jamais le cas avec les êtres humains.

Avant que Larry Salhindro n'appelle, Craig s'apprêtait à employer la sublimation de métalloïdes ou de métaux avec des vapeurs d'iode qui viendraient se déposer sur d'éventuelles traces. Toute empreinte de doigt ou de paume apparaîtrait ainsi sur la feuille. Mais maintenant qu'il savait ce qu'il cherchait, cette méthode lui parut risquée. Il devait s'atteler à découvrir une encre invisible. Pour avoir exercé ses talents pendant plus de douze ans dans les services de criminalistique, Craig savait à quel point les auteurs de messages anonymes pouvaient se montrer inventifs. Tant qu'on ne savait pas quelle encre était utilisée, mieux valait ne pas prendre de risque. Les vapeurs d'iode pourraient tout à fait effacer ou corrompre certains types d'« encre », c'était une méthode d'analyse active, c'est-à-dire qui influençait directement le document, à l'opposé de méthodes passives qui se contenteraient d'observer la lettre sans l'altérer.

— Le laser à Argon, murmura Craig pour lui-même.

Le laser à Argon allait « grossir » toute trace déposée sur la feuille sans la modifier, la lettre resterait identique.

Il réajusta sa combinaison – spécialement conçue pour ne déposer aucune fibre – et tira sur ses gants avant de s'emparer de la lettre. Il traversa le labo et entra dans une pièce aveugle. Tout un appareillage complexe y trônait, imperturbable, luisant sous le faible éclairage et patientant dans le bourdonnement diffus de la ventilation. Craig déposa le document sur une plaque de verre antiréflecteur et se plaça derrière un pupitre de commande. Il régla le balayage à 500 nanomètres et enclencha le processus. Un pinceau de lumière cohérente jaillit à 45° par rapport au plan de la lettre, faisant ressortir très largement toutes les traces latentes.

Le bourdonnement s'amplifia et les données ne tardèrent pas à s'afficher sur l'écran de son pupitre. Un rayon bleu-vert faisait apparaître des courbes et des traits invisibles à l'œil nu sur le papier. Le laser faisait miroiter par luminescence une encre transparente. Une écriture approximative se dessina en dessous du message originel.

Tracés maladroitement, comme par un enfant apprenant à écrire, les mots s'illuminèrent sur l'écran.

⁂

Le téléphone sonna enfin et Chamberlin décrocha, il mit le haut-parleur.

— Bien vu Larry ! fit la voix nasillarde de Craig Nova dans l'Interphone. J'ai passé la lettre au laser à Argon, un balayage à 500 nanomètres, soit bleu-vert, qui a fait apparaître un autre texte par luminescence.

— Qu'est-ce que ça dit ?

— C'est pas très explicite. Il est écrit « Gibbs 10ème ». Votre gars c'est un barjot, il a écrit ça avec de la riboflavine du sébum, une sécrétion cutanée ! Il a dû passer un vieux stylo vide ou un morceau de plastique sur la peau de quelqu'un puis s'en est servi pour écrire. Il utilise les sécrétions cutanées de la personne comme un encrier !

— C'est tout ce qu'il y a d'écrit ? s'étonna Meats.

— Oui. « Gibbs 10ème ».

— On peut établir une empreinte génétique à partir de la ribofav… machin ? s'enquit Salhindro.

— C'est jouable, en utilisant le PCR pour multiplier la quantité d'ADN on peut…

— Je ne pense pas que c'est l'ADN du Corbeau que l'on va trouver mais celle de leur nouvelle victime, intervint Brolin.

— Qu'est-ce qui vous fait dire ça ? demanda Bentley, le visage crispé par l'appréhension.

— « Au travers de moi se trouve la voie, sous mes mots se cache la porte, qui guide les aveugles vers la foi, et les témoins du guide vers la morte. » Si nous ne sommes pas aveugles, nous sommes témoins et la morte se trouve à l'angle de la 10e Rue et de Gibbs.

Brolin s'approcha d'une carte murale de Portland et suivit avec l'index la 10e Rue. Il descendit jusqu'au sud de la ville, derrière le vieil hôpital et pointa son doigt sur une annotation de la voirie.

— Dans un bâtiment du service des eaux, fit-il. L'entrée des égouts.

31

Le véhicule de police fit crisser ses pneus en dépassant le Shriners Hospital. Brolin sentait son cœur battre fort dans sa poitrine. Ils étaient tout proches. Ils roulèrent sur Gibbs jusqu'à l'intersection de la 10e Rue où Salhindro ralentit. Le quartier était un mélange de pavillons, de vastes jardins et de sites laissés en friche.

Sur leur droite, une allée couverte d'un bitume ancestral coupait le trottoir vers un petit terrain vague où jaillissait des buissons un bâtiment de plain-pied sans fenêtre. Le terrain était cerclé d'une clôture dont le portail n'existait plus depuis bien longtemps. Un panneau de la voirie indiquait qu'il s'agissait d'un site interdit et dangereux.

Salhindro s'apprêtait à tourner pour emprunter l'allée lorsque Brolin lui mit la main sur l'épaule.

— Gare-toi ici. S'il y a ce que je pense à l'intérieur, et si je cerne bien notre homme, il n'aura pas pris le risque de transporter le corps à découvert jusqu'au bâtiment. Pas dans une zone pavillonnaire comme celle-ci, il a dû se garer devant la porte.

Bentley qui scrutait l'allée cahoteuse se tourna vers l'inspecteur.

— Ça n'est pas de la terre, c'est du goudron, qu'espérez-vous en tirer comme indice ?

— On ne sait jamais, mégot, empreinte, trace de sang, on peut trouver n'importe quoi.

Sans plus rien dire, Brolin sortit du véhicule tandis que celui de Lloyd Meats stoppait derrière eux. Le second du capitaine fit la moue en découvrant le bâtiment du service des eaux.

— C'est sinistre, se contenta-t-il de siffler entre ses lèvres.

Salhindro prit l'émetteur dans son véhicule.

— Central, ici unité 4-01, code 10-23. Nous faisons un 10-85.

Dans la police de Portland le code 10-23 signifie que l'unité est sur place et 10-85 qu'elle va procéder à un examen de sécurité des lieux. Ce dernier code est en général utilisé lorsque des policiers viennent d'arriver sur un lieu sensible et qu'ils ne savent pas si l'agresseur, meurtrier ou autre, est encore présent. C'est une préalerte et si le central ne reçoit pas de nouvelle dans les cinq minutes il envoie des renforts avec le code suprême : éventualité de 10-0, homme en danger. Le 10-0 mobilise en général les volontés les plus farouches et semble conférer aux officiers de police une sorte d'allant indéfectible jusqu'à ce que leurs collègues soient hors de danger. Le 10-0 est le code qui transforme en quelques secondes la police en confrérie fraternelle.

— Bien reçu 4-01, soyez prudents.

Le troisième véhicule qu'ils attendaient tous ne tarda pas à suivre et Craig Nova accompagné de ses assistants Scott Scacci et un dénommé Paul Launders sortirent du break chargés de valises en aluminium.

— Craig, je voudrais que vous passiez au crible l'allée qui mène au bâtiment, au moins la dernière portion devant l'entrée, il n'est pas impossible que notre homme s'y soit garé un moment, expliqua Brolin.

Craig Nova opina du chef et se tourna vers son assistant qui acquiesça à son tour puis se dirigea vers l'arrière du break et en sortit deux grosses valises sur lesquelles le soleil de midi étincelait. Craig, de son côté, donna à Brolin une combinaison blanche spécialement conçue pour n'abandonner aucune fibre qui pourrait polluer la scène de crime.

— Donnes-en une à Larry, il entre avec nous, fit Brolin.

— Et moi ? s'étonna Bentley. Je dois aussi vous suivre, ce sera très formateur pour moi !

Brolin serra les dents. « *Très formateur pour moi*, se répéta-t-il en fulminant. Tout porte à croire qu'on s'apprête à découvrir le cadavre d'une femme assassinée et lui ne pense qu'à l'aspect formateur de la chose ! » Fils à papa parachuté au poste d'attorney par Piston SA sans en avoir la moindre qualité, Bentley Cotland apparut soudainement aux yeux de Brolin comme un demeuré arriviste au sourire carnassier. L'inspecteur eut l'intime conviction que la carrière de Bentley ne serait jamais à la mesure de son ego et qu'il n'en serait que plus dangereux, il deviendrait un requin frustré et donc méchant. Mais trop bête, même avec les appuis de papa, pour se faire accepter durablement dans les hautes sphères du pouvoir.

Comprenant que Brolin enrageait, Salhindro expliqua en enfilant des protège-chaussures en plastique :

— Moins nous serons et moins nous contaminerons les lieux.

— Mais…

Le regard de l'assistant attorney croisa celui de Brolin et il se tut.

— Donnez plutôt un coup de main à l'inspecteur Meats pour dresser un cordon de sécurité à l'entrée de l'allée.

Bentley Cotland soupira, puis hocha péniblement la tête.

Brolin, Craig Nova, Scott Scacci et Salhindro se tenaient sur le seuil du bâtiment. Ils avaient consciencieusement contourné l'allée par les herbes tout en scrutant le sol à la recherche d'indices singuliers jusqu'à la porte en fer. Dans leur dos, Paul Launders progressait lentement, trente centimètres par trente centimètres, le nez rivé au sol, faisant quelques prélèvements sur la chaussée et dans les trous qui mettaient à nu la couche de base de l'allée. Au loin, Lloyd Meats secondé par Bentley disposait le ruban jaune pour fermer le périmètre et servait de relais avec le central.

Craig posa sa lourde mallette sur le côté et en sortit la lampe Polilight. Elle ressemblait à une sorte d'aspirateur compact, poussant la ressemblance jusqu'à disposer d'un long tuyau flexible.

— À partir de maintenant, vous ne quittez plus vos gants et ne posez la main qu'aux endroits que j'ai balayés de la Polilight, prévint Craig en faisant apparaître de sa mallette trois paires de lunettes rigides qu'il distribua à ses collègues.

Brolin comme Salhindro connaissaient parfaitement les procédures en règle. La lampe Polilight est un instrument de travail essentiel de la police scientifique mais son faisceau est si puissant qu'il peut endommager la rétine si celle-ci n'est pas protégée d'un verre spécialement traité.

Craig mit la lampe en marche et le bourdonnement du système d'aération se mit à chanter. La Polilight est une lampe à lumière monochromatique et à longueur d'onde variable, allant de l'ultraviolet à l'infrarouge, ce qui rend phosphorescentes les protéines contenues dans le sang, le sperme ou même les traces papillaires c'est-à-dire les empreintes. En passant le puissant faisceau de lumière sur le sol, ou à l'endroit suspect, on voit apparaître d'un coup ce qui était difficilement visible quelques secondes plus tôt à l'œil nu.

Le sol devant l'entrée était constitué de gravillons dans lesquels il était impossible de trouver la moindre empreinte de pas. Craig passa la Polilight sur la porte d'entrée puis sur la poignée. Sans résultat.

— S'il est venu quelqu'un ici récemment, il portait des gants, déplora Craig en se redressant.

— Combien de temps peuvent rester des empreintes sur un support fixe avant de disparaître ? s'enquit Brolin.

— En théorie, des semaines, voire des mois si ce n'est beaucoup plus. Sous réserve de les préserver de toute source d'érosion, de lumière ou de chaleur qui dégradent les protéines de l'empreinte. Sur la porte, je pense qu'avec les conditions extérieures, il est impensable d'en déceler une qui aurait plus de quelques jours.

Scott qui venait d'observer la serrure hocha vigoureusement la tête.

— Elle a été forcée. Habilement, mais il y a des entailles dans le mécanisme, dit-il.

— OK, on entre. On ne sait pas ce qu'on trouvera là-dedans, mais s'il s'agit bien d'une autre victime je préfère ne pas perdre plus de temps, lança Brolin en s'approchant de la porte.

— Tu penses qu'elle peut être encore vivante ? demanda Craig qui perdit pour la première fois son air jovial habituel.

— Je ne sais pas, Meats a appelé une ambulance qui devrait arriver d'un instant à l'autre, on ne sait jamais.

Brolin posa la main sur la poignée et la fit tourner.

La porte n'était plus verrouillée.

Par mesure de sécurité, le jeune inspecteur sortit son Glock de son holster et entra le premier. « Tant pis pour les traces », pensa-t-il.

Son pied se posa dans une flaque noire et son corps disparut dans la pièce.

En quelques secondes, un nuage d'humidité s'enroula autour de lui alors que des ténèbres s'éleva un grognement lugubre.

32

Juliette était assise dans le tramway.

En face d'elle, deux jeunes hommes discutaient à voix basse tout en la gratifiant de coups d'œil peu discrets. Sa beauté les avait immédiatement saisis et ils espéraient de tout cœur pouvoir plonger sinon leurs âmes du moins leur libido dans ses yeux de saphir. Celui qui parlait avec le plus d'assurance se risqua même à lui faire son sourire fatal – celui qu'il qualifiait de sourire n° 1 sur l'échelle de séduction – accompagné d'un clin d'œil.

Juliette les ignora, les yeux rivés sur les rues qui se succédaient derrière la vitre. Cependant, le paysage ne l'intéressait guère, tout son esprit se focalisait sur sa conversation du matin avec Brolin. Et sur le contenu de la lettre.

« Ils sont deux, se répéta-t-elle. Le Corbeau et le tueur. Ça sonne comme une vieille fable française », se surprit-elle à penser.

Le MAX Light Rail [1] filait dans First Street, passant devant des pubs où des étudiants discutaient autour

1. Nom du tramway de Portland.

d'un café chaud, des restaurants aux ambiances tamisées ou des boutiques annonçant « SOLDES » comme des affiches de cinéma, mais Juliette restait aveugle à ces appels. Elle n'en avait que pour cette sordide histoire de meurtre.

D'après ce que Brolin lui avait expliqué, le tueur reproduisait le mode opératoire de Leland Beaumont mais en moins achevé. Comme s'il n'en était pas capable. Pourtant il avait prouvé qu'il connaissait ce *modus operandi*, sans parvenir à être assez fort pour l'accomplir comme son « modèle ». D'une manière ou d'une autre le tueur ou le Corbeau avait connu Leland Beaumont. Et de ce qu'elle savait de Leland, c'était plutôt un homme solitaire ayant assez peu d'amis. Brolin avait tenté la piste des collègues de travail sans résultat. Leland passait pour un type étrange, « faisant d'obscures références à la magie noire », lui avait répété Joshua. Que restait-il ? La famille.

Pourtant il avait été seul. Fils unique, une mère morte cinq ans plus tôt et un père un peu simplet, il n'avait pas de famille.

Qui pouvait être susceptible d'avoir connu Leland Beaumont ?

Et de quelle manière ces deux esprits déments, le tueur et le Corbeau, avaient-ils pu se lier dans ce fantasme morbide ? Comment deux êtres humains en viennent-ils à se parler de mort et décident-ils de s'associer pour tuer ?

Dans la plupart des cas, un homme nourrissant des pulsions de crime ne viendrait pas à se confier aisément à autrui. Et pourtant il avait bien fallu qu'ils en parlent pour se découvrir cette passion commune.

Juliette cherchait des réponses et c'était des questions qui surgissaient.

Comment deux hommes peuvent-ils décider de s'associer pour tuer sans aucun mobile ?

En face, les deux « étalons » multipliaient les éclats de rire et les gesticulations pour attirer son attention.

Deux hommes. Deux esprits tordus qui se rencontrent et qui se reconnaissent une passion mutuelle : le meurtre. S'ils ne se connaissent pas, comment deux hommes en viennent-ils à se parler et se confier des projets morbides, chacun étant sûr que l'autre ne courra pas le dénoncer à la police à la moindre allusion criminelle ?

À moins qu'ils ne sachent d'emblée qu'ils sont tous deux des meurtriers !

Et où trouve-t-on des tueurs en série vingt-quatre heures sur vingt-quatre ?

Juliette tourna soudainement le visage vers les deux jeunes hommes en face. Les rires cessèrent aussitôt.

L'éclat céruléen de ses yeux vint se ficher droit dans la prunelle du séducteur qui vit son souhait se réaliser. Pourtant il ne décrocha nul clin d'œil et baissa les yeux, tout penaud.

Juliette flairait une piste, un élément de l'enquête que Brolin avait déjà traité mais trop rapidement, ou peut-être négligé.

Où trouve-t-on des tueurs en série vingt-quatre heures sur vingt-quatre ?

La réponse était si évidente qu'un sourire de dépit souligna ses lèvres.

En prison.

Elle descendit à l'arrêt suivant et fonça tout droit sur la voiture qui suivait le tramway depuis qu'elle s'y était engouffrée. À l'intérieur, les deux officiers de police chargés de la suivre pour la protéger se regardèrent un instant avant de se demander à quelle sauce ils allaient être mangés.

33

Brolin se campait sur ses deux jambes, et pointa son Glock devant lui avant de balayer la pièce avec des mouvements de bras à droite puis à gauche. L'humidité étouffante glissait sur ses vêtements comme une main invisible pour s'insinuer dans la laine de son pull et les fibres de son jean. Le grondement d'une pompe résonnait quelque part dans les ténèbres à la manière d'un cerbère.

— Larry, amène de la lumière, chuchota Brolin.

Aussitôt la Mag-Lite de Salhindro s'alluma et il entra aux côtés de l'inspecteur.

— On étouffe là-dedans ! geignit-il.

— Les égouts, Larry…

La pièce dans laquelle ils se tenaient s'étendait sur toute la surface du bâtiment. Aucune fenêtre, l'obscurité y était totale, et les différentes pompes qui fonctionnaient dégageaient avec les émanations d'égout une vapeur épaisse et chaude. Les murs suintaient l'humidité.

Craig Nova qui se tenait à l'entrée jeta un rapide coup d'œil et secoua la tête.

— Pour les empreintes, ça va pas être du gâteau, fit-il plus fort qu'il ne l'aurait voulu.

Brolin le fit taire d'un mouvement de la main.

— Reste là, Larry et moi allons vérifier la pièce. Tu n'entres pas tant qu'on ne t'a pas confirmé que le bâtiment était sûr, chuchota-t-il. Donne-moi une lampe.

Craig Nova lui passa de quoi s'éclairer et recula d'un pas.

Brolin s'engagea sur la droite pendant que Larry Salhindro prenait sur la gauche. Leurs gestes étaient rapides et précis, ils ne progressaient qu'à couvert des machines. La main gauche tenait la lampe en plaçant le bras devant le torse comme pour se protéger tandis que la main droite tenait l'arme en appui sur le poignet gauche. Comme à l'académie.

Pas à pas, ils découvraient les pompes, les valves, l'enchevêtrement de tuyaux visqueux et les panneaux d'avertissement.

Ils s'approchaient du fond de la pièce et l'air se faisait plus lourd, chaque inspiration demandant plus d'effort. L'odeur d'ammoniaque commença à leur parvenir et Brolin frissonna aussitôt. Il savait qu'un corps en décomposition dégage à un certain stade de la putréfaction une odeur d'ammoniaque assez forte.

Mais les égouts sont également baignés d'un mélange d'ammoniaque aseptisant.

Sa respiration se fit plus forte, plus bruyante.

« Si notre homme est encore là, se dit-il, j'ai intérêt à protéger mon bras gauche en cas de choc, ou je suis bon pour l'épaule déboîtée. »

Du fait de sa blessure à la casse automobile, la tête humérale était fragilisée et pouvait se déloger au moindre coup un peu brutal. Et Brolin le savait, bien que bénin dans la plupart des cas, ce genre de détail vous rendait moins rapide que l'autre et pouvait être synonyme d'une balle en pleine tête dans les secondes suivantes.

Les combinaisons spéciales dont ils étaient affublés pour ne pas corrompre la scène de crime n'aidaient en rien à la discrétion. Surtout les poches plastique qui entouraient leurs chaussures.

Devant eux, un jet de vapeur les fit sursauter de concert. Brolin se félicita d'être accompagné d'un vétéran. D'autres recrues plus nerveuses auraient pressé la détente pour moins que ça.

Plongés dans les ténèbres vaporeuses et bruyantes, les deux hommes ne disposaient que du faisceau de leurs lampes au krypton comme seul guide. Ils marchaient avec vigilance, comme deux mineurs perdus dans une forêt d'acier, nimbée d'une brume nauséabonde.

Elle apparut au détour d'un pupitre commandant des valves.

Nue et allongée, elle fixait Brolin d'un regard suppliant. Ses traits étaient figés par la terreur pure.

Son front n'était plus qu'une tache sombre et suintante.

De là où il se trouvait, le jeune inspecteur ne pouvait distinguer que le haut de son corps et il remarqua qu'elle était étendue sur le dos, les mains attachées au-dessus de la tête, bras tendus comme pour montrer quelque chose. Ses avant-bras n'étaient pas sectionnés !

Cette remarque – si évidente fût-elle – sonnait comme une petite victoire dans ce chaos, compte tenu des habitudes du tueur.

Brolin fit claquer ses doigts à l'attention de Salhindro qui était de l'autre côté et lui désigna la petite plate-forme devant lui. Alerté, celui-ci entreprit de faire le tour par-derrière.

Brolin se concentra sur la femme étendue cinq mètres plus loin.

Il fit un pas de plus.

Des larmes de sang avaient coulé de ses mamelons tranchés.

Son regard ne quittait pas Brolin.

Un autre pas.

L'humidité brillait faiblement en une myriade de gouttelettes sur son ventre à peine rebondi.

Cinquante centimètres de plus, Brolin était presque à son niveau et Salhindro s'approchait en face en scrutant chaque zone d'ombre.

Une sangle en cuir mordait la peau de la femme au niveau du bassin, comme une ceinture. De là où il était, Brolin ne pouvait pas distinguer correctement, mais il lui sembla que la sangle était fixée dans une grille du sol.

Tout à coup une pompe se mit en marche à quelques mètres, et le hurlement de son mécanisme qui s'actionnait explosa dans la pièce. Brolin serra la crosse du Glock pour ne pas céder à la peur.

Il plongea ses yeux dans ceux de la femme qui l'observait toujours avec l'expression de celui qui contemple la mort avant qu'elle ne frappe.

Brolin tentait de ne pas se laisser impressionner par la bouillie de chair qu'était son front.

Un dernier pas vers elle.

Et il comprit.

Toute l'horreur exprimée par les traits de son visage prit consistance dans l'esprit de Brolin.

Elle avait les yeux rivés sur lui.

Les mains attachées.

Le bassin maintenu au sol.

Et deux cavités béantes à la place des jambes.

34

Le médecin légiste appréciait de moins en moins son boulot. Outre la surenchère d'horreur qu'il devait affronter avec les années, il subissait les caprices grandissants des flics. On lui avait demandé d'enfiler une combinaison sur ses vêtements et de ne pas déplacer la victime pour le moment. Il se contenta donc de confirmer ce que tout le monde savait déjà : la fille était morte. Probablement depuis quarante ou cinquante heures puisque la rigidité cadavérique avait en grande partie disparu mais que la putréfaction n'avait pas encore de signe extérieur visible hormis la tache verte à gauche du nombril.

Brolin se pencha pour lui fermer les paupières.

Durant les premières secondes, il avait cru qu'elle était vivante. Terrorisée mais vivante.

Brolin avait eu l'illusion qu'elle le suivait des yeux, à la manière d'une Joconde funèbre qui darde son regard dans le vôtre où que vous soyez dans la pièce.

Salhindro était retourné aux véhicules pour rendre compte de la situation à Lloyd Meats. Craig Nova et son assistant Scott Scacci passaient toute la pièce en revue.

La lampe Polilight à la main, Scott Scacci balayait lentement d'arrière en avant, pas à pas.

Craig Nova s'approcha de Brolin accroupi à côté du corps.

— Tu permets que je lui prenne ses empreintes ? demanda-t-il.

— Vas-y, mais ne bouge pas le corps.

— Pourquoi tiens-tu autant à ce qu'on n'y touche pas ? s'enquit l'expert en criminalistique tout en sortant d'une mallette un jeu de tampons encreurs et des feuilles de relevé d'empreintes. On a déjà fait les photos nécessaires.

— Je cherche à comprendre tout ce qu'elle nous dit.

Craig leva la tête et observa Brolin.

— Ce qu'*elle* te dit ? fit-il en montrant le cadavre.

Brolin hocha la tête et se leva. Il entreprit de marcher lentement autour du corps, s'immobilisant par instants et faisant un tour sur lui-même tout en analysant ce qui l'entourait.

— Nous avons affaire à des crimes sexuels, commença-t-il. Ce sont ces pulsions qui nourrissent les fantasmes pervers du tueur qui l'amènent à tuer, pourrait-on dire pour simplifier. Or dans ce type de crime, le tueur a souvent quelque chose à dire, consciemment ou non. Et ce message se lit dans sa victime.

— Tu veux dire que le tueur laisse quelque chose pour nous, un indice à trouver ?

— Pas de cette manière. C'est souvent plus latent, surtout quand c'est inconscient de la part du meurtrier. Le criminel tue pour satisfaire un fantasme, il doit donc faire de son mieux pour que son crime matérialise ce fantasme. Et ce spectacle macabre qu'il laisse derrière lui est la représentation de ce qu'il cherche, de ce qui le pousse à tuer. Nous n'avons plus qu'à regarder et trouver comment il pense, ensuite nous comprendrons ce qu'il a voulu faire, voulu dire et ce qu'il recherche. La disposition du corps est par exemple un élément primordial. Dans un fantasme de mort, le corps de la victime est d'une manière générale un catalyseur de pulsion, c'est l'instrument nécessaire pour matérialiser ce fantasme, et donc tout ce que le tueur fait avec lui et la manière dont il le fait sont importants. Tout comme la position dans laquelle il le laisse. C'est justement ce qui m'intéresse ici. Regarde, même une fois la frénésie de l'action passée, il n'a pas cherché à lui rendre sa dignité, au contraire, il l'a laissée nue, bien en vue du premier venu. Il n'éprouve pas de remords, mais au contraire une très forte haine pour les femmes ou au moins pour ce que celle-ci représentait à ses yeux.

— Mais pourquoi veux-tu qu'il éprouve des remords, il tue pour la deuxième fois, à mon avis c'est pas le genre de type à éprouver des remords !

— Détrompe-toi. Imagine que tu es très, très excité par une femme, elle t'allume encore plus, vous jouez le jeu tous les deux, et comme ça fait des lustres que tu ne t'es pas envoyé en l'air, tu n'as plus qu'une idée en tête : coucher avec elle. Peu importe qu'elle soit pas super-géniale. Peu importe que c'est une collègue de travail et que tu t'es juré de ne pas mélanger cul et boulot. Excité comme tu es, tu fonces tête baissée dans ce qu'elle te propose parce qu'elle continue de te faire monter. C'est l'ivresse du désir. En général dans ce cas de figure, c'est une fois le rapport sexuel consommé, une fois les pulsions délivrées que tu te dis : « Merde, j'aurais pas dû, on a fait une connerie. Mais comment j'ai pu me laisser aller à ce point ? Etc. » Tu étais sous l'emprise du désir. Avant tu n'avais qu'une idée : la sauter, tout en sachant que tu ne devais pas, ça n'est qu'une fois cela fait que tu reprends toute ta lucidité.

Craig esquissa un sourire en hochant la tête.

— On peut voir les choses comme ça, approuva-t-il.

— Pour le tueur c'est la même chose. Sauf que l'excitation, c'est lui qui se la crée dans sa tête, il ressasse sans arrêt un rêve morbide, faisant monter la pression de son désir. Il y pense pendant des semaines, des mois voire des années. Mais plus il y pense, plus ce rêve devient complexe et précis. Plus il bout de désir. À un certain moment, il finit par ne plus tenir et comme une cocotte minute, il explose en passant à l'acte. Il a tellement vécu ce rêve en solitaire, que c'est un désir qu'il réalise seul, que personne ne peut comprendre, et il ne voit pas en sa victime un être humain mais l'outil de son fantasme. L'excitation est si forte qu'il ne peut se contrôler parfaitement, il se déchaîne de toute cette attente. Mais une fois l'acte accompli, une fois la « relation » consommée, comme toi après coup, il redescend et il cesse d'être aveuglé par ses pulsions. Il voit ce qu'il a fait avec discernement et en comprend toute l'ampleur. C'est là que le remords peut surgir, tout comme le regret surgit dans ton esprit. Mais forcément, la réalité n'est pas à la hauteur de son rêve et il en ressort frustré. Alors, il recommencera pour se rapprocher de cette perfection onirique, perfection qu'il ne pourra jamais atteindre et qui le contraindra à tuer et tuer encore... Surtout lui (Brolin désigna la victime), car une fois l'acte commis, il n'a pas voulu la couvrir d'un vêtement, au moins lui protéger le visage ou le corps. Non, il la laisse nue et exposée aux regards pour qu'elle soit complètement humiliée.

» Regarde-la. Qu'est-ce qui te choque ?

Craig haussa les sourcils. Cela faisait des années qu'il exerçait sur les scènes de crime et il avait une certaine familiarité avec les cadavres, bien qu'il n'aimât guère travailler dessus, laissant volontiers cette tâche aux légistes.

Il pencha la tête pour observer le corps.

Elle devait approcher la quarantaine, assez mince sans être non plus famélique, le temps l'avait frappée avec les mêmes armes que pour tous mais elle avait su s'en protéger à force de sport ou de régime alimentaire certainement. La terreur s'était inscrite sur les traits de son visage, le déformant en une hideuse grimace de supplication. Malgré tout, on pouvait supposer qu'elle avait été jolie.

— Je ne sais pas… avoua enfin Craig. Elle est… mignonne ?

— Oui. Comme la victime précédente. Mais plus âgée, je lui donnerais quinze ans de plus. Regarde la posture de son corps. Étendue, les bras tirés au-dessus de la tête, elle nous montre la trappe là-bas. Elle montre l'entrée des égouts.

— C'est vrai, c'est dans l'alignement.

Brolin inspira une longue bouffée d'air chaud.

— Mais ça n'est pas tout, fit-il. Observe les mutilations, sa gorge est violacée. Cette fois, le tueur a voulu être directement au contact avec sa victime, pas de couteau, non, juste les mains. Je suis sûr qu'il a haï de devoir porter des gants. Peut-être les a-t-il retirés puis a essuyé les empreintes éventuelles.

— De toute façon, on ne peut relever des empreintes digitales sur la peau que dans les soixante minutes suivant le contact, quatre-vingt-dix avec de la chance, précisa Craig.

— Cette fois, il n'y a pas de rage disproportionnée avec de nombreux coups de couteau comme pour la première victime. Cette fois il s'est maîtrisé. Pas encore complètement, il n'a pu s'empêcher de lui couper les tétons et peut-être l'a-t-il mordue aux cuisses également. Mais regarde comme elle est propre cette fois. À peine un peu de sang sur les seins et évidemment sur les hanches.

Brolin contempla les cavités sanguinolentes qui étaient à la place des jambes.

— Pourtant aujourd'hui il n'a pas pris les avant-bras mais les jambes. Il change de trophée.

La voix pleine d'excitation de Scott Scacci tira Brolin de ses pensées :

— J'ai une empreinte !

Craig et Brolin bondirent vers l'assistant qui pointait la Polilight sur une paroi.

Sur un écriteau « Valve auxiliaire 4 » d'un rouge passé, le puissant faisceau lumineux mettait en évidence une petite empreinte digitale difficilement discernable. C'était l'empreinte de plusieurs phalanges.

— On ne la voit pas bien. C'est exploitable ? s'enquit Brolin nerveusement.

Craig Nova souriait à pleines dents. Il était là dans son élément. Il hésita devant plusieurs flacons dans sa mallette tout en expliquant :

— Le tout étant de bien choisir le révélateur. Sur une surface dure et non absorbante comme celle-ci, on peut utiliser de la poudre de carbone si la surface est claire ou d'aluminium si elle est sombre. Mais pour une empreinte latente sur de la couleur la poudre fluorescente est encore mieux !

Il s'empara d'un flacon de DFO et déposa minutieusement la poudre à l'aide d'un applicateur magnétique. Puis régla la lampe Polilight sur le faisceau ultraviolet et approcha l'embout de l'empreinte.

Le résultat fut saisissant. Scintillant d'un vert fluorescent parfaitement visible, la poudre soulignait les moindres volutes de l'empreinte sous l'éclairage monochromatique.

L'empreinte brillait.

— Et merde ! lâcha Craig Nova.

— Quoi ? Elle est géniale, parfaitement utilisable, fit remarquer Brolin.

— C'est pas le problème. Tu vois ce petit triangle au milieu de l'empreinte du doigt ? Tous les sillons forment comme une vague autour. On appelle ça un arc en tente dans le jargon. Une personne sur quarante seulement présente ce genre de dessin, c'est un type d'empreinte un peu plus rare.

— Et alors ? Quel est le problème ?

— Je viens de prendre les empreintes de la dame là-bas, et j'ai remarqué que ce sont des arcs en tente justement. Une personne sur quarante, ça n'est pas non plus énorme, mais je suis prêt à parier ma chemise que c'est l'empreinte de la victime, pas celle du tueur.

Brolin soupira. Craig prit deux clichés, l'un en noir et blanc sous un puissant éclairage – car les photos couleur atténuent énormément le contraste nécessaire à la comparaison des empreintes –, l'autre avec son deuxième appareil photo infrarouge avec pellicule de 3 200 ASA.

— Hey, approchez la Polilight, intervint Scott Scacci. Je crois que j'ai quelque chose ici.

Les deux hommes bondirent vers l'assistant.

La Polilight éclaira aussitôt une trace de pas sur le sol.

— Magnifique, commenta Craig. Scott, passe-moi la machine à électricité statique.

Quelques secondes plus tard, Craig appliquait une grande feuille carrée semblable à de l'aluminium sur le sol. Brolin avait déjà vu ce genre de procédé à Quantico, mais il ne parvenait pas à mettre un nom exact sur le produit.

— Je pose ma feuille d'acétate de cellulose sur l'empreinte, et nous aurons bientôt le dessin exact de cette chaussure, expliqua Craig.

Il passait un rouleau sur la feuille en imprégnant une charge d'électricité statique à l'aide d'un petit cylindre ressemblant fort à un allume-gaz.

« Et voilà ! s'exclama-t-il en prenant soin de ranger la grande feuille dans une enveloppe à l'aide d'une pince. Il y a de la terre dans l'empreinte, ça peut être intéressant pour nous.

— Il n'y a pas d'autre trace ici hormis les nôtres, fit Scott après plus ample vérification.

Brolin s'écarta de deux mètres. L'allée qui menait à la victime était constituée d'une grille. Aucune empreinte de pas ne pouvait avoir marqué dessus. Par contre, à un moment donné le tueur avait fait un écart sur un socle en pierre. Un écart d'un pas.

Un pas vers l'empreinte digitale.

Brolin visualisa la scène.

Il voyait une femme marcher péniblement droit devant elle, les mains liées. Derrière elle, la silhouette sombre d'un homme athlétique la guide à travers l'obscurité et l'humidité. Elle ne voit pas grand-chose, l'ombre dans son dos ne disposant que d'une seule torche électrique, elle marche difficilement, les jambes tétanisées par la peur. Puis elle trébuche et se rattrape au pupitre – d'où l'empreinte – et l'ombre surgit et pose le pied sur le socle en pierre pour la retenir ou la ramener en arrière.

Oui, cela avait dû se passer comme ça, à peu de chose près.

Ensuite…

Ensuite il lui avait ordonné de s'allonger par terre où il l'avait sanglée au sol pour qu'elle ne puisse pas se débattre.

Là, lentement pour mieux s'imprégner de cet instant, il l'avait étranglée. Peut-être s'est-il arrêté avant qu'elle ne tombe inconsciente. Il lui tranche alors les mamelons et se repaît de sa douleur. Elle n'a pas de bâillon, il ne prête aucune attention à ses hurlements. Le bruit des pompes et le bâtiment isolé au fond d'un terrain vierge lui assurent toute la tranquillité nécessaire.

Elle n'a pas de bâillon.

Et elle marche devant lui.

Il ne l'a pas portée et ne l'a pas muselée car le trajet est minime. Il a sûrement garé la voiture devant la porte et l'a immédiatement fait entrer ici.

Au moment où Brolin se tournait vers Craig Nova pour lui demander de tout inspecter dehors devant la porte d'entrée, celle-ci s'ouvrit en grand et le deuxième assistant de Craig apparut. Paul Launders venait de balayer l'asphalte de l'allée.

— J'ai deux superbes pneus qui ont marqué le bitume, chef !

Craig Nova fit face à Brolin.

— Ça, ça veut dire que tu sauras bientôt quel véhicule utilise ton tueur.

Le relevé des traces de pneus effectué, Craig et son équipe réintégrèrent le break, non sans avoir prélevé auparavant des échantillons de terre dans un périmètre de cent mètres.

Lloyd Meats s'approcha de Brolin. Au loin une civière sortait le corps de la victime dans un sac noir.

— Juliette a appelé sur ton portable. Elle voulait savoir si Leland Beaumont avait fait de la prison.

— Pourquoi voulait-elle ce renseignement ? s'étonna Brolin.

— Je sais pas trop, elle m'a dit qu'elle était curieuse.

— Et ça te paraît normal à toi qu'elle soit curieuse d'un coup ?

Meats haussa les épaules.

— Pourquoi pas ? Après ce que ce type lui a fait endurer, elle a bien le droit de se poser des questions sur lui.

— Un an plus tard ?

— Écoute, j'en sais rien, j'ai dit à Harper et McKenzie qui la surveillent de l'emmener au poste pour nous attendre. Au moins elle est en sécurité là-bas, c'est ce que tu voulais, non ?

Brolin marmonna un vague assentiment. Ça n'était pas dans les habitudes de Juliette de devenir curieuse tout d'un coup, il flairait quelque chose de louche.

— On rentre, le capitaine veut faire le point en attendant les conclusions du labo sur les traces de pneus et les empreintes, conclut Meats avant de s'engouffrer dans la voiture.

Brolin jeta un dernier coup d'œil à l'étendue d'herbes folles et à l'allée d'asphalte menant au bâtiment du service des eaux.

Et il revit le corps nu.

Les bras tendus vers la trappe d'acier descendant tout droit aux égouts.

Vers l'Enfer.

Le message était limpide.

Le tueur venait d'entrer dans le premier cercle de l'Enfer.

Et il invitait Brolin à le suivre dans les ténèbres.

35

Brolin poussa la porte de son bureau.

Il avait une réunion avec le capitaine Chamberlin dans quelques minutes, mais il voulait d'abord s'entretenir avec Juliette.

Cette dernière leva la tête d'un livre de cours en voyant l'inspecteur arriver.

— Harper et McKenzie m'ont proposé de m'installer ici en attendant ton retour, s'excusa-t-elle. J'espère que je ne te dérange pas.

Brolin secoua la tête. Il la contempla quelques secondes. Elle s'était sortie de l'enfer avec courage, indemne malgré la mort qui l'avait frôlée. « C'est une fille magnifique, pensa-t-il. Pleine de vie et de volonté. »

Cette même volonté qui la poussait à s'intéresser à l'affaire du Fantôme de Leland. Pourquoi avoir demandé des informations concernant les séjours en prison de Leland plus d'un an après son enlèvement ? Le parallèle entre les deux affaires était évident.

— Ça ne va pas, Joshua ? fit-elle en penchant la tête.

Une mèche d'ébène tomba devant son visage.

Ses lèvres pleines tressaillirent quand elle avala sa salive. Deux yeux d'un bleu cristallin fixaient Brolin qui ne pouvait détacher son regard de celui de la jeune femme. Il irradiait d'elle une beauté inhabituelle. Pas seulement la chance de correspondre à des critères esthétiques « fashionables », mais surtout un mélange de candeur et de maturité dans la même aura charismatique.

— Non, ça va, finit-il par articuler. Dis-moi, pourquoi veux-tu des renseignements sur Leland Beaumont ?

Elle posa son livre et s'expliqua d'une voix posée, presque professorale :

— Celui qui tue ces femmes connaissait Leland, c'est certain. Et puisque Leland n'avait pas d'ami et pas de famille hormis son père qui est lui-même un peu simplet, j'en suis venue à supposer qu'ils se sont connus en prison. C'est le lieu idéal pour que deux criminels sympathisent. Ils savent déjà que l'autre n'est pas un enfant de chœur, il suffit d'un peu de temps pour faire connaissance et partager certains secrets.

Brolin tira une chaise et s'assit en face de Juliette.

— Très bonne déduction. Tu es décidément très douée dans ton genre. C'est pourtant une piste que nous avons déjà explorée. Sans résultat.

Juliette fronça les sourcils.

— En fait, nous avons épluché le dossier de Leland après sa mort, reprit Brolin. Il nous semblait anormal qu'il n'ait pas un casier judiciaire plus long ; s'agissant d'une personnalité asociale comme lui, on s'attendait à ce qu'il ait fait de la prison pour atteinte aux mœurs, voire pour viol. Mais il n'en était rien. En fait Leland avait bien été condamné pour tentative de viol mais c'était à l'âge de quatorze ans. Compte tenu de ses prédispositions à la violence, il a été placé dans un centre psychiatrique à Salem où il a été suivi par des psychologues. Il en est sorti seize mois plus tard et il a obtenu à sa majorité que cette affaire soit effacée de son casier judiciaire. À la suite d'entretiens avec des psychiatres, sa demande fut exaucée pour qu'il puisse reprendre une vie saine et trouver du travail plus aisément. Cela lui permit surtout de se procurer une arme à feu grâce à un casier vierge et de se faire oublier des services de police.

— Et aucun des psychiatres n'a vu la nature sadique de Leland ? À dix-huit ans il a réussi à berner des professionnels ?

— Ça n'est pas la première fois que ça arrive. Laisse-moi te raconter une petite histoire. En 1972, Edmund Kemper prend la direction de Fresno en Californie pour passer une batterie de tests avec deux psychiatres qui visent à faire effacer son casier judiciaire. En effet, Kemper a tué ses deux grands-parents à l'âge de quatorze ans et il estime qu'à vingt-quatre ans il a le droit de reprendre une vie normale. C'est du moins ce qu'il dit à ses psychiatres. Parce que figure-toi que, sur le chemin de Fresno, Kemper se débarrasse des morceaux de corps d'une adolescente qu'il a tuée la veille. Il garde dans son coffre la tête de sa jeune victime et avouera même l'avoir contemplée juste avant d'entrer chez les psychiatres. Les médecins n'y verront que du feu et il obtiendra un casier vierge. Kemper tuera huit personnes en deux ans avant de se livrer à la police. Certains individus sont capables de manipuler autrui avec un art qu'il faut bien leur reconnaître, et les tueurs en série sont, hélas, assez souvent de cette trempe.

Juliette approuva, pensive. Brolin poursuivit :

— Leland Beaumont n'est jamais resté longtemps derrière les barreaux, et je ne pense pas qu'il ait été du genre à se confier en quelques jours seulement. Deux inspecteurs de Salem ont néanmoins interrogé des anciens codétenus de Leland et ont vérifié leurs alibis pour la nuit du meurtre. Mais c'est très remarquable de ta part d'y avoir pensé.

Il se leva et s'approcha de la jeune femme.

— Écoute, je comprends que tu veuilles te montrer utile dans cette affaire, mais il n'y a rien que tu puisses faire. Tout ce que tu savais, tu nous l'as déjà dit l'année dernière et il n'est peut-être pas bon de remuer tout cela dans ta tête encore une fois. Tu ne crois pas ?

Juliette se contenta de regarder ses mains, un sourire de déception sur les lèvres.

— Juliette, reprit Brolin, Leland était un vrai psychopathe, un dingue qui se passionnait pour l'occulte et la magie noire. Face à ce genre d'homme, que veux-tu faire ? S'il te plaît, ne t'en mêle pas.

— Oui… J'ai pensé bien faire…

— Et c'est le cas. Mais pour le moment, j'ai surtout besoin que tu ne coures pas à travers toute la ville. Ça n'est pas sûr.

— McKenzie et Harper me suivent, je ne risque pas grand-chose.

— Oui, et ça n'est pas le genre de notre tueur d'agir en plein centre-ville, mais s'il te plaît, ne tente pas le diable. Juliette, tu as vécu l'enlèvement une fois, ça devrait t'engager à la prudence…

Cette fois, ses yeux jaillirent du néant et se braquèrent sur Brolin, la prunelle étincelante, bien ancrée dans la réalité :

— J'ai vécu dans la terreur pendant plusieurs mois, je n'osais plus sortir, je ne voulais plus voir personne et j'ai mis presque un an à m'en remettre. Un an pour refuser la peur, pour réapprendre à dormir, pour décider de vivre ! Je ne vais pas tout foutre en l'air parce qu'un dingue se prend pour Leland, et si l'envie lui prend de s'attaquer à moi, eh bien tant pis ! J'assumerai, mais je ne vais pas me terrer jusqu'à ce qu'on lui mette la main dessus. Tu comprends ?

Le sang avait gagné ses joues et contrastait avec le noir de ses cheveux et le bleu de ses yeux rageurs.

Brolin soupira et posa une main sur son épaule. Ils étaient passés du statut d'inconnus à « amis » en quelques mois, pour s'oublier de nouveau. Jusqu'à cette sinistre date anniversaire.

Un an plus tard exactement.

Un an plus tard elle le rappelait.

Un an plus tard le tueur frappait.

Brolin regretta soudain que leurs retrouvailles se fassent dans ce climat macabre. Il se prit à souhaiter qu'ils puissent passer du temps ensemble pour parler et s'amuser dans de meilleures conditions.

Ses yeux le fixaient toujours.

Brolin sentit son cœur accélérer en contemplant la beauté de Juliette. Il posa son regard sur ses lèvres et les vit s'entrouvrir doucement.

Elle couvrit la main de Brolin de la sienne.

Et le téléphone sonna.

Brolin recula comme pris la main dans le sac en train de chiper des bonbons. Dieu merci, ils n'avaient pas commis l'irréparable. Ils ne pouvaient se le permettre. Juliette se ressaisit également et rangea son livre de cours qu'elle avait apporté pour patienter.

— Brolin, j'écoute.

— On t'attend mon p'tit, fit Salhindro dans l'écouteur. Craig a des résultats pour nous. Il a identifié le modèle de voiture que le tueur a utilisé. Rapplique.

Brolin raccrocha et fit face à Juliette.

— Il faut que j'y aille.

Elle hocha la tête en se levant.

— McKenzie et Harper vont te raccompagner chez toi, et une voiture va prendre la relève pour la nuit. Ne t'en fais pas, tu ne crains rien.

— Je sais.

Ils se firent face, une poignée de secondes qui parut se dilater en minutes.

— Je t'appelle pour te tenir au courant, fit Brolin avant de sortir.

Dans le couloir, Brolin s'en fut vers le bureau du capitaine et Juliette partit à l'opposé, vers les ascenseurs.

Elle pressa le bouton d'appel tandis que McKenzie apparaissait derrière elle comme un ange gardien providentiel.

Brolin était au bout du couloir, il était encore temps de l'appeler. Elle pourrait lui proposer de dîner chez elle s'il en avait le temps, ou au moins de venir y dormir comme la dernière fois, chacun sur un canapé pour parler jusqu'à plus soif.

Avait-elle vraiment envie qu'ils soient si lointains ?

Quelques secondes plus tôt elle avait senti Brolin sur le point de l'embrasser. Et surtout elle s'était découvert l'envie qu'il le fasse.

Était-ce l'envie ?

Le désir ?

Ou l'image de sécurité qu'il évoquait dans son subconscient ? Ce sauveur, ce « héros » qui lui avait sauvé la vie.

Parce que si c'était le cas, leur relation serait destinée à mourir sitôt née, ancrée dans de mauvaises bases.

Elle jeta un dernier coup d'œil vers lui. Il avait disparu.

C'est mieux ainsi.

« C'est mieux ainsi », répéta-t-elle.

36

Le capitaine Chamberlin se tenait droit comme un I, caressant nerveusement sa moustache. Dans son dos Portland étendait ses buildings sur un fond montagneux.

— Asseyez-vous, dit-il à Brolin. On a passé l'empreinte trouvée sur les lieux à l'Opti-Scan et on l'a comparée à tous les fichiers possibles, et rien. L'IAFIS [1] du FBI est muet. Aucun résultat positif. Craig Nova est en ce moment même en train de faire une comparaison entre cette empreinte et celles de la victime, il pense que c'est la même personne.

— C'est ce qu'il m'a dit, approuva Brolin.

— D'autre part, reprit Chamberlin, il a analysé les traces de pneumatiques et il a un résultat, il doit rappeler dans un instant pour confirmer.

— La presse nous est tombée dessus, continua Meats, ils veulent savoir s'il s'agit d'une nouvelle série de crimes, s'il y a un autre tueur en série à Portland. Ils

1. IAFIS (*Integrated Automated Fingerprint Identification System*) : c'est une base de données nationale des empreintes digitales centralisée par le FBI.

veulent des précisions, et ils savent mettre la pression quand ça leur est nécessaire !

— Fais-leur confiance, commença Salhindro, ils ne…

La sonnerie du téléphone l'interrompit. Le capitaine Chamberlin décrocha et mit le haut-parleur.

— C'est Craig, fit une voix surexcitée. J'ai bien peur de ne pas avoir de bonne nouvelle pour l'empreinte digitale, comme je le craignais, c'est celle de la victime.

Chamberlin fit la grimace. Craig continua, avec un enthousiasme que les autres ne tardèrent pas à comprendre :

— En revanche, pour les pneumatiques, je viens d'avoir confirmation du fichier du FBI. Les traces étaient suffisamment visibles et nombreuses pour déterminer l'empattement, le rayon de braquage et la largeur de voie du véhicule. Assez pour nous permettre de déterminer précisément de quelle voiture il s'agit. Et sur ce coup-là, on est chanceux, il n'y a qu'une possibilité : Mercury Capri de 1977.

— Tu es sûr de ça ? insista Chamberlin.

— Aucun doute. Ce sont des fichiers ultra-précis élaborés conjointement par le FBI et les constructeurs automobiles. Capitaine, avec ce genre de bijou informatique, il me suffit d'un centimètre carré d'optique brisé pour vous dire de quelle voiture il est issu et même de quelle série.

— Mercury Capri, 1977, nota Salhindro. Et t'as pas la couleur tant qu'on y est ?

Les sourires moururent aux lèvres du groupe, l'humeur n'était pas à la plaisanterie.

— À propos de la trace de pas, elle ne nous dira pas grand-chose en soi, si ce n'est la pointure, du 43. Par contre, il y avait des particules de terre déposées par la chaussure. Scott vient de faire un test avec un tube gradient de densité. Pour vous expliquer simplement, disons que c'est une éprouvette avec des couches de produits de densités différentes. Quand on met la terre trouvée sur la trace de pas dans le tube, chaque particule coule jusqu'à atteindre la couche ayant la même densité. Ainsi, on obtient une éprouvette avec des bandes sombres à des niveaux particuliers, comme un petit code-barre horizontal. Ensuite, on fait la même chose avec d'autres tubes à gradient de densité pour les échantillons de terre prélevés dans les environs de notre scène de crime. Et on compare les « codes-barres » des tubes. Ils sont tous plus ou moins identiques sauf celui de la trace de pas. Ça veut donc dire que la terre qui se trouvait sur la trace de pas ne vient pas d'une zone proche du bâtiment de la voirie.

— Tu peux nous trouver sa provenance ? s'enquit Meats.

— La densité de la terre varie en quelques centaines de mètres. Il me faudrait un échantillon par kilomètre carré de tout l'État pour pouvoir faire une comparaison ! Et encore ! Non, c'est impossible. La terre qui était sur la trace de pas provient de la semelle du tueur, donc peut-être de son jardin, ou de son lieu de travail.

— Et à quoi ça nous sert alors ? demanda Salhindro un peu frustré.

— Si tu as un suspect, tu n'as qu'à m'apporter toutes ses chaussures, en comparant le dessin des semelles, je pourrai te certifier que c'est la chaussure qui était sur le lieu du crime. Pareil si tu prélèves de la terre chez lui…

— C'est déjà ça mais…

Craig interrompit le capitaine :

— Attendez, on vient à l'instant de me donner le résultat de l'analyse. On a passé un peu de la terre trouvée au chromatographe à gaz, couplé à un ordinateur pour une spectrométrie de masse…

— Craig, passe-nous les détails, ordonna Chamberlin.

— Bon. La terre est riche en substances colloïdales organiques, c'est-à-dire en humus épais.

— Craig, peux-tu t'abaisser au niveau des incultes que nous sommes, demanda Brolin. C'est quoi des substances colloïdales ?

— Dans le sol, c'est de la matière organique provenant de la décomposition des végétaux par des champignons et des bactéries. Et dans le cas qui nous préoccupe, compte tenu de la teneur en humus épais, je voterai pour de la terre naturelle, forestière. Le type traînait dans les bois avant de venir dans le bâtiment.

— Un parc municipal ? interrogea Brolin.

— Non, trop d'engrais. Sûrement un lieu plus ou moins sauvage.

— Comme Washington Park où la première victime a été retrouvée ?

— Oui, ça pourrait coller.

— Donc, notre homme serait retourné là-bas, dans les heures précédant son deuxième crime.

— Peut-être y vit-il ou travaille-t-il dans le coin ? proposa Meats.

— Faut pas s'emballer, Portland est sûrement la grande ville la plus forestière de la côte Ouest, les forêts c'est pas ce qui manque aux alentours, fit remarquer Salhindro.

Le capitaine Chamberlin hocha la tête, l'air grave.

— Mais dans l'immédiat, c'est tout ce qu'on a. Qu'en pensez-vous ? demanda-t-il à Brolin. Washington Park ?

— Possible. C'est ce qu'il a choisi pour son premier meurtre, un lieu qu'il connaît, c'est rassurant et en cas de problème il sait qu'il dispose d'une parfaite connaissance du terrain. Ça me paraît envisageable.

— Bien. Meats, tu m'obtiens la liste des propriétaires de Mercury Capri 1977 de tout l'État et on la passe au peigne fin en commençant par ceux qui ont un casier judiciaire. En attendant, on ratisse Washington Park, on dresse la liste de tous les riverains des alentours, et on regarde s'il y en a qui pourraient coller au profil psychologique. Les grandes lignes du profil, Brolin ?

— Race blanche, entre vingt et trente ans tout au plus. Célibataire, travaillant probablement à mi-temps ou sans emploi et disposant d'un véhicule. Peut-être une Mercury Capri 77. On commence par ça, c'est large mais ça devrait dégrossir la liste.

— Pourquoi un mi-temps ou sans emploi ? demanda Meats.

— Les deux crimes ont été commis de nuit et des jours de la semaine différents. Avec le temps que ça demande et l'excitation du passage à l'acte, je doute que notre homme soit enclin à aller travailler le lendemain matin.

— Très bien, Salhindro tu me fais circuler ce profil à tous les agents que tu envoies à Washington Park. Bon boulot, Craig.

— Si je peux me rendre utile, fit la voix dans le haut-parleur.

Salhindro et Brolin se levaient quand Meats intervint :

— Capitaine. Et la presse ? Qu'est-ce qu'on leur dit ? Il leur faut un os à ronger ou ça va être intenable.

— La presse, je m'en charge. Occupez-vous de mettre la main sur ce dément et je vais nous faire gagner du temps en donnant un bref communiqué public.

Salhindro tapota amicalement l'épaule de son supérieur en sortant :

— La presse ? Je préfère encore mon rôle…

37

Les mains dans les poches, Joshua Brolin déambulait dans Broadway. Le vent froid s'engouffrait dans l'avenue par le nord, après avoir suivi la Willamette River, il traversait tout le centre-ville en hurlant jusqu'à l'autoroute 5. Là, il se perdait dans le vrombissement des moteurs.

Les cheveux malmenés par ce souffle agressif, Brolin marchait la tête engoncée dans le col de sa veste en cuir. Il était sorti moins pour manger un morceau que pour laver cette sensation d'étouffement qui le saisissait depuis ce matin. Il avait encore cette pellicule moite de vapeur et de mort collée à la peau. À chaque battement de paupières, il revoyait cette pièce noire et le regard de la fille, braqué sur lui. Elle le suppliait, l'implorait de faire quelque chose et encore maintenant, il avait du mal à croire qu'elle fût morte quand il l'avait découverte. La mort l'avait frappée avec tellement de brutalité qu'elle avait figé la vie dans son regard. À la manière d'une cassette vidéo quand on appuie sur « pause ».

Il nourrit l'idée de rentrer prendre une douche rapide, afin de faire disparaître cette aura de mort qui collait à son corps, mais il savait que ça ne servirait à rien, c'était en lui que la puanteur s'était immiscée.

Le vent vint lui fouetter les joues.

« Ça se rafraîchit drôlement, se dit-il. L'hiver réclame déjà sa part de temps. »

En passant devant le Starbucks Coffee, Brolin hésita à entrer. Nombre de ses coéquipiers y venaient souvent pour souffler une petite heure, une boisson chaude à la main. Puis il se ravisa, il voulait appeler sa mère pour avoir des nouvelles, en mangeant vite, il pourrait se plonger dans le dossier moins d'une heure plus tard.

Au coin de Broadway et de Taylor, il s'arrêta près d'un vendeur de hot-dogs et s'abrita derrière le chariot métallique d'où s'échappaient des volutes évanescentes de graisse et de sucre.

Le vendeur, un grand type mal rasé, au teint et à l'accent mexicains, s'approcha aussitôt.

— Quel vent ! pas vrai ?

Brolin se contenta de hocher la tête.

— On se croirait dans un film-catastrophe ! continua le grand Mexicain. Ce sera quoi pour vous ?

— Un hot-dog avec deux saucisses.

Loin d'être aussi lent que sa taille aurait pu le laisser croire, le vendeur fit surgir deux saucisses fumantes et les fourra dans un pain éventré.

— Voilà chef. Deux dollars.

Brolin régla et noya son sandwich dans du ketchup.

— Ça a pas l'air d'aller, chef. C'est vot' dame qui marche pas ?

Brolin fit signe que non.

— Ça va, c'est juste le vent…

— On me la fait pas à moi ! Je vois bien qu'y a un truc qui colle pas.

Le Mexicain se frotta les mains comme s'il allait conclure une affaire juteuse.

— Allez, insista-t-il, je suis sûr que c'est à cause d'une dame !

Brolin laissa échapper un sourire :

— Non. Il y a pas de dame.

— Pas de dame ? s'écria l'autre en ouvrant grand les yeux. Mais alors c'est ça qui va pas ! Il faut vous trouver une dame !

Brolin manqua s'étrangler avec son hot-dog.

— Ça n'a rien à voir…

— Alors c'est le job ! Des soucis au boulot ?

Décidément, pour un vendeur de sandwichs, il était sacrément bavard. Brolin se souvint de ses périples à New York où l'on disait les chauffeurs de taxi intarissables, il venait de trouver pire !

— On peut voir ça comme ça, finit-il par approuver.

Le vendeur mexicain brandit un doigt pontifiant :

— Et tu sais pourquoi c'est dur au boulot, chef ? Parce que tu es tout seul dans ta vie ! À deux, c'est beaucoup plus facile, on prend moins de risques ! On assume à deux les actes de nos existences. C'est ça le secret : ne pas prendre de risques inutiles !

Brolin engouffra sa dernière bouchée avec l'espoir de pouvoir reprendre sa balade solitaire. « Si je n'y vais pas maintenant, ce type va m'agripper jusqu'à ce soir », pensa-t-il.

L'autre continuait à soliloquer :

— Je t'assure, c'est une dame qu'y te faut ! Si tu veux un coup de main, mon frère tient un…

Soudain la lumière jaillit dans l'esprit de Brolin.

— Qu'est-ce que vous venez de dire ?

Le Mexicain le dévisagea.

— Ben, quoi ? Mon frère tient un p'tit bar, c'est pas…

— Non pas ça, l'interrompit Brolin. Avant.

— Avant ? s'étonna le grand Mexicain. Ah ! Qu'il ne faut pas prendre de risque inutile ! C'est ma devise ça. Mais si tu veux, tu peux l'utilis…

Mais Brolin ne l'écoutait plus.

Une idée le tenaillait. Une de ces intuitions de flic ou de profileur qui se mue progressivement en certitude.

Il planta là le vendeur de hot-dogs sans autre parole, filant contre le vent. À mesure que ses pas le guidaient à pleine vitesse vers le central de police, Brolin refaisait le chemin du tueur. Tel que les indices le lui indiquaient.

Il tenait quelque chose.

La voix du Mexicain flottait dans son esprit : *« Ne pas prendre de risques inutiles. »*

Ils s'étaient trompés pour la voiture.

38

À peine entré, Brolin mit sa bouilloire de bureau en route, signe d'excitation intense.

Il composa le raccourci de Salhindro sur son téléphone.

— Larry, t'es occupé ? demanda-t-il à son interlocuteur.

— Figure-toi que je bosse, moi ! Je viens de terminer le briefing des patrouilles, ils sont partis. S'il y a un Blanc de vingt-trente ans qui travaille à mi-temps ou qui est au chômage et qui roule en Mercury Capri 77 aux abords de Washington Park, on va te le trouver !

— Larry, laisse tomber la Mercury, je crois qu'on fait fausse route, j'ai une idée. Tu peux venir dans mon bureau ?

Le silence dura une seconde, comme pour laisser à Salhindro le temps de jauger la situation.

— Tu n'auras pas encore raccroché que je serai là.

Larry Salhindro et ses cent dix kilos entrèrent tandis que Brolin se servait du thé bouillant.

— Bon, faut-il que je rappelle la meute ? demanda-t-il en refermant la porte.

— Pas nécessairement. L'idée que le tueur vive près de son premier lieu de crime n'est pas impossible. C'est juste la voiture, ça n'est pas la sienne.

— Comment tu peux savoir ça ?

— Du thé ?

Salhindro déclina d'une grimace.

— Je ne le *sais* pas, continua Brolin, je le *devine*.

— Encore un de tes trucs des sciences du comportement ? Des fois, je me demande comment ils ont fait pour t'engager au Bureau.

— Je suis sérieux, Larry.

Brolin se leva et se posta devant le grand tableau qui couvrait un pan de mur. D'une main, il tenait son *mug* fumant, de l'autre il pointa l'index sur l'inscription qui figurait au sommet de la pyramide de notes.

« Un tueur et un Corbeau », lut-il.

— La première fois, ils ont tué dans les bois, un lieu éloigné des témoins en prenant soin d'asperger la ruine de Mercaptan. Ils n'ont pris aucun risque, tout était minutieusement préparé. Cette fois ils ont agi dans un bâtiment isolé par un terrain vague. Cependant, il y a des habitations non loin et la rue qui mène à la propriété de la voirie est assez fréquentée. Pourtant, on a trouvé les traces de pneus devant le bâtiment. Crois-tu qu'ils auraient laissé leur propre voiture devant, sachant qu'il pourrait y avoir des témoins ?

— Ils ont agi de nuit, ça limite les risques, objecta Salhindro.

— Oui, une fois qu'ils sont dans le local de la voirie, mais dès l'annonce du meurtre par la presse, il est possible qu'un témoin se souvienne avoir vu une voiture prendre le chemin privé. Si tu étais suffisamment malin pour mettre du Mercaptan afin d'éloigner les squatteurs la première fois, tu crois que tu conduirais ta seconde victime à travers une zone pavillonnaire dans ta propre voiture ?

— Peu probable, en effet.

— Ils ont été au plus simple, je pense que la Mercury est la voiture de leur victime.

Brolin écrivit au Veleda sur son tableau. « Voiture deuxième victime : Mercury Capri 1977 ? »

— Ça va aider pour l'identification. Meats a demandé au service de l'immatriculation une liste des propriétaires de Mercury 77 pour tout l'État. Avec un peu de chance, on trouvera un nom qui correspond au fichier des personnes disparues.

Brolin approuva.

— Larry. Imaginons que tu sois le tueur.

L'intéressé émit un grognement peu réjoui.

— Tu tues cette fille. Tu es un malin, tu sais qu'il est préférable de ne pas laisser la voiture traîner devant le lieu du crime. Tu veux t'en débarrasser et en même temps, tu dois récupérer ta propre voiture quelque part. Quel endroit choisirais-tu ?

— Mmm… Je dirais un parking. C'est parfait pour y laisser ma voiture sans attirer l'attention pendant que je la tue, et ensuite, j'y laisse celle de ma victime. Avec du bol, il s'écoulera longtemps avant qu'on ne remarque la voiture qui ne bouge pas. Très longtemps.

— À condition d'être sur un parking public, où on ne paye rien. Ou alors le parking longue durée de l'aéroport.

— L'aéroport ? C'est à l'opposé, non, ça fait trop loin ! Un parking gratuit tu disais ? Il y en a pas beaucoup…

Brolin s'approcha de la carte de la ville. Il posa son doigt à quelques centimètres seulement du lieu du crime.

— Tu oublies le Shriners Hospital et l'université de médecine de l'Oregon et leurs immenses parkings publics. À moins d'un kilomètre du bâtiment de la voirie.

Salhindro se leva aussitôt, l'esprit vif et le cœur palpitant, comme lorsqu'il patrouillait de nuit, quinze ans plus tôt.

— On prend ta voiture ou la mienne ?

39

À n'en pas douter, le Shriners Hospital aurait pu inspirer Shirley Jackson pour l'un de ses romans si elle avait pu croiser sa sombre silhouette. Non qu'il soit effrayant dans son architecture ni que les soins prodigués y soient de mauvaise qualité – loin de là –, c'est une inexplicable sensation qui vient se coller à la rétine. Avec ses fenêtres sans fond et ses murs nauséeux, tout dans son apparente austérité reflète un malaise sournois. Quand Brolin le vit apparaître au détour de Jackson Park Road, il ne perçut pas un édifice de soins mais la rance odeur des salles d'accouchement, le gargouillis des liquides corporels dans les blocs opératoires ou le pincement aigu de la seringue qui s'enfonce au travers des chairs pour pénétrer la veine. Bien incapable d'en expliquer la provenance, il avait vu surgir ces images après le virage. C'était ça, l'effet néfaste du Shriners.

Brolin poursuivit sa route jusqu'à l'immense parking qui se trouvait sur le côté.

— Prends à droite, lui indiqua Salhindro. Il serait plus logique que le tueur ait garé la voiture sur le parking public que sur celui du personnel. Plus discret.

La Mustang vira sur la droite et se mit à défiler au pas dans les allées, l'une après l'autre. Le parking était immense, servant aussi bien aux patients, aux visiteurs qu'aux étudiants de l'université médicale de l'autre côté de la route.

Le patchwork de véhicules dormant sous le pâle soleil d'octobre était impressionnant. Vue d'un avion, cette somptueuse mosaïque multicolore devait en jeter, remarqua Salhindro.

Au loin, les gyrophares flamboyants d'une ambulance attirèrent leur regard. Devant les urgences, des infirmiers arrivaient à toute vitesse en poussant un brancard. Des portes arrière de l'ambulance jaillirent deux hommes en tenue bleue caractéristique de leur fonction et ils firent glisser une plate-forme sur laquelle reposait un blessé qui se tordait de douleur en hurlant. La couverture blanche qui le couvrait ne suffisait pas à masquer les auréoles rouges sur son torse.

— Quelle que soit ma mort, je veux pas finir comme ça, lâcha Salhindro soudainement éteint.

— Finir comment ? Sur un brancard ?

— Non, dans un hôpital. À gueuler comme tout le monde, à pisser le sang, en sentant la panique monter alors que tu perçois ta mort imminente. Entouré de gens dévoués certes, mais qui n'en restent pas moins des professionnels pour qui ta mort ne sera qu'une de plus dans le Grand Anonymat. Je veux une mort personnelle, égocentrique tu vois. Un truc vraiment centré sur ma petite personne, avec des gens qui prennent conscience avec moi que c'est fini, que je m'en vais. Je veux pas d'une mort professionnelle comme on en fait aujourd'hui, ça dédramatise tellement tout.

Brolin délaissa une seconde la rangée de voitures garées pour observer son ami.

— T'y penses souvent à ta mort ?

— Ça m'arrive.

Salhindro ne quittait pas la scène des yeux.

— Avec l'âge, on y pense un peu plus, ajouta-t-il. Un demi-siècle ça commence à compter, surtout quand on a mon hygiène de vie… Pas d'hygiène de vie.

Au loin, l'équipe d'infirmiers disparut avec leur blessé : une seconde plus tard, l'ambulance repartait en coupant les gyrophares. La scène n'avait duré qu'un court instant, fulgurante, elle n'était déjà plus qu'un souvenir nébuleux.

— Il y a deux semaines, j'ai été chez mon frère, pour un barbecue, continua Salhindro. Tu sais, celui qui bosse pour l'EPA [1]. Sur un mur, j'ai remarqué un cadre avec une inscription brodée : « Si un homme échoue dans sa vie de famille, il échoue dans sa vie. »

Il émit un rire sec, ironique, qui secoua son ventre par-dessus sa ceinture.

— Tu vois, je suis resté là à mater ce putain de cadre pendant dix minutes, jusqu'à ce que Dolly vienne me chercher. Elle m'a demandé si j'allais bien et nous avons rejoint le frangin et sa p'tite famille. Ça doit bien faire dix ans que ce cadre à la con est accroché au mur et c'est la première fois que je le remarquais. Comme un signe, un message.

Salhindro observa son reflet dans le rétroviseur.

— Connerie de cadre, fit-il… C'est bien un truc d'écolo ça !

1. EPA : *Environmental Protection Agency* (Agence pour la protection de l'Environnement).

Brolin se contenta d'inspecter les voitures en stationnement tout en jetant de brefs coups d'œil à son voisin. Il savait que Salhindro n'avait jamais eu d'enfant. En fait, il n'avait jamais eu de femme non plus, partageant son temps libre entre ses amis et… en faisant beaucoup d'heures sup'. Salhindro ne faisait plus de sport, il mangeait tout ce qu'il voulait sans se priver et tant pis si sa santé devait en pâtir, rien de vraiment salutaire ne le retenait en ce bas monde. Salhindro était content d'être en vie mais ne pleurerait pas sur sa mort le jour où elle viendrait. Du moins, était-ce ainsi que Brolin l'interprétait.

— Tu sais, le truc de sentir sa mort venir… tout ça, c'est du flan, dit Brolin. Tout à l'heure, tu m'as dit que tu ne voulais pas paniquer en sentant ta mort imminente, mais je crois pas que ça se passe comme ça.

— Ah bon ? T'as l'air drôlement calé, t'es mort combien de fois ? Je me disais, y a comme une odeur…

— Non, vraiment, je t'assure. En deux ans au FBI, j'ai été une fois plongé dans une grosse fusillade. J'étais encore en formation, et je n'aurais pas dû être là mais j'accompagnais un agent, peu importe… Deux preneurs d'otage dans une banque. L'un des nôtres a été touché à l'abdomen. Il perdait pas mal de sang et il ne cessait de répéter : « Je vais crever, je le sens, je vais crever. » J'étais avec lui dans l'ambulance et à un moment je l'ai vu devenir encore plus pâle. Il a planté son regard dans le mien et m'a pris la main en disant « ça y est… dis à ma femme que je l'aime… ». Il a senti sa mort venir comme tu dis. Sauf que la balle s'était plantée dans la dixième côte sans faire de gros dégâts. Quinze jours plus tard, il gambadait comme un lapin ! Le coup du type qui sait qu'il va mourir et qui prend le temps de faire son speech d'adieu, c'est bon pour les films.

— Mouais… je suis pas convaincu.

— T'en fais pas, tu seras bien vieux quand ça t'arrivera. Tu t'endormiras bien tranquille pour oublier de te réveiller…

— C'est tout moi ça ! N'empêche, je suis pas d'accord avec ton idée. Y a des gens qui sentent que leur heure est…

— Larry ! s'écria Brolin en pilant.

Salhindro fixa ce que l'inspecteur lui montrait du doigt.

Dix mètres plus loin, une Mercury Capri de couleur marron patientait docilement.

40

— Central, ici 4-01. Nous sommes dans la zone de patrouille 871, avons besoin d'un 10-28. Véhicule Mercury Capri marron, immatriculé dans l'Oregon. Plaque personnalisée « Wendy 81 ». « Whisky-Echo-November-Delta-Yankee 8-1 ».

— Bien reçu 4-01, on s'en occupe.

Le code 10-28 correspond pour la police de Portland à une demande d'identification minéralogique.

Brolin gara sa Mustang sur le côté et ils descendirent.

— Combien de chances que ce soit celle-là ? demanda Brolin en faisant le tour du véhicule.

— Je sais pas, combien y a-t-il de Mercury Capri à Portland ? 10 ? 40 ? Et combien de chances qu'on en trouve une là où on la cherchait ? J'ai jamais été très doué pour les probabilités.

— Bon, on ne touche à rien. Ça n'est peut-être que celle d'un pauvre étudiant qui va nous coller un procès pour avoir posé la main sur la poignée de sa portière. On attend la réponse du central.

— Pour qu'il te dise quoi ? demanda Salhindro, perplexe. C'est la bagnole du maire ?

Brolin exhiba son téléphone cellulaire.

— Dès que je saurai à qui elle appartient, j'appelle le propriétaire. Si ça répond et qu'il n'y a pas de portée disparue dans la famille, on sera fixé.

— Et Craig ? On pourrait le faire venir, avec tout son matos, il nous dira si c'est les mêmes pneus que les marques trouvées devant la scène du crime.

— Larry, on ne va pas faire déplacer Craig et son équipe pour toutes les Mercury Capri qu'on trouve.

— Merde, c'est son boulot !

Brolin allait répondre quand le statique de la radio grésilla.

— 4-01, ici central. Vous me recevez ?

Salhindro s'empara du micro.

— Haut et fort.

— On vient d'identifier la propriétaire du véhicule. Elizabeth Stinger, trente-six ans, domiciliée à Fremont Drive dans le district est.

— Trente-six ans, répéta Brolin. L'âge colle avec la victime.

— Mais plus important, reprit la voix apathique du central, Elizabeth Stinger est dans le fichier des personnes disparues depuis ce matin.

Brolin tressaillit. Lorsqu'une personne est déclarée manquante par un conjoint ou un membre de la famille, la procédure préconise d'attendre quarante-huit heures avant de l'enregistrer sur le fichier des disparus, essentiellement pour s'assurer qu'il ne s'agit pas d'un malentendu et éviter de saturer le système. Or, la mort était estimée à cinquante heures avant ce matin même, c'est-à-dire deux jours plus tôt. Tout correspondait parfaitement.

Il ne leur fallut que quelques minutes pour apprendre auprès du poste de police de la zone 920 qu'Elizabeth

Stinger avait été portée disparue le mardi soir, en fin de soirée. À 23 heures le mardi soir, Amy Frost, nourrice de la fille d'Elizabeth Stinger, après avoir vainement tenté de joindre Elizabeth, s'était résolue à prévenir la police. Son employeur l'avait vue partir en fin d'après-midi et plus personne ne l'avait aperçue ensuite. Elle avait travaillé près de Columbia boulevard, au nord de la ville.

— Columbia boulevard ? s'étonna Brolin. C'est sacrément loin ! En admettant qu'elle ait disparu dans le parking en sortant du boulot, le tueur l'aurait conduite à travers toute la ville pour l'amener ici ?

Salhindro haussa les épaules.

— C'est toi le profileur.

— Justement, y a un truc qui ne va pas. Elle sort de son boulot et fonce chez sa nourrice à l'est, donc encore plus loin d'ici. Le tueur l'a peut-être interceptée sur le chemin. Et c'est là qu'il l'amène.

— Le coin lui plaît peut-être.

— Il a repéré et préparé son coup. C'est pour ça qu'il a pris la voiture de sa victime ; s'il doit traverser la ville autant ne pas laisser le souvenir de son propre véhicule. Ce qui m'intrigue c'est pourquoi choisir sa victime si loin ? À moins que…

Les mots de Brolin se perdirent dans le fil de ses déductions.

— S'il s'agit bien d'un détraqué, je veux dire un tueur en série, alors il fait sûrement comme la plupart, il erre et tue la première venue qui correspond à ses goûts. Tu ne crois pas ? interrogea Salhindro.

— Non. Il nous a déjà prouvé qu'il n'était pas très sûr de lui, mais il n'est pas stupide, de plus le Corbeau veille probablement au grain. S'il prend le risque de traverser la ville alors qu'il agit habituellement avec beaucoup de prudence, c'est qu'il n'avait pas le choix. Pourquoi ?

Un femme et ses deux enfants passèrent dans leur dos, les deux garçons dévisageant les policiers, cherchant à comprendre ce qu'il y avait à voir. La mère fixa l'uniforme de Salhindro et la voiture qui intéressait les deux hommes et comprit qu'il y avait peut-être quelques atrocités sur la banquette arrière. Elle fit barrage aux regards des enfants avec la grande enveloppe de ses radiographies et accéléra le pas.

— Pourquoi le tueur prend-il le risque de traverser toute la ville avec sa victime ? insista Brolin. Si le lieu lui plaît tant que ça, il n'avait qu'à choisir une femme plus proche, parmi les étudiantes du campus ou les infirmières. Pourquoi va-t-il la chercher aussi loin ?

Brolin claqua ses doigts en signe de victoire.

Aussitôt, le visage de Salhindro s'illumina, comme touché par le doigt de Dieu en personne :

— Parce que c'est *cette* femme-*là* qu'il voulait.

— Exactement, fit Brolin. Il ne se contente pas de préparer le lieu où il va tuer mais il prépare aussi le choix de sa victime. Il ne tue pas au hasard de ses fantasmes. Il nous faut identifier la première victime, trouver un point commun. Il y en a forcément un.

— Et si le lieu du crime est si loin, c'est qu'il a également une signification, hasarda Salhindro. Il se pourrait qu'il choisisse en fonction du message qu'il veut nous laisser.

Brolin approuva.

— Rappelle-toi la première lettre, les vers de la *Divine Comédie* : « Je me trouvai dans une forêt sombre », et il laisse sa première victime dans les bois.

La deuxième lettre cite des vers du premier cercle de l'Enfer et il laisse sa victime devant l'entrée des égouts. Qu'est-ce qui symbolise plus l'enfer souterrain que des égouts noirs et sales ?

— S'il doit commettre d'autres meurtres, c'est dans les égouts qu'il laissera les corps.

Un voile noir passa devant les yeux de Brolin.

— L'employeur a dit qu'Elizabeth avait quitté son boulot vers 18 h 15, non ?

Salhindro hocha la tête.

— Et nous supposons qu'elle est morte aux alentours de minuit ? Larry, le tueur l'a forcément interceptée peu de temps après son départ sinon la nourrice l'aurait vue. Ce qui veut dire qu'ils sont restés ensemble de longues heures…

L'expression qu'arborait Brolin en disait long sur ce qu'il imaginait. Séquestration, tortures en tout genre. Il repensa au tueur en série John Wayne Gacy qui se déguisait en clown pour repérer ses proies parmi les enfants. Ces mêmes enfants qu'il kidnappait, torturait, violait et étouffait puis les ranimait et ainsi de suite jusqu'à ce que mort s'ensuive. À trente-trois reprises. Qu'en était-il d'Elizabeth Stinger ? Quel avait été son calvaire pendant plusieurs heures ?

— Il faut mettre la main dessus, Larry, et vite.

— Et comment veux-tu qu'on s'y prenne ? Le temps de montrer une photo de la victime à tous les commerçants de Columbia jusque chez la nourrice, il aura le temps de tuer la moitié de la ville avant qu'on obtienne le moindre renseignement, si on peut en avoir. Il faudrait un miracle pour que quelqu'un se souvienne d'une Mercury Capri marron avec un homme au volant. Et malin comme il est, le tueur n'aura pas laissé la moindre empreinte dans la voiture, je suis prêt à parier là-dessus !

Brolin observa le véhicule.

— Mais on dispose d'une sacrée longueur d'avance sur le tueur, dit-il si faiblement que Salhindro crut qu'il se parlait tout seul. Il ne s'attend sûrement pas à ce qu'on retrouve la voiture si vite.

— Et ?

— Il ne nous a fallu que quelques heures. Je suis certain que la voiture n'est qu'un détail pour lui parce qu'il s'attend à ce qu'on ne la retrouve pas – ou dans longtemps.

Brolin scruta le reste du parking avant d'ajouter :

— Et ça, je peux m'en servir pour l'attirer à moi.

41

— Au FBI on appelle ça « technique proactive », expliqua Brolin à ses collègues.

Lloyd Meats passa sa main dans sa barbe, dubitatif.

— Bon, et en quoi ça consiste cette technique ? demanda le capitaine Chamberlin.

— C'est se servir de ce que l'on sait de notre adversaire, de ses défauts, pour lui tendre un piège et l'amener à nous, développa l'ex-agent du Bureau.

— Mais on ne sait rien de lui ! protesta Bentley Cotland. Quel défaut voulez-vous utiliser ?

Brolin se leva du fauteuil et examina les hommes présents dans son bureau. Le capitaine Chamberlin et son second, l'inspecteur Lloyd Meats, le futur assistant attorney Cotland et Larry Salhindro. Tous l'observaient comme un oiseau rare.

— Vous n'avez pas écouté ce que je dis depuis le début de cette enquête, répliqua-t-il en fixant Cotland. Ses crimes nous parlent, il communique avec nous par le biais de ses meurtres – sans le savoir –, ses actes sont la représentation de son inconscient et de ses fantasmes. Et je vous ai dit qu'il est narcissique. Ce sont des crimes narcisso-sexuels. Il ne voit pas sa victime comme un être vivant parce qu'il ne perçoit que son propre besoin, son propre plaisir. Il ne comprend pas la douleur de l'autre parce que celle-ci est son instrument de plaisir. De plus, nous savons maintenant – par la dernière lettre – que le Corbeau l'accompagne. Peut-être pas directement sur la scène du crime mais il sait tout ce que le tueur fait car ils partagent.

Brolin marqua une courte pause pour s'assurer que tous le suivaient. Puis il reprit d'une voix pleine de gravité :

— Pour tout vous dire, je pense que le Corbeau commande au tueur. L'un est le cerveau, l'autre l'exécuteur. Pour la première victime, le tueur a prouvé qu'il était immature sexuellement, il ne s'assume pas encore ou n'a pas assez confiance en lui, c'est un frustré qui a engrangé une énorme violence envers les femmes. Ce type d'homme ne passe à l'acte qu'une fois tant de haine et de colère accumulées, il subit un puissant événement stressant qui le fait éclater. Il ne peut alors plus tenir et il agit, mais de façon peu contrôlée, sans préparatifs. Pourtant le crime a été préparé – j'en veux pour preuve le Mercaptan déposé dans la ruine quelques jours plus tôt. Et nous n'avons retrouvé aucun indice, le lieu a été choisi à cause de ça. Pour le deuxième crime, c'est pareil. Cependant le tueur semble s'être mieux contrôlé ! Il prend un peu d'assurance, ce qui ne l'a pas empêché de découper les mamelons de sa victime. Son naturel pervers revient au galop, quand bien même il voudrait le chasser. Si le Corbeau est bien ce que je pense, la tête pensante du duo, alors nous avons une chance de le piéger.

— Je ne vois pas comment, se plaignit Meats avec amertume. Il ne nous a pas laissé grand-chose, une trace de pas et des marques de pneus, c'est maigre !

— Pose-toi la question suivante : pourquoi le Corbeau nous envoie-t-il ces lettres ?

— Pour frimer, ou pour se faire remarquer, pour prouver au monde qu'il existe, hasarda Meats en fonction de ses expériences passées.

— Pas exactement, s'il voulait prouver au monde qu'il existe, c'est aux médias qu'il enverrait les lettres, pas à la police puisqu'il sait bien que nous les tiendrons secrètes, corrigea Brolin. Je pense qu'il veut plutôt s'amuser avec nous. Il nous teste. Lui aussi est un pervers narcisso-sexuel, c'est un dominant, un manipulateur, c'est pour ça qu'ils s'attaquent à des femmes et qu'ils les font souffrir. Pourquoi l'Enfer de Dante et qu'est-ce qu'ils cherchent à atteindre en remontant les neuf cercles de l'enfer, je ne le sais pas, peut-être rejoindre la quintessence du Mal ou je ne sais quel délire.

» Mais le Corbeau souhaite se confronter à la police parce qu'il se croit puissant et plus intelligent que nous et qu'il veut nous le montrer. La police est le bras de la société, nous représentons l'organe exécutif de lois de notre monde. Si vous défiez la police, vous êtes en dehors de la société, et seule la prison peut vous amender et refaire de vous un citoyen. Mais montrez-vous plus malin que la police, et vous serez au-dessus de cette société, plus fort. C'est comme ça qu'il se voit, il est sûr de lui. C'est là le défaut à exploiter.

— C'est ça que vous appelez une piste ! s'écria Bentley Cotland. Merci pour la leçon de psychiatrie criminelle mais qu'est-ce que ça va nous permettre de savoir ? Où ce fou habite ? Non ! Bon, alors qu'est-ce que vous voulez faire ?

— Sauf votre respect monsieur Cotland, laissez-moi poursuivre, si vous ne parvenez pas à vos propres déductions.

Bentley Cotland le fusilla du regard. Cette fois, c'en était trop ! Il allait voir, ce jeune flicaillon, ce qu'il en coûte de froisser un attorney ! Aussitôt qu'il obtiendrait sa nomination, il s'arrangerait pour que Joshua Brolin n'ait plus que les enquêtes merdiques et qu'il passe le reste de son temps à Portland à ramasser des ivrognes et des putes sur la voie publique. Mais pour qui se prenait-il, ce bouseux ?

— Dans un premier temps, la chance nous a permis d'identifier les traces de pneus grâce au super boulot de Craig Nova et son équipe, reprit Brolin. Ensuite nos déductions (il adressa un clin d'œil à Larry) et un petit coup de pouce du destin nous ont permis de retrouver la voiture de la victime, cet après-midi. Cette même voiture que le tueur a utilisée pour amener sa victime sur le lieu du crime comme le montrent les traces. Je suis certain qu'il ne s'attend pas à ce que nous trouvions le véhicule si vite.

— Le problème, c'est que ça n'est justement pas sa voiture mais celle de la victime, et il a évidemment tout nettoyé ! rétorqua Chamberlin.

— Capitaine, nous disposons des éléments nécessaires pour mettre en œuvre une technique proactive. Je m'explique : nous tendons un piège autour du véhicule de la victime et titillons son ego pour le contraindre à venir. Puisqu'il veut jouer, nous allons lui proposer une partie.

— Et concrètement, on fait quoi ? demanda Salhindro que la logistique touchait tout autant que le pragmatisme.

Brolin fit face au capitaine Chamberlin.

— Capitaine vous convoquez la presse et annoncez que nous sommes sur une piste très importante, que la capture du tueur n'est plus qu'une question de jours. Ils ne manqueront pas de demander des détails, là vous leur expliquez pour les traces de pneus, que nous savons grâce à cela que le tueur ou la victime avait une Mercury Capri 1977. Et que, dans les jours qui viennent, nous allons chercher toutes les Mercury Capri, que toutes les pistes seront exploitées, tous les propriétaires interrogés, et si nous trouvons des Mercury Capri abandonnées, elles seront passées au crible pour y déceler le moindre indice. Nous analyserons toutes les traces de pneus qui pourraient être proches, interrogerons tous les témoins éventuels, etc. L'idée est d'impressionner le tueur par l'arsenal technologique déployé et par notre assurance, montrez-vous sûr de vous, insistez sur le fait qu'il sera bientôt derrière les barreaux, énervez-le. Il devrait déjà être surpris que l'on ait identifié si vite la voiture de sa victime, ça peut lui faire peur, si en plus il se sent sous-estimé, il va prendre des risques.

— Et il risque de tuer de nouveau très vite ! C'est ça que vous voulez ? objecta Bentley.

— Non, il va d'abord couvrir ses arrières ! Il saura ainsi que nous allons bientôt retrouver la Mercury et à moins qu'il ne soit lui-même flic et sûr d'avoir parfaitement nettoyé la voiture, il ne connaît pas exactement nos moyens technologiques. Le fait que nous ayons identifié le véhicule aussi vite pourrait lui faire peur. Et si on a de la chance, il avait garé sa propre voiture non loin de la Mercury pour ne pas marcher trop et ne pas s'exposer aux regards des passants sur le parking. Il va ainsi avoir peur que l'on puisse retrouver les traces de pneus de sa propre voiture. Insistez bien sur les traces de pneus et leur importance, capitaine, et aussi sur tous les détails qui pourraient nous dévoiler le moindre indice, dites bien qu'un simple cheveu pourrait nous en apprendre énormément. Je veux qu'il se sente suffisamment menacé pour prendre le risque de retourner très vite sur le parking récupérer la Mercury et s'en débarrasser.

Bentley secoua la tête, sidéré que l'on puisse bâtir de pareilles théories.

— Si je te suis bien, intervint Salhindro, le capitaine fait sa petite conférence, la presse relaie le tout à la télé et dans les journaux pendant que nous, on se planque sur le parking et on attend de voir si notre gus va mordre à l'hameçon, c'est ça ?

Brolin hocha la tête.

— Exactement. On reste en observation avec une équipe du SWAT [1] et dès qu'un type touche à la Mercury, on boucle le secteur et on lui tombe dessus.

Le capitaine Chamberlin fit claquer ses lèvres, l'air contrarié.

— Ce qui me pose un problème, remarqua-t-il, c'est l'importance de la zone et le nombre de gens qui y circulent.

— Oui, c'est un souci. On ne peut pas restreindre l'accès sans que ça soit louche. Mais notre homme va chercher à se faire remarquer le moins possible, il

1. SWAT : *Spécial Weapons And Tactics*, équipe d'intervention de la police.

évitera de se coller aux passants je pense, il est d'ailleurs fort envisageable qu'il vienne de nuit.

Le silence tomba sur le bureau. La ventilation bourdonnait dans un coin et des téléphones sonnaient au loin dans d'autres pièces. La cigarette de Meats se consumait dans un cendrier sans qu'il en tienne compte.

Bentley brisa le silence le premier :

— Capitaine, vous n'allez tout de même pas cautionner un projet aussi démentiel !

— Vous avez mieux à proposer monsieur Cotland ? Ou préférez-vous attendre la prochaine victime ? Dans ce cas, vous pourriez faire la prochaine conférence de presse et tant qu'on y est, c'est vous qui parlerez à la famille, qu'est-ce que vous en dites ?

Bentley se contenta de grommeler.

Le capitaine Chamberlin se lissa la moustache, le regard plongé dans le néant électrique de sa pensée. Quand il reprit la parole sa voix était plus rauque, comme prise par le doute.

— Brolin ?

— Oui capitaine.

— Ça marche habituellement cette technique proactive, au FBI ?

Brolin haussa les épaules.

— Eh bien, ça dépend. Parfois oui. Il faut un peu de chance.

Le capitaine serra le poing.

— J'imagine qu'il nous faut agir sans perdre plus de temps, dit-il. Brolin, contactez l'équipe du SWAT pendant que je réunis les journalistes. D'ici trois heures, les infos circuleront publiquement, informant chaque citoyen de l'Oregon que nous sommes sûrs de nous et que le tueur des deux femmes sera arrêté dans les jours qui viennent.

Il ferma les yeux et ajouta :

— J'espère qu'on ne va pas se planter. Nous jouons gros.

42

La chaîne stéréo à 1 800 dollars diffusait le dernier album d'Amon Tobin dans tout le rez-de-chaussée, faisant vibrer les carreaux sous l'impact des basses.

— Tu veux bien baisser la musique, commanda Camelia.

Les décibels tombèrent comme un avion en piqué. Juliette s'appuya sur le chambranle de la porte de la cuisine, grignotant une carotte crue.

— Et si on sortait pour dîner ce soir ? proposa-t-elle.

Camelia posa sur son amie un regard malicieux.

— Envie de compagnie ? Ma Juliette aurait-elle, enfin, décidé de s'offrir la présence d'un mâle à ses côtés ?

L'intéressée haussa les épaules en signe de dépit.

— Ne sois pas stupide, c'est pas de ça que j'ai besoin.

— Oh ! mais rassure-toi, je ne parlais que d'un compagnon d'une nuit ! Un homme-Kleenex.

— Et moi, je parlais sérieusement. Un cinéma, ou un restaurant entre femmes, je ne sais pas, quelque chose de « social ». Sortir, quoi !

Camelia repoussa le magazine qu'elle lisait.

— Et tes deux gorilles ? fit-elle en montrant l'extérieur du menton.

Juliette soupira.

— J'imagine qu'ils nous suivront, ils ne peuvent tout de même pas m'empêcher de vivre.

Camelia consulta sa montre.

— Dix-sept heures, ça nous laisse le temps de choisir. Cuisine chinoise ? Oh, tiens ! Je connais un restaurant russe génial dans Downtown.

— Et français ?

— Ce sont tes origines qui refont surface ?

— Un atavisme culinaire, ça existe d'après toi ? répondit Juliette.

Les deux femmes rirent et Camelia prit l'air très concentré, poussant la grimace à l'excès.

— Mais oui ! finit-elle par s'écrier. Je ne t'ai jamais présenté mon ami Anthony Desaux ?

— Le millionnaire ?

— Français et cordon-bleu avec ça ! Avec un zeste de romantisme et la galanterie française, c'est l'homme qu'il te faut.

Avant que Juliette ne puisse ajouter quoi que ce soit, Camelia était déjà au téléphone.

Juliette resta dans la cuisine. La conversation qu'elle avait eue avec Brolin dans l'après-midi lui revint en mémoire. Mais plutôt que des mots, c'était l'expression de son visage quand ils s'étaient tenus à quelques centimètres l'un de l'autre qu'elle retenait. Un infime lien s'était tissé à cet instant précis, un filament de désir, elle ne pouvait pas se le cacher, c'était du désir qu'elle avait éprouvé. Et ça ne lui était pas arrivé depuis très longtemps. Pendant quelques secondes elle avait souhaité qu'il l'embrasse, que leurs peaux se rapprochent et se touchent.

Un filament de désir.

Qui s'était allumé d'un coup, se consumant comme une allumette. Soufflé par les aléas de la vie, en l'occurrence la sonnerie du téléphone. Qu'en était-il vraiment ? Était-ce une bouffée momentanée, une alchimie étrange du corps dans un moment de panique ? S'ils venaient à passer un peu de temps ensemble qu'éprouverait-elle ? L'envie de fusionner ou celle de l'amitié, du verbe et de la confiance ?

Camelia réapparut.

— Fais les poussières de tes tenues de soirée, nous sommes attendues chez M. Desaux pour dîner, à vingt heures précises.

— Tu ne nous as pas invitées de force, j'espère ?

— Loin de là, quand je lui ai dit que je lui présenterais la plus belle fille de tout l'Oregon, il a été ravi de nous avoir à sa table !

— T'as pas fait ça ! Dis-moi que tu n'as pas fait ça !

En guise de réponse, Camelia lui fit son plus beau sourire, son préféré pour laisser planer le doute : le sourire Carnivore, celui qui dévoile toute la dentition.

⁂

L'écu de cuivre aux armoiries de la famille Desaux fermait l'imposante grille de la propriété. Un dragon crachant du feu sur le flanc dextre, une épée au flanc senestre et un donjon austère gravé en relief au centre en formaient les motifs.

Camelia s'annonça à l'Interphone au bord de l'allée et le blason se fendit en deux à l'ouverture des grilles en fer forgé. Derrière, la voiture banalisée affectée à la protection de Juliette s'immobilisa sur le bas-côté. Les deux policiers à l'intérieur sortirent leurs sandwichs et leurs journaux pour prendre leur mal en patience comme convenu avec la jeune femme lorsqu'elle leur avait fait part de son intention d'aller dîner au manoir Desaux.

Camelia conduisit sa voiture à travers la forêt privée, roulant calmement dans la nuit.

Assise sur le siège passager, Juliette contemplait le paysage éclairé par les phares.

— Tout ça lui appartient ? demanda-t-elle. Je veux dire, c'est rien qu'à lui ?

— Et à personne d'autre. Un mur de quatre mètres entoure les douze hectares de propriété, si tu veux t'y promener, il faut faire partie de ses amis. Les *persona non grata* restent dehors. D'une certaine manière, Anthony Desaux vit dans un autre monde, tu vas voir.

Juliette approuva, peu certaine d'être prête à rencontrer un homme comme celui-ci.

Un imposant massif de rhododendrons laissa subitement apparaître la demeure Desaux. Juliette s'attendait à découvrir un manoir français, comme ceux qui jalonnent la Loire, avec leurs longues fenêtres, des plafonds très hauts aux moulures soignées, aux cheminées ouvragées dans le marbre et aux parquets d'époque soigneusement cirés. Mais la résidence de la famille Desaux n'avait rien de l'architecture de Le Vau et ses jardins rien de Le Nôtre. En fait, on l'aurait dite tout droit sortie des Cornwall ou du Connemara. Tout en néogothique, avec d'interminables cheminées de pierre, ses étroites fenêtres et ses pinacles dressés vers le ciel comme des clochetons aiguisés par les éclairs. Elle ressemblait à une église horizontale, remarqua Juliette à mesure qu'elles s'en approchaient.

— Oh, mon Dieu ! s'étonna-t-elle. On va manger là-dedans ?

— Quoi ? Tu ne trouves pas ça excitant ?

— Pas vraiment ! J'ai l'impression d'être dans un mauvais film d'horreur.

— Un mauvais film d'horreur n'aurait pas les moyens de se payer un décor pareil. Maintenant cesse de te plaindre et profite. Tu vas côtoyer l'*aristocratie* française.

Camelia passa sous un arc-boutant et gara la voiture devant les marches noires du perron. La porte s'ouvrit aussitôt et un homme en costume trois-pièces les accueillit en se frottant les mains. Il avait une cinquantaine d'années, les cheveux blancs lissés en arrière et la carrure imposante d'un bon vivant ayant pratiqué tout autant le sport que la philosophie d'Épicure.

— Bienvenue chez moi, mesdemoiselles ! Laissez la voiture ici.

Camelia gravit les marches rapidement pour se porter à ses côtés.

— C'est un plaisir, dit-elle tandis qu'il lui déposait une bise sur la joue.

— Et voici, je présume, la belle Juliette dont j'ai si souvent entendu parler ! s'écria-t-il en dévoilant ses dents anormalement blanches.

Juliette s'approcha lentement. Anthony Desaux se tenait très droit, dans un costume somptueux, lui offrant son plus beau sourire. Elle vit la parfaite dentition, les cheveux impeccables, et la peau rasée de près du millionnaire. Une profonde fossette se creusa dans son menton.

« C'est tellement plus facile d'être beau quand on est riche », se dit-elle en l'observant. Elle s'en voulut aussitôt de se montrer cynique envers lui, encore plus envers son argent, d'autant que sa propre famille n'était pas à plaindre non plus.

— Je suis ravie de faire votre connaissance monsieur Desaux, fit-elle en lui tendant la main.

— Appelez-moi Anthony.

Et plutôt que de lui serrer la main, il se courba et lui fit un baisemain sentencieux.

— Je vous en prie, entrez.

Il s'effaça pour les laisser découvrir l'immense hall.

Le repas se prit dans la « petite » salle à manger, pour *« plus d'intimité »* selon les mots mêmes du maître de maison. Ils dînèrent sous un lustre en cristal du XVIIIe siècle et dans de la vaisselle dont la moindre pièce devait coûter au bas mot 2 500 dollars. Juliette avait eu peur d'être servie par une pléthore de majordomes mais c'est Anthony lui-même qui fit le service et qui s'attardait par moments dans la cuisine. Et comme le lui avait promis Camelia, il s'avéra un excellent chef, mitonnant un succulent coq au vin avec des haricots verts. Le vin, français évidemment, était des plus capiteux et lorsque leur hôte fit une allusion à son prix, Juliette manqua de s'étrangler. Anthony aimait visiblement parler de lui-même, de sa réussite et de celle de sa famille depuis maintes générations, comme si le talent financier se transmettait par les gènes. Il leur parla beaucoup de son pays, vantant ses paysages, sa richesse culturelle mais blâmant l'incompétence des politiciens et la mentalité fortement conservatrice du peuple français, ce qui amusa beaucoup Juliette. Venant d'un aristocrate fier de ses nobles origines mais qui prônait néanmoins le capitalisme à outrance pour améliorer le rendement financier de ses usines, cette remarque sur le conservatisme sonnait comme une injure pour tous ceux qui n'avaient pas la chance de tenir leur destin entre leurs mains.

À mesure que la soirée se consumait, Juliette vit en Anthony un homme né dans l'argent et la doctrine d'une « bonne famille » mais qui ne s'était pas non plus laissé distancer par le monde, il n'était pas puant de vanité ou de prétention, il possédait l'orgueil d'un millionnaire aux origines nobles sans en avoir l'arrogance.

Quand le dessert leur fut servi, poire Belle-Hélène, et que la barrière de la timidité eut été brisée par la fatigue, l'alcool et la chaleur du repas, Juliette osa une question plus personnelle :

— Excusez ma curiosité, mais vous vivez seul dans cette grande bâtisse ?

Anthony porta la main à son verre de cristal, et de l'autre prit sa serviette et tamponna avec soin ses lèvres.

— Si la question est de savoir si je suis marié, la réponse est non, je suis veuf. Mais je ne suis pas entièrement seul ici, j'ai du personnel qui vit dans l'aile ouest. Je leur ai donné congé pour la soirée. Et vous ? Vous êtes fiancée ou quelque chose comme ça ?

Juliette sentit ses joues s'empourprer et enragea d'être si sensible.

— Non, je me consacre entièrement à mes études.

— Ah, c'est vrai ! Camelia me l'avait dit. Psychologie. Savez-vous que j'ai des amis importants à John Hopkins et à Georgetown [1] ? Je pourrais peut-être appuyer votre candidature si cela vous intéresse.

1. Universités près de Washington D.C., très célèbres et également très cotées.

Juliette avala une bouché de poire, mal à l'aise. « Qu'est-ce qu'il veut dire par là ? se demanda-t-elle. Il est en train de me draguer ou c'est moi qui fabule ? »

Ne sachant que répondre, elle se contenta de hocher la tête, espérant s'en tenir là.

— N'hésitez pas à me le demander, cela me ferait très plaisir, insista-t-il.

Percevant le malaise de son amie, Camelia posa la main sur celle d'Anthony.

— Il faudra que tu nous promènes dans ta bibliothèque, Juliette est férue de livres !

— Ah oui ? s'étonna-t-il. Alors je suis l'homme qu'il vous faut ! Je dispose de plus de cinquante-deux mille ouvrages sur tous les thèmes !

Juliette remarqua la main du millionnaire qui se refermait sur celle de Camelia. Elle s'était toujours demandé s'il avait existé une relation intime entre eux et n'avait jamais osé poser la question à Camelia. Elle avait vingt ans de moins que lui, mais il gardait un certain charme. S'il y avait eu quelque chose entre eux, le charme en était-il la vraie raison ? « Il est concevable que certaines femmes le trouvent séduisant et original avec ses manières de noble français, mais son argent est aussi source de convoitise, se dit Juliette. Non. Pas Camelia, ça n'est pas son genre, elle n'est pas vénale et dispose déjà de fonds importants depuis son divorce. »

Anthony Desaux plongea son regard dans celui de Camelia en portant son verre de vin à ses fines lèvres.

Juliette laissa échapper un sourire. Oui, il y a eu quelque chose entre eux, ils ont dans le regard le reflet coquin des souvenirs amoureux. Et puis, c'est bien dans l'esprit de Camelia, « dépasser l'apparence de l'âge pour ne garder que le substrat de l'être, comme elle disait souvent. C'est là que l'on trouve le meilleur de l'homme ».

À bien y réfléchir, sa proposition pour la « pistonner » à Georgetown ou John Hopkins était peut-être dénuée de convoitise, il le faisait simplement pour Camelia, comme un témoignage d'affection.

— Bien, et si nous allions visiter cette bibliothèque ? proposa Anthony en se levant.

Quelques escaliers et couloirs plus loin, il poussa le lourd battant d'une porte aux dorures en feuille d'or. Juliette resta coite face au spectacle qui s'étendait au-delà.

Les ombres de la rotonde coulaient sur plusieurs mètres entre les hauts rayonnages de la bibliothèque. Quelques fenêtres dispensaient la lumière d'une lune gibbeuse sur ce territoire de ténèbres. Juliette perçut une fresque au plafond – huit mètres au-dessus – mais la lune ne lui permit pas d'en voir plus qu'un ange dans un arbre et un sage le regardant dans une alchimie très raphaélique.

Les pas d'Anthony Desaux claquèrent sur les lourdes dalles noires et blanches, jusqu'à la table sur laquelle il alluma une lampe en laiton à dôme vert début de siècle. La clarté se propagea sur quelques mètres, sans percer le voile d'ombre qui recouvrait les géants de bois aux étagères bien chargées. Juliette considéra le propriétaire des lieux. Il se tenait au milieu d'un minuscule îlot de lumière, flottant dans une brume de mystère.

— Qu'attendez-vous ? Entrez ! tonna-t-il à l'attention de ses deux invitées qui étaient restées pieusement sur le seuil.

Sa voix résonna bruyamment, rebondissant sur le sol, le plafond, avant d'être engloutie loin dans les allées sinistres de la bibliothèque.

— Je vous l'avais dit, cinquante-deux mille ouvrages sont entreposés ici. Les meubles montent à cinq mètres, et si vous parcouriez toutes les allées de cette bibliothèque vous feriez plus d'un demi-kilomètre !

Peut-être à cause de l'ambiance ou de l'heure tardive, Juliette frémit en écoutant les mots de leur hôte. Plus encore que dans une église ou un cabinet d'érudit, le silence lui paraissait ici une pratique rituelle à ne pas profaner. Malgré tout, elle parvint à desceller ses lèvres :

— C'est impressionnant, avoua-t-elle.

L'écho de ses mots s'envola dans l'édifice.

— Mais dites-moi, comment faites-vous pour trouver vos livres dans cette obscurité ? Vous n'y allez tout de même pas avec une lampe torche !

La remarque parut plaire à Anthony dont le visage s'inonda de joie. Il s'empara d'une télécommande et pressa un bouton. Aussitôt des dizaines de veilleuses s'allumèrent silencieusement au-dessus des rayonnages. En nombre limité, elles permettaient juste de lire les titres, conférant à la rotonde un manteau d'opacité.

Juliette s'engagea dans une allée en levant la tête vers les reliures de cuir. Elle déambulait à travers de rares îlots de clarté. Elle n'en croyait pas ses yeux, « c'est si grand et si… beau et effrayant à la fois », se dit-elle. Il y avait un mélange d'exhibition et de pudeur sur les étagères, certains livres offrant leurs tranches aux regards curieux et d'autres se dissimulant sous l'ombre épaisse.

Elle s'immobilisa d'un coup, face à face avec une femme aux yeux vides.

Et reprit son souffle en découvrant un buste posé sur un piédestal. Se tournant, Juliette découvrit d'autres sculptures, essentiellement des statues de femmes qui n'étaient pas particulièrement mises en avant. On les avait délibérément laissées en retrait, comme éléments du mobilier plutôt qu'en œuvres d'art.

La voix forte du millionnaire la sortit de sa contemplation :

— Quelle lecture vous ferait plaisir, Juliette ? L'histoire de la Renaissance vue par un contemporain de Da Vinci ? Un exemplaire de *Un Yankee à la cour du roi Arthur* de Twain signé par l'auteur ? Je sais ! Une édition originale des topiques de Freud ! Ou peut-être préférez-vous un des ces antiques grimoires de sorcellerie ?

— Sorcellerie ? Vous avez des livres qui traitent de magie ? demanda Juliette.

Le rire profond d'Anthony monta vers le dôme tandis qu'il se frottait les mains.

— Ah mais oui ! dit-il, très fier de surprendre son auditoire. Et probablement la plus riche bibliothèque ésotérique du pays !

— Notamment des livres sur la magie noire ?

Camelia porta son regard sur Juliette. Que lui prenait-il de devenir subitement si mystérieuse ? Habituellement, c'était le genre de sujet qui l'ennuyait passablement. De sa propre confession, Juliette n'avait jamais fait de séance de spiritisme entre copines, ni tenté de concocter des philtres d'amour étant gamine, elle avait toujours trouvé ça « trop romanesque ».

— Bien sûr ! s'exclama Anthony. Mais ça n'est pas là un territoire que l'on foule en toute innocence, très chère. Puis-je vous demander quelle est la raison de votre intérêt ?

Ses yeux brillaient d'une joie aiguë et dévorante.

— La curiosité, mentit Juliette. J'ai toujours été intriguée par ces vieux grimoires de sorcière et… j'avoue que l'occulte éveille en moi une certaine exaltation, ajouta-t-elle en forçant son sourire.

Anthony haussa un sourcil, piqué au vif. Camelia assistait à la scène, incrédule face à l'attitude inhabituelle de Juliette.

— Alors, laissez-moi vous guider jusqu'au cœur de ma bibliothèque, dans l'antre des connaissances damnées ! Vous allez aimer…

Il s'enfonça dans une allée aux rayonnages imposants et s'arrêta dans un recoin obscur. Là, il se tourna vers Camelia et Juliette qui l'observaient en restant en retrait. Il leur adressa un petit signe de la main comme pour leur dire au revoir.

Puis il disparut.

Comme par magie.

43

Il avait complètement disparu sous leurs yeux.

Anthony Desaux venait de réaliser le plus vieux rêve de l'homme depuis le Moyen Âge : se rendre invisible. Acculé dans un recoin de la bibliothèque, il s'était évaporé. À la manière du héros de H.G. Wells ou de celui de Marcel Aymé, le millionnaire s'était volatilisé, tel un passe-muraille.

— Monsieur Desaux ? murmura Juliette.

Camelia lui fit écho.

Elles échangèrent un bref coup d'œil puis s'avancèrent lentement dans l'allée peu éclairée. Les rayonnages couverts de livres rares et décrépits les entouraient, comme une morne vallée de connaissance.

— Anthony ? appela Camelia.

Juliette la suivait d'un pas. Elle allait héler à son tour le millionnaire lorsqu'une main se posa sur son épaule si bien que son appel se mua en cri de peur.

— Navré de vous avoir effrayée, Juliette, fit Anthony sans dissimuler son plaisir. C'est plus fort que moi, le visage d'une femme apeurée est parfois aussi beau qu'au paroxysme de la joie.

— Anthony ! Mais comment diable as-tu fait ? s'émerveilla Camelia que la situation amusait grandement.

— Cette demeure dispose de maints passages camouflés et portes dérobées. Vous ne m'avez pas vu disparaître car celle-ci est cachée dans l'ombre d'un renfoncement.

Le cœur de Juliette commençait seulement à reprendre un rythme supportable. Pendant une seconde, elle avait bien failli le gifler. Elle détestait par-dessus tout qu'on la surprenne ainsi ! Lui faire peur était la dernière chose à faire pour s'attirer sa sympathie.

— Mais je crois qu'il est urgent que je me fasse pardonner, dit-il en voyant les flammes de la colère danser dans les yeux de Juliette. Suivez-moi.

Ils s'en allèrent jusqu'à l'endroit où il s'était volatilisé quelques minutes auparavant. Anthony glissa ses doigts sous une étagère, aussitôt un panneau de bois coulissa dans l'ombre sans faire de bruit. Ils pénétrèrent dans une autre pièce aux dimensions nettement plus modestes mais à l'apparence au moins aussi cabalistique. Anthony y alluma une petite lampe.

D'immenses étagères couvertes de grimoires couvraient les murs aveugles. Il y en avait bien deux ou trois cents, de toutes tailles, du plus délabré, ne tenant plus que par le fermoir d'acier, au plus immaculé et dont certaines pages n'avaient pu être lues puisqu'elles étaient soudées par le haut dans la même feuille. Quelques toiles d'araignée, des volutes de poussière et l'odeur du vieux cuir terminaient de meubler la pièce octogonale.

Puis Juliette découvrit ce qui trônait au milieu.

Un siège en métal rouillé.

Mais dont les accoudoirs sertis de pointes émoussées et les chaînes oxydées ne laissaient aucune équivoque quant à son usage.

— Ne vous laissez pas impressionner, avertit le maître des lieux. Cet instrument de torture n'a plus servi depuis plus de deux siècles.

— C'est tout de même… dérangeant, fit Juliette en le contournant.

— Un vieux souvenir de famille…

Juliette comprenait désormais pourquoi Camelia lui avait décrit son ami millionnaire comme un excentrique un peu particulier.

— Mais vous vouliez voir des ouvrages de magie noire, et les voici, reprit-il à l'attention de la jeune femme en dévoilant, d'un geste théâtral de la main, les écrits supposés hérétiques.

Juliette s'approcha et commença à déambuler lentement. Les noms qu'elle lisait n'avaient rien de familier dans l'ensemble, ils n'évoquaient rien qu'elle puisse connaître. *Daemoniomicum* ; *Unausprechlichen Kulten* ; *Malleus Maieficarum* ; *Liber Ivonis* ; *Magie Véritable*… Rien qu'elle puisse utiliser. La plupart n'étaient pas même rédigés en anglais mais en latin, en vieux français, allemand ou grec. Autant de langues qu'elle ne maîtrisait pas.

En fait, dès qu'Anthony Desaux avait prononcé le mot sorcellerie, le visage de Leland Beaumont avait jailli dans son esprit. Brolin le lui avait dit, Leland faisait peur à ses collègues car il parlait souvent de sorcellerie, il était passionné par la magie noire. Elle avait espéré trouver un indice dans cette vaste collection occulte mais maintenant qu'elle la contemplait, elle savait que c'était impossible. Il y avait trop d'ouvrages, trop de barrières de langue, de lexique, et tout simplement pas assez de temps.

— Comment se fait-il que tu aies une pièce pareille chez toi ? demanda Camelia dont la voix trahissait l'excitation.

— Grand amateur de livres comme je suis, tu m'imaginais ne pas avoir une collection... (il chercha le mot approprié) disons *interdite* ?

— Je ne pensais pas que tu irais jusqu'à la cacher derrière une porte secrète !

Anthony Desaux contempla avec assurance les livres qui l'entouraient avant de s'expliquer :

— Toutes les grandes bibliothèques du monde ont des ouvrages maudits. Des livres interdits. Le British Museum, la Bibliothèque nationale de Paris, celle du Vatican, surtout celle-là, insista-t-il avec un sourire. Toutes ont une large collection qu'elles dissimulent à l'œil du public. Savez-vous comment les Français appellent cette pièce mystérieuse où sont entreposés les volumes maudits ? Ils la dénomment l'*Enfer*. Je trouve que c'est assez parlant. En général, très peu de personnel a accès à l'*Enfer*, et parfois, la plupart en ignorent jusqu'à l'existence. Certaines bibliothèques célèbres nient avoir pareils lieux en leur sein, gardant jalousement leurs titres et veillant à ce que personne ne les consulte.

— Pour quelle raison ? interrogea Juliette dont l'intérêt pour l'occulte prenait soudain une réelle intensité.

— Parce que quelques-uns de ces grimoires renferment des secrets que beaucoup ne voudraient pas entendre !

Il avait presque crié pour répondre, gagné par la passion.

— Il existe des livres, continua-t-il sur un ton plus posé, qui ne relatent pas les Évangiles comme on les connaît ! Nichée dans ces pages moisies, repose peut-être la vérité sur notre monde ou notre origine. Et si Dieu n'était pas ce que nous pensons ? Après tout, l'Église lui a façonné une image au fil du temps, à travers une époque où elle était toute-puissante, maîtresse de ce qui s'écrivait et se transmettait. Mais peut-être existe-t-il des textes anciens relatant la vérité, dont les auteurs ne se sont pas laissé corrompre par la verve papale, ou d'autres encore plus vieux qui auraient été les premiers scribes de ce qui se passa, il y a bien longtemps. Depuis deux mille ans, la religion a eu le temps de lénifier le monde, de le soumettre à sa volonté et d'en établir la spiritualité comme elle l'entendait. Pourtant, je sais qu'il existe des textes relatant les arcanes de l'histoire avec authenticité, tous n'ont pas été détruits. Voilà pourquoi on ne met pas tous les livres à la portée de la connaissance collective.

— Vous avez déjà lu un de ces ouvrages ? demanda Juliette.

Anthony Desaux posa un index sur sa bouche.

— Le silence est le prix de la vérité.

Elle prit cela pour un oui. Influent, riche et passionné comme il l'était, il avait probablement eu l'occasion de se faire ouvrir les portes de quelques *Enfers* de par le monde. Camelia ne s'y était pas trompée, c'était un homme excentrique mais très intéressant.

— Et les livres que vous-même possédez, que relatent-ils ? insista-t-elle.

— Beaucoup de choses ma chère, tout dépend de ce que vous cherchez. Il y est essentiellement sujet des sciences occultes, mais d'autres parlent du satanisme, du Vaudou, c'est très vaste ! J'en possède même qui traitent de la mort.

En disant ces mots, il posa sa main sur un lutrin massif, posé derrière la chaise de torture. Le lutrin était entièrement ouvragé, des centaines de griffes travaillées dans le bois qui grimpaient le long de son pied. Au sommet reposait un volume énorme à la couverture parcheminée, sans titre et avec pour seul ornement un crâne lugubre en relief dans le cuir.

— Vous connaissez un peu le sujet, il me semble, hasarda Juliette.

Anthony enfouit ses puissantes mains dans les poches de son pantalon.

— Un peu, répondit-il.

— Vous pourriez m'expliquer quelques rudiments, ou bien des anecdotes que tous les amateurs du genre se transmettent ?

Le rire d'Anthony Desaux était grave et s'éleva dans les airs comme le battement d'ailes d'un dragon.

— Vous souhaitez jouer aux apprenties sorcières ?

— Comme je vous l'ai dit, j'ai un penchant pour tout ce qui est un peu… ésotérique, confia Juliette.

Décidément, Camelia n'arrivait pas à croire ce qu'elle voyait. Juliette d'habitude si fermée à ces histoires de fées et de magiciens en venait à jouer de ses charmes pour s'en faire expliquer le B.A.-BA. Elle la connaissait assez pour comprendre qu'Anthony ne l'intéressait nullement sur le plan sentimental, mais ça n'avait rien d'étonnant de la part de Juliette. Ce qui l'était beaucoup plus en revanche, c'était de la voir se servir de son regard ravageur, bomber imperceptiblement le torse en avant pour faire ressortir un peu plus sa poitrine si ronde, et surtout utiliser son sourire naturel, arme fatale pour l'homo sapiens de base qui croisait sa route. Juliette était en train de le charmer pour obtenir ce qu'elle voulait.

Camelia ne l'en aurait jamais crue capable. Mais Anthony, en homme malin et d'expérience, n'était pas dupe. Il jouait le jeu, buvant des yeux ce qu'on lui montrait et livrant ce qu'il fallait de son savoir pour que le spectacle continue.

— Beaucoup de gens traitent le paranormal et les sciences occultes en général avec condescendance voire dégoût. Mais pour piquer votre curiosité, laissez-moi vous conter une anecdote.

Ce faisant, il entreprit de marcher lentement dans la pièce, se tournant parfois vers Juliette, parfois vers Camelia. Sous ses pas réguliers, le plancher craquait, ponctuant ses phrases de grincements sinistres.

— Savez-vous ce qu'est l'alchimie ? C'est cet « art » étrange qui consiste à transformer du plomb en or. Eh bien, depuis que Mendeleïv au XIXe siècle a établi son tableau périodique des éléments chimiques, nous savons que l'élément le plus susceptible d'être proche de l'or, c'est le plomb. Voilà pourquoi c'est le plomb qui est utilisé dans les expériences en accélérateur de particules et autres laboratoires pour obtenir de l'or. Et au risque de vous étonner, on y arrive ! Mais tout ce matériel coûte si cher à faire fonctionner que l'or obtenu n'en vaut pas la peine. C'est en tout cas la preuve que transformer le plomb en or est possible, l'« alchimie moderne » l'a démontré. Maintenant pourriez-vous m'expliquer comment des hommes au Xe siècle savaient que c'était le plomb et pas autre chose qu'il fallait utiliser pour obtenir de l'or ? Comment, un millier d'années avant notre première expérience, des êtres humains ont pu deviner que le plomb était chimiquement l'élément le plus proche de l'or et le plus adéquat pour obtenir la mutation ? Alors qu'ils n'avaient pas la moindre idée de l'atome, du microscope ou la plus rudimentaire notion de masse atomique ! Car ces alchimistes n'ont pas essayé avec du gypse, du silex ou du granité mais avec du plomb ! Ils le savaient !

— Comment ont-ils pu le deviner ? demanda Juliette sincèrement intriguée.

— C'est là toute la question ! Et je n'en sais rien, car c'est ça l'occulte, un vaste domaine de mystère pour si peu de réponse.

Son introduction avait atteint l'objectif escompté, Juliette et Camelia étaient captivées.

Subitement, Juliette repensa à ses heures de recherche en bibliothèque ces deux derniers jours. Elle demanda :

— Anthony, vous connaissez la *Divine Comédie* de Dante, j'imagine ?

— Bien sûr, qui ne connaît pareil texte ?

— Je m'intéresse en particulier à la première partie, « L'Enfer ». En fait, je trouve la portée lyrique extraordinaire, mais au niveau... ésotérique, la *Divine Comédie* a-t-elle une importance quelconque ?

Le millionnaire replaça une mèche blanche en arrière avec ses comparses.

— Oui, on peut dire ça. Pour certains férus d'occultisme, la *Divine Comédie* n'est rien de moins qu'un guide pour l'au-delà. Cela va peut-être vous faire rire, sachez cependant qu'il y a des gens qui pensent que c'est une histoire vraie racontée sous une forme poétique pour l'adoucir et lui faire perdre de sa crédibilité afin que Dante ne soit pas inquiété en son temps. Mais, il se trouve encore des personnes pour vous certifier que la première partie de cette œuvre est un plan détaillé de l'Enfer ! Et pour ceux-là, la *Divine Comédie* est probablement l'ouvrage le plus complet et le plus abouti qui soit, une bible !

Juliette hocha lentement la tête sans s'en rendre compte. Elle connaissait au moins un être qui raisonnait de la sorte. Un homme pour qui assassiner n'avait pas l'importance morale que la société prétendait. Un individu plus éloigné de l'homme et plus proche du démon.

Anthony écarta les bras tel un messie au cœur de la bibliothèque privée du diable en personne.

— Maintenant, laissez-moi vous relater les grands mythes de l'occultisme et de la magie.

Très loin d'eux, dans un hall aux dimensions titanesques, résonna le carillon solitaire de l'horloge qui avertissait que vingt-trois heures trente étaient passées.

44

Cinq fourgons blindés, trente-quatre hommes du SWAT en tenue d'intervention – gilet pare-balles en Kevlar, casque de protection et Heckler & Koch MP5 – et dix-neuf policiers dépêchés par le central de Portland bouclaient le parking du Shriners Hospital et de la faculté de médecine. Un hélicoptère de la division routière se tenait prêt à intervenir à quelques centaines de mètres, au repos sur le site d'une station à essence désaffectée derrière l'université. Les trois accès principaux du parking étaient sous surveillance continuelle, un fourgon devait barrer le passage au moindre ordre grésillant dans une radio ou un talkie. On avait également placé plusieurs hommes aux différentes portes de l'hôpital, il était possible – si les choses tournaient très mal – que le suspect décide de s'enfuir pour perdre ses poursuivants dans les méandres des couloirs. Avec tout le personnel qui y circulait, c'était un risque qu'on ne pouvait se permettre. Si l'interpellation capotait ces portes seraient aussitôt bouclées par plusieurs commandos du SWAT, ne laissant aucune sortie libre. Le suspect serait fait. Piégé.

Le seul gros problème venait de la fréquentation même du parking. Il était très usité à tout moment et personne ne voulait d'une prise d'otage. Surtout pas Brolin qui, comme tout agent du FBI, avait suivi une formation sur les techniques de négociation et qui savait à quel point le dénouement pouvait se jouer à un rien.

Avant toute autre chose, le maître mot de cette opération était : discrétion. On ne devait pas percevoir la moindre présence des forces de l'ordre sur toute la zone sous peine de tout faire rater. Les fourgons blindés étaient ceux qu'utilisait habituellement l'ATF [1] de Seattle et venaient tout juste d'arriver après quatre heures de route. L'ATF avait proposé l'aide logistique de quelques agents mais le capitaine Chamberlin avait refusé sous prétexte que rien ne permettait à cet organisme d'intervenir sur le plan juridique. En fait, Michael Chamberlin ne voulait surtout pas de ces hommes sur le terrain, il craignait les débordements ou la bavure.

Les fourgons furent néanmoins livrés rapidement. Ils avaient la particularité d'être aussi singuliers qu'un hot-dog dans les tribunes d'un match de base-ball. Livraison de pizza, ou camion de la compagnie d'électricité, sans enseigne, nul n'aurait pu deviner qu'à

1. *Bureau of Alcohol, Tobacco and Firearms* ; l'ATF fait respecter les lois sur la production et la vente d'alcool, de tabac, d'armes à feu et d'explosifs. L'ATF a la réputation d'être très violent, et l'on compare souvent ses agents infiltrés à des « cow-boys » mais force est de reconnaître que leurs résultats parlent pour eux. À titre d'exemple, pour remonter de l'arme à feu retrouvée lors de la tentative d'assassinat sur le président Reagan au propriétaire, John Hinckley Jr, il fallut moins d'un quart d'heure à l'ATF où d'autres auraient mis des heures voire des jours.

l'intérieur se trouvaient plusieurs membres d'élite du service d'intervention en train de surveiller le parking par le périscope dissimulé dans la bouche d'aération sur le toit. Quatorze officiers de police patrouillaient en civil entre les allées, ce qui, compte tenu de la taille du site, passait complètement inaperçu.

L'opération avait été mise en place en quelques heures seulement, et ne devait durer que trente-six heures. Au-delà, il se serait écoulé trop de temps pour que le tueur prenne le risque de venir chercher la voiture. Avec les pilotes de l'hélicoptère, c'était donc deux équipes de cinquante-cinq hommes qui étaient mobilisées et devaient se relayer par cycles longs. Plus d'une centaine d'agents monopolisés sur cette « technique proactive », comme l'avait nommée Brolin en référence aux stratégies du Bureau fédéral. Outre l'affront médiatique pour avoir annoncé la capture imminente du tueur, ce serait une cuisante déroute professionnelle pour le jeune inspecteur s'il ne se montrait pas.

Depuis deux heures qu'il était en place dans le fourgon le plus proche de la Mercury Capri, Brolin ne cessait de tout ressasser, la peur au ventre de s'apercevoir qu'ils avaient oublié un détail crucial. À ses côtés, un sergent-chef du SWAT lui tendit un gobelet fumant.

— Café, inspecteur ?

Brolin secoua la tête et le commando s'en retourna à l'arrière du fourgon avec les cinq autres hommes. L'inspecteur recolla ses yeux au périscope et continua son tour d'horizon. La nuit était tombée, il était presque minuit et les propriétaires de voitures se faisaient de plus en plus rares. Brolin avait insisté lors du briefing avec les troupes sur le fait que tout le monde serait suspect sur le parking mais qu'il fallait se focaliser essentiellement sur les hommes seuls ou par deux. Tant que personne n'approchait de la Mercury, ils ne pourraient non plus avoir l'œil sur tout le monde. Pas tant qu'il y aurait de la fréquentation. Mais à minuit, le moindre passant était tout de suite repéré.

Brolin porta son attention sur une silhouette qui venait d'apparaître à une petite porte de l'hôpital. Il fit un zoom et lorsqu'elle passa sous un lampadaire, il identifia une femme d'une cinquantaine d'années. Sans totalement la perdre de vue, il se remit à observer la Mercury.

Une fois de plus, il pesta silencieusement.

La voiture était assez loin des hautes lampes, couverte par une large portion d'ombre. Ils ne pouvaient pourtant pas prendre le risque de la déplacer, le tueur pourrait s'en rendre compte avant d'arriver devant elle.

L'oreillette de Brolin grésilla et il reconnut la voix de Lloyd Meats :

— Josh, on a un contact à la sortie sud. Un homme seul qui marche assez vite dans votre direction.

Brolin pivota sur la gauche et repéra après quelques secondes l'individu en question. Il tirait sur une cigarette tout en se rapprochant à grandes enjambées du fourgon. Puis il jeta son mégot et s'engouffra dans une Toyota avant de partir. Le groupe de surveillance ne comptait plus les fausses alertes depuis déjà longtemps.

— C'est encore raté, commenta Salhindro depuis une voiture banalisée. Josh, tu crois vraiment qu'il va venir ?

— Possible… murmura Brolin en poursuivant son inspection périscopique.

Les minutes se dilatèrent jusqu'à ralentir la trotteuse des montres. Deux heures du matin se profilaient sur le cadran à quartz du fourgon. Très lentement, trois heures se firent. Cette heure de la nuit où la fatigue fige le monde autour de soi, où l'absence de vie donne à la nuit tous les droits sur l'homme, surtout celui d'inquiéter.

Il n'y avait plus que de rares silhouettes à arpenter le bitume de temps en temps. Les officiers en civil avaient réintégré leurs véhicules pour ne pas éveiller l'attention et attendaient dans le noir.

Brolin repensait à ses années d'études avant de s'engager au Bureau. Il avait été studieux, assez peu enclin à sortir tandis que pour ses camarades de cours, les années de fac représentaient des nuits entières de plaisirs et de joie. Son principal excès – si c'en est un – avait été une relation de deux ans avec la même fille, étudiante en sciences politiques. Mais ils étaient tous deux dévoués à leurs études et finalement quand elle eut la possibilité de partir pour Washington afin d'obtenir ses derniers diplômes, ils s'oublièrent. Brolin se demanda ce qu'elle pouvait bien être devenue, et ce qu'elle pouvait faire à cet instant même, alors que lui était assis dans ce fourgon au milieu de la nuit avec son gilet pare-balles qui lui irritait les hanches. En personne normale, elle devait dormir, même avec le décalage horaire de la côte Est. Elle s'appelait Gayle. Et tout compte fait elle était assez mignonne, bien que peu de garçons la…

— À toutes les unités, on a un individu qui vient d'entrer à pied dans le parking, fit une voix.

Josh reprit tout de suite ses esprits.

— D'où vient-il ? demanda-t-il.

— Je ne sais pas, il est sorti de sous les arbres, il était peut-être dans la zone universitaire.

— Bien. On se fixe dessus sans laisser tomber l'attention au reste pour autant, commanda Brolin. Je le vois. Taille moyenne, il porte une casquette et un manteau type veste en duvet.

— Affirmatif.

— Je ne le lâche pas. Lloyd, vous vous mettez dessus également, les autres vous poursuivez le balayage de la zone. Il y a encore plus de cent véhicules garés ici, je ne veux pas la moindre inattention.

La silhouette marchait d'un pas rapide, les mains dans les poches de sa doudoune. Quelque chose clochait. Sa façon de regarder régulièrement autour de lui ne plaisait pas à Brolin.

— Le type est louche, annonça-t-il dans son micro épinglé sur le col de son pull. Il ne se sent pas en sécurité ou il ne veut pas être vu. Que l'hélico se prépare à couvrir la zone.

L'homme était à deux cents mètres du fourgon de Brolin et donc de la Mercury. Mais son trajet était droit, et il ne semblait pas en passe de tourner vers eux.

— On dirait qu'il ne vient pas vers vous, commenta Meats.

— Exact, il se dirige vers l'hôpital.

Le sergent du SWAT s'approcha dans le dos de Brolin.

— Vous voulez que mes hommes l'interceptent ? demanda-t-il.

— Non, on n'a absolument rien contre lui. C'est peut-être un type trop nerveux, on ne va pas lui tomber dessus pour ça !

L'homme à la casquette marchait toujours aussi vite et cette fois Brolin vit de la fumée s'envoler de sa bouche.

— Il se grille une clope, fit-il. Apparemment, il ne vient pas par là, pas bon pour nous.

Brolin avait à peine prononcé ces mots que l'individu jeta son mégot et bifurqua soudainement. Il prit sur sa droite, vers Brolin. Vers la Mercury.

— Oh, changement de direction, il vient vers nous. Meats, prépare tes hommes, vous n'intervenez qu'à mon signal.

— Bien reçu.

Cette fois, le suspect laissa ses mains pendre le long de son corps, comme s'il s'apprêtait à un mauvais coup. Il passa sous un lampadaire, ce qu'il avait jusqu'ici évité. Brolin colla ses yeux au périscope mais la casquette du suspect était trop enfoncée et il ne vit que le menton.

— Tu as vu son visage ? demanda aussitôt Salhindro qui suivait tout depuis une voiture, un peu plus loin.

— Négatif, il a la tête trop engoncée dans sa veste et sa casquette le masque.

L'homme quitta l'allée et passa entre des véhicules en stationnement.

Il n'y avait plus aucun doute, il venait tout droit vers la Mercury.

— Je veux le prendre sur le fait, on le laisse toucher la serrure et on intervient.

Déjà les hommes du SWAT se préparaient à l'arrière, baissant la visière de leurs casques, s'assurant une parfaite prise sur leurs crosses travaillées façon pointe de diamant – antidérapante. La tension montait avec l'adrénaline. Tous le savaient, on pouvait être nombreux, surentraînés, bien plus armés, il suffisait d'un tout petit rien pour que l'un d'entre eux ne tombe, abattu par l'imprévisible. Mais ils aimaient leur boulot. La respiration s'accélérant, les mains moites, ils étaient prêts à jaillir par les portes arrière, alors l'action prendrait le dessus, l'adrénaline se diluant dans le sang et leurs esprits se mobilisant sur la situation immédiate, l'instant présent et non sur les perspectives dramatiques du futur.

Le sergent tourna la tête vers Brolin, attendant le signal.

L'homme arrivait juste en face, plus qu'une dizaine de mètres.

— Meats, quand je donnerai le signal, dépêchez-vous de couvrir la zone arrière, le temps que vous vous rapprochiez, je ne veux pas qu'il puisse se mettre à couvert derrière le break gris ou la Lincoln qui est devant. On évite que ça ne se termine en fusillade, il est peut-être armé. Au mieux, il se rendra sans broncher, mais s'il fuit, on le cerne et on se rapproche jusqu'à fermer le filet. On ne tire pas tant qu'il n'a pas fait feu, d'accord ?

— J'espère qu'il n'en a pas l'intention. Nous sommes prêts.

Le suspect se faufila derrière le break qui tracassait Brolin et s'approcha de la Mercury. Personne d'autre sur le parking. La chance était avec eux.

L'homme à la casquette s'immobilisa devant la portière du conducteur. Il balaya du regard la surface déserte autour de lui et enfonça une clé dans la serrure.

— Il a la clé ! cria Salhindro dans son micro en observant la scène aux jumelles. Il a la clé !

Mais Brolin ne prêta pas attention à l'avertissement. La voiture était enregistrée au nom de la victime, et même un de ses amis ne commettrait pas la bêtise de déplacer le véhicule innocemment. C'était le tueur qui avait gardé un souvenir. Un parmi d'autres.

— Que l'hélico se pointe, ordonna Brolin. À mon commandement, toutes les unités concernées : DÉPLOIEMENT !

Un concert de claquements métalliques s'envola entre les lampadaires tandis que les hommes du SWAT se projetaient hors de leurs tanières. Cinq d'entre eux foncèrent depuis le fourgon le plus proche avec Brolin sur leurs talons, cinq de plus de l'autre fourgon, vingt mètres plus haut, avec Lloyd Meats. Huit hommes apparurent de différentes voitures et coururent vers la Mercury se joindre aux deux premiers groupes. Déjà, le bourdonnement de l'hélicoptère s'amplifiait dans le ciel noir, faisant briller son projecteur comme un soleil nocturne.

À peine les premières portières ouvertes, l'homme à la casquette – tellement tendu – se jeta en arrière et rebondit sur le capot de la Lincoln garée là.

Brolin hurla par-dessus les ordres du SWAT :

— Ne bougez plus ! Vous êtes totalement cerné !

Mais déjà le suspect roulait sur le capot et disparut derrière l'avant de la Lincoln. Aussitôt, tous les hommes de l'intervention s'agenouillèrent et ceux qui le pouvaient se mirent à couvert. Une fois la cible hors de vue, on ne pouvait se permettre de foncer sur elle sans savoir si elle n'allait pas surgir et vider le chargeur d'une arme.

Le groupe de Meats se rapprochait lentement par-derrière, tous les hommes courbés jusqu'à presque progresser à quatre pattes, offrant le moins de surface possible à toucher. Devant Brolin, le sergent du SWAT donnait des ordres à ses hommes par des signes de la main. Et comme une manœuvre répétée des centaines de fois, le groupe se déploya, chacun sachant parfaitement où aller et quoi faire. Ils allaient le cerner de plus en plus près jusqu'à fondre comme un seul homme sur lui. Les premiers d'entre eux surgiraient avec des boucliers anti-balles pour couvrir le groupe pendant qu'une dizaine d'armes se braqueraient à quelques centimètres de son visage.

À une dizaine de mètres, des hommes arrivaient en courant, portant les fameux boucliers qui leur assuraient un minimum de sécurité.

L'hélicoptère était presque là, il pourrait aveugler le suspect à l'aide de son projecteur au moment de l'assaut.

Puis le premier coup de feu déchira le relatif calme de la nuit.

Un des hommes qui marchaient devant Brolin s'effondra en gémissant.

Brolin se jeta à terre et le hurlement des armes commença. Plus de quinze canons faisant déferler un geyser de métal en fusion sur leur cible.

Une pluie de douilles s'abattit sur l'inspecteur alors que le commando le plus proche vidait son chargeur sur la Lincoln. Les déflagrations tonnaient comme le marteau de Vulcain sur l'enclume, forgeant des éclairs éphémères sur la carrosserie de la voiture. Le puissant projecteur descendait des cieux et fixait la scène d'une blancheur immaculée tandis que le pilote faisait prendre de l'altitude à son appareil pour éviter le ricochet des balles perdues. L'absence de vent permit de lancer deux grenades lacrymogènes. Et les coups de feu cessèrent comme par miracle, tous les chargeurs vidés. Deux secondes plus tard, une nouvelle barre de trente cartouches venait se fixer aux MP5 et les hommes du SWAT couraient en avant, tombant sur l'épave fumante comme une araignée fermant ses huit pattes en même temps.

Les boucliers s'entrechoquèrent, les armes se braquèrent et l'hélicoptère se positionna sur le côté, donnant aux hommes d'élite la lumière d'un après-midi d'été.

À travers les dernières vapeurs de gaz lacrymogène apparut ce qui restait du tireur solitaire.

Une simple douille.

Rien de plus.

L'hélicoptère bourdonna encore plus fort, faisant trembler le cercle blanc sur le bitume vide.

45

Il était cinq heures du matin et Juliette n'était couchée que depuis une heure lorsque le carillon de la porte d'entrée la réveilla.

Elle eut du mal à ouvrir les yeux, ne réalisant pas encore que ça n'était pas une sonnette onirique. Mais un autre « ding-dong » termina de la sortir du sommeil. Son cœur s'emballa, multipliant son rythme par quatre en autant de secondes. Elle voulut se lever mais le sang lui monta à la tête et elle se renversa sur le lit.

— Ça va ! laissez-moi le temps de me réveiller ! marmonna-t-elle en se redressant plus lentement cette fois.

Elle passa une robe de chambre et descendit les marches sans bruit et sans allumer.

On distinguait clairement l'ombre d'une présence sur le seuil par l'imposte. D'un coup, tout lui revint. Ces derniers jours, les nouvelles victimes, le Fantôme de Leland, sa folle veillée nocturne dans l'*Enfer* d'Anthony Desaux. Et si c'était le tueur ? S'il venait finir ce que Leland avait entrepris un an plus tôt ? Non, les deux policiers en faction devant chez elle ne l'auraient pas laissé approcher.

« Sauf s'ils sont *morts* ! »

Juliette contourna discrètement la porte d'entrée et tenta de voir dans la rue entre les lames des volets. Il y aurait sûrement la voiture de garde devant, peut-être y décèlerait-elle du mouvement, une lueur de cigarette, n'importe quoi qui lui permette de s'assurer qu'ils étaient en vie.

Mais on ne pouvait distinguer la rue à travers les volets, il fallait ouvrir.

Nouveau coup de sonnette. Juliette sursauta, elle manqua de pousser un cri de surprise tant le carillon était fort dans l'obscurité de la maison.

— Juliette ? C'est Joshua, fit une voix derrière la porte.

Joshua ? À cette heure-ci ? Soudain, elle comprit que quelque chose de grave était arrivé. Ses parents !

Elle se précipita vers la porte, défit les verrous et ouvrit.

Joshua Brolin se tenait sur le perron, il était en train de repartir.

— Qu'est-ce qui se passe ? demanda-t-elle aussitôt.

Brolin l'observa, vit la robe de chambre, les mèches noires qui se mêlaient devant les yeux de saphir et l'expression encore engourdie de son visage.

— Je te réveille ?

— Euh… oui, à cinq heures du matin, oui.

Brolin se passa la main sur le visage, comme pour effacer ce qu'il venait de dire, et par la même occasion le souvenir de toute cette nuit. De ces dix derniers jours.

— Qu'est-ce qui se passe ? Il y a eu un accident ?

Cette fois, Juliette ne craignait plus pour ses parents, mais l'expression de Brolin trahissait une telle fatigue, tant de tristesse qu'elle savait que c'était important pour lui. Il n'avait probablement pas dormi ou si peu depuis longtemps et les soucis pesaient sur chaque trait de son visage jusqu'à creuser des sillons sombres là où la semaine dernière n'apparaissaient que des ridules. Ses gestes n'avaient pas la même assurance, et Juliette pensa un instant qu'il était soûl. Mais il n'avait pas bu une goutte d'alcool de la journée, il était perdu. Perdu dans l'inextricable forêt de ses pensées, enlisé dans les racines de l'épuisement.

Brolin la fixa de ses yeux las.

— Je... suis désolé, je n'aurais pas dû venir...

Il allait repartir quand Juliette lui attrapa le bras.

— Tu n'es pas venu pour me réveiller et repartir ensuite, entre.

Il se laissa guider comme un enfant. Juliette l'installa dans le salon et fila pour mettre de l'eau à bouillir. Quand elle revint, il se prenait la tête à deux mains. Elle s'assit à côté de lui et passa un bras autour de ses épaules.

— Josh ?... Qu'est-ce qu'il y a ?

Il leva les yeux vers la cuisine, fixant la lumière pour se donner un appui.

— J'ai merdé... consentit-il à avouer. Un sacré bordel.

Juliette fronça les sourcils, ne comprenant toujours pas.

— On avait une chance de l'avoir, et il nous a filé entre les doigts. On a voulu aller trop vite, on a foncé en quelques heures pour se préparer et on a oublié un... détail.

Le regard de Juliette était posé sur lui, caressant de ses prunelles les lèvres de Brolin pour l'aider à parler, puis ses yeux pour l'aider à ne plus fuir.

— J'aurais dû le prévoir. C'était évident, le Corbeau nous l'avait annoncé et je n'y ai pas même pensé une seconde.

Il tourna la tête et fixa Juliette.

— Nous avons tendu un piège au tueur cette nuit et il a réussi à s'enfuir malgré tout le dispositif en place. Personne n'aurait pu nous échapper, pas même une fourmi. On quadrillait toute la zone, chaque recoin, chaque accès, même le ciel. On contrôlait tout sauf un élément.

Au loin, dans la cuisine, l'eau se mit à s'agiter.

— Il a tiré sur l'un des nôtres et nous avons fondu sur lui. Mais il avait disparu. Comme un putain de sorcier !

Juliette frissonna.

— On a aussitôt braqué les lampes sous les voitures alentour mais il n'y avait personne et comme on avait entièrement bouclé la zone, il ne pouvait pas être passé sans qu'on l'aperçoive. C'est en revenant à l'endroit où il avait disparu que j'ai compris. On avait pensé à tout surveiller sauf un lieu : les égouts. Il y avait une plaque d'égout juste là où il s'était tenu quelques minutes plus tôt. Je ne sais pas s'il l'avait repérée auparavant pour s'enfuir en cas de problème ou si c'est la chance qui lui a mis le nez dessus, reste qu'il a eu le temps de détaler. On a envoyé une trentaine d'hommes en dessous mais il avait déjà disparu. Il a utilisé les égouts pour nous échapper, ces mêmes égouts qui semblent représenter l'Enfer dans l'imagerie fantasmatique du Corbeau.

— S'ils l'apprennent, les médias vont se déchaîner, chuchota Juliette d'une voix qu'elle aurait voulue plus assurée.

Elle se mordit aussitôt la lèvre de n'avoir rien trouvé de plus réconfortant que de remuer le couteau dans la plaie. Un sourire de découragement pinça les lèvres de Brolin.

— Tu n'as pas regardé les infos hier soir, hein ? demanda-t-il. Avec ce qu'on a affirmé, ils ne vont pas nous rater si je ne mets pas la main très vite sur ce taré. Un taré plus malin que nous.

— Ne dis pas ça, je suis sûre que tu as fait tout ce que tu pouvais. C'est comme ça, on ne peut pas gagner à tous les coups. Mais j'ai confiance en toi, je sais que tu vas l'attraper. Je commence à te connaître. Si ce tueur a laissé le moindre détail derrière lui, je suis sûre que tu pourras remonter sa trace, tu ne lâcheras jamais.

Le regard vidé par la fatigue, Brolin contempla Juliette. Il aurait donné n'importe quoi pour qu'elle le prenne dans ses bras, pour pouvoir se coller contre elle et s'endormir contre la chaleur réconfortante de son corps.

— Tout n'est pas perdu, admit-il enfin. Il portait des gants, mais on a récupéré un mégot qu'il a jeté. C'est suffisant pour prélever l'ADN de sa salive. Mais s'il n'a jamais été fiché pour crime sexuel, nous n'aurons aucune trace de lui dans nos fichiers. Une empreinte digitale aurait été plus utile.

— Quand auras-tu les résultats ?

— On a envoyé le mégot au laboratoire en « prioritaire ». Le temps de prélever l'ADN et de faire un comparatif avec le fichier, je n'en saurai pas plus avant demain soir, pardon, ce soir. Demain au plus tard.

— Alors tout n'est pas perdu. Ça n'aura pas servi à rien. Et le policier qui a été touché, comment est-il ?

— Ça va, son gilet pare-balles a amorti, c'était du petit calibre. Plus de peur que de mal.

Il enfouit son visage sous ses doigts. Juliette avança une main timide vers lui et lui caressa les cheveux.

— Tu as besoin de repos. Depuis combien de temps tu n'as pas dormi ?

Brolin haussa les épaules. Il n'en avait pas la moindre idée.

— Tu peux rester là si tu veux. Ça me ferait plaisir. Enfin je veux dire que ça ne me dérangerait pas, corrigea-t-elle.

Elle ne voulait pas qu'il perçoive son envie de l'avoir proche d'elle pour le reste de la nuit.

— Je ferais mieux de rentrer, tout à l'heure je dois être au central.

— Si tu ne dors pas un peu, tu ne seras en état d'aller nulle part. Même Starsky et Hutch prenaient un peu de repos parfois !

Elle parvint à lui arracher un sourire.

— Reste là, je vais te donner un peu de cette drogue dont nous sommes les seuls accros de toute la ville, tu sais ces feuilles séchées que l'on appelle thé aux fruits des bois.

Brolin hocha la tête et ses lèvres dirent merci bien qu'aucun son ne sortît.

Juliette disparut dans la cuisine et prépara un plateau. Lorsqu'elle revint dans le salon, elle trouva Brolin la tête posée sur l'accoudoir du sofa. Les traits moins tirés, comme dilués dans le repos de l'âme. Les yeux fermés, la respiration légère, il s'était tout simplement endormi.

Elle posa le plateau et disposa une couverture sur lui.

Puis elle éteignit la lumière de la cuisine.

Les tasses de thé fumaient encore.

46

La lumière ne filtre que très peu à travers les épais rideaux du salon, mais cela suffit à Brolin pour le réveiller. Ses paupières s'ouvrent lentement, par à-coups. Puis il enregistre les informations parvenant à son cerveau. Juliette le regarde de ses grands yeux bleus. Allongée sur le sofa en face, elle veille sur lui comme une jeune mère sur son nourrisson. Ses deux iris sont fixes, un pinçeau de soleil s'immisçant entre les rideaux vient en faire miroiter l'éclat telle une pierre précieuse. Le bourdonnement strident d'un insecte au-dessus de lui pour seul compagnon. Une grosse mouche noire se pose soudain sur le coin de l'œil de Juliette.

Le soleil en plein dans les yeux grands ouverts et elle ne cille pas.

Et maintenant, la mouche qui danse de ses pattes fines sur la chair rose. Elle tourne sur elle-même, elle cherche quelque chose. Brolin sent sa vue se focaliser sur la mouche, comme une caméra qui zoome, il la voit nettement, en gros plan. Elle courbe son abdomen suintant, agite ses ailes et sa masse arrière grossit, et une noix de liquide blanc jaillit de son cul. La mouche se dandine sur le coin de l'œil jusqu'à ce que la substance blanche s'enfonce dans la chair tendre. La mouche semble réjouie, elle se frotte les pattes arrière et pompe un peu de fluide corporel de sa trompe dégoûtante avant de s'envoler.

Juliette n'a pas bronché, d'un calme olympien, elle s'est laissé faire tandis que la grosse mouche noire lui a pondu des œufs dans l'œil, qui donneront bientôt naissance à des dizaines d'asticots qui vont se nourrir en creusant leurs repas vers le nerf optique.

Ses iris fixent Brolin sans mouvement.

Brolin a compris et son cœur éclate.

Il bondit de sa couche et découvre le reste du corps. La couverture baissée sur les hanches de Juliette, dévoilant sa poitrine blanche. Et les longs traits vermillon qui zèbrent le sofa.

Juliette gît, morte. La gorge ouverte comme un immense sourire démoniaque.

Brolin hurle.

Une main chaude se posa sur sa joue.

— Je suis là, Josh, c'est moi, Juliette, tu as fait un mauvais rêve… C'est moi… Calme-toi.

Il ouvrit les yeux, le souffle court, les mains tremblantes. Juliette à son chevet, la tête penchée au-dessus de lui pour l'apaiser.

Elle allait bien. Ses yeux pétillaient de cette joie d'être, de cette hargne de vivre. Rien qu'un cauchemar.

Il reprit lentement ses esprits.

— Tu as vraiment besoin de repos, commenta-t-elle. Tu as gémi sans arrêt.

— Je… Je suis désolé.

— C'est pas grave, ça a réveillé en moi l'instinct maternel, fit-elle avec un clin d'œil.

Voyant la couverture sur le sofa en face, Brolin compris qu'elle avait veillé sur lui. Comme dans son rêve.

— Je ne devrais pas te mêler à tout ça, dit-il l'esprit encore saturé des volutes d'horreur.

— C'est un peu tard désormais ! Je le suis de toute manière. Le tueur copie Leland et je suis la dernière *« victime »* de Leland. Tu n'y peux rien.

Brolin allait pour se lever et réalisa qu'il n'avait plus ses chaussures. Elle les lui avait ôtées.

— Une vraie mère pour moi, fit-il remarquer.

Elle disparut dans la cuisine et revint au bout de quelques minutes avec un plateau couvert d'une grande variété d'aliments.

— Comme il est onze heures passées, j'ai mis un peu de tout, petit déj' et déjeuner.

Alors qu'ils mangeaient avec un appétit dont ils ne se seraient pas crus capables compte tenu des circonstances, Juliette décida qu'il était temps de faire part de ses recherches :

— Tu sais, je n'ai pas perdu mon temps non plus cette nuit. En fait, j'ai même appris un tas de trucs intéressants.

— Pour tes études ?

— Non, à propos de Leland.

Brolin, qui allait mordre dans un fruit, resta la mâchoire ouverte.

— Oui, j'ai dîné avec Camelia chez un ami à elle. Il possède une incroyable connaissance en sciences occultes. C'est bien ce que Leland adorait, non ?

— Oui… c'était sa passion, balbutia Brolin.

— Eh bien, j'ai parlé avec cet érudit de l'occulte et il m'a enseigné les rudiments de la magie noire. Enfin…

la théorie. Tu vois, je crois que Leland était loin d'être bête.

— En effet, on a même dit à une époque qu'il aurait pu avoir une carrière exemplaire s'il n'avait pas été un tueur en série.

— Ça ne m'étonne pas. Les bases de la magie et toutes ces connaissances sont conservées dans de vieux bouquins pas simples à comprendre. Quand ils sont en anglais – c'est-à-dire pas souvent – ils sont écrits dans un langage très nébuleux, où les tournures lyriques et les métaphores sont légion, et pour être franche, je crois que pour assimiler tout ça, il faut y consacrer du temps et beaucoup de réflexion. J'ai demandé à Anthony Desaux, le spécialiste en question, s'il y avait un livre occulte qui fait référence dans ce monde, un grimoire qu'il faudrait avoir absolument lu pour pouvoir se dire calé dans le domaine.

— Et ?

— Si Leland se prétendait versé dans l'occulte, il aurait dû lire le *Al-Azif*. Tu sais ce que c'est ? La Bible noire. Un très vieux bouquin écrit sur des pages de peau humaine avec du sang. Tous les sortilèges y sont relatés, toutes les invocations démoniaques. Et la légende veut que ce livre soit en fait un palimpseste.

— Qu'est-ce qu'un palimpseste ?

— C'est un manuscrit dont on a effacé les premières écritures pour pouvoir y inscrire un autre texte. On dit qu'autrefois le *Al-Azif* contenait des secrets que nul homme ne devait connaître, que sa lecture amenait à la folie, c'est pour cette raison qu'il fut effacé et qu'on en fit une bible démoniaque. L'Égyptien Abd Al Azred aurait dissimulé sous une nouvelle écriture le texte original en l'an 700.

— J'allais te demander si le livre était courant, mais j'imagine maintenant qu'il n'en existe plus aucune trace.

— Apparemment non.

— Apparemment ? insista Brolin.

— Oui, car Anthony Desaux pense que le manuscrit original existe encore, caché quelque part.

— Enfin, rien que Leland aurait pu consulter.

— C'est ce que je me suis dit, mais ensuite j'y ai repensé. Et si Leland avait trouvé le texte original ?

— Et puis quoi ? Il serait devenu satanique et pourrait traverser le temps pour revenir nous hanter ? demanda Brolin avec amusement.

Juliette haussa les yeux comme s'il s'agissait de la chose la plus stupide qu'elle ait entendue.

— Bien sûr que non, mais il se peut qu'il ait entendu cette histoire. Et puisque le fantôme de Leland refait la même chose, il est possible que ce soit quelqu'un qui partage la même passion. Ils pourraient s'être rencontrés dans une bibliothèque ou dans une boutique ésotérique…

Brolin acquiesça. Bien que saugrenue, l'idée méritait d'être creusée.

— Bravo Juliette. Décidément il ne se passe pas une fois où tu ne me surprends pas.

Elle dissimula son sourire gêné en baissant la tête.

Brolin posa sa main sur celle de Juliette au milieu de la table. « Elle est si belle, se dit-il. Si… vivante. »

Elle leva vers lui ses yeux clairs et la respiration de l'inspecteur s'accéléra.

Si belle et si vive.

Elle se pencha un peu en avant et un frisson la parcourut. Sa main saisit celle de Brolin.

Un palimpseste.

Elle serrait fort comme pour contenir les élans d'un désir puissant.

C'est un manuscrit dont on a effacé les premières écritures pour pouvoir y inscrire un autre texte.

Juliette pencha lentement la tête vers Brolin.

Son cœur bondit en avant.

Mais il n'était plus là, il était dans une maison abandonnée au cœur d'une forêt. Il se sentait animé d'une ardeur dévorante, un besoin incontrôlable de lâcher sa haine. D'assouvir ses fantasmes. Pourtant, il y a des choses qu'on ne peut faire ainsi. Il doit transformer sa victime, elle ne doit pas seulement servir à ses pulsions, elle doit être utile pour la tâche qu'il va accomplir. La victime doit transporter son message. Et ensuite il le cachera pour que le monde ne connaisse pas ce qui se trouve dans son âme.

La victime est son palimpseste.

Brolin se leva immédiatement.

— Je suis désolé, Juliette... Je... je dois y aller.

Le jeune femme resta interdite. Était-ce parce que leurs mains se touchaient qu'il voulait s'en aller ? Non, ça ne pouvait pas être aussi stupide.

— Quoi ? Qu'est-ce que j'ai fait ? finit-elle par demander.

— Ça n'est pas toi. Je viens de comprendre pourquoi Leland et son fantôme brûlent le front de leurs victimes.

— Qu'est... comment... Pourquoi le font-ils ?

— Ils apposent leurs sceaux. Le tueur y inscrit ce qu'il veut et le recouvre d'acide pour faire disparaître la marque.

Brolin était déjà dans le salon pour finir de s'habiller.

— Où vas-tu ? demanda Juliette troublée par ce subit changement.

— À la morgue, découvrir quelle est cette marque.

Sa marque.

Celle de son défaut.

47

La Ford Mustang passa en vrombissant dans l'allée réservée aux ambulances et aux cortèges funèbres. Brolin se gara et traversa le bâtiment entier avant d'atteindre le bureau du Dr Folstom. On était samedi et rien n'assurait Brolin de trouver ici le légiste chef, pourtant une intuition lui murmurait qu'il ne venait pas pour rien. Tout en elle indiquait la dévotion totale à son métier, il ne serait pas surpris par conséquent de la voir passer une partie du week-end à son bureau.

— Je peux vous aider ? demanda une femme en tailleur beige derrière un ordinateur.

Brolin montra sa plaque.

— Inspecteur Brolin, je cherche le Dr Folstom, c'est important. Vous savez où je peux la trouver ?

— Oui, elle est allée déjeuner en face, au restaurant Schiffo.

Brolin la remercia et disparut. Quelques minutes plus tard, il entrait dans ledit restaurant. Assez élégant, bien que de toute modestie, avec des nappes en vichy rouge et blanc et des bouteilles de vin vides couvertes d'une incroyable quantité de cire de bougie, dégoulinant comme de la sève coagulée. Brolin ne tarda pas à repérer Sydney Folstom qui déjeunait en compagnie de deux hommes. Ils étaient en complets de lin, très certainement faits sur mesure puisque les coutures tombaient à la perfection. Des médecins probablement. Un déjeuner sous l'égide d'Hippocrate, génial !

Le fumet suave d'un plat aux épices titilla les muqueuses de Brolin.

— Docteur Folstom.

Celle-ci leva la tête de son assiette et son expression se durcit quand elle reconnut l'inspecteur Brolin.

— Inspecteur, quelle surprise ! Vous m'avez suivie jusqu'ici pour me lire mes droits ou est-ce d'un nouveau corps que vous venez vous enquérir ?

Brolin salua les deux hommes d'un signe de tête.

— C'est une urgence, croyez-moi, je n'interromprais pas votre repas si ça n'en était pas une. Où est le corps qu'on vous a amené hier après-midi ?

— Lequel ? répondit-elle avec ironie.

Ses deux compagnons rirent à cette plaisanterie qu'ils jugeaient de bon goût.

— Docteur Folstom, vous savez très bien de qui je veux parler. Je dois la voir et j'ai besoin de vos compétences. Maintenant.

L'insistance qu'il avait mise sur le dernier mot figea les rires.

— N'avez-vous aucun respect pour nos *estomacs fragiles* ?

Elle désigna ses compagnons de table.

— Envers et contre les apparences c'est une réunion professionnelle qui se tient là. Et vous êtes en train de la gâcher, inspecteur. L'autopsie de votre corps a été pratiquée ce matin en présence de l'inspecteur Pein. C'est moi qui l'ai faite et mes conclusions ont été faxées à votre bureau et envoyées également par mail. Je n'ai rien de plus à déclarer, inspecteur. Si vous voulez bien nous laisser à présent…

— Et la brûlure sur son front, qu'avez-vous trouvé ?

— Comme pour les précédentes, les tissus sont trop endommagés pour dire quoi que ce soit sinon qu'il s'agit d'un acide puissant. Consultez le dossier, j'y ai mis les détails.

— Mais aucune trace dedans ? Pas de marque singulière, comme un mot ou un dessin ?

— Inspecteur, vous voulez bien me laisser finir de déjeuner tranquillement ?

Le sang de Brolin ne fit qu'un tour. Des vies étaient en danger !

— Docteur, de deux choses l'une : soit vous acceptez de me conduire dans vos locaux et de répondre à mes questions soit j'appelle l'attorney Gleith qui appréciera énormément d'être dérangé pour venir remettre un peu d'ordre dans votre carrière. Que préférez-vous ?

Sydney Folstom le fusilla littéralement du regard.

— Inspecteur Brolin, vous êtes un emmerdeur.

Et elle prit son sac.

Le mois d'octobre était hésitant. Tantôt venteux et pluvieux, tantôt agréable et calme. Mais ce samedi prenait une tournure maussade. Le ciel était uniforme, gris de l'horizon à son zénith. Un mince filet de pluie tombait par intermittence, rarement plus de quelques minutes et le vent courbait les arbres avec toujours plus de force à mesure que l'après-midi approchait. Depuis le bureau du Dr Folstom, Brolin pouvait apercevoir l'orée du Mount Tabor Park et son volcan éteint. Des arbres se prenant pour des hommes qui auraient voulu atteindre la cime des cieux ployaient sous le vent comme rappelés à plus d'humilité par mère Nature.

— Bon, qu'est-ce qui vous tracasse, inspecteur ? demanda Sydney Folstom en se posant dans son large fauteuil en cuir.

— J'aimerais savoir…

— Vous *voulez* savoir. Vous avez interrompu mon repas et m'avez traînée ici presque de force, je crois que vous pouvez vous abstenir des formules lénifiantes.

Brolin acquiesça de la tête bien qu'il ne trouvât pas la remarque nécessaire. C'était petit.

— Je *voudrais* savoir s'il est possible de retrouver une marque que le tueur aurait laissée avant de brûler le front à l'acide.

— Que voulez-vous dire ?

— Je m'explique : je pense que notre homme a inscrit quelque chose sur le front de la victime, un mot ou quelque chose comme ça. Puis après l'avoir tuée, il a nettoyé à l'acide de façon que personne ne puisse le lire.

— Nous ne trouverons rien sur la peau. Les chairs sont complètement rongées et cautérisées. Cependant, s'il a besoin d'acide pour la faire partir, c'est qu'il n'a pas *écrit* sa marque. S'il avait utilisé un feutre, de la peinture ou quelque chose dans ce genre, il aurait pu la faire disparaître aisément, sans recourir à l'acide. Puisqu'il tue à l'arme blanche, on peut supposer qu'il *grave* son inscription dans la chair de la victime. Cela expliquerait la profondeur des brûlures.

— Et vous allez me dire qu'on ne peut plus rien lire ?

— Pas sûr. S'il y a été fort, la pointe de son instrument a peut-être gravé dans l'os du crâne également. Là, on pourrait trouver quelque chose.

Son regard s'adoucit. Elle prit une pastille à la menthe et en proposa à Brolin.

— Vous avez une sale gueule, inspecteur, la tête de celui qui ne dort pas bien.

Brolin la fixait sans répondre.

— Bon, puisque c'est urgent, et si on descendait s'occuper de cette tête ? fit-elle en se levant.

— J'espérais vous entendre dire ça.

— D'habitude les flics détalent en quatrième vitesse quand je le dis...

Ils filèrent au sous-sol.

Aidés par un garçon de morgue, un de ses « thanatologues » comme les appelait Brolin, ils sortirent Elizabeth Stinger de son casier réfrigéré. Le gros fil noir mordait son buste comme un long ver sortant et entrant dans la peau. Un autre fil plus clair retenait le scalp, en partie dissimulé par les cheveux.

« Elle devait être assez jolie », pensa Brolin en observant son visage livide. Le sang avait, avec l'autopsie, entièrement déserté son corps, laissant une aura lactescente border son épiderme.

Sydney Folstom poussa le chariot métallique jusqu'à une salle de dissection en se munissant d'un long scalpel.

— Qu'allez-vous faire ? s'enquit Brolin en observant la lame aux reflets irisés par les lampes scialytiques.

— Prélever la tête.

— Quoi... comme ça ?

Son ton se fit plus ferme encore quand elle répondit :

— Vous me demandez de faire une recherche poussée. Vous vous attendiez à quoi ? Ni les rayons X ni un scanner ne décèleront l'irritation d'une lame dans l'os si elle est peu profonde. De toute manière, la famille a été prévenue que le corps ne serait pas visible, trop endommagé, à commencer par le front.

Bien qu'habitué aux autopsies et autres spectacles macabres, Brolin sentit les muscles de ses jambes s'emplir de ouate.

— Et comment vous allez procéder ?

— Vous avez insisté sur le caractère urgent, donc j'opte pour la méthode la plus barbare, mais la plus rapide.

Brolin déglutit péniblement. Déjà les pires images se superposaient, il imaginait le légiste peler le visage à l'aide d'un long couteau sans plus de difficulté qu'avec une orange bien mûre.

— Je vais faire bouillir la tête, ça ne prendra pas plus d'une heure et demie pour que les chairs se décollent. On rejette le bouillon ensuite pour récolter le crâne parfaitement propre et sans altération.

Si atroce que cette méthode pût paraître, c'est exactement ainsi que Sydney Folstom – diplômée de l'université d'UCLA, membre de la prestigieuse Forensic Sciences Academy, et anatomopathologiste reconnue – procéda.

L'après-midi touchait à sa fin. Les portes du sous-sol battaient l'air à chaque passage de chariot funèbre. Aucune fenêtre ne descendait si bas, ici c'était un monde de ténèbres, un lieu clos où l'on ouvrait homme, femme, enfant comme on épluche un fruit. Personne n'y était insensible, mais tous ceux qui travaillent dans cet univers vous le diront : on finit par encaisser sans blêmir. Partout des corps, certains vides, les chairs à l'air frais pour la première et la dernière fois de leur existence. Des êtres humains écalés, dépouillés du coffrage qu'est la peau, dégarnis de leurs entrailles. Des petits tas de viscères ponctuaient les tables de dissection çà et là, l'écoulement des robinets ou la puissante ventilation ne parvenaient pas à masquer les craquements lugubres de la scie vibrante qui fend les boîtes crâniennes.

Brolin étouffait.

Il avait l'habitude des autopsies mais n'appréciait pas l'exercice. Quand la marmite qui amenait à ébullition la tête d'Elizabeth Stinger commença à dégager une odeur de viande, il prétexta l'envie de se griller une cigarette. Le docteur ignorait qu'il n'était plus fumeur. Il chercha l'escalier le plus proche et par mégarde poussa la porte du « Puzzle ».

Le « Puzzle » est une grande salle noire qui, dans le sous-sol de l'institut médico-légal, est excentrée et évitée par son personnel. Elle ne sert que très rarement – fort heureusement – et prend la poussière la plupart du temps. Il y fait toujours un peu plus froid que dans le reste de l'étage souterrain. Équipée de grandes tables en inox, cette salle sert à accueillir en nombre les cadavres en cas de catastrophe majeure, lorsqu'il n'y a plus assez de casiers réfrigérés. Elle est ainsi nommée depuis qu'un avion s'est écrasé à quelques kilomètres de Portland. Les corps entreposés là étaient fragmentés en dizaine de morceaux et l'on avait dû passer des heures et des heures dans cette chambre froide à disposer les membres les uns aux côtés des autres, en commençant par les rassembler par « famille », et reconstituer peu à peu ce gigantesque puzzle humain.

Brolin avait entendu parler de cet endroit et il n'en fut que plus déstabilisé. À contrecœur, il retourna auprès du Dr Folstom.

Celle-ci avait déjà opéré plusieurs manipulations sur le crâne. Les chairs s'étaient parfaitement décollées, rien n'en subsistait, l'os était luisant d'humidité et parfaitement lisse.

Sydney Folstom balayait à présent la glabelle d'un puissant faisceau oblique, aidée d'une large loupe articulée qui lui servait de monocle. Après quelques minutes d'inspection, elle fit signe à Brolin d'approcher.

— Regardez la partie frontale, il y a bien la trace d'une détérioration, probablement due à la pointe d'un objet affiné. Ça pourrait tout à fait être le même type de couteau à double tranchant utilisé pour tuer la première victime. Nous avons affaire à un adepte du double tranchant, dirait-on.

Brolin se pencha pour voir à travers la loupe. On ne distinguait pas grand-chose, sauf peut-être pour l'œil expert du professionnel.

— Attendez un instant, on va mettre un peu de relief là-dessus.

Elle passa une brosse en fibre de verre sur le crâne et une fine couche de poudre de carbone se déposa dans le sillon minuscule. La lumière crue et vive mit aussitôt en valeur la minuscule tranchée, désormais noire, qui dessinait un étrange symbole dans l'os.

— Qu'est-ce que c'est ? demanda Brolin.

— C'est vous le flic, à vous de me le dire.

— On dirait… une sorte de… de pentacle. Il est possible d'en faire un dessin ?

— Mieux encore, je peux vous faire une photo numérique très nette que l'on va agrandir.

— Docteur, si j'ai été un emmerdeur avec vous, considérez que cela ne se reproduira plus, dit Brolin sous le coup de la satisfaction.

Elle se leva pour prendre l'appareil numérique.

— Si seulement ça pouvait être vrai.

Le crépitement du flash grésilla dans l'air saturé du sous-sol.

48

— Oui maman, ça n'est pas bien difficile, tu sais le semestre n'est pas commencé depuis longtemps.

Juliette changea de position, ces quinze dernières minutes passées au téléphone avec sa mère lui donnaient des fourmis dans les jambes.

— Et cette affreuse histoire de tueur à Portland ? Ils ont du nouveau ? demanda Mme Lafayette.

— La police a annoncé hier soir qu'ils allaient l'appréhender dans les jours à venir. Ils semblaient sûrs d'eux.

— Avec ton père, on se disait qu'il serait préférable que nous prenions quelques jours pour rentrer à Portland. Ça n'est pas le moment de te laisser seule.

— Maman, j'ai passé ces trois derniers mois seule et sans problème. Et puis, je ne suis pas si isolée que ça, j'ai Camelia.

— Ça n'est pas la même chose, si ton père et moi étions là, nous pourrions nous occuper de toi, mettre un peu de vie dans la maison…

— Bon, on ne va pas remettre ça ! commenta Juliette d'un ton qui se voulait ferme mais affectueux. Je sais que papa est sur un gros contrat, il a besoin de toi en ce moment et…

— Mais toi aussi, et ton père est capab…

— Maman, laisse tomber. Je vais très bien. Tu me connais, je peux m'en sortir toute seule, et puis tout se passe bien. Je suis une grande fille maintenant.

— Oui, je sais. C'est plus fort que moi, si je ne t'ai pas sous les yeux, il faut que je me fasse du souci. Tu sors un peu avec des gens de ton âge au moins ?

Juliette trouvait exaspérant ce genre de remarque, surtout de sa mère qui la connaissait mieux que quiconque. Celle-ci avait entendu parler de Camelia et lui reprochait simplement d'être pour sa fille une amie trop pessimiste sur la question de l'amour du fait de son divorce. Parfois, Juliette hésitait à lui confier que c'était elle qui refrénait les ardeurs de Camelia mais il s'agissait là de petits détails qui ne se partagent pas souvent entre mère et fille. Du moins pas dans toutes les familles.

— Oui, de temps en temps, mentit-elle.

— Je n'aime pas te savoir seule à la maison avec ce dingue qui circule en ville, vraiment, je pense que nous devrions venir passer quelques jours avec toi.

C'était la dernière des choses à faire. Juliette les aimait beaucoup tous les deux mais ne voulait pas de cette affection protectrice, cette couvaison maternelle qui l'étouffait plus qu'elle ne lui laissait le recul nécessaire pour affronter une situation.

— Maman, ça n'est pas la peine. Vous avez plein de choses à faire en Californie et je viendrai pour Thanksgiving. Et puis, nous avons dix jours ensemble pour les fêtes de fin d'année chez oncle Flenagan. Je t'assure que tout va bien.

Elle hésita à lui confier qu'elle était de toute manière sous la protection de la police mais cela risquait d'affoler sa mère plus qu'autre chose.

— Bien. Si tu as le moindre besoin, tu me passes un coup de téléphone, je peux être là en quelques heures. Je me disais que tu pourrais rappeler l'inspecteur Brolin, après tout il serait peut-être content d'avoir de tes nouvelles. Je n'ai jamais compris pourquoi vous n'étiez pas restés en contact.

— La vie… C'est comme ça. Mais si ça peut te rassurer, je l'ai revu ces derniers jours.

— C'est vrai ? Je suis contente, c'est un garçon bien.

Juliette savait que sa mère en avait toujours pincé pour Joshua Brolin. Le fait qu'il ait sauvé la vie de sa fille n'y était pas étranger certes, mais il y avait autre chose, une empathie d'esprit peut-être. Les huit années qui les séparaient ne semblaient pas la déranger outre mesure, et Juliette avait même pensé à une époque qu'elle aurait aimé marier sa fille à l'inspecteur. Quelle histoire ! Les tabloïds s'en seraient régalés : « Victime d'un tueur en série, elle épouse son sauveur » !

— Mais dis-moi, ça n'a rien à voir avec cette vague d'assassinats au moins ? demanda Alice Lafayette.

— Non, nous nous revoyons… comme ça.

— Oh ! ne me dis pas « comme ça », on ne se revoit jamais « comme ça ». Qu'est-ce que c'est ? Tu l'aimes bien ?

— Maman, d'abord ça ne sont pas tes affaires !

— Je n'ai rien dit, je me contente de prendre de tes nouvelles.

— Mouais… Bon je te laisse, je dois bosser un peu.

— Juliette, c'est samedi soir, il faut sortir entre amis le samedi soir…

— Je vais y réfléchir.

Elles se quittèrent sur les sempiternelles plaisanteries mère-fille sur « l'homme du foyer », sieur Ted Lafayette.

Juliette monta se faire couler un bain, c'était son plaisir du soir. Lorsque le froid commençait à s'installer sur la région, elle adorait se mettre dans la baignoire vide et sentir l'eau chaude monter lentement pour la réchauffer. Elle vida la bouteille de bain moussant et laissa tomber son sweat-shirt et son jean sur le carrelage. En disposant son linge sale dans la corbeille, elle songea à faire tourner une machine dès que la pause aquatique serait terminée.

Puis elle glissa contre le porphyre de la baignoire et ferma les yeux tandis que la nappe de chaleur liquide l'entourait, redonnant ses sensations à ses pieds transis.

Au loin le téléphone sonna.

« Oh ! merde… »

C'était peut-être important. Ou simplement sa mère qui avait omis un détail quelconque. La sonnerie battait la mesure, sans s'arrêter. Après hésitation, Juliette s'enroula dans une serviette et traversa le couloir pour décrocher.

— Juliette ? C'est Joshua.

— Ah ! Je suis euh, désolée d'avoir mis si longtemps à décrocher… !

Quelle cruche ! Et pourquoi pas lui dire quel temps il fait aussi !

Elle n'avait rien trouvé d'autre à répondre spontanément.

— Écoute, j'ai besoin de ton aide. Ou plutôt de celle d'un ami à toi.

— Je t'écoute.

— Le collectionneur de livres occultes dont tu m'as parlé, tu crois qu'il accepterait de me consacrer du temps ?

— C'est-à-dire que… oui, je pense. Qu'est-ce que tu veux faire ?

— J'ai un symbole à lui soumettre, un dessin ésotérique me semble-t-il et je voudrais qu'il m'en donne la signification.

— C'est pour l'enquête ?

Brolin approuva.

Trop contente de pouvoir se rendre utile, Juliette n'insista pas sur le mince et récent fil d'amitié qui la liait à Anthony Desaux.

— Laisse-moi le temps de m'habiller et je l'appelle.

— Je te dérange, peut-être... répondit-il, troublé.

— Non, pourquoi ? Ah oui ! J'étais dans mon bain en fait. Donc, je lui passe un coup de fil et tu viens me prendre d'ici une heure ?

Il y eut une hésitation à l'autre bout du téléphone.

— Je n'ai pas envie de te prendre du temps, Juliette, c'est dans le cadre de l'enquête, il vaudrait mieux que j'y aille seul.

— Anthony Desaux est un homme un peu particulier, il préférera que je sois là. De plus sa bibliothèque est immense, et j'en ai déjà une petite expérience, je pourrais te faire gagner du temps au cas où...

Brolin céda aussi vite. Après tout il n'y avait aucun danger, et Juliette serait une compagne de charme pour égayer sa soirée qui s'annonçait d'ores et déjà morne à écouter un vieux monsieur faire étalage de sa connaissance.

Le rendez-vous fut fixé pour vingt heures.

⁂

Quand il s'arrêta devant chez Juliette, Brolin fit un rapide aller-retour vers la voiture de ses collègues en faction pour les prévenir qu'il se chargeait d'elle pour les quelques heures à venir. Cela ne lui prit que deux minutes mais il pleuvait si fort qu'il réintégra son véhicule tout dégoulinant, la pluie lui coulait même dans le dos.

Juliette le rejoignit en courant depuis le perron de sa villa.

— Quel temps de chien ! s'exclama-t-elle. C'est pire que la saison des pluies en Thaïlande !

— J'ai entendu dire que c'est un beau pays. Tu es déjà allée en Thaïlande ?

— Non, admit-elle un peu penaude. Pour ce qui est d'Anthony Desaux il est désolé mais il ne sera pas là ce soir. Un dîner important avec les membres du directoire d'une de ses sociétés.

Brolin, qui avait la main sur la clé de contact, interrompit son geste.

— Mais son majordome, Paul, nous attend, reprit Juliette. Nous pouvons explorer la bibliothèque à notre guise. De toute manière, il m'a confié qu'il n'était pas très versé dans la connaissance des dessins cabalistiques mais il a promis de mettre en évidence quelques ouvrages qui traitent du sujet.

— Bon, j'imagine que c'est déjà ça.

— Et je nous ai préparé des sandwichs.

Les essuie-glaces balayaient le pare-brise, transformant les gouttes écrasées en un écran myope.

— Qu'est-ce que je ferais sans toi ?

Juliette haussa les épaules. Elle avait bien une petite idée mais n'osa la lui faire partager…

Le manoir Desaux déployait son immense silhouette gothique dans la pluie battante comme un présage lugubre. Les éclairs venaient se tordre par intermittence dans le parc forestier, illuminant le mur gris de la pluie qui s'abattait sur toute la propriété et au-delà. Tout était noir et flou et la seconde d'après se dressait un bouclier liquide aussi sombre et épais qu'un nuage de cendre.

Paul – un robuste quadragénaire en costume impeccable – attendait les « invités de monsieur » avec un parapluie, ce qui n'empêcha personne d'atteindre le hall en ruisselant.

Ils furent guidés jusqu'à la vaste rotonde qui abritait la bibliothèque. Lorsque Paul poussa les portes, Juliette fut saisie une fois de plus par le mysticisme des lieux. Les longs rayonnages étaient déjà éclairés en prévision de leur venue, mais l'orage, avec le souffle du vent et le martèlement de la pluie contre les fenêtres ainsi que les flashes des éclairs, donnait à ce cadre une dimension surnaturelle que Juliette n'avait pas perçue la première fois. Elle leva la tête dans l'espoir de mieux distinguer la fresque du plafond mais n'en devina rien de plus.

— Monsieur Desaux vous a laissé quelques livres à consulter sur la grande table de travail, expliqua le majordome.

Les « quelques » en question représentaient une trentaine de grimoires épais reposant à côté de la lampe à dôme vert.

— Si vous avez besoin de quoi que ce soit, je suis dans la cuisine, au bout du couloir.

Il les salua d'un signe de tête et s'éclipsa en silence.

Juliette contempla les vieux volumes empilés. Ils étaient assurément sortis de la collection du maître des lieux, de son *Enfer* personnel. Paul n'avait fait aucune mention de la pièce cachée. Juliette se demanda si ça n'était pas là une manière de lui faire comprendre qu'on attendait d'elle une certaine discrétion. Il était tout à fait pensable qu'Anthony Desaux ne souhaitât pas faire connaître ses petits secrets à tous, encore moins à un inspecteur de la Division des enquêtes criminelles.

— Par quoi on commence ? demanda Brolin, une pointe de découragement dans la voix. C'est toi qui as de l'expérience pour les recherches en bibliothèque, non ?

— Par les sommaires, les index, on vérifie tout ce qui peut avoir trait à des dessins ou des symboles occultes. À quoi il ressemble au fait ?

Brolin exhiba l'agrandissement numérique. Sur l'impression laser qu'il tenait, on ne voyait que le front et le haut des orbites, le *foramen supra-orbitaire* comme avait dit le Dr Folstom. Au milieu, apparaissait en une mince ligne noire le dessin cabalistique. Une sorte de pentagramme.

— C'est bizarre… on dirait une étoile satanique ou quelque chose dans ce genre, commenta Juliette. Sur quoi tu as trouvé ça ?

— Euh… sur le front d'une victime.

Il n'avait pas envie de lui mentir.

— Le front ? On dirait plutôt… Oh mon Dieu !

Elle posa une main sur sa bouche comme pour s'empêcher de respirer. Elle chassa de son esprit les images odieuses qui y accouraient.

— Si on s'y mettait ? On en a pour une partie de la nuit alors autant ne pas perdre de temps.

Brolin approuva, il aimait cet entrain qui émanait d'elle, ce dynamisme de tous les instants, même les pires.

49

Dans les profondeurs électroniques du laboratoire de la police scientifique de Portland, Craig Nova s'affairait comme un petit diable.

Il avait appris la cruelle déroute de la fameuse « technique proactive » de Brolin et cela le chagrinait beaucoup. Pas tant parce que le meurtrier courait toujours que parce que Brolin allait pâtir de cet échec. Le piège avait marché bien que beaucoup n'y eussent pas cru, le tueur avait mordu à l'hameçon. C'est ce que le capitaine Chamberlin avait dit à Brolin, il ne s'agissait pas de son échec personnel mais de celui du groupe d'intervention. Nul n'était cependant dupe. Il faudrait bientôt rendre des comptes, à la presse, au maire, au district attorney et s'il fallait un fusible, Brolin grillerait sous le regard vindicatif de l'opinion publique dont le pouvoir d'achat et surtout le pouvoir électif valait largement qu'on sacrifie quelques carrières. Du moins était-ce là l'avis de ceux qui font le monde, à commencer par le pouvoir exécutif de Portland.

Une centaine d'hommes mobilisés avec un lourd dispositif matériel et le Fantôme de Leland s'était tout de même vaporisé sous leurs yeux. Tout ça ne serait qu'un vaste gouffre sans fond, un cuisant échec si on n'en tirait pas le moindre petit renseignement sur le tueur. Et cette piste était à présent entre les mains de Craig Nova.

La carrière de Joshua Brolin était entre ses mains.

Craig ajusta sa blouse blanche et leva le sachet plastique qui, quelques minutes plus tôt, contenait leur dernier indice. Il trouva étrange de se dire que la vie entière d'un homme pouvait se jouer sur le contenu d'un vulgaire sachet.

Le mégot de cigarette que le Fantôme avait jeté sur le parking pourrait peut-être leur livrer son identité. Brolin avait expliqué que, d'après le manque de maturité sexuelle du tueur et ses actes de barbarie ciblés mais sans pénétration, cet homme avait probablement un lourd passé délictueux. Il avait déjà dû être condamné pour atteinte aux mœurs, exhibition ou même *tentative* de viol. De sorte qu'il était tout à fait possible qu'il soit fiché dans la banque de données des criminels sexuels avec son ADN.

Les molécules d'acide désoxyribonucléique (ADN) se trouvent au cœur de toutes les cellules humaines, et représentent une formidable chaîne d'informations codées. La racine d'un cheveu, une goutte de sang, de salive ou de sperme, et l'on est en mesure de remonter jusqu'au cœur des cellules et d'en extraire le code qui forme l'ADN. Ce code est unique pour chaque individu et il définit tout ce qu'il va être, comme un cahier des charges biologique, couleur des cheveux, des yeux mais aussi taille de l'individu et carrure… D'une certaine manière, c'est là notre carte d'identité naturelle, un très long code de nucléotides.

Craig n'avait plus qu'à extraire l'ADN contenu dans les cellules épithéliales et les leucocytes présents dans la salive qui imprégnait le mégot et le tour serait joué.

La quantité de salive étant très faible, Craig eut recours à la méthode PCR (Polymerase Chain Reaction) pour amplifier les séquences isolées. Le problème avec ce système c'est qu'il multiplie tout, y compris une éventuelle substance étrangère, et donc si l'ADN étudié est contaminé par une source extérieure, on fausse tous les résultats, d'où la nécessité de travailler en milieu clos avec masque, gants et blouse. La méthode PCR permet de travailler avec des quantités extrêmement réduites, elle peut fonctionner avec à peine un milliardième de gramme d'ADN.

Craig Nova avait pour habitude, lorsqu'il enseignait aux officiers de police les rudiments des méthodes disponibles, d'expliquer ce que représente un milliard, ce chiffre empirique qui n'a finalement aucune consistance dans nos esprits si ce n'est la notion de gigantesque. Il demandait à ses élèves combien de temps d'après eux, il faudrait à un homme pour compter jusqu'à un milliard.

Les réponses étaient assez évocatrices du peu de notion que nous avons du chiffre à neuf zéros. Elles allaient de deux jours à six mois. Parfois un an.

Mais rarement quelqu'un donnait la bonne réponse, celle qui étourdit. S'il devait compter un milliard, un homme y passerait trente-trois années de sa vie, quasiment la moitié de son existence. En général Craig repartait sur son explication du PCR et de sa capacité à fonctionner avec un milliardième de gramme et tous les esprits s'extasiaient là où ils demeuraient impassibles dix minutes plus tôt. Il leur semblait alors que les criminels n'avaient plus aucune chance de s'en sortir.

L'expert du détail fit tourner les appareils pendant trois heures, jusqu'à multiplier sa quantité d'ADN par un million. Puis il traita l'ADN par électrophorèse en gel de polyacrylamide afin de faire apparaître le nombre de répétitions d'une séquence élémentaire dans chaque partie de son échantillon. Ces courtes séquences existant par centaines et chacune étant singulière, il suffit d'en examiner plusieurs différentes (en général une douzaine permet la certitude) pour s'assurer du caractère unique du résultat et donc pouvoir définir l'individu en question par cette séquence.

Des bips palpitaient autour du scientifique dans cette pièce nimbée d'un éclairage rouge et dont le bleu électrique des machines nuançait l'atmosphère.

Encore quelques heures de traitement et les données se transformeraient en successions de chiffres, une soixantaine en tout. Ce code numérique serait ensuite entré dans l'ordinateur et la longue recherche informatisée se mettrait en branle. Si quelque part sur le territoire américain, un homme avait été entré génétiquement dans cet immense fichier de criminels, la réponse tomberait fatalement.

Craig pressa un bouton rouge et le ronronnement de la ventilation reprit ses droits.

L'identification n'était peut-être plus qu'une question d'heures.

50

L'orage grondait tel un félin titanesque. La nuit était déjà bien avancée et l'éclairage relativement tamisé de la bibliothèque n'aidait pas à conserver toute sa vivacité intellectuelle. À plusieurs reprises, Brolin se surprit à mélanger les lignes qu'il lisait, devinant avec retard que ses paupières glissaient sur ses yeux comme un rideau de magasin que l'on ferme. Juliette était animée de cette excitation estudiantine, celle qui gagne le chercheur lorsqu'il sent les combinaisons s'assembler à mesure qu'il engrange les informations. Jusqu'ici, elle n'avait rien trouvé mais la fièvre du rat de bibliothèque s'était emparée de son corps et de son esprit. Les pages succombaient les unes après les autres sous ses doigts habiles. Ses yeux engloutissaient les mots comme on vide un verre d'eau après l'effort.

Une heure du matin sonna à l'horloge du hall.

Brolin s'étendit sur son fauteuil et le craquement de ses articulations résonna dans l'immense rotonde.

— Alors ? Quelque chose de ton côté ? demanda-t-il en étouffant un bâillement.

— Rien pour le moment, admit Juliette à contrecœur. Mais je ne peux pas croire que la réponse ne soit pas dans l'un de ces grimoires. Nous avons devant nous des livres parmi les plus complets qui soient, tous les rudiments de la magie noire y sont couchés. Le motif ésotérique qu'il dessine s'y trouve quelque part, j'en suis sûre.

— C'est bien ce qui me fait peur. Je peux m'être trompé, il est possible que le tueur ne fasse que gribouiller un dessin étrange qu'il invente.

— Je ne m'y connais pas bien, mais ce symbole qu'il grave ne ressemble pas au délire d'un esprit malade. On dirait vraiment quelque chose d'étudié, de soigné, dans un but bien précis.

— Faire peur ! s'exclama Brolin. Ça oui, c'est sacrément lugubre.

Il referma le vieil ouvrage qui s'étalait devant lui ce qui souleva un nuage de poussière.

— J'ai besoin de me dégourdir les jambes. Je ne sais pas comment tu fais, je crois bien que j'ai perdu cette patience d'étudier dans des bouquins sans lever le nez pendant plus de quatre heures.

— Déformation universitaire. Mais tu as raison, il faut faire des pauses pour conserver intact son œil critique.

Brolin se mit à déambuler, mains dans les poches, en admirant les sculptures qui jalonnaient les rayonnages. Juliette l'observa, se surprenant à contempler sa silhouette avec plaisir. Elle le rejoignit.

— Tu crois aux contes de fées ? sonda-t-elle.

— Je n'en ai pas lu depuis… Eh bien, depuis des années !

— Reste là, ne bouge pas.

Elle s'éloigna vers un renfoncement plongé dans l'ombre. Là, elle tâtonna pour trouver le mécanisme d'ouverture qu'Anthony Desaux avait utilisé devant elle, et le pressa. Comme le maître des lieux l'avait fait la veille, elle disparut dans le mur.

Brolin trouva cela très amusant mais il perdit son sourire quand elle le fit pénétrer dans la pièce secrète. L'obscurité épaisse malgré une petite lampe, les toiles d'araignée et la chaise de torture lui inspirèrent une certaine crainte. Et un nimbe de respect et de méfiance émanait des ouvrages ancestraux jusqu'à investir le visiteur d'une déférence inattendue en pareils lieux.

— Quel endroit ! Faut-il être fou pour avoir ça chez soi ! s'étonna Brolin.

— Moi, je trouve qu'il y a un charme certain ici, un mélange d'érudition et de mystère.

Elle marchait en longeant les hautes étagères qui fermaient le cercle de l'*Enfer*. La tête en l'air, elle ne vit pas le pied en patte de lion du fauteuil de torture et buta dessus. Elle perdit l'équilibre et Brolin qui se tenait à côté se précipita sur elle pour la retenir.

Elle lui tomba dans les bras.

Il allait aussitôt lui demander si ça allait lorsque ses yeux de saphir se posèrent sur les siens. Son cœur s'accéléra.

Dans la chute, il lui avait attrapé une main pour la maintenir et réalisa qu'il ne l'avait toujours pas lâchée. Elle était à moitié affalée sur lui et le rose de ses lèvres pleines l'attirait comme s'il était une bille de fer face à un aimant.

Il ne savait que faire. Tout en lui lui ordonnait de ne pas réfléchir, d'écouter son cœur et son corps, et pourtant il avait peur. Oui, peur. De l'appréhension qu'elle ne soit pas *vraiment* attirée par lui, mais que ce soit les vestiges du traumatisme de son enlèvement. Son esprit pouvait l'avoir cristallisé comme un sauveur, une figure protectrice dont elle se sentirait débitrice, sans laquelle elle se sentait effrayée dans le monde. Finalement cela revenait à dire qu'elle ne voulait pas de lui comme d'un amant, un confident mais que son inconscient lui ordonnait de s'agripper à ce protecteur. Et si leur relation durait, jamais ça ne serait de l'amour, mais un attachement tronqué.

— Je sais ce que tu penses, murmura-t-elle.

L'étreinte de sa main se fit plus forte.

— Je ne sais pas si c'est… commença-t-il, mais Juliette posa son index sur sa bouche.

Elle approcha son visage du sien et lorsqu'il n'y eut plus que quelques centimètres entre eux, Brolin compléta le chemin. Leurs lèvres se caressèrent un instant de leur soie chaude avant de s'ouvrir. Le baiser fut lent, les langues se découvrant avec douceur, puis peu à peu, le désir les fit se trémousser dans la salle poussiéreuse jusqu'à ce que leurs mains se posent sur la peau l'un de l'autre.

Non, Juliette ne subissait pas le contrecoup de son enlèvement. Rien dans ses gestes, dans sa passion ne pouvait être guidé par d'obscures manœuvres de l'inconscient pour assouvir un trauma. Elle était trop entière dans la vie, elle avait fait montre d'une volonté farouche ces derniers temps pour s'en sortir, sa personnalité dépassait largement le cadre d'une séquelle psychologique. Brolin en était à présent sûr, ils se désiraient mutuellement, sincèrement, entièrement.

Et comme leurs gestes prenaient de plus en plus d'assurance à mesure que le désir emplissait chaque parcelle de leur corps, ils oublièrent tout le reste dans une frénésie érotique. Tout, ce qu'ils faisaient là, la menace d'un tueur redoutable sur la région, leurs différences, ou tout simplement le lieu peu approprié où ils se trouvaient, tout cela disparut, avalé dans les limbes de l'excitation.

La chemise de Juliette s'ouvrit sur son soutien-gorge bleu nuit, et Brolin pencha la tête sur cette peau tendue vers lui pour l'embrasser. Elle se tenait à lui, passant les mains sous ses vêtements et ce feu d'artifice de plaisir les enivrait au point qu'aucun des deux ne protesta lorsqu'ils se retrouvèrent sur la chaise, au milieu de la pièce.

Un véritable instrument de torture des siècles totalitaires.

Là, ils firent l'amour avec passion, et Juliette se coupa au flanc sur une pointe d'acier mais aucune protestation, ni un seul cri de douleur ne sortit de sa bouche. Mêlés l'un à l'autre, l'un dans l'autre, ils se donnèrent sans retenue dans un bouquet de mysticisme et de saveurs capiteuses où le plaisir se mélangeait subrepticement à quelques piques de douleur.

Ils restèrent ensuite longuement ensemble, leurs peaux fusionnant à travers le voile de sueur. Il leur fallut de longues minutes pour redescendre de ce nuage de jouissance qui les faisait naviguer loin au-dessus du monde pragmatique et guindé. De longues minutes où leurs têtes continuèrent à tourner.

C'était euphorique, un entrelacs délicat d'exténuation du corps et de palpitations frétillantes pour la pensée. Ils se sentaient comme un sportif venant d'accomplir un exploit, après une longue course harassante où il s'est dépassé, à cet instant pu l'eau tant désirée coule de nouveau sur la langue, dans la gorge. Ce subtil état d'accomplissement où l'on a réussi à se dépasser mentalement et physiquement, où la douleur devient plaisir et où les sensations se perdent dans un vertige voluptueux.

Quand ils se relevèrent et que leurs vêtements eurent retrouvé le chemin de leurs corps, Brolin prit Juliette dans ses bras et enfouit son visage dans ses cheveux.

— Juliette… Juliette… se contenta-t-il de murmurer en la serrant contre lui.

Ils ne se parlèrent pas, ils n'avaient plus rien à dire que la banalité n'aurait perverti.

Ils se cajolèrent dans la pénombre.

Peut-être par souci de rendre le monde supportable, il existe de très rares moments dans la vie d'un être où l'on se sent transporté et accompli, à la fois vide et empli, un état proche de la transe, à la lisière d'une paix omnipotente. Cet état d'esprit que des penseurs, il y a bien longtemps, qualifièrent de Délices et qui devint Éden. Celui-là même que d'autres reprirent à leur compte pour appréhender l'éternité sous le terme de Paradis.

C'est cet état qui berça Juliette et Joshua jusque tard dans la nuit.

Mais n'étant pas chez eux, ils durent se contraindre à retrouver la bienséance des « gens de goût » pour rejoindre leur table de travail. Les grimoires les attendaient paisiblement, écartant leurs couvertures sans pudeur pour dévoiler leurs pages obscènes au premier venu.

Brolin se massa les tempes. Il n'avait aucune envie d'y retourner, il ne souhaitait qu'une chose : s'endormir avec Juliette dans ses bras.

Un visage de géhenne refit surface aussitôt. Brolin revit Elizabeth Stinger comme il l'avait découverte, les yeux ouverts, les chairs de son front en lambeaux.

L'exquisité de leur pause avait rendu Juliette et Brolin euphoriques, moins portés à subir les tracas de la vie, plus enclins à jouir paisiblement de cette torpeur naissante. Au repos.

Mais ce visage de supplice rendit à Brolin toute sa hargne d'investigateur, et sans définitivement refuser la sérénité des ébats, il sut qu'il ne saurait trouver de répit tant qu'aucune réponse ne serait sortie de ces ouvrages.

Il serra le poing et se dirigea vers les livres.

— Il faut poursuivre, dit-il. Il faut trouver la signification de ce pentagramme.

Juliette hocha la tête sans rien dire.

Que pensait-elle ? Elle n'avait pas parlé ou peu. Pourtant, elle ne manifestait aucun signe de remords ou de regret. Et cela se confirma dans les deux heures qui suivirent. Ils tournèrent page après page, livre après livre, prenant de rares notes, échangeant quelques remarques et par moments la main de Juliette s'égarait sur la nuque de Brolin où elle s'attardait à caresser la peau avec douceur.

L'aurore en était déjà à ses préparatifs avant d'entrer en scène lorsque Juliette bondit de sa chaise et renversa une pile d'ouvrages en équilibre sur la table. Elle s'empara du cliché effectué sur le crâne d'Elizabeth Stinger et ses traits se figèrent.

— Je l'ai, fit-elle dans un souffle où sourdait l'épuisement.

Brolin se pencha par-dessus son épaule.

Un pentagramme maléfique était dessiné sous l'encre et la plume large d'un scribe séculaire. Brolin lut en vitesse la légende.

Un frisson de dégoût lui tordit l'échine.

À moins que cela ne fût la peur.

En caractères gothiques était inscrit :

« *Rituel de protection contre l'Âme des morts* »

51

Le soleil irriguait progressivement les forêts d'un voile lacté. C'était l'aurore.

Brolin conduisit Juliette jusque chez elle où elle lui prit la main pour le conduire dans la chambre. Ils avaient besoin de sommeil, le minimum pour rendre à leur esprit la substance de lucidité suffisante pour réfléchir, pour tenir, lors de la longue journée qui se profilait.

Une fois le rituel recopié, ils avaient quitté sans bruit la propriété du riche Français avec d'atroces évocations démoniaques en tête.

Brolin mit le réveil à sonner cinq heures plus tard, assez pour retrouver sa concentration et pour tenir une nuit blanche si nécessaire. Ils s'endormirent l'un contre l'autre, pressant leurs corps las pour ne laisser échapper que peu de peau, ils voulaient se goûter pleinement, même en sommeil.

Lorsqu'il y repensa plus tard, Brolin en garda un souvenir flou de fatigue. Il ne sut jamais s'il s'agissait d'un rêve ou si leurs corps s'étaient réellement chevauchés lentement durant leur somnolence jusqu'à les éveiller. Il se souvenait de gestes tendres, de gémissements et d'un plaisir se diffusant dans tout son corps à la manière d'une explosion au ralenti.

Mais le réveil ne sonna pas.

C'est le crescendo électronique de son téléphone portable qui le fit sortir du lit. Une sirène synthétique le guidant dans le noir de la chambre.

Quand il décrocha enfin, Brolin n'eut pas le temps de parler qu'un homme surexcité débitait déjà à une cadence effrénée des propos incompréhensibles.

— Hey, doucement ! corrigea Brolin de la voix rauque du demi-sommeil.

— Josh, c'est Larry. Il faut absolument que tu viennes !

Il n'y avait pas de panique dans son intonation, plutôt de la stupeur.

— Il... il est quelle heure ? T'es où ? demanda Brolin.

— Je viens d'arriver au central.

— Vous avez du nouveau ?

Salhindro laissa un blanc avant de répondre :

— Plutôt, oui. Je suis avec Craig Nova.

— Ah ! Le mégot, c'est exploitable ? Il pourra en tirer l'ADN nécessaire pour tenter une identification ?

— C'est justement à ce propos qu'on te cherche partout. Craig a extirpé l'ADN et a lancé le programme d'identification.

L'adrénaline éveilla définitivement Brolin.

— Et vous avez un résultat ? s'exclama-t-il sans trop y croire.

— Josh, où es-tu ?

Brolin se demanda si ça n'était pas de la peur qui sourdait dans la voix de Salhindro. Il hésita à répondre.

— Chez Juliette, pourquoi ?

En d'autres circonstances, Salhindro n'aurait pas manqué de faire remarquer combien il était étrange de savoir Brolin chez Juliette, un dimanche matin à dix heures et demie. Mais il n'en fit rien, ce qui confirma que quelque chose n'allait pas.

— Est-ce qu'elle est à côté de toi ?

— Non, elle dort encore.

— Bien. Josh, je voudrais que tu t'assoies et que tu jures de croire ce que je vais te dire.

— Qu'est-ce que tu me racontes ? Alors vous l'avez identifié cet ADN oui ou merde ?

Derrière lui, Brolin perçut du mouvement, les pas de Juliette sur la moquette.

Salhindro souffla dans l'écouteur comme pour se donner du courage.

— Oui. Il y a un fichier qui correspond dans la base de données.

— Bon sang !

— Je crois que ça ne va pas te plaire, Josh.

Le jeune inspecteur sentit son sang se glacer dans ses veines comme des milliers d'aiguilles s'enfonçant en lui. Juliette l'entoura d'un bras et déposa un tendre baiser sur sa joue. Elle s'assit sur ses genoux.

Et cette fois, la voix de Salhindro trembla pour de bon :

— Josh, cet ADN qu'on a trouvé sur le mégot… C'est celui de Leland Beaumont.

Le Bourreau de Portland dont la tête avait explosé dans une gerbe pourpre un an plus tôt.

52

Impossible.

C'était tout simplement inconcevable.

Leland Beaumont avait été tué, d'une balle de Glock – 9 mm Parabellum – en pleine tête. Son cerveau avait été emporté devant les yeux de Brolin en une ombre disloquée. Leland avait été enterré quelques jours plus tard et son corps n'était plus à l'heure actuelle qu'un amas dévoré par les vers. Il ne pouvait avoir laissé sa salive sur le mégot.

La cellule qui travaillait sur le Fantôme de Leland était réunie dans le bureau du capitaine Chamberlin.

Dès l'appel, Brolin avait sauté dans ses vêtements et entraîné Juliette à sa suite vers le central de police. Il était hors de question de la laisser seule. Cette nouvelle, si aberrante fût-elle, scintillait comme un néon « danger » dans son esprit et il n'avait pu se résoudre à se séparer de Juliette. Elle attendait dans son bureau, encore ignorante de la situation.

Brolin déposa sa veste en cuir et fit face à Craig Nova dont les traits trahissaient une lourde fatigue.

— Quelle fiabilité pour le test ADN ? demanda-t-il.

— Plus que suffisant pour envoyer un homme en prison à perpétuité sans risque d'erreur.

— Cet ADN, se peut-il que par une incroyable coïncidence un autre individu ait le même ?

— C'est la seule explication ! s'écria Bentley Cotland.

Craig secoua énergiquement la tête.

— Absolument impossible. L'ADN d'un individu est unique.

— C'est aussi impossible que Leland soit vivant !

— Mais il y a une explication, reprit Craig. L'ADN est strictement personnel, aucun être humain ne peut avoir le même, sauf certains types d'individus. Les jumeaux homozygotes, issus du même œuf.

— Mauvaise réponse, tonna Salhindro. Leland était fils unique.

— On est sûr de ça ? insista le capitaine.

— Euh… oui. Comment voulez-vous qu'il en soit autrement ? S'il y avait un autre enfant, il aurait une trace d'existence non ? Carte d'identité, permis de conduire, un boulot… Au moins des témoins. Enfin, ça se saurait ! L'état civil est tout de même compétent ! De nos jours, on ne peut pas avoir un enfant et le cacher au reste du monde, pas pendant plus de vingt ans ! Et puis, pourquoi la famille Beaumont l'aurait caché pendant si longtemps ? On n'est pas à la télé, les gens n'agissent pas pour donner dans le sensationnel au détriment du réalisme !

— Pourtant, la réalité criminelle est parfois si incroyable qu'on trouverait ça stupide dans un film ! protesta Meats.

Les visages se fermèrent. Leland était le seul enfant de la famille Beaumont, et avec lui mourait toute piste plausible pour expliquer le phénomène de l'ADN retrouvé.

— Est-il envisageable qu'il s'agisse d'un vieux mégot conservé jusque maintenant pour nous amener à une fausse piste ? interrogea Bentley Cotland.

Craig haussa les épaules.

— En théorie oui, mais il ne ressemblait pas à un morceau desséché, à moins qu'on l'ait gardé au congélateur…

— Ça ne tient pas debout, intervint Lloyd Meats. Il est venu sans se douter du piège, il n'avait quasiment aucune chance de s'en sortir, s'il l'avait flairé, il n'aurait pas pris le risque de se pointer.

— Lloyd a raison, approuva Brolin. Si le tueur avait voulu nous induire en erreur, il aurait laissé le mégot à côté d'une victime, c'était sans risque pour lui.

— Mais alors qu'est-ce que ça veut dire ? tonna le capitaine Chamberlin que l'impatience et la nervosité tendaient comme une corde de piano au point de rupture. Cet ADN, il vient bien de quelque part ?

Le silence tomba. Les six hommes s'observèrent. Tous pensaient à la même chose mais personne n'osait le formuler. Sauf Bentley, qui une fois de plus ne partageait pas le point de vue du groupe. Il n'était décidément pas fait pour être flic et se félicitait jour après jour que ça ne soit pas le cas.

Salhindro se jeta à l'eau finalement :

— C'est peut-être Leland en personne.

Même s'ils le savaient tous mort et enterré, nul ne fit remarquer que c'était tout simplement impossible. Ils se l'étaient déjà bien trop répété.

Brolin décida qu'il était temps de faire part de ses découvertes :

— Écoutez, avec l'aide de Juliette j'ai trouvé…

— Juliette ? La dernière victime de Leland, je présume ? l'interrompit Bentley Cotland.

— Je vous ai déjà demandé de ne pas dire *victime*, elle se porte bien.

— Vous voulez dire que vous avez mêlé une civile à l'enquête ? s'étonna Bentley avec la pointe de sarcasme qu'il affectionnait tout particulièrement et qui le rendait détestable.

— Elle en sait plus que quiconque sur Leland, elle l'a vu de près !

— Je croyais que c'était vous le spécialiste des tueurs ?

— Cotland, vous commencez à me…

— À vous quoi ?

Brolin bondit de son siège, l'air menaçant.

— Du calme, messieurs ! ordonna le capitaine Chamberlin. Joshua, vous êtes fatigué, nous le sommes tous, alors calmez-vous. Et vous, je vous prierais d'apprendre à modérer vos propos. Si Brolin a communiqué des informations de l'enquête à une personne civile, c'est moi que ça regarde, restez en dehors de ça !

— Vous avez une façon de mener votre service qui ne me plaît pas.

— Très bien, mais pour le moment l'attorney Gleith vous a mis ici pour apprendre, et vous n'êtes pas encore attorney, alors taisez-vous.

Des étincelles jaillirent des prunelles de Cotland. Un jour, il lui paierait ça. Quand il serait nommé dans ses fonctions, il ferait son possible pour leur mener la vie dure.

— Qu'est-ce que vous avez trouvé ? demanda Chamberlin à l'attention de Joshua.

Celui-ci se rassit et reprit :

— Pourquoi le tueur brûle le front de ses victimes à l'acide. Il ne veut pas que l'on puisse voir ce qu'il y a inscrit. Gravé, devrais-je dire.

Chamberlin fronça les sourcils.

— En effet, poursuivit Brolin, le tueur grave un symbole occulte dans la chair de ses victimes. C'est le pentagramme d'un vieux rituel de protection. C'est censé protéger le « sorcier » contre l'âme de celui qu'il va tuer. Les victimes de Leland Beaumont avaient également le front brûlé de la même manière. Ils se sont refilé le truc.

— Sauf si c'est le même, fit sombrement remarquer Salhindro.

— Et ce rituel, ça peut nous apprendre quoi ? voulut savoir Meats.

— Pas grand-chose en soi, répondit Brolin. Sauf que c'est un rituel très rare, et ça confirme l'hypothèse que le tueur croit fermement en la portée ésotérique de ses actes. Il est possible qu'il soit abonné à des revues spécialisées, qu'il fréquente des boutiques occultes et qu'il emprunte beaucoup de livres cabalistiques dans les bibliothèques. Des pistes de travail intéressantes.

Le capitaine allait rebondir sur ces informations quand Brolin continua :

— Mais ça n'est pas tout. Ce rituel est censé être utile pour ceux qui cherchent la vie par-delà la mort. Le rituel protège l'utilisateur mais lui permet de *dévorer l'âme de sa victime*. Ce sont les mots mêmes du grimoire. Et il ajoute : « Ainsi, en dévorant l'âme du sacrifié, on s'assure de vivre après la mort. C'est la vie éternelle, le retour du mort parmi les vivants. »

— On se fout de nous…

Lloyd Meats avait dit cela spontanément, une manière de ne pas avouer la peur qui traquait la brèche à la lisière de sa raison.

— Leland Beaumont brûlait le front de ses victimes. C'était un passionné de magie noire et un fou furieux, compléta Brolin.

Le capitaine triturait une gomme entre ses doigts.

— Bien… Je ne crois pas en toutes ces conneries de satanisme, mais l'ADN parle de lui-même. Alors afin de lever le doute et d'apaiser les esprits, je crois que je n'ai pas le choix, fit le capitaine d'une voix sourde. Je déteste faire ça mais je vais demander l'autorisation à l'attorney, un permis d'exhumation. Au moins, on sera fixé. On saura si Leland a réussi d'une manière ou d'une autre à s'en sortir, ce qui est impensable, ou si quelqu'un nous joue un vilain tour.

Bentley Cotland dévisagea le capitaine.

— Mais… Vous ne pouvez pas faire ça ! Leland est mort et même si c'était la dernière des pourritures, son âme a droit au repos, on ne peut pas violer sa sépulture comme ça !

— Vous pouvez m'expliquer la présence de son ADN sur le mégot ?

— Non, mais…

— Alors je ne vais pas prendre le risque de laisser en liberté un homme comme ça !

— Il est mort ! Une balle a fait voler en éclats son crâne !

Chamberlin se tourna vers Meats, ignorant les protestations du futur assistant attorney :

— Lloyd, arrange-moi ça avec le cimetière où Leland est enterré. Après notre… (il adressa un bref regard à Brolin) déroute sur le parking, je ne veux surtout pas que la presse apprenne ce que nous faisons, sinon c'est nos têtes à tous qui sautent. L'exhumation aura lieu de nuit, quand le cimetière est fermé. On ne sait jamais, il y a toujours un journaliste un peu dingue pour surveiller la tombe d'un tueur au cas où…

— Bien, je m'en occupe pour ce soir.

Le capitaine continua :

— Brolin, vous serez là-bas, Lloyd vous filera un coup de main. Et monsieur Cotland ferait bien de vous accompagner, il sera le témoin de notre *zèle*. S'il le désire, bien entendu.

Cotland hocha la tête.

Il y serait, et si le capitaine Chamberlin prenait de l'importance dans les années à venir, cela pourrait bien servir ses propres intérêts. Un jour viendrait peut-être où faire pression sur Chamberlin pourrait être utile, et cette exhumation n'était rien d'autre que le témoignage de son incompétence, c'était de l'abus de pouvoir qui ferait mauvais genre si cela venait à se savoir… Le type de détail qu'il faut toujours avoir en mémoire pour progresser en politique.

Brolin et Lloyd échangèrent un regard peu rassuré.

Pour une fois, Bentley Cotland n'était pas seul à être mal à l'aise à l'idée d'être sur le terrain.

S'assurer que Leland reposait bien au fond de son cercueil n'enthousiasma personne.

Encore moins d'ouvrir la tombe en pleine nuit.

53

Leland Beaumont reposait pour l'éternité dans le cimetière de Latourell, une petite ville au bord de la Columbia River. Dans cette région au paysage déchiré de gorges escarpées, de forêts profondes et noires. Le dernier membre de sa famille, son père Milton Beaumont, l'avait voulu ici car c'était proche de sa maison dans les bois. Et Latourell était la seule ville de plus de cinq mille habitants à plusieurs miles à la ronde.

Brolin avait passé un peu de temps avec Juliette après la réunion. Il avait longuement hésité à lui dire pour l'ADN de Leland. Que valait-il mieux faire ? Lui révéler la vérité et l'effrayer tant qu'ils ne connaîtraient pas d'explication ? Ou lui mentir et la protéger d'un cocon pernicieux à long terme ? Il avait finalement opté pour la franchise, ils se devaient cela maintenant que des liens encore plus importants les unissaient. Avec le courage et la détermination qu'elle s'était forgés pendant ces douze derniers mois, elle encaissa la nouvelle sans trahir d'émotion. Et lorsque Brolin lui fit part de l'exhumation à venir, elle se contenta d'approuver et de dire : « Vérifie pour moi qu'il est toujours dans sa tombe. Je n'ai plus peur de lui aujourd'hui, mais si c'est vraiment son fantôme qui revient je ne sais pas ce que je deviendrais… »

Il l'avait rassurée du mieux qu'il avait pu, mais comment convaincre quelqu'un quand vous-même vous doutez ?

Officiellement le ratage de la « technique proactive » mise en place n'était imputé à personne en particulier, la presse s'était déchaînée, cherchant absolument un nom et un visage qu'ils pourraient fustiger en public, mais la police se refusa à livrer en pâture qui que ce fût. Cet acte de solidarité envers ses équipes risquait de faire tomber les dirigeants, à commencer par le capitaine Chamberlin, si des résultats rapides ne venaient pas renforcer sa position, surtout après ses propos publics qui avaient amené le tueur à tomber dans le piège.

Plus que jamais, le temps leur était compté.

Chaque journée de plus pourrait être synonyme d'une nouvelle victime.

Chaque journée faisait croître l'impatience générale, Chamberlin et Brolin seraient les premiers à en souffrir. L'enquête basculerait dans des mains jugées plus expertes. Voire dans les mains de l'agence locale du FBI. Les prétextes à faire intervenir les fédéraux ne manqueraient pas si le maire en personne et l'attorney Gleith s'y appliquaient de concert.

Dans la voiture qui conduisit Lloyd Meats, Bentley Cotland et Joshua Brolin à Latourell, ce dernier déplia le journal du dimanche qu'il venait d'acheter. « Fiasco monumental ! » titrait la une sans équivoque. En dessous, le sous-titre enfonçait le clou : « Tentative d'appréhension du Fantôme de Leland, la police brasse du vent avec nos vies et notre argent ». Le maire y faisait même une déclaration avec toute la démagogie propre aux hommes des hautes sphères : « Nous ne tolérerons pas qu'un individu menace la sécurité de nos citoyens, je ferai tout ce qui est en mon pouvoir pour qu'il soit arrêté dans les plus brefs délais et à ce titre je rencontre le chef de notre police, aujourd'hui même. Concernant cette opération de la police, je n'étais pas au courant mais nous allons tirer cela au clair ensemble et des sanctions seront prises à l'encontre des fautifs… » Il y en avait encore un long feuillet.

Combien de temps encore le capitaine Chamberlin pourrait-il couvrir Brolin avant qu'on exige de lui un sacrifice à la vindicte populaire ?

La voiture se gara devant le bureau du shérif de Latourell en fin d'après-midi. L'air était frais, chargé d'humidité comme si l'orage de la nuit passée était proche, dissimulé derrière la montagne dans l'attente du meilleur moment pour surgir.

Le shérif Hogson n'était pas présent mais son adjoint prévint qu'il se trouvait à son « autre bureau ». Dans une petite ville comme Latourell, le shérif est un homme élu, mais qui continue bien souvent à partager son temps entre sa fonction légale et son métier. Hogson était le propriétaire d'une petite scierie à l'extérieur de la ville.

La Ford noire conduisit les trois représentants de l'ordre jusqu'à la sortie de Latourell et ils trouvèrent un chemin et une pancarte « Scierie Hogson » clouée sur un tronc au bord de la route. Ils roulèrent peu de temps dans la forêt avant de déboucher dans une petite clairière.

L'odeur de bois coupé flottait dans l'air lourd comme une fragrance de mort végétale. La scierie ne débitait qu'une petite production de bois, essentiellement destinée aux usines à papier sur la route de Vancouver dans l'État de Washington. Elle ne comptait que trois bâtiments aux dimensions modestes, et employait une quinzaine d'ouvriers en semaine.

Mais aujourd'hui, jour de repos dominical, seul Dan Hogson était présent. Les stridences des scies ne venaient pas troubler le bruissement du vent dans les hauts conifères de la forêt environnante. Les effluves de sève étaient si capiteux qu'ils stagnaient, semblables à un nuage ambré.

En sortant du véhicule, Brolin avertit Cotland :

— J'apprécierais beaucoup que vous nous laissiez, Meats et moi, faire la conversation, d'accord ?

L'intéressé se contenta de hocher la tête sans même accorder un regard à Brolin.

Un homme d'une quarantaine d'années sortit du bâtiment principal. De taille moyenne, des cheveux courts poivre et sel et une bouille ronde, le shérif Hogson avait l'air sympathique. Il leur fit signe en descendant vers eux.

— Vous êtes les collègues de Portland je présume ? J'ai entendu votre voiture arriver.

Une fois à leur niveau, il leur serra la main avec vigueur. Meats et Brolin exhibèrent leurs cartes et se présentèrent. Bentley suivit timidement.

— J'ai aussi reçu le fax du bureau de l'attorney. C'est une sale affaire que vous me demandez là ! Pour être honnête, on n'a jamais eu d'exhumation ici.

— C'est pourquoi nous insistons sur votre discrétion, fit Meats en caressant sa courte barbe noire. Il s'agit d'une simple vérification, pas de quoi alarmer la population.

— Vous êtes marrant ! Vous croyez que ça va passer inaperçu ?

— En fait, nous avions songé à procéder de nuit, compléta Brolin.

Visiblement, c'était là une idée complètement saugrenue pour Dan Hogson, élu shérif pour la deuxième fois consécutive.

— Quel est le problème au juste ? J'ai reçu le permis d'exhumation au nom de Leland Beaumont, j'imagine que ça a rapport avec les meurtres actuels, non ?

Brolin et Meats échangèrent un coup d'œil discret.

— En quelque sorte oui, admit Meats. Nous voulons nous assurer que le corps de Leland n'a pas été… volé.

Hogson sursauta comme piqué par une guêpe.

— Qui serait assez con pour piquer un cadavre ?

— Comprenez que nous comptons sur votre discrétion, insista Brolin. Nous ne voudrions pas que les gens se fassent de mauvaises idées.

— Comme vous voudrez. Vous savez que ce type, Leland, on le connaissait un peu dans la région.

Brolin tiqua.

— Comment ça ?

— Eh bien, le gamin, il est venu bosser ici pendant deux mois un été. En juillet-août 96 même. Je m'en souviens parce que c'est cette année-là qu'on a eu un incendie à la scierie, mais rien à voir avec lui, c'était à l'automne.

— Je ne savais pas qu'il avait travaillé pour vous, s'étonna Brolin.

— Pour être franc, c'était… un échange de bons procédés. Il nous filait un coup de main pour charger et décharger le bois et je lui filais un petit billet, rien de très officiel si vous voyez ce que je veux dire.

Brolin hocha la tête.

— Et comment était-il ?

— Oh ! pas méchant. Un peu solitaire, il parlait pas beaucoup. Je dirais pas qu'il avait l'air limité si vous voyez ce que je veux dire, mais il n'était pas très vif. Enfin, en tout cas, il n'était pas très concentré. Le genre rêveur, toujours plongé dans son imagination. Il nous a fait deux-trois conneries mais jamais rien de grave, en tout cas j'aurais jamais prédit qu'il pourrait un jour faire… vous voyez ce que je veux dire.

— C'est souvent comme ça. Ce genre d'individu vit trop dans son monde pour laisser paraître toute la haine et la frustration qui l'habitent.

Le shérif Hogson haussa les sourcils et froissa le menton, entre dégoût et incompréhension.

— Bon, on ferait mieux d'y aller si on veut avoir l'excavateur communal avant la nuit, conclut-il. Laissez-moi récupérer quelques papiers et je reviens.

Les deux inspecteurs acquiescèrent et Hogson remonta vers les bureaux. Il n'avait pas été difficile à convaincre en fin de compte.

Le vent fit s'entrechoquer les branches des sapins de Douglas et les premières gouttes de pluie tombèrent, bien épaisses et froides.

⁂

Les grilles du cimetière de Latourell avaient été fermées à dix-neuf heures, comme tous les dimanches. Le gardien avait ensuite conduit l'excavateur jusqu'à l'allée où reposait le corps de Leland.

Brolin était impressionné par la taille du cimetière d'une si petite ville. Il s'était attendu à un minuscule champ de pierres tombales, au lieu de quoi Latourell abritait les vestiges de deux siècles d'habitants, de trappeurs, de chercheurs d'or de passage ou de chasseurs vivant dans les alentours. Les sépultures sourdaient de la terre comme des doigts rachitiques, tendus vers les cieux avec tristesse. Sur la pierre polie par l'érosion, les épitaphes avaient été effacées, abolissant à jamais le droit à l'histoire de ces gisants désormais anonymes. C'était une colline funèbre tout droit sortie d'un conte de Washington Irving, il ne manquait plus que la brume et le gibet sous l'arbre noueux du sommet.

Le shérif Hogson restait en retrait, observant religieusement l'excavateur manœuvrer entre les stèles mangées par la mousse et les ronces. Nombre d'entre elles n'étaient plus entretenues, et pas même le gardien ne les préservait des attaques de la nature. Elles étaient oubliées, comme une mauvaise action du passé qui disparaît dans notre esprit au profit du quotidien et de sa routine réifiante.

Le soleil venait de teinter de son sang le paysage vallonné et laissait à présent l'espace à la nuit et à la lune occultée par le rideau de pluie et de nuages. Troy Subertland, le gardien, était resté pour aider à l'exhumation, il était le seul à savoir manipuler la petite pelleteuse.

Les cinq hommes courbaient la tête, encaissant le froid de la pluie sans rien dire, limitant leurs mouvements au minimum pour ne pas la laisser couler sous leurs vestes imperméables. Tout autour d'eux, la boue émettait un son spongieux en accueillant l'eau, se gargarisant pleinement de cette nourriture liquide, la déglutissant sans peine vers ses profondeurs putrides.

Un silence quasi religieux était tombé sur l'assemblée. Mais pour Meats et Brolin, il ne s'agissait pas de respect divin ou autre superstition des temps anciens. À mesure que la terre s'ouvrait sous les mâchoires de la pelleteuse, les deux inspecteurs percevaient la présence de Leland, elle s'amplifiait, gorgeant l'atmosphère de sa démence.

Dans ce début de nuit, que n'éclairaient que les phares de l'excavateur, Brolin aurait juré que des vapeurs phosphorescentes s'élevaient avec grâce de la terre où gisait le corps de celui que l'on avait surnommé en son temps de terreur : le Bourreau de Portland.

À bien y penser, tout le paysage semblait corrompu par l'empreinte de la mort et de la démence. Les plantes se cabraient vers les étoiles comme des succubes enlacés et les ténèbres paraissaient ici plus abyssales encore que partout ailleurs.

Personne ne trouva mot à dire pendant la demi-heure qui suivit, ils assistèrent impuissants au réveil du Mal.

Puis les dents de l'excavateur raclèrent une surface creuse.

Un frisson commun lécha les échines à la manière d'un vent obscène.

Brolin saisit une des pelles que le gardien avait mises à leur disposition, bientôt suivi de Meats. Ils s'approchèrent du trou.

Bentley et le shérif Hogson ne bougèrent pas d'un pouce.

Au fond de la terre boueuse apparaissait le coin plus clair de ce qui avait été un cercueil. Armés de leurs pelles, les deux hommes dégringolèrent plus qu'ils ne descendirent dans la fosse et ils entreprirent de dégager ce lit de mort.

L'eau de pluie ruisselait le long des parois fragiles, comme des centaines de petites veines palpitantes. Une longue flaque noire s'allongeait avec les minutes, mélange d'écume brune et de débris végétaux qui flottaient à la surface. L'eau pénétra les chaussures des deux hommes et le froid remonta sa langue reptilienne le long de leur dos.

Ils creusèrent, poussèrent et s'embourbèrent au fond de la cavité. Après moins de dix minutes passées dans ce trou, la pluie et la boue s'étaient emparées de leurs corps, couvrant chaque parcelle de peau, chaque vêtement, pareilles à l'eau d'un marais pestilentiel.

Et lentement, ils firent ressortir la mort de son antre.

Quand le cercueil fut entièrement dégagé, Meats jeta sa pelle au-dessus de lui. Brolin hésita un instant à la garder comme une arme au moment d'ouvrir le couvercle. C'était stupide et il la lança également par-dessus la fosse.

Dominant la scène, Bentley Cotland, le shérif et Troy Subertland s'étaient rapprochés, ils guettaient avec méfiance, les pieds au bord du gouffre.

Les cheveux plaqués sur le front par la pluie, Brolin cria vers Cotland :

— Passez-moi une lampe ou éclairez-nous d'en haut !

Il dut répéter en haussant la voix pour qu'elle porte par-dessus le martèlement de la pluie.

Cotland obéit aussitôt, tenant une puissante lampe torche au-dessus du trou, le pinceau blanc fixé sur le chêne maculé.

— C'est le moment de vérité, lâcha Brolin faiblement à l'attention de Meats.

Ils défirent la sécurité du couvercle et l'ouvrirent dans un effroyable grincement.

La pluie tombait furieusement sur le cimetière. Le clapotis devenait assommant, les gouttes s'écrasant dans les flaques, dans la boue, la terre buvait pour mieux régurgiter, pour se laver. Le cimetière tout entier suintait, excrétant la poisse de ses cadavres.

La nuit était noire et froide, parcourue d'un vent hurlant semblable au chant lugubre du coyote.

Et ce qu'ils virent allait les hanter encore longtemps, jusqu'à leur dernier souffle.

— On est dans la merde… laissa échapper Meats en contemplant l'impossible.

Sous la pluie froide, il se signa, lui qui n'avait plus mis les pieds dans une église depuis plusieurs années.

Leurs paupières ne purent cligner devant ce spectacle odieux.

Un cercueil sans aucun ornement, sans capitonnage.

Un cercueil absolument vide.

TROISIÈME PARTIE

« Vous ne me comprenez pas. Vous n'en êtes pas capables.
Je suis au-delà de votre expérience.
Je suis au-delà du Bien et du Mal. »

Richard Ramirez lors de son procès
où il fut condamné à mort
pour les meurtres de quatorze personnes.

54

La nuit glissa au-dessus de Portland, de ses gouffres et ses forêts avec l'insidieux malaise de la mort qui rôde alentour. D'immenses nuages noirs passèrent comme des spectres silencieux, étouffant la région sous leur cape lugubre.

Cette nuit-là, Brolin ne rejoignit pas Juliette chez elle. Après l'exhumation de la tombe de Leland Beaumont, il avait fui la peur jusque chez lui. Lui qui ne buvait que très peu d'alcool vida un tiers de la bouteille de Jack's qui prenait la poussière. Il prit une douche brûlante, presque douloureuse. Puis, il enfila son vieux T-shirt de l'académie de Quantico, d'un gris usé avec la devise du FBI inscrite en gros caractères : Fidélité, Bravoure, Intégrité. Il se sentait bien dedans, en sécurité, comme dans un vestige d'un âge de probité révolue. Une époque où il savait où il allait, ce qu'il faisait et en quoi il croyait. C'était avant les désillusions professionnelles.

Dans le petit vestibule contigu à son salon, Brolin entendait les gouttes d'eau qui tombaient de sa veste. Il tourna la tête et aperçut ses chaussures maculées de boue et l'image de la tombe vide de Leland s'imposa avec tout ce qu'elle impliquait d'impossible.

Une enquête supplémentaire devrait être menée rapidement sur la disparition du corps de Leland. Car il ne pouvait s'agir que d'une profanation. Leland avait été enterré, il était mort.

Après tout, en es-tu si sûr ? Étais-tu présent lors de l'enterrement ?

Non, Leland avait pris une balle en pleine tête, il ne pouvait avoir survécu d'une manière ou d'une autre. Son corps froid avait été examiné par des médecins. Le pronostic était sans partage.

Mais as-tu seulement vérifié que le corps était bien dans le cercueil quand on l'a mis en terre ?

Son cerveau avait été arraché en partie avec la boîte crânienne.

Leland pratiquait la magie noire. Il voulait devenir immortel.

La torture mentale dura quelques minutes avant que Brolin allume sa console de jeux vidéo. Il n'avait plus joué depuis… depuis deux semaines, un exploit ! Les rayonnements cathodiques et la fréquence convulsive du jeu l'arrachèrent à la réalité. Quand les premiers morts vivants surgirent, Brolin écrasa le bouton « off ». Il dormit peu, d'un sommeil vide, sans rêve, sans repos.

Il se leva à sept heures, prit à peine le temps de se doucher et la Mustang s'élança vers le central de police. L'estomac gémissant, Joshua se prit de nostalgie pour la nuit passée chez Juliette, ses bras rassurants et son jus d'oranges pressées du matin.

Salhindro raccrochait un téléphone quand l'inspecteur entra. Pour quelqu'un qui n'était pas censé s'en occuper, Salhindro s'impliquait dans l'enquête avec un dévouement proche de la philanthropie pathologique, à moins que ça ne fût tout simplement du masochisme. Ni le capitaine Chamberlin ni aucun inspecteur de la Division des enquêtes criminelles n'avaient fait la moindre remarque. Attraper le tueur et le Corbeau était la priorité avant tout le reste, fonctions individuelles comprises.

Lorsqu'ils avaient découvert la tombe vide, Meats et Brolin avaient prévenu par téléphone le capitaine et Salhindro, aussi ce dernier se contenta d'un signe de tête à l'attention du jeune inspecteur quand il le vit passer dans le couloir. Ils n'avaient pas envie d'en parler, pas encore.

Les premières heures de la matinée filèrent sans que la fatigue se fasse sentir. Brolin joignit par téléphone Lloyd Meats qui était retourné au cimetière de Latourell dès le matin pour interroger le gardien actuel et son prédécesseur sur l'éventualité d'une profanation. Mais rien de ce côté. Aucun des deux hommes n'avait constaté quoi que ce fût sur la tombe de Leland Beaumont pendant les douze mois de sa présence sépulcrale.

La bonne nouvelle vint de Carl DiMestro qui appela vers dix heures et demie :

— L'équipe qui travaillait à la reconstitution du visage de la première victime a achevé son boulot hier. Ils ont bossé sept jours sur sept et s'estiment satisfaits du résultat, d'après eux, c'est tout à fait exploitable.

— OK, Carl, faites des photos du visage, qu'on les fasse circuler dans tous les postes de police de l'État, et aussi dans l'État de Washington, elle peut en être originaire. Qu'un portrait très net soit envoyé à tous les journaux de Portland et Salem, petite et grande distribution. Tu peux t'en charger ?

— Notre demoiselle X sera bientôt la compagne du petit déjeuner de tous les habitants de l'Oregon.

— Merci Carl.

— Attends, c'est pas tout. À propos de l'acide employé pour brûler le front, la spectrométrie de masse a révélé de l'anhydride et d'autres composés courants comme de l'hydrogène. En fait, il faut dissocier ce qui faisait partie de la chair de la victime et ce qui a été ajouté. Mais l'hydrogène, associé à l'oxygène, pourrait bien être l'eau nécessaire à H_2SO_4, de l'acide sulfurique. Ça ne t'aidera pas beaucoup, c'est un acide commun en soi, on en trouve partout, même dans les lycées. En revanche, j'ai eu le résultat des investigations de Craig sur la scène de crime d'Elizabeth Stinger. Les prélèvements à l'aspirateur ont révélé une certaine quantité de craie.

— De craie ?

— Oui. Il semblerait que c'était sur le sol, autour de la victime, en trop faible quantité pour qu'on le remarque à l'œil nu dans l'obscurité, mais il y avait de la poussière de craie blanche.

— Ça pourrait avoir été laissé par ses chaussures ? Comme s'il venait d'une carrière de craie par exemple ?

Brolin entendit Carl tourner les pages d'un rapport.

— Attends voir… Non, quantité supérieure à ce qu'auraient laissé des traces de pas, et trop ciblée. La poussière de craie était uniquement autour du corps, et essentiellement au niveau de… de là où auraient dû se trouver les jambes de la victime. D'après Craig, c'est le tueur qui l'a apportée, il s'est servi d'une craie et la poussière s'est déposée sur le sol.

Brolin enregistra les informations et remercia vivement Carl DiMestro pour le travail de toute l'équipe scientifique.

Puis il s'enfonça dans son fauteuil et se mit à se mordre la lèvre machinalement. La piste de l'acide ne les mènerait nulle part, il n'était pas assez rare pour qu'on puisse remonter jusqu'à un acheteur potentiel. En revanche, l'autre élément était plus intéressant. Qu'est-ce que de la craie venait faire là ? En faible quantité de surcroît, comme si le tueur avait écrit quelque chose à la craie, quelque chose qu'il avait ensuite effacé puisque la police n'avait pas trouvé d'inscription.

De la même manière qu'il grave un pentacle dans le front de ses victimes et qu'il l'efface à l'acide ensuite.

Tel un domino qui entraîne son comparse dans sa chute, cette remarque fit jaillir une autre idée dans l'esprit de Brolin. Le tueur avait dessiné un pentagramme sur le sol, là où il avait découpé les jambes d'Elizabeth Stinger. Une autre de ces figures démoniaques au sens mystérieux.

Brolin enfouit son visage entre ses mains. Une autre possibilité qui venait s'ajouter aux autres mais qui ne valait pas grand-chose tant qu'elle ne se vérifierait pas. Sans le motif exact du symbole, l'indice était maigre, aussi décida-t-il de mettre l'information dans un coin de son esprit et de passer à un autre sujet.

Il ouvrit le dossier cartonné « Leland Beaumont » et tourna quelques pages jusqu'à ce qu'il trouve ce qu'il cherchait : la mention « adresse de la famille ».

Crow Farm, Bull Run road, Multnomah county.

Quel nom étrange pour une habitation [1]. Sinistre et glauque, bienvenue chez les cousins de la famille Adams.

Brolin fit sonner ses ongles contre le bureau et hocha finalement la tête.

Il allait rendre visite à Milton Beaumont. Il aurait dû le faire depuis longtemps. Si simple d'esprit fût-il, le vieil homme avait peut-être quelques secrets à exhumer.

Brolin ouvrit une armoire dans un coin et en sortit une mallette en plastique. Il ne prit pas la peine d'en vérifier le contenu, il le connaissait par cœur.

La porte de son bureau claqua et il s'engouffra en direction des ascenseurs quand la voix sèche du capitaine Chamberlin tonna :

— Josh ! Une seconde !

Une pointe de désespoir perçait dans son intonation.

— On vient de recevoir une autre lettre.

— Quoi ? Elle est certifiée de nos deux hommes ?

— Le contenu nous assure de son authenticité. Venez.

Une odeur écœurante de tabac froid flottait dans le bureau du capitaine. Bentley Cotland y était assis et Salhindro arriva aussitôt.

— Elle nous est parvenue il y a tout juste une heure, par le courrier commun, informa Chamberlin. Fred Chwimsky l'a balayée à la Polilight et au luminol mais ça n'a rien donné. Apparemment, elle ne contient aucun message caché comme la précédente. Mais elle n'a pas besoin d'artifice pour faire froid dans le dos.

1. *Crow Farm* : littéralement « la ferme aux corbeaux ».

Il tendit la lettre à Brolin. Elle était imprimée, comme les précédentes.

Chers inspecteurs,

Pas de rimes ni de poésie cette fois-ci, non plus que d'indices.

Vous avez triché. Ce petit piège était grotesque, il témoigne de votre incompétence. Si vous croyez pouvoir m'empêcher d'accomplir mon devoir, je vous en souhaite bon courage. Néanmoins, j'ai été heurté de vous voir me considérer comme une vulgaire bête que l'on traque et à qui on tend un piège. Vous m'avez sous-estimé. Je vais donc vous en punir.

L'arrogance de votre chef, Monsieur Chamberlin, m'a profondément choqué, toute cette suffisance pour un résultat aussi pitoyable, ne m'a soutiré que mépris et, je dois bien l'avouer, un long moment de joie quand votre pathétique petit plan a échoué. Si je m'en étais douté, j'aurais filmé la scène, elle aurait beaucoup plu à la télé.

Ceci étant, je m'en retourne à mon Œuvre. Une fois la punition infligée, je vous re-contacterai peut-être pour vous faire suivre la continuation de mon travail.

Avec un certain dégoût à votre endroit,

Moi.

Brolin replaça la lettre dans son emballage de protection en plastique pendant que Chamberlin lissait nerveusement sa moustache.

— Personne n'étant au courant pour les lettres que ce dingue nous envoie hormis vous, je pense qu'elle est suffisamment singulière et précise pour être individualisée. Joshua, qu'en dites-vous ?

— Oui, ça colle. Mention aux indices, aux rimes et à la poésie, tout ce que contenaient les précédentes lettres. Ce n'est pas un canular. À part ça, il y a certaines évidences. Il se sent investi d'une sorte de mission qu'il prend très à cœur, il parle d'« œuvre », de son « devoir » et ainsi de suite. Il ne fait aucune mention à l'autre, celui que nous pensons être son homme de main. Il parle uniquement à la première personne, jamais de « nous », comme si l'autre n'existait pas, il n'est qu'un outil. Tout comme ses victimes, il n'a absolument aucun respect pour elles, elles ne sont pas des êtres vivants mais des objets de satisfaction sur lesquels il a tout pouvoir. J'en veux pour preuve sa colère d'avoir été traqué « comme une bête » pour reprendre ses mots, alors que c'est exactement ce qu'il fait à ses victimes. Elles ne sont rien, mais quand c'est lui que ça touche, il enrage.

Brolin lança un bref regard vers Bentley Cotland, surpris qu'il n'ait encore rien trouvé à répondre. Il poursuivit :

— Mais malgré toute cette colère à notre égard, il nous écrit encore et laisse à penser qu'il pourrait bien continuer. Il a besoin de reconnaissance. Son vocabulaire témoigne d'une certaine culture que l'on ne s'attend pas à trouver chez un tueur en série, en général de pauvres types. Sauf que là, nous sommes face à un individu très intelligent, il est rusé et cultivé. Il emploie des termes assez recherchés, précis et il clôt avec un mot qu'on n'utilise presque plus, très littéraire : « à votre endroit ». Il s'est peut-être fait tout seul, par les livres. Il a construit son bagage à travers ses lectures, ce qui explique à la fois ses tournures littéraires et son besoin d'être reconnu. Il doit vivre seul ou avec son « homme de main » qu'il maltraite car il ne peut apprécier son génie. Il se sent probablement incompris, lui qui a tellement engrangé de connaissances mais n'a jamais eu l'occasion d'en faire étalage. Il est timide ou asocial, ne fréquente que peu de monde et reste frustré, car personne ne peut voir à quel point il est intelligent. Ça l'énerve et il a dû en nourrir une certaine haine pour tout le monde puisqu'il est maintenu à l'écart. C'est pour ça qu'il joue avec nous. Il a un travail pour lequel il s'estime sûrement surqualifié, et ses collègues doivent le prendre pour un prétentieux ou un doux dingue mais pas dangereux. Il excelle dans l'art de manipuler, je pense. Enfin, et ça rejoint ce qui a déjà été dit, il est extrêmement narcissique. Il signe « Moi » et estime que l'on n'aurait pas dû lui tendre un piège aussi lisible, comme si nous ne méritions pas de l'appréhender.

— Vous m'impressionnez, commenta Cotland. Tout ça grâce à une lettre !

Il avait perdu son arrogance et son côté provocateur, le spectacle de la tombe vide sous le déluge nocturne l'avait sensiblement remis à sa place. Mais Brolin ne se faisait plus d'illusions, tout comme après l'autopsie, il encaissait et perdait son agressivité mais il redeviendrait rapidement Bentley Cotland, le seul et l'unique. Le fier. On ne peut changer la fibre essentielle d'un homme.

— Il ne s'agit que d'une interprétation, mais à force de détails nous pourrons resserrer le profil jusqu'à nous faire une idée très précise de ce qu'il est, comment il pense.

Devinant que Cotland allait répondre avec ironie ou véhémence, le capitaine Chamberlin s'empressa de prendre la parole :

— Messieurs, il nous annonce clairement qu'il va frapper de nouveau. Qui, où et comment ? Il ne nous le dit pas.

— Mais s'il tue encore, ce nouveau crime sera à ne pas comparer avec les autres. Cette fois, c'est pour *nous* qu'il va tuer, pour nous faire souffrir. Pour nous toucher directement, pas pour servir ses desseins. Il ne faudra pas l'inscrire dans la lignée de ce qu'il accomplit, prévint Brolin, le regard sombre.

— Ce type nous nargue ! s'indigna Bentley. Il faut faire quelque chose, il va tuer sous nos yeux et nous sommes incapables d'agir ! Est-ce ça, la police de Portland ?

Salhindro se leva et se pencha au-dessus de Cotland, les mains sur ses accoudoirs.

— Nous faisons tout ce qui est en notre pouvoir, pauvre idiot ! Ce type tue au hasard, il choisit ses victimes selon ses critères personnels, sans aucun lien, sans mobile apparent, c'est le cauchemar de tout investigateur. Vous vous imaginez qu'on a tous hâte de voir la prochaine victime ? D'aller annoncer la nouvelle à sa famille ! De subir la vindicte médiatique parce que ce type est trop malin pour laisser des indices derrière lui ! Des tueurs comme John Wayne Gacy ont fait plus de trente-trois victimes avant d'être arrêtés par hasard. Le tueur du zodiaque a massacré quarante-trois personnes avant de disparaître sans jamais être démasqué. Ici, il y a eu deux victimes et nous en sommes tous malades, mais hélas une enquête est quelque chose qui progresse lentement et par à-coups. Vous, vous n'avez qu'une idée, c'est…

— Larry… Larry ! calma Chamberlin.

Salhindro se redressa et la lumière revint sur le visage de Cotland en même temps que le sang.

— Messieurs, ne nous laissons pas aller, restons solidaires, ça n'est pas le moment de flancher, fit remarquer le capitaine de la Division. Larry, nous allons doubler les patrouilles pendant quarante-huit heures, rappelle les hommes en congé, même les congés maladie devront, dans la limite du raisonnable, nous filer un coup de main. Je veux que nous quadrillions cette ville en permanence, surtout les coins déserts qu'affectionne le tueur.

— Je pense que sa prochaine victime sera tuée dans les égouts, annonça Brolin. Il tue en rapport avec l'Enfer de Dante, en fonction des neuf cercles souterrains, et Elizabeth Stinger a été retrouvée devant une entrée des égouts. La comparaison est assez flagrante.

— Josh, il nous est impossible d'envoyer des gars patrouiller là-dessous, il nous faudrait l'armée pour ça ! objecta Chamberlin avec regret.

— Mais avant de reprendre son « œuvre », il va devoir nous punir, il va chercher à tuer quelqu'un pour nous causer préjudice. Il va sûrement s'arranger pour que ce soit un meurtre médiatique, en prévenant la presse ou autre. Si nous sommes la risée de tous, nous serons coincés entre lui et l'opinion publique, isolés et presque marginaux comme lui. Je ne serais pas étonné que ce soit là sa démarche.

— Dans ce cas, on multiplie les patrouilles, on ouvre des standards supplémentaires et chaque plainte devra être prise avec le plus grand sérieux.

— Ça ne va pas être du gâteau ! commenta Salhindro.

— Capitaine, j'aimerais assez que la protection de Juliette soit renforcée pendant quelques heures, confia Brolin un ton plus bas. Elle… elle représente un élément symbolique important. Le tueur essaye de nous mettre sur la piste de Leland en utilisant les mêmes méthodes et Juliette est la seule à avoir survécu au Bourreau de Portland. Vous voyez ce que je veux dire ?

— Joshua, je mobilise deux de nos hommes en permanence à sa protection, avec les cycles de repos ça nous fait six hommes ! Dans la plupart des cas, on se contenterait de poster un flic en uniforme et point, vous le savez bien. On n'a pas les effectifs adéquats…

Le capitaine et son inspecteur se jaugèrent, les yeux dans les yeux, avec sollicitude et respect, puis Brolin hocha lentement la tête.

— Bien… je comprends.

Salhindro prit la direction de la porte.

— Je vais rameuter les troupes.

Il sortit d'un pas rapide. Brolin se levait également quand le capitaine l'arrêta :

— Vous avez quelque chose ? Une piste de travail, n'importe quoi qui pourrait me rassurer ?

Brolin hésita puis haussa les épaules.

— Je vais reprendre tout à zéro. Je retourne à la source du Mal, là où la genèse du crime s'est construite.

Il prit sa petite mallette en plastique et disparut dans la cohue.

55

La silhouette massive du mont Hood dominait toutes les forêts de la région. À plus de trois mille quatre cents mètres d'altitude, le voile immaculé de la neige reflétait le pâle soleil d'octobre comme un miroir colossal.

La Mustang filait sur le ruban gris-mauve de la route. Traversant quelques rares bourgades au relais routier pour seule distraction, Brolin essayait de se focaliser sur la route et pas sur le paysage.

Celui qui n'a jamais mis les pieds dans l'Oregon ne peut pleinement imaginer l'atmosphère de ses forêts séculaires. Au détour d'une route, un gouffre étroit déchire le sol pour accueillir un torrent furieux trente mètres plus bas, ou c'est la paroi gigantesque d'une falaise qui menace de vous écraser soudainement. Ici, les arbres sont noirs, le cœur de ces domaines n'a jamais été foulé par l'homme, et les montagnes veillent sur ce havre de mystère comme une assemblée de chamans indiens.

Dans ce climat d'étrangeté, le promeneur lambda se sent rapidement partagé entre une peur sourdant du plus profond de ses entrailles et l'émerveillement.

Brolin refusait ainsi d'observer ces troncs noueux semblables à des hommes fondus ensemble dans un ballet de douleur et d'agonie. Il se remémorait la carte du comté, espérant ne pas rater la route du Réservoir.

Moins de deux heures de voiture depuis Portland et Brolin aperçut le chemin de terre qui s'enfonçait dans la végétation.

Trois kilomètres plus loin le chemin formait une fourche. Un panneau indiquait « Réservoir Bull Run », Brolin prit l'autre possibilité.

Roulant au pas, il avait ouvert sa fenêtre dans l'espoir que l'air frais viendrait lui insuffler quelque courage mystique. Il entendait de temps à autre le cri d'un rapace, ou le babil sifflant de la communauté ornithologique. Mais pas trace de présence humaine.

La nuit ici devait être terrifiante.

Sous le couvert d'un grand sapin, apparut enfin la « maison » des Beaumont. Deux immenses caravanes, auxquelles on avait greffé plusieurs pièces faites de rondins comme des chalets avachis. De longues plaques de tôle ondulée formaient le toit de cet étrange assemblage et servaient d'auvent au-dessus du tapis d'aiguilles. Une demi-douzaine d'épaves de véhicules en tout genre finissaient de perdre leur vie en une longue traînée brune de rouille.

Brolin gara la Mustang à une dizaine de mètres et donna un coup de klaxon pour s'annoncer.

« Pourvu qu'il soit là, pensa-t-il. Aucune envie de revenir plus tard. »

Il s'approcha du conglomérat qui se voulait une habitation. Un groupe de poules caquetait paisiblement derrière une clôture improvisée avec du grillage bon marché.

— Hé là ! Il y a quelqu'un ?

Un oiseau fit claquer ses ailes pour s'envoler plus loin.

Les fenêtres étaient noires et étroites comme les yeux d'un mort. Brolin inspecta les alentours, mais la pluie récente rendait le sable mou et boueux, peu praticable. Sur sa droite, à quelques mètres dans les bois, Brolin perçut un mouvement.

Il s'en rapprocha silencieusement et posa une main sur son Glock pour se rassurer.

Une silhouette bougeait lentement derrière une volée de branches.

Brolin écarta lentement les feuilles humides.

Ça pendait là, dans le vent, un corps suintant de sang, les chairs à nu, entièrement dépecé.

Brolin bondit en arrière et sortit son arme.

Non, non, non ! Ça n'était pas un être humain.

Il secoua la tête. C'était un animal, accroché à un câble par les pattes.

Milton était un homme de la nature, il chassait probablement sans autorisation et mangeait ce qu'il pouvait se procurer lui-même.

Le cœur battant, Brolin rejoignit l'assemblage de caravanes.

— Milton Beaumont ?

Brolin répéta à plusieurs reprises le nom du propriétaire. Sans réponse.

Il s'approcha de la porte d'entrée. Un grand nombre de boîtes de conserve rouillées étaient plantées dans le sable, gorgées d'eau de pluie. Sous l'auvent de tôle, Brolin se pencha pour passer sous les vêtements qui séchaient accrochés à une série de cordes.

— Hey ! Il y a quelqu'un ?

Il monta sur le parpaing qui faisait office de marche et cogna contre la lourde porte renforcée. Pas de réponse.

Le vent fit siffler une bâche bleue qui couvrait des bidons d'acier entre deux épaves de voitures.

« Quel endroit ! Quel genre d'homme peut bien vivre dans un pandémonium pareil ? »

Le jeune inspecteur rebroussa chemin, il contourna l'édifice par la droite et se plaça sous une fenêtre. La crasse maculait le moindre espace, masquant l'intérieur d'un voile cendreux. Il colla ses yeux à la vitre.

— J'peux vous aider ? fit une voix dans son dos.

Brolin fit volte-face. Milton Beaumont se tenait à l'orée des bois. C'était un homme petit, tout en nœuds et en rides. Les pommettes si saillantes qu'on aurait pu craindre qu'au moindre sourire les os du crâne ne déchirent le peu de chair restante.

Ses cheveux d'ébène tombaient devant les fentes de ses yeux. La menace du prédateur sourdait de son aura quand il répéta avec véhémence :

— J'ai d'mandé si j'pouvais vous aider ?

Brolin s'arracha à sa surprise.

— Oui, je suis désolé, je ne voulais pas me montrer grossier mais personne ne répondait. Je suis…

Il hésita. Milton était peut-être un peu simplet, il n'en était pas moins un homme capable de se rappeler le nom de celui qui avait tué son fils.

— Je suis Joshua Brolin, inspecteur, dit-il finalement, optant pour la franchise.

— Qu'est qu'vous m'voulez ? J'ai rien à dire aux poulets.

Sa voix était nette, sans hésitation, sifflante sur certaines consonnes.

— Je voudrais simplement vous poser quelques questions. On peut entrer ? demanda Brolin en montrant du doigt la caravane.

Milton se redressa, paraissant beaucoup moins petit. C'était la troisième fois que les deux hommes se rencontraient, mais s'il se souvenait de Brolin, il n'en laissa pas paraître le moindre signe.

— J'ai déjà causé avec les poulets et on a plus rien à s'dire. Ils m'ont pris mon fils, ça devrait leur suffire !

La poitrine de Brolin se comprima.

— Je comprends… Je voud…

— Vous comprenez qu'dalle ! C'est pasqu'on vit ici qu'on nous aime pas, mais l'a jamais rien fait d'mal mon fiston !

Brolin hocha la tête, lentement.

— Peut-être pourrait-on en parler plus calmement.

Les yeux perçants de Milton brillèrent une seconde. Enfoncées dans leurs profondes cavités, ses prunelles n'étaient que rarement visibles, Milton Beaumont gardait jalousement le reflet de son âme à l'abri du monde.

Il se tourna et disparut devant la maison. Brolin le suivit et Milton souleva deux chaises pliantes de sous la caravane. Il les ouvrit et les disposa sous l'auvent. Face à face.

Il était difficile de voir si Milton l'observait ou s'il regardait ailleurs, aussi Brolin décida de s'asseoir. Le vieil homme s'écarta et ouvrit la clôture du poulailler et d'un geste vif et assuré, il s'empara d'une poule noire. Il la tenait au creux de ses bras quand il vint s'asseoir.

— Écoutez, je… Je ne vais pas rester longtemps. Vous suivez les informations ?

La tête de Milton pivota sur son cou décharné et il cracha. Quand son visage fut de nouveau face à Brolin, il leva le menton, l'air de défier l'inspecteur. La peau tannée par des décennies de vie au grand air, le visage long, très long, dessinant un menton anormalement bas vers la poitrine, le vieil homme ressemblait à un pharaon sinistre, à peine dépouillé de ses bandelettes.

Quel âge peut bien avoir ce type ?

Malgré la fraîcheur, Milton portait une salopette avec une chemise aux manches remontées jusqu'en haut des bras, dévoilant des biceps fripés mais dont les vestiges de puissance transparaissaient encore. La poule ne bougeait pas, une main vigoureuse lui caressant la crête. Il était difficile de dire si elle était terrorisée ou satisfaite.

Et si je m'étais trompé ? Si le tueur n'était pas jeune ? Milton Beaumont aurait la force physique nécessaire, il est assez simplet pour être manipulé, et pour agir comme un déséquilibré. À la lisière du psychotique, son âge lui permet néanmoins de contrôler un minimum ses actes...

Mais ça ne collait pas. Comment pouvait-il avoir conservé autant de pulsions destructrices pendant si longtemps ? Milton avait eu un enfant, une femme, or le tueur démontrait une immaturité sexuelle probante.

— Les journaux c'est que pour nous dire quoi penser. J'regarde pas beaucoup la télé, non.

Remarque cruellement vraie, nota Brolin. Pour un simplet, Milton pouvait tout à fait se montrer perspicace. Longtemps, on s'était demandé comment un homme limité comme lui avait pu engendrer un individu plein de capacités tel que Leland. En fait, Milton n'était peut-être pas ce pauvre idiot qu'on voulait bien dire, derrière sa simplicité sauvage se cachait un regard aiguisé sur le monde.

— Vous avez entendu parler des deux meurtres de femmes ces derniers jours ? interrogea Brolin.

— Qu'est-ce que vous croyez ? On parle de mon fiston en c'moment. Y a même un journaliste qu'est v'nu pour m'poser des questions. L'est r'parti comme il est v'nu. Vide.

Le vent agita les branches de la forêt tout autour d'eux.

— Alors vous savez sûrement que le tueur agit selon le modèle de… le modèle du Bourreau de Portland ?

Bien que cruelle, l'appellation permettait de ne pas personnifier Leland Beaumont, ce que Brolin souhaitait tant qu'il ne serait pas sûr des réactions du père.

— Ils disent qu'un gars copie c'que Leland faisait. Mais Leland, il est mort maintenant, alors qu'on lui foute la paix !

Brolin ne pouvait aller droit au but. S'il expliquait l'histoire de l'ADN, son interlocuteur n'y comprendrait sûrement rien, il ne ferait qu'augmenter le fossé entre eux.

— Monsieur Beaumont, votre fils a été enterré au cimetière de Latourell, n'est-ce pas ?

Milton dardait deux traits noirs sur Brolin. Il cessa de caresser la poule et hocha la tête.

— Pardonnez-moi ma franchise, mais vous êtes en droit d'en être informé. Le corps de Leland a été volé.

Les deux fentes s'ouvrirent d'un coup, faisant jaillir deux globes oculaires blanc, rouge et bleu. Aussi vite qu'ils étaient apparus à la lumière du jour, ils retournèrent dans leurs grottes d'obscurité.

— Quoi ? s'écria l'ermite. Quel enfoir…

Mais les mots moururent dans sa bouche. Il se pencha par-dessus l'accoudoir, arrachant quelques protestations à la poule qui frissonna au creux de son bras. Il se saisit d'un objet long et argenté qu'il tira d'un petit tas de bûches.

Brolin ne comprit pas tout de suite ce qui allait suivre. Il identifia l'objet quand celui-ci accrocha un rare filet de soleil dans les chromes de sa lame.

La hache fendit l'air dans un sifflement sec.

Il était trop tard.

Milton lâcha ce qu'il tenait dans une main.

La poule se trémoussa comme prise d'un fou rire, prenant ce qui venait d'arriver pour une mauvaise blague. Brolin la vit sursauter quand le sang éclaboussa l'air en geyser chaud, provoquant ce petit crachouillis semblable à celui d'une bouteille de produit vaisselle vide que l'on presse.

Bien que sa tête fût dans le sable, le corps se mit à courir, comme pour fuir ce cauchemar. Quand trop de sang eut giclé hors du trou béant, le gallinacé s'effondra mollement.

— M'sieur l'flic, si vous êtes venu pour m'apprendre la nouvelle, vous pouvez vous tirer maintenant, sinon si c'est pour m'foutre en taule, faites-le parc'que j'ai plus rien à dire !

— Écoutez, peut-êtr…

— Vot'gueule ! Embarquez-moi ou cassez-vous !

Brolin contempla le sang qui coulait de la chaise. Il était loin de toute civilisation ici, et si Milton était pris d'un coup de folie, personne ne pourrait lui venir en aide. Ses yeux se posèrent sur la hache que tenait encore le vieil homme. Il n'y avait pratiquement pas de sang dessus.

— Bien, je vais vous laisser.

Il se leva, guettant la réaction chez son vis-à-vis. Celui-ci se contentait de l'observer, sans trahir la moindre émotion.

— Cependant, j'aimerais que vous fassiez quelque chose, pour vous. Verriez-vous un problème à ce que je prélève un peu de votre salive ?

Milton inclina la tête. Le haut de sa joue droite tressaillit sous l'influx d'un tic nerveux.

— Qu'est-ce que ça peut vous foutre ?

— C'est pour établir une comparaison génétique. C'est comme une empreinte mais au lieu de se servir des doigts, on utilise la salive ou le sang. Si vous acceptez, nous comparerons avec l'empreinte génétique du tueur et ainsi vous serez innocenté. Mais je dois vous informer qu'aucune charge ne pèse contre vous, je vous le demande à titre personnel, vous n'êtes absolument pas obligé d'accepter.

Brolin n'était pas sûr qu'il ait tout compris et il s'apprêtait à abandonner lorsque Milton hocha la tête.

— Vous voulez quoi ? Que j'crache dans une piqûre ?

Dans cette atmosphère pesante, le sourire qui leva les lèvres de Brolin fut accueilli comme une véritable délivrance.

— Ça ne sera pas nécessaire. La méthode est un peu moins archaïque. Attendez-moi, je vais vous montrer.

Il s'empara de sa mallette en plastique qui l'attendait dans la Mustang et en sortit des gants en latex. Il demanda à Milton de verser un peu de salive dans un mouchoir immaculé et préleva ce dont il avait besoin à l'aide d'écouvillons.

Quand il remonta dans sa voiture, il vit Milton ramasser le corps de la poule. Un violent tremblement secoua Brolin quand il réalisa soudain qu'il s'agissait peut-être d'un poulet plutôt que d'une poule. La métaphore était très parlante.

Milton n'est pas capable de pareille subtilité.

Mais qui le dit ? Simplet ne veut pas dire inapte à traduire par des gestes le fond de sa pensée.

L'ermite se redressa, le cadavre tiède à la main. Il fixait la Mustang.

Le moteur ronfla sous la cime des arbres. Brolin vit le père de Leland disparaître lentement dans son rétroviseur, immobile au milieu du chemin. Et une pensée ne cessa de le hanter durant tout le trajet du retour.

En se redressant, Milton avait planté son regard dans celui de Brolin.

Il savait.

Milton savait pertinemment qu'il avait eu en face de lui le meurtrier de son fils.

Brolin en était certain.

56

Trente-six heures.

Voilà tout ce que Juliette était capable d'endurer. Elle n'avait pas vu Joshua depuis la veille au matin et elle sentait déjà le manque opérer son travail de sape en elle. On ne peut pas tomber amoureuse en deux jours tout de même ? Non, se répétait-elle sans arrêt, il ne s'agit pas d'amour mais d'attachement. Le désir d'être réunis de nouveau au plus vite, de pouvoir se découvrir, s'enchanter mutuellement et se serrer l'un contre l'autre.

Et comment appeler ça ?

De l'attachement ?

Comme elle l'avait fait depuis son réveil ce matin, elle chassa ses pensées d'une gifle mentale pour les remplacer par cet autre poids qui écrasait sa poitrine.

Leland Beaumont.

Qu'en était-il de ce monstre ? Joshua lui avait avoué pour l'ADN. À l'idée qu'il puisse être au milieu d'un cimetière à déterrer le cadavre de Leland, Juliette n'avait trouvé le sommeil que tard dans la nuit, cherchant vainement la présence de Joshua parmi les gros coussins de son lit.

Toute la matinée, Juliette avait guetté le téléphone dans l'attente de nouvelles de Joshua. Il n'avait appelé qu'en fin d'après-midi, d'une voix lasse qui dissimulait difficilement la fatigue et le manque d'assurance. Il n'avait rien voulu dire, mais Juliette savait que ça n'allait pas. Elle demanda si c'était au sujet de Leland et de sa tombe et il n'avait pas répondu sinon qu'il passerait la voir pour dîner.

À présent, Juliette traquait une once de sollicitude chez Camelia, sachant qu'elle en serait couverte de la tête aux pieds pour peu qu'elle dévoile ce qu'elle éprouvait à l'égard du jeune inspecteur.

Il était six heures et demie, la nuit achevait de couvrir les cieux de son capuchon obscur.

De l'autre côté de la baie vitrée de la villa, au sommet de West Hills, Portland s'illuminant comme un arbre de Noël avait une saveur visuelle à la Dickens.

— Je suis étonnée que tes parents ne soient pas rentrés pour te soutenir, ça ne leur ressemble pas, fit remarquer Camelia en croquant généreusement dans une pomme.

Recroquevillée dans un sofa, Juliette tenait ses genoux serrés contre sa poitrine. Elle haussa les épaules.

— Pour être franche, je ne leur ai pas tout dit. Tu sais comment ils sont, eux aussi ont souffert l'année dernière. Je ne veux pas qu'ils revivent ça.

— Je sais que tu aimes la solitude, ma douce, mais ils auraient donné à ta maison une vie et une gaieté qui te manquent, crois-moi. Tu ne devrais pas vivre si… si recluse.

— Oh ! arrête, tu sais comment je fonctionne…

Camelia secoua la tête d'un dépit amical.

— Et avec *l'inspecteur* Brolin ? Comment ça se passe ?

Elle avait insisté sur la fonction du jeune homme, pesant sur chaque syllabe avec malice.

— Bien. Je crois.

— C'est tout ? J'ai eu Anthony Desaux au téléphone, il m'a dit que vous étiez partis tard d'après son majordome, vous n'avez fait que des recherches là-bas ?

Le sourcil levé, un sourire lissé au coin des lèvres, Camelia ne posait pas la question, elle attendait la confirmation, les détails.

Un gémissement, la sueur coulant sur leurs corps, la chaleur du plaisir, tout ça revint en mémoire à Juliette, par douces bribes fragiles. Les vieux grimoires s'ouvrirent dans son souvenir sous les volutes de nostalgie et l'ivresse laissa place au malaise. Juliette se reprit, comprenant que son amie guettait le moindre signe d'aveu.

— Mauvaise langue ! répliqua-t-elle. Figure-toi que nous avons trouvé ce que nous cherchions, et ça fait froid dans le dos…

— Ne me raconte pas d'histoire, pas à moi. Comment il est ?

Avec plus de pudeur que de gêne, Juliette baissa les yeux.

— Doux, fut le seul mot à s'échapper de ses lèvres serrées.

— Et voilà ! Si tu m'avais écoutée, tu n'aurais pas perdu tout ce temps ! Ça fait un bon moment que je t'ai dit de foncer, seulement moi tu ne m'écoutes pas ! Bon, et vous vous revoyez ?

— Ce soir.

— Ce soir ? Et tu restes plantée là avec la vieille peau de Camelia ? Mais tu devrais être sous la douche à l'heure qu'il est, à choisir ce que tu vas porter, te sécher les cheveux, et mettre une once de parfum sous tes draps, ajouta-t-elle avec un pincement de lèvres faussement outré.

— Je ne sais pas. Je peux aussi rester naturelle, sans jeter de fard sur ce que je suis au jour le jour, ne pas tricher.

Camelia bondit sur son fauteuil.

— Ce que tu peux être ringarde ! Être propre et parfumée, ça n'est pas tricher mais parfaire l'envoûtement, les vêtements sont là pour mettre en valeur ce qui existe, pas pour cacher ce qui n'est pas bon, quoique… Enfin chez toi, le problème ne se pose pas. Fais-toi encore plus belle, tu es attirante, deviens irrésistible !

L'entrain que montrait sa meilleure amie, de presque dix ans son aînée, amusait beaucoup Juliette. Elle qui avait vingt-quatre ans aurait dû tenir le discours inverse et c'était la divorcée du duo qui donnait les leçons de séduction.

— On ne parle pas de vivre dix ans ensemble, Juliette, mais d'être tellement désirable qu'il n'y tienne plus. Tu n'as jamais passé une soirée avec un petit ami tout nouveau, tout frais, en jouant de tes atouts, le faisant languir de désir pendant tout le repas, prenant outrageusement tout ton temps ? Crois-moi, rien ne vaut le plaisir de le voir se contenir, de sentir la pression monter, de jouer avec lui jusqu'à le sentir trembler d'envie. Tu ne passeras jamais une nuit aussi extraordinaire ensuite, fais confiance à ta copine sorcière !

L'amusement se peignait sur le visage de Juliette.

— Je ne sais pas si c'est exactement ce que je veux…

— Et si tu réagissais en fille de ton âge ? En femme ! Évidemment que c'est ce que tu veux, tu refuses seulement de voir la vérité en face. Tu veux mon avis ? Je crois que tu fuis le bonheur parce que tu as le sentiment que prendre du plaisir dans les circonstances actuelles ne serait pas correct.

— Camelia, des femmes se font tuer en ce moment ! Et le tueur pourrait être… pourrait être un ami de Leland Beaumont, je crois que ça me donne le droit d'être inquiète.

— Et de foutre ta vie en l'air ? À chaque minute qui passe, des femmes sont violées, des enfants massacrés, comment vas-tu réagir ? En te ruinant le moral ? Sois un peu égoïste par moments, c'est la clé de voûte du plaisir.

— Je ne sais pas…

Camelia s'approcha de son amie.

— Juliette, fit-elle d'une voix plus douce en lui posant la main sur la joue. Je ne veux pas te voir gâcher ta vie à cause de ce connard. Tu l'as dit toi-même, il y a quelques mois : « Je refuse que ce mec continue à me détruire. » Mais quand je t'entends aujourd'hui, je n'ai pas l'impression que le mal soit digéré. Souffle un grand coup, débarrasse-toi de tes vieux fantômes et prends du plaisir à vivre. Sois heureuse.

Juliette colla sa tête contre l'épaule de Camelia.

— On dirait une pub pour la scientologie, murmura-t-elle.

— Idiote !

Quelques minutes plus tard, Juliette poussait la porte d'entrée et prenait le chemin de Shenandoah Terrace pour prendre soin d'elle et préparer la venue de Brolin.

⁂

Camelia éteignit la lumière de la cuisine et s'enroula dans une couverture devant la télé. Ses doigts coururent sur les touches jusqu'à ce qu'elle se lasse de la débilité cathodique. Elle tourna en rond dans le salon, hésita à faire un feu dans la cheminée.

Sacrée Juliette, pensa-t-elle. Une jeune femme si extraordinaire pourrait passer le reste de son existence toute seule en ne trouvant personne à sa hauteur ! Quelle justice régnait donc sur la nature ? Pourquoi certains naissent-ils avec la beauté et l'intelligence et pas les autres ?

L'idée d'équité suprême avait toujours séduit Camelia. Qu'il était possible de naître avec une pléthore de qualités mais que tôt ou tard la nature rééquilibrerait la donne en plaçant sur la route de l'individu un obstacle puissant. Comme ne pas pouvoir avoir d'enfant, ou vivre célibataire la majeure partie de son existence, ou une maladie grave assez jeune… On ne pouvait avoir que des avantages et ne pas le payer, ça aurait été inadmissible pour les autres. La nature engageait bien trop de minutie, de perfection et de calcul pour ne pas s'en être préoccupée. Elle n'engendrerait pas des êtres si parfaits qu'ils seraient lapidés par leurs homologues moins gâtés si l'on n'avait ce sentiment tacite que tout s'équilibre un jour ou l'autre.

Et Juliette ne dérogerait pas à la règle.

Les pensées de Camelia se heurtèrent à la couverture d'un livre qui prenait la poussière sur un buffet.

La Conjuration des imbéciles, de John Kennedy Toole.

Juliette le lui avait offert en lui promettant qu'elle serait différente après cette lecture. L'auteur l'avait écrit avec la flamme de l'écrivain, et s'était suicidé en apprenant que son manuscrit était refusé partout. Quand sa mère parvint à le faire lire par un éditeur, l'ouvrage fut un succès énorme couronné par le Pulitzer.

Ironie de la vie.

Comme l'équilibre naturel.

Camelia se promit de passer la soirée à découvrir ce texte et monta dans la salle de bains pour se faire couler un bon bain avant de rejoindre son lit. Un bon bain aux vapeurs relaxantes, à la chaleur déliante.

⁂

Juliette étala une large nappe bleu nuit sur la table du salon. Après mûre réflexion, elle décida qu'il n'y aurait pas de pizza ou de chinois en livraison, elle ferait une tentative de cuisine. Elle chercha dix minutes les deux chandeliers que sa mère avait autrefois disposés sur le manteau de la cheminée et les retrouva finalement dans le bas d'une armoire. Elle s'assura qu'elle avait de quoi préparer un repas correct pour deux et disposa le nécessaire sur le plan de travail.

Joshua serait là d'ici une heure, elle monta en vitesse choisir une tenue décente mais séduisante. Elle allait disparaître dans la salle de bains quand elle se ravisa et ouvrit son tiroir à sous-vêtements. Là aussi, il valait mieux ne pas négliger la chose, quitte à prendre soin de son apparence autant le faire jusqu'au bout. Elle choisit un ensemble noir sans fioriture mais avec une ligne relativement échancrée.

Elle poussa la porte de la salle de bains et se déshabilla rapidement avant de faire couler l'eau de la douche.

⁂

Le quartier n'était pas désert, loin de là. Mais les maisons étaient toutes très grandes, avec un jardin immense pour les isoler les unes des autres. La vie se cantonnait aux lumières des rez-de-chaussée, pas de passant.

Très bien.

Il ouvrit la portière de la voiture et sortit en ajustant son bonnet de marin sur son crâne. Il y tenait beaucoup à ce bonnet, c'était une belle trouvaille.

Il marcha sur le trottoir, les mains dans les poches, admirant le paysage lumineux qui s'étendait au loin, au pied de la colline. C'était beau et repoussant à la fois. Des myriades d'étoiles terrestres brillant d'un panaché de couleurs, mais surtout ce qu'elles impliquaient : la société. Tous ces gens vivant dans l'engrenage du travail, de la vie sociale, du bien et du mal. Que savent-ils du bien et du mal ? Qui sont-ils pour établir en lois apodictiques ce qui est le bien et le mal ? Sont-ils des dieux ?

Non, mais ils aimeraient le croire. Ou le devenir.

C'est ce qu'On lui disait souvent, « l'homme, dans son souhait de remplacer l'image fuyante et branlante de Dieu, a créé le progrès scientifique. La science est l'instrument de l'homme pour devenir Dieu ».

Bien évidemment, l'homme qui marche ce soir-là sur le bitume du trottoir n'a pas ces pensées-là, pas en ces termes. Il essaie de les réaliser pleinement, de les soutenir et les envisager en ses propres mots mais n'arrive pas à les conceptualiser. Et sa rage n'en fait que se décupler.

Au loin un chien se mit à aboyer et se tut aussitôt sous les protestations de son maître. L'homme au bonnet de marin s'immobilisa le temps d'être sûr que personne ne pouvait le voir. Il ne devait pas y avoir de témoin, On le lui avait dit, c'était capital pour la suite du rite.

Il descendit la rue sur une centaine de mètres et contempla l'immense maison qu'il cherchait. Elle était très vaste, avec des fenêtres hautes et larges. Beaucoup de soleil devait y pénétrer le jour.

Tout était noir, sauf au premier étage une petite fenêtre, certainement une salle de bains qui diffusait un faible halo dans la nuit.

Il traversa une haie de troènes et contourna la maison voisine. Ainsi, il arriverait par-derrière, à l'abri de tout regard.

Il mit ses gants, très important ! On le lui avait appris. Ils permettaient de ne pas se laisser gagner par l'énergie négative quand on libérait l'âme. Pourtant, il avait eu du mal à ne pas les ôter un bref instant, pour toucher cette peau, les deux fois où il avait *travaillé*. Il avait failli caresser cette peau, au moins la goûter des doigts pour voir quelle était sa texture. Mais c'était dangereux, tout pouvait échouer s'il le faisait. Tout Leur travail.

Il longea le flanc gauche de la vaste demeure, et comme On le lui avait dit, il trouva un petit boîtier métallique avec un fil épais grimpant à la paroi de la maison. La lame de son couteau brilla sous la lune fugitive, comme une stalagmite de glace, et il coupa le câble. Plus de téléphone.

La porte de derrière était fermée. On ne voulait pas de lui ici. Il serra les dents mais sa rage ne s'estompa guère.

La fenêtre de la cuisine fut rapidement couverte d'un gros Scotch marron et lorsque le manche du couteau fracassa le verre, il n'y eut aucun bruit dans le quartier.

Il pénétra dans la cuisine. Le cuir de ses gants caressa les photos accrochées sur la porte du frigo. Il inspira profondément.

Les canalisations de la maison renvoyaient le sifflement sourd de l'eau chaude qui monte sous pression.

À l'étage, l'eau de la salle de bains coulait dans des nuages de vapeur où se baignait une femme en chantonnant.

Elle n'entendit ni les craquements du parquet, ni les pas qui montaient lentement sur les marches.

Plus tard dans la nuit, il posa sa main sur le sein mou qui pointait dans sa direction. La peau était flasque, mais les gants interdisaient toute sensation directe. Une fois encore, il fut tenté d'en retirer un, juste le temps de toucher ce sein, de le malaxer un peu, de le posséder dans le creux de sa paume.

Il leva les yeux et découvrit le visage crispé de frayeur et d'agonie, puis le front brûlé par l'acide qui dissimulait le pentacle. Son secret. Leur secret.

Il n'avait pas une femme en face de lui, il voyait un objet. Une chose sans vie propre. Elle était réifiée sous la puissance de son désir, elle était l'instrument de son fantasme, comme un jouet que l'on garde jalousement pour en profiter pleinement, une fois seul.

Il n'aperçut pas le cœur battant faiblement, ou les tressautement nerveux des muscles. Non. Il n'y avait que la marque qu'il avait apposée sur le front qui comptait. Désormais, l'âme n'existait plus, il n'y avait plus qu'une enveloppe, de la peau et de la chair. Il pouvait en faire ce qu'il voulait, elle était à lui.

Désincarnée.

L'acier froid de la lame glissa sur la peau nue de sa cuisse. Elle monta lentement vers le haut, très doucement et il sentit son sexe enfler. Le tranchant effilé coupa quelques poils du mince duvet planté çà et là sur ces jambes luisantes.

Un gémissement, presque un bref couinement, échappa de celle qui gisait sur le sol de sa salle de bains. Il n'y prêta aucune attention.

Il ne vit pas les larmes couler sur les joues de la jeune femme quand son couteau fit suinter le sang.

Il ne ressentit que son propre plaisir.

57

Le mardi matin surprit Brolin à la table de la cuisine, avalant de longues gorgées de jus d'oranges pressées. Il était tôt, Juliette dormait encore et il n'avait pas osé la réveiller. Ils avaient passé une soirée formidable, dînant de ce qu'il restait d'une tentative peu concluante de cuisiner, savourant un excellent vin californien devant la cheminée avant de s'éclipser amoureusement dans la chambre.

Brolin enfila sa veste en cuir et sortit rejoindre sa Mustang. Deux hommes en civil montaient la garde en somnolant dans leur voiture. Brolin les salua prestement et prit la direction du central de police.

Il investit son bureau et s'empressa de vérifier s'il y avait des messages, mails ou fax. Rien de ce qu'il espérait.

Il s'assit dans son fauteuil et se tourna face au grand panneau sur lequel il inscrivait toutes ses conclusions ou déductions pour le profil du tueur et les éléments d'investigations. De là, son regard erra le long des murs, sur le sol et s'arrêta sur la console de jeux vidéo qui prenait la poussière. Jusque récemment son travail avait été à la fois sa vie privée et son gagne-pain. Quand il [illegible] enquête, il pouvait rester là à pianoter [illegible] mallette, rivé à l'écran dans l'attente d'une nouvelle urgence. Chez lui, il n'avait pas une activité débordante non plus. Une vie qui allait le mener à finir ses jours en vieux flic seul avec sa télé et ses souvenirs cyniques.

Maintenant, il y avait Juliette. La douce et belle Juliette. Il ne savait si cette histoire allait marcher, mais elle valait la peine qu'on essaie. Il en avait envie.

La mallette en plastique entra dans son champ de vision et il repensa à l'échantillon de salive qui reposait dans un petit compartiment de son frigo. Il fallait qu'il le donne à Craig Nova ou Carl DiMestro pour en tirer le profil génétique. Mais à présent qu'il avait revu Milton Beaumont, Brolin ne pensait pas qu'il pût être coupable de grand-chose. L'homme était étrange et même malsain, mais de là à tuer des femmes ? Il était âgé, et surtout intellectuellement limité. Et il avait accepté de donner sa salive sans rechigner, alors que rien ne l'y obligeait.

À l'occasion, il donnerait l'échantillon à Craig.

Le bourdonnement du fax sortit Brolin de sa semi-torpeur.

Il bondit et commença à lire avant même que la page ne soit entièrement sortie. Il n'en crut pas ses yeux. Le fax provenait du bureau du shérif de Beaverton à l'ouest de Portland.

« AVONS IDENTIFIÉ VICTIME DES BOIS, CI-JOINT AVIS DE RECHERCHE ÉMIS LE 8 OCTOBRE. »

Soit quatre jours plus tôt. Pourtant la victime avait été tuée dans la nuit du 29 au 30 septembre, une dizaine de jours auparavant. Brolin ne prit pas le temps d'attendre que l'encre soit complètement sèche et s'empara de la première feuille pour la lire avidement.

La veille, Carl DiMestro avait fait parvenir à tous les shérifs de l'État un fax et un e-mail avec une demande de renseignements concernant « la victime des bois » dont le visage avait été reconstitué en partie grâce à l'élastomère de silicone. Les journaux en avaient reçu l'équivalent, un appel à témoin qui devait paraître dans les plus brefs délais avec une légende du type : « Si vous connaissez cette jeune femme ou si vous l'avez déjà vue, veuillez contacter le…, etc. ».

L'un des hommes du shérif de Beaverton était tombé sur cet avis fraîchement punaisé au mur et avait fait le lien avec la photo que deux filles venaient de lui montrer.

Elle s'appelait Anita Pasieka et avait vingt-six ans.

Dans les minutes qui suivirent, Brolin se transforma en pile ; courant, appelant, réunissant des informations. Vers neuf heures, Bentley Cotland vint frapper à la porte pour demander s'il pouvait aider puisqu'il était là pour apprendre et Brolin lui confia le tri des documents, ce qui n'emballa pas outre mesure le futur assistant attorney.

En fin de matinée, Brolin demanda à Lloyd Meats et Salhindro de le rejoindre dans son bureau. Bentley Cotland les regarda entrer, une main sur la pile de dossiers triés, affichant une certaine fierté. Brolin fixa Meats en constatant que l'adjoint du capitaine n'avait plus sa courte barbe noire.

— Aurait-on fait la paix avec ses fantômes ? s'étonna le jeune inspecteur. Au point de n'avoir plus besoin de se cacher derrière un rideau protecteur ?

amical et plaisantin, n'appelant pas de réponse, mais Meats se sentit en droit de se justifier :

— Ma femme me tanne depuis l'été pour que je la coupe. Mes nerfs ont cédé !

— C'est pour ça que je vis seul ! s'exclama Salhindro en tapotant sa bedaine.

Brolin referma la porte.

— Messieurs, nous avons du nouveau. Mais avant ça, où en est-on dans l'enquête sur la profanation de la tombe de Leland Beaumont ?

Meats soupira en faisant craquer les articulations de ses doigts.

— Pas grand-chose hélas. J'ai passé ma journée d'hier à interroger tout le personnel du cimetière, tous ceux qui y ont bossé depuis l'année dernière et personne n'a rien à déclarer. Ils ont confirmé qu'il était possible en étant discret et motivé d'ouvrir une sépulture et d'en extraire le corps puis de la refermer sans qu'on remarque quoi que ce soit, à condition que l'enterrement soit récent, sans quoi la terre remuée aurait trahi la profanation.

— Sauf si les voleurs de corps ont travaillé une nuit où il pleuvait, fit remarquer Bentley.

— Exact, c'est ce qu'un des fossoyeurs m'a dit, mais creuser sous la pluie prend deux fois plus de temps et d'efforts.

J'en sais quelque chose, voulut-il ajouter en repensant à l'exhumation, mais il s'en garda.

— Et on ne peut entendre venir quiconque, à commencer par un gardien en ronde. C'est pas génial pour quelqu'un qui voudrait opérer secrètement.

— On peut donc admettre que le tombeau a été profané dans les premières semaines suivant l'enterrement, conclut Brolin. Leur plan était établi de longue date…

Il griffonna à la hâte quelques notes sur son carnet.

— Bon, si tu nous expliquais ce que tu as trouvé de ton côté ? émit Meats.

— Je n'y suis pour rien, tout le mérite revient à un jeune shérif qui a le sens de l'observation. Notre première victime a été identifiée.

Les deux officiers de police restèrent cois.

— Ce matin, poursuivit Brolin, un homme du comté de Washington a formellement reconnu le visage de notre première victime sur une photo envoyée à tous les shérifs de la région. C'est le deputy sherif Hazelwood qui l'a identifiée. Quatre jours plus tôt, vendredi 8 octobre, deux filles sont venues signaler la disparition de leur colocataire, Anita Pasieka. Elles revenaient toutes les deux d'un séjour au Mexique et se sont étonnées de ne pas apercevoir Anita le soir. Elles ont attendu vingt-quatre heures et sont venues signaler l'absence anormale de leur amie. Hazelwood a enregistré leur déposition et a pris la photo qu'elles avaient d'Anita. Puis, plus rien. Ils ont contacté la famille dans l'Illinois mais elle n'y était pas. Ce matin, Hazelwood est passé devant le panneau d'information et a tilté en voyant la photo de notre mail. C'était la même fille.

— Où ça dans le comté ? demanda Salhindro.

— À Beaverton.

— C'est juste à côté, commenta-t-il. La famille a été prévenue ?

La voix de Brolin se fit plus grave.

— Les parents sont venus, ils sont en ce moment avec le shérif de Beaverton.

Ils compatirent en silence avec la douleur de la famille.

— J'ai rassemblé en vitesse un maximum d'informations sur Anita Pasieka, reprit Brolin bien plus austère qu'auparavant. Il sera peut-être long de définir précisément le lieu et l'heure où elle a rencontré son meurtrier, trop de temps s'est écoulé, j'en ai peur.

— Est-ce qu'on a un recoupement ? demanda Meats sans trop d'espoir.

Lloyd Meats travaillait dans la police criminelle depuis suffisamment de temps pour en connaître un minimum sur les tueurs en série. Il avait participé à l'enquête du Green River Killer, étant l'un des nombreux inspecteurs en tâche à cette époque. Les tueurs en série sont extrêmement difficiles à arrêter simplement à cause de leur façon de choisir leurs victimes. Ils ne tuent pas en sélectionnant quelqu'un de leur entourage comme le font la majeure partie des auteurs d'homicides, mais ils tuent un peu au hasard. Une passante qui ressemble trop à l'idéalisation de leur fantasme et voici une nouvelle proie, sans aucun lien avec son meurtrier. Pourtant, il arrive qu'un tueur en série agisse en fonction d'un schéma, d'une donnée précise et qu'il s'y tienne puisqu'elle fait partie intégrante de son fantasme. Il peut ainsi toujours tuer dans le même type de lieu, ou le même genre de femme, ou au même moment de la journée, laissant aux investigateurs une piste à laquelle s'accrocher pour le démasquer. C'était ça un recoupement, trouver un détail qui liait les victimes d'une manière ou d'une autre.

Brolin prit une chemise cartonnée sur la pile devant Cotland.

— C'est justement ce que je voulais vous montrer. Il y a bien un recoupement, et pas des moindres. Elizabeth Stinger, notre deuxième victime, travaillait pour une agence un peu particulière de mannequins. Cette société fait de la vente par correspondance et vise les femmes de tout âge, des femmes au foyer essentiellement. La boîte réalise donc un catalogue avec des mannequins de tout âge et tout physique, afin de toucher tout le monde, de la ménagère quinquagénaire à sa fille en passant par la voisine entre deux âges. Elizabeth se trouvait quelques petits boulots pour joindre les deux bouts, mais elle gagnait essentiellement sa vie en ayant un contrat de mannequin à l'année avec cette société. Et Anita Pasieka en faisait autant, dans la même entreprise.

Salhindro sortit un paquet de cigarettes de sa poche de poitrine.

— Bon sang… fit-il en se collant une Newport entre les lèvres. Peu de chances que ça soit une coïncidence.

Lloyd Meats tendit la main vers Salhindro et celui-ci lui fourra une cigarette entre les doigts. Malgré l'agitation qui le tenait, Brolin ne put qu'inhaler les bouffées de nicotine et un profond désir de respirer à pleins poumons ces tiges de mort s'empara de lui. S'il restait trop longtemps à leurs côtés, il finirait par craquer. Soudain, l'idée de devoir accélérer une réunion capitale pour l'évolution de l'enquête parce qu'il ne supportait pas le tabac le fit enrager. Quel genre d'homme était-il pour faiblir ainsi ? Il se reprit aussitôt et sa volonté se raffermit.

— Le doute existe, mais ça serait vraiment un hasard extraordinaire, répondit-il. C'est une société de bonne taille, ils emploient une centaine de personnes. Je les ai appelés, j'ai rendez-vous tout à l'heure.

— Le tueur pourrait être un des employés, tu crois ? interrogea Meats.

— Le rapprochement est facile et justifiable. Il fait son choix parmi ce qu'il voit à longueur de journée. Lui ou le Corbeau. Mais l'intelligence de ce dernier se hisse au-dessus de cette simplicité, il sait qu'on fera le recoupement tôt ou tard. Si cela ne le dérange pas, c'est qu'il estime impossible que l'on puisse remonter jusqu'à lui par cette piste, il est donc très peu probable qu'il ait un rapport direct avec cette entreprise. Quoi qu'il en soit, c'est à exploiter. Je file rencontrer le gérant de Fairy's Wear, pour en apprendre un peu plus sur nos victimes et ensuite je passerai au bureau du shérif de Beaverton afin de rencontrer la famille d'Anita Pasieka.

Malgré la tension qu'impliquait sa profession, Salhindro s'était forgé une carapace qui lui permettait de toujours trouver une once d'humour – même le pire – dans les moments difficiles. C'était sa manière – comme pour beaucoup de flics à travers le monde – de décompresser.

— Fairy's Wear [1] ? Je serais toi je ferais gaffe à moi si j'allais rencontrer le gérant d'une boîte pareille !

Brolin ne releva pas et se pencha vers Cotland.

— Vous m'accompagnez ? Nous allons creuser, chercher le lien entre Elizabeth Stinger et Anita Pasieka.

1. *Fairy's Wear* : Vêtements pour fée ; mais *fairy* signifie également en argot « tapette » ou « pédé ».

Bentley Cotland hocha la tête sans grande conviction.

⁂

Philip Bennet gérait la société Fairy's Wear depuis dix-sept ans. Jamais il n'avait vu la police débarquer à son bureau. Il avait toujours réglé ses contraventions, s'était acquitté de ses devoirs de citoyen et n'avait aucune raison d'être inquiété pour quelque motif illégal que ce soit. Quand l'inspecteur Brolin de la Division des enquêtes criminelles se présenta à lui avec un assistant attorney, Philip sut aussitôt que ça n'était pas pour lui, pas directement. C'était pour Elizabeth Stinger, et ses palpitations reprirent de plus belle.

Souffrant d'un large excès de poids, il ne supportait pas bien les émotions vives, encore moins depuis qu'il avait repris la cigarette, ce qui n'arrangeait en rien ses troubles cardiaques. Son trop grand cœur était sa faille, il causerait sa perte tôt ou tard, c'est là le grand dilemme des philanthropes de cette société de consommation. Et ce moment faillit se rapprocher à grande vitesse quand l'inspecteur lui annonça la mort de la petite Pasieka.

Il engageait beaucoup de monde, mais se souvenait d'elle puisqu'elle travaillait pour lui depuis trois ans. Fairy's Wear faisait appel à elle régulièrement pour des séances de photos, et à bien y penser, elle n'avait pas été convoquée depuis plusieurs semaines. En vérifiant le planning, Philip confirma à l'inspecteur qu'elle devait travailler le samedi suivant. Il était normal que personne ici ne se soit inquiété de n'avoir aucune nouvelle.

Anita Pasieka et ses boucles blondes.

Pourquoi elle ? Elle était si gentille, si prévenante.

Quand il avait appris l'assassinat d'Elizabeth Stinger, trois jours plus tôt, Philip n'en avait pas fermé l'œil de la nuit. Le lendemain, il avait passé son dimanche à essayer d'entrer en contact avec la famille Stinger, il savait qu'Elizabeth avait une petite fille et il désirait s'assurer qu'elle était entre de bonnes mains.

C'était un choc que d'apprendre le meurtre de deux de ses employées en moins d'une semaine.

Assis en face de lui, Brolin lui tendit la photo d'un visage qu'on aurait dit taillé dans une résine opaque et peinte couleur chair.

— Oui, c'est bien elle, confirma-t-il. Enfin, c'est-à-dire que son visage est… on dirait qu'il est synthétique sur votre photo…

— Monsieur Bennet, comment ça se passe avec les filles que vous engagez ? Elles ont un contrat à l'année ou sont appelées à l'occasion ?

Encore sous le choc, Philip Bennet dut se passer un mouchoir en tissu sur le front pour reprendre ses esprits.

— Euh… Celles qui constituent le noyau dur ont un contrat à l'année. Elles sont trente-deux. Elles posent pour la brochure du mois, font quelques défilés lors des soirées d'adhérentes et figurent dans nos deux catalogues annuels. À cela s'ajoutent quelques modèles recrutés ponctuellement, une cinquantaine d'« extras » de temps à autre, essentiellement pour le catalogue d'été et celui d'hiver.

— Anita Pasieka et Elizabeth Stinger étaient dans ce « noyau » ?

Philip approuva, le menton tressauta sous le coup de l'émotion.

— Oui… Oh, elles faisaient d'autres petits boulots, on ne peut pas leur assurer une fortune comme on ne fait appel à leurs services que de temps en temps, mais elles étaient dans la société depuis plusieurs saisons maintenant.

Bennet ouvrit un lourd tiroir en acier et sortit un catalogue. Il tourna les pages et s'arrêta en trouvant ce qu'il cherchait.

— Tenez, regardez, c'est Anita ici. C'est notre dernier catalogue, celui d'été. Elizabeth est trois pages avant.

Il fit passer le livret à Brolin qui contempla le sourire composé d'Anita Pasieka. Le papier glacé déshumanisait la silhouette juvénile, mais Brolin revit l'intérieur de la maison abandonnée. La moisissure, les ténèbres que seules les puissantes torches perçaient, et le visage brûlé par l'acide de la petite blonde sur la photo.

Il tendit le catalogue à Bentley qui l'observa avec attention.

— Est-ce qu'elles vous ont fait part de craintes ou soupçons ces derniers temps ? demanda l'inspecteur.

— Comment ça ? Elles ne me racontaient pas leur vie. En fait, je ne les fréquentais pas, bien sûr j'aime bien les filles que j'emploie mais c'est comme un berger qui veille sur ses brebis. Je… Je suis un peu paternaliste, mais je ne vais pas jusqu'à m'immiscer dans leurs existences.

— Elles ne vous ont pas parlé de quelqu'un qui les aurait suivies, ou de coup de téléphone anonyme, quelque chose dans ce genre ?

— Non, rien de tout cela. Encore une fois, je vous le dis : nous ne nous connaissions qu'à peine.

Brolin hocha la tête, dans une attitude entendue.

Il désigna les autres bureaux, au-delà du couloir.

— Fairy's Wear est entièrement basé ici ? Tout part de là ?

— Non, ici c'est uniquement le siège. On gère tout l'administratif ici, les commandes, les fichiers clients, etc. Mais nous avons également un entrepôt à Vancouver où sont stockés nos articles, et un studio de prise de vue dans le nord de Portland.

— Là où travaillait Elizabeth Stinger le jour de sa disparition.

Le gérant approuva sombrement.

— Dites-moi monsieur Bennet, vous connaissez bien tous vos employés, je veux dire, vous participez à leur recrutement ?

— Pour la plupart. Enfin surtout ici au siège, pourquoi ?

— Serait-il possible d'avoir une liste complète de tout le personnel ?

— Oui, je vais vous faire parvenir ça rapidement. Oh… (La bouche du gérant s'arrondit pour dessiner un O, les sourcils froncés dans la plus pure attitude de celui qui réalise subitement que quelque chose de grave vient d'être dit.) Vous pensez que le tueur peut être parmi nous ?

— Je ne sais pas. C'est une éventualité.

Un violent frisson secoua la graisse de Philip Bennet.

Brolin allait ajouter qu'il ne fallait cependant pas prendre cette remarque trop au sérieux, qu'il était peu probable que ça soit le cas, lorsque Bentley Cotland sauta de sa chaise.

— Une minute ! s'écria-t-il. Regardez, Joshua.

Il posa le catalogue sur le bureau et passa alternativement d'une photo d'Anita Pasieka à celle d'Elizabeth Stinger.

— Vous ne remarquez rien ?

Brolin scruta attentivement les deux pages. Anita était plus jeune, une dizaine d'années de moins tout au plus. Assez mignonne, elle incarnait parfaitement la jeune fille dynamique qui vient de finir ses études. Elizabeth incarnait également ce dynamisme mais dans un registre autre. C'était plus celui de la jeune mère, avec des vêtements plus sobres, bien que portant une jupe assez courte.

Une jupe courte.

Brolin tourna les pages pour revenir au cliché d'Anita.

Une chemise sans manches.

Comment avait-il fait pour ne pas le voir ? Anita dévoilait ses bras au regard du client, et Elizabeth ses jambes.

Exactement ce qu'on leur avait pris.

— Bien vu Bentley. Très bien vu…

Le tueur avait vu ces photos. Et il avait amputé ce qui était exposé aux flashes éthérés.

Il avait choisi ses victimes dans un catalogue, comme l'on choisit ce que l'on va manger dans la vitrine du supermarché.

58

Est-il possible de disséquer l'amour ? De pouvoir le quantifier, le qualifier au risque de lui ôter tout pouvoir mystique et de lui faire perdre cette magie qui nous effraie tant car si incompréhensible et non maîtrisable ?

Juliette se le demandait, étendue sur l'un des grands sofas du salon. Une lourde bûche se consumait en craquant dans la cheminée, réchauffant l'immense pièce et l'âme de la jeune femme en proie à d'innombrables interrogations.

Elle qui en était encore, la veille au soir, à se convaincre qu'elle n'était « qu'attachée » à Brolin, se posait à présent des questions avec une sincérité plus étonnante. Elle était plongée dans sa relation avec le jeune inspecteur, comme si sa vie ne tournait plus qu'autour de ça depuis quelques jours, mais elle ne chercha pas à fuir le sujet cette fois. Qu'éprouvait-elle au juste à l'égard de Joshua Brolin ? Elle prenait tant de plaisir à être avec lui, mais cela durerait-il ? Ils se plaisaient et s'enivraient à se découvrir progressivement, pourtant viendrait un temps où ils se percevraient avec moins de mystère, plus de réalité. Qu'en serait-il alors ? L'amour – car c'est bien de cela qu'il s'agit, même naissant – n'est-il pas si puissant, si magnifique et désirable parce qu'il est éphémère ?

Juliette attrapa un des coussins et le jeta machinalement par-dessus sa tête.

— Arrête de te torturer, ma pauvre fille ! s'entendit-elle murmurer. Vis ce que tu as, prends-le comme il vient. Et le bonheur qu'il y a à en tirer, jouis-en sans plus d'appréhension.

Sa tirade l'amusa. « C'est à noter et à ressortir à mes enfants dans quelques années, ça ! » pensa-t-elle, non sans une certaine ironie. Elle qui envisageait son futur en vieille femme parlait à présent d'enfants !

L'après-midi touchait à sa fin, le froid d'octobre se faisait plus mordant encore. Juliette croisa les mains sous sa tête. Elle devait trouver à se motiver pour aller travailler ses cours, sa matinée à l'université lui avait rappelé à quel point elle accumulait de retard ces derniers temps. Et ça n'était que le premier semestre !

Le téléphone sonna, Juliette sursauta violemment.

Elle soupira d'exaspération puis se leva pour décrocher le portable.

— Oui ?

— Mademoiselle Lafayette ?

La voix était étrange, sourde et distante, comme si un épais mouchoir recouvrait le combiné.

— Oui… qui êtes-vous ?

— Écoutez-moi bien, je ne me répéterai pas.

Tout aussi dérangeante était cette incapacité à définir le sexe de l'interlocuteur, la voix n'avait pas un timbre caractéristique, cela pouvait être une femme à la voix rauque ou un homme à la mue peu accentuée.

— On a voulu jouer avec moi. Dites à la police que c'est leur faute. J'ai déchaîné les Enfers parce qu'ils m'ont manqué de respect. Estimez-vous heureuse, mademoiselle Lafayette, j'ai beaucoup hésité avec vous, mais finalement, j'ai porté mon choix sur une autre.

— Qui êtes-vous ? haleta Juliette.

— Peu importe, je suis ici pour accomplir mon destin. Mais inquiétez-vous plutôt pour vos proches…

Le rire qui suivit était sec et saccadé, celui d'une personne qui ne se laisse aller à aucune manifestation libre de ses émotions, une personne qui maîtrise chacune de ses attitudes, qui ne laisse rien transparaître de ce qui l'anime. Dont le rire si rare ne peut être que calculé, mauvais.

— Que…

— Taisez-vous ! Passez mon message à la police et qu'ils ne me prennent plus de haut, jamais !

Il raccrocha.

Juliette resta un moment avec le combiné dans la main, les larmes gonflant aux bords de ses yeux, sans oser tomber. Qui était-ce ? Et pourquoi l'appelait-il, elle ? Mille explications plus ou moins rassurantes jaillissaient dans son esprit mais elle ne pouvait s'empêcher de trembler comme une feuille morte que le vent tente d'arracher à sa branche. Il suffisait d'un dingue qui se procure son numéro de téléphone et qui cherche à lui jouer un mauvais tour, ou tout simplement un groupe d'étudiants en mal de noirceur qui font des paris stupides.

Pourtant cette voix n'avait rien de faux. Elle sonnait tout en tension, en haine. Juliette percevait après coup cette assurance, cette énorme fierté, *« ils m'ont manqué de respect »*, *« qu'ils ne me prennent plus de haut, jamais ! »*. L'individu en question était dangereux. Il contenait toutes ses émotions, ne déversant que ce qu'il filtrait, gardant tout le reste, accumulant encore et encore jusqu'à saturation.

Juliette ferma les yeux et vit aussitôt l'un des hommes qui un beau jour abandonnent ce qui leur reste de vie et brisent toutes les barrières de la société, abattant tous ceux qui pouvaient aviver cet esprit de vengeance. Des Charles Whitman, Gene Simmons, ou Howard Unruh en puissance…

Ça n'était pas une mauvaise blague.

« Inquiétez-vous plutôt pour vos proches… »

Juliette se figea. Aussitôt, un visage apparut en surimpression sur ses rétines. Elle bondit dans le hall et ne prit pas le temps de mettre ses chaussures, elle fila dehors.

Gary Seddon et Paul O'Donner étaient en faction devant le 2885 Shenandoah Terrace, affiliés à la surveillance – ou protection selon les termes de l'un et de l'autre – de Juliette Lafayette. Gary piochait avec apathie des doritos pour s'occuper plus que par faim. Quand il vit Juliette sortir en trombe de chez elle, pieds nus de surcroît, il renversa son paquet sur le tapis de sol en s'extrayant aussi vite que possible du véhicule.

— Mademoiselle ! Qu'est-ce qui se passe ? s'écria-t-il en traversant la rue.

Les doigts de sa main droite s'agitaient nerveusement, prêts à jaillir vers le holster et le Beretta 9 mm qui y somnolait. Mais déjà, le moteur de la vieille Coccinelle crachotait un nuage de vapeur en s'élançant.

Gary se tourna vers son partenaire et se précipita dans leur voiture.

— Appelle le central, dis à l'inspecteur Brolin que sa petite protégée se fait la malle, et qu'elle n'est pas dans son état normal.

Il écrasa les doritos sur le sol et tourna la clé de contact.

Juliette rejoignit le nord de la 32e Rue en quelques minutes seulement. Elle pila plus qu'elle ne freina devant la maison qui surplombait le quartier et ne prêta pas attention à la splendide vue de Portland qui s'offrait depuis le sommet de la colline. Elle courut jusqu'au perron, sonna et frappa avec force. Sans plus attendre, elle prit le double que Camelia lui avait fait et ouvrit la porte. En songeant à ses proches, elle n'avait pas hésité une seule seconde. Il y en avait trop peu pour ne pas savoir sur qui se focaliser. Ses parents étaient loin de tout cela, ils vivaient dans un autre monde, sous le soleil apaisant de Californie. Brolin était tout récent dans sa vie – et bien à même de se défendre seul ; il ne restait qu'une seule personne.

À quelques mètres, une Ford toute cabossée s'arrêta et les deux inspecteurs qui la « protégeaient » sortirent, intrigués.

Juliette était dans le hall d'entrée, les pieds nus sur le parquet froid.

— Camelia ? appela-t-elle. Camelia, où es-tu ?

Elle s'élança dans le salon, la salle à manger, et son cœur manqua un battement quand elle parvint à la cuisine.

Un carreau était cassé, plusieurs morceaux brisés sur le carrelage, couverts de Scotch marron. Un des carreaux de la porte de derrière.

Oh, non, pas ça. Faites que ça ne soit pas ça…

Juliette observa attentivement la pièce. Aucune trace de sang, ni de lutte.

C'est bon signe, peut-être que Camelia a elle-même brisé le carreau pour entrer. Elle avait oublié ses clés ?

Mais elle-même n'y croyait pas.

Prenant soin de ne pas poser son pied nu sur le verre coupant, elle s'empara d'un long couteau de cuisine et s'approcha de l'escalier.

Elle ne fit pas le moindre bruit pour atteindre le premier étage. Le couteau pointé devant elle, Juliette était prête à éventrer le premier type qui surgirait d'un placard ou de derrière un rideau. Elle parvint à la porte de la chambre principale et la poussa doucement du bout du pied.

Rien.

Ou plutôt si, une odeur rance flottait dans la pièce. Elle était encore assez ténue mais suffisait à provoquer un léger écœurement.

— Mademoiselle ? Hé-ho ?

C'était l'un des deux inspecteurs en bas, probablement sur le palier. Juliette ne répondit pas et s'avança dans la chambre.

Le remugle provenait de la pièce d'à côté, desservie par une porte mitoyenne. C'était la salle de bains. La porte était entrouverte et Juliette passa la tête entre le battant et le mur en serrant les doigts autour du manche du couteau.

Tourbillonnant, la puanteur se déposa le long des parois de sa gorge comme une pellicule de mucus infecte.

C'est alors que la pointe du couteau vint heurter bruyamment le carrelage puis la lame tinta dans l'air émétique.

Dans une attitude grotesque, Camelia était allongée sur le dos, les bras crispés et la peau brûlée des mollets jusqu'à la poitrine. Ses cuisses ressemblaient à de la viande laissée bien trop longtemps dans le four. Sa peau s'était décollée en lamelles noircies, cassantes comme les tours d'un château de sable sec. On distinguait les rigoles de veines encore rouges entre les craquelures de chairs roussies.

Elle n'avait brûlé qu'en partie, le feu ayant gagné le tapis de bain et étant allé mourir sur le carrelage, laissant une curieuse empreinte de ténèbres au milieu de ce monde immaculé.

De haut, la scène ressemblait à un tableau de Motherwell avec cette tache noire inappropriée au milieu d'une scène presque banale de l'existence. Mais ici, la mort ôtait tout le banal de la vie.

La poignée de la porte grinça sous la pression des doigts de Juliette.

59

Bentley Cotland et Joshua Brolin étaient tous deux dans la Mustang, serpentant entre les lignes de véhicules de l'autoroute 8 qui reliait Beaverton à Portland. Ils ne parlaient pas, l'un comme l'autre digérait la souffrance qu'ils venaient de partager. Ils avaient rencontré les parents d'Anita Pasieka au bureau du shérif et Brolin s'était montré très compatissant mais également très professionnel, n'oubliant pas de poser les bonnes questions, ayant – semblait-il – en permanence l'enquête à l'esprit, même lorsqu'il s'agissait de manifester du courage et de la compassion. Bentley en était admiratif. Comment Brolin pouvait-il rester toujours aussi consciencieux, prodiguant du réconfort pour mieux aboutir à une question pertinente ? Même si ses manières ne lui plaisaient pas souvent, Bentley dut bien s'avouer que Brolin était peut-être un très bon inspecteur.

S'il avait été doté d'une once de recul et de bon sens, Bentley n'aurait pas été admiratif mais effrayé par cette preuve de cynisme. Mais ce qui est une faiblesse aux yeux de certains apparaît à d'autres comme une qualité.

Le jeune assistant attorney ne put se contenir plus longtemps, et ayant conscience de ne pas toujours avoir été un compagnon agréable, se sentit obligé de féliciter Brolin :

— Vous... Votre manière de procéder avec les parents de la victime tout à l'heure m'a impressionné. Vous avez été très bien, les réconfortant avec habileté tout en gardant à l'esprit la raison de notre venue. Vraiment, c'était bien. Très professionnel.

Brolin jeta un rapide coup d'œil à son compagnon tout en conduisant.

— Merci.

Était-ce ironique ? Brolin éluda aussi vite la question, il n'avait pas envie de s'appesantir sur lui, sur sa personnalité. Le jeune assistant attorney serait-il capable de comprendre ce que c'était que de travailler sur des crimes sexuels à longueur de temps ? Pouvait-il concevoir que le détachement dont Brolin faisait preuve était la seule barrière mentale dont il disposait pour supporter les atrocités que sa profession lui faisait endurer mois après mois ?

Il doubla une grosse berline aux vitres teintées en faisant gronder le V8 de sa Mustang.

Il préféra calmer le jeu, si Bentley lui tendait une main, rien ne justifiait de la refuser.

— Venant de vous, j'apprécie tout particulièrement la remarque, ajouta Brolin. Ne le prenez pas mal surtout, mais on ne peut pas dire que ça a été la parfaite osmose vous et moi...

— Nous n'avons pas la même vision de notre travail, je pense.

— Nous n'avons pas le même boulot, trancha Brolin.

Il s'en voulut aussitôt d'être aussi ferme et ajouta sur un ton plus conciliant :

— Je crois surtout que nos méthodes sont différentes, nous parvenons tous deux à nos fins avec des moyens dissemblables, mais la finalité est la même, n'est-ce pas ?

— La justice…

Pour la première fois, une sorte de fraternité professionnelle se créa entre les deux hommes, un sourire partagé.

— Quelle est la prochaine étape ? interrogea Bentley avec curiosité.

— Faire le point pour élaborer la suite de l'enquête.

— Ça veut dire qu'on ne sait pas ce qu'on doit faire ?

Trois cents mètres plus loin, une myriade de phares rouges scintillaient à l'arrêt, un bouchon.

— J'adore l'autoroute aux heures de pointe ! s'exclama le jeune inspecteur.

Ils ralentirent jusqu'à ne plus avancer qu'au compte-gouttes.

— Bien, je disais donc : faire le point. Ça doit vous sembler rébarbatif comme méthode, mais c'est le plus important dans une enquête, régulièrement synthétiser ce que l'on a et en dégager les pistes nouvelles. Que sait-on pour le moment ?

Bentley Cotland se gratta nerveusement la joue.

— Que le corps de Leland Beaumont a été volé, que le tueur a le même ADN que lui et que cela est impossible. Ah, j'allais oublier : que Leland s'intéressait beaucoup à la magie noire et à la résurrection ! Ça ne ferait pas un excellent scénario de film d'horreur, ça ?

Énoncés de cette manière, les faits prenaient une importance toute différente, trop impossible pour être réelle, menaçante pour la santé mentale.

— OK, et le lien est facile à faire mais on n'est pas dans un film, alors qu'est-ce qui est possible ? Soit Leland Beaumont n'est pas mort, soit on se fout de nous. Or je suis bien placé pour vous assurer que Leland n'est plus de ce monde, personne ne pourrait survivre à la balle qu'il a prise en pleine tête, personne. Et « une fois que vous avez exclu l'impossible, ce qui reste, aussi improbable que cela soit, doit être la vérité », comme l'a dit sir Arthur Conan Doyle.

— Et qu'est-ce qui reste, quelle est cette vérité, vous avez une explication, vous ?

Profitant de ce que la voiture était à l'arrêt dans l'embouteillage, Brolin planta son regard dans celui de Bentley.

— Vous croyez que j'arriverais à dormir en sachant qu'un mort vivant que j'ai abattu se balade en ville et massacre à tour de bras, sans avoir une explication rationnelle à ce phénomène ?

— Je n'en sais rien, vous n'êtes pas à proprement dire… facile à cerner…

Brolin observa les immenses nuages gris qui faisaient ressembler cette fin d'après-midi à un début de nuit.

— Je pense que celui qui a volé le corps de Leland Beaumont est notre tueur. Il dispose de son ADN, de sa salive qu'on a retrouvée sur le mégot, du moins il en disposait au début, quand le corps était frais. Il lui aura suffit de congeler les prélèvements.

— Ça vous paraît plausible comme hypothèse ?

— Beaucoup plus que l'idée d'un zombie en ville.

Un lourd silence tomba dans l'habitacle.

— Quelles sont nos autres pistes ? reprit Brolin. Que sait-on ?

Bentley haussa les épaules.

— Pas grand-chose, on commence seulement à en connaître un peu plus sur les victimes.

— Je ne suis pas d'accord. Nous disposons d'informations importantes. Nous savons qu'il y a deux tueurs et pas un.

— Est-ce une certitude ?

— À mes yeux oui, trop d'assurance, de connaissance et de subtilité dans les lettres et au contraire un manque flagrant de maturité dans les meurtres. Au moins un tueur et un commanditaire, une sorte de maître et son élève. Quoi d'autre ?

Se souvenant de l'autopsie à laquelle il avait participé, Bentley se trémoussa sur son siège, mal à l'aise.

— Le tueur a des connaissances en biologie, se rappela-t-il.

— Exact. Un minimum qui lui permet de sectionner les membres de ses victimes avec soin. D'ailleurs, il s'attache dans les deux cas à soigner la découpe de la peau, à désencastrer avec attention les os mais coupe dans les muscles et les chairs comme un boucher. La peau et les os l'intéressent, pas le reste, pourquoi ?

Bentley secoua la tête.

— Ça fait partie de sa signature, c'est un aspect de son fantasme que nous allons devoir percer pour mieux le comprendre, mais laissons ça de côté pour l'instant, reprit Brolin. Nous savons également qu'il a choisi ses deux victimes dans un catalogue, c'est dans ce même catalogue qu'il a repéré les membres qu'il allait couper. Il tourne les pages et jette son dévolu sur ce que les femmes exposent de leur anatomie. Certains choisissent des vêtements, lui s'attache au mannequin qui les porte, il fait son choix tranquillement. Rappelez-moi combien de filles travaillent pour ce catalogue ?

— Un peu plus de quatre-vingts si je me souviens bien.

— Oui… Impossible de les faire toutes surveiller. Il nous faudrait plus de deux cents agents, autant dire que c'est impensable. Que sait-on d'autre ?

Bentley fronça les sourcils, se creusant les méninges pour se souvenir des nombreuses déductions spéculatives émises ces derniers jours.

— Qu'avez-vous dit sur le profil du tueur, déjà ?

— Homme blanc, entre vingt et trente ans, célibataire, ayant un logement isolé et un boulot à temps partiel, voire sans emploi, pour les grandes lignes.

— Maintenant on sait qu'il lit le catalogue de Fairy's Wear, commenta Bentley.

— Oui, j'ai demandé la liste des abonnés mais je ne pense pas que ça puisse donner grand-chose, même en se limitant aux hommes seuls. Il peut s'être procuré le catalogue n'importe où, il est souvent distribué gratuitement dans la rue. Là aussi, c'est une piste sans fin. En revanche, ce qui est intéressant, c'est ce que Philip Bennet nous a dit avant qu'on le quitte.

— Quoi ? À propos de ce cambriolage l'année dernière ?

En insistant sur les faits anormaux qui avaient pu s'être produits au cours des derniers mois, Brolin était parvenu à faire dire au gérant qu'ils avaient été *visités* l'année précédente. Un matin, on avait constaté que plusieurs serrures avaient été forcées, mais qu'étrangement, il ne manquait rien. Philip Bennet et la police en avaient conclu à la visite de jeunes squatteurs probablement déçus de ne rien découvrir à voler.

— Exactement. Vous connaissez beaucoup de voleurs qui s'introduiraient dans des bureaux de ce genre où il n'y a rien à voler à part un peu de matériel informatique ?

— Des gosses, un coup pour s'amuser…

— Non, je ne pense pas. Je serais prêt à parier que c'est notre homme qui a fait le coup.

— Mais ça serait idiot ! Pourquoi aurait-il fait ça au risque de se faire pincer bêtement, qu'avait-il à y gagner ?

— Il n'est pas rare que les tueurs en série aiment s'introduire illicitement chez les gens, ils s'y promènent la nuit, volant des objets personnels, des vêtements par exemple, c'est un premier pas vers l'appropriation de la vie de sa future victime.

— Il n'y a rien qui appartienne à ses victimes là-bas !

— Réfléchissez une instant. Bennet a dit que rien n'avait été volé. Mais peut-être a-t-on *copié* quelque chose.

Bentley trouva la remarque amusante.

— Copié ?? Il n'y a rien à copier là-bas, ça n'est pas de l'espionnage industriel !

— Sauf si vous êtes un dangereux psychopathe sur le chemin du crime. Le siège possède un fichier avec toutes les coordonnées du personnel, y compris de ses mannequins. Noms, prénoms, adresses, photos, tout.

Bentley fixa Brolin. C'était logique, ainsi le tueur se trouvait en possession de toutes les informations nécessaire pour entamer sa chasse, il connaissait tout ce dont il pouvait avoir besoin sur ses victimes, à commencer par leur adresse.

— Autre chose, poursuivit Brolin. Si notre homme prend le risque de cambrioler une société pour s'emparer de pareil fichier, on peut supposer qu'il va continuer à chasser sur ce territoire, parmi ces femmes. Mais comment a-t-il fait son choix en tout premier ? Pourquoi cette société et pas une autre ?

— Au hasard, il est tombé dessus un jour et a trouvé les filles du catalogue particulièrement alléchantes…

— Les tueurs en série fonctionnent rarement sur le mode du hasard pour choisir leurs victimes quand il y a une ritualisation comme celle-ci, il ne s'agit pas d'actes impulsifs, tout est minutieusement élaboré. Y compris le choix des victimes. S'il a décidé de s'en prendre aux filles de Fairy's Wear, il y a forcément un point de départ. Or, il ne s'agit que de vêtements pour femmes. Je pense qu'il suit cette enseigne depuis longtemps, peut-être que sa mère y était abonnée, ou une petite amie avec laquelle celui que nous appelons le Corbeau aurait eu une relation durable. Un lien personnel avec cette société, quelque chose qui s'inscrit directement dans la continuité de son existence, au moins à ses propres yeux. Il est fort probable qu'il fantasme sur ces catalogues depuis un bout de temps, préparant son passage à l'acte. Le cambriolage a eu lieu l'année dernière, ça lui laisse pas mal de mois pour se préparer.

— Mais concrètement, ça ne nous donne pas grand-chose, fit remarquer Bentley, je veux dire qu'on ne peut pas sortir un mandat de perquisition pour tous les adhérents de Fairy's Wear.

— Non, mais il est tout à fait possible que notre homme ait déjà commandé des articles chez eux. C'est tout à fait le genre de fantasme de ce type de tueur, il est envisageable qu'il dorme avec, ou qu'il les porte dans son intimité. Vous voyez le tableau… Bennet va me faire parvenir la liste de tous leurs clients depuis deux ans.

— Ça va représenter un sacré paquet de noms ! s'exclama Cotland.

— Nous allons les trier et en extraire les hommes célibataires, il ne devrait pas y en avoir beaucoup puisqu'ils ne vendent pas d'articles masculins, nous aurons une poignée de détraqués et de mecs qui achètent par correspondance pour leur maman ou une amante. Je voudrais aussi isoler tous les clients qui ont acheté à la fois les vêtements que porte Anita Pasieka sur la photo et ceux d'Elizabeth Stinger, de même on ne devrait pas avoir trop de noms. Il faut faire le tri. Ça représente des pages de données, et plusieurs jours de boulot, mais ça pourrait être payant.

Bentley sentit le regard de Brolin se poser sur lui.

— Hey, là ! Pourquoi c'est encore moi qui me tape la corvée ?

— Bentley, n'y voyez pas d'offense mais je suis sûr que dans la paperasse vous êtes imbattable.

L'intéressé ne protesta pas, d'une certaine manière, il était fier de sentir une marque d'estime chez Brolin, ce qui le fit soudainement se tendre. S'il tirait de la satisfaction à être considéré par l'inspecteur, c'est que lui-même avait pris Brolin en considération bien plus qu'il ne se l'était avoué. Et puis après ? Il se savait prompt à monter en colère sous une impulsion mais il n'était pas ce personnage vindicatif que beaucoup voyaient en lui. Du moins le pensait-il.

— Reste que nous ignorons le principal, finit-il par ajouter lorsque le trafic se fit un peu plus fluide.

— C'est-à-dire ?

— Ce que le tueur et le Corbeau cherchent à faire, au-delà des fantasmes de mort, quel est leur but ? Vous semblez dire que ce fantasme qui pousse à tuer ne doit rien au hasard, alors pourquoi le choix de la *Divine Comédie* et pas *Blanche-Neige et les sept nains* ?

— Vous apprenez vite, s'étonna Brolin. En effet, ils utilisent « L'Enfer » de Dante car il fait partie de l'élaboration de ce fantasme, la raison, je ne la connais pas. Mais il y a un but, une finalité. À nous de la trouver avant qu'il ne soit trop tard. Nous devons comprendre ce qu'ils veulent, ce qu'ils font.

La chair de poule se forma sur les bras de Brolin. Bentley venait de mettre le doigt sur ce qui lui faisait le plus peur. La finalité de leurs actes.

Ils arrivèrent au central de police et rejoignirent Lloyd Meats qui terminait de rédiger son rapport sur les informations qu'il avait collectées à propos d'Elizabeth Stinger. En le voyant, Brolin ne put s'empêcher de sourire, il n'arrivait pas à se faire à son collègue sans sa barbe.

— Qu'est-ce que ça donne pour Elizabeth ? demanda-t-il.

Meats leva les bras vers le plafond et fit craquer sa colonne vertébrale en grimaçant.

— Pas grand-chose. Elle n'avait pas d'ennemi a priori, elle n'a pas reçu de menace, elle n'avait pas de petit ami connu ces derniers temps et le dernier en date est un courtier d'assurances qui vit dans l'Arkansas. Pour ce qui est de son enlèvement, Salhindro a envoyé deux de ses hommes poser des questions à tous les commerçants du coin, personne n'a rien vu de suspect ce soir-là. Et pour ce qui est de sa fillette, c'est la mère d'Elizabeth qui va s'en occuper semble-t-il. Et vous ?

Brolin lui relata leur après-midi et ses pistes de travail. Ils restèrent une heure à faire un topo complet des données recueillies. Puis ils téléphonèrent pour se faire livrer de la nourriture chinoise. Au passage, Brolin en profita pour faire expédier au labo l'échantillon de salive qu'il avait prélevé sur Milton Beaumont avec un petit mot à l'attention de Carl DiMestro et Craig Nova.

Les trois hommes s'installèrent dans le bureau de Brolin et commencèrent à décortiquer les tonnes de documents qu'ils avaient saisis chez les deux victimes. Relevés téléphoniques, bancaires, courrier récent, factures… tout y passait pour s'assurer qu'il n'y avait aucun détail anormal, un élément-clé qui allait les mettre sur la piste du tueur. Brolin le savait pertinemment, dans les affaires de tueurs en série, ce genre de travail fastidieux ne menait nulle part puisque l'assassin n'avait aucun lien avec sa victime avant le passage à l'acte, mais il fallait le faire. Finalement il dut s'avouer que la présence de Bentley Cotland n'était pas qu'un fardeau sans contrepartie, il pouvait se montrer sympathique comme aujourd'hui, voire utile, ce qu'il faisait de plus en plus, à mesure que le métier de flic lui apparaissait dans toute sa réalité et pas comme il avait dû se l'imaginer sur les bancs de l'université. De son côté, Brolin ne pouvait rien lui reprocher, après tout, il s'était lui-même fourvoyé sur la différence qu'il pouvait y avoir entre le quotidien d'une profession et ce qu'on imaginait, son passage éclair au FBI en était l'illustration parfaite.

Peu à peu la faible clarté du soleil disparut et Portland s'illumina derrière les immenses fenêtres du bureau.

Brolin hésita plusieurs fois à passer un coup de fil à Juliette, pour entendre le son de sa voix, et peut-être se faire inviter à passer la nuit chez elle, mais il chassa cette pensée. Ils débutaient tout juste leur relation et il était préférable de ne pas trop la brusquer, il pourrait lui faire livrer des fleurs le lendemain. Cette idée le séduisit et il replongea dans la longue série de chiffres qu'il tenait.

Quand la porte s'ouvrit, les trois hommes crurent qu'il s'agissait de leur dîner mais en lieu et place du livreur se tenait Fletcher Lee, le front plissé par l'inquiétude.

— Josh, y a un problème avec Juliette Lafayette. Seddon et O'Donner qui étaient à sa protection signalent un 10-49 lié à la jeune fille.

10-49 était le code utilisé par la police de Portland pour parler de meurtre. Voyant Brolin se décomposer littéralement, Fletcher s'empressa d'ajouter :

— Elle n'a rien, enfin pas directement. Il semble que c'est une amie à elle qui a…

Il posa les yeux sur un morceau de papier qu'il tenait.

— Une certaine Camelia McCoy. Elle a été assassinée.

Brolin ferma les yeux et ne se rendit pas compte que son crayon à papier venait de se briser entre ses doigts.

60

La haute maison de Camelia McCoy était entourée d'un cordon de sécurité jaune qui tremblait dans le vent. Plusieurs véhicules – dont une bonne moitié n'avaient pas éteint les gyrophares – étaient stationnés en désordre dans la rue quand Brolin arriva sur les lieux.

La nuit était à présent tombée et le jeune inspecteur frémit en sortant de sa Mustang, mais il aurait été bien incapable de dire si c'était sous l'effet du froid ou de la peur. Il repéra rapidement la Ford banalisée où Gary Sheddon tendait un café à Juliette. Elle était assise sur le fauteuil passager, la portière ouverte, avec une couverture sur les épaules. Quand elle vit Brolin, elle sortit de la voiture et s'approcha sans qu'un mot ne sorte de sa bouche.

Ils restèrent enlacés pendant une longue minute avant que Brolin ne se recule pour la regarder dans les yeux. Les gyrophares teintaient son visage d'un voile rouge surréaliste.

— Tu tiens le coup ? demanda-t-il plus pour lui signaler qu'il s'inquiétait que dans l'attente d'une réponse.

Elle haussa timidement les épaules et se blottit de nouveau contre lui. Brolin perçut la poitrine de la jeune femme qui se soulevait par saccades violentes et il ne put que lui passer la main dans les cheveux. Il n'y avait rien à dire, c'était l'un de ces moments de l'existence où aucun mot ne peut consoler, où le silence est de mise et la simple présence la seule arme pour réconforter.

Plusieurs hommes s'approchèrent, une jeune recrue et un type du labo, mais en voyant les deux visages dolents ils se ravisèrent. Lloyd Meats prit le commandement des opérations.

Quand un long moment se fut écoulé, Brolin fit asseoir Juliette et lui fit chercher un thé brûlant qu'il posa entre ses doigts engourdis.

— Je vais devoir entrer, expliqua-t-il doucement.

La couverture glissa sur ses épaules avec le hochement de tête.

— Je sais.

Brolin vit les deux hommes du bureau du légiste qui l'attendaient devant la maison avec une certaine impatience.

— Gary et Paul vont te ramener chez toi et ils resteront jusqu'à ce que je te rejoigne, d'accord ?

Elle se contenta de serrer les lèvres, chassant tout le sang jusqu'à les rendre aussi pâles qu'un sillon dans la neige. Brolin lui déposa un baiser sur le front avant de s'écarter.

Une heure plus tard, Camelia McCoy quittait son domicile dans une housse noire dont le crissement évoquait le froissement des sacs de voyage lors d'un départ en vacances.

Un départ lointain.

Et définitif.

⁂

Il est parfois extraordinaire de constater la puissance des émotions, comme lorsque nos sentiments prennent le dessus sur nos perceptions et deviennent capables d'étirer le temps jusqu'à nous extraire de son implacable courant pour n'en faire qu'un élément distant et sans prise sur notre être. Ainsi, Juliette ne vécut pas les heures suivantes dans le même monde, affranchie par son esprit d'un écoulement linéaire du temps pour mieux affronter la douleur.

Elle laissa les deux policiers dans le salon et monta se réfugier dans sa chambre, son sanctuaire. Plutôt que de s'affaler sur le lit et vider toutes les larmes de son corps comme beaucoup auraient fait, elle tourna en rond longuement pour finir par ouvrir la fenêtre. Le froid s'introduisit aussitôt dans la chambre comme une cohorte de fantômes curieux.

Juliette se pencha par la fenêtre. Les étoiles scintillaient paisiblement dans cet air glacial. Des milliers d'yeux de diamants frelatés par la distance de l'espace surplombaient majestueusement la terre endormie.

Les étoiles bourdonnent, pensa-t-elle, *elles chantent dans le cosmos. Illuminant les ténèbres infinies de leurs diapasons enflammés.*

Juliette tourna la tête vers le clocher de l'église du révérend Willem, cherchant la lune, mais ne trouvant que les ombres et les lumières vaniteuses de la ville.

En observant ces myriades d'étoiles terrestres, Juliette repensa à ce que lui avait dit Camelia quelques mois plus tôt alors qu'elle-même se remettait difficilement de son enlèvement et de la mort qui avait failli la frapper.

La mort dérange, on ne l'aime pas et lorsqu'elle se présente on préfère toujours qu'elle s'établisse assez loin de nos yeux.

C'était vrai. L'idée même de mort ne plaisait guère à l'esprit de l'homme. Parfois même, elle en devenait si obsédante qu'elle fascinait, mais on ne pouvait pas l'apprécier. Juliette repensa à Humus le chat. Quand elle était enfant, elle avait grandi avec un gros chat noir, Humus. Il était déjà présent à sa naissance, il était là pendant la fête de son baptême et même pour son dixième anniversaire. Humus avait toujours été dans la maison, comme un personnage indéniable de sa vie, un élément implacable du destin autour d'elle. Pourtant, un matin, elle avait retrouvé Humus au pied du sofa, étendu de tout son long et la langue violette étalée sur le carrelage. Juliette, qui n'avait que douze ans, n'avait pas bien compris sur le coup et puis en voulant le prendre dans ses bras elle avait senti le petit corps tout froid entre ses doigts. Elle avait beaucoup pleuré ce jour-là. Elle n'avait jamais prévu qu'Humus puisse mourir un jour, et encore moins de cette manière. Sans ultime caresse, sans un miaulement d'au revoir, rien, juste un cadavre froid un matin sans école. Plus tard, elle avait surpris son père qui parlait à sa mère. « Il pouvait pas aller crever dehors, non ? Je croyais que les chats se cachaient pour mourir ? Mais oui, moi aussi, ça me fait de la peine chérie, mais merde ! Pense à Juliette, voir le macchabée de son chat en se levant, tu crois que c'était le mieux pour elle ? Au moins s'il était mort dans la rue ou dans le jardin d'un voisin, ça se serait fait en douceur. On n'aurait rien vu, pas Juliette en tout cas, et à force de ne pas le voir rentrer, on en aurait tiré les conclusions funestes. Ça aurait été plus doux. »

Juliette était restée sur le seuil de la porte de la cuisine puis avait discrètement fait demi-tour pour réintégrer sa chambre et pour pleurer de nouveau. Les adultes n'aiment pas la mort. C'était sûr. Ils préfèrent qu'elle fasse son travail assez loin de leurs yeux impressionnables. Au-delà de leurs volets clos.

Juliette resta assise sur le rebord de la fenêtre jusqu'à ce que le froid lui engourdisse l'esprit autant que le corps.

Quand Joshua Brolin la rejoignit, il la découvrit roulée en boule sur le lit. Il réajusta la couverture pour qu'elle soit entièrement au chaud, se déshabilla et vint se coller contre elle en l'entourant de ses bras. Il avait laissé allumée une petite bougie et en observant Juliette, il en vint à penser que nous ne dormons pas seulement pour nous reposer. Mais également pour mieux vivre, pour guérir nos malheurs. Finalement, le sommeil adoucit les peines, il fait perdre leur consistance aux maux et transforme une réalité en souvenir.

Le sommeil est peut-être le seul vrai sanctuaire de quiétude dont dispose l'homme, se dit-il.

Il posa une main sur la tête de Juliette.

Ses paupières tressaillaient sous les influx de mauvais rêves.

61

Le Dr Sydney Folstom ferma le dernier flacon. Il y en avait neuf posés sur le carrelage à côté de la table de dissection, accueillant leur sinistre contenu dans une solution de formol neutre à 10 %. Ils contenaient tous entre 30 et 80 ml de foie, de cœur, de sang, d'urine et tout ce qui serait nécessaire aux examens *post mortem* toxicologiques et anatomopathologiques.

Un assistant revint prévenir le docteur et l'inspecteur Brolin qu'une copie des radiographies avait été faite à l'intention des services de police. Le corps de Camelia était brûlé en grande partie, ce qui rendait le torse difficile à analyser à l'œil nu. Un examen radiographique avait été effectué pour éventuellement mettre en évidence ce que les importantes brûlures dissimulaient, et pour un gain de temps, on avait utilisé un amplificateur de brillance doté d'un dispositif de sortie imprimée. On pouvait ainsi faire un balayage rapide de tout le corps et en sortir des clichés sur les zones à doutes. Mais cela ne permit pas de mettre quoi que ce soit en avant, par élimination, on pouvait au moins dire qu'elle n'avait sûrement pas été tuée par arme à feu. Le cou étant également carbonisé, on procéda à une radiographie grâce à un appareil à foyer ultrafin, un *faxitron* dont le film à haute définition permet d'obtenir une meilleure qualité pour tout ce qui est pièces fines telles que larynx, os, dents… Là encore, on ne remarqua aucune fracture des cornes du cartilage thyroïde si caractéristique de la strangulation. La mort avait été causée autrement.

La conclusion du rapport du légiste fut que le sujet était décédé des suites d'une grande perte de sang causée par huit à douze coups de couteau – les trop grandes brûlures empêchaient d'établir avec certitude le nombre de blessures occasionnées par l'arme blanche –, et que la jeune femme était déjà morte lorsqu'on avait mis le feu à son corps.

Muni de ces sinistres données, Brolin quitta la morgue de Portland pour rejoindre son bureau dans le centre-ville. Là, il appela Juliette comme il l'avait fait plus tôt dans la matinée et s'ils n'échangèrent que très peu de mots, il eut le sentiment que cela lui faisait du bien. Leur faisait du bien.

Que ce soit au téléphone, par e-mails, dans le hall du bâtiment ou à la sortie du parking, Brolin parvint à éviter les journalistes qui faisaient le pied de grue toute la journée dans le mince espoir d'arracher un commentaire au jeune inspecteur. Aucun rapprochement officiel n'avait été fait entre le meurtre de Camelia et les deux massacres du Fantôme de Leland mais on avait vite appris la présence de l'inspecteur Brolin sur les lieux du crime et la presse s'en donnait à cœur joie. On parlait déjà d'une troisième victime du « Fantôme », ce qui en faisait à présent un « tueur en série » en puissance selon la définition même du terme qui implique trois victimes minimum. Mais la plupart des agents du

FBI qui travaillent à l'Unité des sciences du comportement à Quantico sont capables d'affirmer qu'ils sont face à un *serial killer* potentiel dès sa première victime, et Brolin n'échappait pas à la règle compte tenu de sa formation. Dès l'analyse du meurtre d'Anita Pasieka, il avait reconnu la mise en scène, la ritualisation et le mode opératoire élaboré que seuls les tueurs en série développent. Il n'avait encore osé le partager, mais au fond de lui il craignait qu'Anita ne fût pas la première victime. Bien que tâtonnant, le tueur avait tout de même fait preuve d'un certain degré de sophistication, notamment avec le soin qu'il avait apporté à préparer la scène de crime, qui trahissait une maturation criminelle évoluée. Plus l'enquête avançait, plus Brolin avait la certitude que le tueur était un individu manipulé, un outil. Tandis que le Corbeau était un être redoutable, un sociopathe machiavélique qui n'en était pas à son premier crime.

Et puis il y avait l'escalade criminelle.

Plus un tueur en série avance dans le temps, plus son besoin de tuer se fait vital. Au début il hésite, il découvre le meurtre et met souvent des mois avant de recommencer. Mais avec le temps, il tue de plus en plus, à mesure qu'il se rend compte que son fantasme n'est pas pleinement épanché, à mesure qu'il gagne en assurance puisqu'il ne se fait pas prendre. Cette accélération de meurtres, passant d'un intervalle de plusieurs mois à quelques semaines, voire jours, entre chaque crime est l'escalade criminelle. Or dans le cas présent, il y avait déjà trois victimes en deux semaines, ce qui donnait à penser que le tueur avait pris goût à la violence à une vitesse vertigineuse. Ou bien qu'il avait déjà tué auparavant, secrètement, espaçant les victimes dans le temps.

Selon les règles en usage, dès le deuxième crime Brolin avait rempli une demande d'aide du programme VICAP. Ce rapport de quinze pages permet de détailler les meurtres auxquels un inspecteur de police est confronté et est envoyé au FBI qui va ensuite entrer les données dans un ordinateur puissant pour les analyser. Si quelque part sur le territoire américain un crime similaire a été commis, avec un mode opératoire qui y ressemble ou une signature identique, aussitôt les affaires sont mises en relation pour éventuellement découvrir qu'un criminel a frappé à différents endroits du pays sous différentes juridictions. Brolin avait répondu consciencieusement aux 189 questions du rapport VICAP et renvoyé le tout prestement. Le temps que la demande soit traitée et que des recoupements soient effectués parmi les 5 849 cas inclus dans l'ordinateur, la recherche peut prendre des semaines.

Ce mercredi 13 octobre fut plutôt profitable à Brolin dans l'immensité nébuleuse du système administratif américain puisque la réponse du programme VICAP arriva en fin d'après-midi.

C'était plutôt décevant. Le mode opératoire pouvait faire penser à plusieurs autres crimes mais la signature était parfaitement originale. À l'exception d'un tueur. En rouge, l'agent qui avait traité la demande de Brolin avait souligné l'incroyable similitude entre les actes récents et les atrocités commises par Leland Beaumont, un an auparavant.

Au moins, Brolin avait la preuve que le tueur n'avait pas perpétré d'autres meurtres à travers les États-Unis, sauf s'il avait changé la *signature* de ses crimes, ce qui n'était en théorie pas possible. Un être humain n'en vient pas à massacrer, mutiler et faire souffrir jusqu'à repousser les limites de l'agonie comme ça, du jour au lendemain. Pour qu'un homme devienne pareil monstre, il doit passer par différentes étapes, et ne se met à tuer que lorsque ses pulsions de mort deviennent trop fortes, intenables. Il tue alors selon un schéma bien précis, celui qu'il a longuement élaboré, celui-là même qu'il a tant et tant répété dans son esprit qu'il en est *devenu* cette obsession qui l'a amené à commettre son premier meurtre. C'est un cercle particulièrement *vicieux*. Et on ne peut maquiller ce schéma, c'est « sa raison » de tuer, la condition de satisfaction nécessaire pour qu'il dépasse l'horreur de ce qu'il fait et n'en considère que le plaisir qui en découle. Changer ce fantasme, cette *signature*, reviendrait à changer l'individu, tout ce qui l'a amené à tuer, c'est impossible.

Le tueur ne pouvait donc pas être l'auteur d'autres meurtres ailleurs sans qu'ils ne portent sa marque. À moins qu'ils n'aient pas été archivés ou que le mode opératoire et la signature n'aient pas été identifiés correctement.

C'était une explication. Toutes les forces de police du pays ne collaborent pas systématiquement avec le FBI et le VICAP.

Il y avait une autre possibilité.

Une alternative que Brolin refusait de voir en face, car elle était inacceptable.

Une seule personne avait déjà tué en laissant cette signature si caractéristique.

Leland Beaumont.

Si le Corbeau était un tueur, ou *avait été* un tueur à un moment de sa vie, Leland Beaumont devenait le suspect idéal.

Nul autre que lui ne correspondait avec autant de justesse à ce que le Corbeau devait être. Sadique, intelligent, manipulateur, avec une parfaite connaissance du mode opératoire du Bourreau puisque c'était lui-même !

Non ! Évidemment, c'est impensable. Les morts ne tuent pas.

Brolin se le répéta ainsi plusieurs fois, comme une litanie contre la peur.

Mais à sept heures le soir, quand Salhindro passa le prendre dans son bureau, il en tremblait encore.

⁂

Larry Salhindro se tenait devant le scellé de la police.

— Souris, on nous mitraille, commenta-t-il en désignant le photographe qui pointait un téléobjectif dans leur direction depuis sa voiture.

Brolin n'y prêta pas attention et fit signe à Salhindro d'ouvrir.

Il avait voulu retourner chez Camelia à cette heure-ci pour être dans les lieux au moment de la journée où le meurtrier avait agi quarante-huit heures plus tôt.

Cela venait tout juste de se produire, c'était encore frais, on pouvait presque percevoir les effluves de terreur dans l'atmosphère.

Brolin entra le premier et monta directement au premier étage, Salhindro sur les talons. Il traversa la chambre et s'immobilisa sur le seuil de la salle de bains où il appuya sur l'interrupteur. Une silhouette de craie était allongée sur le carrelage ; une bure noire couvrant une partie du sol rappelait que l'odeur stagnante était celle de la viande brûlée.

— Tu crois vraiment que c'est notre homme qui a fait ça ? ne put s'empêcher de demander Salhindro. Je veux dire, ça ne lui correspond pas du tout, il ne joue pas avec le feu d'habitude. Il aime que l'on voie ce qu'il a fait, il a besoin de choquer, alors pourquoi voudrait-il cacher le carnage sous le feu cette fois ? On ne doit pas négliger l'hypothèse d'un autre malade, tu ne crois pas ?

— Non. C'est lui. Juliette l'a confirmé, le Corbeau l'a appelée.

— Je sais, mais il n'a rien dit de précis, ça pourrait être n'importe quel dingue ! Franchement, c'est toi le spécialiste du comportement criminel ici, mais tu trouves qu'il y a beaucoup de similitudes avec ce qu'il fait d'habitude ? Il n'a rien prélevé, et il a brûlé le corps. D'accord, y a l'acide sur le front, mais c'est tout. Tu sais ce que ça m'inspire ?

Brolin fit un pas en avant.

— Ça m'inspire la frousse ! J'ai l'impression que c'est comme une secte. Et pourquoi pas ? Ils sont peut-être plusieurs, tout un groupe de détraqués avec un gourou, chacun a sa manière d'opérer… Ils tuent chacun leur tour.

Brolin contourna la marque de craie et se positionna en face du lavabo. Le grand miroir au-dessus était brisé en plusieurs endroits, et ce qui en restait au mur avait été badigeonné avec différents produits de beauté jusqu'à ce qu'on ne puisse plus se voir dedans.

— Il ne supporte pas l'image de ce qu'il reflète. S'il l'a cassé avant de la tuer, je parierai qu'il est affecté d'une tare physique, probablement au visage. Si c'est *post mortem*, il a fait preuve de remords, ou au moins d'un minimum de culpabilité, ce qui renforcerait ma théorie du manipulé.

— Pourquoi ça ?

Brolin s'appuya sur le rebord du lavabo et approcha son visage de la surface souillée.

— Parce que c'est un être faible, impressionnable. Il a souffert et continue de souffrir, mais l'autre a le dessus, c'est un maître, il le domine et d'une certaine manière, il a percé les fantasmes de sa « marionnette » et sait comment les utiliser pour l'amener à accomplir ses désirs. Le tueur lutte entre des émotions contradictoires, ce besoin, cet ordre impérieux de tuer pour se satisfaire, mais au fond de lui il sait qu'il agit mal. Pourtant, il en a envie et le Corbeau, son « maître », attise le feu qui est en lui.

Salhindro émit un vague grognement.

— C'est une simple hypothèse, ajouta Brolin en s'agenouillant là où le corps reposait encore la veille au soir.

Le ciel était dégagé et la lune venait poser ses reflets sur le carrelage spéculaire. Brolin jeta un rapide coup d'œil vers la fenêtre. Il avait émis l'éventualité d'une importance des cycles lunaires dans le choix des dates pour tuer, comme c'était parfois le cas pour des tueurs en série un peu ésotériques ; mais avec le court laps de temps entre chaque meurtre, la théorie tombait à l'eau. De toute manière, le ciel n'était pas dégagé le soir où Camelia avait été assassinée, les nuages voilant régulièrement la lune.

Brolin frôla du bout des doigts l'empreinte du feu sur le sol.

Qu'est-ce qui t'a amené à changer ton mode opératoire ? Il y a forcément une logique. Pourquoi l'as-tu brûlée cette fois ?

L'inspecteur avait décortiqué les deux meurtres précédents, il avait analysé chaque détail, établi toute la chronologie émotionnelle du tueur, du moins en essayant de se mettre à sa place. Avec cette troisième victime, les données commençaient à être suffisamment nombreuses pour qu'il puisse dégager une personnalité probante, pour qu'il *ressente* le tueur.

Il se concentra. Il venait de passer deux semaines à engranger des informations, à les ordonner dans son esprit, à les digérer. La macération avait pris, il était temps de remonter tout ça à la surface.

— Larry, je vais te demander de m'attendre dans la voiture, s'il te plaît.

Salhindro ne broncha pas, il connaissait son collègue et ami et ne se formalisa pas de la remarque. Brolin lui avait demandé de l'accompagner comme soutien, un binôme pour le moral, et pour la pensée. Dans moins d'une heure, Larry verrait son ami le rejoindre, un peu secoué, et il aurait besoin de partager ses idées, de rebondir sur l'esprit de quelqu'un pour affiner ses théories.

Quand Salhindro fut descendu, Brolin commença à se remémorer toutes les constatations qui venaient d'être faites concernant le meurtre de Camelia McCoy. Il revit la scène de crime telle qu'elle se présentait le premier soir ; il se souvint des commentaires des gars du labo ; et l'autopsie avait délivré à son esprit le complément d'information nécessaire. Désormais, il savait, dans les grandes lignes, ce qui s'était passé ce soir-là.

D'un point de vue purement factuel.

Il devait dégager l'empathie, savoir maintenant ce qui s'était passé sur le plan des émotions.

En quelques secondes, il se tenait à la porte de derrière, dans le froid de la nuit.

Il n'a laissé aucune empreinte, il portait donc ses gants, comme d'habitude.

Le jeune inspecteur sortit de sa poche une paire de gants qu'il avait empruntés à Terry Pennonder, un collègue qui les mettait toujours pour conduire.

« Je suis devant la porte de la cuisine, je viens d'enfiler mes gants de cuir, et leur contact me rassure. Ce geste commence à prendre une signification puissante, c'est la troisième fois. Rien que de sentir mes doigts s'enfoncer dans la doublure, mes poils tressaillent.

» La porte est vite ouverte, entrer n'est pas le problème. J'ai vu qu'aucune lumière n'émanait du rez-de-chaussée, une simple lueur à l'étage, je sais donc qu'il n'y a aucun danger. *Je sais où elle se trouve, je la sens, et elle, elle n'a même pas conscience de mon regard à travers les cloisons. De ma présence entre ses murs.* En *elle.* »

Brolin traversa le salon et s'approcha de l'escalier. Toute la maison était plongée dans l'obscurité hormis la salle de bains dont on ne percevait rien d'en bas. La nuit filtrait peu jusqu'au centre du salon, ici les ombres s'épaississaient comme d'immenses taches d'encre couvrant le décor. Il devenait difficile d'avancer sans risquer de se prendre les pieds dans un meuble, aussi Brolin prit sa petite lampe torche et l'alluma, braquant le faisceau sur le sol, juste devant lui.

« La lampe est le prolongement de mes yeux. Ce qu'elle fixe, je le vois, je suis dessus. »

Il posa le pied sur la première marche et ferma les yeux.

« C'est là que la tension monte, cette fois je suis tout proche, elle est presque à ma portée. En haut de ces marches, tout va s'accélérer. Je voudrais que l'instant se fige, pouvoir en profiter plus longuement. »

Brolin éclaira autour de lui, les marches suivantes à la recherche d'une trace, le tueur était peut-être resté là quelques minutes à écouter ce qui se passait au-dessus, la *vie*. Il n'y avait rien. Sachant ce qui allait suivre, Brolin avait demandé qu'on bouge et fouille les lieux au minimum le soir de la découverte du corps. Avec le moins de personnes possible sur la scène du crime pour ne pas trop polluer celle-ci. Malgré ces précautions, il était peu probable qu'une trace ait survécu dans l'escalier qu'ils avaient largement emprunté. Il reprit son ascension.

« À chaque marche, c'est un battement de cœur supplémentaire. Des fourmis commencent à m'envahir le sexe, c'est un partage d'excitation, de haine et de peur. Mon sexe durcit, ce qui est si difficile avec une femme dans un contexte *normal*, et j'en retire autant de plaisir que de frustration. La dernière marche.

» Le couloir semble infini sous le mince pinceau de ma lampe. Mais la chambre est entrouverte, je vois déjà une fine vague de lumière s'étaler depuis la porte de la salle de bains sur la moquette de la chambre. J'éteins ma torche. Elle est toute proche. Mon souffle saccadé et profond envahit l'air, il est le seul indice de ma présence. Des clapotis d'eau parviennent à mes oreilles et je la vois nue dans sa baignoire. Les palpitations de mon cœur s'étendent à présent jusque dans le bout de mon sexe galvanisé. Mes gants crissent légèrement quand je pousse lentement la porte. J'adore ce bruit de peau qui grince.

» Et puis soudain, elle est là. Le corps mou dans l'eau brûlante, les seins flottant comme des bulles d'air en suspension, les cuisses luisantes, la toison du pubis finement coupée qui ondule dans le bain. Aussitôt, trop vite, beaucoup trop vite, elle me remarque et son visage se dissout dans ma colère. J'aurais voulu rester là, à la regarder pendant de longues minutes, mais elle ne m'en laisse pas le temps. Déjà, je suis sur elle et la frappe de toutes mes forces au visage, lui causant un énorme hématome à la mâchoire ce qui manque de l'assommer. Elle n'arrive pas à bouger dans sa baignoire, elle glisse et asperge d'eau les murs blancs. Elle n'a pas le temps de crier, je lui transperce le poumon gauche avec la lame effilée de mon couteau. Ce sein que j'aurais tant voulu prendre le temps d'observer et de toucher est perforé, sa graisse se répand dans l'eau lorsque l'acier s'extrait de sa matière. Une fois. Deux fois. Trois fois. Mon sexe cogne contre mon pantalon tant il est tendu ; mon cœur bat à tout rompre, je frissonne sous l'adrénaline en concentration trop importante et j'ai des spasmes de respiration. Encore. Encore. Encore. Aux gouttes d'eau sur les murs viennent se mêler celles du sang. Elles coulent beaucoup plus vite, laissant une longue queue rose derrière elles. »

Brolin revoit toute la scène, les rapports sont devenus des actes, des cris, des gémissements, des éclaboussures. Il se rend à peine compte qu'il étouffe des sanglots en mimant certains actes, les dents serrées à en faire éclater l'émail.

Il se voit enfoncer son couteau dans la couenne de Camelia à plus de dix reprises, il sent son corps s'affaler sur lui et entend distinctement le bruit sourd de sa tête quand elle heurte le carrelage. Cette fois, son désir n'explose pas immédiatement. Elle est encore vivante, agonisante quand il lui écarte les cuisses.

Oui. Cette fois, il ne lui mutile pas l'appareil génital, il n'assouvit pas sa frustration et sa colère car il parvient à se frotter contre elle.

Il jouit sur elle !

C'est pour ça qu'il l'a brûlée ! Il a joui sur elle, il a laissé une trace directe, et il doit tout effacer, alors il décide qu'il va tout faire disparaître par les flammes !

Le cerveau en pleine ébullition, Brolin ne voit plus la silhouette de craie sur le sol, il voit Camelia, nue et ensanglantée. Il se souvient des deux bouteilles de whisky qu'un gars du labo a trouvées dans la poubelle de la cuisine. Le tueur n'avait pas prévu de brûler le corps, il a utilisé ce qu'il trouvait sur les lieux. Oui, c'est exactement ça, il a franchi une étape et il a paniqué. Mais du coup, son excitation est immense ; il ne veut sûrement pas s'arrêter là. Il a ce désir incroyable en lui, il peut le faire, il peut y arriver !

Puis il y a le pentacle, il faut se protéger de l'âme de sa victime. Il le grave avec la pointe de son couteau et dissimule le tout sous l'acide. Il se maudit au passage de ne pas en avoir plus pour en couvrir tout le corps ce qui lui faciliterait les choses. Il faut qu'il trouve de quoi effacer les traces par le feu. Il sort de la salle de bains.

Le désir est encore très vif, c'était trop court, pas assez maîtrisé, trop nouveau. Il en veut encore, tout de suite. Il commence même à éprouver de la colère que tout soit allé si vite, il n'est pas rassasié.

Brolin passa sans un bruit dans la chambre. Il était presque parvenu dans le couloir lorsqu'il se figea.

Sur la droite de la porte, une armoire noire cachait le mur. Mais plus important, un immense miroir reflétait le lit.

De là où il se tenait, Brolin voyait le lit au premier plan et ce qui devait être le bas du corps de Camelia à l'entrée de la salle de bains. S'il avait levé là tête, le tueur n'avait pu manquer de contempler ce spectacle.

Le lit et le corps nu de Camelia. Comme un couple normal.

Il n'y avait pas de sang sur le lit, on avait passé l'ensemble à la Polilight sans découvrir de trace, il n'avait donc pas posé le corps dessus.

Brolin s'approcha de l'armoire et lentement fit coulisser le battant. Il imagina le corps de Camelia glisser dans l'image du miroir et découvrit plusieurs étagères de vêtements.

Des T-shirts, des cache-cœurs, des pulls et… une pleine étagère de sous-vêtements. Ils tranchaient avec le reste de par leur chaos. Tout était bien plié, rangé avec attention, sauf les culottes et soutiens-gorge qui étaient amassés en vrac. En soi cela n'avait rien de choquant, il n'est pas rare de voir cette façon de ranger dans le placard d'une femme, mais pourtant quelque chose chiffonnait Brolin. Sans se défaire de ses gants, il commença à étaler calmement les différents ensembles, braquant sa lampe torche sur chaque parcelle d'étoffe.

Une idée germa en lui. Le tueur avait suivi le même cheminement, gorgé de désir, en quête de plus de plaisir encore. Et il avait découvert les sous-vêtements.

Une minuscule tache apparut sous la lumière. Puis une seconde sur la même culotte. Enfin, Brolin trouva un poil accroché à une bague de serrage d'un soutien-gorge.

Le tueur s'était frotté contre cette lingerie. Il l'avait étalée sur le lit ou le sol et s'était masturbé lentement tout contre.

Et dans un accès de fierté ou d'assurance, il avait négligé ce détail.

62

Camelia avait émis le vœu d'être incinérée et que ses cendres soient répandues dans la Columbia River. La crémation eut lieu en ce jeudi 14 octobre, en présence d'une vingtaine de personnes dont Juliette et Brolin. Quelques journalistes avides de larmes et de cynisme tentèrent d'assister à l'office mais ils furent éconduits par les proches de la défunte. C'est là que Juliette remarqua Anthony Desaux. Il était élégamment vêtu d'un costume noir de manufacture française, Yves Saint Laurent sans doute, et portait une rose à la boutonnière ce qui toucha la jeune femme. Lorsque le cercueil disparut sur son tapis roulant vers les flammes du four, il s'approcha de Juliette et posa une main délicate sous son coude.

— Ma chère Juliette, si je peux faire quoi que ce soit, n'hésitez pas, vous savez où me joindre.

Curieusement, elle ne ressentit aucun sous-entendu dans son intonation non plus que dans son regard, elle n'y lisait que sincérité. Camelia lui avait parlé de son ami français comme d'un séducteur insatiable mais, à cet instant, son affection avait pris le dessus sur sa nature.

Elle le remercia et Brolin échangea une poignée de main avec le millionnaire.

Juliette s'éclipsa un peu plus tard pour aller chercher les cendres et Brolin en profita pour sortir prendre l'air. L'envie d'une cigarette le tenaillait, le rendant nerveux, lui qui n'avait plus touché une *cancerette* depuis plus d'un an.

Les journalistes avaient déjà eu ce qu'ils voulaient ou faisaient finalement preuve d'un minimum de respect car Brolin n'en vit aucun, à moins qu'ils n'aient appris la discrétion. En revanche, il remarqua une Mercury Marquis qui vint se garer juste en face. Il reconnut sans peine les deux hommes qui en sortirent en défroissant leurs costumes. Le district attorney Gleith et son futur assistant, Bentley Cotland.

— Inspecteur Brolin, le héla Robert Gleith. (Il lui tendit la main et de l'autre lui serra le bras.) Je voulais justement m'entretenir avec vous. Comment avance l'enquête ?

Était-ce vraiment pour l'enquête qu'il s'inquiétait ? N'était-ce pas Bentley Cotland qui était venu se plaindre du peu de considération avec lequel on le traitait ? Même s'il s'était montré plus agréable ces derniers jours, avec lui on ne pouvait jamais savoir à quoi s'en tenir. Capable de caresser d'une main et de pincer avec l'autre, un vrai politicien ! Gleith ne se déplaçait jamais pour rien. Le capitaine Chamberlin avait fait tampon jusqu'ici, désormais le district attorney voulait sonner à la dernière porte, là où le boulot se faisait.

— Nous avons quelques pistes de travail, expliqua Brolin assez peu enclin à entrer dans les détails.

— Des pistes de travail ou des pistes vers un suspect ? renchérit l'attorney en invitant Brolin à marcher le long des jasmins d'hiver.

— Nous n'avons pas affaire à un homicide familial, monsieur, ça n'est pas simple, il nous faut du temps...

Ils marchaient d'un pas lent, Gleith et Cotland de part et d'autre du jeune inspecteur ce qui l'amusa. Ils formaient un étau hiérarchique dans leurs costumes à 2 000 dollars.

Ils envahissent l'espace et montrent qui mène la marche. Pas très fin mais efficace la plupart du temps pour intimider un interlocuteur !

Gleith posa sa main sur l'épaule de l'inspecteur.

On resserre l'espace et la poigne vient renforcer le sentiment de contrôle. Je t'entoure, je viole ton intégrité physique, je te dis quoi faire et tu obéis car sinon je serre les mailles et te presse comme un vulgaire citron.

— Je comprends, commenta l'attorney sentencieusement. Mais vous vous êtes mis la pression tout seul, cette annonce publique du capitaine Chamberlin va avoir des conséquences dramatiques si nous ne trouvons pas un suspect à brandir devant le public !

On en revenait à cette intervention. Bien qu'elle ait permis la découverte du mégot et le recoupement avec l'ADN, le cuisant échec qu'elle représentait allait planer sur la carrière de Brolin pendant longtemps.

— Je viens de voir le maire, ajouta Gleith. Il ne se satisfait pas de la lenteur des résultats. Entendez-moi bien, c'est un homme qui est confronté à la loi des résultats immédiats, il a un électorat à satisfaire et des concurrents à écarter de son fauteuil, et vous, vous ne lui facilitez pas la tâche.

L'attorney s'arrêta pour faire face à Brolin, Bentley fit de même dans son dos. C'était décidément sans aucune finesse, le message serait clair.

— Ne vous méprenez pas, ça n'a rien de personnel mais je pense que vous êtes trop jeune pour cette enquête. Si j'étais le capitaine Chamberlin je collerais plutôt un vieux de la vieille, un homme d'expérience. Mais votre capitaine vous aime beaucoup, et votre formation au FBI semble en impressionner plus d'un, tout autant que vos résultats précédents.

Ses yeux se plantèrent dans ceux de Brolin et l'inspecteur soutint le regard sans arrogance mais avec fermeté.

— Et Bentley pense que vous êtes à même de mener l'enquête jusqu'à son terme, alors je me plie à ce choix mais ne vous plantez pas, vous pourriez foutre votre carrière en l'air sur un coup comme celui-ci. Jusqu'ici les médias étaient encore calmes, mais avec ce troisième meurtre nous allons faire la une des chaînes nationales.

Bien sûr. La présence de Bentley n'était pas seulement à titre d'expérience mais il était aussi les yeux et les oreilles de l'attorney. Pourquoi n'y avaient-ils pas fait plus attention ? C'était l'évidence même, un jeune type à peine diplômé qui se retrouve parachuté au bureau de l'attorney, même avec piston, cela cachait quelque chose. Gleith voulait connaître le fonctionnement interne de la police, il voulait se constituer ses petits dossiers personnels, à la manière d'un John Edgar Hoover miniature. Savoir où étaient ses partisans et ceux qu'il faudrait abattre le moment voulu. Disposer de tous les moyens de pression nécessaires au cas où…

Foutu politicien. Plus étonnant était le soutien de Bentley, ça ne lui ressemblait pas.

À son tour, Brolin posa une main sur l'épaule de son vis-à-vis, jouant dangereusement avec les armes de son interlocuteur.

— Je connais mon boulot, malgré *mon jeune âge* comme vous dites. Nous avons affaire à un duo redoutable, ils sont vifs et malins alors n'attendez pas de moi des miracles. Nous sommes tout un groupe à travailler en permanence, mais tant que nos adversaires ne commettront pas d'erreur nous n'aurons aucune piste physique. C'est donc à moi d'en trouver grâce à *l'empathie.*

Il avait insisté sur le terme, espérant que Gleith n'en connaîtrait pas la signification exacte dans ce contexte, ce qui le placerait dans une position de faiblesse où Brolin reprendrait la main.

— Je ne critique pas mes collègues mais je suis le seul à pouvoir mener cette enquête à son terme pour le moment. Faites-moi confiance.

Brolin vit les mâchoires de Gleith se crisper, il détestait qu'on ne soit pas à sa botte.

— À vous de jouer, répondit-il sèchement. Mais j'ai besoin de résultat concret. Vous avez jusqu'à lundi matin. Ensuite, je demanderai l'aide du FBI.

Brolin se raidit. Il ne lui restait que quatre jours.

Quatre jours pour empêcher un nouveau meurtre.

Avant que ses anciens collègues ne prennent l'affaire en main et que son échec soit total.

Gleith ajouta d'un ton cassant et avec le sourire du carnassier :

— Rappelez-vous les mots d'Andy Warhol et faites en sorte que votre quart d'heure de gloire ne soit pas déjà passé…

Un sourire ironique se dessina sur les lèvres de Brolin.

— Je suis sûr qu'un homme comme vous connaît le général de Gaulle, fit-il remarquer. Vous savez ce qu'il a dit ? Que « la gloire se donne seulement à ceux qui l'ont toujours rêvée ». Chacun son rêve, attorney Gleith. Chacun son rêve.

Il entendit au loin le déclic d'un appareil photo. La presse n'est jamais loin quand il s'agit d'homicide.

Plus que quatre jours.

63

Le labo de police scientifique de Portland travaille en permanence. Avec plus ou moins d'activité, alternant les *rushs* et les périodes plus calmes. Ce jeudi matin correspondait plutôt au pic maximal de l'activité supportable.

Quand Joshua Brolin poussa la porte du couloir central, il vit une multitude de blouses blanches s'affairer derrière les hautes vitres des différents secteurs. En balistique, outre l'habituelle tâche de comparaison d'armes et de projectiles, on procédait à la détermination de trajectoires et de distances de tirs sur des vêtements prélevés à des victimes d'une fusillade quelques jours plus tôt sur le parking d'un motel. Un peu plus loin, au service des incendies-explosions, deux hommes et une femme tentaient de comprendre l'origine d'un incendie survenu dans un night-club en passant des prélèvements à la spectrométrie infrarouge et au chromatographe en phase liquide.

Brolin passa devant une autre série de laboratoires, la section biologie, et poursuivit jusqu'aux bureaux. Carl DiMestro l'y attendait depuis son coup de téléphone matinal. Quand l'inspecteur entra, DiMestro, qui était le responsable de la section biologie et sous-directeur du laboratoire, se leva pour l'accueillir.

— Comment est le moral ? interrogea-t-il en sachant que Brolin venait d'assister à la crémation.

— Pas pire que d'habitude. Vous avez trouvé quelque chose ? ne put-il s'empêcher de demander sans autre forme de préambule.

Il savait à quel point ce qu'il avait découvert la veille chez Camelia pouvait être important pour la suite de l'investigation.

— Assieds-toi. Café, thé ?

Brolin secoua la tête, il voulait que l'on passe aux explications tout de suite.

— Bien. Après ton coup de fil hier soir, Craig est donc venu et a passé l'ensemble des sous-vêtements au peigne fin. Millimètre par millimètre. Josh, sais-tu si la victime possède un chien, un loup, un fennec ou bien un renard ?

— Quoi ? Non, je ne crois pas. Qu'est-ce que ça vient…

— Le contraire aurait été étrange, il n'y a pas de poil animal dans la maison. Enfin nulle part sauf sur la lingerie.

Brolin fronça les sourcils.

— Oui, c'est étonnant, poursuivit DiMestro. Craig a prélevé un long poil, celui-là même que tu as trouvé et il a débusqué quelques poils courts, trois ou quatre tout au plus, dans une culotte en dentelle.

» Le poil long est humain. Sa section ovale et sa forme torsadée indiquent qu'il a une provenance axillaire ou pubienne, probablement issu d'un Blanc. En effet, il n'a pas la moelle continue des Asiatiques, et les particules de pigment sont moins denses mais plus régulièrement réparties que pour les poils des Noirs. Par contre, les poils fins et courts sont ceux d'un animal, et après une longue analyse, je peux t'affirmer qu'ils appartiennent à un canidé. L'agencement des cellules de la cuticule et sa forme sont caractéristiques de cette famille. Mais je n'ai pas eu le temps de procéder à une longue comparaison avec nos bases de données, race par race. Un chien sûrement, mais quelle race exacte, là ça va nous prendre du temps.

Brolin remua sur le fauteuil et provoqua un lourd grincement métallique. Comment des poils de chien avaient pu atterrir là ? La seule explication qu'il voyait était que le tueur les avait apportés lui-même. Il avait transporté des poils sur ses vêtements et tandis qu'il se frottait contre la lingerie quelques-uns s'étaient déposés sur une culotte.

— Notre homme aurait donc un chien ? commenta-t-il.

— C'est ce qui semble le plus logique. Un chien de taille modeste à en croire la longueur des poils. Mais ça n'est pas tout. Les poils étaient imprégnés d'une substance étrange. Pas en toute petite quantité, plutôt comme s'ils en étaient couverts. À l'aide du MEB [1] et du chromatographe en phase gazeuse, on a trouvé ce que c'était. Il y a du savon arsenical et du carbonate de potasse. Autant dire des produits qu'on ne rencontre pas souvent.

Brolin tenait enfin un élément concret. Le tueur avait peut-être caressé son chien et enduit les poils de ces matières, ou bien le chien traînait-il sur un site professionnel où on utilisait ces deux mélanges ? Les possibilités étaient nombreuses, à commencer par une

1. Microscope électronique à balayage.

coïncidence malheureuse qui ne mènerait nulle part, mais c'était la seule piste vraiment exploitable.

Brolin revint à l'instant présent.

— Pour le poil humain, tu peux établir une empreinte génétique ? s'enquit-il.

— Non, il n'y a pas le bulbe. En revanche, je peux recourir à l'analyse par activation de neutrons. Les neutrons entrent en collision avec les atomes des différents éléments microscopiques qui constituent notre poil, et ils deviennent radioactifs. Il suffira de mesurer les rayons gamma qui en résultent et on pourra doser précisément la moindre trace des constituants. C'est précis au milliardième de gramme jusqu'à quatorze éléments différents. Autant dire que si tu me procures le poil d'un suspect, je n'aurai qu'à comparer mes deux « profils radioactifs » pour te dire si les deux poils appartiennent à la même personne ou non.

— Et c'est fiable ?

— Moins que l'ADN, mais c'est une chance d'erreur sur un million à peu près, ce qui n'est pas mal.

Brolin se leva et sortit d'une poche de sa veste en cuir un sachet de plastique contenant quelques cheveux.

— Ça marche la comparaison avec un cheveu ? demanda-t-il.

— Aucun problème. D'où viennent-ils ?

Brolin déposa le sachet sur le bureau de Carl.

— Un bon flic, s'il veut le rester, ne dévoile pas toutes ses sources…

Le responsable du département biologie haussa les épaules.

— C'est ton problème. Je vais faire au plus vite, mais en ce moment c'est pas les urgences qui manquent. On est en sous-effectif permanent.

— Je sais, c'est partout pareil. En tout cas merci.

— Entre nous, c'est peut-être tout simplement un poil pubien appartenant à la victime, non ?

Brolin secoua la tête vigoureusement.

— Ça m'étonnerait. Pas dans du linge propre, pas dans ces circonstances, tout concorde parfaitement ; je te l'assure Carl, le tueur s'est servi de la lingerie. Il n'a pas pu s'en empêcher. Et les poils de canidés en sont une confirmation. Camelia n'a pas d'animal. Nous sommes sur quelque chose, à nous de l'exploiter jusqu'à sa source.

Carl haussa les épaules avant de conclure :

— Tu t'attendais peut-être à mieux comme infos, désolé, on fait ce qu'on peut.

Brolin entrouvrit la porte.

— C'est déjà beaucoup, Carl. Et en seulement quelques heures. Encore merci.

Des poils de canidé enduits de savon arsenical et de carbonate de potasse. C'était un bon point de départ et tout le cheminement qu'il avait fallu accomplir pour en arriver là donna un vertige à Brolin.

Il sortit en remerciant une fois encore Carl DiMestro dont les cernes tombaient comme une marée noire sur une plage de Floride.

Il fallait faire vite. Très vite.

64

Bien que le soleil brillât dans un ciel dégagé, le froid demeurait mordant en ce début d'après-midi. Un nuage de buée s'échappait à chaque expiration de la bouche de Juliette pour se tordre dans le vent et se dissoudre dans le monde.

Elle avait roulé vers l'est, vers les contrées sauvages de l'Oregon jusqu'à atteindre les reliefs anfractueux où l'on appelle ville une communauté de dix maisons et où il existe encore des forêts si denses et vastes qu'il y demeure des animaux pour qui l'homme n'existe pas. Au moment de quitter la route pour s'engager sur un chemin cahoteux, elle s'était garée de manière à se faire rejoindre par la Ford de ses deux anges gardiens. Là, elle avait négocié quelques heures d'intimité, il ne pouvait rien lui arriver dans cet endroit perdu, et ils seraient à l'entrée de l'unique chemin menant au promontoire rocheux. À contrecœur mais pleins de compassion, les deux flics avaient cédé.

À présent, le pied calé sur une pierre, Juliette se penchait au-dessus du vide et admirait le ruban noir de la Columbia, vingt mètres plus bas. La rivière coulait paisiblement à travers l'État, sillonnant entre d'immenses forêts, s'enfonçant entre les parois escarpées de falaises ombreuses pour rejoindre enfin la civilisation où les cargos chargent leurs tonnes vers l'océan.

Juliette tenait à la main une boîte noire, elle tenait les vestiges de son amie Camelia. Camelia qui n'avait plus ses parents depuis plusieurs années, dont le peu de famille vivait loin sur la côte Est et l'ignorait, bien confortée dans ses profondes convictions religieuses, celles dont la déontologie préférait bannir Camelia pour ses mœurs et son comportement plutôt que de prôner l'amour et la tolérance. Steven, son ex-mari, était venu à l'incinération, mais c'était à Juliette que les cendres avaient été confiées.

Camelia plaisantait souvent sur sa propre mort, sur cette liberté. Elle disait que ses cendres seraient portées par le vent et qu'enfin elle pourrait voler. Morcelée en milliers de fragments poudreux, elle visiterait le monde depuis les cieux, et elle finirait par reposer partout à la fois. Elle serait dans les rivières, dans les arbres, sur l'océan et peut être encore un peu dans les puissants alizés si la chance et la nature y aidaient.

Le visage de son amie se reflétait en souvenir sur la Columbia, et Juliette ferma les yeux. Le vent sifflait à ses oreilles la mélodie du temps qui passe.

Elle se hissa sur le rocher à sa droite. Elle savait qu'elle était au bord d'une falaise escarpée, que le vide menaçait de l'aspirer à seulement quelques centimètres de ses semelles, mais elle le fit sans peur.

Quand ses paupières remontèrent, elle tendit la boîte au-dessus du précipice, et souleva le couvercle.

— Je t'aime…

Les premières particules s'élevèrent timidement, comme si le vent lui-même rechignait à les emporter, puis un tourbillon de poussière monta du coffret, dessina d'incroyables motifs avec une grâce presque consciente, montant et retombant sous les yeux émerveillés de Juliette. L'arabesque de cendres déroula son écriture mystérieuse dans l'air, et disparut presque aussitôt.

Ce furent les mots d'adieu de Camelia pour sa plus proche confidente.

Ses derniers mots.

Juliette resta assise sur la pierre pendant plus d'une heure. Elle pensa à Camelia, mais aussi à elle-même, à ce qui lui était arrivé l'année précédente. Il s'en était fallu d'un rien pour que Camelia ne déverse les cendres de son amie un an avant que les siennes ne se dissipent ici. Cela aurait-il changé quelque chose ? Si elle, Juliette, était morte ce 29 septembre, Camelia serait-elle encore en vie aujourd'hui ?

Juliette sécha ses larmes du revers de sa manche.

Elle haïssait celui qui faisait ça, ce tueur. Ce fou.

Sa voix la hantait, ce timbre asexué qui dictait ses ordres dans le combiné la rendait folle de rage. Brolin avait fait contrôler la ligne, s'adjoignant l'aide de Pacific Bell pour tenter de trouver la provenance de l'appel mais c'était évidemment une cabine téléphonique, isolée à l'écart de la ville et donc loin de tout témoin.

Ils étaient deux, lui avait déjà confié Joshua. Le tueur et le Corbeau comme il les appelait. Et ils utilisaient la *Divine Comédie* de Dante pour tuer, du moins pour auréoler leurs meurtres d'une motivation ésotérique. Ils citaient des passages de « L'Enfer ». Pourquoi ce texte ? Et quelle en était la finalité ? Ça n'était pas gratuit, Juliette en était sûre. Un soir où ils en parlaient avec Joshua, il lui avait conseillé de ne pas y penser, de toute manière, seul l'esprit du Corbeau pouvait éclairer le sens de ces citations et leur but. C'était probablement nébuleux et compréhensible uniquement pour lui-même, il s'était enfermé dans une sorte de délire paranoïaque dans lequel il se construisait son petit univers à l'aide de textes « sacrés ». Mais Juliette n'en était pas sûre. Il n'était pas impossible de percer la signification de ces citations, le choix de « L'Enfer » était déjà en soi un message.

Elle regarda sa montre. Les aiguilles indiquaient seize heures.

Ces types devaient payer. Ils n'avaient pas le droit de s'en prendre à Camelia, elle ne leur avait rien fait.

Juliette serra les poings et ses articulations craquèrent. Elle sentait la colère monter, le désir de vengeance. Les tuer ? Non, évidemment. Mais les faire souffrir ! Ou qu'ils aillent au moins croupir pour l'éternité dans une cellule humide.

Cependant, que pouvait-elle faire ?

Ma part du boulot !

Puisqu'ils semblent vouer un culte à Leland, le copier avec autant d'habileté, c'est qu'ils sont liés d'une manière ou d'une autre. Ils se sont connus.

Et elle ne savait rien de Leland, rien d'intime.

Soudain, Juliette perçut l'engourdissement du froid dans ses mains, elle retrouva les sensations de son corps et le souvenir d'une terreur sourde rejaillit depuis les limbes de sa mémoire jusque dans sa chair.

Si. Elle pouvait avoir accès à l'intimité de Leland. Elle avait toujours su comment, mais n'avait jamais osé affronter ses démons, c'était encore trop tôt.

Plus maintenant, se dit-elle en se levant pour rejoindre sa voiture.

La guerre est déclarée.

65

Il n'était pas treize heures quand Brolin franchit les portes de Powell's et pénétra dans un monde de silence et de savoir. Powell's est une librairie qui ferait pâlir Alexandre lui-même par sa richesse et sa diversité. Elle est si vaste et ses rayonnages si tortueux que l'on a vite fait de s'y perdre à tel point que certains étudiants de Portland la surnomment « La Cité des livres ».

Brolin salua un employé derrière son petit comptoir marqué d'un énorme point d'interrogation blanc sur fond noir, et trouva en quelques secondes la section physique-chimie. Il entama sa prospection en ratissant large, consultant les sommaires d'ouvrages dont le titre semblait suffisamment générique pour englober un peu de tout. Puis il affina, empilant certains livres où il pensait pouvoir glaner quelques renseignements.

Il devait trouver à quoi était rattaché le savon arsenical ainsi que le carbonate de potasse. Carl DiMestro s'était donné la peine d'individualiser ces éléments à partir de poils d'animal trouvés sur une culotte, ça n'était certes pas un exploit mais l'existence de cet indice relevait tout simplement du miracle. Ou plutôt qu'ils soient parvenus à le trouver relevait du miracle.

Brolin repensa au profil et se félicita de cette petite victoire. Elle méritait de parvenir aux oreilles de ses formateurs de Quantico, cela ferait un parfait exemple de l'apport du profil à l'enquête et de ses résultats immédiats. À condition qu'elle se solde par une arrestation rapide.

Du savon arsenical et du carbonate de potasse.

La piste était maigre mais il suffisait d'un peu de chance pour qu'elle soit payante. Si Brolin pouvait trouver où et pourquoi étaient utilisés de tels produits, identifier le type d'usine ou de profession qui en manipule, ou au moins à quoi ils pouvaient bien servir, il aurait ensuite un espoir de remonter jusqu'au meurtrier. Ça ne tenait à rien, tout n'était que présomption. Brolin partait du principe que le tueur avait un chien, et qu'aux alentours de leur lieu de vie se trouvait un site industriel ou au moins un atelier où ces deux éléments, savon et carbonate, étaient utilisés. Il suffisait que le chien traîne non loin pour que ses poils s'en imprègnent.

Pourtant Carl DiMestro avait parlé de poils complètement enduits de ces composants. Peut-être le chien s'était-il roulé dans une flaque, ou bien était-ce la profession du tueur qui le faisait manipuler ces substances. Il avait ensuite caressé son chien, déposant le savon arsenical et le carbonate de potasse sur les poils. Il suffisait alors de quelques poils qui se collent sur les vêtements du tueur, et le tour était joué.

Tout ça ne tenait que sur des probabilités, des suppositions.

Mais c'était tout ce qu'il avait, et en outre, c'était l'explication la plus logique.

Après une heure de recherche, Brolin avait déplacé une trentaine d'ouvrages. Powell's est une boutique de vente et l'on n'est pas censé y effectuer des recherches aussi ne fut-il pas étonné lorsqu'un employé s'approcha de lui, l'air inquisiteur.

— Je peux vous aider, monsieur ?

Brolin secoua la tête et farfouilla dans la poche intérieure de sa veste jusqu'à en extraire sa plaque argentée d'inspecteur.

— Sauf si vous savez à quoi servent le savon arsenical et le carbonate de potasse…

L'employé, un homme d'une trentaine d'années, de grosses lunettes à monture rouge et des cheveux assez longs que ses deux oreilles retenaient en arrière, fit une grimace qui devait signifier « laissez-moi réfléchir » ou quelque chose d'approchant.

— Le carbonate de potasse est utilisé dans la fabrication de certains verres, et aussi en parfumerie je crois. J'ai vu ça dans un documentaire, il y a quelques jours. Enfin je crois. Pour le savon arsenical, je n'en sais fichtre rien. C'est pour une enquête ?

— Mmh-mmh. Pour la fabrication de verre vous dites ?

— Et en parfumerie, il me semble.

— Vous avez des livres sur la verrerie ?

— Oh, oui, ça doit pouvoir se trouver.

Brolin resta ébahi devant l'aisance du libraire à s'orienter dans ce dédale de références. Il ne lui fallut pas longtemps pour tendre à l'inspecteur un livre intitulé *Verrerie, depuis les souffleurs jusqu'à l'industrialisation*.

— Tenez. Je vais demander à mon collègue pour le savon, il s'y connaît pas mal en chimie.

Brolin le remercia et se plongea dans le volume dense en commençant par l'index. Il fit défiler les pages mais rien ne l'inspirait, il y avait beaucoup de données, quelques photos et des croquis multicolores.

L'employé aux lunettes rouges revint au bout de quelques minutes, un gobelet de café fumant à la main.

— Prenez ça, ça fait du bien quand on se plonge là-dedans, commenta-t-il.

L'attention toucha Brolin qui se défit d'un coup de sa méfiance naturelle et de sa taciturnité.

— Merci, c'est gentil à vous. Ce bouquin est un vrai cauchemar ! Huit cents pages écrites en petit, et y a des gens qui vous l'achètent ? plaisanta-t-il en buvant son café.

— Je vous rassure, celui-ci nous sert à caler une table. J'ai demandé à mon collègue pour le savon arsenical. Il ne connaît pas vraiment les usages multiples, mais d'après lui, c'est un antiseptique. Le carbonate de potasse peut également servir de matière préservative, notamment pour les momies, m'a-t-il dit. Faut savoir que c'est un féru d'histoire antique et particulièrement de l'Égypte des pharaons. Et donc le carbonate de potasse peut être utilisé pour empêcher le dessèchement des momies. Enfin, c'est un des produits nécessaires.

— Des momies ?

Où pouvait-on travailler sur des momies à Portland ? Aucun musée de la ville n'en disposait à sa connaissance. Et pourquoi utiliser un antiseptique comme le savon arsenical en même temps ? Quel type d'usine pouvait bien combiner les deux ? Et pour obtenir quoi ?

Brolin passa en revue un grand nombre de professions mais n'en trouva aucune qui pourrait, dans la région, faire usage de produits de ce genre. Mais comment savoir ? Tant de professionnels se servent de leurs petits « trucs » à eux, de leurs mélanges…

Un antiseptique et un antidessiccation.

Et…

Soudain le jour se fit dans son esprit. Brolin croisa les données et une hypothèse se conçut subitement, par recoupement.

Le tueur avait fait particulièrement attention à prélever certains membres de ses victimes, démontrant une connaissance correcte de l'anatomie. Il avait apporté un grand soin à la peau et aux os, délaissant les veines, muscles et toute la viande.

Et les traces de craie autour des jambes d'Elizabeth Stinger. *Il n'utilise pas la craie pour dessiner un pentacle ou autre, mais pour prendre la mensuration ! Il fait ses mesures et s'aide de la craie pour marquer la peau !*

Oui, c'était ça. La peau, les os, les mensurations et un antiseptique accompagné d'un antidessiccation, il n'y avait qu'une explication.

— Ça n'a pas l'air d'aller ? s'inquiéta l'employé. Vous voulez un autre café ?

Brolin sentit la pièce tourner autour de lui à mesure que l'horreur prenait une signification concrète. Maintenant il savait.

Le tueur n'emportait pas les membres de ses victimes comme trophée.

C'était bien plus atroce que ça.

Un frisson de dégoût secoua Brolin de tout son corps.

66

Avant tout, elle devait se débarrasser de ses deux anges gardiens.

Juliette ne concevait pas ce qu'elle s'apprêtait à faire avec deux flics sur les talons. Ils étaient là pour la protéger mais elle n'avait rien à craindre. Le tueur avait déjà hésité, il le lui avait avoué au téléphone, mais c'est Camelia qu'il avait choisie. Il n'avait pas voulu la prendre, elle. Leland avait essayé mais cela lui avait coûté la vie. À présent, si un danger de mort devait planer sur sa tête, Juliette préférait l'affronter de face. À bien y réfléchir, elle voulait même le provoquer.

C'était le seul moyen pour que tout s'arrête enfin.

Si le Corbeau et le tueur disparaissaient, ils emporteraient avec eux le fantôme de Leland et toutes ses propres frayeurs.

La jeune femme se tenait au volant de sa Coccinelle mais elle ne tourna pas la clé de contact. Au lieu de ça, elle sortit et ferma la porte, puis prit la direction des bois. Si elle se dépêchait, elle atteindrait la route en dix minutes. Avec le petit détour qu'elle préparait, elle serait à une bonne distance de la Ford de ses deux protecteurs. Cela serait suffisant pour tenter le stop.

Elle s'écorcha les mains sur des ronces mais réussit à rejoindre la route assez rapidement en coupant hors du chemin. En prenant soin de rester dans l'ombre des frondaisons, Juliette se mit à marcher vers l'ouest. Elle ne voulait pas que les deux flics puissent l'apercevoir au loin si l'un d'entre eux décidait de se dégourdir les jambes sur l'asphalte. Il fallait faire vite, elle leur avait dit qu'elle comptait rester deux bonnes heures seule, ce qui lui donnait encore une demi-heure. Compte tenu des circonstances, elle supposait qu'ils lui laisseraient encore un bon moment avant de s'inquiéter et de venir voir. Elle pressa le pas.

Un quart d'heure plus tard, une camionnette se rapprocha par-derrière et Juliette brandit le pouce. Le chauffeur, un quadragénaire ventripotent du nom de Duane, se fit un plaisir de la prendre et de rejoindre l'Interstate 84 en direction de Portland. Elle dut supporter ses bavardages et orienter la conversation vers des sujets plus neutres chaque fois qu'il dérapait vers des allusions salaces. Mais Duane sut se tenir jusqu'à ce qu'il la dépose en bas de West Hills. De là, Juliette remonta en vitesse jusque chez Camelia et remercia une fois encore son amie de lui avoir fait un double de ses clés. Elle monta dans la BMW de Camelia et descendit la 32e Rue en refrénant ses velléités de vitesse. Il ne fallait surtout pas alerter la police. Cette idée lui arracha un sourire. Elle se comportait comme un fuyard qui a tous les marshals de l'État au derrière, mais après tout elle n'avait rien fait de mal. Ils ne pouvaient pas l'obliger à se faire suivre partout où elle allait. Et elle seule pouvait se rendre à la destination qu'elle envisageait. Elle ne pouvait accepter de la compagnie, ce qui l'attendait était trop personnel.

Uniquement drapée de solitude, elle pouvait l'accomplir, et il lui faudrait toute l'intimité que notre mémoire nous commande pour dévoiler au grand jour nos peurs et nos secrets les plus profonds.

Juliette roula en silence, sans musique ni radio. L'odeur de Camelia était encore présente dans l'habitacle, son parfum musqué flottait comme si elle était assise à l'arrière.

La BMW dépassa Beaverton et continua sa route vers le sud.

Le soleil tombait tranquillement au loin, tirant le voile du jour à sa suite jusqu'à ce que des étoiles se mettent à briller dans le froid limpide des cieux. Juliette se savait dans un état limite. *Border line* comme l'appellent les professionnels. Un mélange explosif de fatigue, de lassitude, d'épuisement nerveux et de colère. Son jugement était faussé, tronqué par la haine sourde qui lui rendait chaque respiration difficile. Mais Juliette en était consciente. Elle savait qu'il fallait le faire. Elle était incapable d'agir ainsi en temps normal, et maintenant que sa décision était prise, il fallait nourrir ce feu destructeur. Des cendres renaîtrait du mieux. Un nouveau départ. Elle roulait vers le sud, vers son pire cauchemar. Mais si elle pouvait l'affronter, alors elle aurait la certitude d'être à jamais débarrassée de tous ses fantômes.

Elle passa Lake Oswego et roula encore pendant vingt minutes avant de sortir de l'Interstate pour prendre des routes plus petites. À Stafford, elle bifurqua dans la forêt, sur un chemin de campagne peu pratiqué. La BMW progressa au pas, suivant les ornières plus ou moins marquées dans les hautes herbes. À présent les phares étaient nécessaires pour se guider, le ciel était violet et la cime des arbres suffisamment dense, même en octobre, pour couvrir le chemin d'ombres opaques.

Elle roula pendant dix minutes sur ce chemin oublié, s'éloignant de la civilisation, quittant le monde des convenances et des limitations pour s'immiscer dans celui de l'instinct. Des branches venaient frapper contre les vitres à la manière d'un long doigt noueux tandis qu'elle s'enfonçait dans la forêt.

Puis le bâtiment apparut comme un visage effrayant dans la nuit. Les murs blancs juraient dans le crépuscule, encadrant des fenêtres noires aux rideaux de poussière. Sur le côté, l'immense volière s'était transformée en *no man's land* de végétation, dissimulant les squelettes d'oiseaux. Personne ne vivait plus dans cette maison depuis plus d'un an.

Leland Beaumont en avait été le dernier habitant. Et Juliette la dernière invitée.

La BMW s'immobilisa devant l'entrée du garage. Derrière cette porte se tenait probablement encore la poulie qui avait servi à la hisser hors de son trou.

Juliette coupa le moteur mais laissa les phares allumés. Elle ouvrit la boîte à gants, dans l'espoir d'y trouver une lampe torche et son souhait se réalisa en la présence d'une petite Mag-Lite.

Dehors, l'air était étrangement moins frais que dans l'après-midi au bord de la Columbia. La faune diurne s'était tue, déjà à l'abri dans leurs repaires forestiers comme si la nuit dissimulait quelques monstres innommables dont seuls les animaux avaient connaissance.

Encore sous le soleil reconstitué des phares, Juliette s'approcha du garage. Une petite porte sur le côté permettait d'y entrer plus facilement. Elle tourna la poignée mais ne s'étonna pas de la trouver fermée.

Elle avait entendu dire que la maison n'avait pas bougé depuis l'année dernière. Après la mort de Leland, personne n'avait souhaité acquérir cette horreur au fond des bois. On murmurait que même le père de Leland n'y était pas venu et que tout y était encore en l'état. La police avait procédé à une perquisition mais ayant déjà débusqué le boyau aménagé sous le garage où Leland enfermait ses victimes, elle avait limité la fouille aux biens du tueur. On avait recherché des journaux intimes, des confidences sur ses meurtres, sur ses motivations mais la maison ne délivra pas plus de secrets.

Juliette trouva un pied-de-biche dans le coffre, ce dont elle ne s'étonna guère connaissant son amie, toujours prête à tout, et revint au garage.

La serrure céda avec un craquement sec qui s'envola dans les bois.

La respiration de Juliette se fit plus lourde. Elle observa quelques secondes l'orée de la forêt qui l'entourait de ses bras noueux, mais ne vit rien. Pourtant, elle percevait le poids inquisiteur d'un regard sur sa nuque.

Arrête ton délire, ma pauvre ! Personne ne sait que tu es là, et il n'y a pas âme qui vive dans ce foutu domaine forestier ! tenta-t-elle pour se rassurer. L'effet fut relativement décevant.

Derrière cette porte reposaient les pires instants de sa vie. Elle la poussa et alluma la Mag-Lite.

Les ténèbres étaient épaisses, l'entrée de la maison ressemblait à un passage du néant, une erreur de la nature, aspirant tout ce qui s'en approchait. Et Juliette fut avalée d'un seul coup.

L'air était étouffant, saturé de volutes poussiéreuses.

Et des hurlements de ces femmes torturées.

Le filet de lumière s'éleva dans le garage. C'était tellement oppressant que les ténèbres devenaient palpables, pareilles à une grosse substance molle qui remplissait tout, se déversant partout, dans les moindres recoins.

Dans une auréole de taille réduite apparut un établi sur lequel reposaient des outils rouillés. La lampe glissa sur le plan de travail. Un jerricane. Plusieurs rallonges de fils électriques. Une vieille radio. Un étau.

Une femme à genoux, implorant pitié, gémissant alors que sa main est emprisonnée dans l'étau. Ses cordes vocales qui se déchirent quand l'étau se resserre et qu'une scie entame les chairs de son poignet.

Juliette chassa immédiatement la vision de son imagination.

Une chaîne tinta quelque part dans le garage, tout proche de Juliette.

La chaîne de la poulie.

Juliette avança encore, dépassant la chaudière froide de la maison. La poussière lui piquait la gorge, mais elle se refusa à prendre cet argument en compte et poursuivit.

Quand elle eut bientôt contourné un moteur de voiture entassé sur des cales de brique, le faisceau de sa lampe se fixa sur les anneaux entrelacés de la chaîne. Le crochet de boucher qui la terminait vint aussitôt se placer dans la lumière, comme s'il était avide de retrouver Juliette.

La jeune femme se pétrifia devant l'acier aiguisé.

Il lui semblait propre. La poussière n'avait pas osé se déposer sur ses chromes, et l'air restait à bonne distance de sa pointe effilée. Ainsi le crochet était en permanence froid, Juliette en était convaincue. C'était plus douloureux quand il pénétrait la viande chaude d'un être humain.

Enfin, elle posa les yeux en dessous. Une trappe qui n'était plus dissimulée depuis longtemps y était encastrée dans le sol. Plus bas, le boyau ou Juliette avait été enfermée, dans l'attente de sa mort.

Un spasme lui contracta la poitrine et elle lâcha la lampe qui roula sous une armoire et s'éteignit. Ses mains étaient frigorifiées, et la chair de poule couvrait son corps depuis qu'elle était entrée sans qu'elle s'en rende compte. Elle tremblait dans l'obscurité.

Juliette s'agenouilla sur le ciment glacial et commença à tâtonner sous l'armoire. Plusieurs petites choses entrèrent en contact avec ses doigts et elle préféra ne pas songer à ce que cela pouvait être, du boulon au cafard. Puis elle sentit le manche d'aluminium et s'empara de la lampe.

Faites qu'elle ne soit pas cassée, répéta-t-elle jusqu'à ce qu'elle presse le bouton et que l'ampoule s'illumine.

Un profond soupir de soulagement lui échappa.

Elle s'approcha de la trappe et son cœur se mit à cogner si fort dans sa poitrine que son pull tressauta en cadence. La poulie et son crochet étaient juste au-dessus de la trappe, il lui faudrait donc les déplacer.

Le crochet luisait anormalement dans le trait de lumière synthétique.

Il est parfaitement propre.

Comme s'il venait d'être nettoyé.

C'était impossible, personne ne s'amusait à venir ici juste pour passer un coup de chiffon sur ce crochet de boucher. Néanmoins, Juliette éprouva une grande difficulté à ne pas garder les yeux rivés sur le chrome agressif. Puis elle chassa ses idées paranoïaques et posa les mains sur la poulie.

Elle la fit tourner sur son axe. Au premier grincement horrible, Juliette fit un bond en arrière et manqua de relâcher la lampe. Elle prit son courage à deux mains et poussa sur la barre transversale. Ce fut comme si deux cargos s'éperonnaient avec fracas. Le grincement n'était rien de moins qu'un cri métallique. Un rappel à la mort qui se répercutait dans toute la maison et au-dehors, éveillant les spectres du passé.

Une fois au-dessus de la trappe Juliette se pencha et saisit l'anse de fer.

Pourquoi je fais ça ? Je suis dingue moi aussi !

Son cœur bondissait, semblable à un moteur lancé à plein régime mais elle savait qu'elle devait le faire. Elle devait l'ouvrir et affronter sa peur.

Sa main se resserra autour de l'acier.

Elle allait se prouver que tout cela n'était que du passé, et transformer ses frayeurs en souvenirs.

Elle souleva la plaque et un carré de ténèbres apparut. Pendant une dizaine de secondes, elle crut entendre les mânes dolentes des victimes s'envoler devant elle, en une longue plainte funeste. Mais rien de tel n'eut lieu.

Une petite échelle de bois descendait dans le boyau. Juliette s'y agrippa et franchit le premier barreau. Elle sifflait presque tant sa respiration était difficile.

Mais je dois le faire. Je le dois. Tout sera fini ensuite.

Ensuite elle pourrait visiter la maison, fouiller, débusquer le moindre indice qui relierait Leland au Corbeau et au tueur actuel. Elle savait qu'il y avait forcément des traces, des preuves matérielles d'un lien, des éléments que la police n'avait pas débusqués. Ainsi, elle serait affranchie de ses peurs et Leland ne serait plus qu'un fantôme sans consistance, une apparition qu'elle pourrait balayer d'un souffle.

Elle s'immiscerait dans l'intimité de Leland et le viderait de tous ses secrets. Jusqu'au dernier.

Elle descendit les barreaux de l'échelle sans trébucher et se retrouva en bas, la lampe braquée sur le sol. La respiration haletante. Le cœur martelant ses tempes de ses battements puissants. L'air était tiède, presque moite. Trop de larmes avaient coulé ici, trop de peur avait sué jusqu'à gorger l'atmosphère d'une lourdeur malsaine.

Puis, lentement, le faisceau s'abattit sur les parois.

Elle vit les traces d'ongles dans les murs de bois. La chatière creusée en vain sous la paroi, là même où elle s'était tenue, recroquevillée dans sa terreur. L'endroit était plus exigu qu'elle ne se l'était représenté dans ses souvenirs. Elle tourna sur elle, encore et encore. Décortiquant chaque parcelle.

Sa respiration retomba. Son cœur se calma.

Ce lieu était la quintessence de la peur dans l'esprit de la jeune femme, du moins il l'avait été jusqu'à cet instant. Là, dans cette semi-clarté, elle vit la prison qu'un dément s'était creusée. Elle vit Leland suer corps et âme pour se bâtir son antre du mal. Elle le vit s'enivrer de plaisir en observant ses victimes terrorisées depuis le garage. Elle vit l'homme. Elle vit la folie qui l'habitait et cessa de craindre le monstre. Il n'était pas surnaturel, il ne reviendrait pas.

Elle comprit qu'il était bien mort ce jour-là. Son cerveau s'était disloqué sous la chaleur et l'impact de la balle. Et même tous ses grimoires de magie noire ne pourraient plus le ramener.

Quelque part, quelqu'un s'amusait à manipuler un pantin à l'effigie de Leland, mais ça n'était qu'un pantin.

Au-dessus, dans le garage, un objet roula sur le sol.

Juliette sursauta et braqua sa lampe vers la trappe.

L'objet s'immobilisa. On aurait dit une canette de bière roulant sur le ciment.

Juliette posa un pied sur l'échelle et entreprit de monter doucement.

La canette avait pu glisser avec le vent, ou peut-être qu'un animal était entré dans le garage, après tout elle avait laissé la porte ouverte.

Ça ne pouvait pas être pire. Non, plus maintenant.

Elle laissa dépasser sa tête du trou et éclaira devant elle. Plusieurs caisses lui bouchaient la vue, il y avait trop de choses dans ce débarras. Mais, de ce qu'elle perçut, aucun animal n'était là. Sauf s'il était tapi quelque part, caché en l'attendant ou prostré dans la peur. Aucun animal.

Ou aucun homme !

Juliette se hissa entièrement et alors qu'elle posait la lampe sur le sol pour se redresser, la chaîne de la poulie tinta.

Pas comme si le vent jouait avec ses maillons. Non, avec beaucoup plus de force, plus de *volonté*.

Comme si l'on venait de la secouer.

Et dans l'ombre sinistre, une silhouette se leva de son abri.

Juliette fit un pas en arrière et trébucha mais elle eut le réflexe de se maintenir à une malle plutôt que de basculer dans le trou.

Une voix neutre s'éleva, sans émotion.

— Ça faisait longtemps que j'attendais ce moment.

La silhouette fit un pas en avant.

Et le cœur de Juliette explosa dans sa poitrine.

Leland Beaumont apparut dans le faible pinceau de lampe encore au sol. C'était bien lui, en chair et en os.

Avec son sourire carnassier.

Il se jeta sur elle.

67

Le puissant V8 de la Mustang fit rugir ses pistons une dernière fois avant de retourner au repos. Brolin verrouilla les portes et sortit d'une poche de sa veste le morceau de papier ou était griffonnée l'adresse qu'il avait relevée dans l'annuaire. Puis il s'engouffra sur le trottoir de Montgomery street. La nuit tombait doucement sur Portland, sonnant l'heure de l'électricité.

Brolin n'avait pas fait cent mètres que son téléphone cellulaire vibra.

— Brolin, j'écoute.

— Josh, c'est Carl DiMestro. Où es-tu ?

— Au sud de Downtown. Il y a une urgence ?

— Écoute-moi. C'est à propos des cheveux que tu m'as laissés pour les comparer avec le poil que l'on a trouvé chez Camelia McCoy. Où t'es-tu procuré ces cheveux ?

— Pourquoi ? Tu as un problème ?

— Ces cheveux appartiennent probablement à celui qui a laissé un poil pubien chez notre dernière victime.

Brolin s'arrêta au milieu du trottoir, devant un surplus de l'armée.

— Impossible.

— Écoute, je ne peux pas en être totalement certain, vois-tu, il y a quelques nuances qui diffèrent, mais en tout cas ça y ressemble beaucoup.

Carl DiMestro entendit distinctement son collègue soupirer.

— J'avais osé espérer une réponse différente, Carl. Les cheveux que je t'ai confiés appartenaient à Leland Beaumont.

Lorsqu'ils avaient découvert la tombe vide, et une fois la stupeur passée, Brolin avait eu un réflexe professionnel. Il avait remarqué la présence de quelques cheveux sur le fond du cercueil, il s'en était emparé et les avait déposés dans l'un des petits sachets plastique qui ne quittaient jamais ses poches. Il l'avait fait dans l'idée de les faire analyser pour s'assurer que l'homme qui avait été enterré ici était bien Leland.

— Le Bourreau de Portland ? Mais… il est mort ! balbutia DiMestro.

— Ah ça oui ! J'ai vu son crâne exploser sous mes yeux ! Pourtant c'est son ADN que l'on a retrouvé sur le mégot du parking, et c'est un de ses poils qu'il a laissé chez Camelia, il y a trois jours de ça ! Carl, je ne sais pas ce qui se trame mais on se joue de nous.

Brolin refusait d'y croire. Tout portait à penser que Leland était revenu des Enfers pour commettre de nouveaux crimes.

Carl DiMestro reprit aussi vite son assurance rationnelle :

— Attends, c'est pas tout. On vient de terminer la comparaison génétique entre l'ADN du mégot, celui du tueur donc, et le prélèvement de salive de Milton Beaumont.

— Et ?

— Et j'ai un gros problème, Josh. L'ADN du mégot est celui de Leland Beaumont, le fils de Milton.

— Jusque-là, c'est normal. Enfin, je veux dire, on le sait désormais, même si c'est impossible et que Leland est mort. Où est le problème ?

— La comparaison génétique révèle des différences impossibles.

Brolin haussa le ton sans le vouloir :

— Quoi ? Quelles différences ?

— Josh, le type qui t'a filé sa salive ne peut pas être le père de Leland, il y a des dissemblances flagrantes. Une incompatibilité génétique. C'est un coup de bol si je l'ai remarqué mais en comparant les deux codes génétiques obtenus après traitement, je les ai bien observés. J'ai tout de suite vu qu'ils n'étaient pas similaires et donc que ton Milton n'est pas l'homme au mégot. C'était tellement flagrant comme inconciliabilité, je me suis souvenu que j'étais censé avoir sous les yeux l'ADN du père et du fils, or c'est absolument impossible. Ils ne sont pas du même sang.

— Merde, et personne ne s'en est rendu compte plus tôt ?

— C'est pas moi le flic de terrain.

— Excuse-moi. Appelle Lloyd Meats, raconte-lui tout ça et demande-lui de se documenter là-dessus. Je veux savoir si Leland a été adopté ou si le mec que j'ai vu chez les Beaumont n'est en fait pas Milton.

— C'est comme si c'était fait.

Brolin remercia fortement le chercheur et raccrocha. Il devait faire un effort pour garder la tête froide, ne pas tout mélanger. L'enquête s'emballait enfin, l'amorce était allumée. En quelques secondes, il échafauda une demi-douzaine de théories qui pouvaient expliquer la situation mais aucune ne semblait plus plausible que l'autre. Il balaya toutes ses suppositions d'un revers d'esprit. Tant qu'il ne disposerait pas d'éléments plus concrets, cela ne servait à rien d'extrapoler. Meats était sur le coup, en fin limier qu'il était, il débusquerait ce qu'il y avait à trouver en peu de temps. D'ici là, Brolin avait une autre partie du boulot à accomplir.

Il fit encore quelques pas et parvint devant une petite boutique. Par chance, elle était encore ouverte, le propriétaire faisant partie de ces rares commerçants à ne respecter que les lois de leur clientèle et de leur humeur. Brolin poussa la porte et entra. Des cannes à pêche étaient disposées dans des râteliers comme des armes prêtes à l'usage. Un peu partout, sur les étagères, suspendus à des fils de nylon, ou accrochés aux murs, des animaux le guettaient de leurs yeux de verre.

Brolin s'approcha du comptoir. Un homme d'une cinquantaine d'années lisait une revue à travers ses lunettes en demi-lune. Il avait le visage marqué de ceux qui ont exercé une profession à l'extérieur, les traits laminés pendant des décennies par les coups du vent, du soleil et de la pluie. Une casquette « NRA [1] » était vissée sur son front, décorée d'hameçons de toutes tailles.

La casquette et sa revendication incita Brolin à jouer franc-jeu et à sortir son badge d'inspecteur, un militant des milices de protection est souvent un fervent défenseur des forces de l'ordre.

— Bonjour, inspecteur Brolin. Vous êtes Fergus Quimby, le propriétaire ?

1. NRA : *National Rifle Association*, puissant lobby américain qui défend le droit au port d'arme en s'appuyant sur le IIe amendement de la Constitution.

Le type approuva en refermant sa revue, sensiblement intrigué par la présence d'un inspecteur dans sa boutique.

— J'aurais besoin de vos connaissances si vous ne voyez pas d'inconvénient à éclairer la lanterne d'un flic inculte en…

Brolin se tourna et embrassa toute la pièce d'un geste du bras.

— Qu'est-ce que vous voulez savoir ? demanda l'homme à la casquette sans plus de curiosité.

— J'aimerais que vous m'expliquiez comment vous procédez pour réaliser vos… vos montages.

— Pour commencer, tout dépend de la taille.

— Imaginons que vous avez à faire avec un gros mammifère.

— Un gros ? Avec les gros, la peau est plus vaste, elle varie énormément, elle peut se distendre ou se contracter, le plus important est donc de bien prendre les mensurations avant de dépecer la bête.

Les marques de craie. Le tueur prenait ses marques avec la craie, n'abîmant ainsi pas la peau.

— Ensuite, il faut savoir si vous êtes dans votre atelier ou en « voyage » comme on dit. Si vous êtes en forêt pour quelques jours, mieux vaut tanner la peau rapidement. Et pareil pour les os.

— À quoi servent les os ?

Les traits de Fergus Quimby se plissèrent comme une feuille de plastique sous une flamme.

— Les os, monsieur, c'est ce qui va faire votre monture. Sans les os, pas de silhouette, rien qu'un animal creux. Il faut les os pour redonner aux membres leur forme vivante, leur apparence.

— Et vous les traitez avec du savon arsenical et du carbonate de potasse, non ?

— Exactement. Ça éloigne les insectes et évite la putréfaction. On est tranquille ensuite. Pour la peau, c'est un peu plus délicat puisqu'il faut la faire tremper dans une préparation d'alun en poudre et de sel marin et surtout la faire sécher à l'ombre. On ne peut pas faire ça n'importe où.

Les explications du taxidermiste prenaient une signification autrement plus sinistre dans l'esprit de Brolin que le simple dépeçage d'un animal. Car derrière chaque phrase, Brolin voyait le tueur découper proprement la peau de sa victime, les avant-bras une fois, les jambes ensuite. Il avait sagement pris ses repères avec des marques de craie puis s'en était retourné dans sa tanière. Là, il découpait minutieusement la peau, nettoyait l'os de sa viande et traitait le tout avec les décoctions appropriées. Plus tard dans la journée, il caressait son chien et déposait un peu de savon arsenical qui s'était logé sous ses ongles dans les poils du canidé. Et quand, dans la soirée, il se frotte contre la lingerie de Camelia, il dépose à son insu quelques poils de son chien qui s'étaient accrochés à ses propres vêtements. Tout concordait.

Le tueur amputait ses victimes de leurs membres pour les empailler.

Dans quel but ? Brolin n'en avait aucune idée, mais c'était assurément le fantasme d'un esprit torturé.

Et pendant que le taxidermiste continuait ses explications, Brolin se prit à imaginer un homme dérangé, vivant au milieu d'une pièce avec des bras et des jambes empaillés sur les murs.

Des membres *humains*.

68

En un instant il était sur elle.

Ses puissantes mains se refermèrent sur Juliette tandis qu'elle tentait de reculer. Mais le choc la tétanisait, gelant tous ses gestes, embrumant sa volonté. Leland la frappa violemment au visage et elle tomba à genoux.

Le goût effrayant du sang se répandit dans la bouche de la jeune femme. Un signal d'alarme se mit à hurler dans son esprit, carillonnant à tout rompre, comme un instinct de survie soudainement activé.

Il était au-dessus d'elle, prêt à fondre sur sa proie, toutes serres déployées pour mordre dans la chair tel un prédateur céleste.

Juliette tourna la tête pour chercher une quelconque aide du regard et une douleur fulgurante la foudroya depuis la bouche jusque dans la tempe. Elle ne put s'empêcher de crier sous l'effet du mal. Leland lui avait fracturé la mâchoire.

L'alarme se mua alors en hurlement de rage.

Si elle ne réagissait pas immédiatement, elle était morte. Il n'y aurait pas de secours providentiel, pas cette fois, pas de *deus ex machina* salvateur, rien qu'elle pour agir ou périr.

Juliette vit sa lampe torche encore sur le sol. D'un bond, elle la saisit par le bout puis, la serrant de toutes ses forces, elle poursuivit son geste et mit tout l'élan disponible dans les muscles de ses cuisses pour se redresser.

La lampe frappa Leland à l'épaule.

Pendant une seconde, il fut complètement déstabilisé, plus par la surprise que par la souffrance, et il resta en suspens au-dessus de Juliette. Puis la jeune femme frappa une nouvelle fois, sans ménagement. Elle toucha la tête et la pommette de Leland explosa comme une étoile pourpre. Il se mit à hurler et fouetta l'air de ses longs bras, cherchant n'importe quoi à attraper, n'importe quelle partie de Juliette pour la broyer.

Elle hésita un court instant sur ce qu'elle devait faire, dans quelle direction fuir. Leland était sur le chemin de la sortie, à moins qu'elle ne se jette vers l'autre porte, celle donnant dans la maison. C'était trop risqué, elle ne la connaissait pas.

Juliette relâcha la lampe et s'élança vers la sortie, contournant Leland tandis qu'il jurait en épongeant son sang à l'aide de sa manche.

Elle fit deux pas et le bras du Bourreau se déplia d'un coup. Sa main s'ouvrit comme une araignée jaune et empoigna les cheveux de la jeune femme au moment où elle le dépassait. Avec l'élan, elle manqua de peu de se rompre les cervicales quand il la tira d'un coup sec en arrière.

Elle hurla et s'effondra sur le dos.

Mais déjà, il était sur elle, déployant ses longs bras tout autour de sa proie, les yeux avides fixés sur elle, le sourire affamé. Il sortit de sa poche un objet sombre de la taille d'une télécommande de télé et l'approcha de Juliette. Celle-ci vit un arc bleu jaillir du boîtier, comme un éclair, et bien que sonnée par la douleur et la chute, elle agita frénétiquement ses bras devant son agresseur pour l'empêcher d'approcher.

Il força le passage, la frappant une nouvelle fois au visage.

Le dernière chose que Juliette perçut fut les soubresauts de son corps quand le boîtier délivra en elle une lourde charge électrique.

⁂

La morsure des liens sur ses poignets. Elle revint à elle difficilement, alors qu'un liquide tiède lui coulait sur le visage. Elle ouvrit les yeux et la douleur fut instantanée. Sa mâchoire pesait des tonnes et lui lançait des piques d'une violence inouïe. Son œil droit eut plus de mal à s'ouvrir et elle comprit qu'il était tuméfié.

— Allez, on se réveille. Assez dormi comme ça.

La voix était toujours aussi atone, mais l'autorité qui en émanait frisait la haine.

Sa vue s'accoutuma à l'obscurité et Juliette crut dans les premiers instants qu'elle était toujours dans le garage de Leland. Mais il faisait plus chaud ici et c'était aménagé différemment. Elle vit qu'elle se trouvait en fait attachée à une chaise, les mains dans le dos du dossier et les chevilles ligotées aux pieds. C'était un atelier assez grand, et surtout très sombre, sans fenêtre. Un long néon violet éclairait un plan de travail en face d'elle et l'autre source de lumière provenait de sa droite. Malgré son œil blessé, elle parvint à distinguer un aquarium d'au moins trois mètres de long, d'où émanait la luminosité verte. Il n'y avait pas de poissons dedans.

L'absence de bâillon sur ses lèvres lui indiqua que la pièce était soit insonorisée, soit loin de tout voisin, ce qui lui fit monter les larmes qu'elle refréna aussitôt.

— Ça te plaît ici ?

Juliette reporta son attention sur la silhouette de l'autre côté. Leland se tenait là. C'était bien lui. Malgré l'éclairage faible, elle pouvait distinguer ses traits et il n'y avait aucun doute possible. Certes il n'était pas tout à fait le même, peut-être plus maigre, la folie avait également marqué son visage mais dans l'ensemble, c'était bien Leland Beaumont.

Celui qui était mort un an plus tôt.

— Tu sais, je ne t'en veux pas pour ça, fit-il en posant un doigt sur le pansement qui ornait tout le haut de sa joue. C'est normal.

Puis il s'approcha d'elle et posa sa main entre les cuisses de Juliette.

— Et ça aussi c'est normal, fit-il sans plus d'émotion.

Il se mit à caresser le pantalon de Juliette, à frotter sa main énergiquement avec de plus en plus de force si bien que la jeune femme sentit la brûlure monter. Puis il s'arrêta comme il avait commencé, s'écarta et plaqua sa main sous son nez. Il respirait bruyamment, ses narines émettant de petits sifflements aigus.

Juliette décrispa les muscles de ses jambes. Étrangement, elle ne se sentait plus tétanisée par la frayeur. Son cœur battait vite, ses mains étaient moites mais elle n'avait pas ce sentiment d'effroi qui paralyse le corps et la raison. La peur s'était diffusée dans tout son être, elle l'habitait à présent, pesant sur son corps, faisant flotter sur son âme un désespoir languissant. Elle vivait à présent avec la peur. Elle était sa compagne.

Leland cessa de renifler ses doigts et revint se poster face à elle.

— Tu veux que je te montre ma collection ?

Elle leva la tête péniblement jusqu'à pouvoir le regarder dans les yeux. Il détourna aussitôt le regard et s'en alla presser un bouton. Il fuyait son regard, incapable de l'assumer tant qu'elle serait vivante.

Tout un pan de mur s'illumina avec une guirlande de Noël multicolore. Le genre de grosse guirlande qui s'accroche sur les toits des maisons, et qu'il devait avoir volée une nuit d'hiver. Les ampoules étaient disposées un peu partout sur les lambris, de façon à serpenter entre tous les animaux empaillés sur le mur. Une cohorte de bêtes mortes contemplait Juliette, leurs yeux brillant dans l'éclat jaune, bleu, rouge et vert de la décoration lumineuse.

— Oh, toi tu vas pas trop aimer tout ça, hein ? C'est ma collection, expliqua-t-il avec, pour la première fois, une pointe d'émotion dans la voix.

Il passa sa main sur le mufle d'un animal. En faisant un effort pour mieux distinguer dans la pénombre, Juliette comprit qu'il s'agissait d'une tête de chien accrochée au mur.

— Je l'aime bien ma collection. Mais pour toi, j'ai un truc mieux encore, fit-il tout d'un coup très satisfait de lui-même. J'ai ton amoureux pour toi. Si, si, regarde.

Cette fois, les mains de Juliette se mirent à trembler. Il s'approcha d'elle et dans un effort non dissimulé, il la souleva pour tourner la chaise, lui faire un tour de 180 degrés.

Il faisait tout noir dans cette partie de l'atelier. Ni le néon violet, ni le vert liquide de l'aquarium ou les teintes chaudes de la guirlande ne perçaient jusqu'ici.

— Je crois que tu vas beaucoup plus aimer, commenta-t-il simplement.

Il pressa un autre interrupteur et un petit spot éclaira depuis le sol.

Un homme était crucifié sur le mur.

Il avait un beau costume qui prenait la poussière, et des mains blanches. Son visage était également parfaitement blanc, les lèvres à peine plus colorées. Il portait un chapeau melon noir qui lui recouvrait le front.

Juliette était stupéfaite. Absolument désorientée par ce visage improbable.

— La peau est blanche, c'est parce que normalement, c'est la chair qui nous donne la couleur rose ; mais faut m'excuser c'était le premier que je faisais, s'expliqua son ravisseur.

Et là, sous le bord du chapeau, Juliette remarqua le vide.

Le haut de son crâne était absent.

Son visage était incomplet, arraché au-dessus des sourcils.

Elle contemplait le cadavre empaillé de Leland Beaumont.

69

Brolin poussa la porte du bureau de Lloyd Meats. Celui-ci venait de raccrocher son téléphone et cliqua sur la souris de son ordinateur pour faire apparaître une autre page de données. Ce qui surprit Brolin en revanche fut de découvrir Bentley Cotland dans le bureau.

— Tu tombes bien, lança Meats à Brolin. Ça fait une heure que j'essaie d'avoir quelqu'un des services sociaux mais je tombe sur des répondeurs ou des abrutis.

— À neuf heures du soir, c'est étonnant, railla Bentley sans méchanceté.

— Carl t'a expliqué ? demanda Brolin.

Meats montra son écran.

— D'après toi, qu'est-ce que je fous sur Internet ? Et pourquoi j'appelle les services sociaux ? Oui, il m'a expliqué. C'est quand même dingue cette histoire ! On vient de trouver la trace de Leland Beaumont, ou plutôt de Gregory Phillips. Fils de Kate et Stephen Phillips. C'était son nom jusqu'en 1978, date à laquelle il a été adopté par la famille Beaumont.

— Leland adopté ? Comment est-ce qu'on a pu passer à côté de ça ?

— Si ça n'est pas inscrit dans son dossier, c'est le genre de renseignement que tu cherches chez un mort, toi ? Quand on s'est intéressé à lui, il était déjà tout froid, personne n'a gratté jusque-là. Ce qui préoccupait tout le monde, c'était les sévices qu'il infligeait à ses victimes, et surtout de s'assurer qu'on les avait toutes identifiées. Personne n'a vraiment cherché à creuser dans les moindres détails de sa vie, il était mort alors forcément, cela présentait moins d'intérêt. Même les journalistes se sont contentés de relater les faits.

— Ils étaient bien trop occupés à harceler Juliette, remarqua Brolin.

Meats haussa les épaules.

— Oui, et puis Milton Beaumont est trop misanthrope pour se faire aimer des médias. On a laissé l'affaire se clore d'elle-même, je pense que ça nous arrangeait un peu tous. Et je crois que l'orphelinat où Leland séjournait n'était pas très... comment dire... très clair.

— Explique-toi.

— Oui, c'était un établissement où les règles conventionnelles n'étaient pas aussi respectées qu'elles l'auraient dû. Ceux qui géraient ça préféraient voir les gamins partir avec un couple, même si celui-ci ne répondait pas à tous les critères obligatoires, plutôt que de les laisser grandir sans parents entre leurs murs. Du coup, le suivi administratif n'est pas toujours très net là-dedans. Pour tout te dire, c'est un coup de bol si nous avons débusqué l'info aussi vite. L'établissement, qui était en Floride, est fermé depuis plus de quinze ans maintenant.

— D'où vous tirez ça ?

— C'est Bentley qui a dégotté ça dans les archives des journaux grâce à Internet.

L'intéressé opina du chef, assez fier de lui.

— Oui, quand l'inspecteur Meats a trouvé le nom de l'orphelinat, je me suis servi de Newsweb pour savoir un peu à quel genre d'établissement on avait affaire, pas plus compliqué. Newsweb est un serveur qui recherche par mots-clés à travers les archives d'un nombre incroyable de journaux locaux et nationaux. L'outil idéal pour peu que l'on sache s'en servir.

— Entre nous, je ne crois pas qu'un couple comme les Beaumont aurait eu accès à l'adoption dans un établissement « normal ». Ils étaient déjà bien trop marginaux, ajouta Meats.

Brolin s'approcha de la fenêtre et contempla la vue.

— Milton Beaumont n'est pas clair, dit-il. Pour être honnête, la dernière fois que je l'ai vu, je ne l'ai pas trouvé aussi bête qu'il veut bien nous le laisser croire. Je me trompe peut-être mais je commence à me demander si ce Milton n'est pas un manipulateur de génie. Il pourrait être le Corbeau.

— Vous croyez ? s'étonna Bentley en se redressant sur sa chaise.

— Si on part du principe que Milton est un parfait menteur, pourquoi pas ? Je veux dire, il en sait plus sur Leland que quiconque puisque c'est lui qui l'a élevé, s'il a été capable de nous mentir aussi bien, il est tout à fait à même de manipuler une tierce personne.

— Ça voudrait dire qu'il nous joue la comédie depuis le début, depuis plus d'un an ? Mais dans quel but ?

— Je n'en sais rien, c'est juste une hypothèse. Je n'ai pas aimé sa manière de me regarder partir la dernière fois, comme s'il savait pertinemment qui j'étais, et qu'il s'apprêtait à jouer avec moi. Pendant une seconde, j'ai bien cru que toute la débilité qui le caractérise habituellement venait de disparaître, remplacée par un esprit terriblement aiguisé et mauvais.

— Tu veux qu'on lui colle une bagnole au cul ? Qu'on l'observe un peu…

Brolin hésita un moment, puis se ravisa :

— Pas maintenant. On n'a rien contre lui et il remarquerait vite qu'il est surveillé, s'il est coupable il pourrait s'arrêter ou noyer le poisson.

Bentley hocha vigoureusement la tête.

— C'est très juste, approuva-t-il. Nous n'avons pas de preuve, tout juste un mégot avec l'ADN de Leland Beaumont ce qui ne veut rien dire. Aucun juge ne vous suivra là-dessus. Et le poil n'est pas recevable par une cour, pas sans l'ADN. Il faut des preuves plus tangibles. Légalement, on n'a rien qui relie Milton aux meurtres commis récemment.

Personne ne releva que le futur assistant de l'attorney avait employé le *nous*, s'incluant pleinement dans l'investigation. C'était après tout une marque d'investissement personnel.

— Bon, et toi ? T'as quelque chose ? interrogea Meats.

Brolin leva le dossier qu'il tenait sous le bras.

— Qu'est-ce que c'est ?

— La liste des abonnés à la revue *Taxidermie en Oregon*.

— C'est quoi ce merdier ? s'impatienta Meats.

Brolin prit un fauteuil et se plaça en face de son collègue.

— Je pense que notre tueur pourrait y être abonné.

— Ah oui ? Et comment tu en es arrivé là ?

C'était une longue explication. Brolin décida de faire au plus court. Il exposa ses découvertes de la journée, et termina avec le plus sensationnel. Meats et Bentley l'écoutèrent, bouche bée.

Quand il eut terminé, Meats ne put s'empêcher de répéter :

— Tu crois vraiment qu'il ampute ses victimes pour empailler leurs membres ? Mais pour quoi faire ? On n'empaille pas un membre ! Tout l'individu à la rigueur, mais pas seulement un bout, ça ne rime à rien !

— Je ne sais pas, Lloyd, peut-être qu'il suit un cheminement précis qui nous échappe mais pour l'instant c'est la seule piste que nous avons.

Bentley prit le dossier et commença à feuilleter la liste des abonnés quand la porte du bureau s'ouvrit en trombe sur Larry Salhindro en sueur.

Brolin se leva aussitôt.

— Qu'est-ce qui se passe ? demanda-t-il comme pris d'une mauvaise intuition.

— C'est… Juliette. Elle a disparu.

Un vide énorme se creusa dans l'estomac de Brolin.

— Elle était au bord de la Columbia, Gary et Paul étaient en retrait pour lui foutre un peu la paix et quand ils ont commencé à s'inquiéter de ne pas la revoir, ils ont rejoint sa voiture et Juliette n'y était plus.

— Est-ce qu'ils ont vu un autre véhicule s'approcher d'elle ? Ou quelqu'un ?

— Non, rien du tout. Gary pense qu'elle s'est volontairement tirée, pour être toute seule.

— Non, c'est pas son genre, objecta Brolin. Elle sait qu'un danger potentiel plane sur sa tête. Il faut la retrouver. Vous avez envoyé quelqu'un du labo pour relever les traces ?

Salhindro posa une main amicale sur l'épaule de son ami.

— Josh, on va faire ce qu'il faut. Mais le mieux c'est que tu restes en dehors de ça, d'accord ? Je sais que tu l'aimes bien la petite, et j'ai déjà lancé un appel à toutes les patrouilles. Elle doit probablement se balader au bord de la Willamette, elle nous fait une petite crise de doute et bientôt, on l'aura retrouvée. Aussitôt qu'on la repère, je t'en informe et c'est toi qui iras lui parler. Ça te va ?

Brolin réalisa que ses ongles s'enfonçaient dans la paume de ses mains tant il serrait les poings. Et si Juliette n'était pas en proie au doute mais entre les mains du tueur ?

Il était incapable de rester sans rien faire, dans l'attente d'une certitude.

Soudain Bentley Cotland brisa le silence.

— Hey, c'est très fort ça ! s'exclama-t-il. Dans ta liste des abonnés à la revue taxidermique de l'Oregon, j'ai un Milton Beaumont. Crow Farm, Bull Run road, Multnomah county.

Le sang quitta le visage de Brolin en un instant. Ça faisait beaucoup trop de recoupements pour n'être qu'un hasard.

La seconde d'après, il était dans le couloir, courant vers le parking.

70

Quelque part dans le monde se trouve une pièce de taille moyenne. Il n'y a aucune fenêtre et l'on y voit assez mal car les seules sources de lumière sont colorées de teintes peu vives. Un néon violet y bourdonne en permanence, et un grand aquarium sans poisson irradie les lambris d'une luminescence verte, presque surnaturelle. C'est un atelier de préparation, de confection mortuaire diraient certains. Des dizaines d'animaux y sont empaillés, fixés aux murs entre les méandres d'une longue guirlande de Noël. Mais à bien y regarder, dans le fond de l'atelier, on trouve d'autres sujets de travail. Posés sur des étagères, des bras, des jambes, un torse et deux têtes ont été pareillement vidés de leur substance pour être conservés. Tous d'origine humaine.

Ces membres appartiennent à des clochards, et ont été prélevés ces derniers mois, dans l'anonymat général. Leurs corps nourrissent à présent les vers de la forêt.

Celui qui se fait appeler le Taxidermiste par ses « sujets » se tient aux côtés de Juliette, tellement content de lui montrer son double, là, rivé à son socle, bourré d'étoupe, de tiges de fer, d'os et de plâtre.

Juliette restait médusée face à cette apparition. Leland Beaumont était bien face à elle, mort et empaillé. C'était impossible. Qui se tenait à ses côtés alors ? Qui était cet homme qui lui parlait, respirait et bougeait ?

— C'est ton amoureux, hein ? s'exclama le Taxidermiste avec une once de moquerie. C'est lui qui me l'a dit. L'année dernière, il me l'a dit. Il a dit que vous alliez…

Un sourire stupide se dessina sur son visage.

— Enfin… tu vois quoi. Mais maintenant, il est là.

Le Taxidermiste pencha la tête sur son épaule, anormalement bas, comme pour admirer sous un angle nouveau l'homme qui pendait à son socle. Il était en proie à un grand dilemme, comme s'il était impossible que Leland se tienne là, parfaitement mort.

Juliette parvint à calmer sa respiration et les tremblements de ses mains s'estompèrent. Elle déglutit péniblement et réussit à émettre un son articulé.

— Qui… Qui êtes-vous ? demanda-t-elle tandis que le feu se propageait dans sa gorge.

Le Taxidermiste tourna d'un coup la tête vers elle, presque affolé qu'elle puisse parler. Pendant un court moment, Juliette crut qu'il allait la frapper avec une haine dépassant la raison, mais il sembla se détendre aussitôt. Il fit comme s'il n'avait rien entendu et contempla l'homme vide fixé en face.

— Je suis Wayne. Wayne Beaumont, dit-il timidement, comme un enfant qui se présente à l'école. Et lui, c'est mon frère. Leland Beaumont.

Il pointait son index vers l'individu empaillé.

Juliette sentit que sa tête se mettait à tourner de nouveau et se concentra sur le petit spot qui éclairait le corps de Leland depuis le sol. Le paysage se fixa.

— Bon, c'est vrai que je l'ai pas trop réussi mais c'est parce qu'il était déjà abîmé quand on l'a sorti de la tombe. C'est pas ma faute. L'Œuvre est beaucoup plus réussie. Tu veux la voir ?

Sans attendre de réponse, Wayne se dirigea vers le fond de l'atelier et fit coulisser tout un pan de mur. Celui-ci glissa dans un cliquetis métallique et la lumière monta progressivement derrière, dans une mise en scène parfaitement calculée. Plusieurs petits néons violets irradiaient cette alcôve secrète, et Wayne recula avec dévotion face au spectacle.

On avait reproduit le corps d'une femme grâce à une armature de tiges métalliques. Elle était de taille réelle, assise dans un grand fauteuil en osier. Mais surtout, sa tête était *vraie*, une véritable tête humaine parfaitement conservée, disposée sur le sommet de l'armature. De même, ses avant-bras et ses deux jambes n'étaient pas de fer, mais en véritable peau de femme. Juliette comprit alors ce qui s'était passé. Les deux victimes dont on avait amputé les membres, les avant-bras pour l'une, les jambes pour l'autre, se tenaient à présent ici, en partie.

— C'est l'Œuvre, présenta Wayne pieusement. C'est Abigail, ma mère. La tête est bien conservée, j'ai tout de suite fait ce qu'il fallait quand elle est partie. Mais son pauvre corps était trop abîmé, alors je cherche de la matière pour le reconstituer. Tu vois, c'est beau hein ?

La nausée se disputait le corps de Juliette avec son instinct de conservation qui se refusait à laisser la moindre faille s'ouvrir.

Ce qu'elle avait devant elle était tout simplement abominable. La teinte violette des néons ne suffisait pas à bien masquer les taches sombres qui marquaient la base du cou de cette tête.

Ainsi, Leland avait un frère. Et ensemble, ils avaient appris à tuer, car ça ne faisait aucun doute, ils avaient été complices, d'une manière ou d'une autre. Abigail Beaumont était morte depuis plusieurs années, Leland avait-il vu ce spectacle macabre ? Certainement. Mais lequel des deux avait entraîné l'autre dans cette spirale de folie ?

— Et bientôt, ma mère, elle sera parmi nous, reprit Wayne. Elle va remonter le fleuve des morts et elle sera là. Son âme sera là.

Juliette ferma les yeux. La panique, le désespoir et la fatigue gagnaient du terrain.

— Vous êtes complètement fou… murmura-t-elle tandis que son visage se crispait sous la peur et les larmes.

Wayne fut sur elle en un instant, sa main se leva, prête à s'abattre avec rage quand une voix s'éleva. Asexuée et froide comme le crochet d'un abattoir, elle était parfaitement calme.

— Wayne, non. Ça n'est pas le moment.

Elle provenait de derrière. Des pas s'approchèrent lentement dans le dos de Juliette.

— Oh, non mademoiselle. Il n'est pas fou du tout.

Soudain, un souffle chaud glissa dans le cou de la jeune femme, et un chuchotement remonta le long de sa peau pour pénétrer son oreille :

— Il ne fait que m'obéir.

71

Les portes de l'ascenseur s'ouvraient à peine que Brolin se jetait en avant. Lloyd Meats qui était dans son dos eut peine à le suivre.

— Josh, attends, on ne peut pas débarquer comme ça chez Milton !

Brolin était déjà en train de déverrouiller les portes de la Mustang.

— Je ne vais pas prendre le risque que ce soit bien lui, et que Juliette soit entre ses mains ! s'écria-t-il en entrant.

Meats cogna sur le toit de la voiture et bondit à contrecœur sur le siège passager.

— Tu ferais mieux de descendre, lui enjoignit Brolin.

— Si tu dois rentrer dans le lard de Milton Beaumont, j'aimerais autant être présent. Fonce.

Le moteur gronda avec rage dans les souterrains et les pneus hurlèrent sur l'asphalte tandis que la Mustang s'élançait dans un nuage de caoutchouc brûlé.

— J'espère que tu es conscient que nous n'avons aucun mandat, c'est illégitime ce que tu vas faire, fit remarquer Meats. Il n'y a pas flagrant délit !

— Sauf si Juliette est présente là-bas.

— Alors c'est au SWAT d'intervenir, c'est leur boulot, pas le nôtre !

— Lloyd, tu sais très bien qu'ils ne pourront pas être sur les lieux avant une heure. J'ai un mauvais pressentiment.

L'adjoint du capitaine à la Division des enquêtes criminelles martela nerveusement le tableau de bord en jurant. Il ne fut qu'à moitié rassuré d'apercevoir une voiture de patrouille qui les suivait à pleine vitesse, avec Salhindro au volant.

Le V8 vrombissait comme une fusée quand ils dépassèrent les 180 km/h sur l'Interstate 84. En moins de vingt minutes, ils étaient aux magnifiques chutes de Multnomah et quittaient l'Interstate pour des routes plus petites, plus dangereuses avec les ravins qui les bordaient.

Ils avaient quitté le central de police depuis une demi-heure quand le téléphone cellulaire de Lloyd Meats sonna. C'était Bentley Cotland qui avait poursuivi ses recherches via Internet. Meats pressa la touche du haut-parleur de son portable pour que Brolin profite de la communication.

— Inspecteur Meats, j'ai trouvé quelque chose d'incroyable ! s'exclama Bentley tout excité. J'ai lancé une recherche sur Newsweb avec le nom des parents de Leland. Enfin je veux dire ses vrais parents biologiques, Kate et Stephen Phillips. Et je suis tombé sur un article datant de juillet 1980. On y apprend que les Phillips avaient un petit garçon du nom de Josh, comme l'inspecteur Brolin, et qu'il a été enlevé dans un supermarché. Vous vous rendez compte ? Ils laissent leur premier gamin aux services sociaux à sa naissance en

1976, et gardent le deuxième qui se fait enlever quatre ans plus tard !

D'un seul coup, une autre pièce du puzzle s'encastra dans la trame.

— Bentley, est-ce qu'il est dit qu'on a retrouvé le corps du gamin ? demanda Brolin.

— Euh… Non, ils parlent d'enlèvement, mais on n'a jamais retrouvé le corps.

Brolin jura et s'écria :

— Évidemment ! Ça explique l'ADN.

— Quoi ? Qu'est-ce que ça explique ? questionna Meats.

— Imagine deux secondes : Kate Phillips tombe enceinte, manque de chance, c'est des jumeaux. Pour des raisons personnelles, Kate et Stephen Phillips abandonnent l'un des deux garçons aux services sociaux en 1976. Ce même garçon que les Beaumont vont adopter deux ans plus tard. En 1980, l'autre gamin, celui que les Phillips ont gardé, est enlevé. Pas tué, enlevé. Il est tout à fait possible qu'il soit toujours en vie donc.

— Et quel est le rapport avec l'ADN ?

— Carl DiMestro nous a dit que l'ADN d'un homme est strictement personnel, sauf dans le cas des jumeaux homozygotes, issus du même œuf.

— Tu veux dire que Leland est bien mort, mais que c'est son frère jumeau qui commet les crimes ?

— Et pourquoi pas ? Ça sonne bien mieux qu'une histoire de mort vivant, tu trouves pas ?

Meats haussa les épaules.

— C'est dingue un truc pareil ! Comment expliques-tu l'enlèvement, les années sans qu'on le retrouve ? Et pourquoi il ferait ça ? Pour venger son frère ? Ça ne colle pas !

Brolin accéléra, les phares de la Mustang perçant la nuit à une vitesse défiant les lois de la prudence.

Plutôt que de répandre sans fin des suppositions stériles, Brolin se mura dans le silence, concentré sur la route. Il fallait faire vite.

La voiture de patrouille que conduisait Salhindro avait été semée depuis longtemps, il lui faudrait dix minutes de plus pour parvenir chez Milton Beaumont. Ils ne seraient donc que deux.

Quelques minutes plus tard, la Mustang franchissait un mur de fougères pour s'approcher du repaire de Milton. Avant que les phares ne puissent les trahir, Brolin coupa tout et immobilisa la voiture au milieu des broussailles.

Armé d'une lampe et de son Glock, il s'élança sur le chemin. Meats sortit de la voiture et, voyant son collègue s'éloigner l'arme au poing, il fit de même en soupirant.

Il n'était pas aisé de progresser sans lumière, les pierres étaient nombreuses et les branches fourbes prêtes à accrocher une cheville. Les deux inspecteurs prirent chacun une ornière et marchèrent à grandes foulées. Une effraie hulula à leur passage, et Brolin se souvint subitement de la passion de Leland pour le dressage des rapaces. Il se prit à espérer que l'oiseau n'était pas dressé pour alerter d'une intrusion bien qu'il lui parût peu probable d'en arriver à ce degré de domination.

Une lueur blafarde apparut au détour d'un grand sapin de Douglas.

En s'approchant, les deux hommes l'identifièrent comme émanant d'une construction. Et en effet, ils parvinrent rapidement au conglomérat de caravanes, de rondins, de tôle et parpaings qui constituaient le « manoir » Beaumont. Une fenêtre près de la porte de devant – mais était-ce l'unique porte de devant ? – projetait sa morne clarté à l'extérieur. Brolin fit signe à son partenaire qu'il prenait par-devant et indiqua à Meats d'aller derrière. Il aurait voulu lui enjoindre d'être prudent et de faire gaffe à un chien, mais il préférait garder le silence intact. De plus, rien ne prouvait qu'il y avait bien un chien, après tout les poils retrouvés chez Camelia appartenaient à la famille des canidés, cela pouvait être un renard empaillé sur lequel venait de travailler le tueur. Et puis Brolin n'avait pas remarqué la moindre présence d'un chien lors de sa dernière visite.

Il courut aussi vite que possible, allant d'épave de voiture en fût empli d'eau de pluie pour se mettre à couvert, et rejoignit la porte. Il risqua un rapide coup d'œil à l'intérieur en levant la tête devant la fenêtre.

La pièce était étroite mais longue, éclairée par une lampe tempête posée sur une table. Personne.

Brolin tourna la poignée et entra. La porte anti-moustique couina en se refermant derrière lui et il se mit aussitôt à couvert derrière un fauteuil miteux. En trois secondes, il était dans la pièce suivante, l'arme pointée vers le sol mais prête à jaillir. La cuisine était vide également. Brolin poursuivit, les tempes battantes.

Il entra dans une chambre.

Le lit était large, recouvert d'un plaid de laine qui n'avait pas dû être changé depuis des années. Une armoire et un miroir, et rien aux murs hormis un long crucifix au-dessus du lit. La chambre était triste et sans vie, pourtant Brolin était certain que c'était celle de Milton. Il s'approcha silencieusement du lit et le contourna pour scruter par la fenêtre.

Quelque chose n'allait pas. Il y avait de la lumière mais aucune trace de Milton.

Sauf s'il nous a entendus venir et qu'il patiente tranquillement dans un coin jusqu'à ce que l'un d'entre nous passe devant et qu'il lui plante un tisonnier dans le crâne !

Rien dehors. De toute façon, il faisait trop noir pour y voir quoi que ce soit. Brolin fit demi-tour et s'arrêta d'un coup. Il tourna la tête sur sa droite et remarqua ce que son regard avait accroché. Le coin d'une feuille de papier cachée entre le matelas et le sommier. Il tira dessus et découvrit des reproductions A4 de dessins de Botticelli.

« L'Enfer » de Dante.

Plusieurs petites lithographies aux couleurs ocre illustrant les neuf cercles de l'Enfer.

Brolin s'agenouilla et passa la main plus loin sous le matelas. Ses doigts heurtèrent une surface rigide. Il tira dessus et en sortit un vieux livre abîmé. C'était un antique grimoire, fin et parchemineux. Brolin ouvrit la page de garde et le titre apparut en lettres gothiques : *Necronomicon*. Une bible de magie noire.

Cette fois, il n'y avait plus aucun doute.

Milton Beaumont était un dément.

Mais un dément incroyablement malin.

72

Le souffle chaud de son haleine envahissait le cou de Juliette.

— Wayne, mon petit. Laisse-nous un moment, s'il te plaît.

La voix était douce mais autoritaire et Juliette ne se leurra pas, s'il désobéissait, Wayne le regretterait aussitôt.

Celui-ci se dandina d'un pied à l'autre, hésitant. Puis il se mordit la lèvre inférieure avec force et s'en alla. La porte se referma doucement.

— Enfin seuls.

Une main se posa sur l'épaule de Juliette. Des doigts osseux se mirent à la caresser.

— Je me suis souvent demandé quel effet cela me ferait, fit la voix. J'ai parfois failli vous rendre visite, sans jamais franchir le pas. Une veine que Wayne ait été présent ce soir chez Leland. En fait, il y va assez souvent même si je lui dis que c'est dangereux. Il pourrait se faire pincer.

Juliette sentit les doigts passer sous son pull, toucher sa peau et malaxer son épaule. Elle voulut serrer les dents mais la douleur de sa mâchoire était insupportable. Elle réussit néanmoins à rassembler suffisamment de courage pour parler, bien que lentement :

— Que… me voulez… vous ?

Sans même le voir, Juliette entendit les babines se retrousser à côté d'elle, la bouche s'étirer en un sourire cruel. La main descendit, caressa la bretelle de son soutien-gorge.

— Voyez-vous, je ne demande pas grand-chose. Un peu de bonheur et que l'on me foute la paix.

Il, car Juliette en était à présent certaine, il s'agissait d'un homme, il avait dit cela comme on dit que l'on veut une cigarette. Avec une réelle simplicité. Il continua sur le même ton, sans que la situation ne le perturbe.

— Ma femme et moi avons adopté Leland en 1978, à Arcadia en Floride. Je pense que vous trouverez ça normal si je vous dis que nous avons essayé d'en savoir un peu plus sur sa famille originelle, on voulait s'intéresser au petit. Le comprendre. Alors on a découvert que cette bonne à rien de Kate je-ne-sais-plus-quoi avait eu deux garçons. Des jumeaux. Et comme elle ne voulait surtout pas de deux gosses, qu'elle ne pourrait pas les assumer, elle a *choisi* lequel elle allait abandonner. Vous vous rendez compte ? Il y a de ces gens aux États-Unis, je vous jure !

La main descendit, les doigts rugueux et froids glissèrent sous le bonnet du soutien-gorge et pétrirent le sein qui se soulevait sous la respiration tremblante de Juliette. Elle ferma les yeux et une larme coula sur sa joue.

— Comment vouliez-vous que nous laissions ce petit garçon avec des parents pareils ? continua la voix. Leland méritait d'avoir son frère à ses côtés. Alors nous l'avons pris. Oh, ça n'a pas toujours été facile, il a fallu qu'il se cache. Et puis, on déménageait beaucoup. Tenez, à une époque il a même dû dormir à la cave, près de la chaudière, mais dans l'ensemble nous avons su lui donner l'amour qu'il méritait.

Les doigts trouvèrent le téton et ils se mirent à tourner autour, le pincer doucement. La voix reprit plus calme encore :

— Le pauvre Wayne en a un peu bavé, je l'avoue. Ma femme était sévère avec ses enfants, mais elle maîtrisait la situation. Wayne a vécu dans l'ombre, personne n'a jamais su qu'il existait. Et comme il ressemblait comme deux gouttes d'eau à Leland, on pouvait les confondre aisément. C'est ma femme et moi-même qui lui avons tout appris. Tout ce qu'il sait, il nous le doit. Si, si.

La main pressa le sein de Juliette un peu plus fort. De son autre main, l'homme désigna la reconstitution humaine de femme qui trônait dans son alcôve.

— Ah, je vois que Wayne vous a montré notre Œuvre. C'est du bon travail n'est-ce pas ? Il vous a expliqué ce qui va se produire ?

La main écrasa subitement le sein, arrachant à Juliette un cri de douleur.

— Non, me dites-vous ? Eh bien, sachez que vous êtes en présence de celui qui a percé le secret de l'immortalité. Oui, je vous l'assure. J'ai été élevé avec le texte de Dante, la *Divine Comédie*. C'est un texte sacré, il recèle le chemin de la foi, et celui des miracles. Vous savez, à force de le lire, j'ai découvert tous ses petits secrets. C'est écrit noir sur blanc mais la plupart des gens ne savent plus lire les textes saints. Dante nous explique comment il a traversé les neuf cercles de l'Enfer, comment il a atteint le purgatoire pour découvrir sa Béatrice. Celle-là même qui va lui montrer le chemin du Paradis. N'est-ce pas magnifique ? Hein ?

De nouveau, il pressa son sein jusqu'à faire gémir sa prisonnière.

— Ah, vous trouvez également ! Alors, est-ce que vous comprenez maintenant ? Nous sommes en train de reconstituer le corps de ma femme, morceau par morceau, nous sélectionnons ceux qui ressemblent le plus à ce qu'elle était. Oh, ça n'est pas très évident, mais on y arrive, avec beaucoup de patience, il suffit de feuilleter les catalogues. C'est à ça que ça sert, non ? Dans une société comme la nôtre, tout est à vendre et les catalogues, c'est pour faire nos courses, n'est-ce pas ?

Juliette prit les devants et murmura un vague assentiment.

— Alors, petit à petit, nous collectons les pièces qui vont constituer le nouveau corps de mon Abigail. Car le corps meurt, mais pas l'âme. Elle descend en Enfer, au purgatoire ou au Paradis, mais elle est immortelle. Et Wayne et moi, nous sacrifions une âme par cercle de l'Enfer, ainsi nous remontons l'Achéron, le fleuve des morts, et de cercle en cercle nous allons remonter vers l'âme d'Abigail. Bientôt son nouveau corps sera prêt et nous retrouverons son âme. Alors elle reviendra avec nous. Car peu à peu, l'Achéron nous amène au Léthé, fleuve de l'oubli où les âmes franchissent le sommet du purgatoire et sont purifiées, lavées de leurs fautes. Là, Abigail sera à nous attendre dans sa candeur et sa pureté, prête à redescendre avec nous dans cet habit de l'âme que nous lui avons préparé.

C'était pire qu'un cauchemar, Juliette voyait fuir d'elle les dernières parcelles d'espoir. Ces gens étaient absolument fous. Jamais elle n'aurait cru cela possible. On parlait de familles étranges dans le fin fond des États-Unis, mais c'était loin de la vérité. La vérité, c'est qu'il y en avait, des déments, pas seulement dans les asiles. Durant toute notre existence, nous marchons sur le trottoir d'une grande ville et nous croisons des hommes ou des femmes complètement instables, dérangés. Mais nous ne le savons pas. Nous ne les voyons pas, bien qu'ils existent, parfois très proches de nous.

— Oh, ça n'est pas toujours facile, continua l'homme, parcourir l'Enfer est pénible et long. Et lorsque je n'en peux plus, je me remémore le découragement de Dante et les mots de Virgile, son guide, qui l'exhorte à poursuivre son chemin.

Juliette entendit les craquements des articulations qui se déploient. Et il déclama calmement :

— « Lève-toi donc : triomphe de l'angoisse
Avec l'esprit, qui vainc en tout combat,
S'il ne s'affole pas du fardeau de son corps. »

L'aquarium émit une déglutition bruyante, renvoyant une bulle d'air des profondeurs vers la surface, comme s'il était soudainement effrayé à l'idée de ce qui allait suivre.

— Chant XXIV de « L'Enfer ».

Un long silence s'écoula dans cette pièce aveugle. Puis l'homme à la main noueuse demanda d'une voix sifflante, presque en murmurant :

— Alors, vous croyez toujours que Wayne et moi sommes fous ?

Juliette secoua la tête, elle voulait parler mais les émotions éclataient en elle comme un tourbillon de courants contradictoires.

La main relâcha son sein et la présence vint se placer face à elle.

— Ouvrez les yeux.

Juliette perçut la menace que contenait l'ordre et elle préféra ne pas désobéir. Ses paupières s'ouvrirent.

Il se tenait en face d'elle. Agenouillé.

Son visage était marqué par le temps, les joues barrées de longues rides semblables à des cicatrices. Son visage était long, le menton en avant, il ressemblait à une représentation caricaturale d'un pharaon. Et ses yeux étaient minuscules, enfouis au fond d'un gouffre. Ils brillaient d'une lueur maléfique.

— Vous savez, Leland faisait des tentatives de conservation ; d'une certaine manière c'est lui qui testait nos méthodes si vous préférez. Le pionnier de notre travail. Il essayait avec les avant-bras parce que c'est ce qui se découpe le mieux, en attendant que notre procédé soit au point, et que nous passions aux choses sérieuses. Vous dire comment il choisissait ses *models*, je n'en sais rien et pour être honnête, ça n'a aucune importance ! Elles n'étaient que des poupées, des cobayes. En revanche, je peux vous dire qu'il était très satisfait de l'amie qu'il s'était faite sur Internet comme il disait. Jusqu'au jour où elle lui a dit non.

Il secoua la tête, les yeux clos, l'air passablement déçu.

— Elle a refusé son amitié. Vous imaginez ? Je lui ai conseillé d'insister, mais… non. C'était trop tard, la joie était polluée. Il est venu vous prendre, il vous a offert toute sa personnalité, et vous… Vous, vous l'avez fait tuer. Alors, non, je vous le dis, il n'y a pas de place pour vous dans notre Œuvre.

Aucune émotion ne se peignait sur son faciès, non plus que dans ses yeux.

— Je crois que ma femme ne pourrait pas le pardonner.

Il leva une main et Juliette sentit la pointe tranchante d'une lame s'enfoncer dans son front et dessiner un étrange motif dans sa chair.

73

Brolin retrouva Lloyd Meats dans la cuisine.

— Rien ici, fit Brolin en montrant la partie ouest de la maison.

— Et c'est vide de l'autre côté. Tu crois qu'il est dehors ?

Brolin haussa les épaules. Milton n'était pas loin, il en avait la certitude.

— Il a peut-être une planque, quelque part dans la maison, fit remarquer Brolin. Tu as vu des trappes ou un escalier quelque part ?

— Non, rien de tout ça.

— OK, on sort.

Une fois dehors, Brolin s'aspergea le visage avec l'eau de pluie que contenait l'un des fûts en acier.

Il y avait forcément un endroit qu'ils n'avaient pas vu.

Les crimes ont tous été commis dans des endroits isolés, avec l'élément forestier présent à proximité, le tueur cherchait probablement à reconstituer une atmosphère qu'il connaît, rassurante, pour lui permettre de passer à l'acte. Ça colle avec ici. Quoi d'autre ? Les mutilations. Elles n'étaient pas nécessaires, pas les actes de torture. Ils étaient gratuits, le symbole de la haine qu'inspirent ces femmes au tueur. Pourquoi les hait-il ? Il en a peur, il ne peut pas les aborder, elles le fuient en temps normal ? Est-ce qu'une femme lui a fait beaucoup de mal ?

Brolin ressassait ces idées encore et encore, dans l'espoir d'y trouver un élément parlant. Au bout d'une minute, il se figea.

— Hey, Lloyd. Comment est morte la mère de Leland ?

— Elle s'est entre-tuée avec une voisine, à coups de hachoir je crois.

Le tueur voue une haine farouche aux femmes parce qu'elles le fuient et parce qu'elles symbolisent la mort de sa mère... La seule femme qu'il a jamais connue est sa mère, tuée par une autre femme.

Le raisonnement pouvait tenir la route, bien qu'étrange, c'était un schéma que Brolin avait déjà rencontré à plusieurs reprises dans des affaires de détraqués.

— Où était-ce ? demanda-t-il. Où est-ce qu'elles se sont entre-tuées ?

Meats fronça les sourcils.

— Je n'en suis pas sûr. Je crois que c'était pas très loin d'ici, plus haut dans les bois, l'autre était aussi une vieille ermite un peu cintrée.

Brolin commença à chercher alentour. Il alluma sa lampe torche et fouilla les broussailles donnant sur la clairière, à la recherche d'un chemin. S'il ne se trompait pas, Milton devait souvent s'y rendre, comme un lieu sacré, un site de recueillement, et donc il y aurait peut-être un sentier.

Au bout d'un moment, Meats s'écarta vivement.

— Josh, murmura-t-il, quelqu'un approche !

Ils s'accroupirent dans les fougères et guettèrent. Une silhouette assez large apparut sur le chemin menant à la maison. Brolin reconnut aussitôt Salhindro.

— C'est Larry, expliqua-t-il. Va le chercher, qu'il nous file un coup de main pour trouver un sentier.

Meats se releva et partit à la rencontre du flic en uniforme.

Brolin se remit aussitôt à balayer la végétation de son trait de lumière.

Les mètres se succédaient, et avec eux l'espoir de trouver quoi que ce soit s'amenuisait de plus en plus.

Soudain, il fut là.

Une ligne noire dans l'obscurité.

Sans perdre plus de temps, Brolin s'engouffra entre les branches et se mit à courir. Il savait que chaque seconde pouvait être importante, chaque décision pouvait se payer comptant. Et toujours ce mauvais pressentiment qui le tenaillait.

Il accéléra les foulées jusqu'à ne plus distinguer clairement où il mettait les pieds, il suivait la ligne de terre devant lui, rien de plus.

Quelque cinq cents mètres de course et la masure surgit de derrière un imposant hallier. Toute en bois, couverte de mousse, sans fenêtres et avec une seule porte.

C'était une grande cabane, un chalet construit au milieu de nulle part. Probablement l'antre de cette voisine folle qui un jour s'était entre-déchirée avec la femme de Milton Beaumont. En voyant l'étrange bicoque, Brolin sut que c'était ici que vivait le jumeau caché. Au milieu des bois.

Il s'approcha discrètement, essayant de calmer son souffle encore court.

La branche le heurta à la tête et éclata sous le choc.

Brolin s'effondra dans la boue et lâcha son arme. Il entendit son agresseur bondir derrière lui, à un ou deux mètres seulement, et il ne prit pas le temps de ramasser son pistolet, il était trop loin. Il roula sur lui-même pour faire face à son adversaire, qui déjà lui tombait dessus, un couteau à double tranchant à la main.

Le même type d'arme qu'utilise le tueur, eut-il le temps de remarquer.

Son visage se colla au sien et Brolin ne put empêcher la surprise de le rendre vulnérable.

C'était Leland Beaumont. Les mêmes traits.

La lame s'enfonça entre ses côtes.

La douleur fulgurante ne le tétanisa pas, au contraire, dans un élan de fureur Brolin décocha un puissant crochet à la mâchoire de son vis-à-vis. Ce dernier roula sur le côté. Brolin posa une main sur sa blessure et pressa tandis que, de l'autre, il prenait appui pour se redresser le plus vite possible. À peine debout, il reçut une pierre de plein fouet sur l'épaule, celle-là même qui était blessée depuis l'agression à la casse. Le temps qu'il réalise, Leland – ou celui qui lui ressemblait étrangement – était déjà presque sur lui. Brolin parvint cependant à esquiver le coup de couteau et mit tout le poids de son corps dans le coup de poing qu'il lança à son adversaire et qui vint le cueillir à l'oreille. Sans réfléchir plus longuement, le jeune inspecteur enchaîna avec un coup de genou dans le ventre, et un autre coup de poing qui envoyèrent à son tour le frère jumeau de Leland dans la boue.

Mais l'homme était résistant, son existence n'avait été que défis et épreuves à endurer, aussi conserva-t-il suffisamment de lucidité pour repérer le Glock avant que Brolin ne soit dessus. Il resserra ses doigts sur la crosse et posa son index sur la gâchette. Le cran de sécurité était défait, Brolin n'avait pas voulu perdre de temps à le faire sauter s'il devait tirer immédiatement.

Le gueule de l'arme se pointa vers la tête de Joshua Brolin.

Le coup de feu souleva l'humidité des feuilles, son écho alla s'écraser, encore et encore, contre les troncs de la forêt, propageant la rumeur du sang répandu.

Lloyd Meats se tenait sur le haut d'un talus, à quelques mètres, l'arme encore fumante.

Voyant la main du jumeau de Leland devenir molle et s'affaisser, Brolin comprit qu'il était lui-même encore en vie. Il vit la tête en partie emportée de son assaillant et sut que Lloyd Meats venait de lui sauver la vie.

Un hurlement d'espoir s'éleva dans le chalet. C'était Juliette. Le cri s'arrêta aussi vite.

Brolin se jeta en avant, attrapa son arme dans la main morte et fracassa la porte d'entrée sans plus de prudence.

Juliette était ligotée à une chaise, au milieu de la pièce.

Une tache noire apparut sur son pull. Puis elle se mit à grandir à une vitesse alarmante. Brolin comprit aussitôt.

Son sang se répandait abondamment sur son pull par le trou béant de sa gorge ouverte.

Il hurla :

— NON !!!

Milton se tenait à côté d'elle, le rasoir encore chaud à la main, gouttant sur le sol. Une puissante grimace de haine lui déformait le visage. Il voulut bondir en avant, vers le flic qui le menaçait mais son élan fut instantanément brisé par la balle qui lui traversa la clavicule et l'envoya rouler dans des barils d'eau salée.

Dans la seconde suivante, Brolin était au chevet de Juliette et, oubliant la douleur de sa propre blessure, il laissa son arme sur le sol et posa les deux mains sur le cou de la jeune femme dans l'espoir de stopper l'hémorragie.

Elle avait déjà déversé une grande partie de son sang sur elle ; son corps commençait à trembler.

Les larmes jaillirent sur les joues de l'inspecteur, ses mains ne pouvaient endiguer le flot dense qui se répandait encore par la large plaie.

— Non, Juliette… reste avec moi… non… tu dois rester…

Elle essaya de dire quelque chose mais aucun son ne sortit. Et ses yeux se posèrent sur Brolin.

Elle savait que tout était fini.

Elle le fixa avec une incroyable force et un sourire naquit sur ses lèvres.

Tout explosa autour de Brolin, les murs de la raison volèrent en éclats sous la pression de la peine, les sanglots voilèrent son visage.

Puis le regard de Juliette devint particulièrement clair, toutes les émotions quittèrent ses pupilles et disparurent dans le néant.

En une seconde, sa vie se dilua dans la rigidité de l'éternité.

Brolin enfouit son visage dans le cou humide.

On bougea à côté de lui. C'était Milton qui gémissait.

La rage tomba sur l'esprit du jeune inspecteur comme un voile rouge. Il ramassa son Glock et empoigna Milton par le col pour lui plaquer le canon de son arme contre les dents.

— Non, Josh !

C'était Salhindro.

— Si tu fais ça, tu n'auras rien gagné. Tu lui épargneras la honte du procès et de la prison. C'est tout.

Les mains de Brolin tremblaient et les larmes l'aveuglaient.

Milton ouvrit les yeux. Ça n'était plus les yeux d'un homme attardé, mais le regard d'un prédateur puissant. Une créature monstrueuse dont le sourire laissait deviner des petits crocs blancs parfaitement rompus à l'art de déchirer les chairs.

Le sang de Juliette collait au visage de Brolin, comme l'ultime caresse que la jeune femme lui offrait, la dernière once de chaleur de celle qu'il aimait.

Brolin cligna les yeux.

Dans sa rage, il voyait un rideau de flammes pourpres crépiter dans les pupilles du monstre.

— Pose ton arme Josh, fit Salhindro d'une voix douce et ferme.

L'index sur la gâchette, Brolin plongea son regard dans celui de Milton Beaumont.

Les flammes s'enrichirent comme le cœur des Enfers.

74

Trois semaines avaient passé.

Lloyd Meats jeta dans sa poubelle le reste de son sandwich. Il enfila sa veste et décida qu'il était grand temps de rejoindre sa femme à la maison. Il en avait sa claque pour la journée de toutes ces histoires sordides de règlement de comptes entre bandes de jeunes adolescents.

Il sortit dans le couloir et s'alluma une cigarette.

— Ça va, Lloyd ?

Salhindro le rejoignit, une canette de Pepsi à la main.

— Ouais… Je commence à en avoir marre de toutes ces conneries de meurtres à la con.

Salhindro avala une gorgé de soda.

— Dis pas ça. Qu'est-ce que tu ferais si tu n'étais pas flic, hein ?

— Privé. J'ai toujours voulu faire le détective privé. T'es payé pour prendre des photos d'adultère, tu te rinces l'œil à longueur de temps en résumé.

Les deux hommes rirent de bon cœur.

— Et Milton ? Il est passé aux aveux ? interrogea Salhindro.

— Non. Il reste là sans rien dire. Mais on a trouvé beaucoup d'éléments, notamment la terre qui entoure sa maison, c'est la même que celle que l'on a retrouvée dans l'empreinte de pas sur la scène de crime d'Elizabeth Stinger. L'empreinte de pas correspond parfaitement avec une des chaussures de Wayne Beaumont. La défense va jouer là-dessus, ils vont accuser Wayne des meurtres en dénonçant le manque de preuves qui impliqueraient la présence de Milton, ils vont le faire passer pour un pauvre idiot qui n'a rien compris à ce qui se tramait. Mais avec tout ce qu'on a trouvé chez lui, l'attorney est prêt à le charger pour complicité de meurtre pour Elizabeth Stinger et Anita Pasieka et meurtre sur la personne de… de Juliette.

C'était toujours difficile de prononcer son nom, il fallait avant tout canaliser le flux d'émotion qu'il inspirait.

— Alors c'est comme ça ? s'indigna Salhindro. Il tue, il massacre et on ne saura jamais pourquoi il a fait tout ça ?

— Larry, ce mec est un monstre. C'est un tueur en série de la pire espèce. Quand bien même il nous déballerait tout ce qu'il sait, il faudrait le prendre avec des pincettes. Ce genre d'homme n'est pas comme nous. Il ment toujours, il manipule, son seul plaisir c'est de se sentir au-dessus de nous.

— Un monstre, hein ? Il adopte un gosse, enlève son jumeau et l'élève dans l'ombre, en fait des tueurs en puissance. Mais pourquoi ? Qu'est-ce qu'il a fait ce Milton pour en arriver là ? Imaginons qu'il était battu par son père, violé et tout le toutim, et ensuite ? Pourquoi on lui a fait ça ? Son père aussi a été violé et battu ? Ça n'a donc jamais de fin, c'est une spirale de haine et de violence qui n'a pas de début ni d'achèvement ? La genèse de ces monstres, le tout début il provient d'où ? Ce mal qui a un jour frappé un homme, il s'est fait comment ? Tu crois que c'est en nous tous, comme une part d'ombre que l'on transporte tous avec plus ou moins de réussite ?

Meats haussa les épaules.

— L'homme est mauvais, il tue comme ça, sans raison ? répéta Salhindro comme s'il ne voulait pas y croire.

— Elles sont en lui. C'est une partie de l'âme humaine qu'on ne percera jamais. Si cela devait arriver, nous ne serions plus des hommes, mais des machines. Chacun voyage avec ses secrets, et leur nature fait que tu seras bon ou mauvais, ou un peu des deux. J'en sais rien.

Les portes de l'ascenseur s'ouvrirent et deux collègues sortirent en les saluant.

— Dis pas ce genre de truc, ça me donne le bourdon, confia Salhindro en pressant la touche du deuxième sous-sol.

Ils demeurèrent sans parler jusqu'à ce que l'ascenseur s'immobilise de nouveau.

— Et Brolin, t'as des nouvelles ?

Salhindro secoua la tête.

— Non. Je crois qu'il fait le break avant le procès. Il est parti faire la paix avec lui-même, quelque part loin de la civilisation, tel que je le connais.

Ils sortirent de l'ascenseur et réjoignirent le parking.

— Tu penses qu'il va rempiler ?

— C'est possible. Avec lui, on ne sait jamais. Il est jeune.

— C'est peut-être ça le problème. Ça n'aurait pas dû lui arriver cette histoire, s'il s'en relève, il a de l'avenir dans la police.

— Plus que toi et moi en tout cas ! ironisa Salhindro.

Meats écrasa sa cigarette contre un pilier.

— Bon, on se voit demain, Larry.

— Ouais. Demain, et puis après-demain et ainsi de suite.

Ils restèrent ainsi, face à face, puis se donnèrent une accolade chaleureuse avant de se séparer.

75

Assis sur un tronc gisant, Brolin admirait la pureté du paysage.

Pareille à des géants en stase, la cohorte de montagnes se laissait importuner par les aléas du temps avec une tranquillité massive. Une petite brise vint glisser contre la tente de Brolin et émit un feulement synthétique.

Les yeux de Joshua fixaient l'horizon.

Mais son esprit était ailleurs, loin au-delà.

Pourquoi Juliette avait-elle disparu ? Pour satisfaire quel caprice, quel destin ? Elle n'avait rien demandé à quiconque et pourtant le reste de ses jours s'était fixé pour l'éternité un soir devant son ordinateur à converser avec un inconnu.

Quelle morale y avait-il dans sa mort ?

Quel sens lui donner ?

C'est là le premier réflexe de tout bon croyant, rechercher la volonté divine derrière la cruauté quotidienne. Trouver une excuse à l'inexcusable, une raison de continuer à croire.

Mais peut-être n'y avait-il rien à retirer de tout cela. Juliette avait été une vision fugitive de l'amour, son morceau de bonheur dans l'existence. Elle était ce qu'il avait toujours voulu trouver sans le savoir, ce manque en soi que tout homme cherche à combler sans vraiment en prendre conscience. Celui qui provoque un apaisement de l'âme sans commune mesure avec les autres petites victoires de la vie, cet accomplissement qu'on ne peut retranscrire nulle part. Une part de bonheur propre à chaque individu, simplement reconnaissable à cet éphémère constat de joie qui naît un beau jour avec plus de violence et d'intensité que tout autre auparavant.

Brolin avait découvert ce paroxysme de vie.

C'était Juliette.

Que lui réservait le monde à présent dans son immense sac à malice, quel tour lui imposerait-il, quel caprice ou quel miracle ? Le ressac des jours passant ferait disparaître sa cicatrice comme un dessin dans le sable gommé par une mer imprévisible. Seule la beauté du dessin resterait gravée dans son esprit, Juliette ne serait à jamais plus qu'un souvenir.

Peut-être n'y avait-il aucune morale. La vie n'en ayant pas elle-même. Les bons ne gagnent pas toujours à la fin et les méchants restent parfois impunis. Même l'idée de châtiment divin n'était en soi qu'une consolation à la conscience, il n'y avait peut-être pas de pesée de l'âme au-delà du seuil de notre existence.

Tout simplement, accepter l'idée d'un monde gigantesque, des milliards d'êtres humains respirant au même instant, un univers vaste, avec l'homme au milieu de tout ça. L'homme isolé dans la galaxie, comme une « anomalie » de la nature, un battement de paupière dans le cosmos, futile, avec pourtant le besoin de se sentir empli d'une raison d'être, quitte à se savoir l'esclave d'une puissance partiale. Un grain de sable, une micro-durée et *flop !* plus personne. Toute une race disparaît sans laisser grand-chose derrière elle.

Brolin fut tiré de ses pensées par un couple de chevreuils qui sortait des fourrés en trottinant. Ils s'immobilisèrent et l'observèrent de leurs yeux noirs. Leur pelage bruissa sous le vent léger et ils se dandinèrent sans quitter le campeur du regard.

Puis, dans un geste svelte, ils se frottèrent à un tronc d'arbre et disparurent dans l'épaisseur de la forêt.

Un monde vaste et cynique, cruel aussi.

Mais avec tant de richesse et une seule vie pour en contempler le maximum.

Brolin se leva. L'air était frais, pur.

Il avait le monde devant lui.

Il écarta les bras, ferma les yeux et inspira lentement. Il prit sur son doigt une larme qui stagnait à la lisière de son œil. Lentement, elle coula sur son index, se modulant au gré des plis de la peau, puis elle se détacha et tomba dans l'herbe.

Il sut qu'à jamais le visage de Juliette serait dans ses larmes comme de minuscules camées de cristal.

Il plia ses affaires, ajusta son sac à dos et prit la route de la vallée.

Le monde est vaste.

Et il y a encore tant de choses à y voir…

Épilogue

Pénitencier d'État de Salem, Oregon

Carter Melington ferma le judas de la cellule 65, cocha la case de présence correspondant au bon occupant et passa à la suivante.

Cellule 66.

Il n'aimait pas le type qui y était. Un tueur en série qu'on lui avait dit. Un de ces fous furieux qui avait dépiauté des femmes comme on pèle une banane.

Depuis sept ans qu'il travaillait au pénitencier, Carter avait toujours apprécié de faire l'appel du matin. C'était pas fatigant, on n'avait pas à sévir avec les prisonniers puisqu'ils ne sortaient pas de leur quartier et si on se dépêchait, on pouvait se prendre une bonne heure en cuisine avant d'être du service des douches. Mais depuis que l'occupant de la 66 était là, Carter n'aimait plus trop faire l'appel.

Il devait regarder si le gars était toujours présent, simple mesure de sécurité, et parfois le mec l'observait à son tour.

C'était vraiment désagréable quand ce type posait son regard sur lui. C'était comme s'il retrouvait le sourire tout d'un coup. En fait, Carter avait l'impression qu'il n'était pas un gardien de prison mais un daim ou une gazelle que le prédateur savoure des yeux avant de lancer la chasse.

Ce type ne se comportait pas comme si c'était lui qui était derrière des barreaux, on aurait dit qu'il ne se savait pas en prison, ou qu'il trouvait ça tellement puéril qu'il n'y accordait aucune importance.

Carter s'arrêta devant la porte en acier.

Il tira le judas et scruta l'intérieur de la cellule.

Une fois de plus, il eut l'impression que la pièce était plus sombre que les autres. Avec des ombres plus épaisses et plus larges.

Le type était là, assis sur sa couchette, les mains sur les genoux, la tête penchée.

Il émit un bruit de bouche que Carter entendit distinctement, ce qui lui procura une très désagréable sensation.

Et le type parla.

— Gardien Melington. Dites à ces incultes que j'en ai formé bien d'autres encore.

Carter sentit ses mains se geler. On disait que l'occupant de la 66 ne parlait jamais.

— Dites-leur bien que Leland et Wayne n'étaient qu'un échantillon. Un prélude à l'horreur. J'en ai formé beaucoup d'autres à travers le pays. J'ai pris tout mon temps, et je m'y suis bien appliqué. Bientôt, nous allons en entendre parler. Bientôt.

Alors il leva la tête vers Carter et plongea son regard dans celui de son gardien.

Carter manqua de lâcher son stylo, et eut la force de fermer le judas.

Non, c'était impossible.

Il avait rêvé.

Il se passa la main sur le visage. Il tremblait.

Il souffla plusieurs fois pour chasser l'image qu'il avait eue, pour faire fuir le doute. *Oui, c'est ça, tu t'es fait une sacrée hallucination ! C'est ton esprit qui te joue un tour mon vieux ! Va falloir dormir un peu plus et manger moins épicé le soir !*

Il reprit la planche avec le listing de présence et se remit en marche, le pas moins assuré. Ses mains étaient désagréablement moites.

Pendant une seconde, il avait cru voir les yeux de Milton Beaumont s'allumer d'une lueur rouge.

Et pendant ce court instant, il avait vu son âme.

L'âme du Mal.

Il passa à la cellule 67 en se jurant de n'en souffler mot à personne.

Ses pas tintèrent sur le revêtement dur du sol et il s'éloigna en secouant la tête.

L'âme du Mal.

« [...] un homme possédé d'un esprit impur : il avait sa demeure dans les tombes et personne ne pouvait plus le lier, même avec une chaîne, car souvent on l'avait lié avec des entraves et avec des chaînes, mais il avait rompu les chaînes et brisé les entraves, et personne ne parvenait à le dompter. [...] Et on l'interrogea : "Quel est ton nom ?" Il dit : "Légion est mon nom car nous sommes beaucoup." »

Évangile selon saint Marc

Remerciements

Ce roman n'est dédié à personne, une histoire aussi noire ne saurait l'être.

Mes remerciements vont à tous ceux qui ont eu la patience de me supporter pendant l'écriture de ce roman, et ils savent à quel point ça n'a pas été toujours simple !

Merci également à tous ceux dont les travaux m'ont été d'une très grande aide pour la réalisation de ce livre : J.D. ; R.R. ; S.B. ; L.M. ; Dr M.D. ; Dr D.L. ; Dr P.F. ; Dr G.S. ; M.C. ; J.L.C.

Malgré tout l'acharnement à toujours être juste et vrai, et les heures de travail à le vérifier, s'il y avait la moindre erreur ici, elle serait entièrement de ma faute, et non de la vôtre.

Ce roman ne serait pas ce qu'il est sans l'incroyable compétence de mon éditeur et de toute son équipe. À vous tous : merci, vous êtes formidables.

Les citations de la *Divine Comédie* sont tirées de la traduction d'Henri Longnon (Classiques Garnier, Bordas).

Enfin, quelques libertés ont été volontairement prises avec la ville de Portland, essentiellement pour les lieux sinistres qui y sont décrits. C'est une ville et une région magnifiques, le Jardin des Roses entre autres est réel et il est somptueux, que l'on retienne cela plutôt qu'un institut médico-légal ou une vallée aux gouffres sans fond… bien qu'ils existent aussi.

Maxime CHATTAM,
Edgecombe, le 20 décembre 2001.
www.maximechattam.com

Composé par Facompo
5, rue Calmette-et-Guérin, à Lisieux (Calvados)

Imprimé en Espagne par Liberdúplex
en avril 2023
N° d'impression : 108061

POCKET - 92, avenue de France, 75013 Paris

S31908/03